Agnes Imhof

Das Buch des Smaragds

Historischer Roman

Piper München Zürich

Für Uwe

Dieses Taschenbuch wurde auf FSC-zertifiziertem Papier gedruckt.
FSC (Forest Stewardship Council) ist eine nichtstaatliche, gemeinnützige
Organisation, die sich für eine ökologische und sozialverantwortliche
Nutzung der Wälder unserer Erde einsetzt (vgl. Logo auf der Umschlagrückseite).

Ungekürzte Taschenbuchausgabe
Juni 2007
© 2006 Piper Verlag GmbH, München
Umschlag/Bildredaktion: Büro Hamburg
Heike Dehning, Charlotte Wippermann,
Alke Bücking, Daniel Barthmann
Karte Seite 6/7: Cartomedia, Karlsruhe
Umschlagabbildungen: The Art Archives/Corbis (oben) und
Araldo de Luca, »Porträt Beatrice Cenci«; Corbis (unten)
Satz: Barbara Herrmann, Freiburg
Papier: Munken Print von Arctic Paper Munkedals AB, Schweden
Druck und Bindung: Clausen & Bosse, Leck
Printed in Germany   ISBN 978-3-492-24966-9

www.piper.de

Inhalt

Karte   6

Teil 1
Atlal – Die Lagerspuren   11

Teil 2
Rahil – Die Reise   173

Teil 3
al-Afaq – Die Horizonte   323

Das *Buch des Smaragds* –
Legende und Wahrheit   451

Glossar   459

Alf schukran wa-schukran! –
1001 Dank   468

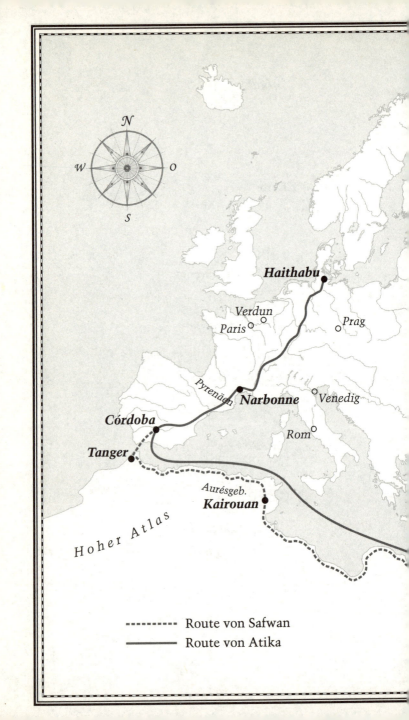

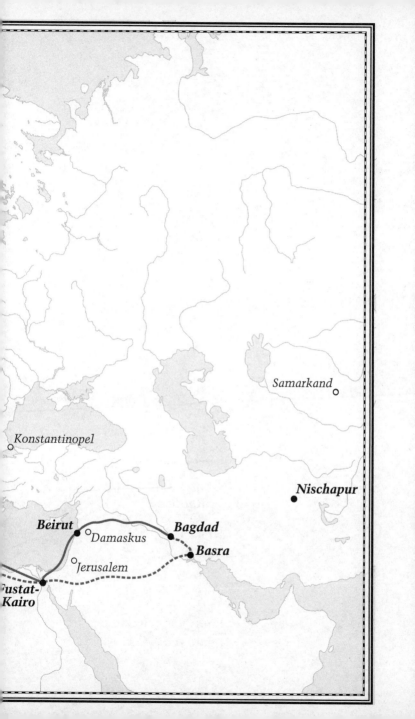

*Der Smaragd hat eine besondere Eigenschaft,
daß nämlich Vipern und sonstige Schlangen,
wenn sie ihn ansehen, erblinden.*

Ibn ar-Rewandi, *Buch des Smaragds*

Teil 1 — Atlal – Die Lagerspuren

Das Werk des Ketzers

Die Lagerspuren an den Wasserläufen,
dort, an den Hängen von Rayan, sind verwischt,
wie Schrift auf verwitterten Felsen.
Da kam der Frühlingsregen, den die Sterne bringen,
strömte donnernd im Überfluß und wurde dann schwächer.
Und ich hielt an und befragte die Spuren –
doch wie könnte ich stummes Gestein befragen,
ewige Berge, die keine Worte haben?

Labid ibn Rabi'a

Córdoba, im Jahre des Herrn 979 – im Jahre 368 der Hijra

1 Arabische Städte waren blau.

Von weitem hoben sich die Häuser kaum vom gewellten Hintergrund der Gebirgskette ab. Nur das Glitzern eines einzelnen Daches, auf das ein letzter, verirrter Sonnenstrahl fiel, hatte auf die Anwesenheit von Menschen schließen lassen. Doch nun beim Näherkommen wurden nach und nach weitere Häuser und der gewaltige Bau der Freitagsmoschee vor dem blau schattierten Band sichtbar. Als wolle es seinen Vorrang vor aller Augen behaupten, überragte das turmartige Minarett am anderen Ufer die übrigen Gebäude. Der eintönige Ruf eines Muezzins wehte über den Fluß zu ihnen herüber.

Sie hatten Córdoba erreicht. Die Stadt, von der so mancher Reisende unterwegs erzählt hatte. Die schönste Stadt der Welt. Der steingewordene Traum aus einem Märchen.

Atika fröstelte. Ihr Mund wurde trocken, ihr Magen war flau und leer, und etwas schien ihr auf die Brust zu drücken und den Atem zu nehmen. Sie schlang die Arme um die angewinkelten Knie und kauerte sich auf dem Teppich zusammen. Eine rotblonde Strähne löste sich aus ihrer Frisur und fiel ihr ins Gesicht. Gab es ein Märchen, in dem Sklavinnen freikommen konnten? In dem sie das Leben zurückbekamen, das sie verloren hatten?

Jariya. Sklavin.

Atika ließ den Blick durch das Innere des Gefährts schweifen. Es war gerade genug Platz darin, daß vier Mädchen und ihre Aufseherin sich auf den Wollteppichen und Kissen ausstrecken konnten. Layla hatte einen ihrer vier dunkelblonden Zöpfe gelöst und flocht eine Kette aus Goldmünzen hinein. Sie bemerkte Atikas Blick und lächelte ihr zu.

Doch Atika wandte sich ab. Ihre Finger krallten sich in den Brokatstoff ihres gegürteten Kittels, der über die weiten Hosen fiel. Im letzten Sonnenlicht schien es ihr, als leuchte die grüne

Farbe grell wie das Gewand einer Dirne. Starr blickte sie auf die goldenen Reifen um ihre Hand- und Fußgelenke, als seien es Fesseln. Mochte der Sklavenhändler Yusuf sie auch mit Schmuck behängen wie die Kaiserin höchstpersönlich, er würde sie doch in Córdoba oder Fustat an den Meistbietenden verkaufen wie Vieh.

Jariya. Atika schmeckte ihren Haß bitter auf der Zunge. Bisweilen drohte er sie zu ersticken. Aber wenn es irgend etwas gab, woran sie spürte, daß sie noch am Leben war, dann war es der stumme Haß auf dieses Wort.

»*Qurtuba* – Córdoba«, sagte Fatima, ihr treuer Schatten. »Wir sind am Ziel. Der *Ramadan* geht heute zu Ende. Man wird uns mit einem Festmahl empfangen.«

Die Aufseherin schob den Vorhang auf ihrer Seite des Wagens beiseite, um einen Blick nach draußen zu werfen. Layla richtete sich auf und warf ihre Zöpfe auf den Rücken.

Ist es soweit? fragte Atika sich stumm. Wer von uns wird hier verkauft werden, und wer wird noch weiter reisen? Nach Ägypten. Sie kannte den Namen aus der Weihnachtsgeschichte. Doch sie konnte sich nichts darunter vorstellen.

Atika versuchte die Erinnerung an den Morgen in Narbonne beiseite zu schieben. Sie hatte Gertrud leblos auf ihrem Bett gefunden. Neben der Toten, umgestürzt auf dem Boden, ein leerer Becher. Hätte sie es ahnen müssen und die Freundin am Tag zuvor zur Apotheke begleiten sollen? Gertrud würde keinem Käufer mehr das Bett wärmen. Sie hatte friedlich ausgesehen, wie eine heitere Schläferin. Oft hatte Atika seither ihr Gesicht vor sich gesehen. Alle Furcht war daraus gewichen. Wieder und wieder hatte sie sich gefragt, ob Gertrud nicht die bessere Wahl getroffen hatte.

Irgendwo in Aragón, kurz bevor sie das Land der Mauren erreichten, hatte Aischa versucht, zu fliehen. Sie war nicht weit gekommen. Dann hatte Atika zugesehen, wie Yusufs Rute auf das Mädchen niederfuhr, wieder und wieder, zischend, scharf, hatte die Schreie gehört, wenn sie in das wunde Fleisch schnitt.

Sie hatte gesehen, wie Aischa sich krümmte und wie Fatima, als es vorbei war, ihre Striemen salbte, damit keine Narben zurückblieben. Immer sah sie Gertruds Gesicht dabei vor sich.

»Córdoba wird euch gefallen«, unterbrach Fatima ihre Gedanken. Die Aufseherin ignorierte Atikas Schweigen, wie sie es schon die ganze Reise über getan hatte. »Wir werden ein Stockwerk im Haus eines Verwandten von Yusuf bewohnen. Ihr habt dort mehr Platz als in den engen Schlafsälen der Gasthäuser.«

»Werde ich ein Bett für mich haben?« fragte Amina. Ihre schwarze Haut hob sich von den hellroten Kissen ab. Fatima verzog das Gesicht zu einem breiten Lächeln. »Im Frauenbereich gibt es einen großen Schlafraum, dort sind genug Betten. Yusuf wird mit den Jungen auf der anderen Seite des Hauses wohnen und essen. Und wenn ihr wollt, könnt ihr miteinander auf den Markt gehen oder ins Bad. Ihr seid lange genug mit uns gereist, um zu wissen, wie ihr euch waschen, parfümieren und kleiden müßt.«

Die massige Gestalt Sumayyas lag noch immer eng an Amina geschmiegt. Jetzt aber regte sie sich und öffnete die Augen. Amina schob sie sanft zur Seite, um ihr linkes Bein auszustrecken. Layla warf Atika einen scherzhaften Blick zu. »Ich werde unseren ersten Besuch im *Hammam* nie vergessen«, sagte sie. »Weißt du noch? Ich glaubte wirklich, die Hölle habe mich verschlungen. Und du hast jeden Augenblick erwartet, Teufel mit Gabeln und Schaufeln aus dem Dampf auftauchen zu sehen. Aber danach fühlte ich mich wie neugeboren.«

Atika erwiderte das kurze Lächeln. Doch ihre Augen lächelten nicht. Sie sah von Layla wieder zu dem schwarzen Gesicht Fatimas, das ebensogut vierzig wie sechzig Jahre alt sein konnte.

»Es gibt berühmte Bibliotheken in Córdoba«, fuhr die Dienerin des Sklavenhändlers fort. Sie bewegte sich lebhaft. »Du hast schneller Lesen und Schreiben gelernt als irgendein anderes Mädchen, Atika. Und im Arabischen hast du rasche Fortschritte gemacht. Yusuf ist stolz auf dich. Er wird dir sicher erlauben, die Bibliotheken zu benutzen.«

»Das wird ihm einen guten Batzen mehr einbringen, nicht wahr?« erwiderte Atika. Sie erschrak über die Kälte ihrer eigenen Worte. Das bin nicht ich, dachte sie. Doch ehe das würgende Gefühl in ihrem Hals sie überwältigen konnte, setzte sie nach: »Eine Luxussklavin, die Arabisch und Latein beherrscht, die im Bett ihres Herrn auch ein wenig Mathematik zum besten geben kann, islamische Theologie und arabische Literatur, Philosophie und Grammatik!«

Layla starrte sie mit großen Augen an. Atika bemerkte den Schatten, der sich auf Fatimas Gesicht legte, und es tat ihr leid, die alte Frau verletzt zu haben. Dennoch bereute sie ihre Worte nicht. Die anderen Mädchen mochten vergessen haben, was geschehen war, und was ihnen noch bevorstand. Atika konnte es nicht. Trotzig setzte sie nach: »*Mascha'allah*, wir sollten uns glücklich schätzen, in dieser wunderschönen Stadt leben zu dürfen, von der so viele Freie nur träumen können!«

Fatima runzelte die Stirn, doch sie schwieg, Atika biß die Kiefer zusammen, schlang die Arme fester um die Knie und starrte wieder nach draußen. Die drei Wagen des Sklavenhändlers mit ihrer lebenden Warenlast – acht Mädchen und vier Jungen – hatten die Vorstadt durchquert.

Die Sonne war soeben hinter den fernen Bergen verschwunden, und ihre letzten Strahlen erstarben auf den violetten Wellen des *Großen Flusses*. Wegen der Feierlichkeiten zum Ende des Fastenmonats waren einige Ausfallstraßen gesperrt, und so hatten sie bereits einige Meilen weiter westlich übergesetzt, um sich der Stadt vom bequemeren Südufer aus zu nähern. Seither waren sie am Wasser entlang gereist. *Wadi l-Kabir*, dachte Atika, *Großer Fluß*. Aus dem Mund der Einheimischen klang es wie *Guadalquivír*. Auf der anderen Seite des Flusses schmiegten sich die Häuser dicht aneinander. Sie waren wahrscheinlich weiß. In diesem seltsamen Licht aber, irgendwo zwischen Tag und Nacht, hoben sie sich hellblau von den dunklen Pastelltönen der Landschaft ab.

Dann bemerkte sie die Brücke, die größte, die sie je gesehen hatte. Der gelbe Stein hob sich von den unwirklichen Blautönen des anderen Ufers ab. Gigantische Pfeiler, jeder einzelne so groß wie eines der reetgedeckten Häuser in ihrer Heimat, trugen die Bögen. Einen Augenblick lang überfiel Atika die Hoffnung, wer diese Brücke betrat, würde das andere Ufer vielleicht niemals erreichen. Der Weg hinüber schien unendlich weit, die Stadt dahinter eine Illusion aus Wolken und farbiger Luft. Als gäbe es keine Männer am anderen Ende, die auf der Suche nach neuen Sklavinnen waren.

»Heißt es nicht, die Gläubigen gehen über eine solche Brücke ins Paradies?« fragte Atika unwillkürlich. »Die Rechtschaffenen werden dabei von Engeln gestützt, während die Verdammten hinab in die Hölle stürzen?«

»Sie ist breit genug«, versicherte Fatima lächelnd. Atika bemerkte ihren Blick, der wohlwollend und beinahe mit Zuneigung auf ihr ruhte. Auf einmal schämte sie sich für ihre harten Worte vorhin.

»Sie ist tausend Jahre alt, aber du wirst sehen, sie ist so stabil wie eh und je«, setzte die alte Frau hinzu. Atika wollte etwas erwidern, doch sie brachte keinen Laut über die Lippen. Layla drängte sich auf ihre Seite, um einen Blick auf das Bauwerk zu werfen. Zu ihrer Linken erhoben sich die Umrisse mehrerer Mühlen dunkel und gewaltig über dem Wasser. Irgendwo sang eine Frau.

Atika reckte den Kopf, doch sie konnte nur einige Wäscherinnen unterhalb der Brücke erkennen. Die Frauen hatten ihre Ärmel und weiten Hosen bis zu den Ellbogen und Knien geschürzt. Lachend und miteinander scherzen, warfen sie die Wäsche in ihre Tragkörbe und luden sich schließlich die Last auf die Schultern.

»Das ist das erste Mal, daß du etwas von der Umgebung wahrnimmst«, brach Fatima das Schweigen. »Seit Gertruds Tod hast du dich nur noch im Haus und hinter deinen Büchern versteckt. Es ist ein gutes Zeichen.«

»Gertrud hat ihren Frieden und ihre Freiheit«, erwiderte Atika knapp.

Fatima richtete sich auf. »Ich habe schon viele Sklavinnen betreut, Mädchen. Glaub mir, du bist keine von denen, die das Jenseits vor ihrer Zeit kennenlernen. In dir steckt ein Jagdleopard. Man sagt, sie kämpfen noch, wenn sie längst zu Tode verwundet sind.«

Atika hob fragend die Augenbrauen. Fatima seufzte.

»Ach, ich vergesse, woher du kommst! Wenn wir in Ägypten sind, zeige ich dir einen Jagdleoparden.«

Atika ließ sich langsam zurücksinken und schloß die Augen. Das sanfte Schaukeln brachte sie der Brücke näher und näher, bis die Hufe der Maultiere hell auf den Brückenbögen aufschlugen. Jeder Tritt brachte sie der Welt, die sie erwartete, ein Stück näher. Sie preßte die feuchten Handflächen gegeneinander und bemühte sich, ruhiger zu atmen.

»Verdammter Hurensohn, paß doch auf!«

Mit einem Ruck kam ihr Gefährt zum Stehen. Direkt neben dem Wagen fluchte jemand. Atika setzte sich auf. Als sie mit der Hand über ihr Gesicht rieb, verschmierte sie die schwarzen, mit *Kuhl* gezogenen Linien um ihre Augen. Layla zog den Vorhang beiseite. Längst hatten sie die Brücke und das Tor am anderen Ende passiert. Sie befanden sich nun auf einer breiten Straße zwischen den beiden großen Gebäuden am anderen Ufer. Rechts vor ihnen erhob sich das weithin sichtbare Minarett der Moschee. Das Gebäude zur Linken mußte der Kalifenpalast sein. Anschwellendes Stimmengewirr drang ins Innere des Wagens wie ein Schwarm gereizter Bienen. Atika sah die Aufseherin fragend an. Die alte Frau warf einen kurzen Blick hinaus, ehe sie nickte. »Warum nicht, heute ist ein Feiertag. Das *Id as-Saghir* gibt es nur einmal im Jahr. Bleibt aber in der Nähe.« Auf den Gedanken, Yusuf zu fragen, kam Atika nicht einmal. Mit einer schnellen Bewegung sprang sie aus dem Wagen. Layla folgte ihr.

Kaum standen sie auf der Straße, bereute sie ihre Unüberlegtheit. Überall waren Menschen. Nie hatte sie so viele Menschen gesehen, weder in Narbonne noch in Toledo und erst recht nicht an der friesischen Küste, wo sie geboren war. Einzelne Gestalten lösten sich aus der Masse, ein alter Mann, der zu Boden stürzte. Eine Frau, ein dicker, reich gekleideter Kaufmann. Der Geruch von Schweiß, von Kleidung und Parfüm hing in der warmen Luft, mischte sich mit dem von Leder, Abwässern, Gewürzen, Fisch, Qualm. Es nahm Atika beinahe den Atem.

Hinter ihnen waren die anderen Wagen mit den übrigen Sklaven zum Stehen gekommen.

»Was ist los da vorne?« brüllte einer der Kutscher. »Hol euch der Teufel!« Er hob die Peitsche und ließ sie scharf knallen. Atika zuckte zusammen und wandte sich um. Die Menschenmenge hinderte die Maultiere, sich auch nur einen Zoll weiter zu bewegen. Sie schloß sich dichter um die drei Gefährte des Sklaventransports, als wolle sie sie verschlingen. Yusuf entstieg dem hinteren Wagen. Seine Kleidung aus edlem Tuch stach aus der Menge hervor. Atikas Finger krallten sich um das Holz des Wagens. Sie fürchtete, einfach mitgerissen zu werden, in der Masse zu verschwinden. Ihre Augen suchten Layla, blieben an der Mauer hängen, vor der die Wagen zum Stehen gekommen waren. Über ihnen ragte das zweistufige Minarett der Moschee hoch empor. Es war erleuchtet, doch der sanfte Glanz der Laternen wurde überstrahlt von einem seltsamen flackernden Licht. Es ließ an den Mauern sonderbare Schatten tanzen, als versuchten böse Geister, den heiligen Bau zu erobern, als strebten sie hinauf zu der silbernen Lilie, die das Minarett krönte. Die Tore standen weit offen. Atika starrte zum Eingang der Moschee hinüber. Sie löste sich von dem Wagen und ließ sich von der Menge mittreiben. Durch das Tor gelangte sie in einen überdachten, von Lampen erhellten Säulengang, der den Blick ins Innere eines mit Palmen bepflanzten Hofs freigab. In der abendlichen Brise bewegten sich schattenhaft die Palmwedel. Doch ihr Rauschen wurde übertönt von einem knisternden Geräusch. Atika drängte sich durch die Menge hinaus in den Hof, um mehr zu sehen. Rötliche Reflexe flackerten auf den Baumstämmen und

19

dem Marmor des prachtvollen Waschbrunnens in der Mitte des Hofs. Funken stoben auf und schwebten als glühende Punkte in den Abendhimmel. Dort waren mehrere Männer in Rüstung damit beschäftigt, einen soeben entzündeten Haufen zu schüren. Durch eine schmale, von Söldnern freigehaltene Gasse war er gut zu erkennen. Dennoch mußte Atika zweimal hinsehen, um zu begreifen, woraus dieser Haufen bestand.

2

Es waren Bücher.

Einfache Pergamentrollen, mächtige Folianten mit verzierten Einbänden, deren Goldschrift im Schein der Flammen aufblitzte. Bücher, so hoch und so breit wie der Arm eines Mannes, und daneben kleine Bändchen, die eine Frau bequem um den Hals tragen konnte, Schriftrollen, in Leder gebundene Prachtbände. Der gesamte Stapel barg eine Vielfalt von Büchern, wie sie Atika in ihrem Leben noch nicht gesehen hatte. Was dort lag, mußte den Wert einer ganzen Provinz in ihrer Heimat besitzen.

Jemand stieß sie an, sie stolperte einen Schritt nach vorne auf das Feuer zu. Ohne die Augen von den Büchern zu lösen, ließ sie sich von der Menge mitreißen. Wie von ferne hörte sie Fatima ihren Namen rufen, doch sie achtete nicht darauf.

Atikas Füße bewegten sich, als hätten sie einen eigenen Willen, bis sie nur noch zehn oder zwölf Schritte von dem Scheiterhaufen entfernt stand. Der Geruch von schwelendem Pergament und der Rauch, der sich in die Luft erhob, nahmen ihr den Atem. Auf ihrer Zunge lag der Geschmack von Asche. Eine Hand griff nach der ihren. Layla. Sie hatte sie beinahe vergessen. »Wir sollten uns nicht von den Wagen entfernen«, sagte Layla. Sie mußte schreien, um sich verständlich zu machen. Atika strich sich eine rotblonde Strähne aus dem Gesicht, nickte, doch sie machte keine Anstalten, zur Straße zurückzukehren.

»*Intabihanna, ya bna sch-Schaitan!* – *Paß doch auf, du Sohn Satans!*«

Einer der gepanzerten Söldner, die neben dem Scheiterhaufen standen, hatte seinem Helfer einen Folianten zugeworfen. Der Mann bekam ihn nur schlecht zu fassen, und die Seiten zerrissen mit einem scharfen Geräusch. Der verstümmelte Körper des Buches fiel zu Boden.

Laylas Keuchen verriet Atika, daß sie ebenso entsetzt war wie sie selbst. »Was ist das, Atika? Was, beim allmächtigen Gott, geschieht da?«

Der Söldner zuckte die Achseln. Er hob das zerrissene Buch auf, warf es ins Feuer und griff zum nächsten.

»Ich weiß es nicht.« Atika klammerte sich an Laylas Ärmel, als der Rauch schwarz aufwallte. Ein lederner Einband warf Blasen, das Knacken klang scharf in ihren Ohren. Die Glut in der Mitte des Scheiterhaufens breitete sich aus, wuchs in alle Richtungen gleichzeitig, fraß sich gierig voran und wurde von einem dunklen Rot allmählich zu einem hellen, fast weißen Schein. Atikas Augen begannen zu brennen, doch sie war unfähig, sich von dem Anblick zu lösen. Dann loderte der Stapel hoch auf. Ihre Wangen wurden heiß. Die Hitze begann sich in ihrem Körper auszubreiten, als sei er Teil dessen, was sie vor sich sah.

»Was geschieht da?« wiederholte Layla.

»Sie nennen ihn *al-Mansur*, als säße er schon auf dem Thron, nach dem er strebt, dem Thron des Kalifen«, sagte eine Frau neben ihnen. Sie sprach mit gedämpfter Stimme.

»*Al-Mansur*«, wiederholte Atika. Sie übernahm den raunenden Tonfall, ohne nachzudenken, warum sie es tat. »*Der Siegreiche*. Wer ist dieser Mann? Und woher kommen all diese Bücher?«

Die Frau korrigierte den Sitz ihres Schleiers über dem grauen Haar, ehe sie antwortete. Die Geste wirkte unwillig, als bereue sie schon, überhaupt etwas gesagt zu haben. »Dort drüben – der Herrscher Córdobas. Der *Hajib* des Kalifen, sein

Wesir und Gefängniswärter in einem. Der Mann, der es wagen kann, die Bibliothek des Kalifen einen Hort von Ketzerwerken zu nennen.«

Atika sah in die Richtung, die sie ihr wies, doch zwischen den vielen Menschen konnte sie den *Hajib* nicht ausmachen.

»Dort, mit dem gestreiften Mantel.« Die Frau zeigte auf eine Gruppe von Männern in Kettenhemden direkt am Feuer. »Zwischen seinen Berbern. Er ersetzt fast alle einheimischen Truppen durch Berbersöldner, die ihm bedingungslos gehorchen.«

Atikas Blick folgte ihrer Hand, die auf einen Mann von vielleicht vierzig Jahren wies. Ein gutaussehender Mann, stellte sie fest, mit dunkelblondem Haar und einem regelmäßigen, beinahe weichen Gesicht, auf dessen glattrasierte Wangen die Flammen tanzende Schatten warfen.

»Aber warum?«

Die Frau zögerte unmerklich. »Die Bücher sind eine Macht, die …«

Ein älterer Mann griff nach ihrem Arm. »Zügle doch deine geschwätzige Zunge, Weib, du wirst uns noch ins Verderben reden!«

Er warf den beiden Sklavinnen einen mißtrauischen Blick zu und zog die Frau mit sich davon.

»Es war an der Zeit, der Ketzerei ein Ende zu machen!« sagte jemand zu ihrer Rechten.

»Du hast von den Wissenschaften ohnehin nie etwas verstanden, Salim!« spottete ein anderer, ganz in weiße Baumwolle gekleideter Mann. »Du kannst ja nicht einmal lesen!«

»Es sind Ketzerwerke«, widersprach Salim. Jetzt konnte Atika ihn ausmachen. »Man muß nicht lesen können, um zu wissen, daß sie gefährlich sind.«

»Du bist ein Witzbold«, konterte sein Gegenüber, ein kleiner, beweglicher Mann mit schmalen Augen. »Wie willst du wissen, ob es Ketzerwerke sind, wenn du sie nicht lesen kannst?«

Immer höher loderten die Flammen und fraßen sich durch den Berg von Büchern.« Nicht einmal der *Hajib* hatte in den letzten Jahren Zeit, Bücher zu lesen«, fuhr der Mann fort. »Schließlich war er damit beschäftigt, es sich im Bett der schönen Subh bequem zu machen und so an die Spitze des Staates zu gelangen. Und während er sich mit der Dame auf weichen Kissen die Zeit vertrieb, haben seine Berber die Bibliothek des Kalifen leergeräumt und die Bibliothekare verprügelt.«

»Hüte deine Zunge, Kopist«, warnte einer. Andere lachten nur.

»Die Gattin des alten Kalifen«, meinte ein Mann zur Rechten der Mädchen, »in der Tat, eine schöne Eroberung! Al-Hakam würde sich im Grab umdrehen, wenn er wüßte, daß sein Nebenbuhler jetzt anstelle seines Sohnes regiert. Wißt ihr noch, was ein Dichter gesagt hat? ›Der Kalif geht noch zur Schule, und seine Mutter ist von zwei Männern schwanger.‹« Das Lachen der Männer hob sich seltsam ab von dem knackenden Holz und dem anschwellenden Sausen des Feuers.

»Das ist nicht komisch«, mischte sich ein anderer ein. »Wißt ihr es noch nicht? Der Dichter ist tot.« Das Lachen verstummte. »Er wurde auf offener Straße von den Söldnern des *Hajib* erschlagen.«

Layla zerrte erneut an Atikas Ärmel. Abrupt machte diese sich los und deutete auf den Scheiterhaufen. Ein kleiner älterer Mann hatte sich einige Schritte links vor ihnen aus der Menge gelöst. Er rief etwas, doch Atika konnte nicht verstehen, was es war. Wieder rief er, sie kniff die Augen zusammen, reckte den Hals in seine Richtung, verstand jedoch nur »*Kitab* – Buch«.

Dann wandte der Alte sich dem Bücherstapel zu, von dem die Berbersöldner immer neue Folianten in das zusammenfallende Feuer warfen. Einer von ihnen bemerkte es. Er schob den kleinen, schmächtigen Alten roh beiseite, so daß dieser strauchelte.

Auf einmal wandte der alte Mann sich zum Scheiterhaufen. Er lief zwischen den Söldnern hindurch genau auf das Feuer zu.

23

Die Hitze der hoch auflodernden Flammen ließ ihn einen Arm schützend vor das Gesicht halten. Seine andere Hand griff nach etwas, das am Rande der brennenden Pyramide lag. Die Söldner wollten ihn zurückreißen. Doch plötzlich schlugen die Flammen in ihre Richtung, und mit einem Aufschrei wichen die Männer vor der Hitze zurück.

Der Alte hatte etwas aus dem brennenden Stapel gezogen. Atika kniff die Augen zusammen, um besser sehen zu können. Es war ein schmaler Band, das Pergament schwelte bereits, der Ledereinband rauchte, doch das schien den Mann nicht zu kümmern. Die Flammen spiegelten sich gelb und rot auf seinem totenbleichen Gesicht. Er trug den Turban eines Gelehrten, doch der Stoff war schwarz versengt und fleckig vom Rauch. Das Buch preßte er an seine Brust wie ein Kind, das er verzweifelt zu schützen versuchte. Der Gestank verbrannten Haars lag in der Luft. Atika stand kaum zehn Schritte entfernt. Doch das drängende Raunen derer, die weiter hinten standen, ließ sie nur halb verstehen, was der Mann wieder und wieder ausrief. Die Söldner erreichten ihn. Sie schrien ihm etwas zu, doch er reagierte nicht. Einer wollte nach dem Buch greifen, der Alte aber stieß ihn zurück und wandte sich ab, das schwelende Pergament noch immer fest an die Brust gepreßt. Er war klein und schmächtig, doch die Söldner mußten ihm erst den Arm auf den Rücken drehen, ehe er das Buch mit einem Schmerzensschrei losließ.

Einer der Männer hob es auf und hielt es einen Augenblick lang unschlüssig in der Hand. Dann warf er es achselzuckend wieder ins Feuer. Der hagere Mann mit dem Turban stieß einen Schrei aus, der Atika zusammenfahren ließ. Unter dem festen Griff der beiden Soldaten bäumte er sich auf, wieder und wieder. Er gebärdete sich wie toll, und dann rief er auf einmal etwas, das die Menge einen Herzschlag lang zum Schweigen brachte.

Die Worte, die er in die plötzliche Stille schrie, mit einer Stimme, deren Verzweiflung wie ein scharfes Schwert den

Lärm der Menschen zerschnitt, konnte Atika klar und deutlich verstehen. Sie brannten sich in ihr Gedächtnis:

»Das *Buch des Smaragds*«.

Safwans Blut stockte in seinen Adern. Der verzweifelte Aufschrei Nabils war über das Raunen der Menge und das Geräusch des Scheiterhaufens hinweg zu hören gewesen:

»Nicht dieses Buch! Verbrennt alles, aber nicht dieses Buch! Nicht das *Buch des Smaragds!*«

Safwan war unfähig, sich zu bewegen, sein Blick war starr auf den kleinen Bibliothekar gerichtet. Kaum fünf Schritte zu seiner Rechten, wo der Scheiterhaufen loderte, zuckte und wand sich der alte Mann im festen Griff der Berbersöldner wie ein Fisch am Haken. »Du Narr!« flüsterte Safwan. »Du verdammter Narr!« Warum hatte der alte Mann nicht auf ihn gehört?

Impulsiv machte er einen Schritt auf seinen Freund zu, doch die Schaulustigen versperrten ihm den Weg. Er konnte erkennen, daß das Buch, das die Berber wieder ins Feuer geworfen hatten, lautlos vom Stapel gerutscht war und nun schwelend am Rande der Pyramide lag. Und auch der *Hajib*, der mit seinen Gardeoffizieren direkt beim Feuer stand, hatte es bemerkt.

Safwan sah ungläubig auf das verzerrte Gesicht des allmächtigen Ministers. Hastig gab der *Hajib* einem der Berber ein Zeichen. Safwan drängte sich mit einem Ellbogenstoß an den Menschen vorbei, um Nabil näher zu kommen.

»Nicht dieses Buch!« rief der Bibliothekar. Noch immer wand er sich im festen Griff der Berber. »Dieses Buch ist wertvoller als Gold!« Nabil war wie von Sinnen. »Wie der Smaragd Vipern blendet, so bekämpft es ...«

»Dieses Buch ist gefährlich«, schrie einer der Berber den alten Mann über das Brausen des Feuers hinweg an. »Ebenso wie all die anderen. Das sind Werke von Ungläubigen und Häretikern, von Leuten, die die griechischen Heiden für weiser halten als den Propheten! Sie vergiften die Seelen der Gläubigen mit ihren ketzerischen Neuerungen! Du bist verhaftet, Bibliothekar, wegen Auflehnung gegen den Befehl des *Hajib* und wegen Ketzerei.«

Safwan stand wie gelähmt. Seine Hände ballten sich zu Fäusten, wollten den Berbern Nabil entreißen. Doch er blieb reglos stehen, starrte auf das unwirkliche Bild vor ihm. Vom rotflackernden Schein beleuchtet, stand der Bibliothekar zwischen den Söldnern. Seine Augenbrauen waren versengt. Über sein Gesicht und seine Kleider zogen sich Spuren von Ruß und Asche. Der beißende Geruch brannte in Safwans Augen und Nase. Die Worte des Söldners hallten in seinem Kopf nach: »… wegen Ketzerei.«

Die Berber packten Nabils magere Arme, nahmen ihn in die Mitte und zerrten ihn durch eine schmale Gasse zwischen den Schaulustigen hindurch. Als sie an ihm vorbeikamen, sah Safwan für einen Moment in das totenbleiche Gesicht seines Freundes. Er setzte an, um ihnen zu folgen. Doch wieder hielt er inne und blieb verunsichert im flackernden Licht stehen. Die Männer verschwanden mit ihrem Gefangenen im Dunkel des Säulengangs, der den Hof umgab.

Einer der Söldner warf das Buch mit einem Schwung wieder ins Feuer. Safwan starrte auf die Stelle, an der es langsam von den Flammen verzehrt wurde. Die Menge begann sich zu zerstreuen, strebte den großen Tischen zu, die schon vor Stunden in den Seitenstraßen des Moscheeviertels zum Fest des Fastenbrechens aufgestellt worden waren. Scherzhafte Rufe drangen durch die Abendluft an Safwans Ohr. Das Feuer brannte langsam nieder, und die Gruppe der Schaulustigen löste sich allmählich auf. Nur der *Hajib,* der mächtigste Mann des islamischen Westens, wandte das bleiche Gesicht nicht von dem Buch ab, als sei es ein machtvoller Gegner, dessen Vernichtung er sich um jeden Preis versichern mußte.

4

»Halt still! Du zappelst wie eine Kaulquappe!«
Fatima packte Atikas nackten Fuß und hielt ihn fest. Zum wiederholten Mal schob sie die weite Leinenhose über den Knöchel des Mädchens, um die Hennazeichnung auf dessen Sohle zu erneuern.

»Es kitzelt!« beschwerte sich Atika.

»Du wirst es überleben.« Fatima hob das fransige Holzstäbchen und fuhr fort, die verblaßten orangeroten Linien und Kreise nachzufahren. »Je ruhiger du den Fuß hältst, desto eher ist es vorbei.«

Es war früher Morgen. Nach und nach kamen die anderen Mädchen in den Aufenthaltsraum der Sklavinnen, der nur mit einer gepolsterten Bank und einigen Hockern möbliert war. Amina unterbrach ihre Lektüre immer wieder mit einem Gähnen. Das Lachen einiger Mädchen drang aus dem Waschraum gedämpft durch die Tür. Atika lehnte sich in die roten und weißen Kissen auf der *Suffa* zurück und überließ sich Fatimas sanftem Druck auf ihre Füße. Sie schloß die Augen. Noch immer spürte sie den beißenden Qualm des gestrigen Abends darin.

»Du hast schlecht geschlafen, nicht wahr?« fragte Fatima.

Atika öffnete die Augen. »Wer sagt das?«

Fatima lachte. »Ich sehe es. Deine Augen sind rot, die Ringe darunter lassen sich nicht einmal mit viel Puder verbergen. Und während des Fests zum Fastenbrechen gestern warst du noch schweigsamer und grüblerischer als sonst.« Sie drehte Atikas Fuß, um mit dem Pinsel eine andere Stelle zu bemalen. Atika wollte ironisch fragen, um wieviel Golddinare Augenringe den Preis einer Sklavin drücken konnten. Doch sie unterließ es, als sie den besorgten Ausdruck in Fatimas Gesicht bemerkte.

»Ach, es ist nichts.« Atika richtete die Augen auf ihre Hosen. »Ich mußte die ganze Nacht an das Feuer gestern denken. Es erinnerte mich an das Haus meines Vaters, als ich verschleppt wurde. Es brannte auch so heftig.« Sie wich Fatimas Blick aus, als die Dienerin von ihrer Arbeit aufsah. »Warum geschieht so etwas?« fragte sie. »Dieser alte Mann, der gestern von den Soldaten verhaftet wurde. Was hat er getan?« Nie wäre sie auf den Gedanken gekommen, mit Yusuf darüber zu sprechen. Die Mädchen sahen ihn ohnehin nur selten.

Fatima seufzte leise. »Ich hätte es ahnen müssen, daß du dich bis an den Scheiterhaufen vordrängen würdest. Aber ich weiß nicht, warum der alte Mann verhaftet wurde.« Sie unterbrach sich und setzte dann nach: »Vielleicht hielt man ihn für einen *Da'i.*«

Etwas daran, wie Fatima das Wort aussprach, ließ Atika aufsehen, vielleicht die Art, wie die alte Frau auf einmal die Stimme senkte.

»Einen was?« Unwillkürlich warf sie einen Blick hinüber zu Amina, die ganz in ihre Lektüre versunken schien. Fatima zögerte. Dann erklärte sie: »Einen *Werber.*«

Atika richtete sich auf. »Was ist das?« Mit einem Mal war sie hellwach.

Wieder zögerte die Aufseherin unmerklich, ehe sie antwortete. »So nennt man die Missionare des Kalifen von Ägypten.«

Atika ließ sich auf die Ellbogen zurücksinken, ohne den Blick von der alten Frau zu nehmen. »Von Ägypten? Ich dachte, der Kalif sitzt hier in Córdoba, als Gefangener seines eigenen *Hajib.* Und der führt ihm junge Mädchen und Musikanten zu und betäubt seinen Verstand mit Wein, damit er sich nicht in die Politik einmischt.«

»Das ist richtig. Aber er ist nicht der einzige, der Anspruch auf die Nachfolge des Propheten Muhammad – Gott segne ihn und schenke ihm Heil – erhebt. Es sind drei.«

Layla steckte den Kopf zur Tür herein. »*Sabah al-chair!* – Guten Morgen! Gibt es schon Tee?«

Fatima wandte den Kopf. »Geh ruhig in die Küche hinunter und frag einmal nach. Es ist spät genug.« Layla lächelte Atika zu, ehe sie die Tür wieder schloß.

»Drei Kalifen?« nahm Atika das Gespräch wieder auf. Fatima antwortete leise und so schnell, daß Atika sie nur schwer verstand:

»Der Kalif von Córdoba – er stammt von der alten Dynastie der Umayyaden ab, aber du siehst ja, welche Macht er hat. Man sagt, er sei verweichlicht, ein Kind des *Harim*, eingesperrt in einem goldenen Käfig. Sein *Hajib*, al-Mansur, regiert als Usurpator an seiner Stelle, das hast du ganz richtig gesagt. Und auch der Kalif in Bagdad ist kaum mehr als der Sklave seines eigenen Statthalters. Aber der Kalif von Ägypten, nun ...«

Fatima hielt inne. Mit dem Kalifen von Ägypten mußte es eine besondere Bewandtnis haben. Atika konnte den düsteren Schatten beinahe spüren, der sich über sie legte.

»Seine Palaststadt Kairo liegt nahe den Sümpfen am Nil, wenige Meilen von der Hauptstadt Fustat – dem letzten Ziel unserer Reise und Yusufs Heimat. Der Kalif von Ägypten ist der Anführer einer Sekte von Predigern und Missionaren aus den Wüsten Afrikas«, erklärte Fatima. »Sie nennen sich Ismailiten. Vor zehn Jahren kamen sie aus den westlichen Wüsten und eroberten das Nilland. Sie ließen uns unsere Religion. Doch die Ismailiten sind entflammt von dem Glauben, auserwählt zu sein, wenn das Ende der Welt anbricht. Sie glauben an eine geheime Lehre, in die nur ihre Anhänger eingeweiht werden. In allen Ländern des Islam werben sie im verborgenen neue Anhänger. Und ihr Kalif ist der erbittertste Feind des Tyrannen von Córdoba.«

»Ich verstehe«, sagte Atika zögernd, doch in Wahrheit schwirrte ihr der Kopf von all den fremden Namen. »Und du denkst, der Mann beim Scheiterhaufen könnte im Auftrag dieses fremden Kalifen gehandelt haben?«

»Ich nehme an, der *Hajib* von Córdoba glaubt das«, sagte Fatima verächtlich. Ihr kleines Gesicht wurde spitz dabei. »Für ihn sind die Ismailiten Häretiker, die das Volk verhetzen. Er nennt sie *Ghulat – Übertreiber*.«

Sie wandte sich wieder Atikas Füßen zu und fuhr ruhiger fort: »In diesem Land leben Araber, Berber, Romanen und Slawen zusammen, Menschen unterschiedlichsten Glaubens. Das hat früher immer wieder zum Streit geführt. Die alten Leute erinnern sich noch an den großen Aufstand der Banu Hafsun. Erst vor etwas mehr als fünfzig Jahren gaben die Rebellen auf. Das war im Jahre des Herrn 928, nach dem Kalender der Christen«, erklärte sie, als Atika die Stirn runzelte, um nachzurechnen. »Ein Jahr nach dem Ende der Banu Hafsun rief sich der Emir von Córdoba zum Kalifen aus. Seit damals versuchen die Herrscher von al-Andalus, das Volk über die Religion zu einen. Der Usurpator, der *Hajib* al-Mansur, kann es sich nicht mehr leisten, in diesen Dingen nachlässig zu sein. Er verdankt seine Macht nur dem Bündnis mit den Theologen – und der Schwäche des jungen Herrschers. Aber der Ismailitenkalif ist aus anderem Holz geschnitzt, er ist stark und lüstern, seine Macht auszudehnen. Er deutet den Islam anders, als man es hierzulande tut, und schätzt auch die griechischen Philosophen hoch. Deshalb fürchtet der Usurpator die Bücher beinahe ebensosehr wie die Ismailiten. Häretiker oder Gelehrter, das ist für ihn eins. Dabei war er früher beinahe selbst ein Gelehrter.«

»Er fürchtet die Bücher?« fragte Atika so laut, daß Fatima beschwichtigend den Finger auf den Mund legte. Atika schüttelte den Kopf. Wenn sie über die Welt, in der sie gestrandet war, eines wußte, dann dies: Es war eine Welt, in der man sogar Sklavinnen dazu anhielt, Bücher zu lesen, weil das, was sie enthielten, jeden noch so geringen Bewohner dieser Welt betraf.

»Beinahe mehr noch als er die *Werber* fürchtet.«

Wieder dieser Ausdruck. Atika hob den Kopf. »Wer sind diese – *Werber* der Ismailiten?«

Fatima starrte auf den Pinsel in ihren Händen. Atika glaubte schon, sie werde keine Antwort mehr bekommen, als die alte Frau fortfuhr: »Sie sind Missionare. Sie suchen neue Anhänger für die geheime Lehre der Ismailiten und weihen sie in die Mysterien ihres Glaubens ein. Aber davon abgesehen ...« Sie hielt inne. »Davon abgesehen sind sie die besten Spione ihres Kalifen.«

»Missionare und Spione in einem?«

Die Augen in Fatimas dunklem Gesicht verengten sich. »Bisweilen sogar mehr als das. Mehr als einmal ...« Wieder unterbrach sie sich und warf einen kurzen Blick hinüber zu Amina. Doch diese hielt die Augen fest auf ihr Buch gerichtet. »Mehr als einmal haben sie einen jungen Mann geschickt, der den Streit zwischen Córdoba und Ägypten auf eine unauffällige Weise beilegen sollte. Halt den Fuß still!« Atika legte ihren Fuß gehorsam wieder zurück. Trotz der Hitze fühlte er sich kalt an.

»Was meinst du damit? Auf unauffällige Weise beilegen?«

»Der Wahn des Usurpators, jeder wolle ihm ans Leben, kommt nicht von ungefähr«, sagte Fatima langsam. »Aber das einzige, was der *Hajib* al-Mansur wirklich fürchtet, zu Recht fürchtet, sind die *Werber* aus Ägypten.«

Atika beobachtete aufmerksam jede Regung ihres breiten Gesichts. »Hast du schon einmal einen solchen *Werber* gesehen? Yusuf und du, ihr kommt doch aus Ägypten.«

Fatima machte eine abwehrende Geste. »Du hast Ideen, Kind! Wir einfachen Leute haben genug zu tun, bei all den Kämpfen der Mächtigen unbeschadet davonzukommen.«

»Ich gehöre nicht zu den einfachen Leuten!« erwiderte Atika scharf. »Mein Vater war einer der Edlen seiner Sippe. Man hat mich verschleppt und verkauft, aber ich bin frei geboren!«

Fatima ließ das Holzstäbchen sinken und lockerte ihren Griff um Atikas Fuß. Atika senkte die Augen. »Es tut mir leid, Fatima«, sagte sie leise. »Du hast recht. Hier gehöre ich zu den einfachen Leuten.«

Sie wußte, daß sie in ihrem Inneren nicht daran glaubte. Irgend etwas in ihr, das die letzten Monate wie betäubt gewesen war, war auf einmal erwacht. Sie würde sich niemals damit abfinden.

»In dieser Welt«, sagte Fatima und wirkte auf einmal mütterlich, »werden wir Frauen alle als Sklavinnen geboren. Du ebenso wie ich, ob Christin, Jüdin oder Muslima. Aber nicht alle von uns sterben auch als Sklavinnen. Du hast mir einmal erzählt, wie dein Vater dir sagte, daß Frauen nicht lesen lernen können. Und doch hast du, seit du bei uns bist, nicht nur latei-

31

nische Buchstaben gelernt, sondern auch arabische. Es hängt ganz von dir ab. Hier in dieser Stadt gibt es Frauen, die als Kopistinnen für die Bibliothek arbeiten. Gegen Geld, Atika, gegen Geld, wie ein Mann. Ich weiß, daß du Angst hast. Wir haben unser erstes Ziel erreicht, und von nun an wird Yusuf damit beginnen, seine Sklavinnen zu verkaufen. Aber bis Ägypten ist es noch weit.«

Es hängt ganz von dir ab. Atika schüttelte den Kopf. »Ich verstehe nicht.«

Fatima zog die letzten Striche nach. »Es gibt viele Möglichkeiten freizukommen. Manch ein Herr nimmt seine Sklavin zur rechtmäßigen Ehefrau, wenn sie ihm einen Sohn schenkt.«

Atika verzog das Gesicht. »Ist das alles?«

»Wenn du Bildung erwirbst und einen hohen Preis wert bist«, fuhr Fatima fort, während sie ihren Pinsel in die Schale mit der Farbe tauchte, »kannst du selbst Wünsche äußern, wenn entschieden wird, wer dich kaufen soll. Das ist vermutlich mehr als du in deiner Heimat bei einer Heirat hättest mitbestimmen können.«

»Bildung erwerben klingt jedenfalls interessanter, als Söhne gebären.« Atika griff nach einem Stück Marzipan, das neben ihr auf einem Teller lag. Obwohl sie so viel zu essen bekam wie nie zuvor in ihrem Leben und niemand sie mahnte, bescheiden zu sein, blieben ihre langen Glieder schlank.

Fatima begutachtete scheinbar ungerührt ihr Werk. Mit einem zufriedenen Nicken legte sie Atikas Fuß zurück auf die Kissen. Dann stand sie auf und legte den Pinsel wieder in das Schälchen mit Farbe, um beides nach unten in die Küche zu bringen. »Genug jetzt davon«, sagte sie bestimmt. »Geh nachher zu Yusuf und bitte ihn, mir zwanzig Dirham herauszulegen. Ein Stall voll junger Mädchen kostet viel mehr, als ein Mann sich vorstellen kann. Wenn er sich öfter hierher in den Frauenbereich verirren würde, wüßte er das auch. Aber warte noch, bis der Tee unten fertig ist.« Sie machte eine Pause. »Es ist jemand bei ihm.«

Die Art, wie Fatima die letzten Worte aussprach, ließ Atika aufhorchen. Es war derselbe Tonfall, in dem sie vorhin von den *Werbern* gesprochen hatte.

»So früh schon?«

Es wurde dunkler im Raum, eine Wolke hatte sich vor die Sonne geschoben. Fatima warf einen Blick durch das vergitterte Fenster hinaus. Dann entgegnete sie kurz: »Störe Yusuf nicht. Warte bis nach dem Tee.«

Atika stand auf. »Ich hatte dich so verstanden, daß ich möglichst viele von Yusufs Besuchern kennenlernen sollte«, entgegnete sie. »Vielleicht ist ja einer davon der richtige Herr für mich?«

Das Lächeln, mit dem sie ihre Worte begleitete, veranlaßte die alte Frau dazu, die Stirn zu runzeln.

Mit plötzlichem Trotz fuhr Atika fort: »Ein Herr, dem ich einen Sohn gebären kann, damit er mir die Freiheit schenkt?« Ihr Leib verkrampfte sich, und sie holte tief Atem. Vor wenigen Tagen noch hätte sie es nicht gewagt, so mit der Aufseherin zu sprechen.

»Ich sagte, später!« Fatimas Stimme veränderte sich, klang auf einmal gepreßt, als bereue sie es, ihr den Auftrag überhaupt gegeben zu haben. »Dieser Mann ist keiner von Yusufs Besuchern, er wohnt im Haus. Und er ist nicht der richtige Herr. Weder für dich noch für eines der anderen Mädchen.«

Atika hob die Augenbrauen. Sie sah der alten Frau nach, wie sie das Zimmer verließ. Dann stand sie langsam auf, strich über ihren zartgrünen Kittel und ordnete ihr langes rotblondes Haar.

Es war das erste Mal, daß sie die Gemächer ihres Herrn auf der anderen Seite des Hofs betrat. Die merkwürdige Stille in dem kleinen Vorraum fiel ihr auf. Sie hielt inne. Fatima hatte klar und deutlich gesagt, sie solle warten. Atika hätte selbst nicht genau erklären können, warum sie nicht gehorcht hatte. Ihre Blicke schweiften durch das leere Zimmer und hinaus auf die ruhige Galerie. Yusuf ließ seine Türen gewöhnlich offen und allenfalls durch einen schweren Wandteppich verhängen. Hier in Córdoba hielt er es nicht anders als auf der Reise. Ein schwerer Kelim mit braunen, grünen und orangefarbenen geometrischen Mustern hing an der gegenüberliegenden Seite des Raums. Gedämpfte Stimmen drangen dahinter hervor. Langsam durchquerte sie das Gemach. Ihre nackten Füße bewegten sich beinahe lautlos über die Fliesen. Die Kälte des Bodens kroch über ihre Fußsohlen bis hinauf zu den Knöcheln. Vor dem Teppich hielt sie inne. Während sie noch unschlüssig dastand, die Hand halb erhoben, hörte sie, wie die Stimmen auf einmal lauter wurden.

»Ihr verlangt zuviel von mir!« rief Yusuf. »Ich bin nur ein Sklavenhändler, keiner eurer Leute. Ich liefere euch Informationen, aber daß ich mich an eurem Unternehmen beteilige, kannst du nicht von mir verlangen. Wenn der *Hajib* jemals herausfinden sollte, was ich getan habe, muß ich nicht nur meinen Handel in Andalus und im Norden aufgeben, sondern bringe mich selbst in unabsehbare Gefahr!«

»*Hal anta cha'if min barabiratihi?*« fragte der andere in ironischem Tonfall. Es war eine dunkle Stimme, aber sie klang nicht weich, wie es bei tiefen Stimmen oft der Fall ist. Es war ein strenger Klang, glühend und zugleich kalt, unbeugsam wie bläulicher Stahl. *Hast du Angst vor seinen Berbern?*

Atika spürte ein leichtes Kitzeln im Nacken. Der Klang dieser Stimme versetzte sie in eine seltsame, ungewohnte Erregung. Sie fuhr mit der Hand über ihren Haaransatz, doch es hörte nicht auf. Unwillkürlich rückte sie näher, bis sie den schweren Stoff des Teppichs mit ihrem Gesicht berührte. Die Fasern strichen rauh über ihre Wangen und verschluckten ihren Atem.

»Ich habe keine Angst, Amr, das weißt du«, beschwichtigte Yusuf. »Aber ich muß auch an mein Geschäft denken, schließlich lebe ich davon. Ich habe keinen *Obersten Werber*, der für mich sorgt, wenn ich scheitere. Eure Sache ist nicht die meine. Ich unterstütze euch, aber ich bin kein Anhänger eurer Lehre. Das wußtest du von Anfang an.«

Atika gab einen leisen überraschten Laut von sich. Erschrokken hielt sie sich die Hand vor den Mund. Keinen *Obersten Werber?*

Die Stimme des anderen wurde sanfter. »Ich verlange nichts von dir, was du nicht mit deinem Glauben und mit deinen eigenen Interessen vereinen könntest, Yusuf. Der Kalif von Ägypten ist ein Herrscher, der zu seinem Wort steht. Wenn wir unser Ziel erreichen, wird es dein Schaden nicht sein.«

Atika wußte, daß das Gespräch sie nichts anging. Sie hätte längst gehen sollen, doch sie verharrte unbeweglich. Die dunkle Stimme pochte in ihren Adern. Ein kaum wahrnehmbares Zittern lief über ihren Körper.

»Du sagtest mir, ich solle nur mein Haus zur Verfügung stellen, damit sich deine Leute dort unbemerkt treffen können. Aber was du nun verlangst, ist zuviel, Amr!«

»Zuviel im Verhältnis zu dem Vorteil, den du hast?« unterbrach ihn der Mann namens Amr scharf. Seine Stimme stach in Atikas Schläfen. »Dafür, daß dein kleines Geheimnis unter uns bleibt und niemand von deiner Vorliebe für schöne Knaben erfährt? Ganz abgesehen von dem in Gold gemünzten Teil unserer Abmachung, der es dir ermöglicht, dein Geschäft aufzugeben, so wie du es immer wolltest.«

Atika machte eine Bewegung. Der Teppich wölbte sich leicht. Sie wich zurück, starrte auf den Stoff, jeden Moment gewärtig, in das Gesicht des Sklavenhändlers zu sehen. Wenige Augenblicke stand sie reglos mit angehaltenem Atem. Dann setzte das Gespräch wieder ein.

»Du weißt, daß ich mein Geschäft betreibe, weil ich es geerbt habe«, widersprach der Sklavenhändler. »Ich habe nie einen Hehl daraus gemacht, daß es mir nicht gefällt. Ich tue nur, was ich tun muß.«

»Ich weiß, ich weiß. Für wen von uns gilt das nicht?« Yusufs Gast machte eine kleine Pause. »Es ist kaum zu übersehen, daß du beinahe alles, was mit deinem Geschäft zu tun hat, Fatima überläßt. Nun, wenn du dich zur Ruhe setzt, kannst du ihr deinen Anteil verkaufen.« Er lachte. Es war ein leises, kaltes Lachen.

»Aber dein Plan ist zu gefährlich!« In Yusufs Stimme war die Panik nicht zu überhören. »Amr, das Wagnis ist zu groß. Dein Angebot war verlockend, ich gebe es zu. Aber du hast mir nicht gesagt, was ich dabei riskiere. Ich weiß, daß du den Auftrag des Kalifen erfüllen mußt. Er vertraut dir mehr als jedem anderen seiner *Werber*. Er ist auch mein Herrscher, obwohl ich nicht euren Glauben habe. Aber das …«, wieder brach er ab.

Atika fühlte ihr Herz heftig pochen. Ihre Gedanken überschlugen sich. *Allmächtiger Gott, wer ist dieser Mann?*

»Ich weiß selbst, wie gefährlich es ist«, fuhr Amr den Sklavenhändler an. »Deshalb habe ich das Fest des Fastenbrechens und die Bücherverbrennung abgewartet. Der *Hajib* ist gerissen wie ein Schakal, die Barbarei zu einem Volksfest zu machen. Doch in den nächsten Tagen wird er sich in Sicherheit wiegen. Und seine Wachhunde sind noch immer betrunken.« Leiser sagte er unvermittelt: »Es ist keineswegs so, daß mir dieser Auftrag keine schlaflosen Nächte bereiten würde.«

Atika hob den Kopf. Das leise Beben seiner Stimme verriet, daß diese Worte nicht einfach eine Floskel waren. Er meinte, was er sagte. Hatte auch er diese Nacht wachgelegen, vielleicht zur gleichen Zeit wie sie selbst in die Dunkelheit gestarrt?

»Du tust es trotzdem, weil du eigene Pläne hast, ist es nicht so?« fragte Yusuf in erregtem Ton. »Du würdest nichts tun, wovon du nicht überzeugt bist, auch nicht für den Kalifen. Nicht, wenn du nicht hofftest, dadurch deine eigenen Ziele zu

36

erreichen. In Fustat kennt man dich, Amr. Was ist es, das dich so reizt, daß du dafür einen Auftrag wie diesen übernommen hast? Einen Auftrag, den du eigentlich zutiefst verabscheust?«

Der andere schwieg. Atika hielt den Atem an, fürchtend, der bloße Hauch könne sie verraten. Dann sagte der Fremde: »Das *Buch des Smaragds ...*«

Atika hob den Kopf. Ihr Puls schlug schneller. Etwas in der Stimme des Mannes hatte sich verändert.

»Das Buch? Ach, ich erinnere mich«, sagte Yusuf, »du hast mich danach gefragt, weil ich in Córdoba manchmal Bücher kaufe. Aber so etwas würde ich keiner meiner Sklavinnen zu lesen geben.«

»Das gefährlichste Buch seit der Offenbarung des Propheten.« Die Worte klangen gedämpft durch den Teppich, verführten sie, schienen in ihre Gedanken einzudringen und ihre Glieder zu lähmen. »Der Schlüssel zur absoluten Wahrheit«, fuhr Amr drängend fort. Eine unbekannte Saite in Atika begann zu schwingen. »Das Meisterwerk des Ibn ar-Rewandi, das Werkzeug des Hermes, das den Zweifel blendet ...« Der plötzliche, leicht rauhe Ton ließ einen Schauer über Atikas Rücken laufen. Es war kein Schauer der Furcht, sondern ein anderer, angenehmerer, der ihr den Atem nahm. In diesem Tonfall lag etwas von der Leidenschaft eines inbrünstigen Gebets.

Wegen eines Buches.

Sie wußte, daß sie sich zurückziehen mußte. Wenn sie sich Mühe gab, würde man sie nicht hören. Sie würde abwarten können, bis der Fremde gegangen war.

Aber sie wollte nicht gehen. Wie ein Falter in die Flamme flog, weil er nicht anders konnte, so wollte sie diesen Mann sehen, dessen Stimme etwas in ihr zum Schwingen gebracht hatte. *Das Buch, das den Zweifel blendet.* Ihre Finger klammerten sich um die Falten des Teppichs. Mit plötzlicher Entschlossenheit zog sie den Stoff zur Seite und betrat den Raum.

Die beiden Männer, die auf den strohfarbenen Federgrasmatten am Boden saßen, sahen überrascht auf. Nur das spär-

37

liche Licht weniger Öllampen erhellte das Gemach. Sonnensegel waren vor das Fenster zum Innenhof gezogen. Schattenhaft erkannte sie die Umrisse einer großen Truhe. Sonst war der Raum beinahe leer. Das niedrige x-förmige Holzgestell eines Buchständers, auf dem ein aufgeschlagener Foliant lag, und einige Kissen bildeten das ganze Mobiliar. Die Wände waren mit Leder ausgekleidet, das im Schein der Öllampen glänzte. In Yusufs Gesicht stand blanke Angst. Sein Gegenüber war ein bärtiger Mann, dessen Alter schwer zu bestimmen war. Vermutlich war er nicht viel älter als fünfunddreißig Jahre. Er hatte mit einer energischen Bewegung aufgesehen. Sein scharfkantiges, hageres Gesicht war von einer düsteren Schönheit, die sie wie gebannt verharren ließ. Einen Herzschlag lang spürte sie seine schwarzen Augen auf ihrem Gesicht und ihrem Körper, tastend und zugleich auf eine schwer zu bestimmende Art abschätzend. Er erhob sich mit einer langsamen, geschmeidigen Bewegung. Atika stand wie gelähmt. Dann zischte der Mann dem Sklavenhändler eine schnelle Bemerkung zu, die sie nicht verstand. Unvermittelt machte er einen Schritt in ihre Richtung. Atikas Puls setzte einen Augenblick aus. Seine helle Kleidung streifte die ihre, sie nahm den Hauch eines unbekannten Parfüms wahr. Dann war er an ihr vorbei, und der Kelim im Eingang fiel wieder vor die Türöffnung.

6 Die schmale Gasse im Judenviertel Córdobas führte in weitem Bogen auf die *Mahaja l-Uzma*, die große Durchgangsstraße, die die Stadt von Süden nach Norden durchquerte. Noch lag ein morgendlicher Friede über dem Viertel. Nur von der Hauptstraße her war das Rumpeln eines Wagens zu hören. Rechter Hand ragten die gelblichen Mauern des Kalifenpalastes hinter den niedrigen, weißgekalkten Häusern empor. Im Südosten war das Minarett der Großen Moschee zu erkennen. Der erste Gebetsruf war längst verklungen, doch die meisten Händler würden ihre Läden erst in wenigen Stunden öffnen. Amr unterbrach seine hastigen Schritte, die in der leeren Straße widerhallten. Als das Mädchen auf einmal im Zimmer gestanden hatte, war er aufgefahren. Ihre glasklaren Augen, direkt auf ihn gerichtet, hatten ihn einen Augenblick lang gelähmt. Sein Blick, der sonst von Yusufs Sklavinnen nicht einmal Notiz nahm, hatte sie von Kopf bis Fuß gemustert: ihre hochgewachsene, schlanke Gestalt, die sich unter den leichten Seidenstoffen abzeichnete und durch die breite Schärpe betont wurde, das Spiel von Licht und Schatten auf ihrem Körper, das helle rötliche Haar, das ihr unbedeckt über den Rücken fiel. Er hatte sich zwingen müssen, die Augen von ihr zu nehmen. Dann waren die Gedanken durch seinen Kopf gejagt wie ein wildes Heer von Reitern. Sie konnte nicht verstanden haben, was sie gehört hatte. Doch sie mußte erkannt haben, wie gefährlich es war.

»Du unternimmst nichts ohne mich!« hatte er Yusuf angewiesen. Dann war er auf die Straße gestürzt, als sei ihm ein Dämon auf den Fersen.

Amr lehnte sich an eine weiße Mauer, um Atem zu holen. Der Stein war kühl und beruhigte seinen hastigen Puls. Der Qualm des gestrigen Spektakels hing noch zwischen den Häusern. Unvermittelt schlug er die geballte Faust so fest gegen die Wand, daß es schmerzte. Niemals zuvor war er je im Zweifel gewesen, welchen Weg er einschlagen sollte.

»Keine Zeugen«, hatte der *Oberste Werber* ihn ermahnt, als er ihn auf seine Aufgabe eingeschworen hatte. »Die *Werber* der wahren Lehre müssen sich wie Fische im Wasser unter ihren Feinden bewegen. Der Mantel dunkler Verschwiegenheit bedeckt ihr Werk.«

Amr wußte, was er tun mußte, was er bereits vorhin hätte tun müssen. Zuviel stand auf dem Spiel. Sollten die Berber des Usurpators auch nur ahnen, wer er war und weshalb er sich in der Stadt befand, konnte das Wissen des Mädchens zur tödlichen Gefahr für ihn werden. Er mußte schnell handeln, solange

Yusuf sie im Haus halten konnte und solange sie noch keine Gelegenheit hatte, einer anderen Sklavin zu sagen, was sie gehört hatte.

Du fühlst nicht wie ein einfacher Mann. Denn die Sache, der du dich verschrieben hast, verlangt mehr als einen Menschen. Die Stimme des *Obersten Werbers* war so deutlich in seinem Gedächtnis, als sei sie soeben erst verklungen. Sie hallte in seinen Ohren wie der Donner des Jüngsten Gerichts. Aber wo war die Grenze, die das Übermenschliche vom Unmenschlichen trennte?

Du mußt unempfindlich gegen Schmerz werden, fuhr der *Oberste Werber* in seinem Kopf fort, *wie gegen alle anderen Gefühle, die einen Menschen bewegen. Sie laufen durch dich hindurch, ohne haften zu bleiben, wie der Sand durch ein Gefäß. Du empfindest keine Trauer, keinen Schmerz, kein Mitleid und keine Liebe.* Amr schloß die Lider und sah wieder das Gesicht der Sklavin vor sich. Ihre Augen unter dem golden schimmernden Haar waren blau. Die Furcht war darin deutlich zu lesen gewesen. Sie mußte gewußt haben, wie gefährlich das war, was sie gehört hatte. Warum war sie nicht geflohen?

Keine Zeugen. Er drehte sich zur Wand und preßte die Stirn gegen das kühle Mauerwerk. Es mußte einen Weg geben, sicherzustellen, daß sie schwieg, ohne sie zu töten. Und er mußte ihn schnell finden, denn bald würde der Mann kommen, den er bei Yusuf erwartete.

Amrs Blick erfaßte einen Goldschmied, der soeben damit begann, seine Ware vor der Ladentür auszubreiten, um sich schließlich daneben auf den Boden zu setzen. Der Mann hielt eine angefangene Arbeit aus filigranem Silber in der Hand. Neben ihm lagen fertige Stücke, Blumen, Schmetterlinge und die beliebten Schutzamulette in Form von Händen, die von Muslimen ebenso gekauft wurden wie von Christen und Juden.

Amr beobachtete ihn aus einiger Entfernung. Er atmete tief ein und versuchte, sich auf seinen unruhigen Puls zu konzentrieren. Für einen Moment schloß er die Augen, stand reglos

40

an die Wand gelehnt. Ein Bild trat ihm vor Augen: Er selbst, ein Junge noch, stand mit ernstem Blick vor seinem Vater, die Hand auf das silberne Amulett gelegt, das er um den Hals trug. Er hörte seine eigene Stimme, hell vor Aufregung: »*Ich schwöre es bei der Hand der Fatima.*« Und sein Vater erwiderte: »*Ein Schwur ist heilig. Das Amulett wird dich daran erinnern.*«

Amr öffnete die Augen, und das helle Morgenlicht blendete ihn. Er warf einen erneuten Blick auf den Goldschmied. Dann löste er sich mit einem Ruck von der Mauer und ging auf ihn zu.

»Sei willkommen, *Sidi*!« grüßte der Goldschmied. Er war ein gedrungener, zäher Mann, ein wenig gebeugt, was ihn kleiner erscheinen ließ, als er es tatsächlich war. Sein Gesicht war vom Alter ausgezehrt, doch die lebhaften Augen darin wirkten jung und lebendig. »Kann ich dir behilflich sein? Komm in meinen Laden, dann zeige ich dir auch meine wertvolleren Stücke. Man nennt mich Yuhanna.« Er erhob sich ein wenig steif und rief einem Jungen, draußen auf die Ware zu achten. Amr stand einen Augenblick reglos in der Sonne. Es war Wahnsinn, was er tat. Doch er kehrte nicht um. Statt dessen raffte er seinen hellen Sommermantel, um hinter Yuhanna in den Laden zu treten.

»Setz dich, *Sidi*. Was kann ich dir anbieten? Tee?« Der Goldschmied hielt seinen Besucher, wohl aufgrund des Bartes, für einen muslimischen Theologen.

Amr bejahte. Yuhanna brachte zwei Gläser, in denen Minzblätter und Rosenblüten schwammen. »Was suchst du, *Sidi*? Ein Schmuckstück für dich selbst? Für jemand anderen?« Der Mann hatte offensichtlich Erfahrung mit Religionsgelehrten und wußte, daß sie die Frage nach einer Frau als unhöflich empfanden, ebenso wie das Angebot, Wein zu trinken. Amr bemerkte die leichte Scheu, mit der der Mann zu ihm aufsah. Dennoch beließ er ihn in dem Glauben, einen Theologen vor sich zu haben. Der Jude bot ihm ein Kissen an, das neben dem Metalltablett auf dem Boden lag. »Es ist hier nicht gerade wie im Palast des Kalifen, aber ich habe mein Auskommen. Die Leute schätzen meine Arbeit.« Amr spürte, wie sich sein Pulsschlag allmählich beruhigte, während er sich in dem kleinen dunklen Raum umsah. Abgesehen von einigen Kisten und Truhen gab es kein Mobiliar. Der Boden war mit Matten aus Federgras bedeckt. Für einen Augenblick breitete sich Ruhe in Amr aus, als habe er die Stimmen, die in seinem Kopf widerhallten, mit dem Sonnenlicht auf der Straße zurückgelassen. Sein Plan war kühn. Doch er konnte gelingen.

Yuhanna hob eine Kiste auf, die neben ihm auf dem Boden stand und öffnete sie. »Es gibt für mich nichts Magischeres als die Sprache der Edelsteine, *Sidi*. Nichts auf der Welt vereint heilsame Wirkung, Schönheit und Wert so vollkommen wie Juwelen.« Yuhanna reichte seinem Besucher die Kiste.

»Du bist ein Magier«, sagte Amr. »Deine Arbeiten sind ausgezeichnet.« Er bewunderte die feine Arbeit, mit der Gold- und Silberdrähte sich um die glänzenden Steine schlangen. Das spärliche Licht fing sich in ihnen, als leuchteten sie von einem inneren Feuer. Yuhanna ließ einige davon durch seine Finger gleiten. Die anfängliche Scheu in seinem Blick verlor sich. »Sieh dir diese Perle an, *Sidi*! Perlen sind die kostbarsten aller Juwelen. Man sagt, sie entstehen, wenn der Regen über dem ruhigen Meer in die offenen Schalen der Muscheln fällt. Die Muschel nährt dann die Tropfen wie eine Frau, die den männlichen Samen empfangen hat, bis das leuchtende Juwel vollendet ist. Ich habe sie nicht durchbohrt, sondern in ihrer ursprünglichen Schönheit gefaßt, damit ihr Wert erhalten bleibt und ihre heilsame Wirkung sich entfalten kann.«

Amr betrachtete das ebenmäßige Juwel, das von einem Silberdraht umschlungen wurde.

»Was für eine Wirkung sagt man ihr denn nach?« Er hatte schon gehört, daß manche Ärzte den Edelsteinen heilsame Kraft zuschrieben.

»Sie reinigt das Blut und hilft bei Krankheiten des Herzens. Außerdem vertreibt sie animalische Gedanken und verhindert, daß der Teufel sich beim Beischlaf zwischen Mann und Frau drängt und der Leibesfrucht schadet.« Yuhanna zuckte die Schultern und lächelte. »So sagt man wenigstens.«

Amr sah auf. Die Stimme des *Obersten Werbers* begann wieder in seinem Kopf zu tönen: *Es läuft durch dich hindurch, ohne haften zu bleiben, wie der Sand durch ein Gefäß.* Unwillkürlich hob er die Hände an die Schläfen. Yuhanna sah ihn mit einem entschuldigenden Blick an und legte das Juwel zurück in die Kiste. Kleine Fältchen legten sich um seine Augen.

»Es gibt auch Steine, die man als Amulett tragen kann. Hier, der Malachit zum Beispiel: Er muß tiefgrün sein. Ich habe ihn in Kupfer gefaßt, weil er aus Kupferschwefel und Grünspan entsteht. Um den Hals getragen, ist er ein Amulett gegen den bösen Blick. Er schützt aber auch vor Skorpionstichen und Schlangenbissen.«

Yuhanna stand auf, suchte in seinen Kästchen und nahm etwas heraus. »Auch der Smaragd hilft gegen Skorpione und Schlangen. Davon habe ich sogar zwei gemacht, damit zwei Freunde sie tragen können.« Er reichte Amr ein Halsband aus feingearbeiteten goldenen Kettengliedern, an dem in einer kunstvollen Fassung ein grüner Stein hing. »Oder auch zwei Liebende«, fügte er hinzu.

Amrs linke Hand schloß sich krampfhaft um das Teeglas. Mit der Rechten griff er nach dem Anhänger. Er hob das kostbare Stück, um es genauer zu betrachten.

»Die Fassung ist aus reinem Gold, *Sidi*«, beeilte Yuhanna sich zu versichern, als er das Interesse seines Besuchers bemerkte. »Sie stellt zwei Schlangen dar, die sich um den oberen Teil des Steins winden. Dem Stein selbst habe ich die Form eines Auges gegeben.«

Der Smaragd war durchsichtig, so daß Amr seine Hand grün hindurchschimmern sah. »Das ist eine ausgezeichnete Arbeit. Und ein sehr schöner Stein.« *Kein Schmerz*, tönte die Stimme in seinem Kopf. Sie wurde unerträglich laut. *Kein Mitleid. Und keine Liebe.*

Yuhannas Gesicht strahlte Zufriedenheit aus. »Ein wertvoller Smaragd muß durchsichtig sein. Ich mußte lange suchen, bis ich ein so schönes Exemplar gefunden hatte.«

Amr ließ die Kette durch seine Finger gleiten. »Er ist vollkommen. Und«, er räusperte sich, »was sagt man von seiner Heilwirkung?«

»Smaragde helfen, in einem Getränk aufgelöst, gegen jede Art von Giften, besonders aber gegen die Gifte von Skorpionen und Schlangen. Wenn du ihn lange ansiehst, vertreibt er die Müdigkeit und stärkt die Augen.« Yuhanna schien nachzudenken. »Mein Vater benutzte Smaragde auch, um verschiedene Hautkrankheiten oder Kopfschmerzen zu kurieren«, fuhr er dann fort. »Außerdem hilft der Smaragd beim Blutfluß und erleichtert die Geburt – falls du dich für diese Eigenschaft interessieren solltest.«

Die Sache, der du dich verschrieben hast, verlangt mehr als einen Menschen, hallte die Stimme. Amr schloß einen Moment die Augen, kämpfte dagegen an, zwang sie zurück in die dunklen Tiefen seines Bewußtseins. »Du weißt viel über die Steine«, bemerkte er. »Wo hast du das gelernt?«

Yuhanna faltete die Hände. An seiner Linken trug er einen Ring mit einem nachtschwarzen Opal. Es war sein einziger Schmuck. »Ich habe es natürlich von meinem Meister gelernt«, erklärte er. »Und aus Büchern. Das meiste habe ich aus dem neuen Traktat von al-Muqaddasi, *Über die Steine.* Dort heißt es, ein gewisser Hermes sei ein großer Kenner der Steine und ihrer Heilkraft gewesen.«

Amrs Mund fühlte sich auf einmal trocken an. Er nahm einen Schluck von dem Tee, der längst erkaltet war. »Hermes«, wiederholte er leise. Er hob den Kopf und sah den Goldschmied an. »Das ist ein schönes Stück.« Seine Finger bewegten sich ungeduldig, klammerten sich nervös ineinander. »Wie bist du auf den Gedanken gekommen, diese Form zu wählen?«

Yuhanna nippte ebenfalls an seinem Tee. »Eine Grille, *Sidi*, nichts weiter. In meinem Buch heißt es, der Smaragd löse die Pupillen von Vipern und Ottern auf, wenn sie ihn ansehen, und mache sie blind. Es ist eine Art Amulett, wenn du so willst.«

»Er blendet Vipern?« Amrs Blick hob sich erstaunt. Er sah dem Goldschmied ins Gesicht wie ein überraschtes Kind. *Der Smaragd blendet Vipern.* So wie das *Buch des Smaragds* die Zweifel geblendet hatte. Es war ein Zeichen.

»Ein Amulett«, wiederholte Amr. Er hatte seine Fassung zurückgewonnen und zwang seinen gespannten Lippen ein Lächeln ab.

Es war Wahnsinn, was er plante, das wußte er.

8

Als Safwan nach einer unruhigen Nacht erwachte, saß sein Bruder Umar bereits mit einem Glas Tee in seinem Innenhof. Er wohnte nur wenige Straßen weiter im selben Viertel.

»Du hast einen gesunden Schlaf, kleiner Bruder«, begrüßte Umar ihn, als Safwan, nur mit der *Zihara*, einer weißen Tunika, bekleidet, barfuß die Treppe herunterkam und aus dem Schatten des Säulengangs trat. Ich hätte ihm keinen Schlüssel geben sollen, dachte dieser und warf dem Älteren blinzelnd einen ungnädigen Seitenblick zu. Seit er an der Großen Moschee studierte wohnte Safwan hier, und noch immer saß Umar mehrmals in der Woche morgens bei ihm, als sei er noch ein kleines Kind, das Fürsorge und vor allem Aufsicht brauchte. Ihr Vater, dem das Haus und die beiden Sklaven gehörten, teilte diese Meinung offensichtlich, dachte Safwan. Aber der hatte es wenigstens vorgezogen, sich in die ebenso aristokratische wie sichere Abgeschiedenheit seines Landguts zurückzuziehen. Wäre es nach Safwan gegangen, hätte Umar gerne dasselbe tun können.

»Bist du gekommen, um meine Schlafgewohnheiten zu überprüfen, oder um mir eine Predigt zu halten?« Safwan hustete wehleidig. »Ich habe soviel Qualm eingeatmet, daß mir Gott die Hölle schon aus diesem Grund ersparen sollte.«

Obwohl es früh am Morgen war, hing eine drückende Schwüle über der Stadt. Die Nacht hatte die Luft nicht abgekühlt. Er setzte sich zu Umar auf den gemauerten Rand des kleinen Brunnens in der Mitte des Hofes.

»Warst du dort? Hast du die Bücherverbrennung gesehen?« Umar sog demonstrativ die Luft ein. »Ja, mir scheint, du warst dort. Du riechst wie ein Sklave, der im *Hammam* einheizt.«

In Safwans Hals kratzte es. In seinem noch ungewaschenen Zustand störte ihn der längst erkaltete Rauch in seinen Haaren, der ihn an das erinnerte, was geschehen war.

»Nabil ist verhaftet worden.«

»Nabil?« Etwas in der Stimme seines Bruders klang hell wie eine zu straff gespannte Sehne. Umar setzte sein Glas auf den steinernen Brunnenrand und stand auf.

»Ich weiß, was du denkst. Ich hätte mich nicht mit ihm abgeben sollen. Aber Nabil ist noch nie mit dem Gesetz in Konflikt geraten. Er ist vermutlich der einzige in der ganzen Stadt, der nicht einmal gegen das Weinverbot verstößt. Es muß ein Irrtum sein.« Safwan griff nach dem Glas seines Bruders und nahm einen Schluck, um das Kratzen im Hals zu vertreiben.

»Ich habe Nabil noch nie so erlebt«, setzte er nachdenklich hinzu. »Schon damals, als wir noch Kinder waren und er uns Unterricht gab, schien es, als sei er durch nichts aus der Ruhe zu bringen.«

»Ein kleiner, aber unerschütterlicher Fels in der Brandung.« Umar zupfte an einer abgeknickten Blüte, die aus einem der Töpfe hing. »Aber du hast recht, ich kann mir auch nicht vorstellen, was ihn mit dem Gesetz in Konflikt bringen könnte.« Er schnippte die verwelkte Blüte mit dem Finger zur Seite und lachte leise.

»Als du ein Kind warst, bist du immer zu ihm gelaufen, wenn du Kummer hattest. Ganz gleich, ob es ein aufgeschlagenes Knie war oder dir der Lieblingsfalke unseres Vaters davongeflogen war – immer bist du zu Nabil gerannt. Nicht zu mir, nicht zu unserer Mutter und erst recht nicht zu unserem Vater. Dabei warst du Mutters Liebling. Sie hätte dich vor dem Zorn des Allmächtigen persönlich beschützt. Aber nein, Nabil mußte es sein.«

Safwan verzog das Gesicht ebenfalls zu einem Lächeln. »Ach, das Mißgeschick mit dem Falken! Ich hätte nie gewagt, es Vater zu sagen. Er hätte mich verprügelt. Aber als ich zu Nabil kam, legte er sofort sein Buch beiseite und hörte mir zu. Und dann ging er zu unserem Vater und hat ihn besänftigt. Vater hat immer auf ihn gehört.«

»Nabil hat dich verzärtelt.« Es klang gutmütig. »Sein Sohn muß jetzt sechzehn sein, nicht wahr? Du warst beinahe mehr bei ihm als zu Hause.«

Safwan starrte grüblerisch auf das fast leere Glas und hob die Augenbrauen. »Er ist kein Ketzer.«

Umar zuckte zusammen wie von einem Schlag getroffen. »Kein Ketzer?« wiederholte er. Seine Stimme klang schrill. »Willst du damit sagen, Nabil ist wegen Ketzerei verhaftet worden?«

Safwan preßte die Lippen aufeinander. »Er ist unschuldig«, verteidigte er den Freund. »Ich weiß, daß er unschuldig ist!«

Umar trat heftig mit dem Fuß gegen die Mauer. »Die Anklage der *Zandaqa* ist keine, die man auf die leichte Schulter nehmen sollte!« Er schüttelte den Kopf. »Und mein Bruder steckt natürlich bis zum Hals mit drin!«

Safwan starrte wortlos auf den herabrieselnden Putz.

»In diesen Zeiten muß man sich vorsehen«, sagte Umar ruhiger. »Ganz gleich ob die Anklage richtig ist oder nicht, du solltest dich heraushalten.« Er trat dicht an seinen Bruder heran, als dieser nicht reagierte, und faßte ihn an der Schulter.

»Du tätest gut daran, einmal auf mich zu hören, Safwan!

Ganz gleich, ob es um Nabil geht oder um Lubna, hör endlich damit auf, immer deinen Kopf durchsetzen zu wollen!«

Safwan fuhr mit einer schnellen Bewegung auf. »Was hat Lubna damit zu tun?«

Umar lachte trocken. »Es heißt nicht umsonst: *Wer zu Sklavinnen geht, bereut es.* Du läßt dich von ihren Launen tyrannisieren wie ein Tölpel. Merkst du das nicht?«

Safwans Müdigkeit fiel mit einem Schlag von ihm ab. Er fegte mit der flachen Hand energisch über den Brunnenrand und verfehlte dabei das Teeglas nur knapp. Lubna ging seinen Bruder bei Gott nichts an. »Du fürchtest dich doch nur, Ziris Zorn herauszufordern, das ist alles! Aber Ziri weiß nichts davon, und er wird auch nichts davon erfahren. Wären wir befreundet, würde er sie mir vielleicht sogar schenken.«

»Du wirst zugeben, daß ein adliger junger Araber vom Stamm der Kalb kaum jemand ist, den ein Berbergeneral wie Ziri zu seinen Freunden zählen möchte«, hielt der Bruder dagegen. »Und selbst wenn, würdest du deiner Familie Schande bereiten.« Er tätschelte Safwans Wange. »Kleiner Bruder, du hast doch noch keine andere Frau außer Lubna kennengelernt! Sie benutzt deine Verliebtheit, um dich mit ihren Launen zu beherrschen. Erinnere dich! Du bist erst vor zwei Wochen zu mir gekommen, um mir dein Leid zu klagen: Zuerst wollte sie mit dir ein Buch lesen. Dann beschimpfte sie dich als weibischen Bücherwurm, nur weil ihr die Geschichte nicht gefiel. Du wolltest sie versöhnen, und dein Geschenk nahm sie natürlich an. Aber als du dann vom Heiraten sprachst und sie Ziri abkaufen wolltest, hat sie dein Haus wutschnaubend verlassen wie ein böser Dämon. Als sei unsere Familie nicht gut genug für eine Unfreie ohne Namen und Abstammung! Und du Narr hast das alles zugelassen!«

»Lubna war schon lange nicht mehr bei mir«, lenkte Safwan widerwillig ein. Nach ihrem letzten Streit hatte er längst alles beenden wollen. Das jedoch zuzugeben, wäre ihm wie das Eingeständnis vorgekommen, daß sein Bruder von Anfang an recht gehabt hatte.

48

Umar lachte. »Sagte ich es nicht? Du wirst es erleben, Brüderlein, du wirst es erleben. Aber gräme dich nicht, du bist weder der erste, noch wirst du der letzte sein.«

Safwan machte eine heftige Kopfbewegung. »Du kennst sie doch überhaupt nicht!«

Umar tippte ihm leicht auf die Brust. »Ich kenne Lubna nicht, aber dich kenne ich, kleiner Bruder, dich und deinen Starrsinn. Du hast dir dieses Mädchen in deinen sturen Kopf gesetzt, und du würdest lieber dein Leben lang gegen eine Wand rennen, als sie aufzugeben, ganz gleich, wie sie mit dir umspringt. Nicht etwa, weil du sie noch liebst, solch ein Narr bist nicht einmal du, sondern schlichtweg deshalb, weil sie die erste für dich ist. Genau wie du mit Nabil verkehrst, obwohl er den ganzen Tag nichts anderes tut, als seine Nase in die Bücher freidenkerischer Philosophen zu stecken. Kein Wunder, daß man ihn der Ketzerei anklagt.«

Safwan warf ihm einen zornigen Blick zu und schluckte einen Fluch herunter. Sein Bruder aber schlug jetzt einen ernsteren Ton an.

»Dein Leichtsinn wird dir noch einmal zum Verhängnis werden, Safwan. Denk ein einziges Mal an die Ehre unserer Familie, mehr will ich gar nicht!«

Safwan wandte den Kopf, um ihn nicht anzusehen.

»Bist du dir eigentlich sicher, daß der Vorwurf der Berber unbegründet ist?«

Safwan sah zu Boden. Daß er sich dessen nicht sicher war, machte ihn beinahe rasend.

»Ich werde Uthman um Hilfe bitten«, sagte er schließlich. »Er ist ein Freund unseres Vaters, und er ist Richter. Ich gehe gleich nach dem Mittagsgebet hin. Mit seiner Hilfe werde ich Nabils Unschuld beweisen. Niemand wird ihn mehr einen Ketzer zu nennen wagen.«

Umars Gesicht war ernst, als er sagte: »Ich bete zu Gott, daß es dir gelingt.«

9

Die festen Schritte, die sich hinter dem Teppich rasch näherten, mußten die des Ismailiten sein. Atika sah es an Yusufs Gesichtsausdruck, der sich plötzlich veränderte, und ihr Puls beschleunigte sich von neuem. Sie versuchte, ihren flachen, hastigen Atem zu beruhigen, doch vergeblich. Eine der Öllampen flackerte auf, als wolle sie verlöschen. So wenig Atika zuerst über die Folgen ihres Handelns nachgedacht hatte, um so mehr jagten nun unzusammenhängende Gedanken durch ihren Kopf. Sie war eine Närrin gewesen, sich von der Stimme des Fremden verführen zu lassen.

Auf Yusufs Stirn standen Schweißperlen. Seine Augen wanderten unruhig durch den Raum.

»Was hast du dir nur dabei gedacht?« fragte er zum wiederholten Mal mit gedämpfter Stimme. »Du hast dein Leben aufs Spiel gesetzt! Dieser Mann wird um einer Sklavin willen kein Risiko eingehen.«

Atikas Finger klammerten sich ineinander. Sie schluckte. Als der Teppich zurückgeschlagen wurde, bemühte sie sich, das Zittern ihrer Hände zu verbergen. Die Öllampe rauchte auf und erlosch.

Amr blieb auf der Schwelle stehen, die Hand, mit der er den Kelim beiseite geschoben hatte, noch erhoben. Atika hielt dem Blick seiner dunklen Augen stand. Jetzt, da sie ihn genauer betrachten konnte, fiel ihr auf, daß er nicht so groß war, wie sie zuerst geglaubt hatte. Seine schlanke, sehnige Gestalt in den schmal geschnittenen Hosen hatte sie getäuscht. Im spärlichen Licht blitzte ein in sein knielanges Leinengewand gewebter Goldfaden auf. Doch in dem ledernen Gürtel, der es zusammenhielt, steckte keine Waffe. Stumm wie einen Schatten im abgedunkelten Raum erkannte sie hinter dem Ismailiten Fatima. Ein Schweißtropfen rann über Yusufs Gesicht und blieb an seinem Kinn hängen. Atika hatte ihn noch nie so außer Fassung erlebt.

Fatima drängte sich an dem Ägypter vorbei ins Zimmer. Er senkte seinen Arm, und der Teppich fiel mit einem dumpfen

Geräusch hinter ihm zurück vor den Eingang. Mit wenigen schnellen Schritten war er bei ihr, so nah, daß er sie beinahe berührte. Ein dünner, mit *Kuhl* gezogener schwarzer Strich umrahmte die unergründlichen Augen mit den dichten Wimpern. Atikas Atem stockte.

»Schwöre mir bei allem, was dir heilig ist«, sagte Amr in die Stille hinein, »daß kein Wort über die Begebenheit vorhin über deine Lippen kommt!« Er sprach leise, doch Atika zuckte unter dem Klang seiner Stimme zusammen wie unter einem Peitschenhieb. »Um nichts in der Welt darf auch nur ein einziges Wort darüber diese Mauern verlassen. Wirst du schweigen?«

Atika fand ihr Gleichgewicht wieder. Sie sah ihm fest in die Augen. »Du kannst dich darauf verlassen. Ich schwöre dir, daß ich schweigen werde.« Ihre eigene Stimme klang ihr seltsam fremd in den Ohren.

Amr nickte. Niemand sprach ein Wort. Für eine Zeitspanne, die ihr wie eine Ewigkeit erschien, standen sie reglos im Raum, Atika, Amr, Yusuf, von den Flammen der Öllampen schwach beleuchtet, und im Schatten Fatima.

»Ich gebe dir mein Wort«, wiederholte sie. Sie hatte plötzlich das Bedürfnis, ihm zu versichern, daß er seine Wahl nicht bereuen würde. Sein Körper strahlte eine Energie aus, der sie standhalten zu müssen glaubte. »Ich bin nur eine Sklavin, aber ich wurde frei geboren. Mein Vater war ein Edler seiner Sippe. Ein Eid ist mir genauso heilig wie dir selbst.«

Er nickte, und sie bemerkte ein plötzliches Aufblitzen in seinen Augen, als er den Kopf bewegte. Das spärliche Licht einer Öllampe beleuchtete sein Gesicht.

Er mußte ihr nicht vertrauen, das wußte sie. Sie war eine Sklavin, weiter nichts. Yusuf hatte die Gewalt über ihr Leben und ihren Tod. Die rastlosen Augen des Sklavenhändlers verrieten ihr, wie sehr er diesen Mann fürchtete. Yusuf würde tun, was immer Amr ihm befahl. Aber der Ismailit behandelte sie wie eine freie Frau, wie seinesgleichen. Etwas in ihr richtete sich auf.

»Kein Wort!« wiederholte Amr schroff. Seine Lider zuckten, und die Augen darunter bewegten sich unruhig.

Er zögerte. Seine Finger schlossen sich einen Moment um das Schmuckstück, das er um den Hals trug. Atika erkannte, daß es eine Art Amulett war, ein Smaragd in Form eines Auges, um das sich zwei goldene Schlangen wanden.

»Nimm das!« Amr hatte ein zweites Amulett aus seinem weiten Ärmel gezogen. Es glich dem, das er selbst trug.

»Man sagt, der Smaragd blende Vipern, so wie das *Buch des Smaragds* den Zweifel blendet. Dieser Anhänger wird dich daran erinnern, wie gefährlich dein Wissen ist«, sagte er. »Und daran, daß du mit meiner Sache verbunden bist. Dein Wissen schafft eine Verbindung – zwischen deinem und meinem Leben.« Sie hob den Kopf und sah ihm ins Gesicht, ihre Lippen bewegten sich, wollten etwas erwidern. Doch kein Laut drang aus ihrer Kehle.

»Verrechne dich nicht!« Es war dieselbe kalte und zugleich glühende Stimme, die sie verführt hatte, den Teppich zurückzuschlagen. »Jede Verbindung hat zwei Seiten: Du kannst fortan beeinflussen, was mit mir geschieht – aber das Ergebnis wird auch für dich Folgen haben. Denk daran, wenn du das Amulett trägst.«

Er reichte ihr das Schmuckstück. Ihre Hände berührten sich. Sie spürte seine kühle Haut, und einen Herzschlag lang glaubte sie, ein plötzliches Zittern bemerkt zu haben. Er zog seine Hand zurück, und ihre Finger schlossen sich um das Amulett. Es war warm. Die geschwungenen Linien der Schlangenkörper schienen sich zu bewegen. Doch sie mußte sich getäuscht haben. Die goldenen Leiber lagen reglos in ihrer Hand. Und Amrs strengen Zügen mit dem kurzen dunklen Bart war keine Regung anzumerken.

10

Amrs Augen folgten Atika. Sie blieben auf das Mädchen gerichtet, als sie im Eingang noch einmal innehielt und den Kopf zu ihm umwandte. Ihr Haar stach hell in der Dunkelheit des Raums hervor, hob sich deutlich von den Gestalten Yusufs und Fatimas an ihrer Seite ab. Dann fiel der Teppich hinter ihnen zurück. Amrs Blick verharrte auf den Falten, die sich noch leicht bewegten. Er war allein.

Amr atmete mit einem Stoß aus, es klang wie ein Stöhnen. Das Amulett brannte heiß auf seiner Haut. Er spürte erst jetzt den Schweiß auf seiner Brust. Seine Finger krallten sich um den Stein. Er durfte sich nicht ablenken lassen. Nicht jetzt. Es war ein Zwischenfall, und er hatte getan, was er tun konnte. Doch die Dinge, die er deshalb hatte aufschieben müssen, drängten umso mehr.

Er tat einige tiefe Atemzüge. Dann löste er den Griff um das Amulett. Jeden Augenblick konnte der Mann erscheinen, den er hier treffen wollte. Dann würde er die kalte, überlegene Ruhe brauchen, für die man ihn in Fustat bewunderte. Er griff in seinen Ärmel und zog den Brief seines Herrn, des Kalifen, heraus. Er kannte den Wortlaut längst auswendig. Doch jetzt hielt er das weiche, gelb gefärbte Papier in der Hand, als könne er dadurch die Macht bannen, die von ihm Besitz ergriffen hatte.

… Der Imam und Beherrscher der Gläubigen befiehlt dir, den jungen Ali auf seine Aufgabe einzuschwören. Dein Auftrag ist gefährlich, doch der Preis, den es zu erringen gilt, ist hoch. Wir haben dich ausgesucht, weil wir um deine Überzeugungen wissen und um deine Kraft, sie zu vermitteln. Du hast dich niemals von deinen niedrigeren Leidenschaften hinreißen lassen. Wir, bei Gott, legen den größten Wert darauf, daß du Ali genau die Eidesformel sprechen läßt, die wir dich selbst gelehrt haben! Jede Leugnung des islamischen Gesetzes werden wir schwer ahnden – wer immer unsere gerechte und furchtbare Strafgewalt erlebt hat, sei unser Zeuge! Es ist uns zu Ohren gekommen, daß du bisweilen vom

53

nahen Ende der Welt sprichst und daraus schließt, die alten Gesetze unserer Religion seien überflüssig geworden. Dies sehen wir mit Besorgnis …

Amr ließ den Brief sinken und starrte in das flackernde Licht einer Öllampe auf der Truhe. Seine Hand krallte sich um das Papier und zerknüllte es. Dann trat er langsam zu dem Leuchter. Ohne daß ein Muskel in seinem schönen düsteren Gesicht gezuckt hätte, hielt er den Brief in die Flamme. Seine Hand brannte heftig, doch der Schmerz reinigte seine Gedanken, vertrieb die Sklavin daraus, machte Platz für den Auftrag des Kalifen und für seinen eigenen Plan, der für immer alle Zweifel beseitigen würde. Wenn das *Buch des Smaragds* noch in der Stadt war, konnte er sein Ziel schon morgen erreicht haben.

Er hätte schon vor der Verbrennung der Bücher danach suchen sollen, dachte er. Doch er durfte seinen Auftrag nicht gefährden. Erst vorgestern hatte er einen Kopisten danch gefragt. Doch der mißtrauische Blick des Mannes hatte es ihm klüger erscheinen lassen, noch abzuwarten, ehe er sich weiter erkundigte. Wenn er auch nur den geringsten Verdacht erregte, würde er scheitern. Das Papier war zu Asche zerfallen, und Amr wandte sich wieder zum Eingang.

Der junge Mann war beinahe lautlos hereingekommen. Er stand vor dem Teppich, dessen Falten sich noch leicht bewegten. Stumm sah er Amr an.

»Wenn die Dunkelheit um sich greift«, sagte der junge Mann schließlich mit heller, weicher Stimme, »entsteht die Sehnsucht nach dem Licht. Ist es Zeit, den Kampf darum zu beginnen, wie du es mich gelehrt hast, mein *Da'i*?«

Amr nickte langsam. Sein Herz schlug hastig. Er richtete die Augen auf das unaufhaltsame, aber stetige Fließen des Sandes in der Uhr auf der Truhe. Sandkorn für Sandkorn glitt der Inhalt lautlos in das untere Glas. So lief auch die Zeit des Tyrannen von Córdoba ab. Sobald er sich entschloß, dem Kalifen zu gehorchen und das Werkzeug dazu bereitzustellen. Er holte noch einmal tief Atem.

»Bist du bereit, Ali«, fragte er eindringlich, »einen Auftrag auszuführen?«

Der Blick des jungen Mannes war leer. »Ich bin bereit.«

»Du mußt unempfindlich gegen Schmerz werden. So wie auch gegen alle anderen Gefühle, die einen Menschen bewegen. Sie ...«, er unterbrach sich, spürte das Blut aus seinem Gesicht weichen. »Sie laufen durch dich hindurch, ohne an dir haften zu bleiben, wie der Sand durch ein Gefäß. Du empfindest keine Trauer, keinen Schmerz, kein Mitleid und ...« Etwas kratzte schmerzhaft in seiner Kehle. Er achtete nicht darauf. »... und keine Liebe.«

Amr fröstelte. »Du kämpfst für die Wahrheit und gegen die Zweifel. Du kämpfst gegen die teuflische Versuchung des kalten, toten Wissens. Die Wissenschaften prahlen damit, daß für ihre Beweisführung die Religion keine Rolle spielt. Lügen«, stieß er mit plötzlicher Heftigkeit hervor, »Vipern, die die Wahrheit verschleiern und den Glauben zu vergiften suchen.«

Der junge Mann stand reglos. Das spärliche Licht wurde von seinem schwarzen Vollbart verschluckt, so daß von seinem Mund keine Reaktion abzulesen war.

»Wir haben dich geprüft«, fuhr Amr fort, »und für stark genug befunden, um der höheren Sache willen diese Aufgabe zu übernehmen. Mit ihr wirst du deinen Körper in Gefahr bringen, deine Seele aber befreien. Denn die entscheidende Schlacht zwischen Gut und Böse wird in der Seele des Menschen ausgetragen. Das Ende der Welt, da Geist und Materie gegeneinander kämpfen werden, steht unmittelbar bevor. Du kannst diese Schlacht bereits heute für dich entscheiden. Noch ist es Zeit, nein zu sagen, wenn dein Mut dazu nicht ausreicht. Ich werde dich nicht zwingen. Doch ...«, er unterbrach sich wieder, als sei seine Zunge unwillig, die Forderung auszusprechen, »... habe ich dir den Auftrag des Kalifen erst genannt, gibt es kein Zurück mehr.«

In dem kalten Blick des jungen Mannes war kein Zweifel, als er verlangte: »Nenne mir den Auftrag, mein *Da'i*.«

Amrs Puls beschleunigte sich, und seine Augen wanderten durch den Raum, folgten einem Lichtreflex auf der Wandverkleidung. Er fragte sich, was er erwartet hatte. Daß sein Schüler sich weigern würde? Ali war jung. Ihn hatten Zweifel nie bedrängt. Nie war er von den Versuchungen des Fleisches berührt worden. Er war beseelt von dem Willen, unempfindlich gegen jede menschliche Regung zu sein. Er hatte keine Bindungen. Er würde nicht versagen.

»Der Tyrann von Córdoba muß sterben.« Er versuchte, das Zittern seiner Stimme zu unterdrücken. »Es muß schnell und unauffällig geschehen.« Sein Tonfall wurde hart. »Wenn du versagst, bist du auf dich allein gestellt. Du wirst verschweigen, wer dich gedungen hat. Du wirst verkünden, alleine gehandelt zu haben. Namen kannst du ohnehin nicht nennen, denn du kennst niemanden von uns mit Namen. Du nimmst das Geheimnis mit ins Grab, wie du es geschworen hast.«

»Er wird sterben«, bekräftigte der junge Mann mit leiser, fast mädchenhaft heller Stimme. Die Augen in seinem vollen Gesicht verrieten keine Regung. »Ich werde dich nicht enttäuschen, mein *Da'i*.«

Ali war die richtige Wahl gewesen, dachte Amr, als er das Gesicht seines Gegenübers betrachtete. Der Mund stand leicht offen, das weich gezeichnete Kinn hing wie erschöpft herab. Seine Augenlider waren halb geschlossen. Augen waren der Spiegel der Seele, dachte Amr, doch in Alis Augen konnte niemand lesen. Er war unauffällig und skrupellos. Eine gute Wahl. Unwillkürlich zog er erschaudernd die Schulterblätter zusammen. Der junge Mann würde alles tun, was er ihm befahl. Er war ihm persönlich verpflichtet. Ihm, seinem *Werber*, ihm, Amr. Nicht dem Kalifen von Kairo.

Jetzt wäre der richtige Moment für den anderen Auftrag, seinen eigenen Auftrag. Er zwang sich, das Zittern seiner Hände zu unterdrücken.

Wenn er den jungen Mann nach dem Buch aussandte, gab es kein Zurück mehr. Sollte Ali sich verraten, würde das auch den Plan seines Kalifen vereiteln. Wenn die Berber auch nur den leisesten Verdacht hegten, daß ein *Werber* aus Ägypten in Córdoba war, würden sie die Stadt durchsuchen, bis sie ihn fanden.

»Du wirst mir nun Treue schwören und strenge Enthaltsamkeit. Ein Mann, der die Gnade erhält, sich zu opfern, muß rein sein, wenn seine Seele das Gefängnis des Körpers verläßt.«

Seine Lippen wollten sich öffnen, um den Auftrag zu geben. Wieder zwangen die vielen unbeantworteten Fragen sie zusammen, während ein unaufhörlicher Schmerz in seinen Schläfen pochte: War das *Buch des Smaragds* unter den verbrannten Büchern gewesen? Gab es noch mehr Kopien? Er konnte nicht mehr zurück.

»Wenn du nun in die Stadt gehst, möchte ich dir noch einen zweiten Auftrag geben.« Er achtete nicht auf den plötzlichen Schmerz, der ihn durchfuhr. Schmerz war die Sprache des Lebens, ein Tor, wer ihn mied. Es gab schon jetzt kein Zurück mehr. Nicht, seit die Sklavin im Raum gestanden und die Vipern neu zum Leben erweckt hatte. Er mußte dieses Buch besitzen. Um welchen Preis auch immer. Amr holte tief Atem.

»Das *Buch des Smaragds* muß in der Bibliothek zu finden sein. Erkundige dich danach, und bring es mir!«

11 Atika lehnte sich an die Mauer des Tores, das den Markt begrenzte. Dahinter lief eine langgestreckte Ausfallstraße durch ein Wohnviertel. Die näher gelegenen Häuser waren groß, kaum ein Fenster durchbrach die strengen, weiß verputzten Fassaden. Sie erhoben sich längs der gepflasterten Straße wie eine Mauer. Einige Lastträger drängten sich laut miteinander scherzend an Atika vorbei und hinterließen einen Geruch nach Schweiß. Das Geräusch ihrer Schritte verstärkte sich im Torbogen. Für einen Moment schloß sie die Augen, um sich in sich selbst zurückzuziehen und sich zu sammeln. Sie hatte keine Vorstellung, wie sie zu Yusufs Haus zurückfinden sollte.

Den neuen Flakon, den sie gekauft hatte, barg sie in ihrem weiten Ärmel. An vieles, das ihr in ihrem neuen Leben begegnet war, hatte sie sich im letzten Jahr gewöhnt; doch nicht an diese zarten Gebilde, die von Feen oder Elfen gefertigt zu sein schienen. Bei jedem zu festen Griff zersprangen sie in tausend farbige Scherben, die den Händen unbedachter Sklavinnen böse Verletzungen zufügen konnten.

Fatima hatte sie zu dem Glasbläser gebracht und gesagt, sie werde sie wieder abholen. Aber aus irgendeinem Grund war sie nicht gekommen, und so war Atika alleine gegangen – um sich rettungslos im Gewühl des Marktes von Córdoba zu verlaufen. Nie im Leben hatte sie etwas Vergleichbares gesehen. Die Säcke an den Gewürzständen, prall gefüllt mit leuchtend gelbem Safran und Kurkuma, bräunlichem Koriander, schwarzem Pfeffer und beigefarbenem Kardamom, verbreiteten einen betäubenden Geruch, in den sich die Aromen von Sesam, Anis und Kreuzkümmel mischten.

Der *Suq* war mit Matten überdacht, die mit der Hitze auch das Sonnenlicht fernhielten. Lautstark und gestikulierend verhandelten die Käufer bei einem Glas Tee mit den Händlern. Atika schien es, als wögen sie ihre Waren ab wie Gott die Seelen der Verdammten. Rufe ertönten aus den dunklen Eingängen, ein zerlumpter Bettler, dann ein Astrologe, der seine Dienste anbot. Sie wußte nicht, wohin sie sich wenden sollte, um wieder zur Straße der Glasbläser zurückzufinden. Ein- oder zweimal hatte sie gefragt, doch obwohl man ihr Auskunft erteilt hatte, war sie nicht imstande gewesen, den Laden wiederzufinden. Sie war an hoch aufgetürmten Ballen farbiger Seide vorbeigekommen, an funkelnden Juwelen, an Metzgerständen. Der intensive, leicht süßliche Geruch von frisch geschlachtetem Fleisch hatte ihr den Atem genommen. Es war schon spät am Tag, und um die gehäuteten Köpfe der Hammel schwirrten Fliegen. Die blicklosen Augen starrten ins Leere, und dort, wo die Fleischermesser den Knochen berührt hatten, hatten sich dunkelrote Flecken geronnenen Blutes gebildet. Die reglosen Nüstern und geöffneten Mäuler schienen nach Luft zu ringen, die jedoch durch die abgeschnittenen Enden der Atemröhren wieder entwich. Bisweilen bewegten sie sich, wenn jemand an das Holzgerüst stieß, eine Herde Verdammter auf einem absurden Richtplatz. Sklaven und Freie, Frauen und Männer, Berber, Romanen, Schwarze und Araber drängten sich zwischen den Läden. Kein Windhauch regte sich. Atika fühlte sich klein und unbedeutend, sie kämpfte gegen die aufsteigenden Tränen an. Irgendwie würde sie wieder zurückfinden. Auch ein Markt wie dieser hatte Grenzen. Hinter dem Tor endete er. Im schlimmsten Fall würde sie versuchen, durch die Stadt alleine zum Haus des Sklavenhändlers zurückzufinden.

Ein junger Mann eilte zielstrebig und zugleich, wie es schien, etwas geistesabwesend von der Ausfallstraße her auf sie zu. Sie machte Platz, um ihn vorbeizulassen. Doch in diesem Augenblick blieb er wie angewurzelt stehen und starrte mit offenkundiger Schamlosigkeit auf ihre Brust. Atika biß sich in plötzlicher Wut auf die Lippen. Die Männer in diesem Land schienen keinerlei Grenzen der Zudringlichkeit zu kennen. Eine Sklavin, die alleine unterwegs war, betrachteten sie anscheinend als fleischgewordene Aufforderung, sie wie eine Zuchtstute in Augenschein zu nehmen. Und das, obwohl sie den langen *Izar,* der ihren Körper bedeckte, bis über den Kopf und sogar den unteren Teil ihres Gesichts gezogen hatte, nachdem sie Fatima aus den Augen verloren hatte. Atika warf ihrem Gegenüber über den Schleier hinweg einen wütenden Blick zu. Doch das jähe Erschrecken des jungen Mannes ließ erkennen, daß sie ihn offensichtlich mißverstanden hatte.

Sie stand verwirrt, sah an sich herunter und bemerkte, daß das Halsband mit dem Smaragd unter dem *Izar* hervorgerutscht war. Hastig griff sie nach dem grünen Auge, umschloß es mit den Fingern und steckte es wieder unter ihre Kleidung. Bei

Gott, sie sollte sich schämen für ihr Mißtrauen! Ihre eigenen verdorbenen Gedanken hatte sie diesem harmlosen Jüngling unterstellt, der womöglich bisher ein unbescholtenes Leben in tadelloser Keuschheit geführt hatte. Gedanken, die eine anständige Frau erröten lassen sollten.

»Ich bitte um Verzeihung«, sagte der junge Mann. Er schien seinerseits so beschämt, daß er den Kopf gesenkt hielt und nicht wagte, sie anzusehen. »Es tut mir leid, ich wollte nicht zudringlich sein.«

Sie winkte lächelnd ab.

»Es war der Smaragd«, setzte er nach. »Er erinnerte mich an – etwas.«

Atikas Augen verengten sich und musterten ihn eingehend. Er trug leichte Sommerkleidung, Hosen und eine *Jubba*, ein knielanges, gegürtetes Obergewand, über dem Leinenhemd, von dessen tadellosem Weiß sich sein dunkles Haar abhob. Es war unbedeckt und kurzgeschnitten, nur vorne fielen ihm die modisch in die Stirn gekämmten Locken ins Gesicht. Im Vergleich zu anderen Männern hier im Süden war er groß und sehr schlank. Ein Schreiber oder ein adliger Gelehrter, dachte sie. Er wirkte sehr jung und ein wenig verletzlich, keineswegs wie ein Soldat des *Hajib*. Und außer Amr und ihr selbst wußten nur Fatima und Yusuf von der Bedeutung des Amuletts. Dieser Mann konnte nicht ahnen, warum Amr es ihr gegeben hatte.

»Was ist so Besonderes an dem Anhänger?« fragte sie betont unbekümmert. »Es ist nichts, wovor man erschrecken müßte. Oder doch?«

Er öffnete die Lippen, wie um etwas zu erwidern, hielt dann aber inne. Sein Zögern ließ Atika ihrerseits verlegen über ihre Schläfen streichen. Dabei öffnete sich der *Izar* und gab ihr Gesicht frei, gerade als der junge Mann den Kopf wieder hob und sie ansah. Hastig wollte sie den Stoff wieder raffen, ließ die Hände dann jedoch sinken.

Versuche ich soeben, diesen Jüngling in eine galante Unterhaltung zu verwickeln? fragte sich Atika.

60

Er schüttelte linkisch den Kopf. »Nein. Beileibe nicht. Es tut mir leid, ich weiß nicht, warum ich ihn so angestarrt habe.«

Seine Augen ließen nicht auf das schließen, was in seinem Inneren vor sich ging. Atika stellte fest, daß nicht nur Frauen Schleier trugen. Sie war sich sicher, daß er sehr wohl wußte, warum ihm das Amulett aufgefallen war.

»Ich habe mich nicht vorgestellt«, sagte er schnell. »Mein Name ist Safwan.« Und da es die Höflichkeit erforderte, seinen vollständigen Namen zu nennen, ergänzte er: »Safwan ibn Amir Abi Umar ibn Abd al-Qadir al-Kalbi.«

»Beeindruckend«, bemerkte Atika, »ich werde nur Atika gerufen. Aber früher, bevor ich hierherkam, hatte ich einen anderen Namen.«

Er senkte wieder den Kopf. Wahrscheinlich schämte er sich. Sie sprach zwar ein recht passables Arabisch, doch die langen Namensreihen waren für Fremde schwer zu behalten. Und daß sie aus dem Norden kam, war ebensowenig zu übersehen wie zu überhören.

»Safwan ibn Amir …«, Atika stockte.

»… Abi Umar ibn Abd al-Qadir al-Kalbi«, half er. Sie sahen sich an, und sie bemerkte, daß seine Mundwinkel zuckten. Die Spannung zwischen ihnen löste sich, als Safwan lachen mußte. »Atika, das ist ein schöner Name. Viele edle Frauen haben ihn getragen.« Sein Bemühen, etwas Freundliches zu sagen, war offensichtlich. »Wartest du auf jemanden?«

Atika zuckte die Schultern. »Um ehrlich zu sein, ich habe mich verirrt. Ich bin noch nie in einer so großen Stadt gewesen. Ich weiß weder, wie ich zu dem Laden zurückfinde, wo ich abgeholt werden sollte, noch wie ich nach Hause komme.« Safwans Augen blitzten, und Atika fiel der Wirbel in seinem Haar über der Stirn auf.

»Das passiert so manch einem, der noch nie hiergewesen ist. Córdoba ist eine sehr große Stadt. Wenn du mir sagst, wo du wohnst, bringe ich dich hin. Es ist nicht gut, wenn eine junge

Frau alleine umherirrt. Neuerdings treibt sich viel Gesindel auf den Straßen herum.«

Sie zögerte einen Augenblick. Ganz offenkundig war er begierig, den schlechten Eindruck, den er erweckt hatte, wieder wettzumachen.

»Das wäre sehr freundlich«, sagte sie erleichtert. »Ich bin Eigentum des Sklavenhändlers Yusuf. Er wohnt bei einem Verwandten, aber ich weiß seinen Namen nicht.« Sie versuchte, sich an den Namen des Viertels zu erinnern, doch er fiel ihr nicht ein. »Ich weiß nur, daß das Haus nicht weit von der Großen Moschee sein kann. Ich wache immer auf, wenn morgens der erste Gebetsruf ertönt. Es ist, als stünde der Muezzin direkt neben meinem Bett.«

Seine Mundwinkel zuckten.

»Nun ja, ich bin es nicht gewöhnt«, setzte sie hinzu.

»Vielleicht können wir wenigstens den Laden wiederfinden, wo du abgeholt werden solltest«, meinte er diensteifrig. Sie bemerkte die schnellen Gesten, die seine Worte begleiteten. »Ich würde es mir nicht verzeihen, dich alleine durch die Stadt irren zu lassen.«

Vielleicht konnte sie auf dem Weg herausfinden, was ihm an dem Smaragd aufgefallen war? Atika schenkte Safwan ein dankbares Lächeln und zeigte ihm das Fläschchen. »Ich habe diesen Flakon gekauft. Weißt du, welcher Händler so etwas herstellt?«

Er drehte das rot und golden bemalte Glas zwischen den Fingern. »Das ist ein einfacher Parfümflakon. Die gibt es überall.« Er reichte ihr das Fläschchen. Ihre Hände berührten sich, als Atika danach griff.

»Ich werde dich in die Straße der Glasbläser bringen.« Er zog seine Hand schnell zurück und fuhr sich damit durch die Haare. »Dort werden wir den richtigen Laden schon finden.«

»Ich habe gehört, der *Hajib* hat eine Wachtruppe eingerichtet, um die Straßen sicherer zu machen«, hakte Atika nach, als Safwan zielstrebig zurück ins Gewühl des Marktes strebte. »Gibt es denn trotzdem so viele Gesetzlose?«

Er warf ihr einen Blick zu. »Diese Wachtruppe hat alle Hände voll zu tun. Sie kann nicht überall sein. Und es sind nicht nur die Gesetzlosen, die sie in Atem halten. Neuerdings treiben sich auch immer mehr von den *Da'is* der Ismailiten hier herum.«

Atika horchte auf – »*Da'is?*«

»*Werber* aus Ägypten«, erklärte er. »Auf einen Wink hin sind ihre Adepten bereit, einen Mord zu begehen und sich selbst zu opfern.« Seine Augenbrauen zuckten, er lächelte unvermittelt, als wolle er seine Worte abmildern. »So sagt man.«

Atika mußte an Amr denken. Sie schüttelte den Kopf und sah beunruhigt wieder auf.

Safwan hob beide Hände zu einer beschwichtigenden Geste. »Bei Gott, was mußt du von meiner Stadt denken! Ich sollte dir ihre schönen Seiten zeigen, statt dessen erzähle ich Geschichten von ismailitischen *Werbern* und Meuchelmördern!« Atika lachte, und für einige Augenblicke verfielen sie in ein freundliches Schweigen.

Er bog nach rechts in eine Seitengasse ein, aus der ein starker Duft von Sandelholz, Moschus und Ambra drang.

»An was erinnerte dich der Stein, den ich trage?« nahm sie den Faden wieder auf.

Safwans Gesicht nahm unvermittelt einen verschlossenen Ausdruck an. Atika fiel auf, daß seine Schritte langsamer wurden.

»Er erinnerte mich an ein Buch«, sagte er schließlich. »Ein Freund von mir wurde verhaftet, weil er es vor der Verbrennung retten wollte. Es trug den Titel *Buch des Smaragds*.«

»*Man sagt, der Smaragd blende Vipern, so wie das* Buch des Smaragds *den Zweifel blendet*«, wiederholte sie unwillkürlich, was sie von Amr gehört hatte. Das Amulett auf ihrer Haut schien plötzlich wärmer zu werden, und sie erschrak über ihre Unvorsichtigkeit. War auf ihr Wort nicht mehr Verlaß?

»Du kennst das Buch?« Safwan hielt mitten auf der Straße inne und warf ihr einen scharfen Blick zu.

»Nein«, sagte sie schnell – eine Spur zu schnell. »Ich ... ich hörte, wie der Mann, den die Berber verhafteten, das sagte.« Ihre Augen wanderten über die Parfümfläschchen, die ein Händler vor seinem Laden ausgebreitet hatte. »Ich war auch bei der Bücherverbrennung, gestern. Er war dein Freund? Das tut mir leid.«

»Er ist noch nicht tot!« unterbrach er sie heftig.

»Das ist alles sehr fremd und neu für mich«, sagte Atika beschwichtigend. Langsam setzten sie sich wieder in Bewegung. »Ich komme aus dem Norden«, fuhr sie fort. »Wir reisen auf der alten Sklavenstraße nach Fustat, wo mich mein Herr verkaufen will. Wo ich herkomme, gibt es fast gar keine Bücher. Warum ließ der *Hajib* sie verbrennen?«

»Er hat Angst.« Es klang verächtlich. Safwan machte eine heftige Kopfbewegung. »Angst um seine Herrschaft, die er zu Unrecht ausübt. Dieser Emporkömmling verdankt seine Macht nur der Schwäche einer lasterhaften Sklavin.« Er warf einen Blick auf Atika und lächelte. »Entschuldige. Auch wenn es niemand auszusprechen wagt: dieser Mann ist besessen von Macht. Er läßt sich *al-Mansur* nennen und baut sich eine eigene Palaststadt wie ein Herrscher. Bald wird er sich auch die Hände küssen, eigene Münzen prägen und seinen Namen in der Freitagspredigt nennen lassen. Jeden Unmut erstickt er im Keim. Aber die Gedanken, die jemand in einem Buch niederschreibt, kann er nicht kontrollieren. Und die Gelehrten betrachten die Welt nicht mit den Augen der Theologen. Er will sich den *Übertreibern* anbiedern, verflucht sollen sie sein!«

Er ließ die Hände sinken, mit denen er seine Worte begleitet hatte. »Aber wiederhole das besser nicht in Gesellschaft. Der Usurpator ist schnell gekränkt in seinem Stolz.«

Atika betrachtete ihn von der Seite. Er konnte nicht viel älter sein als sie selbst. Eine leichte, kaum wahrnehmbare Melancholie schien ihn zu umgeben.

Aber dann lächelte er, und die Melancholie perlte von ihm ab wie Wasser von großen Blättern nach einem Regen. Auf einmal wirkte er wieder sehr jung.

»Atika! Gott ist barmherzig, ich habe den ganzen Markt nach dir abgesucht!« Fatima löste sich aus der Menge. »Dem Allmächtigen sei Dank, daß ich dich endlich finde!«

Atika hatte nicht einmal bemerkt, daß sie tatsächlich bereits die Straße der Glasbläser erreicht hatten.

»Ich hatte einen Beschützer«, sagte sie, an die Aufseherin gewandt. »Er hat mich hergebracht.« Safwan deutete einen höflichen Gruß in Fatimas Richtung an und verbeugte sich vor Atika. »Achte auf dein Amulett.« Er wies scherzhaft mit dem Kopf auf die Stelle, wo sich der Anhänger unter ihrer Kleidung abzeichnete. Die Augen hielt er respektvoll gesenkt. »Vielleicht gibt es auch in deinem Leben Vipern, die es blenden kann.«

Fatima warf ihr einen Blick zu. Atika schüttelte beruhigend den Kopf. In meinem Leben scheint es von diesem Getier zu wimmeln, dachte sie, aber sie sprach es nicht aus. Auf einmal erschien es ihr undankbar.

»Ich danke dir«, sagte sie rasch und mit einem Mal unsicher. »Gott sei mit dir, Safwan al-Kalbi.«

»Und mit dir, Atika«, hörte sie ihn sagen. Als die beiden Frauen sich bereits einige Schritte entfernt hatten, warf Atika einen kurzen Blick über die Schulter zurück. Safwan stand noch immer am selben Ort und folgte ihr mit einem nachdenklichen Blick.

12

Sie blinzelte, als sie durch die langen Halme zum Himmel hinauf und in Thorwalds Gesicht sah. Die ungewöhnliche Wärme des friesischen Sommers ließ den Seewind wie eine leichte Brise erscheinen. Er trug den Duft der blühenden Feuchtwiesen und des frisch geschnittenen Getreides zu ihnen herüber. Nur eine leichte Ahnung von angeschwemmten Muscheln im Watt und den Torffeuern der nahen Warft schwang darin mit. Die Felder, umschlossen von Wald, reichten bis an den Kiesstrand. Auf der östlichen Seite, wo Thorwald und sie sich niedergelassen hatten, hatte die Natur ein schmales Stück der gerodeten Fläche zurückerobert. Ein kleines Waldstück erstreckte sich hier bis hinunter zum Meer, ein Stachel im Fleisch menschlichen Fleißes. Auf der anderen Seite dieses Waldstücks, wo ein seichter Priel in die See mündete, lag die Warft mit dem Gehöft ihres Vaters. Thorwalds Kopf mit der langen blonden Mähne verdeckte die Sonne, als er sich über sie beugte. Er berührte das bestickte Leinenband auf ihrer Stirn.

»Das ist neu.«

»Ein Geschenk meines Vaters.«

Seine großen Hände spielten mit dem hellen Band. »Trägst du es meinetwegen?«

Sie hob scherzhaft die Augenbrauen und log: »Nein. Natürlich nicht.« Er neigte den Kopf zur Seite, und das helle Sonnenlicht ließ sie wieder blinzeln.

Thorwald lachte laut auf. Sein Lachen übertönte den Gesang der Schnitter, die sich wieder ihrer Arbeit zugewandt hatten. Eine Weile hatten sie sich aufgerichtet, waren sich mit den Händen über die geröteten Gesichter gefahren und hatten sichtlich neugierig in ihre Richtung gegafft. Thorwald schien sich an ihnen nicht zu stören. »Und das blaue Kleid mit den Silberfibeln trägst du auch ohne besonderen Grund – an einem ganz normalen Werktag.«

»Sicher. Mein Vater kann mir jederzeit ein neues kaufen, wenn ich es ruiniere.«

Thorwald lachte wieder. Sie schloß die Augen, als sein Mund ihre Lippen berührte.

»*Vikingr!*«

Der Ruf des Jungen durchschnitt die Luft wie ein scharfes Schwert. Das Kind kam aus dem Waldstück von der Warft her gerannt. Thorwalds Gesicht verschwand mit einer plötzlichen Bewegung aus ihrem Blick. Jedermann an den Küsten kannte das Wort aus der Sprache der Skandinavier:

Seeräuber. Vikingr.

Thorwald riß sie mit einer Hand so schnell hoch, daß ihr Arm schmerzte. Die Schnitter hatten ihr Werkzeug fallen lassen, rannten schreiend auf den nahen Wald zu. Er sah sich nach einer Waffe um, griff nach der Sichel, die neben ihm im Gras gelegen hatte und nahm ihre Hand.

»Komm!«

Zusammen liefen sie in den Schutz der Bäume. Thorwald bemühte sich, mit seinen langen Beinen kleine Schritte zu machen. Dennoch konnte sie ihm kaum folgen.

»Bitte, nein«, rief sie. Außer Atem vom Laufen brachte sie die Worte nur keuchend hervor. »Bitte, geh nicht zur Warft!«

Thorwald blieb stehen. Sie hatten die Büsche erreicht. Dichter Nadelwald wuchs dahinter hoch empor und verdeckte die Sonne. »Es ist meine Pflicht! Ich bin deinem Vater genauso eng verbunden wie dir.«

Sie spürte, wie ihre Augen feucht wurden. »Ich habe Angst. Bitte, geh nicht!«

»Bleib hier im Wald!« befahl Thorwald. »Die Nordmänner gehen nicht weit in die Wälder. Versteck dich irgendwo zwischen den Büschen und komm erst zur Warft, wenn alles vorbei ist!«

»Laß mich mit dir kommen!« Er hatte sich zu seiner vollen Größe aufgerichtet, sie mußte zu ihm aufsehen. Die dunklen Stämme dicht hinter ihm ragten hoch auf, die Zweige schienen unwirklich weit entfernt. Den Kopf in den Nacken gelegt, folgte sie mit den Augen den schwankenden Bewegungen. »Es sind meine Leute, ich sollte bei ihnen sein.«

Thorwald lachte laut auf, doch es klang gekünstelt. »Die heilige Jungfrau behüte dich!« Er faßte ihren Arm, als sie leicht taumelte. »Weißt du, was diese Wilden mit dir machen!«

Sie wollte protestieren, doch er schüttelte den Kopf. »Warte hier und verlaß den Wald nicht!«

Sie brachte es nicht fertig zu widersprechen. Mechanisch nickte sie, sah ihn mit weitgeöffneten Augen an. Thorwald beugte sich plötzlich zu ihr hinab und küßte sie. Sie legte die

Arme um ihn und spürte, wie seine Muskeln sich anspannten, als sie ihn berührte. Als sie die Augen wieder öffnete, befreite er sich aus ihrer Umarmung. Er durchquerte das Waldstück und rannte auf den Palisadenzaun des Gehöfts zu.

Nur wenige hundert Schritte entfernt waren die kleinen, wendigen Boote der Nordmänner gelandet. Über die Mündung des Priels hatten sie unbemerkt bis dicht an die Einfriedung vordringen können. Durch die Stämme hindurch konnte sie keine Einzelheiten erkennen. Die braun und grau gekleideten Leiber waren nur als unwirkliche Flecken zu erahnen. Doch die Geräusche des tobenden Kampfes waren unmißverständlich. Das Klirren von Waffen. Schreie von Männern. Von Frauen. Von Kindern. Schwarze Rauchschwaden, deren beißenden Gestank der Wind zu ihr herübertrieb. Ihre Kehle brannte. Doch ihre Augen blieben trocken.

Thorwalds Befehl mißachtend lief sie ihm durch den Wald nach. Zweige schlugen ihr ins Gesicht. Im Schutz der Bäume wagte sie sich näher an die Einfriedung heran. Der Palisadenzaun schwelte. Der dichte Rauch nahm ihr die Sicht auf das Tor. Kaum konnte sie hinter dem Zaun die Dächer des Haupthauses mit seinen Stallungen und Schobern erkennen. Die Geräusche von der anderen Seite her ließen erahnen, daß auch das Tor zum Priel auf der ihr abgewandten Seite umkämpft wurde. Ringende Leiber standen ineinander verhakt. Nur mühsam konnte sie einzelne Gestalten ausmachen. Thorwald hatte dem ersten Toten, über den er gestolpert war, das Schwert abgenommen. Er war mit zweien der riesigen Skandinavier in einen verbissenen Kampf verwickelt.

Einige Büsche, die bis dicht an den Zaun reichten, schützten sie vor Entdeckung. Sie wagte sich noch näher an die Kämpfenden heran, unfähig, den Blick abzuwenden. Es war wie ein böser Traum. Sie beobachtete den tobenden Kampf, als ginge er sie nichts an. Thorwald stand mit dem Rücken zu den Palisaden. Das Tor zu seiner Linken war geöffnet. Überall liefen fremde blonde Männer durcheinander, gekleidet in grobe

Wolle und Tierhäute. Gunnhilds Vater. Ihr Bruder. Gudruns Ehemann. Sie setzten sich zur Wehr, so gut sie es vermochten, doch die Skandinavier waren in der Überzahl. Sie kniff die Augen zusammen, um besser zu sehen, erkannte ihren eigenen Vater. Sie schrie auf, als sie bemerkte, wie Blut aus einem Stumpf spritzte, wo früher sein Arm gewesen war. Es besudelte den blonden Hünen, der ihm die Axt tief in den Kopf hieb. Ihre Kehle war wie zugeschnürt. Sie brachte nur ein leises Wimmern hervor.

Einige Dächer hatten Feuer gefangen. Auf einmal loderten die Flammen hoch empor. Sie hatte Thorwald aus den Augen verloren, fand ihn wieder, als seine Klinge in der Sonne aufblitzte und einen der Nordmänner niederstreckte. Ein Angriff von der Seite lenkte Thorwald ab. Er wandte sich um, hob das Schwert. Sein Schlag spaltete den Kopf des Angreifers, eine weißliche Masse quoll aus der spitzen Lederkappe. Im selben Moment traf ihn ein Wurfspeer in den Rücken. Thorwald stand einen Augenblick bewegungslos. Sein Mund war leicht geöffnet, als versuche er Atem zu holen. Dann rann eine dünne rote Blutspur über seine Lippen. Er sank zu Boden.

Sie hörte sich schreien, sah sich auf den Zaun zulaufen, das Schwert eines der Toten aufheben. Thorwald lag reglos am Boden, ein blonder Hüne tauchte vor ihr auf, das Gesicht rot glänzend mit Blut verschmiert.

Atika schrie auf und fuhr hoch. Ihr Atem ging stoßweise. Sie wollte weinen, brachte aber nur ein unartikuliertes Stöhnen hervor. Sie zitterte am ganzen Körper.

Orientierungslos sah sich Atika in der fremden Umgebung um. Sie saß auf der gepolsterten *Suffa*. Durch ein vergittertes Fenster drangen die schrägen Strahlen der Nachmittagssonne in den Raum. Ihre Augen schweiften ziellos durch das Zimmer, über die verschwenderischen Verzierungen an den Wänden, die bemalte Holzvertäfelung der Decke, die anderen Mädchen, die erschrocken in ihre Richtung sahen. Eine ließ ihre Laute sinken, auf der sie gespielt hatte, andere sahen von Büchern auf. Atika blickte an sich herunter. Sie trug nicht mehr den blauen Sonntagskittel aus grobem Leinen, sondern lange, weite Baumwollhosen und einen gegürteten Kittel. Fahrig strichen ihre Hände über die bestickte Mulhamseide. Das Gefühl der grobgewebten, kratzenden Stoffe, die sie in Friesland getragen hatte, lag noch auf ihrer Haut. Ihre nackten Füße waren mit Henna bemalt und fühlten sich kalt an. In ihrem Schoß lag ein aufgeschlagenes Buch. Sie war in einer anderen Welt.

Eines der Mädchen stand auf und kam zu ihr herüber.

»Atika, was ist denn?«

Sie brauchte einen Moment, um zu verstehen, daß sie gemeint war. Der Name, mit dem Thorwald sie angesprochen hatte, war ein anderer gewesen.

»Du hast geträumt.« Die Sonne fing sich in dem dunkelblonden Haar des Mädchens. Layla. Atika antwortete nicht. Ihre Augen hefteten sich an die geraden Linien des geschlossenen Zimmers. Sie war in Córdoba, im Haus von Yusufs Verwandtem und Geschäftspartner. In dem großen Raum, in dem sie sich befand, lasen die Sklavinnen, spielten Musikinstrumente, saßen über einer Handarbeit oder frisierten und schminkten sich.

Ihre Augen fanden die Tür, die zum gemeinsamen Schlafraum der Mädchen führte. Dahinter lag Fatimas winzige Kammer. Sie wanderten weiter zu der großen geschnitzten Tür, durch die man auf die Galerie kam und in den Hof herabsehen konnte. Über diese Galerie gelangte man auch auf die andere Seite des Hauses. Dort lebten die Männer, und auch Yusuf hatte dort seine Gemächer bezogen. Es war ein Traum gewesen. Nur ein Traum.

»Du bist eingeschlafen über deinem Buch.« Layla bückte sich, um einige Granatäpfel aufzuheben. Atika bemerkte, daß sie bei ihrem plötzlichen Aufschrecken eine der Obstschalen umgeworfen hatte. Die Früchte lagen auf dem Boden verstreut, und auf die Keramikfliesen tropfte roter Saft, wie Blut. »Immer liest du bis zum Umfallen. Kein Wunder, daß du schlechte Träume hast.« Layla stellte die verzierte Kupferschale wieder auf und legte das Obst zurück.

Layla, dachte Atika, würde niemals über einem Buch einschlafen und mit zerknitterten Hosen und verschmierter Schminke aufschrecken. Auf einmal schämte sie sich. In den letzten Monaten hatte sie ihre Mitsklavinnen so wenig zur Kenntnis genommen, daß sie kaum ein Wort mit ihnen gewechselt hatte. Nun saß Layla bei ihr wie eine Mutter bei ihrem kranken Kind und betrachtete sie nachdenklich.

»Ich träume auch immer von den Sklavenhändlern und von dem Tag, als ich in ihre Hände fiel«, sagte sie auf einmal.

Atika sah auf ihre Füße.

»Tagsüber denke ich nicht daran. Aber nachts kommt es immer wieder. Manchmal weine ich im Traum, und wenn ich aufwache, sind meine Kissen feucht.«

Atika beneidete Layla um diese Fähigkeit. In ihr selbst war alles taub. Sie konnte nicht einmal weinen.

»Es ist vorbei, es war ein Traum.« Layla richtete sich abrupt auf, wie um mit Atikas Dämonen auch ihre eigenen zu vertreiben. »Komm, denk an etwas anderes, sieh mich nicht so an! Willst du etwas Wein?«

Sie reichte Atika den Becher, und diese trank in hastigen Schlucken. Ihr Vater hätte ihr niemals erlaubt, Alkohol zu trinken. Doch hier war nichts wie im Haus ihres Vaters.

»Besser?« fragte Layla. »Trink noch einen Schluck, es hilft.«

Atika nickte, den Becher mit beiden Händen fest umklammernd. Sie sah auf und in Laylas regelmäßiges, rundes Gesicht. »Danke.« Während sie den Becher abstellte, vorsichtig, um den Boden nicht noch mehr zu beschmutzen, setzte sie nach: »Es tut mir leid, daß ich euch aufgeschreckt habe.«

»Du bist nicht die einzige, die schlecht träumt. Alle tun es, glaub mir.«

Atikas Augen wanderten verwirrt von einer Sklavin zur anderen.

»Es tut mir leid, daß ich geschrien habe«, sagte sie. »Die letzten beiden Tage waren vielleicht etwas zuviel für mich. Dieses Feuer vor der Moschee, als wir ankamen ...«

»Yusuf wird dich schon nicht gehört haben.« Layla lächelte plötzlich. »Und selbst wenn, die anderen sagen, daß er keine Freude daran habe, seine Sklavinnen zu bestrafen. Sie sagen, er würde sich viel lieber zur Ruhe setzen und das Geschäft aufgeben. Und Fatima hat ohnehin einen Narren an dir gefressen. Mit deiner Art, jedes geschriebene Wort zu verschlingen, hast du sie beide um den Finger gewickelt.« Sie sagte es in dem gutmütigen Tonfall eines Menschen, der etwas anerkennt, wonach er selbst nie gestrebt hat.

»Also trink den Wein aus und lies dein Buch zu Ende«, riet Layla. »Und versuch einmal das Sandelholzparfüm, das Fatima mitgebracht hat. Es würde besser zu dir passen als Jasmin, es ist nicht so schwermütig.«

13 *Da sprach der Herr zu mir: Von Norden her bricht das Unheil herein über alle Bewohner des Landes.*

Wie die Moore in ihrer Heimat irgendwann wieder freizugeben pflegten, was sie verschlungen hatten, so ließ ihr Inneres diese Worte an die Oberfläche ihres Bewußtseins dringen. Atika erinnerte sich. Der Priester hatte sie oft benutzt, wenn er vor den alljährlichen Raubzügen der Seeräuber an den friesischen Küsten gewarnt hatte.

Die Angst vor den plündernden Skandinaviern war Teil ihres Lebens gewesen. Seit sie denken konnte, hatte ihr Vater abends am Feuer von den Nordmännern erzählt. Sie hatte sich unter ihr Schaffell verkrochen und mit offenem Mund, ein angenehmes Kribbeln im Rücken, seinen Geschichten gelauscht: von Dorestad, einst eine blühende Stadt, in der es so viele Schiffe gab, daß man sie nicht zählen konnte. Von den Nordmännern, die eines Tages gekommen waren und diese

Stadt in ein Flammenmeer verwandelt hatten. Von ihrem König, der den seltsamen Namen Harald Blauzahn trug und in einem fernen nördlichen Land hauste, das Seeland hieß. In ihrer Vorstellung war Seeland eine Insel, flach wie ein großes Floß. In einem sturmumtosten, zugigen Lehmschloß saß dort Harald Blauzahn auf einem Thron, einen eisernen Königsreif um die Stirn, unter dem zottiges rotes Haar hervorquoll. Ihr Vater hatte erzählt, daß König Harald Christ geworden sei und seinen Männern die Raubzüge entlang der Küsten verboten habe. Und sie hatte erleichtert gehört, daß die Klöster an der Küste und entlang des Rheins seither aufgeatmet hätten. Doch sie hatte nicht geahnt, daß die Gefahr für die ungeschützten Dörfer und Güter im Grenzland dadurch nicht geringer geworden war. Sie hatte nichts gewußt von dem profitablen Sklavenhandel mit den Mauren. So brachen die Skandinavier weiterhin Jahr für Jahr nach der Ernte im Juni auf, um entlang der Küsten zu rauben und zu plündern. Und natürlich dachten sie nicht daran, den weit abseits liegenden Hof eines alternden Grundbesitzers zu verschonen. Eines kleinen Landadligen aus einer unbedeutenden Familie, dessen Gesicht sein eigener Lehnsherr wahrscheinlich längst vergessen hatte.

Immer wieder hatte sie erlebt, welche Spuren der Zerstörung die Nordmänner in den Dörfern und Landgütern auf benachbarten Warften hinterließen. Sie erinnerte sich an niedergebrannte Häuser, deren geschwärzte Pfeiler in den Himmel ragten. Schilf und Lehm der Seitenwände waren wie das Reet der Dächer verbrannt und abgebröckelt. Dazwischen lagen halbverkohlte Leichen, Kadaver von Hunden und Vieh, die einen merkwürdigen, scharfen Geruch verströmten. Manchmal hatte es Tage gedauert, die letzten Brände zu löschen, während die Nordmänner längst weitergezogen waren. Und immer fürchteten die Überlebenden, daß das Feuer auf die nahen Wälder übergreifen könnte.

Vor·einem halben Jahr hätte sie ihn heiraten sollen, den Sohn des Nachbarguts. Jetzt kam es ihr vor, als wären seitdem

Jahrzehnte vergangen. Die Mädchen der umliegenden Gehöfte hatten sie damals mit Interesse und kaum verhohlenem Neid angesehen, und ihr eigener und Thorwalds Vater hatten öfter als zuvor miteinander getrunken.

Atika schüttelte den Kopf, um das Bild zu vertreiben, das sie noch immer Nacht für Nacht vor sich sah:

Thorwald auf dem Boden ausgestreckt, sie selbst orientierungslos neben seiner Leiche stehend, während der Kampf um sie herum tobte. Der Gestank des schwelenden Palisadenzauns, der sich mit dem beißenden Geruch verbrannten Fleisches mischte. Brüllendes Vieh, das in der brennenden Einfriedung in Panik geriet und von den Skandinaviern fortgetrieben wurde. Das scharfe Knacken der dünnen Wände aus Holz, Schilf und Lehm, die vom Feuer ergriffen wurden. Schreie von Angreifern und Angegriffenen, von Männern, Frauen und Kindern. Sengende Hitze, die ihr den Atem nahm, beißender Rauch, der in ihre Lungen drängte. Tote, vor dem Zaun, seltsam verrenkt im blutverschmierten Gras. Und immer wieder die Blutspur auf Thorwalds Hemd, die sich allmählich verbreitete.

Durch das Tor zum Gehöft kamen weitere Nordmänner, der Eingang war versperrt, doch hineinzuflüchten hätte ohnehin bedeutet, sich selbst auszuliefern. Die Nordmänner kamen langsam mit breitem Grinsen auf sie zu, ohne sich um das Geschrei der Verwundeten, zu kümmern. Thorwald lag neben ihr auf dem Bauch. Das Schwert, das er seinem toten Gegner abgenommen und dann selbst fallen gelassen hatte, lag vor ihren Füßen.

Sie hob es in einem plötzlichen Entschluß auf, schloß die Finger so fest darum, daß es schmerzte. Es war eine schwere, etwa eine Elle lange Waffe, wie sie die Skandinavier trugen: mit rundem Knauf, der das Gewicht der Klinge ausglich, ohne Parierstange; nur ein kurzer, stumpfer Vorsprung schützte die Hand. Der Griff war mit Lederbändern umwickelt. Sie riß das Schwert hoch, versuchte, den Rücken zum Palisadenzaun, eine Position einzunehmen, wie sie sie tausendmal bei den Männern beobachtet hatte. Niemand hatte ihr je beigebracht, sich selbst zu schützen.

Die Nordmänner kamen weiter auf sie zu. Einer lachte beinahe gutmütig und streckte mit einer auffordernden Geste die Hand nach der Waffe aus. Sie hielt sie mit beiden Händen fest, schüttelte den Kopf. Ihre Glieder waren kalt, ihr Kopf arbeitete mit ungeahnter Klarheit. Alles war besser, als lebend in die Hände dieser Männer zu fallen. Der eine kam näher, ohne nachzudenken holte sie weit über der rechten Schulter aus und schlug mit einer Wucht zu, die vor allem dem Gewicht der Waffe zu verdanken war. Der Skandinavier machte einen Satz zurück, schrie auf. Mit einem überraschten Gesichtsausdruck faßte er sich an den linken Arm, den ein silberner Reif schmückte. Darunter quoll Blut hervor. Der Mann sah auf das Blut, lachte laut auf, griff nach seinem eigenen Schwert. Obwohl sie wußte, wie aussichtslos ihr Widerstand war, ließ sie die Waffe nicht los, sondern krallte ihre Finger noch fester um den Griff. Von dem auf und ab wogenden Kampf um sich herum nahm sie nichts mehr wahr. Die ganze Welt schien nur noch aus der einen Elle geschliffenen Stahls in ihrer Hand zu bestehen. Die Waffe war zu schwer, als daß sie ernsthaft damit hätte kämpfen können, selbst wenn sie diese Kunst beherrscht hätte. Wahrscheinlich war es ihrer Verzweiflung zuzuschreiben, daß es ihr dennoch gelang, den ersten, spielerischen Hieb ihres Gegners zu parieren. Wenn sie im nachhinein das Gesicht des Nordmanns unter dem Rundhelm mit dem Nasenschutz hätte beschreiben sollen, wäre sie dazu nicht fähig gewesen. Sie hätte nicht einmal sagen können, ob der bärtige Mann blond oder rothaarig war. Klirrend schlugen die Klingen aufeinander, verhakten sich, sie setzte ihr gesamtes Gewicht ein, um dem Druck standzuhalten, nutzte einen kurzen, günstigen Augenblick, um nach ihrem Gegner zu treten. Aufschreiend taumelte der Skandinavier zurück. Schließlich kam der zweite Mann, der seinen Kameraden laut auslachte, diesem zur Hilfe. Verzweifelt versuchte sie, das Unvermeidliche abzuwenden, doch nur wenige Augenblicke später riß ein kraftvoller Hieb ihr die Waffe aus der Hand. Ihr Schwert beschrieb einen weiten Bogen in der Luft und landete im Gras.

Atika griff zerstreut nach dem Kamm, um ihr offenes Haar zu glätten. Inmitten all der Mädchen schien die Vergangenheit unendlich fern. Layla lächelte ihr zu, während sie mit einem Pinsel Sumayyas Lippen färbte. Das Mädchen mit der Laute hatte sein Instrument wieder aufgenommen und spielte leise Akkorde. Diese neue Welt war weit weg von Friesland und Jütland. Es schien keine Verbindung zu ihrem früheren Leben mehr zu bestehen. Und doch sah sie den Überfall und ihren Transport zum Sklavenmarkt von Haithabu so deutlich vor sich, als wäre sie erst gestern von den Nordmännern an Yusuf verkauft worden.

Haithabu war die südlichste Skandinavierstadt Jütlands und verglichen mit Córdoba kaum mehr als eine Ansammlung schilfgedeckter fensterloser Hütten. Diese drängten sich Zaun an Zaun eng aneinander, nur bisweilen von einem kleinen Kanal oder dem Fluß getrennt. Einige Langhäuser besaßen die Ausmaße eines großen Kriegsschiffs. Die meisten Bauten aber waren deutlich kleiner. Trotzdem war es die größte Stadt, die sie bis dahin gesehen hatte, und die bei weitem lebendigste. Auf der Landseite umgab ein turmbewehrter Wall die Häuser. Der mit einem Palisadenzaun gesicherte Hafen an der Südseite der Schleimündung hatte mehr Landungsbrücken, als sie damals zählen konnte. Der Fluß verbreiterte sich hinter Haithabu stetig, bevor er in einer weiten Bucht in die Ostsee mündete. Widerstrebend wichen die Wälder zurück, um der Siedlung Platz zu machen.

Die Nordmänner näherten sich der Stadt mit ihrer Beute von Westen zu Fuß und zu Pferde. Ihre Boote – das lange Transportboot aus dünnen, aber soliden Eichenplanken und die beiden kleineren, wendigen Schiffe der Krieger – zogen sie über Land.

Männer und Frauen unterschiedlichster Herkunft bevölkerten die Straßen Haithabus und unterhielten sich in verschiedenen Sprachen, auf friesisch, sächsisch, skandinavisch und arabisch. Durch die lehmigen Gassen ritten reiche Jarls neben arabischen Kaufleuten. Marktfrauen boten ihre Waren feil, Männer erprobten scherzhaft ihre Waffen. Ein Schmied schlug über feuriger Lohe klirrend auf ein Schwert ein. Hühner liefen gackernd über die Straße. Ein Mann musterte die Sklavinnen mit einem Blick, der Atika beunruhigt hätte, wenn sie überhaupt noch etwas hätte berühren können. Felle wurden auf das Boot eines Händlers verladen, Möwen kreischten und versuchten, einem Hund seine wenigen Bissen vor der Nase wegzustehlen. Überall hing der Geruch von Feuer, Schilf, fauligem Holz und Latrinen. Unter anderen Umständen hätte Atika wahrscheinlich mit offenem Mund auf die unzähligen Verkaufsstände gestarrt. Eisenbarren, fränkischer Stahl, Felle, Walroßzähne, Bernstein, Weinfässer, Töpferwaren und edle Steine konnte man hier erwerben. Doch statt dessen hielt sie den Blick geradeaus gerichtet und ließ, nichts von dieser Wirklichkeit an ihr Inneres dringen. Sie hatte von dem Treiben um sie herum damals kaum etwas wahrgenommen, dachte Atika nun. Sonderbar, daß sie sich dennoch so klar und lebhaft daran erinnerte.

Die Nordmänner waren Geschäftsleute, und sie waren nicht so unklug, etwas zu beschädigen, was sie zu verkaufen gedachten. Atika nahm an, daß dies der Grund war, weshalb die Sklaven gut behandelt wurden. Sie erhielten getrockneten Fisch und sogar etwas Obst und bekamen wollene oder leinene Kleider, die zwar schmucklos, aber warm und sauber waren. Die Frauen brachte man zusammen in einem Quartier unter, wo sie von einem Jungen versorgt wurden.

In Haithabu tauschten die Seeräuber die Lederpanzer und Kettenhemden gegen einfache Wollkleidung: rote oder braune Hosen, über denen sie ein mit einer Bordüre verziertes gegürtetes Hemd trugen. Auch der Junge, der den Frauen das Essen brachte, hatte ein Lederband in sein wirres blondes Haar geknotet. Um den kräftigen Hals trug er ein silbernes Kreuz, das Atika verwundert betrachtete. Sie hatte nicht erwartet, daß diese wilden Männer Schmuck tragen würden.

Mit dem Herbst kamen die Sklavenhändler aus dem Süden, nahmen die Ware in Augenschein und verhandelten mit den Nordmännern in deren Sprache. Der Wind wehte scharf vom Meer her, und Atika warf einen sehnsüchtigen Blick auf die pelzverbrämten Mäntel der Männer.

Sie mußten nicht lange in der Kälte stehen. Man führte sie in ein neues Quartier, das dem ersten glich. Das Schilfdach reichte bis zum Boden hinunter, und in der Luft lag der Geruch von feuchtem Reet. Über eine kleine Treppe gelangte man in das wenige Schritte tief ausgehobene Innere: ein einziger Raum mit einem Abzugsloch über der Feuerstelle. Auf in den Boden geklopften Steinen lag Kochgeschirr. Entlang der Wände stapelten sich Teppiche von einer Vollkommenheit, wie sie sie noch nie zuvor gesehen hatte. Doch damals war Atika nicht dazu aufgelegt, etwas zu bewundern, was mit ihrem neuen Stand als Sklavin zu tun hatte. Eine Alte namens Fatima redete die Frauen in ihrer Sprache an und erklärte ihnen, was sie zu tun hatten.

Während sich Atika in einer Ecke eng an die anderen Mädchen drängte, schob sich Gertrud an ihre Seite.

»Wir sollen überprüft werden. Ich habe gehört, wie die Alte es zu dem Diener gesagt hat. Er soll eine der benachbarten Hütten dafür herrichten.«

Gertrud stammte weiter aus dem Osten Frieslands und verstand das Skandinavische daher besser als sie.

»Überprüft?« fragte Atika verwirrt. »Worauf denn?«

»Das weiß ich nicht«, flüsterte Gertrud. »Die Alte fuhr den Diener an, er solle nicht murren. Es sei nur natürlich, wenn ihr Herr seine Ware überprüfen wolle. Schließlich müsse er auf seinen guten Ruf achten. Er müsse für die hohen Preise, die man in Córdoba und Fustat für eine Jungfrau bezahlt, auch erstklassige Ware liefern.«

Mehr hatte Gertrud nicht verstanden. Doch Atika erfuhr sehr schnell, wozu die Nachbarhütte gebraucht wurde.

Als das erste Mädchen von dort zurückkam, begriff Atika, daß ihr etwas Schreckliches bevorstand. Sie erkannte es an der Art, wie das Mädchen den Kopf abwandte, als könne sie keiner anderen Frau mehr ins Gesicht sehen. Ihre hellen Augen schienen jede Farbe verloren zu haben und ihr Blick war von einer erschreckenden Leere. Dieser Anblick genügte, um Atika in Panik zu versetzen. Sie wollte beten, stammelte wenige Sätze, unterbrach sich hilflos. Die heilige Jungfrau schien unendlich weit weg.

Als man ihr befahl, in die Hütte zu gehen und sich dort auf das Bett zu legen, gehorchte Atika ohne ein Wort. Sie gehorchte, als könne sie dadurch dem entgehen, was sie erwartete, was immer es auch sein mochte.

Im Halbdunkel der Hütte konnte sie nur vage die Umrisse zweier Gestalten ausmachen. Im ersten Moment erkannte sie nicht einmal ihre Gesichter, glaubte einen entsetzlichen Augenblick lang, einen Kopf ohne Nase und Mund zu sehen. Ihre Angst steigerte sich zu einer erneuten Welle der Panik, ehe ihr klar wurde, daß nur die dunkle Haut der Frauen sie getäuscht hatte.

Die Schatten in dem kleinen Raum schienen sich auf sie zuzubewegen, sie verschlingen zu wollen. Atika keuchte leise. Sie spürte, wie sie am ganzen Körper zu zittern begann. Instinktiv drängte sie sich an die Wand hinter dem Bett.

Eine der beiden Gestalten trug eine Schüssel mit einer Flüssigkeit heran. Die andere wusch sich die Hände und rieb sie mit einer fremdartigen Salbe ein, die einen starken, beißenden Geruch verströmte. Die beiden kamen näher.

Atika holte tief Atem. Sie hustete, weil sie dabei den scharfen Geruch der Salbe in ihre Lungen sog. Doch ihr Puls verlangsamte sich, als sie in einer der beiden Frauen Fatima erkannte. Die andere hatte sie noch nie gesehen.

Kalte Hände berührten sie und hielten sie fest. Atika schrie in plötzlicher, besinnungsloser Panik. Sie bäumte sich auf, ein stechender Schmerz durchfuhr ihre rechte Schulter, nahm ihr den Atem, sie schlug wild um sich, trat nach der Gestalt am Fußende, warf sich herum.

»Du brauchst keine Angst zu haben«, sagte Fatima in Atikas Sprache. »Halt still und schließ am besten die Augen, dann ist es gleich vorbei. Es wird nicht weh tun.« Als Atika die vertrauten Laute hörte, beruhigte sie sich. Mit einem leisen Wimmern ließ sie sich aufs Bett zurückfallen.

Fatima schmierte noch mehr von der stechend riechenden Salbe auf ihre Hände und Unterarme. »Bisher hat es noch jede überstanden.«

Noch immer zitternd und mit verkrampften Muskeln lag Atika bewegungslos auf dem Bett. Als sie die Augen schloß, so fest, daß es beinahe schmerzte, spürte sie, wie ihr Kleid bis über die Taille hochgeschoben wurde. Etwas drang zwischen ihre Beine. Sie keuchte erschrocken, wollte sich auf die Seite drehen, zu spät. Etwas glitt in ihr Inneres, ein trockener, kurzer Schmerz durchfuhr sie. Sie wollte die Augen öffnen, wagte es jedoch nicht. Die Scham nahm ihr den Atem. Dieser Bereich ihres Körpers war verboten, unantastbar. Niemand durfte ihn berühren. Aber man hatte ihr nie gesagt, ob sie auch dann dafür bestraft würde, wenn es gegen ihren Willen geschah. Auf einmal hatte sie das entsetzliche Gefühl, der Verdammnis geweiht zu sein, ohne irgendeine Schuld daran zu tragen.

Sie fühlte sich so beschmutzt, daß sie glaubte, daran ersticken zu müssen. Ihr Unterleib krampfte sich zusammen, es verursachte noch größeren Schmerz, sie rang nach Luft. »Ganz still halten«, sagte die alte Frau. Die Mahnung war überflüssig. Atika lag da wie tot.

Der Fremdkörper in ihr fand, was er suchte, und glitt wieder heraus. Eine Träne lief über ihre Wange in die Haare an der Schläfe. Die Anspannung ihrer Kiefer löste sich. Erst jetzt spürte Atika den Schmerz, der nur langsam abebbte.

»Das war schon alles«, sagte die alte Frau. »Du kannst

gehen.« Als sie von der anderen an den Schultern gepackt und aufgesetzt wurde, bemerkte Atika, daß ihre Finger zu Fäusten geballt waren. Fatima wusch sich die Hände. »Du wirst es bald vergessen haben. Irgendwann lachst du darüber.« Sie strich ihr über den Kopf. Ihre Hand hatte einen sonderbaren Geruch. Atika wich zurück.

Während sie, von der einen Alten gestützt, auf die Straße taumelte, hörte sie wie Fatima zu Yusuf trat. »Sie ist unversehrt«, sagte die Dienerin in dem für Atika nur schwer verständlichen Skandinavisch.

»Dreihundertfünfzig«, wandte sich der Sklavenhändler daraufhin an den Skandinavier ihm gegenüber. Atika stolperte an den Männern vorbei, die Kiefer fest aufeinandergepreßt. »Das entspricht dem Wert von zwei Kühen«, fügte Yusuf hinzu. »Du kannst dich nicht beklagen. Schließlich muß ich sie selbst ausbilden.«

Während sie sich die Stufen zum Haus der Sklavinnen hinabtastete, hörte sie den Nordmann erwidern: »Vierhundert. In Silber. Und das ist immer noch nur halb soviel wie ein Pferd.«

Die anderen Mädchen, die die Untersuchung schon hinter sich hatten, musterten sie, als sie die Treppe herunterkam. Sie senkte den Blick, konnte ihnen nicht ins Gesicht sehen. Tagelang hockte sie stumm auf den Binsen, die den Lehmboden bedeckten, das Kleid eng um die Beine gezogen, die Arme darüber verschränkt. Sie nahm weder die kostbaren Kleider, die man ihr gegeben hatte, noch den Schmuck oder die Parfüms zur Kenntnis. Nachts lag sie mit offenen Augen da und rührte sich nicht. Sie sah nichts, hörte nichts, dachte nichts. Sie spürte keinen Schmerz und keine Kälte. Nichts drang in ihr Bewußtsein vor.

Nach einigen Tagen verbot ihr Fatima, auf der kalten Erde zu sitzen. Atika antwortete nicht, verharrte reglos, ohne auch nur den Blick zu heben.

Fatima zuckte die Schultern und kam kurz darauf mit Yusuf wieder. Er warf einen Blick auf das Mädchen und sagte anschließend etwas auf arabisch zu der alten Dienerin. Daraufhin befahl man Atika, Fatima zu Yusufs Hütte zu begleiten. Sie gehorchte leblos, hielt die Augen gesenkt, als könne sie so verhindern, daß das Leben, zu dem sie gezwungen wurde, überhaupt stattfand.

In Yusufs Raum sah sie verwirrt auf. Am Boden, auf einem gewebten Wollteppich, lagen Bücher. Ihr Vater hatte keine Bücher besessen. Sie kannte die einfach gebundenen Bibeln, die Vater Wulf oder die Mönche des nahe gelegenen Klosters benutzt hatten, und in dem einen oder anderen wohlhabenden Haushalt hatte es einen Psalter gegeben. Der Sklavenhändler hingegen schien allein für die Reise fünf oder sechs dieser Kostbarkeiten mitzuführen. Und, was noch viel merkwürdiger war, er erlaubte einer alten Dienerin, diese zu benutzen. Atikas Augen glitten scheu über die Einbände aus Leder und über die unverständlichen Schriftzeichen darauf. Sie streiften das niedrige Holzgestell des Buchständers in der Ecke, das selbst an ein aufgeschlagenes Buch erinnerte und fest auf vier Füßen stand. Wer davor auf dem Boden saß, konnte bequem in den aufgeschlagenen Seiten lesen, ohne sich den schweren Folianten auf die Knie legen zu müssen.

Fatima bedeutete ihr, sich auf ein Kissen zu setzen, und Atika gehorchte, ohne den Blick von den verzierten Einbänden zu wenden. Heute wußte sie, daß diese Bücher alles andere als teuer gewesen waren, aber damals war bereits ihre schlichte Menge ein Wunder für sie.

»Kannst du lesen?« fragte Fatima.

Atika schüttelte den Kopf, mehr über die sonderbare Frage, denn zur Antwort.

»Wie ist es sonst um dein Wissen bestellt? Sprichst du Latein?« Atika hob abrupt den Kopf und sah sie mit offenem Mund an. Die Starre fiel von ihr ab, und ebenso die Scham, die sie in den letzten Tagen mit sich herumgetragen hatte. Fatima hatte ihre Frage gestellt, als sei es die selbstverständlichste Sache der Welt, daß eine Frau Latein sprach. Atika erinnerte sich noch gut an ihren einzigen mißglückten Versuch, diese Sprache zu lernen. Sie hatte Vater Wulf gebeten, sie an dem Lateinunterricht teilnehmen zu lassen, den er ihrem jüngeren Bruder gab. Gunther hatte damals kurz davor gestanden, als Oblat in das nahe gelegene Kloster gegeben zu werden. Dem Priester verschlug es offenkundig die Sprache, die friesische wie die lateinische. Seine Stirn legte sich in strenge Falten, die den heiligen Zorn Gottes zu verkünden schienen. Während sie selbst noch um ihre Fassung kämpfte und der Versuchung widerstand, einfach davonzulaufen, trat ein Ausdruck heiliger Entrüstung auf das Priesterantlitz. »Komm mir nie wieder mit einem solch unbilligen Ansinnen!« donnerte die kraftvolle Stimme des heiligen Mannes. »Und ich will dich am Samstag in der Beichte sehen, damit du die Sühne für deine Hoffart auf dich nimmst!«

Ohne zu antworten saß sie Fatima gegenüber.

»Also nicht«, stellte die alte Frau fest und zuckte die Schultern. »Hör zu, mein Kind, wir wissen alle nicht, warum uns dieses oder ein anderes Schicksal zugedacht ist. Es ist weder deine, noch meine Schuld, daß geschieht, was geschehen ist. Und du kannst Gott danken, daß du noch Jungfrau bist, denn von nun an wird dich niemand mehr berühren, bis du verkauft bist. Ich hatte damals nicht soviel Glück.«

Atika sah sie mit weit geöffneten Augen an. Es war ihr nie in den Sinn gekommen, die alte Dienerin könne einst selbst verschleppt und als Sklavin verkauft worden sein.

»Wir sind in Gottes Hand und müssen auf seine Weisheit vertrauen«, fuhr Fatima schnell fort, als habe sie schon zuviel gesagt. »Aber es liegt in deiner Hand, dein Los zu bessern. Je mehr Wissen du besitzt, desto mehr kannst du selbst über dich bestimmen. Ich kann dir vieles beibringen. Den Winter über wirst du Arabisch lernen, so wie ihr alle. Aber wenn du es willst, wird man dich auch Latein lehren und dir einige Grundkenntnisse der wichtigsten Wissenschaften vermitteln: Mathematik, islamische Theologie, Philosophie, Musik.«

Atika antwortete nicht, aber sie sog jedes Wort in sich auf. Langsam bewegte sich ihre Hand und schüchtern berührte sie das oberste Buch auf dem Stapel. Als habe sie etwas Verbotenes getan, warf sie ein scheuen Blick auf die alte Frau.

»Nimm es, und schlag es auf«, sagte Fatima, »Wenn du willst, kannst du es lernen.« Atika gehorchte mechanisch. Sie schlug das Buch auf und hob verwirrt den Kopf, als Fatima es ihr aus der Hand nahm und umdrehte. Ein unbekannter Geruch stieg ihr in die Nase, und sie wich unwillkürlich vor der Hand der alten Frau zurück. Dann begriff sie, daß das Buch den Duft verströmte. Es war ein fremder Geruch, leicht säuerlich, doch nicht unangenehm. Verwirrt sah das Mädchen auf die vielen Zeichen, die dichtgedrängt die Seiten bedeckten. Sie hatte das Gefühl, am Eingang einer Schatzkammer zu stehen, von deren Existenz sie bisher nicht einmal gewußt hatte. Doch noch fehlte ihr das Zauberwort, mit dem sich die Tür zu jener Kammer öffnen ließe.

Es liegt in deiner Hand.

Ihr ganzes bisheriges Leben lang hatte nichts in ihrer Hand gelegen, nicht eine einzige wichtige Entscheidung hatte sie jemals selbst getroffen. Das Verlöbnis mit Thorwald hatte ihr Vater für sie arrangiert, so wie alles andere auch. Plötzlich kam sie sich hilflos und verlassen vor. Sie hatte ihre Freiheit verloren, und nun bekam sie eine Freiheit geschenkt, die sie nie zuvor kennengelernt hatte. Und wußte nichts damit anzufangen.

»Ich weiß, mein Kind, das alles ist neu für dich. Laß dir Zeit mit deiner Entscheidung.«

»Ich will es lernen«, sagte Atika leise, aber bestimmt. Es war als hätten ihre Zunge und ihre Lippen die Antwort ohne ihr Zutun geformt. Ihre Finger klammerten sich um den weichen Ledereinband. Es schien ihr, als habe sie das erste flüchtige Lächeln einer Welt aufgefangen, die sie bisher nicht eben gastlich behandelt hatte. Entschieden sah sie Fatima ins Gesicht.

»Ich will es lernen«, wiederholte sie.

14 Bereits als er sich vom Markt aus auf den Weg nach Hause machte, begleitete Safwan das unangenehme Gefühl, bei seiner Unterhaltung mit Atika etwas übersehen zu haben. Irgend etwas war ihm entgangen, was ihm hätte auffallen müssen. Und es hatte mit dem *Buch des Smaragds* zu tun. Dieses Gefühl verließ ihn auch nicht, als er die große Durchgangsstraße überquerte, die die Vorstadt Schaqunda im Süden mit dem Beinhaus im Norden der Stadt verband. Er bog links in die gekrümmte az-Zahra-Straße ein, die zu seinem Viertel führte, und wandte sich dann nach rechts in eine enge, teilweise von Mauerwerk überwölbte Gasse. Das Wechselspiel von Licht und Schatten ermüdete seine Augen. Er folgte dem leicht ansteigenden, immer wieder von einzelnen Stufen unterbrochenen Weg. Als er schließlich zu Hause ankam, lag schon der abendliche Duft in der Luft, der den zahllosen Blumenkästen an den Wänden entströmte. Safwan zog sich mit einem Becher Wein und der Abhandlung eines bekannten Grammatikers auf den Rand des Brunnens im Innenhof zurück. Doch es gelang ihm nicht, sich zu konzentrieren. Er ließ das Buch auf die Knie sinken. Seine Gedanken kreisten beharrlich um das *Buch des Smaragds*. Was konnte darin stehen, das so gefährlich war?

Als er das Mädchen getroffen hatte, war er vom Haus des Richters Uthman gekommen. Es lag auf der seinem Viertel entgegengesetzten Seite des Markts unweit der Straße nach der neuen Palaststadt. Das Treffen war eine Enttäuschung gewesen. Uthman hatte zugehört, wie er mit heftigen Gesten die Angelegenheit beschrieben hatte. Aber daraufhin hatte der Richter nur knapp erwidert, er werde sich über den Fall informieren und ihm am Freitag in der Großen Moschee Bescheid geben. Safwans Empörung über diese Zurückhaltung überging er. Er fügte sogar hinzu, er werde sich zunächst über Nabil erkundigen müssen, ehe er etwas unternehmen könne. Denn falls der Bibliothekar tatsächlich ein Ketzer sei, sei es besser für Safwan, sich aus dem Prozeß herauszuhalten.

Mich heraushalten! schnaubte Safwan, als er das Haus des Richters verließ. Heftig trat er gegen einen prall gefüllten Ledersack, den ein unvorsichtiger Händler am Straßenrand abgestellt hatte. Ein jämmerlicher Feigling war Uthman, dachte er, während er den Sack anstarrte, als sei dieser schuld an seiner Lage. Eine Schande für den Stamm der Kalb! Eine Memme, der Gott ihre Angst am Tag des Jüngsten Gerichts hundertfach vergelten sollte! Safwan warf einen zornigen Blick nach Osten die Straße hinab, die zur Baustelle der Palaststadt des *Hajib*, nach Madinat az-Zahira, hinausführte. Unsere ruhmreichen Ahnen, dachte er, hätten niemals wie räudige Schakale vor einem größenwahnsinnigen Usurpator ohne Stammbaum den Nacken gebeugt!

Entschlossen wandte er sich um und schlug den Weg zum Markt ein. Wenn Uthman ihm nicht helfen konnte oder wollte, würde er einen eigenen Weg finden müssen, Nabil aus dem Gefängnis zu holen. Wenn es ihm gelänge, zu zeigen, daß das *Buch des Smaragds* kein Ketzerwerk und zu Unrecht verbrannt worden war, dachte er, wäre damit auch Nabil vom Vorwurf der Häresie befreit. Er ist kein Ketzer, dachte Safwan aufgebracht. Niemals. Nicht Nabil. Eine leise Stimme in ihm wollte sich wieder zu Wort melden, doch Safwan brachte die Viper zum Schweigen.

Er hatte, in Gedanken ganz bei dem *Buch des Smaragds*, auf den Markt zugesteuert. Ein Sonnenstrahl, der sich im Amulett eines Mädchens am Tor fing, hatte ihn aufmerksam gemacht und wieder in die Wirklichkeit zurückgeholt. So war er mit Atika ins Gespräch gekommen. Und hatte dabei irgend etwas übersehen.

Nachdenklich strich Safwan über die Buchseiten und starrte auf eine Blume, die zwischen den Steinen des Brunnens wuchs. Als Atika – versehentlich oder absichtlich – den Schleier hatte fallen lassen, war ihm aufgefallen, wie fein ihr Gesicht geschnitten war. Ihre Haut war zart und hell, beinahe durchscheinend. Nur auf der Stirn hatte er einen elfenbeinfarbenen, rötlich überhauchten Schatten wahrgenommen.

Narr! beschimpfte er sich selbst. An ein Mädchen zu denken, das er nie wiedersehen würde! Es war reine Einbildung, daß er etwas übersehen hatte. Außerdem sollte er vorerst davon geheilt sein, sich zum Narren einer Sklavin zu machen! Er schüttelte den Kopf und richtete die Augen wieder auf das Buch, um sich auf die Ausführungen des Grammatikers zu konzentrieren.

»Eines der beliebtesten rhetorischen Mittel der Dichter ist der poetische Vergleich, genannt *Taschbih.*« Safwan nahm einen Schluck Wein. Wahrhaftig, die Grammatik war für einen Mann leichter zu verstehen als die Frauen! Hatte nicht bereits der Philosoph Ibn al-Muqaffa gesagt, daß eine allzu große Leidenschaft für das schöne Geschlecht den Verstand ruiniere und den Körper schwäche? Und hatte nicht derselbe Philosoph gemeint, dem Gebildeten sei das Wissen Vergnügen, Trost und Heilung in einem? Von der ebenso tröstlichen wie heilsamen Wirkung des Alkohols beglückt, las Safwan spürbar entspannt weiter:

»Der *Taschbih* wird angewandt, um etwas poetisch zu beschreiben. Zum Beispiel kann der Dichter sagen: *Zweifel und Kummer bedrängen mich wie zwei feindliche Heere.*« Safwan ließ das Buch sinken. Einen Augenblick starrte er auf die Zeilen. Dann warf er es plötzlich auf die Erde. Mit einem heftigen Ruck stand er auf. Wie konnte er nur so blind gewesen sein! Einige Zeit verbrachte er damit, sich selbst mit einer Reihe wenig schmeichelhafter Namen zu belegen. Tölpel! Narr! Milchbart!

Zweifel und Kummer bedrängen mich wie zwei feindliche Heere. Zweifel und Kummer. Er mußte blind und taub gewesen sein. *Man sagt, der Smaragd blende Vipern, so wie das* Buch des Smaragds *den Zweifel blendet.*

Atika hatte behauptet, sie habe dies bei der Bücherverbrennung von Nabil gehört. Doch Nabil hatte seinen Satz nicht vollenden können. In Safwans Innerem hallten die seltsamen Worte seines Freundes nach: *Wie der Smaragd Vipern blendet, so bekämpft es* ... Einer der Söldner hatte den Bibliothekar an dieser Stelle unterbrochen. Woher aber wußte Atika, was das *Buch des Smaragds* bekämpfen sollte?

Safwan stieß scharf den Atem aus und begann im Hof auf und ab zulaufen. Sie hatte ihn belogen! Diese Sklavin hatte es gewagt, ihn zu belügen! Sie hatte nach Nabil gefragt und ihn so abgelenkt.

Er unterbrach seine Schritte. Atika wußte etwas über das *Buch des Smaragds*. Er war sich sicher, daß sie Nabils Worte nicht einfach auf gut Glück gedeutet hatte. Sie wußte, wie der Satz hätte enden müssen, daß es der Zweifel war, den das Buch bekämpfte. Sie hatte sich verraten und deshalb schnell widersprochen, als er sie gefragt hatte, ob sie es kannte. Aus irgendeinem Grund wollte sie nicht darüber sprechen. Safwan lehnte sich gegen die Hauswand. Hatte Atika einen Grund zu schweigen? Sie war erschrocken, als er sie auf das Buch angesprochen hatte. Vielleicht hatte sie ja nicht nur aus einer Laune heraus gelogen.

Gedankenverloren zupfte er an einer Rose, die neben ihm in einem Blumenkasten an der Wand blühte. Wenn er das Mädchen bitten würde, ihr Wissen mit ihm zu teilen, konnte sie es ihm nicht abschlagen. Sie würde verstehen, daß er seinen Freund nicht im Stich lassen konnte. Wenn er mit ihrer Hilfe an das Buch gelangte, konnte er Nabils Unschuld beweisen.

Aber dazu mußte er sie wiedersehen. Safwan zerpflückte angestrengt grübelnd die Rose zwischen den Fingern. Irgendwie mußte er sie ausfindig machen können! Atika hatte ihm den Namen ihres Herrn genannt. Doch er kannte keinen Sklavenhändler namens Yusuf.

Er zuckte zusammen, als sich ein Dorn in seinen Finger bohrte, sah auf das Blut, das aus der winzigen Verletzung quoll. Gedämpft klang bereits der allabendliche Gebetsruf von der kleinen Moschee seines Viertels herüber. Die Zeit war vergangen wie im Flug. Safwan seufzte und löste sich von der Mauer, um ins Haus zu gehen.

Nach wenigen Schritten jedoch blieb er stehen. Hatte Atika nicht erwähnt, der Gebetsruf von der Großen Moschee sei so laut, daß sie manchmal glaube, der Muezzin stünde neben ihrem Bett? Safwan schlug triumphierend die Faust in die linke Handfläche. Der Sklavenhändler mußte im Judenviertel gleich gegenüber der Großen Moschee wohnen. Und Atika würde zum Gebet dorthin gehen, soweit es die Sklavinnen nicht im Haus verrichteten. Ich werde dieses Rätsel lösen, dachte Safwan. Ich löse es, und wenn der Teufel selbst dahintersteckt! Und in einer Woche ist Nabil wieder zu Hause.

15

Kein Luftzug drang in die abendliche Abgeschiedenheit des Frauenbereichs. Vor den vergitterten Fenstern staute sich die letzte Hitze des ausklingenden Tages. Die Decke mit der rotweiß bemalten Holzverkleidung schien tiefer als sonst im Raum zu hängen. Im hinteren Teil des Zimmers saß Fatima über eine Stickarbeit gebeugt. Ein Mädchen, das Yusuf für musikalisch begabt hielt, versuchte, ihrer Laute die ersten harmonischen Klänge zu entlokken. Für Atika klang es allerdings nicht melodischer, als man es von willkürlichem Zerren an tierischen Gedärmen eben erwarten konnte. Sie warf einen Blick auf das Buch neben ihr am Boden, das den Titel *Lebensbeschreibungen berühmter Männer* trug.

Sie hatte Amr gelobt, Schweigen über das *Buch des Smaragds* zu bewahren. Doch sie hatte nicht gelobt, es auch zu vergessen. Vorsichtig zog sie die *Lebensbeschreibungen* zu sich heran. Sie warf einen kurzen Blick hinüber zu Fatima. Doch niemand achtete auf sie, als sie das Buch aufschlug. Die schwarzen Buchstaben tanzten einen Moment lang vor ihren Augen, ehe sie sich in ihre Reihen fügten. Sie mußte eine Weile suchen, bis sie eine kurze Eintragung fand, die mit *Ibn ar-Rewandi* überschrieben war. Der Name, den Amr genannt hatte. Noch einmal warf sie einen schnellen Blick in Fatimas Richtung. Die alte Frau stand

89

mit einem leichten Seufzen auf. Im ersten erschrockenen Impuls wollte Atika das Buch zuschlagen, doch die Aufseherin schickte sich an, den Raum zu verlassen.

Sie beugte sich wieder über die Seiten. *»Ahmad Ibn ar-Rewandi, genannt Abu l-Husain«*, las Atika, *»stammte aus Khorasan, aus Marvarrudh oder aus dem kleinen Marktflecken Revand nahe der Stadt Nischapur.«* Sie runzelte die Stirn und versuchte, sich daran zu erinnern, was Fatima ihr über die berühmten Städte des Islam erzählt hatte. Nischapur lag irgendwo in den iranischen Bergen, weit im Osten, an der uralten Karawanenstraße nach China. Seit Menschengedenken, hatte Fatima erzählt, brachten Händler auf diesem Weg Seide aus dem Fernen Osten zum Mittelmeer. Von Revand hatte Atika noch nie etwas gehört.

Sie fuhr zusammen, als ein Schatten auf das Buch fiel.

»Beim Allmächtigen, du bist ja scheu wie ein junges Reh!« spöttelte Layla, die sich ihr von hinten genähert hatte. »Liest du Geistergeschichten?«

Atika ließ das Buch auf die Knie sinken. »Du hast mich erschreckt.«

»Das sehe ich.« Layla strich ihre blonden Zöpfe zurück, um einen Blick auf die offene Seite zu werfen. Atika wollte das Buch zuklappen, doch Layla war schneller. Ehe Atika reagieren konnte, saß sie neben ihr. »Man kann nicht den ganzen Tag an sich herummalen oder essen. Ich langweile mich schier zu Tode. Was liest du da? Das Leben des Ibn ar-Rewandi? Wer in aller Welt ist das?«

Atika warf einen nervösen Blick über das an den Darmsaiten ihres Instruments zupfende Mädchen hinweg zur Tür. »Ich weiß nicht«, log sie. »Ich habe das Kapitel zufällig aufgeschlagen. Bei so vielen berühmten Männern weiß man ja nicht, wo man anfangen soll.«

»Beruhigend, daß du ihn auch nicht kennst.« Layla machte keine Anstalten aufzustehen. »Nun gut, Ibn ar-Rewandi, was bist du für ein Mann?«

Atika wollte etwas einwenden, doch Layla schob sie ein Stück zur Seite, um besser sehen zu können. »Ibn ar-Rewandi ist bereits mit sechsunddreißig Jahren verstorben«, las sie. »Das ist gut. Ein kurzes Kapitel also, wenn er nicht alt wurde. Und ein hübscher junger Mann, keiner von den Greisen! Das könnte der Richtige für uns sein!«

»Die Männer in dem Buch sind alle tot«, bemerkte Atika nüchtern, »und ob mit sechsunddreißig oder mit hundert Jahren verstorben, das ist doch gleich.«

»Auf gar keinen Fall!« widersprach Layla. »Nun, Ibn ar-Rewandi, erzähl uns etwas von dir! Ich will hoffen, du bist ein schöner junger Mann aus einem fernen Land und wurdest wegen einer Liebesgeschichte bekannt!« Sie griff nach Atikas Becher, leerte ihn in einem Zug und schenkte sich nach. Atika sah nervös über die Schulter zur Tür. Fatima war noch nicht wieder zurückgekehrt. Doch falls sie kam, würde ihr ein Blick genügen, um zu verstehen, was die beiden Sklavinnen lasen. Atika mußte Layla dazu bringen, von Ibn ar-Rewandi abzulassen.

»Ibn ar-Rewandi war bereits in seiner Heimat in Theologie und Philosophie unterrichtet worden«, las Layla weiter laut vor. Sie unterbrach sich. »Theologie und Philosophie? Ich hatte gehofft, jetzt käme eine Liebesgeschichte. Ein bläßlicher Philosoph?«

»Die Liebesgeschichten stehen weiter vorne«, warf Atika hastig ein, »bei den Lebensbeschreibungen der Beduinen.«

»Nun warte doch ab, vielleicht kommt ja noch etwas!«

»Es heißt, viele Philosophen lieben überhaupt keine Frauen«, wandte Atika ein, »sondern nur Männer.«

Layla winkte ab. »Was ist denn mit dir, willst du die Geschichte nun lesen oder nicht? Du hast sie doch selbst aufgeschlagen. Also: In Bagdad, der strahlendsten Metropole der Welt, deren Kalifen, den rechtmäßigen Beherrscher der Gläubigen, Gott beschützen möge, hoffte der mit so zahlreichen Begabungen ausgestattete Jüngling, Männer zu finden, die seinem brillanten Geist Anregungen geben konnten.«

»Wenn das nicht in höchstem Grade philosophisch ist!« kommentierte Atika in der Hoffnung, Layla mit dem Gifthauch der Gelehrsamkeit abzuschrecken. »Wie sagt der weise Farabi doch in seinem *Perfekten Staat? – Wa-kull wahid mini-n-nas maftur 'ala annahu muhtaj fi qawamihi – Um zu höchster Vollkommenheit zu gelangen, braucht jeder Mensch von Natur aus vieles, was er nicht selbst zur Verfügung hat. Er benötigt andere Menschen, die ihm jeweils ein Stück weit geben können, was ihm fehlt.* Du kannst sagen, was du willst, aber ich mag unseren Philosophen.«

»Du weißt gar nicht, was es heißt, jemanden zu mögen!« bemerkte Layla trocken. »Du liebst mit dem Kopf anstatt mit dem Herzen, eine spitzfindige Philosophin bist du, die Tinte statt Blut in den Adern hat und die Dinge zerredet, bis sie überhaupt nicht mehr existieren.« Atika verzog das Gesicht. Wenn Layla sie früher gekannt hätte, als sie noch in Freiheit gelebt hatte, hätte sie das sicher nicht gesagt.

»Das würde ich mir niemals anmaßen«, konterte sie in dem trockensten Gelehrtenton, dessen sie fähig war, »Nur Gott allein vermag es, die Zusammensetzung der Atome zu zerstören und somit die Existenz der Dinge zu vernichten. Wie sehr man etwas auch zerreden mag, es ändert doch nichts daran, daß es *bi-l fi'l*, also *realiter,* weiterexistiert.«

»*In Bagdad*«, fuhr Layla unbeeindruckt mit der Lektüre fort, nachdem sie die Augen einen Moment lang zur Decke geschickt hatte, »*traf Ibn ar-Rewandi auf viele weise Männer. Bis er auf die Idee verfiel, seine* Kutub mal'una – was heißt das? Seine ›fluchwürdigen Bücher‹? – *zu verfassen, war er überall gerne gesehen. Doch dann streifte er all seine Tugenden ab wie eine Schlange ihre Haut. Denn sein Wissen war größer als seine Weisheit.*«

»Was für Bücher?« Atika beugte sich so unvermittelt zu Layla herüber, daß diese sichtlich überrascht zurückwich. Mit zusammengekniffenen Augen versuchte Atika, die Stelle im Text zu finden. Aus der Entfernung konnte sie die kleinen, eng beieinanderstehenden Buchstaben nur verschwommen erkennen.

Als Layla sich ebenfalls wieder über den Folianten beugte,

um weiterzulesen, kam Atika ein Gedanke. Sie musterte Laylas hellen Seidenkittel mit einem berechnenden Seitenblick. Granatäpfel verursachten hartnäckige Flecken auf solchen Stoffen, wenn man sie nicht sofort auswusch. Atika griff beiläufig nach einer Frucht aus der Obstschale, die neben ihnen stand.

Layla las arglos weiter vor: »*Ein böser Geist verführte ihn, jene Ketzerwerke zu verfassen:* das Buch des Smaragds, das Buch der Krone *und* das Buch des Hirneinschlägers. *Daraufhin beschuldigte man ihn der* Zandaqa – Das ist Ketzerei, nicht wahr? – *und er mußte Bagdad verlassen. Manche sagen, er habe später Reue gezeigt, andere halten dagegen, er habe niemals gefehlt, und wieder andere behaupten, daß er jung starb. Gott weiß es am besten. Wir haben noch mehr über Ibn ar-Rewandi zusammengetragen in unserem Kapitel über* …«

Atika hatte die Schale des Granatapfels mit einem Messer angeschnitten und zog die beiden Hälften auseinander. Layla stieß einen spitzen Schrei aus, und das Buch fiel zu Boden. Atika sah mit schuldbewußtem Blick auf die lange bräunliche Saftspur, die sich über Laylas blütenweißen Seidenkittel zog. »Das tut mir leid! Wie ungeschickt von mir!«

»Vielleicht bekommt die Wäscherin den Fleck ja noch heraus, wenn sie den Kittel gleich in Lauge legt.« Layla sprang auf und lief zur Tür. Atika wollte erleichtert aufatmen, zuckte jedoch im selben Moment zusammen. Soeben kam Fatima wieder herein und durchmaß das Zimmer mit wenigen Schritten. Atika wollte das Buch rasch zuschlagen. Doch die Aufseherin war schneller. Ein kurzer Blick genügte ihr.

»Das solltest du mir geben«, sagte Fatima mit unbewegtem Gesicht. »Ich hätte es wissen müssen«, fügte sie resigniert hinzu. »Du wirst noch im harmlosesten Buch etwas finden, was dich in Schwierigkeiten bringt.« Atika reichte ihr den Band. Wenige Schritte von ihnen entfernt mühte sich noch immer die Sklavin mit ihrer Laute ab. Das Instrument gab einen kratzenden Mißklang von sich.

»Atika!« Fatima ließ sich ächzend neben ihr nieder. Dann

faßte sie ihr unter das Kinn, und zwang sie, ihr ins Gesicht zu sehen. »Du weißt nicht, was du tust. Daß Amr dich verschont hat, war, von seiner Warte aus betrachtet, eigentlich Wahnsinn. Er hat sich selbst in Gefahr gebracht, indem er dich am Leben ließ. Kein anderer *Werber* wäre dieses Wagnis eingegangen. Aber du solltest dir trotzdem keine Illusionen machen. Dieser Mann ist gefährlich.«

»Ich weiß«, sagte Atika leise. »Und er soll nicht bereuen, was er für mich getan hat. Wer immer er auch sein mag, ich stehe in seiner Schuld.«

Die alte Frau raffte ihre Schleier um sich, bis sie fast völlig von einem bunten Stoffballen umschlossen war, aus dem nur ihr winziges Gesicht hervorsah.

»Er hat es sich nie leichtgemacht«, sagte sie unvermittelt. Verwundert bemerkte Atika, daß ein beinahe weicher Ton in ihren Worten mitschwang. »Yusuf kennt ihn schon seit Jahren. Und ich kenne ihn ebensolange.« Sie machte eine Pause. »Seit meiner Jugend, seit mein Dorf in Nubien von arabischen Sklavenhändlern überfallen wurde, bin ich die niedrigste Sklavin in jedem Haus gewesen, in das ich kam. Ihr blonden, blauäugigen Mädchen«, fügte sie mit einem Lächeln hinzu, »ihr seid Luxusgüter und werdet behandelt wie kostbares Geschmeide. Bei uns ist das anders.« Sie sagte es sachlich, ohne eine Spur von Selbstmitleid. Atika betrachtete sie scheu.

»Mein Herr war ein vornehmer Mann in Fustat«, fuhr Fatima fort. »Seinen Sklaven gegenüber war er allerdings weniger vornehm, er pflegte sie zu prügeln wie Hunde. Oft schlug er mich so heftig, daß ich das Bewußtsein verlor.« Sie erzählte, als sei es nicht ihre eigene Geschichte, sondern die einer Fremden, die sie nur flüchtig kannte. »Eines Tages, als er gerade wieder auf mich einprügelte, kam Amr in sein Haus. Er schrie ihn an und schlug ihn mit der Reitpeitsche ins Gesicht. Mein Herr war ein Feigling. Er verkaufte mich dem jungen *Werber*, und der verschenkte mich an Yusuf. Um weiterverkauft zu werden, war ich zu alt, und so wurde ich seine Aufseherin. Amr wußte, daß

94

Yusuf mich gut behandeln würde. Er ertrug es nicht, ein lebendes Wesen leiden zu sehen.« Sie unterbrach sich. »Aber dieses Mal ist es etwas anders. Er ist mit einem Auftrag hier, den er früher niemals angenommen hätte.«

Atika fragte nicht, was für ein Auftrag das war. Sie war sich nicht sicher, ob sie es überhaupt wissen wollte. Der Himmel mußte sich bedeckt haben, denn von einem Augenblick auf den anderen wurde es dunkel im Zimmer. »Er plant etwas«, sprach Fatima weiter. »Amr hat immer seine eigenen Ziele verfolgt. Ich weiß nicht, was es ist, aber er hätte diesen Auftrag niemals übernommen, wenn er dadurch nicht etwas zu gewinnen hoffte, das ihm weit mehr bedeutet als der Auftrag selbst.« Sie machte eine Pause. »Seit er von diesem *Buch des Smaragds* gehört hat, ist er wie verwandelt.«

»Das Buch hat ihn verändert? Obwohl er es nicht einmal gelesen hat?« fragte Atika. Der Gedanke beunruhigte sie, setzte sich mit tausend kleinen Widerhaken in ihrem Gehirn fest. Die Sklavin, die sich an der Laute versucht hatte, warf das Instrument verärgert auf den Boden und stand auf.

»Er stand schon früher in den Diensten des Kalifen von Ägypten«, erzählte Fatima. »Vor zwei Jahren, als wir das letzte Mal hier waren, trafen wir ihn. Er war hagerer geworden, nur noch Sehnen und Knochen. Und diese Augen, in denen ein fremdartiges Feuer brannte. Ich weiß nicht, was damals in Afrika mit ihm geschehen ist, doch es muß irgendwie mit diesem Buch zusammenhängen. Es ist, als habe er ein Gift genommen, das ihn berauscht.«

»Er ist ein *Übertreiber*«, sagte Atika atemlos. Fatima sah sie mit einem mißtrauischen Blick von der Seite an. »Er hat sich verändert. Warum das geschehen ist, weiß nur Gott. Aber ich beginne mich zu fragen«, sagte sie plötzlich, »was das *Buch des Smaragds* noch aus ihm machen wird.« Atika wollte etwas entgegnen, doch Fatima war bereits aufgestanden. »Das hier werde ich in Yusufs Räumen wegsperren. Man muß wirklich aufpassen, was man einem jungen Mädchen zu lesen gibt.«

Atika sah ihr nach, wie sie sich zwischen den am Boden sitzenden Sklavinnen hindurchschlängelte. Ihre Augen verengten sich, als ihr plötzlich ein Gedanke durch den Kopf schoß. Dann lehnte sie sich zurück und wartete ab. Sie beschäftigte sich eine Weile scheinbar intensiv damit, ihre Fingernägel mit Henna zu färben. Als die Aufseherin wie jeden Abend in die Küche gerufen wurde, stand auch Atika auf und verließ den Raum.

Längst hatte sich die Dämmerung über die Stadt gelegt. Kein Licht brannte auf der Galerie im ersten Stock, die den Innenhof umschloß. Auf der anderen Seite des Hofs lagen Yusufs Gemächer und der Schlafraum der Jungen. Auch dort war alles dunkel. Nur der Aufenthaltsraum der Männer war hell erleuchtet. Lachen ertönte aus dem zum Hof hin halb geöffneten Fenster. Atika trat an die Brüstung und warf einen kurzen Blick hinunter in den Hof. Aus der Küche im Erdgeschoß drang Licht. Sie glaubte, Fatimas Stimme zu hören, die dort mit dem Koch den Speiseplan der Woche besprach. Ein Duft nach gebratenen Hühnern mit Kardamom und Nelken, die wohl für heute abend bestimmt waren, wehte zu Atika herauf. Von Yusuf war nichts zu sehen.

Atika ging über die Galerie zur gegenüberliegenden Seite. Sie hielt sich dicht an der gekalkten Wand, von der sich ihre hellen Kleider kaum abhoben. Trotz der kühlen Abendluft kam sie ins Schwitzen. Wenn er sie überraschte, würde Yusuf nicht anders können, als sie hart zu bestrafen. Der Smaragd ruhte warm auf ihrer Haut und schien im Rhythmus ihres Herzschlags zu pulsieren. Doch sie hielt nicht inne. Langsam setzte sie einen Fuß vor den anderen, bis sie die Tür zu Yusufs Gemächern erreicht hatte. Im Hof war alles still. Gelbes Licht fiel inzwischen in unregelmäßigen Streifen aus einigen Zimmern. Das gedämpfte Geräusch durcheinanderredender Stimmen war unverändert. Atika öffnete die Tür.

Sie brauchte einen Augenblick, um sich zurechtzufinden. Nur das spärliche Licht, das von außen hereinfiel, erhellte den

Raum, tauchte ihn in ein unwirkliches Grau. Sie bewegte sich vorsichtig, die Hände tastend vor sich ausgestreckt, um nicht gegen etwas zu stoßen, was Lärm verursachen konnte. Sie erreichte den Teppich, hinter dem sie Yusuf mit Amr sprechen gehört hatte. Vorsichtig berührte sie den rauhen Stoff und horchte angespannt in die Stille. Doch außer dem Blut, das durch die Adern in ihren Schläfen rauschte, nahm sie kein Geräusch wahr. Lautlos zog sie den Teppich ein Stück beiseite. Auch hier brannte kein Licht. Sie betrat den Raum.

Nur Schatten waren erkennbar, doch von ihrem letzten Besuch wußte sie, daß rechts hinter dem Eingang eine Truhe stand. Ein leiser triumphierender Laut entfuhr ihr, als ihre Hände sie fanden. Langsam, um jedes Geräusch der Angeln zu vermeiden, hob sie den Deckel und lehnte ihn vorsichtig an die Wand. Sie konnte nur ertasten, was darin lag, doch allzu viele Bücher würde Yusuf wohl nicht in einer Truhe aufbewahren. Tatsächlich stießen ihre Finger auf Papier. Sie fühlte die Umrisse des Buchs, griff danach und drückte es mit der linken Hand fest an ihre Brust. Mit der Rechten schloß sie vorsichtig den Deckel der Truhe.

Ein unmerklicher Luftzug ließ sie in der Bewegung erstarren. Sie vernahm ein schleifendes Geräusch wie von schwerem Stoff, als habe jemand den Teppich beiseite geschoben. Atika verharrte einige Augenblicke reglos mit angehaltenem Atem. Sie horchte in die Dunkelheit, konnte jedoch nichts ausmachen. Trotzdem hatte sie auf einmal das Gefühl, nicht mehr allein zu sein. Mit einem erschrockenen Laut wandte sie sich um. Die aufrechte schlanke Gestalt war nur schattenhaft zu erahnen, obwohl sie nicht mehr als zwei oder drei Schritte von ihr entfernt stand. Einen Augenblick starrte sie stumm ins Dunkel. Dann hörte sie Amrs Stimme: »Du hast wirklich Mut.«

16

Atika versuchte, ihren wild rasenden Pulsschlag zu kontrollieren. Ihre Augen hatten sich längst an die Dunkelheit gewöhnt. Dennoch ahnte sie seine strengen Züge mehr, als daß sie sie tatsächlich sah. Amr löste sich aus dem Schatten und machte eine Bewegung auf sie zu. Unwillkürlich wich sie zurück. Ihr nackter Fuß stieß gegen den eisernen Beschlag der Truhe. Sie erschrak, wandte jedoch den Blick nicht von ihm ab. Ihr Kopf wurde leer. Äußerlich wie gelähmt, wagte sie kaum zu atmen.

»Ich dachte mir, daß du kommen würdest«, sagte er langsam. »Ich war mir beinahe sicher, als Fatima das Buch hierherbrachte.«

»Ich habe nicht geschworen, Ibn ar-Rewandi zu vergessen.« Es kostete sie Überwindung zu sprechen. »Aber was immer ich gefunden hätte, ich hätte darüber geschwiegen.«

»Habe ich das bezweifelt?«

Sein Tonfall trug keineswegs zu ihrer Beruhigung bei. Fast wünschte sie, er würde ihr drohen. Die Härte des Ägypters war ihr wenigstens schon vertraut und aus irgendeinem Grund lieber als jener merkwürdige intensive Blick, mit dem er sie musterte.

Er trat einen Schritt auf sie zu, und die Konturen seines Gesichtes lösten sich aus der Dunkelheit. Das spärliche Licht, das von außen hereinfiel, warf rötliche Schatten auf seine scharf hervortretenden Wangenknochen. Ein Reflex irrte über seine Augen, als versuche ein Lichtfunke, sich aus dem Gefängnis der Finsternis zu befreien.

»Was erwartest du dir von Ibn ar-Rewandi?«

Atika versuchte, die Worte in ihrem Kopf zu ordnen, ehe sie sprach. Doch sie wußte die Antwort nicht.

»Du willst herausfinden, wie er die Zweifel blendet?« schlug er vor.

Sie nickte langsam. Amr schien nicht überrascht. Vielmehr schien er ihre innersten Gedanken zu erraten und besser zu verstehen als sie selbst.

»Du spürst sie auch, nicht wahr? Jene Begierde, das Verborgene zu erkennen. Wie ein Falter ins Licht der Flamme zu fliegen.« Es war eine Feststellung, keine Frage. Doch seine Stimme bebte.

»Weißt du es? Wie er die Zweifel blendet?« Ihr drängender Tonfall ließ sie selbst einen Augenblick erschrocken innehalten. Dann trat sie einen Schritt auf ihn zu. »Hast du bereits verstanden, was er suchte? Und wie er es fand? Hast du die Zweifel besiegt?« Ein Zucken durchfuhr seinen Körper. Atika wurde heiß. »Nein.« Er wandte sich zum Fenster, das noch immer durch das Sonnensegel verdeckt wurde. Nur durch die Spalten zwischen dem Rahmen und dem Leinen fielen schmale Lichtstreifen herein und hoben sein Profil von dem Dunkel ab.

»Jede Religion glaubt, den Weg zur Wahrheit gefunden zu haben.« Er sprach gepreßt wie jemand, dessen Stimme zu versagen droht. »Auch meine Religion, die der Ismailiten. Doch die Wirklichkeit ist anders: Sie besteht aus Elend, Hunger, Krankheit, Gewalt und Lüge. Kriegsherren, die nur an den Gewinn glauben, buhlen um die Herrschaft und treten das Recht mit Füßen. Die uns die Wahrheit verkünden, lassen uns stärker an der Religion zweifeln als jeder noch so ketzerische Philosoph!«

Seine Stimme war lauter geworden. Die letzten Worte hatte er geradezu hervorgestoßen. Er hob die zur Faust geballte Rechte, als wolle er gegen die Lederverkleidung der Wand schlagen. Unvermittelt hielt er inne. Leiser, aber auch kälter fuhr er fort: »Man vertröstet die Menschen, der wahre Sinn der Schrift liege nicht in der äußerlichen, sondern in der verborgenen Bedeutung der heiligen Worte, die sich nur dem Eingeweihten erschließe.«

Atika spürte den weichen Ledereinband des Buches in ihren Armen. »Du selbst verkündest diese Lehre« Ihre Lippen scheuten sich, die Frage zu stellen: »Du bist ein *Werber*, nicht wahr? Zweifelst du an deinem Glauben?«

Er stand wie aus Stein gemeißelt. Nur ein Atemzug, der seine Nasenflügel leicht bewegte, verriet Leben in seinem starren Gesicht. Lange Augenblicke vergingen, bis er sich aus seiner

Erstarrung löste. Er stützte eine Hand gegen die Wand. »Es muß einen anderen Weg geben. Einen Weg, der gerecht ist. Einen Weg, der den Zweifel besiegt, nicht erweckt.«

Atika bemerkte, wie sich seine Finger in das Leder der Wandverkleidung krallten. Sie legte das Buch vorsichtig auf der Truhe ab. Ihre Lippen zitterten. Leise, jedoch unbeirrbar formten sie die Worte: »Und diesen Weg suchst du. Unabhängig vom Machtstreben der Herrscher, die die Religion nur als Vorwand brauchen.«

Er legte die Hand auf seine Brust. Atika konnte die Wölbung an der Stelle erkennen, wo er das Amulett unter dem Hemd trug. Er berührte es mit den Fingern und wandte sich ihr zu. »Du siehst sehr klar.« Der Blick, mit dem er sie musterte, gab Atika das Gefühl, er lege ihr seine Gedanken ebenso offen wie er zuvor in die ihren eingedrungen war. Ein Lichtstreifen fiel quer über seine Stirn. Atikas Furcht war beinahe verschwunden.

»Und deshalb suchst du das *Buch des Smaragds*?« fragte sie, obwohl sie die Antwort bereits kannte. Er neigte kaum merklich den Kopf. Der Lichtstreifen wanderte über sein schwarzes kurzes Haar. Sie begann zu begreifen. Amr verfolgte seine eigenen Zwecke, wie Fatima gesagt hatte. Doch Fatima hatte ihn nicht verstanden. Sie wußte nicht, wofür er kämpfte. Von seiner schlanken aufrechten Gestalt ging eine beherrschte, gebändigte Kraft aus, die Atika beinahe körperlich spüren konnte.

»Wie hast du davon erfahren?« Wieder bemerkte sie den drängenden Tonfall in ihrer Stimme, doch sie achtete kaum noch darauf. Etwas hatte von ihr Besitz ergriffen und drängte zum Licht ...

Atika hielt erschrocken inne. Woher kamen diese Gedanken?

»Es war ein Tag wie so viele Tage auf den weiten Hochebenen Nordafrikas«, setzte Amr an. Die Worte kamen stockend über seine Lippen. »Ein trockener Tag, heiß, und unbarmherzig hell. Am Horizont verschwammen die Konturen der nahen Berge. Schon von Weitem sahen wir den kleinen weißen Rundbau eines Einsiedlers und hielten an, um unsere Wasserschläuche aufzufüllen.«

Er sprach allmählich schneller, als habe er seit langem darauf gewartet, von diesem Tag zu sprechen. Seine Stimme wurde fester und sicherer. »Meine Diener füllten die Schläuche auf, und der alte Mann bot mir Tee an. Dabei erzählte er mir von jener Prophezeiung:

Einst, lange bevor der Islam verkündet wurde, lebte in Ägypten ein Gelehrter von übermenschlicher Weisheit. Die Menschen nannten ihn Hermes Trismegistos, den dreimalgrößten Hermes. Denn wegen seines Wissens um die tiefsten Geheimnisse der Welt und die verborgenen Dinge der Natur hielten sie ihn für gottgleich. Und in der Tat besaß er den Schlüssel zur Erkenntnis wahrer Herrschaft, im Vergleich zu der jede menschliche Macht unrechtmäßig ist. Als Hermes sein Ende herannahen fühlte, wollte er, daß sein Wissen erhalten bliebe. So beschloß er, es auf einer Tafel von Smaragd niederzulegen, auf daß es den Menschen nütze und sie zur Vollkommenheit leite. Es sollte sie vor dem Chaos bewahren und ihnen den Weg zu einer neuen Welt weisen, wenn die alte dereinst unterginge. Denn die Welt des Lichts muß erkämpft werden, sie ist der Preis eines uralten Streits, der in den Herzen der Menschen ausgetragen wird. Die Seele des Menschen ist ein Lichtfunke, gefangen im Körper wie in einem Grab. Wenn dieser Funke sich befreit und in einer Säule aus Licht emporsteigt, siegt Geist über Materie, Gut über Böse.«

Atika wagte nicht, die Stille zu durchbrechen. Amr machte eine Pause, ehe er fortfuhr:

»Hermes ahnte, daß dieses Wissen in den falschen Händen das Verderben bringen konnte. So schrieb er es in der vergessenen Ursprache der Menschheit auf die Tafel und verbarg sie an einem geheimen Ort. Einst würde ein Mann kommen und die Tafel finden und übersetzen. Dann würde die endgültige Schlacht beginnen und hundert Jahre dauern, ehe die Welt des Lichts entsteht. Und das Wissen, das sich so zum zweiten Male offenbarte, würde den Menschen helfen, den Preis des Kampfs zu erringen.«

Er unterbrach sich. »Ich wollte die Geschichte zuerst nicht glauben. Bis er mir das Pergament zeigte, auf dem zwei Sätze von der Smaragdtafel standen.«

Atika sah ihn reglos an. Ihre Glieder waren kalt, doch sie achtete nicht darauf. Amrs Gesicht löste sich vollends aus dem Schatten, als er unvermittelt dicht an sie herantrat. Ein dunkles Feuer glühte in seiner Stimme:

»*Hadha sirr al-alam wa-ma'rifa san'ati t-Tabi'a. Ma'ahu nur al-anwar, fa-lidhalika yahrib minhu az-zulma – Dies ist das Geheimnis der Welt und das Wissen von der Kunstfertigkeit der Natur. Mit ihm ist das Licht der Lichter, deshalb flieht vor ihm die Finsternis.*«

Er schloß für einen Moment die Augen. »Hast du je in ein Licht gesehen, das so hell ist, daß es schmerzt?« Er schien keine Antwort zu erwarten. Einen Augenblick schwieg er, dann fuhr er fort: »Der Einsiedler schenkte mir das Pergament.«

»Und hat jemand die Tafel aus Smaragd gefunden?« Atikas Stimme klang ebenso gepreßt wie zuvor die seine.

Amr begann, im Raum auf und ab zu gehen. »Es heißt, ein Mann habe die Tafel gefunden. Er soll sie übersetzt und kommentiert haben, ein Mann von bewundernswertem Verstand. Er entschlüsselte das Geheimnis der Geheimnisse und schrieb alles in einem Buch nieder. Aber auch er fürchtete, es könne in falsche Hände geraten. Deshalb verkündete er nicht offen, wozu dieses Wissen seinem Besitzer dienen könnte.«

»Und wie hieß dieser Mann?«

Amr blieb stehen. »Dem Einsiedler kam nur einer in den Sinn«, antwortete er langsam, »bei dem es sich um den Gesuchten handeln könnte. Vor mehr als hundert Jahren lebte in Bagdad ein Philosoph von bewundernswertem Verstand, der ein *Buch des Smaragds* verfaßte. Ibn ar-Rewandi.«

Atikas Lippen öffneten sich.

»Er rühmte sich damit, das Buch könne die Zweifel der Menschen blenden. Es wurde jedoch als gefährliches Ketzerwerk verdammt. Man vertrieb Ibn ar-Rewandi aus Bagdad. Daher gibt es auch nur noch sehr wenige Abschriften von dem Buch. Über seinen Inhalt ist kaum etwas in Erfahrung zu bringen. Eine dieser seltenen Kopien soll der verstorbene Kalif von Córdoba für seine Bibliothek gekauft haben. Deshalb bin ich hier.«

Seine Worte klangen wie ein leidenschaftliches Gebet, genau wie an jenem Morgen, als sie ihn mit Yusuf über das Buch hatte sprechen hören. In Atikas Schläfen pochte das Blut.

»Diese Kopie ist verbrannt«, sagte sie leise. »Ich habe gesehen, wie man sie ins Feuer warf. Der Bibliothekar wollte sie noch retten. Laut und immer wieder rief er den Titel, ich konnte ihn gut hören. Aber das Buch verbrannte.«

Amr atmete hörbar aus. Nur langsam gewann er seine Fassung zurück. »Das hatte ich befürchtet. Die Mächtigen wollen verhindern, daß die Zweifel besiegt werden. Sie wollen nicht, daß das Wissen des Hermes, das Ibn ar-Rewandi niedergeschrieben hat, den Menschen zugute kommt. Es würde ihrer Herrschaft den Schleier vom Gesicht reißen.«

Etwas in seinem Tonfall veränderte sich. Seine Stimme erfüllte nun den ganzen Raum, obwohl sie nicht lauter wurde. Ihr Klang ergriff von Atika Besitz, drohte sie zu überwältigen. Sie sträubte sich dagegen, doch sie hatte dem Sog, der davon ausging, nichts entgegenzusetzen.

»Die Mächtigen haben die Religion stets nur als Mittel zum Zweck benutzt. So wie der *Hajib* es tut, um jede Kritik an seiner Herrschaft auszuschalten. Die Verbrennung der Bücher war nichts als ein Schachzug, um seine Macht zu festigen. Eine Macht, die darauf beruht, daß die Menschen von Zweifeln bedrängt werden. Wie Schafe suchen sie Zuflucht bei dem, der frei davon zu sein scheint. Aber diese Macht ist auf Lüge und Unterdrückung gegründet, und deshalb verbrennt er, was an ihrem Fundament zu rütteln droht.«

Er unterbrach sich. Nach einer kurzen Atempause setzte Amr von neuem an: »Als ungebildete Beduinen kamen die Araber einst nach Syrien und Ägypten, nach Persien und Spanien. Die fremden Völker, die sie unterwarfen, führten ihre Eroberer in das Leben der Städte ein. Sie lehrten sie die Philosophie, Medizin, spekulative Theologie und andere Künste. Begeistert von all dem Unbekannten sogen die Araber das Wissen ihrer neuen Untertanen begierig auf. Sie übersetzten die griechischen Texte und traten so das Erbe der alten Welt an. Bald hatten sie ihre Lehrer überflügelt.«

»Und das ist der Meinung des *Hajib* nach eine Gefahr für die Religion?« fragte Atika.

Amrs Augen, die die dunkle Wand hinter ihr fixiert hatten, richteten sich wieder auf sie. Seine Stimme verlor ihre Festigkeit und schwankte plötzlich. »Es waren nicht nur Gelehrte«, sagte er langsam. »Sondern auch Menschen, die forderten, selbst die Religion müsse sich, wie die Wissenschaften, der Vernunft unterwerfen. So kamen Zweifel an der göttlichen Offenbarung und ihrer Einmaligkeit auf.«

Atika fror auf einmal. »Aber was können Zweifel denn einer Religion anhaben, die die Welt beherrscht?«

»Diese Frage interessiert Herrscher wie den Usurpator nicht«, erwiderte Amr kurz. »Durch ihre Gewalt säen sie nur noch mehr Zweifel. Nur so bleiben ihnen ihre Untertanen unterworfen. Eine Methode, die Menschen von Zweifeln zu befreien, wollen sie nicht.«

Ein langes Schweigen hing schwer zwischen ihnen.

»Und das *Buch des Smaragds* kann diese Zweifel blenden?« fragte Atika schließlich. »So daß es keinen Widerspruch mehr gibt zwischen Religion und Philosophie?«

Amr lächelte plötzlich. Es war ein schmales kaltes Lächeln, doch sie hatte nicht geglaubt, daß dieser Mann überhaupt ein Lächeln haben könne. »Es blendet die sinnlosen Bemühungen der Gelehrten, Gott mit den Mitteln der Vernunft zu verstehen.« Er hob die Stimme. »Es bricht das Joch der ungerechten Gesetze. Die Wahrheit ist nicht unauffindbar, sondern nur verborgen vor den Blicken der Frevler.« Er sprach jetzt sehr schnell. Die beherrschte Kraft, die Atika schon zuvor gespürt hatte, brach sich unvermittelt Bahn, ergriff Besitz von ihm. Atika wich zurück, doch er griff nach ihrem Arm und drückte ihn so fest, daß ihr der Schmerz für einen Augenblick die Luft abschnürte. Ihr wurde heiß. Amrs Lippen bewegten sich schnell und hart, sie spürte seinen Atem auf ihrem Gesicht, als er weitersprach. Heftig stieß er die Worte hervor: »Das *Buch des Smaragds* ist kein Ketzerwerk. Es enthält die absolute Wahrheit. Es birgt die Urschrift, in der das uralte, verlorengegangene Wissen der Welt enthalten ist, die letzte, vollkommene Waffe gegen die Zweifler und die Zweifel!«

Atika starrte ihm ins Gesicht. Seine Lippen formten lautlos weitere Worte. Ihr Herz schlug so heftig in ihrer Brust, daß er es spüren mußte, obwohl er nur ihren Arm festhielt. Das Amulett glühte wie Feuer auf ihrer Haut. So plötzlich, wie er die Gewalt über sich verloren hatte, gewann er sie wieder. Er ließ sie los und tat einige Schritte zum Fenster. Atika preßte die Hand auf ihr Amulett und holte Atem. Niemand sprach ein Wort.

»Fatima sagte, du seiest einem Rausch verfallen«, sagte sie endlich. »Aber ich glaube das nicht mehr.«

Amr wandte sich ihr zu. »Sagt sie das?« Wieder lächelte er sein schmales kaltes Lächeln, als sei nichts geschehen. »Nun, vielleicht hat sie recht. Wenn es ein Rausch ist, das ungerechte Leiden beenden und die Zweifel tilgen zu wollen.«

»Aber die Macht über Glaube und Zweifel – ist es nicht gefährlich, sie zu besitzen?«

Er mußte das Zittern in ihrer Stimme bemerkt haben. »Der Einsiedler hat mich in der Tat davor gewarnt, dieses Buch zu suchen. Er sagte, seine Macht könne einen Menschen verderben. Er selbst wolle es nicht in seinen Händen halten.«

Beide schwiegen einen Augenblick. »Aber auch du willst es dennoch«, bemerkte Amr. Obwohl seine Stimme leiser wurde, verlor sie nichts von ihrer Eindringlichkeit. »So wie ich es will.«

Atika wollte widersprechen, doch ihre Zunge versagte ihr den Dienst. Die Wärme, die der Smaragd ausstrahlte, wurde unerträglich, als er ihr direkt ins Gesicht sah.

»Es gibt eine Frage, die mich bedrängt«, sagte er leise. »Wie weit darf man für eine gute Sache gehen? Ich habe bereits einen Auftrag übernommen, den ich früher weit von mir gewiesen hätte. Ich habe getan, was ich früher niemals getan hätte. Und ich tat es, um in den Besitz dieses Buches zu kommen.«

Seine Stimme wurde leiser, als habe ihn dieser Gedanke nicht zum ersten Mal heimgesucht, als suche er eine Antwort auf diese quälende Frage. »Wenn ich das *Buch des Smaragds* je fände – wenn sich mir das große Geheimnis erschließt und ich die Macht erlange –, wie weit werde ich dann gehen müssen, um mein Ziel zu erreichen?« Ein heller Funke glomm in seinen Augen auf. »Keine Religion konnte sich je ausbreiten, ohne unendlich viel Leid mit sich zu bringen. Welche Sache ist dieses tausendfache Leid wert?«

Atikas Lippen zitterten unmerklich, als sie fragte: »Deshalb hast du mich nicht getötet? Weil du so weit nicht gehen wolltest?«

Er machte einige zögerliche Schritte auf sie zu. Sie bemerkte, daß das Smaragdamulett unter seinem Hemd hervorgerutscht war. Es stach hell aus dem Halbdunkel. »Und wenn es das alleine nicht gewesen wäre?«

Die Wärme des Steins, den Atika selbst um den Hals trug, brannte auf ihrer Haut. Sie standen sich so dicht gegenüber, daß sie sich beinahe berührten. Atika spürte seinen schnellen Atem. Von Amrs Körper ging eine ungewohnte, fremde Wärme aus. Auf einmal wandte er sich abrupt ab und verließ den Raum.

17 »Wach auf!«

Atika drehte sich im Bett herum und blinzelte, als ihr das helle Sonnenlicht in die Augen fiel. *Ein Licht, so hell, daß es schmerzt.* Von dem Strahlenkranz hob sich dunkel ein Schatten ab. *Mit ihm ist das Licht der Lichter, und darum flieht vor ihm die Finsternis.*

»Was für ein Licht? Du träumst ja, Atika! Wach auf und mach dich fertig! Wir sollen hinüber zu Yusuf kommen.« Atika fuhr mit einem Ruck auf. Vor ihrem Bett stand Layla.

Atika stöhnte leise und strich sich eine Strähne aus dem Gesicht. »Wie spät ist es?«

Layla lachte. »Schon fast Mittag! Was ist denn los mit dir? Schon gestern abend warst du völlig in Gedanken versunken. Du hast wahrscheinlich nicht einmal mitbekommen, daß ich einen jungen Mann kennengelernt habe. Er will mich kaufen, Atika, stell dir das nur vor! Und jetzt ist er mit seinem Vater gekommen. Er ist ein berühmter General der Berber!«

»Der Vater oder der Sohn?« fragte Atika. Dunkel erinnerte sie sich an das Gelächter der Mädchen, das sie gestern abend nur unbeteiligt wahrgenommen hatte. Nach der Begegnung mit Amr war sie mit den anderen zum Essen gegangen, als sei nichts geschehen. Doch ihre Gedanken verweilten noch lange bei dem seltsamen Gespräch in der Dunkelheit. Während des Essens wollten ihr Amrs Worte ebensowenig aus dem Kopf gehen wie der Augenblick, bevor er den Raum verlassen hatte. Die ganze Nacht über starrte sie an die Decke und lauschte den Atemzügen der anderen Mädchen. Als sie endlich einschlief, dämmerte es bereits.

»Der Vater, du Närrin! Und er will sich auch nach einer Sklavin für sich selbst umsehen, wenn er schon einmal da ist. Komm, Fatima sagt, er will alle Mädchen sehen.«

Erst nachdem Atika sich angezogen und geschminkt hatte und mit den anderen Mädchen in Yusufs Gemächer hinüberging, wurde ihr klar, was Laylas Worte bedeuteten. Wenn der General an ihr Gefallen fand, konnte sie noch heute verkauft werden. In den letzten Tagen hatte sie an diese Möglichkeit überhaupt nicht mehr gedacht. Die bleierne Müdigkeit, die auf ihren Lidern gelastet hatte, fiel mit einem Schlag von ihr ab. Sie war hellwach. Mit kurzsichtigen Augen betrachtete sie die beiden Männer, die jetzt im Raum warteten. Erst gestern abend hatte sie hier mit Amr gestanden. Der General, den Fatima und Yusuf ehrfürchtig als Ziri ansprachen, war ein dicklicher Mann mit hellbraunem Bart. In jüngeren Jahren mußte er kräftig gewesen sein, doch mit zunehmendem Alter hatte er Fett angesetzt. Sein Sohn, deutlich höher gewachsen und mit regelmäßigen, kantigen Gesichtszügen, hatte kaum etwas von ihm. Laylas Verehrer kam wohl eher nach seiner Mutter.

Atikas Blick fiel auf die eisenbeschlagene Truhe, aus der sie das Buch herausgenommen hatte. Nichts erinnerte daran, daß sie erst gestern geöffnet und wieder geschlossen worden war. Ihr fiel ein, daß das Buch noch immer unter den Kissen in ihrem Bett lag. Sie zuckte zusammen, als das Mädchen neben ihr sie berührte.

»Laß sehen, Kuppler«, sagte Ziri mit einer hohen Stimme, die nicht zu seinem Äußeren passen wollte, »welche Ware du vorrätig hast!« Er stieß Yusuf jovial in die Seite. Der Sklavenhändler deutete eine Verbeugung an.

»Betrachte dieses Haus als das deine, *Sidi*. Ich stehe ganz zu deinen Diensten. Die meisten meiner Sklavinnen sind so weit ausgebildet, daß ich sie anbieten kann. Ich habe auch schon zwei von ihnen an die Schule verkauft, und du weißt, daß die Händler dort sehr kritisch sind. Sie kaufen nur, wenn sie sicher sind, daß die Ausbildung bei ihnen den Preis der Mädchen noch einmal steigern wird. Diese beiden sind also nicht mehr zu haben.«

Atika bemerkte, wie sich die beiden Mädchen, auf die er wies, ansahen. Chadija und Banan hatten ganz offenkundig von diesem Verkauf bisher noch nichts gewußt. Während die blonde Chadija nur die Schultern zuckte, sah die dunklere Banan mit einem erschrockenen Blick zu Yusuf auf.

Als Ziris Sohn vor Layla stehenblieb und mit ihr einen langen Blick tauschte, dachte Atika verzweifelt, wie dumm sie gewesen war. Hätte sie sich ebenfalls rechtzeitig um einen Verehrer gekümmert, liefe sie jetzt nicht Gefahr, von einem Herrn wie Ziri gekauft zu werden. Statt dessen hatte sie Nachforschungen über einen toten Philosophen angestellt und ein langes Gespräch mit einem *Werber* geführt, der größere und wichtigere Dinge im Kopf hatte als Sklavinnen zu kaufen. Dabei hatte sie erst gestern einen jungen Mann kennengelernt, der alle Vorzüge besaß, die sich eine Sklavin von ihrem Herrn nur wünschen konnte. Warum habe ich Safwan al-Kalbi nicht ein paar schmachtende Blicke zugeworfen! fragte sie sich mit wachsender Verzweiflung.

Der General schritt die Reihe der Mädchen ab. Fatima hielt sich im Hintergrund, doch sie verfolgte konzentriert jede seiner Bewegungen. Atika beobachtete erleichtert, wie die rundliche Sumayya eifrig von einem Bein auf das andere trat, als er an ihr vorbeikam. Angeblich schätzten die Araber ja beleibte Frauen, dachte Atika. Sie sandte ein Stoßgebet zum Himmel, Ziri möge sich für Sumayya entscheiden. Zunächst richtete sie es intuitiv an die Jungfrau Maria. Dann schickte sie sicherheitshalber noch einen Vers aus dem Koran hinterher.

Ziri zögerte einen Augenblick, während er Sumayya von Kopf bis Fuß musterte. Dann schritt er weiter. Die Berber schienen die Vorliebe der Araber für korpulente Frauen nicht zu teilen. Oder Sumayya hatte gelogen, als sie diese Weisheit vor einigen Tagen mit einem boshaften Seitenblick auf Atikas schlanke, hochgewachsene Gestalt verkündet hatte. Aminas Augen weiteten sich ängstlich, als der General vor ihr stehenblieb.

»Eine schwarze Sklavin habe ich schon«, stellte er an Yusuf gewandt fest, und ging weiter. Amina atmete sichtlich auf. Als der Sklavenhändler mit seinem Kunden näher kam, konnte Atika einen ungewöhnlich harten Zug um Yusufs Mund erkennen. Eine steile Furche hatte sich in seine Wange gegraben, die ihr nie zuvor aufgefallen war. Nicht einmal im Gespräch mit Amr hatte das Gesicht des Sklavenhändlers ein so deutliches Unbehagen ausgestrahlt. Atika senkte den Kopf und spürte, wie ihr die Schamröte ins Gesicht stieg. Am liebsten wäre sie schreiend davongelaufen, hätte dem dicken alten Lüstling ins Gesicht gespuckt, der sich anmaßte, eines dieser Mädchen mit ein wenig Gold kaufen zu wollen. Ziri blieb vor ihr stehen und musterte sie. Ein stechender Geruch von zu stark aufgetragenem Moschus drang ihr in die Nase.

Nein!, dachte Atika. Ihr brach der Schweiß aus. Ihre Beine verkrampften sich, und einen Augenblick lang sah sie sich wieder in der Hütte auf dem Bett liegen, beinahe besinnungslos vor Angst. Aber was Fatima in Haithabu getan hatte, war lächerlich gegen das, was Ziri ihr antun konnte, wenn sie an ihn verkauft würde. Ihre Augen begannen hilfesuchend durch den Raum zu schweifen. Der General griff mit einer Hand unter ihr Kinn und hob es, um ihr ins Gesicht zu sehen. Unwillkürlich machte sie eine heftige Bewegung mit dem Kopf, um der unangenehmen Berührung auszuweichen.

Der General lachte. Dann ließ er seine Augen über ihren Körper wandern und wandte sich an Yusuf. »Sie ist ein wenig mager!«

Viel zu mager! dachte Atika verzweifelt. Sie spürte, wie sich ihre Kiefer verkrampften.

»Aber sie hat Feuer, das gefällt mir.«

Yusuf kam näher. Atika fiel auf, daß er sie nicht ansah. Er wandte sogar ein wenig den Kopf von ihr ab. Sie erinnerte sich, was sie von Amr gehört hatte: daß der Sklavenhändler keine Freude an seinem Geschäft hatte.

»Wie alt ist sie? Und ist sie noch Jungfrau?«

Atika biß sich auf die Lippen, um nicht zu schreien. Wenn er mich noch einmal mit seinen fetten Fingern berührt, schlage ich ihn ins Gesicht, dachte sie. Und selbst wenn er mich dafür zu Tode prügelt, dann bleibt mir wenigstens alles andere erspart.

»Ich weiß nicht genau, wie alt sie ist«, erwiderte Yusuf. »Vielleicht siebzehn Jahre, keinesfalls älter. Aber sie ist noch unberührt, *Sidi*, das kann ich dir garantieren. Und sie ist sehr begabt in allen Wissenschaften, spricht Arabisch und Latein. Soll ich sie vorführen?«

»Ach was«, sagte der Berber. »Die Wissenschaften sind nicht gerade das, wozu ich sie brauchen werde.«

Atika schickte erneut einen hilfesuchenden Blick durch den Raum. Ihre Augen blieben an dem Durchgang zum Vorraum hängen, und einen Augenblick überlegte sie ernsthaft, ob sie versuchen sollte, einfach davonzulaufen. Der Teppich war zur Seite geschoben und gab den Blick auf den Ausgang frei. Atika sah kurz zu Yusuf hinüber und dann wieder zur Tür.

Ein Mann stand im Eingang. Für einen Augenblick hielt Atika in verzweifelter Hoffnung den Atem an. Es war Amr. Er stand reglos da und wandte die Augen nicht von ihr. In seinem schmalen Gesicht war ein Ausdruck, den sie noch nie zuvor bei ihm gesehen hatte. Sie konnte seinen Blick nicht erwidern, spürte eine plötzliche Hitze. Sie schloß die Lider, als würde sie dadurch unsichtbar.

Atika mußte sich zwingen, die Augen wieder zu öffnen. Erneut sah sie in Richtung der aufrechten Gestalt in der Tür. Amr schüttelte kaum merklich den Kopf. Sein Gesicht war bleich, als habe er in der Nacht ebenso wenig geschlafen wie sie selbst. Auf einmal versperrte ihr Fatimas kleine, aber breite Gestalt den Blick.

»Nun, ganz gleich, wozu du sie verwenden wirst, edler Herr«, wandte sich die Aufseherin mit einem höflichen Lächeln an Ziri, »Yusuf hat viel Geld in ihre Bildung investiert, und das macht ein Mädchen natürlich teuer. Eine Luxussklavin ist ja auch eine Geldanlage, das brauche ich einem erfolgreichen und berühmten Mann wie dir nicht zu sagen. Und sie beherrscht neben den Sprachen auch Mathematik, islamische Theologie und arabische Literatur, Musik und Geographie, Philosophie und Grammatik. Für weniger als achtzehnhundert Golddinar kann Yusuf sie nicht weggeben. Ägyptische Golddinar, versteht sich, nicht das billige Zeug aus dem Osten. Wenn du in Andalus-Dinar bezahlen willst das Doppelte, Bagdader Dinar das Dreifache.«

»Achtzehnhundert ägyptische Dinar?« Der Berber trat hastig einen Schritt zurück. Er ließ die Hand sinken, die er soeben nach Atikas Oberkörper hatte ausstrecken wollen.

»Gott sei dir gnädig, alte Vettel, bist du von Sinnen? Fünfhundert ist sie wert, und keinen Dirham mehr! Wenn ich mir auf dem Markt ein Mädchen ohne Ausbildung kaufe, bekomme ich es für vierzig!«

»*Atala llahu baqa'aka – Gott schenke dir ein langes Leben.* Achtzehnhundert«, beharrte Fatima. »Das Mädchen, Gott segne sie, ist ein Muster an Gelehrsamkeit. Sie kann kein Buch sehen, ohne es aufzuschlagen. Selbst unter den Sklavinnen des Kalifen findest du keine, die wißbegieriger ist.«

Der schmale hellbraune Bart verzerrte sich in einem grotesken Winkel nach unten. Ein Geruch nach Pferden und Waffenöl mischte sich mit dem starken Duft seines Moschusparfüms. »Hol dich der Teufel, Kupplerin, in dich ist ein Dämon gefahren! Sechshundert, das ist mein letztes Wort!«

Fatima verzog keine Miene. »Achtzehn. Und das ist ein Freundschaftspreis.«

Atika hatte das Gefühl, in Tränen ausbrechen zu müssen. Das Schlimmste war, daß Amr in der Tür stand und alles mit anhörte. Sie wagte nicht mehr aufzusehen.

Ziri richtete sich drohend vor der alten Dienerin auf. »Der Satan soll dich holen, in der Hölle sollst du braten, Weib! Dafür bekomme ich drei andere Mädchen! Luxusware!«

Fatima zuckte mit keiner Wimper. »Wir haben genug Auswahl.«

Atika bemerkte, wie Yusuf der Aufseherin einen dankbaren Blick zuwarf. Ihre Augen schweiften gegen ihren Willen erneut zur Tür. Sogleich schlug sie sie wieder nieder. Amr stand noch immer dort. Sie biß sich auf die Lippen, schmeckte auf einmal Blut. Unter halb geschlossenen Lidern hervor sah sie, wie Amr einen weiteren Blick mit Fatima wechselte. Wieder bewegte er unmerklich den Kopf zur Seite. Atikas Augen klammerten sich an den *Werber* wie an einen Rettungsanker. Sie wollte genauer hinsehen, sich vergewissern, doch nun schob sich Ziri zwischen sie und den Ismailiten.

»Ich rate dir im guten, Kupplerin, nimm die sechshundert!

Das ist mehr als genug für ein junges Ding, das sich mehr für Bücher interessiert, als dafür, ihrem Herrn zu gefallen!«

Fatima mußte zu dem General aufsehen, doch sie bewegte sich keinen Zoll von der Stelle. »Dann kauf dir eine Sklavin, die weniger gebildet ist, wenn du keine Gelehrte willst.«

Ziri wollte sichtlich auffahren, doch er beherrschte sich. Seine Hand griff nach der Peitsche in seinem Gürtel, während seine kleinen Augen zurück zu seinem Sohn wanderten. Dieser hatte Laylas Hand losgelassen und musterte ihn mit einem ängstlichen Blick.

Der General schien zu überlegen. »Ich könnte die Rothaarige kaufen, wenn mein Sohn auf die Blonde verzichtet.« Der junge Mann eilte mit schnellen Schritten herbei.

»Vater! Du hast es mir versprochen!«

Ziri schnaubte wütend. Atika hätte sich nicht gewundert, wenn er seinem Sohn herrisch widersprochen hätte. Sein Gesicht zuckte, die Nasenflügel bebten. Dann aber brach er ohne Übergang in schallendes Gelächter aus. Er schlug Yusuf freundschaftlich auf den Rücken.

»Die Vettel ist geschäftstüchtig, das muß man ihr lassen! Ich möchte nicht wissen, Yusuf, was du für die Alte bezahlt hast, aber sie ist jeden Dirham wert. Also gut, dann bleibt es bei der Blonden für meinen Sohn. Es gibt schließlich noch mehr Sklavinnen in der Stadt.«

Yusuf nickte, und Atika spürte seine Erleichterung. Ein Lächeln trat auf Fatimas Lippen. Sie kniff Atika liebevoll in die Wange und meinte: »Dann sind wir uns ja einig.«

Atika zitterte am ganzen Körper, als Ziri sich von ihr abwandte und mit Yusuf und Fatima die Reihe zurückschritt. Sie schlang die Arme um den Oberkörper und starrte auf den Boden, um die aufsteigenden Tränen zurückzuhalten. Es dauerte einige Zeit, bis Atikas Puls sich beruhigt hatte und sie einen Blick zur Tür werfen konnte. Doch die aufrechte Gestalt des Ismailiten war verschwunden.

18

Der Palmenhof allein war ein Wunder.

Atika blieb einen Augenblick unter den Arkaden stehen, um alles in sich aufzusaugen, ehe sie ihn betrat. Am Abend der Bücherverbrennung hatte das Feuer ihren Blick abgelenkt, doch jetzt bei Tageslicht erkannte sie die volle Schönheit des Hofs. Die einzelnen Baumstämme erhoben sich wie kräftige Säulen. Seitenschiff reihte sich so an Seitenschiff in diesem prächtigen Gebäude der Natur, wo alles nach Südosten zu weisen schien. Es hätte sie nicht verwundert, die Gläubigen, die sich zum Freitagsgebet versammelten, bereits hier auf Knien und nach Mekka gewandt zu finden – in einem Heiligtum, dessen Kuppel der Himmel war.

Selbst im Schatten der Bäume fühlte Atika, wie ihre Haut unter dem breiten Gürtel allmählich feucht wurde. Leise aufseufzend lüftete sie den mantelartigen *Izar*. In den Geschichten über reiche Jünglinge und schöne Sklavinnen, mit denen sie lesen gelernt hatte, war von schweißtreibender Hitze keine Rede gewesen. Aber auch die Verhältnisse von reichen Männern und Sklavinnen, soviel hatte sie gestern gelernt, hatten in der Wirklichkeit nichts mit Ambraduft und Liebesgedichten zu tun.

»Ich hätte auch dann ein Dankesgebet abzustatten, wenn heute nicht Freitag wäre«, meinte sie zu Fatima, die keinen Schritt von ihrer Seite wich. Doch Atika beklagte sich nicht. Seit gestern stand sie tief in der Schuld der alten Frau. »Wenn du nicht gewesen wärst, wäre ich an diesen General verkauft worden.«

Fatima lächelte. »Habe ich dir nicht gesagt, eine gut ausgebildete Sklavin sei zu teuer, um an einen alten Prasser verschleudert zu werden? Deine Zukunft muß nicht so traurig sein wie es dir im Augenblick vielleicht scheinen mag. Aber du solltest dich nicht bei mir bedanken, sondern bei Amr.«

»Hat er dir einen Wink gegeben, wie du verhandeln solltest?« Atika war sich nicht sicher, doch sie hatte durchaus die Blicke bemerkt, die er mit der Aufseherin gewechselt hatte. Seither hatte sie den Ismailiten nicht mehr gesehen.

»Es ist heiß«, wechselte Fatima das Thema.

»Wo ich geboren wurde, weht immer Wind«, antwortete Atika. »Wer immer diesen Hof angelegt hat, meinte es gut mit den Gläubigen. Im Schatten der Bäume ist es beinahe angenehm.«

»Der Emir Abd ar-Rahman, der Begründer der Kalifendynastie von Córdoba, brachte vor zweihundert Jahren die erste Palme hierher.« Auf Fatimas Gesicht legte sich ein Lächeln, das Atika noch nie an ihr gesehen hatte. »Als ich jung war, erzählte mir jemand seine Geschichte.«

»Ein Mann?« fragte Atika scherzhaft.

»Du fragst zuviel«, erwiderte Fatima. »Ja, ein Mann. Ich war schließlich auch einmal jung.«

Atika richtete sich auf. »Erzähl sie mir! Wer war dieser Abd ar-Rahman?«

Die Aufseherin hob abwehrend die Hände und ließ sie wieder sinken. »Abd ar-Rahman war ein junger Prinz aus Damaskus, der schönsten Stadt der Welt.« Atika lehnte sich an einen Baumstamm und tauchte ganz in Fatimas singenden Tonfall ein.

»Die goldenen Kuppeln und Minarette seiner Stadt strahlten im Licht der Abendsonne, und jeder Fremdling pries sie als die prachtvollste Residenz, die Menschenaugen je erblickten. Als Sohn der großen Kalifenfamilie der Umayyaden war Abd ar-Rahman in Wohlstand und Luxus großgeworden. Stets hatte das Schicksal ihn wie seinen besonderen Liebling behandelt. Er besaß ein kleines Wüstenschloß, wo kunstvolle Mosaike wie Diamanten in der Sonne funkelten, er hatte Pferde, schöner und schneller als alles, was die Welt je gesehen hatte, und eine schöne junge Frau, die ihm einen Sohn gebar. Doch dann erhob sich eines Tages das Volk des östlichen Iran, verführt von den Hetzreden eines Freigelassenen namens Abu Muslim. Über den persischen Steppen wehte schon bald das schwarze Banner der Aufständischen. Und es rückte näher und näher, denn die Rebellen errangen einen Sieg nach dem anderen.«

Atika schlang die Arme um den Oberkörper. Das Gehörte schnürte ihr auf einmal die Kehle zu. Dies war keine von Fatimas hübschen Anekdoten um Prinzen und schöne Sklavinnen. Sie schluckte, denn sie ahnte, wie die Geschichte enden mußte, und sie wollte es nicht hören. Dennoch fragte sie: »Und was geschah dann?«

»Abu Muslim zog als Sieger in Syrien ein. Wer immer sich ihm in den Weg stellte, mußte sich doch dem schwarzen Banner unterwerfen. Der erzürnte Pöbel metzelte die Familie des Kalifen in ihren Palästen nieder und setzte einen neuen Machthaber ein. Die gesamte Dynastie wurde ausgelöscht: Frauen und Kinder fielen den Dolchen der Aufständischen ebenso zum Opfer wie Alte und Kranke. Auch die Frau des Prinzen und sein kleiner Sohn starben. In einem Meer von Blut versank die goldene Märchenstadt Damaskus. Abd ar-Rahman allein gelang die Flucht: Heimlich verließ er seinen Palast und schiffte sich im nächstgelegenen Hafen ein. Nach vielen Tagen der Entbehrung erreichte er die Stadt Córdoba. Hier gründete er ein kleines Emirat, doch sein Herz war krank vor Kummer. Das einzige, was er aus seiner Heimat hatte retten können, war ein Palmenschößling. Er setzte die Pflanze in die Erde und sprach:

›Bist auch du, du zarte Palme / fremd auf dieser rauhen Erde / Weine nur, doch, wie allein / Magst du meinen Schmerz beweinen? / Ach, du fühlst nicht, wie ich fühle / Jenes Elend der Verbannung! / Könntest du wie ich empfinden / Weintest du voll Schmerz gleich mir.‹«

Atika verharrte regungslos, um Fatima nicht zu unterbrechen. Doch diese machte keine Anstalten, weiterzuerzählen. Einen Augenblick lang standen sie schweigend im Schatten. Kaum ein Windhauch bewegte die Palmen über ihnen.

Dann fragte Atika mit heiserer Stimme: »Und was wurde aus ihm?«

Fatima schüttelte die Starre, die auch sie befallen hatte, wie einen bösen Traum von sich ab.

»Er kehrte nie wieder in seine Heimat zurück«, fuhr sie in demselben Tonfall fort. »Abd ar-Rahman war als Flüchtling gekommen, kaum besser gestellt als ein Sklave. Doch er ging seinen Weg. Ein schönes Mädchen sah ihn und war gerührt von seinem Kummer. Sie wurde seine zweite Frau und gebar ihm Kinder, die fortführten, was er begonnen hatte. Sein kleines Emirat erblühte zur größten Stadt des *Maghrib*, und noch heute herrschen seine Nachkommen dort als Kalifen. Dichter preisen sie als die schönste Stadt der Welt. Und wo er einst seine kleine Palme in den Boden gesetzt hat, stehen nun Hunderte gewaltiger Bäume. Dahinter erhebt sich die von ihm errichtete Freitagsmoschee – ein Weltwunder.«

Fatima wies auf die Mauern des Bauwerks, die durch die Palmstämme hindurch zu sehen waren. »Wir können hineingehen, wenn du willst. Es ist heiß, und bis zum Gebet ist noch ein wenig Zeit. Laß uns die Waschung verrichten, dann können wir uns noch ein wenig umsehen.« Atika nickte stumm. Der bedeckte Himmel über ihnen war wie ein Spiegel ihrer eigenen Beklommenheit.

Sie vollzog mit Fatima die rituellen Waschungen und warf dabei bisweilen einen verstohlenen Blick auf die anderen Frauen am Brunnen. Hände, Gesicht und Füße mußten, wie sie wußte, vor jedem Gebet gewaschen werden, doch sie war sich noch immer ein wenig unsicher, ob sie auch alles richtig machte.

Atika fragte sich, warum Fatima ihr die Geschichte Abd ar-Rahmans erzählt hatte. Es war tröstlich zu hören, daß auch der Begründer der Kalifendynastie in Córdoba ein Vertriebener gewesen war, ein Fremder wie sie, vom Schicksal durch die halbe Welt getrieben. Aber hatte die alte Frau sie nur trösten wollen? Ihr fiel ein, was Fatima ihr bei ihrer Ankunft in Córdoba gesagt hatte: *Es hängt ganz von dir ab.*

Atika schüttelte den Kopf. Abd ar-Rahman war zwar ein Flüchtling gewesen, doch ein Mann und frei. Welches gute Ende konnte das Schicksal schon für eine Sklavin bereit halten, die dazu bestimmt war, verkauft zu werden? Ganz zu schweigen davon, daß in Friesland nicht einmal Palmen wuchsen, die sie in ihre neue Heimat hätte retten können.

Atika zog den *Izar* übers Haar und bedeckte ihr Gesicht. Während sie hinter der Aufseherin die Arkaden zur Großen Moschee durchquerte, dachte sie, daß auch das größte Weltwunder keine Antwort auf die Frage bereit halten konnte, die sie seit gestern bedrängte: Wann würde Fatima die Käufer nicht mehr mit Wucherpreisen abschrecken? Wieder dachte sie an Haithabu zurück, und sie preßte die Hand auf ihren Leib.

Es verschlug ihr den Atem, als sie den dämmrigen Gebetssaal betrat. Im ersten Augenblick glaubte sie, in einem Märchenwald aus rot und weiß gestreiften Palmen zu stehen. Ihre Augen gewöhnten sich nur langsam an das gedämpfte Licht. Die Stämme waren Säulen. Aber der Raum schien nirgends zu enden, weder Mauern, noch ein Dach zu haben. So weit das Auge reichte, nichts als Säulen, rot und weiß gestreifte, wilde, chaotische Wirrnis, die in alle Himmelsrichtungen drängte, sich über Arkaden nach oben ins Unendliche erstreckte. Atikas Blick schweifte orientierungslos umher, hilflos suchte sie nach einem Punkt, an dem sie sich festhalten konnte.

Ihre Augen weiteten sich und wanderten die einzelnen rotweißen Reihen entlang. Ungläubig kniff sie die Lider zusammen und öffnete sie wieder. Sie täuschte sich nicht. Der Säulenwald war einer systematischen Ordnung unterworfen. Sie stand inmitten einer wohlgeordneten Reihe von Schiffen und hatte es nicht wahrgenommen. Unwillkürlich wandte sie sich in Gebetsrichtung nach Mekka, zur *Qibla*. Diese Wand, in die sich die reichverzierte Nische des *Mihrab* schmiegte, funkelte wie ein einziger dunkler Edelstein. Sie reflektierte den Glanz unzähliger Öllampen und vierer gewaltiger Oberlichter. Die ineinander verschlungenen Bögen vor dem *Mihrab* ruhten auf schlanken Säulen. Durch die filigrane Verzierung ihrer Kapitelle wirkten sie wie sich öffnende Blumen, deren Blütenblätter sich sanft nach außen neigten. Ihre grazile Leichtigkeit wurde von der Malerei der Kuppel überglänzt.

Das so klar erkennbare Wirken eines klugen und besonnenen Baumeisters ließ Atika zum ersten Mal seit langer Zeit zur

Ruhe kommen. Wer immer dieses Wunderwerk errichtet hatte, er zwang kein Auge, ihm zu folgen. Doch wenn sich der Blick in der unendlichen Weite verlor, wurde er letztlich von seinem eigenen Willen in Richtung Mekka gelenkt. Atikas anfängliches Gefühl der Verlorenheit wich einer unerwarteten Sicherheit.

Ihre Augen suchten Fatima und fanden sie nicht mehr. Verwirrt sah sie sich um. Ein Mann kam auf sie zu. Sie bemerkte ihn erst, als er bereits vor ihr stand. Er legte höflich die Hand auf die Brust, um sie zu begrüßen. Erst jetzt erkannte sie das Gesicht von Safwan al-Kalbi.

»Atika!« Seine Stimme klang keineswegs überrascht, sondern erfreut, als habe er erwartet, sie zu sehen. »Ich habe dich gesucht!«

19 Atika spürte allen Geschichten um reiche Jünglinge und ambraduftende Sklavinnen zum Trotz eine unangenehme Nervosität in sich aufsteigen. Zwar hatte sie an Safwan gedacht, als Ziri sie mit seinen kleinen Augen gemustert hatte. Doch jetzt, da er ihr gegenüberstand, fühlte sie sich seltsam beunruhigt. Die Brokatkappe, die er hier in der Moschee trug, ließ sein Gesicht schmaler wirken. Auf einmal erschien er ihr fremd. Sie wagte es kaum, ihm ins Gesicht zu sehen.

»Warum?« fragte sie ein wenig lauter als sie es eigentlich gewollt hatte.

»Warum?« Seine Stimme klang warm und ernst, eine kaum verhohlene Erregung schwang darin. »Das weißt du nicht?«

Atikas Augen schweiften durch den Säulenwald. Wo war nur Fatima? »Nein«, sagte sie hart. Im selben Augenblick bereute sie es. Es war keineswegs sicher, daß Ziri der letzte alte Prasser gewesen war, der sie kaufen wollte. Sie sollte Safwan besser nicht zu schroff abweisen.

»Du weißt etwas über das *Buch des Smaragds*.« Safwan sah sie eindringlich an. »Ist es nicht so? Was weißt du über das Buch? Ist es wirklich das Ketzerwerk, als welches es dargestellt wird?«

Atika stieß überrascht den Atem aus. »Deshalb hast du mich gesucht?«

Seine dunklen Augen fixierten sie. Atika begann leise zu lachen. Doch dann wurde ihr klar, was seine Frage bedeutete. Ihr Lachen verstummte abrupt, sie zog die Schultern zusammen. Der Anhänger auf ihrer Brust schien zu pulsieren.

»Ich habe dir bereits gesagt, warum ich es finden muß«, antwortete Safwan. »Mein Freund sitzt im Kerker, er wird vielleicht wegen Ketzerei verurteilt.«

Er konnte seine Erregung offensichtlich nur mit Mühe beherrschen. »Du kannst es nicht wissen, aber er ist in Gefahr«, fuhr er fort. »Bei den neuen Gesetzen gegen die Ketzerei kann ihn dieser Vorwurf das Leben kosten!« Er sprach schnell, auf seinen Wangen bildeten sich rote Flecken. Die dunklen Augen hielt er fest auf sie gerichtet. Ihr Blick verfing sich in seinen dichten schwarzen Wimpern.

»Das Buch bedeutet den einzigen Weg für mich, ihm zu helfen. Wenn du etwas darüber weißt«, bat er in einem nun sanfteren Ton, »dann sag es mir, ich bitte dich.«

Er sah sie offen an. Er meinte es ehrlich. Dennoch wich Atika seinem Blick aus. Hilfesuchend legte sie die Hand auf die Stelle, wo der Edelstein unter ihrem Kittel verborgen lag. Nicht nur ein Leben stand auf dem Spiel. Sie hatte einen Schwur geleistet.

»Ich kann dir nicht helfen«, sagte sie leise. »Ich weiß nichts.« Sie zog den Schleier höher vor ihr Gesicht.

»Das ist nicht wahr«, sagte er ebenso leise. »Ich weiß, daß das nicht wahr ist. Ich bitte dich, mir zu helfen!«

Atika antwortete nicht. Sie fingerte unruhig an ihrem Schleier herum.

Seine Stimme wurde drängender: »Atika! Wovor hast du Angst?«

»Ich habe keine Angst!« Sie trat einen Schritt zurück und stieß mit dem Rücken gegen eine Säule. »Wenn ich könnte, würde ich dir gehorchen aber ich habe dir nichts zu sagen. Ich stand in der Nähe des Scheiterhaufens, genau wie du. Ich habe deinen Freund rufen gehört, das ist alles.«

Er entfernte sich wenige Schritte und drehte sich mit einer zornigen Bewegung wieder zu ihr um. »Du lügst! Du hast gesagt, dieses Buch blende die Zweifel. Aber das kannst du nicht von Nabil gehört haben. Ich stand direkt bei ihm, und ich hörte genau, was er rief: *Wie der Smaragd Vipern blendet ...* Doch Nabil wurde unterbrochen. Von Zweifeln sagte er kein Wort!«

Ein Mann, der zum Gebet in die Moschee gekommen war, sah ihn schief von der Seite an und schüttelte den Kopf über eine dem Ort so unangemessene Lautstärke. Safwan nahm seine Kappe ab, fuhr sich durchs Haar und setzte sie wieder auf. Er trat näher an Atika heran. »Warum belügst du mich? Wovor hast du Angst? Bedroht dich jemand?«

Atika zerrte so ungeschickt an ihrem Schleier, daß sie ihn sich vom Gesicht riß. Mit unbedecktem Antlitz warf sie ihm einen zornigen Blick zu. »Niemand bedroht mich!« rief sie ungehalten, ohne sich darum zu kümmern, daß nun sie die mißbilligenden Blicke erntete. »Es tut mir leid, aber ich kann dir nicht helfen!«

Safwans Gesicht war ernst. Einen Augenblick lang standen sie sich wortlos gegenüber. Atika machte keine Anstalten, den Schleier wieder zu befestigen. Seine Augen wanderten über ihr unbedecktes Gesicht, forschend, als suchten sie darin nach der Wahrheit.

»Du lügst«, sagte er dann. »Ich weiß zwar nicht warum, aber du lügst.« Einige Männer drängten an ihnen vorbei. Atika wurde klar, daß der *Imam* jeden Augenblick seinen Platz einnehmen würde, um das Gebet zu beginnen. Vom Minarett draußen war bereits gedämpft der Ruf des Muezzin zu vernehmen.

»Verstehst du eigentlich, was auf dem Spiel steht?« Er schien sich nicht um die Männer zu kümmern, die an ihnen vorbei weiter in den Saal strömten. Atika fiel ein, daß sie nicht einmal wußte, wie sie zum Gebetsbereich der Frauen gelangen würde. »Nabil ist ein einfacher Bibliothekar. Er hat niemanden, der für ihn sprechen wird. Ich bin der einzige, der das tun kann. Er hat Kinder, Atika. Wenn er hingerichtet wird oder jahrelang in einem Kerker verschwindet, müssen sie betteln gehen. Und er ist mein Freund«, fügte er hinzu. »Ich kenne ihn seit meiner Kindheit. Er hat mir Lesen und Schreiben beigebracht, als ich sechs Jahre alt war. Seither ist er immer mein Lehrer gewesen.«

Was, wenn es die Wahrheit war? Wenn der Bibliothekar vielleicht sterben würde, und seine Familie zum Elend verdammt war, weil Atika ihr Wissen nicht preisgab? Sie fror plötzlich, trotz der Hitze.

»Ich …«, sie unterbrach sich. Zwischen den immer zahlreicher hereinströmenden Gläubigen drängte Fatima ihnen entgegen. Safwan folgte Atikas Blick und schien die Aufseherin ebenfalls zu erkennen.

Unvermittelt trat er dicht an Atika heran, berührte ihren Arm. »Wir müssen uns sprechen!« zischte er. »Morgen, nach dem Nachmittagsgebet, hier in der Moschee!« Er sah ihr direkt ins Gesicht. Dieses Mal wich sie seinem Blick nicht aus. Und während sie sich noch sagte, daß es verrückt war, was sie tat, nickte sie mechanisch. Er zog seine Hand zurück. Ein kurzes Lächeln irrte über seine Lippen. Atika sah ihm nach, als er in dem rotweißen Säulenwald zwischen den Menschen verschwand.

20

Die meisten Besucher der Moschee hielten sich nach dem Gebet noch am Waschbrunnen auf. Fatima tauschte mit einigen anderen Frauen Neuigkeiten aus. Doch Atika hatte dafür keinen Sinn, sie war noch immer völlig aufgewühlt. Daran hatte auch das Gebet nichts ändern können. Immer wieder sah sie Safwans drängenden Gesichtsausdruck vor sich. Und wenn ihr Schweigen tatsächlich den Bibliothekar das Leben kostete?

Ihre Augen schweiften unruhig über den Hof. Sie blieben einen Moment bei einer Gruppe junger Männer am Brunnen hängen, die den hinwegeilenden Frauen nachsahen. Atika wandte die Augen nach links hinüber zu den Arkaden, wo eine Bewegung ihre Aufmerksamkeit auf sich zog. Drei Berber aus der Garde des *Hajib* hatten durch den Säulengang den Hof betreten und bahnten sich einen Weg durch die Menge: zähe, sehnige Männer, die Haut wie aus dem Sandstein in den Bergen ihrer Heimat gehauen, mit dem rohen, selbstbewußten Auftreten von Söldnern. Mit kaum verhohlener Neugierde betrachtete Atika die ebenso gefürchteten wie verachteten Gardesoldaten des *Hajib*. Eines der Kettenhemden blitzte in der Sonne auf, als ein Windstoß den langen Kapuzenmantel, den *Burnus*, blähte, den der Soldat darüber trug. Die Gespräche verstummten, die Menschen verharrten angespannt. Einer der Männer am Brunnen verzog das Gesicht und wandte sich ab. Stille breitete sich aus. Von den Gesichtern der Berber mit ihren hellen, stechenden Augen unter den weißen Turbanen war keine Regung abzulesen.

»Bist du Ali von Kairo?«

Jemand bejahte die Frage.

»Mitkommen!« fuhr der Berber ihn in akzentgefärbtem Arabisch an. »Befehl von *Hajib*.«

Atika reckte den Kopf. Sie sah, daß der Angesprochene jung war, noch keine dreißig Jahre alt, mit einem vollen, dunklen Gesicht, wie es viele Männer aus dem Norden Afrikas hatten. Er trug einen Bart. In Andalus taten dies, wie sie erfahren

123

hatte, nur wenige Religionsgelehrte. Doch die Kleider des Kairiners waren nicht die eines Theologen. Er wirkte wie ein Student, der nach Córdoba gekommen war, um die berühmten Gelehrten an der Großen Moschee zu hören. Atika fielen seine Augen auf, die schläfrig unter den großen, langbewimperten Lidern hervorsahen. Sie schienen eher nach innen als auf die Außenwelt gerichtet zu sein. Was wohl harmlos und vergeistigt wirken sollte, verlieh ihm jedoch eine unangenehme Unnahbarkeit.

»Möge Gott dem *Hajib* al-Mansur ein langes Leben schenken! Ich bin nur ein Student. Was könnte der edle und mächtige Herr von mir wünschen?« Er sprach ungewöhnlich hell und sanft. Fast wie eine Frau, dachte Atika.

Der Berber ignorierte den Einwand ebenso wie die Frage. Der zweite Offizier, dessen Arabisch offensichtlich besser war, schob einen Schaulustigen beiseite, um Ali die Hand auf die Schulter zu legen. Doch die Geste wirkte alles andere als freundschaftlich. »Mach keinen Ärger.« In seiner Stimme schwang ein metallischer Klang mit, der gefährlich wirkte. Das Schwert in seinem Gürtel schlug mit einem leisen Klirren gegen das knielange Kettenhemd. »Mag euch der Teufel auch selbst euren Plan eingeflüstert haben, ihr Hurensöhne! Ihr werdet ihn dennoch nicht ausführen!«

Die Berbersöldner in Andalus waren nicht eben berühmt für ihre gewählte Ausdrucksweise.

»Ihr verwechselt mich«, rief der Kairiner. Doch der schrille Klang seiner Worte verriet, daß dem vermutlich nicht so war.

Die Geduld des Berbers war sichtlich begrenzt. Die Moscheebesucher waren, so wollte es die Vorschrift, unbewaffnet, und die Soldaten darüber hinaus zu dritt. Sie packten den Kairiner an der linken Schulter. Einer der drei Männer hatte sich gleich zu Beginn unauffällig entfernt und einen Bogen um die Gruppe geschlagen. Atika bemerkte, daß er nun direkt hinter dem Ägypter stand.

»Im Namen des *Hajib*, du bist verhaftet, Ali von Kairo«, sagte der Offizier. »Fürs erste begleitest du uns zum Palast.

124

Dort wirst du schon reden – über deine Spießgesellen, und vor allem über deinen teuflischen *Werber*, Gott verfluche ihn!«

Atikas Finger schlossen sich fest um das Smaragdamulett.

»In Fustat mag man Ungeziefer wie euch mit Nachsicht behandeln«, fuhr der Berber fort, »aber wir hier sind aus anderem Holz geschnitzt. Wir werden dieses Schlangennest ausräuchern!«

Mit einer plötzlichen fließenden Drehung entwand sich der Mann dem Griff der Soldaten. Ehe diese begriffen, was geschah, hatte er einen Dolch aus seinem Gürtel gezogen. Atika stieß einen erschrockenen Laut aus. Einer der Berber brüllte etwas. Die Menge, die sich um den Waschbrunnen gedrängt hatte, wich zurück. Der Student hielt die Waffe vor sich ausgestreckt, verschaffte sich Raum. Plötzlich setzte er die Klinge an die eigene Brust. In der Menge schrie jemand auf. Irgendwo weinte ein Kind.

Atikas Hand hielt das Amulett noch immer fest umklammert. Schweiß trat auf ihre Stirn. Die Söldner hatten von einem *Werber* gesprochen. Hatte Amr diesen Mann ausgesandt? War er es, den sie mit ihrem Schwur schützen sollte?

»Von mir werdet ihr nichts erfahren!« schrie der Ägypter. »Das Ende der Zeit ist nahe. Auch ihr werdet die Herrschaft des Lichts nicht aufhalten können!« Seine Augen waren leer wie die eines Mystikers in Trance.

»Atika!« Fatima faßte sie am Arm und zog sie von den Berbern weg.

Blitzschnell griff der Söldner hinter dem Kairiner zu. Er riß dessen Arm mit dem Dolch brutal zurück und trat ihm gleichzeitig in die Kniekehlen. Ein scharfes Knirschen drang an Atikas Ohr, als das Handgelenk des Ägypters brach. Seine Beine gaben nach, er sank in die Knie. Kraftlos gab die verdrehte Hand den Dolch frei, klirrend schlug die Waffe auf den Steinen auf. Ohne eine Miene zu verziehen, trat der Soldat mit einem Fuß auf den Unterschenkel seines Gegners. Der zweite stürzte herbei und schlug dem Ägypter mit der flachen Hand heftig ins Gesicht.

Dessen Kopf wurde in den Nacken geschleudert, seine Nase begann zu bluten, die Lippe platzte auf. Blut sickerte in das gekräuselte Haar seines Vollbarts. Der Ägypter brüllte, vor Schmerz oder vor Wut, doch seine Gegenwehr war vergeblich. Die Söldner verstanden ihr Handwerk. Sie hatten den jungen Mann so schnell und präzise überwältigt, als handle es sich um nichts weiter als das alltägliche Einfangen einer Ziege oder eines Schafs, das ein Brandzeichen bekommen sollte. Ein Faustschlag traf den Ägypter ins Genick, worauf er besinnungslos zu Boden sank. Zwei der Berber trieben die Menge auseinander. Atika stemmte sich gegen den festen Griff, in dem Fatimas Arme sie hielten. Doch die Aufseherin zog sie wortlos mit sich fort.

21 Als Safwan in die enge, leicht ansteigende Gasse einbog, die zu seinem Haus führte, waren seine Schritte zielstrebig und sicher. Mochte Atika es auch leugnen – sie wußte mehr über das *Buch des Smaragds,* als sie zugab. Und früher oder später würde sie ihm sagen, was sie wußte.

Nach dem Freitagsgebet hatte er wie verabredet in der Moschee den Richter Uthman getroffen. Dieser zeigte sich zuversichtlicher, als Safwan befürchtet hatte: »Wenn man deinem Freund nicht mehr vorwirft als Ketzerei«, meinte Uthman, »haben wir vielleicht eine Möglichkeit, ihm zu helfen, umso mehr, wenn es dir gelingt, dieses Buch zu finden. Zwar hat der *Hajib* vor kurzem einen neuen *Oberqadi* eingesetzt, der die Werke der Philosophen haßt. Doch Häresie ist immer schwer zu beweisen, selbst wenn es ein Eiferer wie Ibn Yabqa ist, der Recht spricht. Allerdings«, fuhr er in ernstem Tonfall fort, »sollte bis dahin nichts geschehen, was den *Hajib* eine Bedrohung wittern läßt. Du weißt, wie besessen er von dem Gedanken ist, jeder habe es auf sein Leben abgesehen. Beim letzten Komplott der Ismailiten hat er neben den Schuldigen gleich noch fünf oder sechs andere Männer hinrichten lassen, die zufällig zur selben Zeit im Gefängnis saßen.«

»Das ist drei Jahre her«, wandte Safwan ein. »Und seither hat es keine Verschwörungen mehr gegeben. Woher soll er also eine Bedrohung wittern?«

Leichteren Herzens als er sie betreten hatte, verließ er die Moschee.

Er bemerkte den Schatten vor der weißgekalkten Mauer seines Hauses erst, als er die Tür schon fast erreicht hatte.

Lubna mußte bereits eine Weile gewartet haben. Über ihr sonst so tadellos geschminktes Gesicht zogen sich Spuren von Schweiß oder von Tränen wie unbeholfene Schriftzüge über Papier. Sie löste sich aus dem Schatten der Wand. Safwans Schritte wurden langsamer. Nach dem letzten Streit mit Lubna hatte er alles beenden wollen. Doch getan hatte er es nicht. Wollte sie ihm nun zuvorkommen?

Ihr erstes Treffen kam ihm in den Sinn. Sie hatte vor seiner Tür gestanden wie jetzt, in ihrer weißen Sommerkleidung, von der sich ihr dunkles Haar abhob. Mit einem Anflug von Zärtlichkeit bemerkte er, daß ihre Wimperntusche im Augenwinkel verschmiert war.

»Komm herein!« Unwillkürlich faßte er sie am Ellbogen, um sie ins kühle Innere zu führen. Er kümmerte sich nicht um die Nachbarhäuser, wo sich vermutlich mehrere Augenpaare an die wenigen vergitterten Fenster drängten, um jede Bewegung zu registrieren. Später würden es dann die dazugehörigen Ehegatten detailgetreu erfahren. Und einer von diesen würde alles unmittelbar an Safwans Bruder Umar weiterleiten.

Er führte Lubna ins Haus. Nicht in den Garten, wo sie sonst immer gesessen hatten, sondern in den kühleren großen Raum, wo er Freunde oder Verwandte empfing. Hinter den Holzgittern der Fenster atmete sie sichtlich auf. Mit einem leisen Seufzen löste sie den Schleier, den sie nur selten trug. Sie mußte tatsächlich geraume Zeit gewartet haben. Noch nie hatte er erlebt, daß sie sich so wenig um ihr Äußeres sorgte.

127

»Ich glaube, ich weiß, warum du hier bist«, sagte er langsam. Achtlos warf er seine Kappe auf die *Suffa* und bot ihr ein Kissen an. Doch sie blieb, an die einzige Säule mitten im Raum gelehnt, stehen.

»Safwan.« Ihre Stimme klang seltsam schrill. »Safwan, ich muß dir etwas sagen.«

Sie strich sich fahrig durchs Haar. Safwan berührte ihre Wange, doch sie wandte den Kopf ab. Er ließ seine Hand langsam sinken.

»Ziri hat mit seinen Leuten über dich gesprochen«, sagte sie.

»Deshalb bist du gekommen?« Safwan öffnete die Tür, rief nach seinem Sklaven und befahl ihm, Tee zu bringen. Die Leere des spärlich möblierten Raums ließ die Entfernung zwischen ihm und Lubna noch größer erscheinen.

Lubna hatte die Schultern hochgezogen als friere sie. »Vielleicht sollte ich es sogar hören«, sagte sie. »Ziri hat immer geahnt, was zwischen uns war.«

Safwan verschränkte die Arme. »War?«

Lubna sah ihn nicht an. »Du weißt, wie er den alten arabischen Adel haßt«, fuhr sie fort, ohne auf seine Frage einzugehen. »Wärst du einer seiner Freunde, wäre es ihm gleichgültig gewesen, vielleicht hätte er mich sogar verschenkt. Aber nicht an dich, das weißt du.«

»Ich weiß«, bestätigte Safwan, »warum erwähnst du es? Die Berber und der Stammesadel schätzen sich gegenseitig nicht besonders, so ist es eben. Und daran wird sich auch nichts ändern – zumindest nicht, solange der *Hajib* sich diese ungebildeten Barbaren als Wachhunde hält, die das Volk aussaugen und unterjochen.« Er hatte schärfer geklungen, als er es eigentlich beabsichtigt hatte.

Der Sklave betrat den Raum. Er trug ein Tablett, auf dem eine Messingkanne, zwei Teegläser und ein kleines Schälchen mit Nüssen standen. Wortlos stellte er alles auf einem der drei geschnitzten Hocker ab. Safwan schenkte den bereits gesüßten Tee ein und winkte dem Sklaven, sich zurückzuziehen. Dann reichte er Lubna eines der Gläser, in denen kleine getrocknete Rosenblüten schwammen.

»Wir haben uns daran gewöhnt, und die Berber auch«, fuhr er leichthin fort. »Ziri haßt uns, und wir hassen ihn. Das beruht auf Gegenseitigkeit. Er nennt uns dekadent und verweichlicht, wir halten ihn für einen ungewaschenen Fremden ohne Herkunft und Namen, der schlecht Arabisch spricht und sich noch schlechter benimmt. Ein Emporkömmling wie der *Hajib* umgibt sich eben mit seinesgleichen. Was ist dabei?«

Lubna hielt ihr Teeglas mit beiden Händen umklammert, ohne zu trinken. »Aber jetzt ist etwas Ernsthaftes im Gange. Ziri hat eine Möglichkeit gefunden, es dir heimzuzahlen.«

»Was?« Safwan lachte kurz und trocken auf. »Daß sich seine Sklavin nicht für einen fetten alten Barbaren interessiert?« Er sah sie herausfordernd an. »Das will er mir heimzahlen?«

»Safwan, hör auf, es ist ernst!« Lubna sah von ihrem Glas auf. »Du warst bei diesem Bibliothekar, als man ihn verhaftete. Ziri hat dich gesehen, er hat die Verbrennung beaufsichtigt. Dabei ist ihm der Gedanke gekommen, du könntest Nabil bei seinen Ketzereien zur Hand gegangen sein. Safwan, ich weiß nichts darüber. Aber was genau du nun mit diesem Mann zu tun hast, und ob er tatsächlich ketzerische Ideen verbreitet, ist Ziri letztlich gleichgültig. Er haßt dich. Du mußt zu deinen Eltern aufs Land gehen, hörst du? Ziri wartet seit langem auf eine solche Gelegenheit zur Vergeltung. Ich bitte dich, verlaß die Stadt so schnell wie möglich!«

Safwan lachte laut auf. »Das wagt er nicht, Lubna. Ziri ist nicht besonders gut auf mich zu sprechen, aber was kann er mir schon anhaben? Selbst er kann mich nicht einfach so verhaften lassen. Es gibt schließlich noch Gesetze, und die sind eindeutig. Laß dich nicht von Ziri einschüchtern!«

»Aber sie sind dir auf der Spur!« Lubna stellte ihr unberührtes Glas ab und griff plötzlich nach seinem Arm. »Safwan, hör auf mich! Eine unüberlegte Geste, und du gerätst in große Schwierigkeiten.«

Er schüttelte den Kopf und schob ihre Hand mit einer unwilligen Geste beiseite. »Ich habe bei Gott Wichtigeres zu tun, als mich um Ziri zu sorgen. Ich muß zu Nabil. Er muß wissen, daß ich heute mit einem Richter ein sehr vielversprechendes Gespräch über seinen Fall geführt habe.«

Lubna wandte sich mit einem heftigen Ruck von ihm ab. Eine Strähne löste sich aus ihrer Frisur. »Willst du nicht gleich zu Ziri gehen und ihm sagen, daß du Nabils Schüler bist?«

Ihr ironischer Tonfall ließ Safwan auffahren. »Aber ich kann meinen Freund doch nicht einfach im Gefängnis seinem Schicksal überlassen! Natürlich muß ich zu ihm gehen!«

»Und wie willst du zu ihm gelangen? Natürlich wirst du einen Wächter bestechen, nicht wahr? Dein Sündenregister wird immer länger!«

Er machte eine verächtliche Kopfbewegung. »Jeder besticht die Soldaten. Der *Hajib* versucht zwar seit Jahren, das zu unterbinden, aber es hat noch nicht gefruchtet.«

»Du bist in diesen Dingen unerfahren.«

Safwan sah sie herausfordernd an. »Hast du Angst um mich?«

Lubna machte eine abwehrende Geste. »Laß das, Safwan. Laß uns doch ehrlich sein.« Es klang, als wiederhole sie etwas, was sie auswendig gelernt hatte.

»Du bist ein Poet«, fuhr Lubna mit unsicherer Stimme fort. »Du glaubst an die unsterbliche Liebe, so wie es deine Vorfahren, die Beduinen Arabiens, getan haben. Du hast mir oft von ihnen erzählt, von den großen Liebenden, Majnun und Layla, Jamil und Buthana ...«

»Buthayna«, berichtigte Safwan. »Und zur Liebe sind alle edlen Seelen fähig, nicht nur die Beduinen. Der weise al-Waschscha sagt, daß jeder junge Mann lieben sollte. Die Liebe weckt die schönsten Regungen, deren ein Mensch fähig ist.« Er unterbrach sich und sah sie forschend an. »Worauf wolltest du hinaus?«

Lubnas Tonfall wurde härter und ihre vollen Lippen schmaler, als sie fortfuhr: »Ist dir schon einmal aufgefallen, daß keines deiner berühmten Liebespaare am Ende glücklich war? Man liebt immer nur, was man gerade nicht hat, glaub mir. Solange etwas unerreichbar ist, sind Männer bereit, zu dienen und Opfer zu bringen. Aber wenn sie es erst besitzen, wollen sie es doch nur beherrschen, so wie alles andere auch.«

Etwas zuckte in ihrem Gesicht, eine Regung, die sie sofort zu unterdrücken suchte. Safwan spürte die Verbitterung in ihren Worten. Er hatte das plötzliche Bedürfnis, sie in die Arme zu nehmen.

»Liebe ist eine Illusion«, sagte Lubna. Safwan erschrak vor der plötzlichen Kälte in ihrer Stimme. »Du bist noch ein halbes Kind. Du liest diese Bücher und träumst davon, Majnun zu sein. Und nun glaubst du, du hättest deine Layla gefunden, weil ich einem anderen gehöre. Aber in Wahrheit suchst du nach etwas ganz anderem.« Ehe Safwan fragen konnte, was sie damit meinte, setzte sie hinzu: »Es war eine schöne Zeit, aber ich habe dir nie etwas vorgemacht.«

Safwan sah ihr direkt ins Gesicht. »Du hast Angst vor Ziri«, stellte er fest.

Sie lachte kurz und hart auf. »Du verstehst mich genau, Safwan. Es geht nicht um Ziri. Es geht um uns. Es ist vorbei!«

Safwan machte eine ruckartige Bewegung, so daß er gegen den Hocker stieß, auf dem der Sklave zuvor die Teekanne abgestellt hatte. Mit einem metallischen Geräusch fiel sie um, und ihr Inhalt ergoß sich auf den Teppich, doch Safwan kümmerte sich nicht darum. »Zum Teufel, was soll das heißen?« fuhr er auf. Die Tür öffnete sich und der Sklave steckte, von dem Geräusch angelockt, den Kopf herein.

»Verschwinde!« schrie Safwan ihn an. Die Tür wurde hastig wieder geschlossen.

Lubna wirkte beinahe erleichtert, als habe sie endlich etwas hinter sich gebracht, was sie sich schon lange vorgenommen hatte. Das machte Safwan noch zorniger.

»Wenn du ehrlich bist, gibst du zu, daß ich recht habe«, sagte sie. »Wäre es anders, hättest du dich längst in dein Schwert gestürzt.« Ein verkrampftes Lächeln erschien auf ihrem Gesicht.

»Das kannst du nicht ernst meinen! Lubna!« Er näherte sich ihr unschlüssig. »Ich liebe dich«, sagte er lahm.

Sie fuhr auf einmal auf. »Sei wenigstens ehrlich und verschone mich mit verlogenen Liebesschwüren! Liebe! Mach dich nicht lächerlich!«

Safwan wollte heftig widersprechen, schwieg dann aber verunsichert. Sie nestelte an ihrem Schleier und zog ihn schließlich nicht nur über ihr Haar, sondern auch über den unteren Teil ihres Gesichtes, so daß ihre vollen Lippen verdeckt wurden. Er wollte sie berühren, doch sie wich zurück wie ein scheues Tier. Safwan blieb mit ausgestrecktem Arm stehen, dann ließ er ihn langsam wieder sinken.

»Du siehst es also ein«, sagte Lubna.

»Was?« fragte Safwan. Er zwang sich, sich zu beherrschen. »Warum glaubst du mir nicht?«

Sie warf ihm über den Schleier hinweg einen spöttischen Blick zu. »Es ist vorbei. Und selbst wenn du die Wahrheit sagen würdest, würde es nichts ändern.« Sie machte eine Pause und wiederholte wie eine Gebetsformel ihre eigenen Worte: »Es war eine schöne Zeit. Doch du verschwendest deine Gefühle, Safwan. Such deine Layla irgendwo anders!«

Eine plötzliche Kälte breitete sich in Safwans Innerem aus. »Dann geh doch zu deinem Ziri!« schleuderte er ihr entgegen. »Wenn du glaubst, ich falle vor dir auf die Knie wie ein völliger Narr, hast du dich geirrt. Ich habe genug von deinen Launen!« Er wies mit der Hand auf die Tür. Nicht zuletzt, soviel mußte er sich eingestehen, war er über sich selbst erzürnt, enttäuscht und in seinem Stolz gekränkt. Er schlug mit der flachen Hand gegen den seidenen Wandbehang. *Wer zu Sklavinnen geht, bereut es*, höhnte Umar in seinem Kopf. »Richte Ziri meine Grüße aus!« rief er ihr nach, als Lubna mit zusammengekniffenen Lippen an ihm vorbeiging und die Tür krachend hinter sich zuwarf. »Und sag ihm, daß ich keine Angst vor seinen Intrigen habe!«

22

Als er wenig später die Treppen zu den Gefängniszellen hinabstieg, fragte Safwan sich, ob er nicht doch besser auf Lubna gehört hätte. Er schob den Gedanken beiseite. Der Wachsoldat, den er bestochen hatte, ging ihm voraus. Safwan war überrascht gewesen, wie leicht es war, einen korrupten Polizisten zu finden. Allerdings setzte sich nun in seinem Kopf die Frage fest, ob ein Söldner, der sich von einem unerfahrenen Jüngling bestechen ließ, nicht auch von ganz anderen Männern Geld nahm. Etwa von Ziri. Er holte tief Atem und konzentrierte sich auf die enge, steile Treppe. Der muffige Geruch, den er schon oben wahrgenommen hatte, verstärkte sich zu einem beinahe unerträglichen Gestank von Schweiß, Blut, Exkrementen und fauligem Wasser, je weiter sie nach unten vordrangen. Safwan hätte sich am liebsten ein Taschentuch vor die Nase gehalten. Der Soldat, von dem dieselben Kerkerdüfte ausgingen, musterte ihn bisweilen mit einem beunruhigenden Blick. Als sie den ersten Treppenabsatz erreichten, wies der Wächter mit seiner schmutzigen Hand schweigend auf einen kleinen Raum. Hinter einem schweren Gitter hockte Nabil am Boden. Safwan blieb auf der Treppe stehen. Selbst hier, im oberen Teil des Gefängnisses, war der festgestampfte Lehm mit stinkenden Pfützen bedeckt. Über die feuchten Wände zogen sich dunkle Schimmelflecken. Rechts von der Zelle führte die Treppe zum eigentlichen Kerker noch weiter nach unten.

»Nur kurze Zeit, *Sidi*«, erinnerte ihn der Soldat mit gedämpfter Stimme und einem neuerlichen Blick, der Safwans Mißtrauen noch verstärkte. »Es wäre sonst zuviel gewagt.« Safwan nickte wortlos und stieg die letzten Stufen alleine hinab. Der Wächter blieb weiter oben in einiger Entfernung stehen.

Der Bibliothekar wirkte erschöpft. Safwan hatte zwanzig Dirham zusätzlich dafür bezahlt, daß Nabil eine Zelle für sich alleine bekam, daß man ihn wusch und ihm saubere Kleider gab. Doch auch das konnte nicht verbergen, daß er in schlechtem Zustand war. Seine Wangen waren hohl, die Augen stachen dunkel aus seinem bleichen Gesicht hervor. In seinen dünnen Bart hatte sich neues Grau gemischt.

Safwan sah sich nach einer Sitzgelegenheit um. Es gab keine. Also ließ auch er sich langsam auf dem Boden nieder und zog seine Kleider eng an den Körper, um sie so wenig wie möglich zu beschmutzen. »Wie konnte das nur geschehen?«

Nabil zuckte wortlos die mageren Schultern.

»Nabil, warum um Gottes willen hat man dich verhaftet? Ist etwas Wahres an diesen Anschuldigungen?«

Er bekam keine Antwort. »Hör zu«, sagte Safwan, und seine eigene Stimme kam ihm merkwürdig schrill und fremd vor, »ich habe einen Freund, der ein einflußreicher Richter ist. Er wird sich für dich einsetzen, und du wirst begnadigt werden. Er ist ein mächtiger Mann mit guten Verbindungen. Glaub mir, er wird dich hier herausholen.«

»Das bezweifle ich, angesichts der Anklage, die gegen mich vorgebracht wird.« Es klang nicht so, als könne dieser Umstand Nabil ängstigen. Safwan bemerkte bestürzt die aufgeschürften Stellen an seinen Handgelenken. Verkrustetes Blut klebte auch auf den Lippen seines Freundes.

Leise stellte er die Frage, die er Nabil hatte stellen wollen, seit er von dessen Verhaftung gehört hatte:

»Was hat das *Buch des Smaragds* damit zu tun?«

Nabil sah auf, und Safwan erschrak, als er die tiefen Falten sah, die sich in das Gesicht des Gefangenen gegraben hatten. Er schien um Jahre gealtert.

»Du hast es gewußt?«

»Was gewußt?« fragte Safwan zurück. »Ich weiß gar nichts. Nur, daß man dich hier in dieses Loch gesperrt hat, obwohl du wahrscheinlich der einzige Mann in ganz Córdoba bist, der noch nie mit dem Gesetz in Konflikt geraten ist. Und ich weiß, daß all das auf irgendeine Weise mit diesem Buch zusammenhängt. Was soll ich daraus schließen?«

Nabil strich sich fahrig mit der Hand über die Stirn, als

strenge ihn das bloße Nachdenken an. »Safwan, ich bitte dich, halte dich aus der Sache heraus! Vergiß das Buch!«

»Vergessen?« echote Safwan. »Nabil, du warst es, von dem ich davon hörte!«

»Du Narr, versteh doch, daß es gefährlich ist! Du glaubst, du bist unantastbar, weil dein Vater einen oder zwei Richter kennt oder mit irgendeinem General Schach spielt. Aber du täuschst dich.« Nabil sank wieder in sich zusammen und lehnte sich an die Wand, als habe ihn der kurze Ausbruch bereits erschöpft. Die Wasserspur, die von der niedrigen Decke herab in sein Genick rann, schien er nicht zu bemerken.

»Dann erkläre mir, warum es besser ist, das Buch zu vergessen«, sagte Safwan ruhig. »Du warst es schließlich, der mir beigebracht hat, die Worte von Autoritäten nicht ungeprüft zu übernehmen.«

Nabil seufzte. Ein resigniertes Lächeln erschien auf seinem mageren Gesicht. »Ich hatte schon befürchtet, daß du dich daran erinnern würdest.«

Er begann zu sprechen, leise und schnell, so schnell, daß Safwan kaum folgen konnte: »Dieses Buch ist gefährlich, Safwan. Auch für den, der danach sucht, glaub mir! Es hat seinen Grund, daß es verboten ist.«

Ehe Safwan etwas entgegnen konnte, fuhr er fort: »Es gibt noch mehr Leute außer dir und mir, die sich für dieses Buch interessieren. Leute, die darin noch mehr zu sehen scheinen.«

»Andere? Was soll das heißen? Ein Mordkomplott?«

Nabil winkte ab. »Der *Hajib* überschätzt seine eigene Bedeutung, wenn er jedem, der mit seiner Herrschaft unzufrieden ist, unterstellt, er wolle ihn umbringen. Aber andererseits ist diese Furcht auch nicht völlig grundlos.« Er machte eine Pause und fuhr in einem Ton fort, als habe das alles nichts mit ihm zu tun, als unterrichte er einen Schüler: »Angefangen hat es mit dem Eunuchen Fa'iq und dem Falkner Jaudhar. Sie wollten verhindern, daß sich die Macht immer mehr in seinen Händen sammelte. Dann war es sein Konkurrent um den Posten des

Hajib, Mushafi. Angeblich schickt auch der Kalif von Ägypten immer wieder Meuchelmörder, aber ob das wahr ist, weiß Gott allein. Ein paar dieser geheimen Verbindungen haben die Berber aufgedeckt. Doch nun scheinen sie einer Verschwörung auf der Spur zu sein, die sich aus irgendwelchen Gründen für das *Buch des Smaragds* interessiert. Damit hatte ich nichts zu tun. Ich bin Bibliothekar und kein Verschwörer. Aber in diesen Zeiten genügt es wohl schon, überhaupt ein Buch in die Hand zu nehmen, um als gefährlicher Verbrecher verurteilt zu werden.«

»Aber wer könnte sich für dieses Buch interessieren?«

Nabil zuckte hilflos die Schultern. »Ich kann dir nur sagen, was ich vorgestern während meines Verhörs mitbekommen habe. Die Berber haben mich wegen des Buches verhaftet. Aber wenn sie mehr über diese angebliche Verschwörung wüßten, hätten sie es sicherlich nicht auf einen unbedeutenden Bibliothekar abgesehen.«

Nabil kratzte sich nachdenklich an der Nase. Seine Hand hinterließ einen dunklen Fleck auf seinem Gesicht. So erbärmlich sein Zustand in diesem Kerker auch war, die jahrelang vertraute Geste hatte doch etwas, das Safwan seltsam berührte. Er schluckte, um ein unangenehmes Gefühl im Hals loszuwerden.

»Seit Jahren habe ich mir gewünscht, einmal eine Kopie dieses Buchs in die Hand zu bekommen«, sagte Nabil plötzlich. »Was ich in den Werken der Theologen darüber gelesen hatte, war wenig lehrreich. Für die einen ist Ibn ar-Rewandi einfach ein Ketzer. Die anderen bestreiten das und loben ihn als einen weitsichtigen Mann. Erst kürzlich fand ich heraus, daß der Kalif kurz vor seinem Tod ein Exemplar erworben hatte. Du weißt, der Katalog der Bibliothek ist sehr umfangreich. Nicht einmal ich weiß, was mein Herr noch gekauft hat, vor allem in der Zeit, als ich in seinem Auftrag nach Damaskus reiste. Du erinnerst dich, es ging um die Ausgabe des *Kitab al-Aghani*.« Safwan schüttelte den Kopf. »Das *Buch der Lieder*«, wiederholte Nabil. »Ein Prachtband, alle Überschriften mit Goldstaub und Purpur verziert! Ich habe nie ein Buch gesehen, das dem Vergleich mit diesem standgehalten hätte. Selbst wenn es nicht die großartigste Sammlung der Dichtkunst gewesen wäre, wäre es kostbar gewesen. Aber so war es vollkommen.«

»Und wie fandest du heraus, daß das *Buch des Smaragds* in der Bibliothek des Kalifen lag?« fragte Safwan schnell. In Nabils Augen war ein eigentümliches Leuchten aufgeglommen, wie immer, wenn er seine Schätze beschrieb.

»Ich fand die Eintragung im vierundvierzigsten Heft des Katalogs. Aber ich hatte den Band gerade erst auf meinem Pult aufgeschlagen, als die Anordnung des *Hajib* kam.«

Nabil kratzte sich erneut an seiner knochigen, unverhältnismäßig großen Nase, die wie ein Schnabel aus seinem Gesicht ragte. »Sie waren zu dritt, ein Bote des *Hajib*, begleitet von zwei Berbersöldnern. Im nachhinein erscheint es mir seltsam: Der eine kam zu mir und sah mir über die Schulter. ›Ich habe es mir schon fast gedacht‹, sagte er triumphierend, ›daß man die schlimmsten Ketzerwerke auf den Pulten der Bibliothekare findet.‹ Er nahm das Buch und schlug es zu. Dabei lächelte er mich an wie jemanden, der an einer finsteren Verschwörung beteiligt ist.«

Safwan war irritiert. Daß ein Söldner, der aller Wahrscheinlichkeit nach nichts von Theologie verstand, ein bestimmtes Buch aus dieser Masse herausgriff, war in der Tat seltsam. »Und was stand in dem Buch, wovon handelte es?«

»Wie soll ich das wissen?« fragte Nabil gereizt zurück. »Ich konnte nur die ersten einleitenden Zeilen lesen, und was dort stand, war nicht gerade sehr vielsagend. Allerdings wurde mir schon bald klar, warum es von den Leuten des *Hajib* als gefährlich eingestuft wurde.«

Safwan sah ihn fragend an.

»Als man mich verhaftete, meinte einer der Soldaten, nur ismailitische Ketzer interessierten sich für die griechische Philosophie«, sagte der Bibliothekar nachdenklich.

Safwan schüttelte verständnislos den Kopf, und Nabil fuhr fort:

»Die Ismailiten sind *Batiniten*, Anhänger einer verborgenen Lehre. Man munkelt, diese Lehre verkünde, daß die Welt nicht geschaffen, sondern durch ein Ausfließen des göttlichen Geistes entstanden sei. Das ist tatsächlich ein Gedanke, den griechische Philosophen vor langer Zeit verkündet haben. Vor einigen Jahrzehnten gab es auch hier in Andalus einen Philosophen, der daran glaubte. Du warst damals noch nicht einmal geboren. Dieser Mann hieß Ibn Masarra. Man warf ihm vor, er glaube den griechischen Philosophen mehr als den Propheten, und nannte ihn deshalb einen Ismailiten und Ketzer. Seine Bücher sind bis heute verboten, und seine Anhänger verfolgt der Usurpator erbitterter denn je. Wenn nun das *Buch des Smaragds* verbrannt wird, könnte es sein, daß es etwas mit diesen griechischen Philosophen zu tun hat.«

Er schwieg einen Moment, und Safwan wollte soeben zu einer Frage ansetzen. Doch Nabil fügte nachdenklich hinzu: »Aber da ist etwas, was ich nicht verstehe. Nicht jeder, der sich auf die griechischen Philosophen beruft, teilt auch die Ansichten der Ismailiten. Im Gegenteil, unter ihnen gibt es viele, die …« Safwan fuhr herum, als aus einer der tiefer gelegenen Zellen ein plötzlicher Schrei drang. Er hallte im Treppenaufgang wider und erstarb. Etwas klirrte, dann erklang ein neuer Schrei. Der Wächter verließ seinen Platz auf der Treppe und stürzte nach unten. Im Vorbeieilen warf er Safwan einen warnenden Blick zu. Safwan verstand die Andeutung. Er hatte Nabil bitten wollen, den angefangenen Satz zu vollenden, doch nun biß er sich auf die Lippen und drängte den Freund zur Eile:

»Was hat es mit dem Titel auf sich? Warum heißt es *Buch des Smaragds?*«

»Warum fragst du?« Mißtrauen schwang in Nabils Stimme. »Ich – ich weiß nicht. Es ist ein sonderbarer Titel, nicht wahr? Ich habe mich einfach gefragt, warum ein Philosoph sein Buch *Buch des Smaragds* nennt. Das klingt nicht sehr philosophisch, eher würde ein Dichter oder ein gebildeter Literat so einen Titel wählen.«

»Darüber kann ich dir nichts sagen. Ich habe nur wenige Zeilen gelesen.« Nabil wandte sich ab und war offensichtlich nicht bereit, das Thema weiterzuverfolgen. Er starrte zu Boden und verschränkte die Arme.

Das Mißtrauen seines Freundes kränkte Safwan. »Ich habe nicht gewußt, daß es ein Geheimnis ist.«

»Es gibt nichts Geheimnisvolles daran, außer, daß ich nicht viel davon gelesen habe.« Nabil schien mit sich zu kämpfen, ob er sprechen oder schweigen sollte. Safwan glaubte schon, er würde nicht mehr erfahren, als sich der Bibliothekar auf einmal aufrichtete.

»Dieses Buch«, sagte Nabil leise, »ist sehr schwer zu bekommen. Ich weiß nicht, ob es auf der Welt überhaupt noch eine Kopie davon gibt. Es gibt Ketzerwerke ohne Zahl. Doch mit diesem Buch hat es etwas Besonderes auf sich, und ich kann nicht einmal ahnen, was es ist.«

Safwan sah sich unwillkürlich um, als er ein Geräusch hörte. Der Soldat, der nach unten geeilt war, kam die Treppe wieder herauf. Als er seinen Blick bemerkte, blieb er stehen. Safwan zog dennoch die Schulterblätter zusammen und wandte sich noch einmal dem Gefangenen zu.

»Der Smaragd«, sagte Nabil langsam und mit gedämpfter Stimme, »besitzt die Eigenschaft, daß Vipern und Ottern, wenn sie ihn ansehen, blind werden. Das *Buch des Smaragds* wurde geschrieben, um etwas zu blenden, das genauso gefährlich ist wie Vipern: etwas, was darauf zielt, uns zu betrügen und zu vergiften.«

»Wie meinst du das?« Safwans Atem beschleunigte sich, und er beugte sich vor, um jedes Wort zu verstehen. »Du sagtest so etwas schon am Tag der Verbrennung. *Wie der Smaragd die Vipern blendet.* War es nicht so?«

»Zwei Jahrhunderte lang«, erklärte Nabil, »waren wir Araber das Vorbild der zivilisierten Welt. Aber neuerdings gibt es hier Menschen, die am Nutzen des Wissens zweifeln und einen Widerspruch zwischen ihm und der Religion sehen. Sie behaupten, dieses Wissen sei mit ketzerischen Gedanken durchsetzt.

Sie säen Zwietracht zwischen den Philosophen und den Theologen, zwischen den Ärzten und Religionsgelehrten, den Mathematikern und *Imamen.* Doch dahinter steckt nichts als die Angst des Usurpators, die *Da'is* aus dem Süden könnten Andalus entzweien und ihn stürzen. Als ob man die Kluft zwischen Arabern, Berbern, Slawen und Romanen überwinden könnte, indem man sie alle unter das Joch der Religionsgelehrten zwingt!« Sein Tonfall war härter geworden, und seine Verbitterung nicht zu überhören. »Diejenigen, die diese Zwietracht säen, werden uns, wenn sie sich durchsetzen, in ein düsteres Zeitalter stürzen. Jeder wird dann mit Berufung auf die Religion Verbrechen begehen können. Sie beschwören eine Zeit herauf, in der der Philosoph für einen Ketzer gehalten wird, der Arzt für einen Häretiker und der Mathematiker für einen Feind Gottes. Unser Volk wird in der Dunkelheit des Unwissens versinken. Denn das Wissen der Alten gehört uns nicht, sondern ist wie eine launische Frau: Wenn es nicht gepflegt wird, wird es uns verlassen und sich einen neuen Treuhänder suchen.« Er unterbrach sich und holte Atem. »Ich würde gerne wissen, ob es dieser Fanatismus und diese Unwissenheit sind, die das *Buch des Smaragds* blind und unschädlich machen soll.«

Safwan starrte ihn durch die Gitter hindurch an. Er fühlte sich auf einmal hilflos. Wut stieg in ihm auf. Die Ismailiten waren an allem schuld. Wenn sie nicht mit ihren *Werbern* und Spionen den Usurpator ganz verrückt gemacht hätten, säße Nabil nicht im Gefängnis. Diese Häretiker sollten ihre Meuchelmörder gefälligst ihren eigenen Ministern auf den Hals hetzen und mit ihren Verschwörungen in den Fiebersümpfen des Nildeltas bleiben!

»Nabil, versuch dich zu erinnern!« bat Safwan. »Was meinte Ibn ar-Rewandi mit Vipern? Kann es sein, daß er die Zweifel damit meinte?«

Nabil schüttelte langsam den Kopf. »Wie kommst du auf Zweifel?« Er schien nachzudenken, dann schüttelte er wieder den Kopf. »Ich weiß es nicht.«

Safwan ignorierte das Räuspern des Gefängniswärters, das ihn offensichtlich daran erinnern sollte, daß die Zeit verstrichen war. Er brachte sein Gesicht so nahe an das Gitter, daß der Geruch des rostigen Eisens in seine Nase stieg.

»Ist es das Werk eines Ketzers, Nabil? Ist das *Buch des Smaragds* das Werk eines Häretikers? Eines Atheisten? Oder das eines Mannes, der von der Nachwelt mißverstanden wurde?«

Nabils Augen blickten dunkel aus dem bleichen, schmutzverschmierten Gesicht hervor.

»Nabil, du mußt ihnen sagen, daß du nichts damit zu tun hast!« beschwor Safwan den Freund. »Es war doch nur ein Zufall, daß man das Buch ausgerechnet aus deinen Händen konfisziert hat. Wenn sie erst erkennen, daß es ein Irrtum war, bist du in ein paar Tagen wieder zu Hause! Hörst du?«

»Und ich weiß nicht einmal, ob es noch irgendwo eine Kopie davon gibt!« sagte Nabil unvermittelt. Diese Frage schien ihn weit mehr zu interessieren als seine Rettung.

»Und selbst wenn, werde ich es wohl nicht mehr erfahren.« Safwan kämpfte plötzlich mit den Tränen.

»Rede doch nicht solche Sachen! Wir werden dich hier herausholen, und in ein paar Tagen sitzen wir wieder beim Wein zusammen und lachen über alles! Du bist unschuldig, und das werden wir beweisen.«

Safwan fiel ein, daß Nabil niemals Wein trank. Angeblich vertrug er ihn nicht. Safwan hatte ihn oft ausgelacht und behauptet, es sei nichts als eine Ausrede, er habe nur Angst, seinem kostbaren Verstand zu schaden.

Nabil griff auf einmal durch das Gitter nach Safwans Arm und hielt den Freund so fest, daß seine Knöchel weiß hervortraten.

»Hör zu!« Seine Stimme klang erregt und seine Augen glühten. »Hör zu, wenn du es jemals finden solltest, Safwan al-Kalbi, schreib es ab! Erhalte es den späteren Generationen! Vielleicht brechen schon bald jene Zeiten an, von denen ich gesprochen habe. Schreib es ab, damit das Erbe der Griechen der islamischen Welt erhalten bleibt und nicht dem dumpfen Fanatismus zum Opfer fällt! Schreib es ab, damit unsere Religion stark genug bleibt, auch das Licht der Vernunft zu ertragen! Erhalte dieses Buch, wenn du es findest, schreib es ab! Versprichst du mir das?«

Safwan spürte, daß er die Tränen nicht länger zurückhalten konnte. Er befreite sich aus Nabils Griff und sagte: »Du wirst es eines Tages selbst tun. Aber ich werde dieses Buch finden. Und mit seiner Hilfe werde ich beweisen, daß du unschuldig bist.«

Er wischte sich mit der Linken die Tränen ab. Nabils Stimme wurde plötzlich zu einem Flüstern, als er die Frage stellte, vor der sich Safwan die ganze Zeit gefürchtet hatte:

»Und wenn ich nicht unschuldig wäre? Wenn das *Buch des Smaragds* doch ein Ketzerwerk wäre?«

23 Atika legte den Kopf in den Nacken und beobachtete die im leichten Wind schwankenden Fächer der Palmen. Vorsichtig legte sie die Hände an das fremdartige Holz eines Stammes und berührte die Fasern, die daraus hervorwuchsen. Sie hatte Sumayya im Schatten unter den Arkaden des Moscheehofs zurückgelassen. Es war nahezu ausgeschlossen, daß das andere Mädchen auch nur fragen würde, was Atika hier zu schaffen hatte. Und noch viel weniger würde sie sich in die Hitze hinausbegeben, um sie zu suchen. Sumayya stellte Atika nur vor das eine Problem, daß nämlich der Korb mit dem Obst, das sie vom Markt geholt hatten, sehr gut in halbleerem Zustand bei Yusuf ankommen konnte. Das würde davon abhängen, wie lange sie hier mit Safwan al-Kalbi sprach.

Es war verrückt, ihn zu treffen, sagte sie sich, während sie über den rauhen Stamm strich. Es gab nichts, das sie ihm sagen konnte. Atika schüttelte den Kopf, um das Bild des Bibliothekars zu vertreiben. Immer wieder sah sie den kleinen, geisterhaft bleichen Mann mit dem Buch in seinen Armen vor sich.

Ihre Finger glitten die weichen Fasern entlang. Die Hitze staute sich zwischen den Stämmen wie schon gestern, als sie in der Großen Moschee gewesen war. Sie blinzelte in die gleißende Helligkeit. Amrs Gesicht erschien vor ihrem inneren Auge, wie sie es im Halbdunkel von Yusufs Gemach gesehen hatte. Noch konnte sie zurück. Atika löste sich von dem Stamm. Zwischen den Palmen erschien eine schlanke weißgekleidete Gestalt. Safwan al-Kalbi.

»Ich bin froh, daß du gekommen bist«, begrüßte er sie. Atika fiel auf, wie blaß er war. Seine Augen flackerten unstet wie kleine Flammen.

»Ich fürchte, du hast dir die Mühe umsonst gemacht«, entgegnete sie schroffer, als sie es eigentlich meinte. »Ich kann dir nichts über das Buch sagen. Ich weiß selbst nicht, warum ich überhaupt gekommen bin.«

»Aber du bist hier.« Er wirkte nicht überheblich. Vielmehr erleichtert, daß sich eine keineswegs sichere Hoffnung erfüllt hatte. »Hör mir zu!« sagte er unvermittelt. Er sprach gedämpft, aber hastig, als habe er seine Worte lange im Geist hin- und hergewälzt. »Ich weiß, daß du Angst hast. Aber es geht hier nicht um mich. Dies ist der einzige Weg für mich, meinem Freund zu helfen. Ich muß herausfinden, was es mit dem *Buch des Smaragds* auf sich hat. Doch ich schwöre dir: Wenn du mir sagst, was du weißt, wird niemand erfahren, woher ich dieses Wissen habe.« Er hielt inne und sah sie erwartungsvoll an.

»Das schwörst du?« fragte Atika.

Er hob das Kinn. »Du kannst mir vertrauen. Keiner meiner Ahnen hat je sein Wort gebrochen. Ein Schwur ist mir heilig!«

»Für mich«, erwiderte sie heftig, »ist ein Schwur ebenfalls heilig. Ich kann dir nichts sagen!«

Eine Brise kam auf, und die Palmfächer begannen zu rauschen. Safwan sah sie an. Etwas in seinem Gesichtsausdruck veränderte sich. »Du hast geschworen, darüber zu schweigen?«

Atika preßte die Lippen zusammen. Dann nickte sie zögernd.

Er sah sie mit einer Mischung aus Verwirrung und plötzlichem Respekt an. »Ich habe nie eine Sklavin wie dich getroffen, Atika. Verzeih mir. Aber du sprichst über Angelegenheiten der Ehre wie ein Mann von Adel.«

Atika warf ihm einen unwilligen Blick zu. »Muß man ein Mann sein, um sein Wort zu halten?«

Safwan lachte auf und schüttelte den Kopf. »Nein, das nicht.« Seine Verlegenheit rührte und reizte sie zugleich. »Ich glaube an gar keine Ehre mehr«, sagte sie scharf. Mit einer heftigen Bewegung warf sie den Kopf zurück, und der lange *Izar* rutschte auf die Schulter. Die Sonne glänzte auf ihrem Haar, als sich eine Strähne aus ihrer Frisur löste und ihr ins Gesicht fiel. Atika schob sie mit der Hand hinters Ohr. »Das Haus, in dem ich geboren wurde, wurde niedergebrannt. Meine Familie wurde vor meinen Augen erschlagen. Wenn ich darüber nachdenke, ob das alles nur blinder Zufall oder der Wille Gottes war, weiß ich nicht, was von beidem ich schlimmer fände. Ich kann nicht einmal sagen, ob ich überhaupt noch an irgend etwas glaube. Ich will nur leben! Leben um jeden Preis, ganz gleich, was es bedeutet, Ehre oder Schande, Schmerz oder Glück, göttliche Fügung oder Sinnlosigkeit! Und ich könnte nicht mehr leben, wenn ich mich selbst verachten müßte, weil ich einen Schwur gebrochen habe. Das ist alles.«

Ihr Gesicht glühte. Sie warf einen verstohlenen Blick auf Safwan. Etwas in seinem Ausdruck hatte sich verändert. Seine Augen glitten über ihre Züge, als fänden sie darin eine ferne Erinnerung, die er nicht zuordnen konnte.

»Du hast mir noch nicht erzählt, wie du hierhergekommen bist«, meinte Safwan nach einer Pause. »So wie du sprichst, mußt du in deiner Heimat eine berühmte und gebildete Frau gewesen sein.«

Atika lachte ein wenig gezwungen auf und schlug die Arme um ihren Oberkörper. Ein leichter Windhauch kühlte ihr Gesicht. »Wohl kaum. Mein Vater war ein kleiner Grundbesitzer, Lehnsmann eines Ritters aus Lothringen. Ein Fremder hätte wahrscheinlich nicht einmal erkannt, ob sein Haus das eines wohlhabenderen Bauern oder eines kleinen Adligen war. Und gebildet? – Wir hatten einen Schreiber, nicht einmal mein Vater konnte lesen.«

Friesland würde man in Córdoba nicht gerade zur zivilisierten Welt rechnen, soviel hatte Atika inzwischen verstanden. Wahrscheinlich hatte Safwan allenfalls das eine oder andere von fahrenden Händlern aufgeschnappt. Und diese hatten den Norden vermutlich als kalt, barbarisch und dunkel beschrieben. Sie ließ die Arme sinken.

»Die wenigen armseligen Flecken, die wir unsere Städte nennen, sind nicht einmal aus Stein gebaut«, sagte sie scherzhaft, vielleicht, weil die Art, wie er sie ansah, sie verlegen machte. »Denn die Menschen im Norden – Wie sagt man? Die *Majus*? – sind amphibische Wesen, die mehr Sorgfalt auf den Bau von Schiffen als auf den von Häusern verwenden. So erzählt man sich, nicht wahr?«

Safwan zuckte die Schultern, aber in seinen Augen blitzte etwas auf. »Zumindest seit ich dich kenne, hätte ich mein Urteil über den Norden überdenken müssen, wenn ich denn je eines gehabt hätte«, sagte er. »Deine Erscheinung ist nicht die einer Barbarin.«

Atika sah auf. Das ungeschickte Kompliment paßte nicht zu seiner sonstigen Art. Sie hatte ihn als zurückhaltend empfunden, aber auch nicht eben als schüchtern.

»Nun, ich meine …«, Safwan stockte. »Du erinnerst mich weniger an eine Barbarin als an eine *Jinniya*.«

»Eine *Jinniya*?«

»Einen Naturgeist, geschaffen aus rauchlosem Feuer.« Er beugte sich ein wenig vor, um ihr direkt ins Gesicht zu sehen. Die Lebhaftigkeit, die sonst in seiner Stimme mitschwang, ging in einen Tonfall über, der einem dunklen Gesang glich. »Man sagt, sie leben in der Öde der Wüste, dort, wo die Welt der Menschen endet. Sie haben keine Gefährten. Allein streifen sie durch die Wildnis am Rande der Welt. Selten zeigen sie sich einem Wanderer, denn sie sind stolz und verhüllen sich in trügerischen Luftspiegelungen. Wer ihr Gebiet betritt, ohne sie um Erlaubnis zu bitten, den strafen sie hart.«

Atika ertappte sich dabei, daß sie ihn, gefangen im Bann seiner Worte, unverwandt ansah. Sie wollte sich bewegen, um den seltsamen Zauber zu brechen, doch sie brachte es nicht fertig. Safwans Stimme wurde leiser und eindringlich wie eine Rohrflöte, die ein unsichtbarer Zauberer spielte, um sie zu verführen.

»Sie erscheinen flüchtig und durchscheinend wie warme Luft, die über den Flammen zittert. Es ist, als könnte ein Windhauch sie töten. Und doch verfügen sie über die vereinten Kräfte von Luft und Feuer. Nichts kann sie wirklich zerstören – sie können nur allmählich erkalten.«

Atika schüttelte langsam den Kopf, ohne die Augen von seinem Gesicht zu nehmen. »Du irrst dich«, widersprach sie leise. »So stark bin ich nicht.«

»Manchmal aber verlieben sie sich in einen Menschen«, fuhr Safwan fort, »und dann nehmen sie die Gestalt eines Mädchens an.«

Er verstummte, und sie vernahm seinen Atem, der leise und schnell ging. Im Hof hatte sich Stille ausgebreitet. Selbst der leichte Wind schien für einen Augenblick den Atem angehalten zu haben.

»Wie ist das geschehen?« fragte er auf einmal.

Sie wußte, was er meinte, aber sie wollte sein Mitleid nicht. Es riß nur die Wunden wieder auf, die längst noch nicht verheilt waren.

Ruhig, aber unerbittlich in seiner Teilnahme fügte er hinzu: »Daß du in die Sklaverei verkauft wurdest?«

»Nordmänner«, sagte Atika nach einer Weile. Sie schlang die Arme eng um den Körper als friere sie. »Immer wieder kamen sie an unsere Küsten.« Sie bemühte sich, die Gewalt über ihre Stimme wiederzuerlangen. »Beinahe jedes Jahr fallen sie in die Dörfer und auf die Inseln ein, um zu plündern und die Einwohner in die Sklaverei zu verschleppen. Wenn man sie bemerkt, ist es meistens schon zu spät. Das einzige, was bleibt, ist die Flucht. Irgendwann, wenn es längst vorbei ist, findet dann jemand die Ruinen. Unsere Gehöfte liegen sehr einsam.«

Sie schwieg einen Moment lang. »Jeder ist auf sich gestellt«, fuhr sie dann fort, »ganz gleich, ob Mann, Frau oder Kind. Und jeder versucht auf seine Art, sich zu retten. Ich habe zum Schwert gegriffen, aber wie du siehst, war ich nicht sehr erfolgreich.« Sie lächelte, obwohl sie das Gefühl hatte, sie habe ihm eine offene Wunde gezeigt.

Es kostete Safwan sichtlich einige Mühe, die Fassung zu bewahren.

»Ich sage die Wahrheit.« Ihr Lächeln verlor sich wie ein sanfter Windhauch.

»Gab es denn niemanden, der dich beschützt hätte?« fragte er.

Atika lachte leise auf. »Wer hätte mich denn beschützen sollen? Die Männer waren tot, ich war auf mich allein gestellt, so wie alle Frauen. Wenn man mich je gelehrt hätte, mich selbst zu schützen, wer weiß …«

Auf Safwans Gesicht spiegelte sich eine Bestürzung, die sie nicht erwartet hatte. Unvermittelt lachte sie auf, und die bedrückte Stimmung fiel von ihr ab.

»Das Grenzland ist wild, zugegeben. Der Kaiser ist weit weg von Friesland, wozu also sollten wir prachtvolle Städte errichten? Ein einfaches Haus aus Reet, Lehm und Holz kann man schnell wieder aufbauen, wenn es niedergebrannt worden ist. Bei uns gibt es nur Fischfang auf hoher See in kleinen Booten, Stürme und kalten Regen. Da kann es sich niemand leisten, die Frauen dem Müßiggang zu überlassen. Aber ich war trotzdem glücklich.«

Safwan sah sie irritiert an, als sei Glück das Letzte, das ihm zu solch einem Land eingefallen wäre.

Atika wurde wieder ernst. »Ich war frei, damals«, fügte sie hinzu.

Sie schwiegen wieder einen Augenblick, doch es war ein anderes Schweigen als zuvor, ein vertrauteres, das keine Worte benötigte.

»Und nun habe ich auf einmal die Möglichkeit, Dinge zu lernen, von denen ich nie zu träumen wagte! Ich kann lesen und schreiben, ich kann sogar rechnen, ich spreche Latein und Arabisch, und ich lerne, eine Poesie zu verstehen, die alles, was ich je gehört habe, übertrifft. Ich werde in Seide gekleidet und mit teureren Essenzen parfümiert als die Kaiserin, ich bereise Länder, von denen ich nicht einmal wußte, daß sie existieren. Warum sollte ich unglücklich sein?«

Safwan sah sie forschend an, als könne er in ihrem Inneren lesen, besser als sie selbst es vielleicht vermochte. Er sah sie an, als sei ihr Lachen eine Maske, hinter der sie sich weit besser verbarg als hinter jedem Schleier. »Erzähl mir von deiner Heimat«, bat er auf einmal. »Ich will mehr über das Land erfahren, in dem du geboren bist.«

Atika schloß die Augen:

»Klares, helles Licht. Daran erinnere ich mich am besten. Der Dunst über den Wäldern strahlt, wenn die Sonne tief am Himmel steht. Die Wirrnis der Blätter, rot, gelb und orange, reicht an vielen Orten so dicht ans Meer heran, daß kein Platz bleibt für die Heide mit ihren moorigen Böden. An wenigen Stellen grast Vieh, wird etwas Getreide angebaut. Auf den Warften stehen ärmliche Hütten.« Vor ihrem inneren Auge erschienen einzelne Bäume, die ihre blattlosen, knorrigen Äste faulig in den Himmel reckten. Weiden wie überdimensionales Röhricht am Rande der kleinen Priele. Grobes braunes Gras wie ein unregelmäßig gewebter Teppich, durchbrochen von niedrigen Hecken. Feuchtglänzende Ackerböden, lehmig und von leichtem Frost glitzernd überzogen.

»Graue Büschel Riedgras ragen neben kleinen Seen empor«, fuhr sie fort. Sie legte den Kopf in den Nacken und spürte die strohigen Fasern der Palme auf der Haut. »Der Wind raschelt darin und biegt sie zu kleinen Festungswällen. Dahinter beginnt das Meer. Die graue Oberfläche verschmilzt mit den Kieseln und dem Sand am Ufer, wie flüssiges Blei, das Wellen schlägt. Es ist ein Ort für Menschen, die zwischen Meer und Land leben, denen ihre Fischerboote vertrauter sind als die Wälder. Ein Ort, eingeschlossen von feindlichen Elementen, umgeben von Ländern, deren Männer nach dem Reichtum der fränkischen Kaiser streben.« Sie öffnete die Augen, als erwache sie aus einem Tagtraum.

»*Anti scha'ira.*« Auf Safwans Gesicht lag ein fremder Ausdruck, der eine unbekannte Saite in ihr zum Schwingen brachte. *Du bist eine Poetin.*

»Wie war dein Name, damals?« fragte er unvermittelt. Er räusperte sich. »Atika ist ein arabischer Name.«

Atika wich zurück.

Ihre Kleider raschelten wie vereiste Zweige im nördlichen Winter, wenn ein kalter Lufthauch über sie hinwegstrich, und die Krähen sich in den nebligen Himmel erhoben.

»Er gehört nicht hierher.«

Sie vermochte seinen Blick nicht zu erwidern. Etwas in ihr wurde kalt, erstarrte wie von einem plötzlichen Eisregen gestreift.

»Er gehört nicht hierher«, wiederholte sie.

Wieder schwiegen sie beide.

»Ich muß gehen«, sagte sie dann abrupt. »Sumayya ißt mir sonst das ganze Obst auf.« Sie warf einen Blick hinüber zu den Arkaden, die hinter den Palmen kaum zu erkennen waren.

»Können wir uns morgen wiedersehen?« fragte Safwan. Atika wollte etwas einwenden. »Ich weiß«, setzte er nach, »du kannst mir nichts sagen. Ich achte deinen Entschluß. Können wir uns trotzdem sehen?«

Ein Lächeln huschte über ihr Gesicht. »Du hast mir noch nicht gesagt, was geschieht, wenn eine *Jinniya* die Gestalt eines Mädchens annimmt.« In ihren Ohren tosten Sturmböen. Ihr Puls schlug einen schneller werdenden Rhythmus, wie die aufpeitschende Musik, zu der Sklavinnen tanzten. Das Smaragdamulett brannte auf ihrer Haut. Doch sie achtete nicht darauf.

»Ich erzähle es dir morgen, wenn du willst.« Safwan trat dicht an sie heran und hob seine Hand, wie um die ihre zu berühren. Als ihre Blicke sich trafen, ließ er sie wieder sinken. »Morgen um dieselbe Zeit«, sagte er.

24

Auf seinem Heimweg kreisten Safwans Gedanken um Atika. Ihr direkter Blick hatte ihn verunsichert. Noch nie hatte ihm eine Frau so ungeniert ins Gesicht gesehen. Es war, als sei hinter Luftspiegelungen ihr eigentliches Wesen zum Vorschein gekommen, ein Wesen aus Wind und rauchlosem Feuer.

Er war so in Gedanken versunken, daß er sein Haus schon beinahe erreicht hatte, als er den Trupp Söldner davor bemerkte.

Safwan verlangsamte seinen Schritt. Instinktiv hielt er sich möglichst eng an der Hauswand. Er blieb stehen und spähte zu den Soldaten hinüber. Sie trugen die Rüstungen der Palastgarde. Lubnas Warnung fiel ihm wieder ein, und der Blick des Gefängniswärters, der sein Mißtrauen erweckt hatte.

Safwan preßte sich eng an die Wand. Seine weiße Kleidung hob sich kaum vom gekalkten Verputz ab, reflektierte die Sonne beinahe ebenso hell. Er begann zu schwitzen, wischte sich unwillig eine feuchte Spur von Stirn und Nasenwurzel. Sein Herzschlag pulsierte in seinen Ohren, die Sonne stach ihm hell in die Augen. Einen Moment lang verschwamm alles. Dann wurde das Bild wieder klar.

Die Berber drehten sich nicht zu ihm um. Ungeduldig hämmerten sie gegen seine Tür. Einer hob seine Peitsche und schlug mit dem Griff gegen das Holz.

Safwan hielt den Atem an, als sich die Tür einen Spalt öffnete und der Kopf seines Dieners zum Vorschein kam. Die Berber stießen ihn beiseite und drängten ins Innere. Er konnte jetzt nur noch die Stimmen hören, die lauten, herrischen Worte der

Söldner in gebrochenem Arabisch, die flehenden Beschwichtigungen des Dieners.

»Wo ist er? Wir durchsuchen das Haus, wenn du uns nicht sagst, wo er ist!«

»Ich weiß es nicht«, rief der Diener. »Er ist mein Herr, es steht mir nicht zu, zu fragen, wohin er geht. Er ging gleich nach dem letzten Gebet, und er ist noch nicht zurück!«

Safwan hatte das Gefühl, jemand habe ihm einen plötzlichen Schlag in die Magengrube versetzt. Er war ein Narr gewesen, Lubnas Warnung in den Wind zu schlagen.

Die Stimmen im Haus, die durch die geöffnete Tür nach draußen drangen, schwollen an und senkten sich. Er verstand nicht, was gesagt wurde. Plötzlich ertönte der Knall einer Peitsche, gefolgt von einem Schrei. Safwan zuckte zusammen. Er zögerte einen Augenblick. Dann löste er sich von der Mauer, ging mit langsamen Schritten die Straße zurück. Umars Haus lag nur einige Gassen weiter. Safwan zwang sich zu einem langsamen, unbekümmert erscheinenden Gang. Doch kaum war er außer Sichtweite, begann er zu laufen.

Mit wachsender Erregung hatte der Bruder seine Erzählung angehört. Als Safwan geendet hatte, begann Umar wie ein gefangenes Raubtier im Wohnraum auf und ab zu laufen. Dabei massierte er sein glattrasiertes Kinn.

»Bist du des Teufels?« fragte er schließlich, seine Wanderung unterbrechend. »Hat dich der Satan mit seinen Einflüsterungen verblendet? Vater hätte dir niemals ein eigenes Haus geben dürfen! Kannst du mir sagen, was nun geschehen soll?«

Safwan hatte sich auf die *Suffa* geworfen, die sich an dreien der vier Wände entlangzog. Er starrte auf die roten, blauen und grünen Muster, die sich über die modernen *Zulaij*-Fliesen der Wände schlängelten und ihn schwindlig machten.

»Du hirnloser Tölpel!« setzte Umar seine Tirade fort. »Ziri wird alle Hebel in Bewegung setzen, um dich auf dem Richtblock zu sehen!« Er dachte nach. »Du mußt in jedem Fall aus der Stadt verschwinden. Der Berber wird auf niemanden Rücksicht nehmen. Eine Affäre mit seiner Sklavin! Und dann warst du auch noch bei Nabil im Kerker!« Seine Stimme war laut und durchdringend. Der Diener, der sich soeben im Hintergrund gezeigt hatte, zog den Kopf ein und verschwand, ehe sein Herr ihn bemerkte. »Sehr viel leichter hättest du es ihm kaum machen können! Was hast du dir nur dabei gedacht?«

Safwan stützte das Gesicht in die Hände. Er fühlte sich ausgebrannt und müde.

»Das ist bei Gott die größte Dummheit, die du je begangen hast!« Umar trat mit dem Fuß gegen die Wand. »Und ich hatte dir noch gesagt, du sollst die Finger von der Sklavin lassen! Bei Gott, die ganze Stadt ist voller Mädchen, du hättest dir ein Dutzend kaufen können! Warum mußte es ausgerechnet die Sklavin eines Berbers sein!«

»Es war längst vorbei«, verteidigte sich Safwan schwach. Er umklammerte seine Knie, um das Zittern seiner Finger zu verbergen. »Am Anfang habe ich sie geliebt. Aber Lubna hat sich nie wirklich für mich interessiert.«

»Jetzt verfalle bloß nicht auch noch in Selbstmitleid! Dein gebrochenes Herz dürfte wohl das kleinste Problem sein, das du im Augenblick hast!«

Safwan biß die Zähne zusammen und warf einen hilfesuchenden Blick zu dem geschnitzten Koranständer hinüber.

»Was wird man von unserer Familie denken!« Umar stocherte erbarmungslos in der offenen Wunde. »Ein Mann vom Stamm der Kalb, der aus Córdoba fliehen muß, gejagt von den Männern des *Hajib* wie ein gemeiner Verbrecher! Das ist eine Katastrophe!«

Er blieb mitten im Raum stehen. »Du gehst zu unseren Eltern.« Sein Ton ließ keinen Widerspruch zu. »Ich werde dir schreiben, wie sich die Dinge hier entwickeln. Im schlimmsten Fall mußt du nach Fustat gehen, zu Onkel Musa.«

»Fustat?« Safwans Augen öffneten sich weit. Er sah zu der großen, kräftigen Gestalt seines Bruders auf wie zu einem Richter, der ihm eine schreckliche Strafe in Aussicht gestellt hatte. »Das ist eine Reise um die halbe Welt!«

»Kann ich etwas dafür, wenn du in jedem Augenblick, den Gott werden läßt, eine Torheit begehst, als hinge deine ewige Seligkeit davon ab?« fuhr Umar auf. »Ich weiß selbst, daß es weit ist. Aber das hast du dir ganz allein zuzuschreiben!«

»Ich war noch nie in Ägypten«, sagte Safwan. Er zog eines der Kissen zu sich heran, die Umars *Suffa* polsterten. Seine Finger verkrampften sich in dem weichen Material. »Kann ich nicht auf dem Landgut bleiben? Bei unseren Eltern bin ich doch sicher!«

»Nein, du Narr, das bist du nicht! Du hast keine Ahnung, worauf du dich eingelassen hast! Ziri wird ganz Andalus nach dir absuchen, und wenn er heute in Córdoba jeden Stein umdreht, macht er dasselbe übermorgen auf dem Landgut. Du kannst dort übernachten, aber dann reist du weiter nach Fustat.«

»Aber in Fustat wimmelt es von *Übertreibern*!« protestierte Safwan. »Es heißt, die Ismailiten dort seien eine Horde von Predigern aus der Wüste, nichts als Fanatiker! *Batiniten*, die nach dem verborgenen Sinn der Schriften suchen und darüber vergessen, wie es ist, nicht in Rätseln zu sprechen. Und selbst wenn es nicht so ist, sind es immer noch Schiiten. Andalus liegt so gut wie im Krieg mit ihnen! Ich will nicht dorthin!«

»Dein Onkel lebt schließlich auch dort«, herrschte Umar ihn an. »Und du willst ja wohl nicht behaupten, er sei ein *Batinit* und Fanatiker.« Er machte einige hastige Schritte auf Safwan zu, nahm ihm das Kissen aus der Hand und warf es zurück auf die *Suffa*. »Ist es meine Schuld, daß du dich mit den Berbern anlegst? Wegen einer Sklavin, allmächtiger Gott!«

Safwan sprang auf. »Ich werde es wiedergutmachen! Ich werde dieses Buch finden, und ich werde beweisen, daß weder Nabil ein Ketzer ist, noch ich selbst irgend etwas getan habe, wofür ich mich schämen müßte. Ich werde meinen Ruf wiederherstellen, Gott ist mein Zeuge!«

Umar seufzte. Er schien einzusehen, daß Flüche allein ihnen

nicht weiterhelfen würden. »Nun laß das Schwören, kleiner Bruder«, sagte er. »Ich gebe dir ein paar Sachen von mir mit, und dann reitest du hinaus aufs Landgut. So schnell wie möglich, ohne Umwege. Hast du mich verstanden? Nach allem, was du mir berichtest, ist es nur eine Frage der Zeit, wann die Berber auch vor meiner Tür stehen.« Safwan holte Atem. Er hatte gewußt, daß sein Bruder ihn nicht im Stich lassen würde. »Ich muß Atika eine Nachricht hinterlassen«, sagte er nachdenklich.

Umar trat dicht an ihn heran und packte wütend seinen Arm. »Wer zum Teufel ist Atika? Verflucht sei deine Sturheit, hörst du mir eigentlich überhaupt nicht zu? *Khalas*, Schluß mit den Frauengeschichten, verstanden? Ehe du nicht in Sicherheit bist, wirst du keinem Weiberrock mehr nachschauen!«

»Es ist nicht so, wie du denkst!« Safwan spürte, daß er rot anlief wie ein Schuljunge, und das machte ihn noch verlegener. »Sie ist die einzige Spur, die ich zum *Buch des Smaragds* habe. Deshalb muß ich sie sprechen. Ich weiß sonst nicht, wie ich an das Buch herankommen soll.« Er machte sich los. »Dieses Mädchen weiß etwas darüber, Umar! Und sie wird ebenfalls nach Fustat reisen, ihr Herr will sie dort verkaufen. Ich muß sie sprechen, sie wird mir helfen. Sie hat einen Schwur abgelegt, darüber zu schweigen. Aber bis Ägypten ist es weit, und die Dinge können sich ändern. Und selbst wenn sie mir nicht sagen kann, was sie weiß, wird sie mir helfen, es selbst herauszufinden. Sie wird mich nicht im Stich lassen. Ich werde Nabils Unschuld beweisen und unsere Familie von jedem Makel reinwaschen.«

Umar sah ihn zweifelnd an.

»Ich werde Atika finden«, sagte Safwan eifrig, »und eine Kopie des Buches beschaffen. Wenn sie mir hilft, das schwöre ich, dann werde ich alles wiedergutmachen. Unsere Familie wird sich meiner nicht zu schämen brauchen!«

25 Langsam genug, um kein Aufsehen zu erregen, jedoch mit heimlicher unterdrückter Hast ritt er durch das Viertel. Er mied die Hauptstraße und bewegte sich auf Umwegen auf die Große Moschee zu. Bisweilen waren die Gassen so eng, daß er dicht an die Hauswände ausweichen mußte, um entgegenkommenden Fußgängern Platz zu machen, und ab und zu mußte er den Kopf einziehen, wenn er unter einer Passage im ersten Stockwerk hindurchritt. Was ihn sonst eine tiefe Geborgenheit hatte empfinden lassen, vermittelte ihm heute ein seltsames Gefühl der Beklommenheit. Es ließ erst nach, als er die Durchgangsstraße nach Schaqunda erreichte. Safwan zügelte das Pferd, das ihm Umar gegeben hatte und sah die Straße hinunter nach Süden. Hinter der Römerbrücke begann die Vorstadt. Sobald er die Mühlen unterhalb der Brücke passiert hätte, wäre er in Sicherheit.

Es war besser, Atika nicht mehr aufzusuchen. »Keine Umwege!« hatte Umar ihm eingeschärft. »Je eher du an den Posten vorbeikommst, desto wahrscheinlicher ist es, daß sie noch nichts von deinem Verschwinden wissen. Wenn Ziri seinen Männern erst einmal den Befehl gegeben hat, dich nicht aus der Stadt herauszulassen, wird es sehr schwer, noch zu entkommen.«

Safwans bemerkte einen Mann, der an der Hauswand gegenüber lehnte und den Verkehr zu beobachten schien. Einen Augenblick lang trafen sich ihre Blicke.

Sein Herz begann zu rasen. Er sah sich um, erwartete jeden Moment, die Söldner des *Hajib* hinter der nächsten Straßenecke hervorkommen zu sehen. Er wollte das Pferd schon zum Galopp antreiben, da wurde der Blick des Fremden von einer reichbemalten Sänfte abgelenkt, wo er hängenblieb. Safwan atmete aus. Er war ein Narr. Der Mann sah nicht im geringsten aus wie ein Berbersöldner. Er mußte bei Gott blind sein vor Angst. Die Haut des Fremden war dunkel, dunkler als die der meisten Männer in Andalus, sein Haar tiefschwarz, von wenigen grauen Strähnen durchzogen. Es war schwer zu bestimmen, ob er eher fünfunddreißig oder fünfundvierzig Jahre alt war.

155

Außerdem trug der Mann nicht die Rüstung eines Soldaten. Er war vielmehr gekleidet wie ein Stutzer, trug ein leinenes, blendendweißes Hemd unter der leichten bestickten Jacke, und Hosen aus teurem Tuch. Safwan rieb sich die Augen. Wenn er fortfuhr, Gespenster zu sehen, würde er sich durch eine übereilte Handlung noch selbst verraten. Einen Augenblick zögerte er. Dann drückte er seinem Pferd leicht die Hacken in die Seite und lenkte es ins Judenviertel gegenüber der Moschee. Er glaubte, die seltsam hellen Augen des Fremden in seinem Rücken zu spüren, ja, er meinte sogar, daß der Mann sich von seinem Platz an der Hauswand gelöst hatte und ihm nun folgte. Doch er zwang sich zur Besonnenheit. Der Gedanke war zu absurd.

Das Haus, in dem der Sklavenhändler wohnte, lag wie eine Festung vor ihm. Schroff und unnahbar erhob es sich an der staubigen Straße. Safwan hatte nicht lange suchen müssen. Jeder im Viertel schien Yusuf zu kennen. Er wurde ohne Umstände eingelassen. Sofort sprang ein Junge hinzu und nahm die Zügel seines Pferdes. Einen Augenblick stand Safwan etwas verloren im Hof herum. Ein Sklave war damit beschäftigt, Wasser aus dem Brunnen zu schöpfen. Aus einem der Fenster rief eine Frau etwas herunter, unten im Hof lachte eine andere und antwortete. Ein Junge kam auf ihn zu und fragte nach seinem Begehr. Safwan bat darum, mit Atika sprechen zu dürfen.

»Atika ist nicht im Haus«, sagte eine Stimme in seinem Rücken.

Er drehte sich um und stand einem Mann mit kurzgeschnittenem dunklen Vollbart gegenüber. Er hatte ihn inmitten des lebhaften Treibens nicht kommen hören. Der Fremde gab dem Jungen ein Zeichen, und dieser verschwand mit einer scheuen Ehrbezeugung.

»Mein Name ist Amr ibn Qasim al-Masri.« Safwan bemerkte, wie der Mann ihn eingehend musterte, als wolle er die Kräfte eines Gegners abschätzen. Safwan verlagerte sein Gewicht.

Al-Masri, wiederholte er in Gedanken. Ein Ägypter also. Atika hatte Ägypten als Ziel ihrer Reise erwähnt. Er nannte seinen Namen und fragte: »Wann wird Atika wiederkommen? Es ist wichtig.«

Amr zuckte die Schultern. »Das weiß man nie. Wenn Frauen einkaufen gehen …« Er lächelte, doch es war ein hartes Lächeln, das seine Gefühle eher zu verbergen als zu offenbaren schien. Seine Augen lächelten nicht. »Aber falls du dich für sie interessierst, kannst du auch direkt mit Yusuf sprechen. Den Preis mußt du ohnehin mit ihm aushandeln.« Er hatte langsam gesprochen, und etwas Lauerndes hatte in seiner Stimme gelegen.

»Ich will sie nicht kaufen«, entgegnete Safwan hastig.

Die dunklen Augen des Ägypters weiteten sich. Sein Körper spannte sich, doch seinem Gesicht war keine Veränderung anzumerken. Nur sein Blick schien auf einmal noch schärfer.

»Yusuf wird bald abreisen«, erklärte Amr. »In wenigen Tagen will er nach Fustat aufbrechen. Du müßtest vorher wiederkommen, wenn du nicht jetzt auf Atika warten willst.« Aus irgendeinem Grund war sich Safwan plötzlich sicher, daß Amr ihn durchschaute. Der kurze Blick, den der Ägypter bei seinen Worten zum Tor warf, ließ keinen Zweifel daran. Amr hatte bemerkt, daß er in Eile war und nicht warten konnte.

»Fustat?« Safwan überlegte einen Augenblick. »Ich bin auch auf dem Weg dorthin.« Er sah sich um. Jeder Augenblick, den er hier verweilte, konnte die Berber hierherbringen.

Mit einem Mal weiteten sich Safwans Augen, und seine Finger krampften sich um seinen Gürtel. Um den Hals trug Amr eine goldene Kette, an der ein schwerer Anhänger hing. Es war ein Smaragd. Ein grünes Auge, um das sich zwei goldene Schlangen wanden. Dem Ägypter war die plötzliche Regung im Gesicht seines Gegenübers nicht entgangen. Beiläufig zog er die Jacke über das Amulett.

Safwans Gedanken überschlugen sich. Amr trug dasselbe

Amulett wie Atika. Er mußte der Mann sein, den sie schützte. Aber war dieser Mann ein Freund?

»Worum geht es?« Ein schmales Lächeln umspielte die Lippen des Ägypters. Safwan wurde heiß.

»Ich … es kann warten«, meinte er ausweichend.

»Hat Atika dir Fragen gestellt?« Diese Worte wurden schnell und in befehlendem Ton gesprochen.

»Atika? Nein, warum?«

Das Gesicht des Ägypters war gespannt wie das eines Raubtiers auf der Jagd. »Du kannst mir vertrauen. Es geht um ein Buch, nicht wahr?«

Safwan wand sich. »Ich möchte Atika nicht …«

»Mach dir keine Gedanken darüber.« Auf einmal veränderte sich der Klang seiner Stimme, verlor den lauernden Tonfall und begann auf eine merkwürdige Weise zu schwingen wie vibrierender Stahl. »Atika hat keine Geheimnisse vor mir.« Er zupfte leicht an seiner *Jubba*, so daß der Smaragdanhänger wieder für einen Augenblick zum Vorschein kam. »Aber das hast du sicherlich bereits erkannt, nicht wahr?«

Gegen seinen Willen schwand Safwans Widerstand. Die Stimme des Ägypters drang sanft, aber unnachgiebig in sein Inneres vor.

»Du kannst mir vertrauen«, sagte Amr. Safwan seufzte leise. Keinen Satz hätte er im Augenblick lieber hören wollen. Und was konnte falsch daran sein? Auch Atika vertraute diesem Mann. Safwans Wille wurde schwächer. Wenn Amr war, wofür er ihn hielt, hatte er ebenfalls Grund, die Berber des Usurpators zu fürchten. Aber während er selbst wie ein Feigling zitterte, schien Amr gelassen und völlig furchtlos zu sein.

Obwohl sich noch immer etwas in ihm sträubte, überwand Safwan seine Scheu. Wenn Amr ihm weiterhelfen sollte, mußte er ihm vertrauen.

»Es geht um ein Buch, das als ketzerisch gilt«, sagte er. Und ehe er darüber nachgedacht hatte, fügte er hinzu: »Um das *Buch des Smaragds*.«

Ein kaum merkliches Zucken lief über das ebenmäßige Gesicht des Ägypters. »Und weiter?«

Safwan hob die Augenbrauen. »Das möchte ich lieber mit Atika selbst besprechen.«

Amrs gelassenes Gesicht blieb ausdruckslos, als er entgegnete: »Nun, das respektiere ich. Du wirst uns also in Fustat treffen.« Er ließ offen, ob er damit meinte, daß Safwan dann allein mit Atika sprechen konnte.

»Yusuf wird eines der nächsten Schiffe nehmen«, sagte der Ägypter. »Für einen Mann wie ihn ist es der bequemste Weg. Freilich«, meinte er mit einer Betonung, die Safwan aufhorchen ließ, »für einen Mann, der mehr Wert darauf legt, unerkannt zu reisen, dürfte die Straße durch die Wüsten und entlang der nordafrikanischen Küste der bessere Weg sein.«

Safwan zwinkerte, als müsse er sich gewaltsam aus einem Bann lösen, in den ihn die Stimme des Ägypters gezogen hatte. Er tat einen Schritt zur Seite, um Platz für eine Wäscherin zu machen, die ihre Last an ihnen vorbei ins Haus trug.

»Wo werde ich Yusuf in Fustat finden?«

»Frag nach mir, sobald du dort bist.« Amrs Tonfall ließ keinen Widerspruch zu. »Mein Haus liegt etwas außerhalb. Von der Brücke bei Qasr asch-Schama' aus reitest du etwa zwei Meilen nach Süden, bis zu den Villen beim Abessinierteich. Du kannst es nicht verfehlen, jedermann dort kann dir den Weg weisen. Von mir wirst du erfahren, wie du Yusuf findest. Fustat ist eine sehr große Stadt. Da ist es gut, einen Freund zu haben, dem man vertrauen kann.«

Safwan befreite sich gewaltsam aus dem Zauber der dunklen Stimme. Für einen Moment kamen wieder Zweifel in ihm auf, doch er bezwang sie. Er fühlte sich erleichtert. »Ich danke dir«, sagte er. »Ich stehe in deiner Schuld.«

26

»Du hast mir versichert, ich könne mich auf ihr Wort verlassen!«

Amr stand hoch aufgerichtet im Raum. Der Sklavenhändler hatte sich an das einzige Fenster zurückgezogen. Er zerrte am Kragen seines Hemdes als würge ihn eine unsichtbare Hand. Hinter ihm hatte Fatima sich zu ihrer vollen Größe aufgerichtet, sichtlich entschlossen, sich von Amr nicht einschüchtern zu lassen. »Atika hat nicht geredet«, wiederholte sie.

»Das sagst du! Ich will mit dem Mädchen sprechen. Hol sie her! Sie soll mir ins Gesicht sagen, ob sie mich verraten hat oder nicht!«

»Amr, die meisten jungen Männer, die hierherkommen und eine Sklavin sprechen wollen, denken nicht gerade an verbotene Bücher«, beschwichtigte Fatima. Ihre safranfarbenen Schleier raschelten. »Warum sollte es bei diesem einen anders sein? Atika ist ein hübsches Mädchen, und sie war oft genug mit mir oder den anderen Sklavinnen in der Stadt. Sie hatte hinreichend Gelegenheit, einen Jüngling kennenzulernen. Ich habe es ihr selbst geraten. Es ist ein besseres Schicksal, als an einen alten Prasser verkauft zu werden. Anscheinend hat sie meinen Rat beherzigt.«

Amr trat dicht an sie heran. »Du weißt nicht, wovon du redest«, sagte er kalt. »Er selbst erwähnte das Buch. Und er war in Bedrängnis. Beim neunmal geschwänzten Teufel, ich weiß, wie ein verliebter Tölpel aussieht!« Amr schlug in plötzlich aufflammender Wut nach einer Fliege. »Die weibische Gefühlsduselei ist schlimmer als die Geißel Alkohol. Sie breitet sich verheerender aus als die Pest und rafft noch den Verstand der hoffnungsvollsten Männer dahin. Aber bei diesem jungen Mann waren keinerlei Anzeichen zu erkennen, daß er davon befallen wäre. Er sah sich im Hof um, als sei ihm die Garde des *Hajib* auf den Fersen. Kannst du dir vorstellen, was das für mich bedeutet? Zuerst die Sache mit Ali, der verhaftet wurde, weil er sich nach dem Buch erkundigte. Und jetzt das! Warum habt ihr nicht auf das Mädchen aufgepaßt!«

Die Wut, die in ihm kochte, mußte sich Amr eingestehen, galt zum größten Teil ihm selbst. Es war leichtsinnig gewesen, Ali nach dem *Buch des Smaragds* auszuschicken. Verflucht sei meine Torheit! dachte er. Nie zuvor hatte er sich seinen Gefühlen überlassen, wenn er einen Auftrag auszuführen hatte. Er hätte es besser wissen müssen. Wie alle Tyrannen war der *Hajib* mißtrauisch, und er war ein Narr gewesen, diese Gefahr zu unterschätzen. Das Scheitern seiner Pläne bedeutete einen weiteren Aufschub – weitere Nächte, in denen er schlaflos um den Lichtfunken in seinem Körper kämpfte, der von den Schatten aufgesogen zu werden drohte.

»Ich kann mich an einen Mann erinnern, auf den deine Beschreibung paßt«, sagte Fatima auf einmal. Sie wirkte plötzlich nachdenklich. »Wir trafen ihn gestern in der Großen Moschee. Ich stand nicht nahe genug, um seine Worte zu verstehen, doch ich sah, wie er auf Atika einredete. Sie wandte den Kopf ab. Ich bin sicher, sie ging nicht auf das ein, was er sagte. Da das Mädchen ihn wegschickte, habe ich die Sache nicht weiterverfolgt.«

Amr zwang sich zur Ruhe. Die Art wie ihm Atika von Beginn an ins Gesicht gesehen hatte, ohne seinem Blick auszuweichen, wollte ihn glauben lassen, daß sie ihren Schwur hielt. Dennoch, die Sache war zu gefährlich. Und er hatte bereits zuviel gewagt.

»Ich bin sicher«, wiederholte Fatima, »wenn er wirklich mit ihr über das Buch gesprochen haben sollte, hat sie ihm nichts gesagt.«

»Vielleicht aber hat nicht er sie danach gefragt, sondern sie ihn«, sagte Amr leise, mehr zu sich selbst. »Es wäre nicht das erste Mal, daß sie versucht, etwas über das *Buch des Smaragds* in Erfahrung zu bringen.« Er starrte einen Augenblick nachdenklich auf eine rotbemalte Keramikschale. »Vielleicht weiß er etwas über das Buch, oder besitzt es sogar?« Der junge Mann war nicht bereit gewesen, darüber Auskunft zu geben. Doch es gab andere Möglichkeiten, das herauszufinden. Die

Reise nach Fustat über Land war weit. Und Amr verfügte noch über genügend Männer, die ihm treu ergeben waren.

Abrupt wandte er sich an Yusuf. »Du hättest besser aufpassen müssen. Ich kann es mir nicht leisten, daß das Mädchen an jemanden verkauft wird, der das Geheimnis aus ihr herauspreßt.« Er machte eine Pause.

»Wieviel willst du für sie?«

Amr sah in Yusufs überraschtes Gesicht. Die Frage war so schnell über seine Lippen gekommen, daß ihm erst nachträglich bewußt wurde, was er gesagt hatte. Ein gleißender Lichtstrahl fiel durch das schmale Fenster auf sein Gesicht. Er zuckte zusammen, wie vom Blick eines mächtigen und zornigen Gottes getroffen.

Amr wich den Blicken des Sklavenhändlers und seiner Aufseherin aus. Als er Atika beobachtet hatte, während der Berbergeneral um sie feilschte, hatte sich der Gedanke in seinem Kopf festgesetzt, und seither pochte er unerbittlich wieder und wieder in seinen Schläfen. Er hatte die Schamröte in ihrem Gesicht gesehen, und wie sie ihr langes rotblondes Haar trotzig nach hinten geworfen hatte. Und dieses Bild hatte er nicht mehr vergessen.

Er hätte sich darüber hinwegsetzen und frei sein müssen. Frei von Leidenschaft. Frei vom Fluch der Körperlichkeit. Frei von den nächtlichen Kämpfen gegen sich selbst, wenn er aus wirren Träumen aufschreckte. Doch anstatt seine Frage zurückzunehmen, stellte er sie noch einmal, nun leiser: »Wieviel?«

Yusuf wollte antworten, als Fatima ihm das Wort abschnitt. »Wenn es die Wahrheit ist, daß die Berber dem jungen Mann auf den Fersen sind«, meinte sie, »solltest auch du keinen Augenblick länger in der Stadt bleiben. Zuerst hat man einen Bibliothekar wegen des Buches verhaftet, dann Ali, und jetzt ist man diesem Jüngling auf der Spur. Eine Sklavin wäre dir im Augenblick nur hinderlich. Du mußt schnell reisen. Auf unserem Weg wird Atika nicht mit vielen Leuten sprechen und schon gar nicht verkauft werden. Wer soll sie auf dem Schiff schon sehen? Das hat doch Zeit, bis wir in Fustat sind.«

162

Amr schwieg. Das Gesicht der Aufseherin war angespannt. Aber sie hatte recht. Es gab zudem etwas anderes, was seine Männer auf dieser Reise erledigen mußten. Auch wenn Fatima davon nichts ahnen konnte, Atika wäre ihm in der Tat hinderlich, wenn er diesen Auftrag erteilen würde.

»Dann eben in Fustat«, sagte er kalt. Nur das leichte Beben seiner Stimme verriet seine Erregung. »Aber ihr werdet das Mädchen bis dahin im Auge behalten! Wer auch immer sich für sie interessieren sollte, ihr weist ihn ab. Haben wir uns verstanden?«

Yusuf nickte eilig, und auch Fatima senkte zustimmend den Kopf. Amr verharrte einen Augenblick, dann wandte er sich um und verließ den Raum.

27 Atika seufzte und hob die Augen von ihrem Buch, um einen unwilligen Blick auf die Wandteppiche und das Holzgitter des Fensters daneben zu werfen.

Im Aufenthaltsraum hinter ihr fielen soeben fünf Mädchen lachend über einen Korb her, den Fatima soeben aus der Stadt mitgebracht und auf dem Boden abgestellt hatte. Den Gerüchen nach zu urteilen, die sich auszubreiten begannen, handelte es sich bei dem Inhalt um verschiedene Parfümflakons. Wahrscheinlich waren auch *Kuhl*stifte darin, vielleicht Henna und eines jener duftenden Öle, mit denen man Dinge anstellen konnte, die Atika noch immer nicht ganz durchschaute.

Sie drehte den Kopf über die Schulter, um die Mädchen zu beobachten. Amina hatte ihren Kamm und Khansa ihre Laute beiseite gelegt, um die Fläschchen und Tiegel in Fatimas Korb zu durchwühlen und aufgeregt durcheinanderzureden. Atika ließ ihr Buch sinken, doch sie stand nicht auf, um zu den anderen hinüberzugehen. Sie mußte sich eingestehen, daß keineswegs das Lachen schuld daran war, wenn sie sich nicht auf das *Buch der Geizigen* zu konzentrieren vermochte. Immer wieder

163

fragte sie sich, warum sie Safwan nicht längst abgewiesen hatte. Der Gedanke, ihn morgen wiederzusehen, lenkte sie von den Buchstaben des *Kitab al-Buchala* ab.

Amina kam mit ihrer Ausbeute herüber. Einen ihrer schwarzen Zöpfe warf sie mit einer ungestümen Kopfbewegung nach hinten. Ihr Kittel und die weiten Hosen in dem hellen Rot saßen wie immer tadellos und bildeten einen reizvollen Kontrast zu ihrer dunklen Haut. »Sieh dir an, was Fatima uns mitgebracht hat!«

Atika klappte ihr Buch zu, richtete sich in den Kissen auf und schlüpfte in ihre Schuhe.

»*Kuhl*stifte, und das da ist Parfüm, und hier ist ein Öl, mit dem man sich die Zöpfe einreiben kann, riech mal, es duftet nach Jasmin! Wenn du mir die Augen schminkst, parfümiere ich deine Haare, willst du? Den ganzen Tag nur alleine über deinen Büchern zu sitzen, langweilst du dich eigentlich nicht?«

Atika stellte fest, daß ihre eigenen Hosen vom Lesen auf der weichen *Suffa* zerknittert waren. Sie öffnete das Fläschchen, das Amina ihr hinhielt, und ein starker Jasminduft stieg ihr in die Nase.

»Gib her, ich mache das.« Amina nahm ihr den Flakon aus der Hand. »Du solltest weniger lesen und etwas mehr Anstrengung darauf verwenden, einen reichen Jüngling zu verzaubern. So einen wie den, der Layla gekauft hat. Sumayya hat sich vor lauter Neid mit Leibschmerzen ins Bett gelegt. Und Khansa ist nur noch damit beschäftigt, sich die Augenbrauen zu zupfen und zu schminken.« Sie begann an den vielen kleinen Zöpfen zu ziehen, in die Atika ihr helles Haar geflochten hatte. Ohne sich um deren abweisenden Gesichtsausdruck zu kümmern, fuhr sie fort, die Vorzüge reicher Jünglinge zu preisen: »Wenn du es klug anstellst, bietet dir so ein Mann ein Leben in Luxus und Wohlstand. Und wenn du ihm den ersten Sohn gebierst, läßt er dich frei und nimmt dich zu seiner rechtmäßigen Ehefrau.«

Atika zuckte die Schultern und spöttelte: »Und die beiden Ehefrauen und fünf Sklavinnen, die er schon hat, jagt er zum Teufel?«

Amina ließ einen der vielen kleinen Zöpfe los, und ein Tropfen Öl fiel von ihrer Hand auf Atikas Nacken. Er perlte langsam zwischen ihren Schulterblättern hinab. »Aber nein! Sogar in deinen Büchern steht doch, daß ein junger Mann, wenn er sich der Liebe zu einer Sklavin verschrieben hat, nur diese eine Frau verehrt!«

»Ja, zumindest so lange, bis er sich der nächsten zuwendet!« Atika schob die Frage beiseite, wie Safwan al-Kalbi über dieses Problem denken mochte. »Oder bis seine Ehefrau einen Prozeß gegen ihn anstrengt und wegen Vernachlässigung auf Scheidung klagt, oder auf Verstoßung, wie das hierzulande heißt!«

Amina gab ihr einen leichten Klaps in den Nacken. »Ach, du bist so gräßlich vernünftig, und das, obwohl du diese ganzen Bücher liest! Dabei geht es doch in den meisten davon nur um die Liebe!«

Atika griff nach dem Buch, das noch neben ihr lag und nahm ein schmerzhaftes Zerren in Kauf, als sie sich nach vorne beugte. »In dem Buch, das ich im Moment lese, geht es bisher nur um Geizkragen«, meinte sie nüchtern. Und halb im Scherz, halb nachdenklich setzte sie hinzu: »Aber vielleicht kommt das mit der Liebe ja noch, und ich bin einfach noch nicht weit genug.«

»Nicht weit genug!« Amina lachte laut auf. »Was erwartest du denn?«

Atika schüttelte den Kopf und ignorierte weiter das Gezerre an ihren Zöpfen. »Ich spreche von dem Buch!«

»Wahrscheinlich wartest du darauf, daß dich ein schöner Jüngling aus den Klauen eines finsteren *Werbers* rettet!« zog Amina sie auf.

Atika hob den Kopf. »Eines *Werbers*?«

»Halt den Kopf still!« befahl Amina. »In welcher Welt lebst du denn, Atika? In ganz Córdoba scheint es in diesen Tagen nur zwei Themen zu geben: die Bücherverbrennung und die *Da'is* der Ismailiten. Ist das nicht aufregend? Irgendwo da draußen schleichen diese dunklen Krieger durch die Gassen, machen

ihre Adepten gefügig und richten sie heimlich zum Meuchel-
mord ab!«

Atika brach in lautes Lachen aus. Es klang künstlich, doch es
kam so plötzlich, daß die eingeölten Zöpfe Amina aus der Hand
glitten und auf Atikas Rücken fielen.

»Du solltest Märchenerzählerin werden! Wahrscheinlich
gibt es sie nicht einmal, die schrecklichen *Da'is* des Kalifen von
Ägypten! Und wenn doch, dann sind es sicher nur ein paar
freundliche alte Männer, die keiner Fliege etwas zuleide tun.
Um aus diesen Klauen gerettet zu werden, brauche ich keinen
Jüngling!«

Sie wandten gleichzeitig die Köpfe, als Fatima den Raum
betrat und mit einem lauten Klatschen auf sich aufmerksam
machte.

»Packt eure Sachen!« wies sie die Mädchen an. »Wir brechen
in den nächsten Stunden nach Afrika auf.«

Während die anderen schon in den Schlafraum liefen, stand
Atika noch unschlüssig im Raum. Sie wartete, bis Fatima auf
sie zukam. Dann fragte sie leise: »Was ist geschehen?«

Die alte Dienerin raffte ihre bunten Schleier um den Körper,
als friere sie und schüttelte den Kopf. »Es wird Zeit aufzubre-
chen.« Mehr war sie sichtlich nicht bereit zu sagen. Nach einer
Pause jedoch warf sie Atika einen forschenden Blick zu. »Wußtest du, daß Amr dich kaufen will?«

»Amr?«

Atika starrte sie mit weit geöffneten Augen an. Irgendwo in
ihr war eine Saite ins Schwingen geraten. Sie erinnerte sich
daran, wie er in der Tür gestanden hatte, als Ziri sie in Augenschein genommen hatte. Ging es um ihr Wissen – oder um sie
selbst? Sie schüttelte den Kopf.

»Nein«, sagte sie leise, »nein, das wußte ich nicht.« Hatte sie
sich in ihm getäuscht? Amr hatte sie nie spüren lassen, daß sie
für ihn eine Sklavin war. In seiner Gegenwart hatte sie sich frei
gefühlt. Obwohl es eine seltsame, angenehme Erregung in ihr

auslöste, kam es ihr doch beinahe wie Verrat vor, daß ausgerechnet er sie kaufen wollte.

»Pack deine Sachen«, sagte Fatima nach einer erneuten Pause. »Bis Fustat ist es noch weit, und wir werden lange unterwegs sein. Bevor wir Ägypten erreicht haben, wird ohnehin keine Sklavin den Besitzer wechseln.«

Atika folgte ihr durch die Verbindungstür in den Schlafraum der Sklavinnen. Ägypten, dachte sie. Safwan würde morgen in der Moschee umsonst auf sie warten. Langsam ließ sie sich auf ihr Bett sinken und stützte den Kopf in die Hände. Sie schluckte, um das unangenehme Gefühl in ihrem Hals loszuwerden. Vergeblich.

28 Safwan griff nach dem Arm seiner Mutter, während er der kräftigen Gestalt seines Vaters über den Hof zum Pferdestall folgte. Sie ließ ihn gewähren. Nachdem sie gestern nach seiner Ankunft alle Drohungen und Verwünschungen ausgesprochen hatte, die ihr zu Gebote standen, musterte sie ihn nun beinahe liebevoll. Safwan nahm es kaum zur Kenntnis. Er starrte stumm auf den Kiesboden. Der Himmel hatte sich bedeckt.

Er hatte das Gut seiner Eltern nach weniger als zwei Tagen erreicht. Der Vater hatte die Ursache seines Kommens zunächst mit eben der Heftigkeit aufgenommen, die Safwan befürchtet hatte. Er war wild gestikulierend durchs Zimmer gelaufen und hatte entsetzliche Verwünschungen gemurmelt. Sein breiter Körper, kleiner als der Safwans, war agiler als man aufgrund seines Alters angenommen hätte. »Das ist nicht mein Sohn!« hatte er, mit den Fingern durch sein stahlgraues Haar fahrend, wieder und wieder gerufen. »Was wird man über uns sagen!«

Die Mutter hatte stumm im Hintergrund gestanden und ihre streng geflochtenen ergrauten Zöpfe zwischen den Fingern gedreht. »Was hast du deinem Vater nur angetan!« rief sie, als Safwan seine Erzählung beendet hatte. Sie war höher gewachsen als ihr Mann und richtete sich zu ihrer vollen Größe auf. Safwan sah sie bedrückt an. Sie strich mit der flachen Hand über den Seidenbrokat ihres Kleides als könnte sie so die Schande abwischen. »Du solltest dieses Haus nie mehr betreten dürfen!«

Der Vater hielt inne und schob das glattrasierte Kinn nach vorne. »Laß doch, das ändert auch nichts mehr«, sagte er unwillig an seine Frau gewandt. Die Falten um seinen Mund und auf seiner Stirn schienen sich vertieft zu haben, als er sich wieder an seinen Sohn richtete: »Kannst du mir sagen, was du nun zu tun gedenkst?«

Safwan unterbreitete dem Vater mit aller Scheu, die er diesem gegenüber noch immer an den Tag legte, seinen Plan: Er würde nach Fustat gehen. Dort könne er bei seinem Onkel Musa wohnen und versuchen, Atika wiederzusehen und so die Spur zum *Buch des Smaragds* verfolgen. Nach der Begegnung mit Amr war er sicher, in der Hauptstadt der Ismailiten mehr über das Buch herausfinden zu können. Wenn er beweisen konnte, daß dieses kein Ketzerwerk war, würde er seine Ehre wiederherstellen können.

Der Vater mußte zögernd zugeben, daß der Vorschlag vernünftig war. Schließlich versprach er Safwan, ihm ein Pferd auszusuchen, damit sein Sohn gleich am nächsten Morgen aufbrechen könne. Safwan sprang auf. »Ich werde dich nicht enttäuschen«, schwor er. Als sich der ernste Ausdruck im Gesicht des Vaters abmilderte, fühlte Safwan sich so erleichtert, als habe er den schwierigsten Teil der Prüfung, die ihm auferlegt war, bereits hinter sich gebracht. Auch die Mutter lenkte letztlich ein und schloß ihren Sohn in die Arme.

Tags darauf ging die Mutter gegen ihre Gewohnheit mit den Männern in den Stall. Der Vater befahl dem Reitknecht, das gewünschte Pferd vorzuführen, und während der Mann die Stute holte, schwiegen Vater und Sohn. Doch es war kein unangenehmes Schweigen mehr. Die Mutter redete mit gedämpfter Stimme auf Safwan ein, überlegte, was er alles benötigen würde. Dieser ließ sich, ohne im einzelnen zuzuhören, auf einem Heuballen nieder. Das scharrende Geräusch der Hufe auf Stroh und der warme Geruch nach Heu und Lederfett lullten ihn ein.

Als der Reitknecht mit einer schönen Grauschimmelstute zurückkam, erhob sich Safwan. Das Tier tänzelte nervös, während der Knecht es an der losen Leine hielt. Durch die offene Tür fegte ein Windstoß herein.

»Das Wetter verschlechtert sich.« Safwan warf einen Blick hinaus auf den grauen Himmel, an dem sich Wolken türmten wie einander jagende Reiterscharen. »Es wird regnen. Hoffentlich komme ich gut voran.«

»Dieses Pferd wird dich bis ans Ende der Welt tragen«, sagte der Vater. Das warme Licht des Stalls verlieh seinem stahlgrauen Haar eine sanfte Note. Ein fremder Ausdruck lag auf seinem Gesicht. »In Afrika wirst du ein Kamel nehmen. Du kannst mir die Stute von dort aus zurückschicken. Der Mann, von dem du mir erzähltest, dieser Amr, hat recht: Wer etwas zu verbergen hat, reist besser durch die Wüste nach Fustat, wo kein neugieriger Seemann Fragen stellt.«

Plötzlich scheute die Stute zurück. Sie machte in der engen Stallgasse einen Satz zur Seite, der den Reitknecht beinahe von den Füßen gerissen hätte. Safwan sprang hinzu und faßte das Halfter. Mit leisen Worten beruhigte er das aufgeregte Tier. Dann drehte er sich zur offenen Tür.

Der Mann, der hereintrat, war schmutzig und abgehetzt. Seine Kleider hingen, von Schweiß und Straßenstaub befleckt, lose an seinem Leib. Über eine Wange zog sich eine Schmutzspur. Sein Gesicht wirkte schmal. Frische Regentropfen zogen sich wie Tränenspuren über die staubige Haut. Der Mann hatte offenbar einen langen und eiligen Ritt hinter sich. Die Zügel seines Pferdes hatte er draußen einem Diener in die Hand gedrückt. Noch immer hoben und senkten sich die Flanken des Tiers in schnellem Rhythmus.

Safwans Augen weiteten sich. Er kannte den Mann. Es war einer von Umars Sklaven.

Mit einer Kopfbewegung bedeutete der Vater dem Reitknecht, den Stall zu verlassen. Dann befahl er dem Mann, zu sprechen.

Dieser schien unschlüssig, ob er seine Botschaft an den Vater oder an den Sohn richten sollte. »Umar läßt dir sagen«, sprach er schließlich Safwan an, »daß du auf keinen Fall nach Córdoba zurückkehren sollst. Mein Herr teilt dir mit, daß gleichsam das Jüngste Gericht in der Stadt angebrochen ist. Euer Freund Nabil wurde hingerichtet und seine Leiche an den Ufern des *Wadi l-Kabir* zur Schau gestellt.«

Safwans Beine gaben nach. Langsam ließ er sich auf einen Sattelbock sinken. Die Stimme des Boten klang seltsam dumpf in seinen Ohren, wie durch dicken Stoff gedämpft.

»Er hat bis zuletzt geleugnet, mit der Verschwörung zu tun zu haben«, fuhr der Bote unsicher fort, »doch man brachte ihn hinaus zum Fluß, schlug ihm den Kopf ab und hängte seine Leiche all denen zur Warnung auf, die mit den Ismailiten sympathisieren.«

Es dauerte einige Zeit, ehe Safwan fähig war, auch den zweiten Teil der Botschaft aufzunehmen:

Ein Ägypter mit dem Auftrag, den *Hajib* zu töten, war verhaftet worden. Der Vorfall hatte der Furcht des Usurpators neue Nahrung verschafft. Nur zu gerne glaubte er daher, daß Nabil mit jener Verschwörung zu tun hatte. Und so war es für Ziri ein leichtes gewesen, den *Hajib* davon zu überzeugen, daß die Ketzer aus dem Süden Verbündete in der Stadt hätten. Und daß einer von ihnen Safwan al-Kalbi sei. Der *Hajib* habe beinahe sehnsüchtig nach weiteren Verschwörern Ausschau gehalten. Safwan solle deshalb so schnell wie möglich al-Andalus verlassen und nach Fustat in ein vorläufiges Exil gehen. Die Anklage, die man gegen ihn vorgebracht habe, bedeutete seinen sicheren Tod, falls man seiner habhaft würde.

Safwan war auf einen Sattelbock gesunken. Er war wie gelähmt. Vor seinem inneren Auge erschien das Gesicht Nabils, wie er es zuletzt im Kerker gesehen hatte, schmutzig und abgemagert. Und immer wieder klangen seine letzten Worte in ihm nach: *Und wenn das* Buch des Smaragds *doch ein Ketzerwerk wäre?*

»Du reist sofort nach Fustat ab!« Die Stimme seines Vaters durchschnitt die Stille wie ein Schwert. »Dort wirst du bei Musa wohnen.«

Safwan nickte wie in Trance. Um ihn entstand ein lebhaftes Treiben: hastig hervorgestoßene Befehle des Vaters, plötzlich überall geschäftig hin und her eilende Sklaven, nervös tänzelnde Pferde. Der Reitknecht sattelte die Stute, während Safwan untätig inmitten des Treibens vor sich hin starrte. Das Pferdegeschirr klirrte, leise klatschten die Lederriemen des Sattels aufeinander, die Stute kaute auf dem Gebiß und machte eine unwillige Bewegung, als der Sattelgurt festgezogen wurde und der Reitknecht die Zügel über ihren Hals warf. Safwan nahm nur undeutlich wahr, wie seine Mutter ihn in die Arme schloß, und ihr Klagen drang nur gedämpft zu ihm vor. Er hörte, wie sein Vater draußen nach den Sklaven rief, doch er verstand nicht, was er ihnen befahl. Ein Knecht schloß die Riemen, mit denen die Satteltaschen befestigt wurden. Die Zeit verging schnell und langsam zugleich. Noch immer war Safwan unfähig, das Geschehene zu begreifen.

Er verließ das Landgut seiner Eltern durch den Mandelhain, und gelangte auf die Straße, die nach Süden führte – nach Afrika. Anfangs fiel der Regen noch sturzflutartig, nach einer Weile jedoch ging er in ein sanftes Nieseln über. Noch standen die Sterne, die die Niederschläge brachten, im Zenit, doch die trockene Jahreszeit würde bald beginnen. Langsam, aber unaufhaltsam verwischte der Regen die Konturen des Landguts, sie verschwammen wie Schriftzüge auf allmählich verwitterndem Felsgestein. Auch Safwans altes Leben schien er mit abzuwaschen, es wurde nach und nach unkenntlich. Wäre der einsame

Reiter ein Dichter gewesen wie seine Ahnen, die einst die arabischen Wüsten durchstreift hatten, hätte er sein Pferd gezügelt und die Spuren befragt. Doch stumm lag die Landschaft im sanften Regen, gab keine Antwort. Und in Safwans Kopf kreiste nur eine einzige Frage, schlängelte sich darin wie eine Viper: *Und wenn das* Buch des Smaragds *doch ein Ketzerwerk wäre?*

Teil 2 *Rahil – Die Reise*

Der Rand der Welt

*Ich erklomm den Aussichtspunkt
auf einem kahlen Hügel in der Wüste,
dessen schwarzer Staub tief über den Wegzeichen hängt.
Ich kam erst herab,
als die Sonne ihre Hand in die Staubdecke webte,
und Dunkelheit die Wegzeichen an den Grenzen verbarg.*

Labid ibn Rabi'a

1

Der Nachmittag war bereits angebrochen, als sie die gelbliche Linie des afrikanischen Strands in der Ferne ausmachen konnte. Der Wind peitschte das Meer mit kurzen Stößen zu dicht aufeinanderfolgenden, schaumgekrönten Wellen auf. Tief am Himmel über der See jagten dunkle Wolken zum Horizont. Unsichtbare Strömungen schienen Wasser und Wolkengebilde gleichermaßen dorthin zu ziehen und vom Rand der Welt ins Bodenlose stürzen zu lassen. Die Luft war feucht und roch schwerer als in Córdoba. Beinahe zwei Wochen waren seit ihrem Aufbruch aus al-Andalus vergangen. Atika stand neben Fatima auf dem hohen Heck des Schiffs und wandte die Augen nicht von der Küste. Hinter ihnen ragte einer der drei Masten auf. Die dreieckigen Segel blähten sich im Wind.

»Wir haben Raschid fast erreicht«, bemerkte Fatima neben ihr. »Endlich kommen wir von diesem Schiff herunter. Yusuf muß uns noch beim *Qadi* und beim *Wakil at-Tujjar* melden. Aber morgen, schon nach dem ersten Gebet, werden wir nach Fustat aufbrechen können. Noch einige Meilen auf dem Flußboot, dann sind wir am Ziel. Siehst du da vorne die Mündung? Das ist der Nil.«

Die Reise nach Afrika war beengt gewesen. Zusammengepfercht harrten sie in einem kleinen Raum unter Deck aus. Die erdrückende Enge des Zimmers schlug auf die Stimmung der Mädchen über. Aischa saß, die Arme fest um die angewinkelten Beine geschlungen, in einer Ecke und starrte vor sich hin. Auch die anderen Sklavinnen waren ungeduldig und gereizt, gerieten wegen eines Haarbandes oder einer Puderdose in Streit, und so floh Atika schließlich an Deck. Der Wind ließ sie freier atmen und die Hitze weniger stark empfinden.

»In Yusufs Haus werden wir mehr Platz haben als in Córdoba und auf dem Schiff«, fuhr Fatima fort.

»Bis wir verkauft werden, werden wir dort noch alle zusammensein, nicht wahr?« fragte Atika leise.

Die Aufseherin setzte zu einer Antwort an, als unter Deck plötzlich Tumult entstand. Atika hob den Kopf. Zunächst ver-

175

nahm sie nur ein diffuses Gewirr von Stimmen, ehe sie einzelne davon zuzuordnen vermochte. Die ruhige Stimme war die von Sumayya, die andere, erregtere gehörte Aischa. Fatima löste sich überraschend behende von der Reling und verschwand unter Deck. Atika hörte sie nach Yusuf rufen, kurz darauf vernahm sie ein lautes Aufschluchzen. Sie zögerte einen Augenblick, ehe sie Fatima zu der engen Treppe folgte, die ins Innere des bauchigen Schiffs führte.

Als sie die Stufen herunterkam und die Tür zur Kabine der Frauen öffnete, schlug ihr ein Schwall verbrauchter, parfümgeschwängerter Luft entgegen. Die Teppiche waren wüst beiseite getreten worden, die Kissen durcheinander geraten. Fatima hielt Aischa in den Armen und redete auf sie ein, Sumayya stand mit großen Augen daneben. Die anderen Mädchen hielten sich im Hintergrund. Khansas Gesichtsausdruck verriet, daß sie am liebsten selbst in Tränen ausgebrochen wäre. Aischas Gesicht war tränenüberströmt, in kurzen Abständen durchlief ein Zukken ihren Körper. Ihr lautes Schluchzen war in ein kaum hörbares Wimmern übergegangen. Atika fröstelte.

»Sie hat ganz plötzlich damit angefangen«, erklärte Sumayya, an die Dienerin gewandt, in ihrem noch immer gebrochenen Arabisch. »Plötzlich schrie sie, sie will nicht in Fustat verkauft werden, sie will nach Hause. Ich weiß nicht, was sie noch alles sagte. Sie hat um sich geschlagen, als ich sie trösten wollte, wie eine Besessene.« Fatima redete auf das zuckende Bündel in ihren Armen ein, wiederholte beschwörend immer wieder dieselben Sätze: »Du brauchst keine Angst zu haben, dir wird nichts geschehen, man wird dich gut behandeln.«

»Ich habe ihr gesagt, daß sie keine Angst haben muß«, beteuerte Sumayya. »Ich habe noch gesagt, mein Vater war viel strenger als Yusuf. Sie hat sogar nach mir geschlagen, als sie so zu toben begann.«

Fatima warf einen Blick auf die leichte Schwellung, die sich unterhalb von Sumayyas Auge gebildet hatte. »Es ist nicht deine Schuld, ich weiß. Um dein Auge kümmere ich mich gleich.«

Yusuf drängte an Atika vorbei in den Raum. Aischas Wimmern verstummte abrupt, und ihr Körper hörte auf zu zucken. Atika bemerkte den angespannten Ausdruck in Yusufs Gesicht. Auf seiner Stirn standen Schweißperlen, er war blaß. Der Sklavenhändler wechselte einen Blick mit Fatima, dann sagte er, an das Mädchen gewandt: »Wir werden einen Käufer finden, der dich gut behandelt. Du brauchst keine Angst zu haben.« Er sah sich unschlüssig um, unsicher, ob er gehen oder bleiben solle. Dann wandte er sich zum Ausgang. Als er an Atika vorbeiging hörte sie, wie er mehr zu sich selbst als zu Fatima sagte: »Ich hoffe, es ist das letzte Mal, daß wir diese Fahrt machen. Nächstes Jahr, *inscha'allah*, werden wir in Fustat bleiben.«

Atika stieg die Treppe wieder empor und lehnte sich aufatmend an die Reling. Nach einer Weile folgte Fatima ihr. Die alte Frau blickte ihr prüfend ins Gesicht.

»Du mußt keine Angst haben«, sagte sie kurz. »Sehr wahrscheinlich wird Amr dich kaufen wollen. Wenn du einverstanden bist, kannst du dir den Sklavenmarkt ersparen.«

Allmählich wurde die Stadt Raschid am Ufer sichtbar, wo sich Palmwäldchen und Sandflächen miteinander abwechselten. Der Strand schimmerte in verschiedenen Farben – gelb, grün, rot und braun. Das Wesen der Landschaft schwankte unentschlossen zwischen Dürre und schwelgender Fruchtbarkeit. Das verwirrende Spiel erschien Atika wie der Spiegel ihrer eigenen Unschlüssigkeit. Sie spürte einen stechenden Schmerz in ihren Schläfen.

»Seit wir Andalus verlassen haben, bist du sehr still. Hättest du es vorgezogen, dort an einen Mann deiner Wahl verkauft zu werden?«

Atika starrte auf das Land und biß sich auf die Lippen. »Nein«, sagte sie dann schwach. Je eher sie den Augenblick mit Safwan im Moscheehof vergaß, desto besser. Zwischen ihnen lagen tausende von Meilen. Sie würde ihn nie wiedersehen.

»Daß Amr sich für mich interessiert, ist ein Glück, das ich nie zu erhoffen wagte. Ich habe nur …«, sie bemühte sich, einer inneren Unruhe Herr zu werden. Wie lebte man im Haus eines Mannes wie Amr? Hatte er noch mehr Sklavinnen?

»Ich kenne ihn ja kaum«, sagte sie schließlich. »Das ist alles.« Wieder richtete sie die Augen auf das Ufer. An der Küste, wo die Luft über dem erhitzten Boden flimmerte, schien eine Geisterwelt aus Licht und Feuer zu liegen, deren Konturen nur zu erahnen waren. *Wer ihr Gebiet betritt, ohne sie um Erlaubnis zu bitten, den strafen sie hart.* Atika schüttelte die Gedanken an Safwan ab.

Fatima folgte ihrem Blick. »Früher glaubte man, die Wüste jenseits der fruchtbaren Ebene sei Geisterland.«

»Geisterland?« Atika preßte die Lippen zusammen. »Das Land der *Jinn*?« Safwan hatte ihr die Geschichte von den Luftgeistern zu Ende erzählen wollen. Doch dazu würde es nicht mehr kommen. Ihre Brust schnürte sich zusammen.

Die Stille des offenen Meeres wurde jäh unterbrochen, als das Boot die Hafeneinfahrt passierte, hinter der sich Raschid, das die Christen Rosetta nannten, erhob. Zahllose Masten ragten dichtgedrängt hinter den Mauern des Hafenbeckens empor. Die dreieckigen Lateinsegel, wie sie die Araber benutzten, waren hier kaum häufiger als die quadratischen Tücher aus grobem Leinen, die Atika aus ihrer Heimat kannte. Auch die Zufahrt zum Meer war von Schiffen bevölkert. Die Matrosen grüßten einander im Vorbeifahren. Einer rief ihr eine Bemerkung zu, die sie nicht verstand. Unsicher klammerte sie sich an die Reling.

Als sie sich der Kaimauer näherten, kniff Atika die Augen zusammen, um die Menschen besser zu erkennen, die das Ufer gleich bunten, geschäftigen Ameisen bevölkerten. Einer allerdings stach deutlich aus der Menge hervor und fesselte ihre Aufmerksamkeit.

Es war ein Mann auf einem edlen braunen Pferd. Er trug dunkle Gewänder aus einem sehr leichten Stoff. Ein indigofarbenes Kopftuch war eng um sein Haupt geschlungen und bedeckte sein Haar und einen Teil des Gesichts. Wahrscheinlich ein Beduinenfürst, dachte Atika. Fatima hatte ihr von den Beduinen erzählt, von den aufrechten Jägern und Rittern der Wüste. Oft hatte sie von diesen Männern gesprochen, wenn ihr Schützling wieder einmal die Enge des Schiffs nicht ertragen hatte. Atika beugte sich weit über die Reling, um genauer hinzusehen. Das Pferd des Mannes, der wenige Schritte hinter dem Landungssteg des Sklavenschiffs an der Hafenmauer wartete, tänzelte unruhig.

Es war eine Bewegung des aufrechten Körpers, die ihr bekannt vorkam, noch ehe sie seine Züge ausmachen konnte. Das Schiff hatte den Pier erreicht, und die Matrosen schleuderten ihre Taue nach den gewaltigen Pollern. Der Reiter warf einen Blick in ihre Richtung, er hatte sie bemerkt. Das dunkelblaue Kopftuch gab nur die Augen und die gekrümmte Nase frei, doch sie wußte längst, wer er war.

»Amr«, murmelte Atika. Fatima griff nach ihrem Arm, um sie von der Reling wegzuziehen, doch Atika konnte noch gut erkennen, wie Yusuf von Bord sprang und auf den Ismailiten zuging.
»Was tut Amr hier?« Sie fixierte Fatima. Die alte Frau strebte mit gleichgültigem Gesicht den anderen Sklavinnen zu, welche sich nun laut durcheinanderredend an Deck einfanden. Der Ausdruck der Aufseherin blieb unbewegt. »Yusuf ist dein Herr, er kann verkehren, mit wem er will. Und auch Amr ist ein freier Mann. Wahrscheinlich war er auf der Jagd.« Sie warf einen Blick hinunter auf den Pier und zuckte die Achseln. »Viele Leute tragen solche Kleider, wenn sie zur Jagd gehen.«

Ihrem herausfordernden Blick, der Atika offensichtlich an ihre Stellung erinnern sollte, hielt diese stand. »Du hast mir nicht gesagt, warum er mich kaufen will. Wahrscheinlich befürchtet er, mir zu sehr vertraut zu haben und will nun sichergehen, daß ich schweige.« Sie starrte zu den anderen Sklavinnen hinüber, die sich bereits in Bewegung setzten, um über den hölzernen Steg an Land zu gehen.

»Wäre das nicht die beste Lösung?« erwiderte Fatima. »Ich sehe, du hast ein wenig Angst. Das ist ganz natürlich, es wird sich mit der Zeit geben. Und du verdankst ihm bereits dein Leben.«

»Du hast einmal gesagt, dieser Mann sei gefährlich und nicht der richtige Herr. Weder für mich, noch für eine andere«, sagte Atika.

Das Schiff hatte inzwischen angelegt, und sie schob sich an Sumayya vorbei, um auf den Pier zu springen. Die hilfreich ausgestreckte Hand eines Sklaven ignorierte sie und lief zielstrebig über den Steg ans Ufer. Schließlich drängte sie sich wieder zu Fatima, die hinter ihr, auf einen Sklaven gestützt, an Land gegangen war.

»Vielleicht ist er überhaupt nicht meinetwegen hier. Ein *Werber* wie Amr«, sagte sie, wobei sie jedes Wort betonte, »dürfte für jede Nachricht aus dem Kalifat von Córdoba empfänglich sein. Und ein Sklavenhändler«, setzte sie langsam hinzu, »dürfte über Nachrichten verfügen, die einem *Da'i* von großem Nutzen sein könnten. In einem belebten Hafen wie diesem würde es niemandem auffallen, wenn zwei solche Männer ihre Nachrichten austauschen.«

»Du lernst schnell. Aber du solltest nicht zuviel denken.« Es klang beinahe ein wenig besorgt.

Atika suchte unwillkürlich die Nähe der anderen Mädchen, die sich an der Hafenmauer am Ende des Stegs gesammelt hatten. Edle Ägypter, reiche Kaufleute in Kleidern aus golddurchwirktem *Dabiqi*-Leinen, wichen halbnackten schwitzenden Sklaven aus, die Waren in Säcken oder Kisten an Land schleppten. Der trockene Duft von Rohseide, der von einer Ladung Stoffballen ausging, wurde schwächer, als der Sklave sich mit seiner Last entfernte. Dunkle Jemeniten mit furchteinflößenden Krummdolchen am Gürtel debattierten mit bärtigen griechischen Kaufleuten in knielangen gegürteten Hemden. Man sah

Nordafrikaner in weißen Burnussen, Damaszener und Bagdader. Fellachen verkauften im Schatten der niedrigen Häuser auf der anderen Seite der Uferstraße Obst und Kichererbsen. Laut riefen sie ihre Ware aus. Ein süßer Duft hing über ihren Ständen. Sprachfetzen aus dem Lateinischen, Griechischen, Arabischen und aus vielen anderen Sprachen, deren Namen sie nicht einmal kannte, schwirrten durch die Luft, wurden von einer plötzlichen Bö erfaßt und mit den Gerüchen aufs offene Meer hinausgetrieben.

Amrs dunkle Gestalt war ein unbeweglicher Pol in dem lebhaften Treiben. Atika fixierte ihn über die Köpfe der anderen Mädchen hinweg. Er war nur zehn oder zwölf Schritte entfernt, so konnte sie sehen, daß auch er kurz in ihre Richtung blickte. Sein Pferd scheute, und er kontrollierte es mit einem harten Ruck am Zügel.

»Bleibt dicht zusammen! Und du«, wandte Fatima sich an Atika, »zieh den Schleier ordentlich vors Gesicht. Hier läuft viel Gesindel herum, und die Sitten sind strenger als in Andalus, selbst für Sklavinnen.«

Als habe sie die Warnung nicht gehört, trat Atika einen Schritt zur Straßenmitte und beobachtete die hin und her eilenden Menschen. Mit offenem Mund betrachtete sie ein gewaltiges Tier, das ein Junge an einem Seil hinter sich herzog. Der Höcker auf dem Rücken des Tiers fiel ihr auf, es mußte ein *Jamal* sein, ein Kamel. Sie erinnerte sich, wie Fatima ihr diese fremdartigen Tiere beschrieben hatte. Allmählich entfernte sich Atika von der Gruppe aufgeregt durcheinanderredender Sklavinnen.

»Negotia istius anni quaestuosa fuerunt. Gratias ago, amice. Proximo mense in Imperium profecturus sum.«

Atikas Kopf fuhr mit einem plötzlichen Ruck herum, als sie diese Worte hörte. *Die Geschäfte dieses Jahr waren einträglich. Danke, mein Freund. Nächsten Monat breche ich ins Reich auf.* Es war nicht der Inhalt der Sätze, der sie nach links zu den beiden gutgekleideten blonden Männern herumfahren ließ.

Die beiden Kaufleute, woher auch immer sie stammen mochten, sprachen Latein. Die offizielle Sprache des Heiligen Römischen Reichs deutscher Nation, die sie selbst erst in der Sklaverei erlernt hatte. Die Sprache Kaiser Ottos. Und einer von ihnen wollte in jenes Reich zurückkehren, in dem sie geboren war.

Als Atika zurückblickte, sah sie die Sklavinnen wie eine verlassene Herde Schafe inmitten des Treibens stehen, das sie wegzuschwemmen drohte. Fatima und Yusuf waren wenige Schritte weiter in einen heftigen Streit mit einem kleinen bärtigen Mann verwickelt. Niemand achtete auf Atika. Einen Augenblick lang verharrte sie unschlüssig, folgte den beiden blonden Männern mit den Augen. Sie tat einen zögerlichen Schritt, dann einen weiteren. Ehe sie sich selbst darüber im klaren war, was sie zu tun beabsichtigte, zog sie den *Izar* tiefer ins Gesicht und wollte sich durch eine Gruppe dunkel gekleideter Berber hindurchschlängeln, die sie sichtlich verwundert beobachteten.

»Das solltest du lieber nicht tun«, sagte Amr.

Atika keuchte erschrocken und wäre fast in das Pferd gelaufen, das ihr auf einmal den Weg versperrte. Sie mußte die Augen zusammenkneifen, als sie gegen die Sonne zu dem Reiter aufsah.

In einem ersten Impuls wollte Atika sich einfach umdrehen und davonlaufen. Doch sie blieb stehen.

»Du solltest das nicht tun«, wiederholte er. In seiner Stimme schwang kein Zorn mit. Dennoch konnte sie seine Erregung spüren.

»Es tut mir leid. Ich bin nur ein paar Schritte zur Seite getreten, um etwas zu beobachten.«

»Du brauchst mich nicht zu belügen.«

Amrs Tonfall war ruhig. Doch das leichte Beben seiner Stimme war nicht zu überhören. »Ich bin nicht dein Herr. Ich habe Besseres zu tun, als dafür zu sorgen, daß eine Sklavin ihre Strafe erhält«, fuhr er etwas lauter fort. Es klang, als wolle er hinter dem plötzlichen Sarkasmus seine Erregung verbergen.

Sie hob das Gesicht und sah ihm fest in die Augen. »Du hast mich beobachtet.« Amr wich ihrem Blick aus. Atika spürte eine plötzliche Hitze in ihrem Gesicht. Er antwortete nicht.

»Du solltest wissen, daß jeder, der alleine ohne Schutz und ohne Familie reist, für das Gesindel hier Freiwild ist«, sagte er statt dessen scharf. »Du bist entweder verrückt oder blind. Oder du hast mehr Mut als für dich gut ist.«

»Mut!« Atika spuckte das Wort förmlich aus. Ihre Unsicherheit war auf einmal verschwunden. »Ich weiß zwar nicht, wie es ist, jemandem zu gehören, der über mich verfügen oder mich töten kann, nur weil er einem Sklavenhändler etwas Gold dafür bezahlt hat. Aber ich habe in Haithabu eine Ahnung davon bekommen!« Sie trat dicht an das Pferd heran. »Lieber würde ich sterben, als es genau zu erfahren! Natürlich«, setzte sie spöttisch nach, »kann ich pflichtschuldigst einen Sohn gebären und hoffen, dadurch freizukommen. Wie eine Bienenkönigin in einer vergitterten Wabe sitzen und nichts tun, als an einem Ende zu essen und am anderen zu gebären!« Seine Augen ruhten mit einem Ausdruck auf ihr, den sie noch nie bei ihm beobachtet hatte. Er schien verwirrt. Sie sah ihm unverwandt weiter ins Gesicht. Ihre Stimme wurde hart, als sie fortfuhr: »Ich bin nicht Sklavin genug, um das für Freiheit zu halten.«

Er brachte sein unruhig tänzelndes Pferd mit einer harten Parade dazu, still zu stehen. »Und was ist das Leben, das du willst?« Er klang kalt, als frage er weniger aus Teilnahme denn aus Berechnung.

Ihre Antwort kam prompt: »Ganz gleich, was es ist, die Sklaverei ist es jedenfalls nicht.«

»Freiheit kann gefährlich sein. Gefährlicher als die Sklaverei.«

»Und wenn es so wäre!« Atikas Stimme klang hell und verloren wie das Läuten einer Glocke, das vom Wind ins Watt hinausgetrieben wird. »Du kannst nicht wirklich glauben, daß ich meine Freiheit für ein wenig Parfüm und Schmuck verkaufen würde, wenn ich die Wahl hätte.«

183

»Du ...«, er räusperte sich, »du solltest zurück zu Fatima gehen.«

Atika warf einen Blick zu der kleinen Gruppe der Mädchen. Man hatte die beiden entdeckt und beobachtete sie. Atika bemerkte, daß Khansa und Sumayya Blicke tauschten, und daß Amina und Aischa die Köpfe zusammensteckten.

»Was würde dich dort erwarten, wo du herkommst?« fragte Amr plötzlich. Er beugte sich leicht im Sattel herab. »Dort bleibt einer Frau nichts anderes, als zu dienen«, fuhr er fort. »Ist es nicht so? Entweder einem Mann, den du dir nicht selbst wählst, oder Christus im Kloster. Hast du dir je überlegt, ob das Los einer Sklavin, die von ihrem Herrn geliebt wird, nicht besser sein kann als das einer freien Frau in deiner Heimat? Ob ein Mann, der deine Fähigkeiten zu schätzen weiß, dir nicht mehr Freiheit geben würde als ein Mann in eurem *Imperium*, ein Mann, der weder lesen noch schreiben kann?«

Atika wollte widersprechen. Doch dann öffnete sie nur hilflos die Lippen und sah verwirrt zu ihm auf.

Unvorhergesehen und mit aller Gewalt stürzte der Regen auf die nordafrikanische Halbwüste herab. Der monatelang ausgedörrte Boden konnte die Wassermassen nicht aufnehmen. Durch knöcheltief überschwemmte, schlammige Straßen trieb der einsame Reiter sein Pferd nach Kairouan. Gurgelnd schossen breite Ströme durch vorher ausgetrocknete Senken und rissen ganze Teile der befestigten Wege mit sich. Safwan war völlig durchnäßt, als er endlich an die Tür eines Gasthauses klopfte. Wie die meisten bestand auch dieses aus mehreren Gebäuden, die sich um einen rechteckigen Innenhof herum gruppierten. Unruhig ließ er seinen Blick darüberschweifen. Auf der gegenüberliegenden Seite lag ein Anbau mit Stallungen.

Als der Wirt endlich kam, hatte sich der Hof bereits in eine Schlammgrube verwandelt. Safwans Hosen waren bereits völlig durchnäßt, und Schmutzspuren zogen sich bis über seine Knie.

»Ich sperre dir das Haus dort drüben auf«, sagte der Gastwirt. Er wies auf eines der kleineren Gebäude auf der linken Seite des Hofs. »Aber versorge ruhig zuerst dein Pferd, *Sidi*. Wenn du fertig bist, wird alles bereit sein.« Safwan drückte dem Gastwirt Geld in die Hand, ohne genau nachzuzählen, wieviel es war. »Ich brauche jemanden, der mich durch die Wüste nach Fustat führt. Kannst du einen solchen Mann für mich ausfindig machen?«

Der Wirt nickte, und Safwan seufzte erleichtert auf. »Ruf mich, sobald er hier ist«, befahl er. »Und ich möchte etwas essen, bevor ich abreise.«

Ein Bursche ging an Safwan vorbei, als dieser den Stall betrat. Safwan ignorierte ihn. Das unangenehme Gefühl, die Späher des *Hajib* seien ihm die letzten Wochen gefolgt und weiterhin dicht auf seinen Fersen, hatte ihn noch immer nicht verlassen. In einem der hinteren Stände brannte Licht, doch er widerstand der Versuchung nachzusehen, wer der späte Reisende war. Mit vom Regen klammen Fingern sattelte er sein Pferd ab und begann das Tier mit einer Handvoll trockenem Stroh abzureiben. In der feuchtwarmen Luft lag der Duft von Heu. Am liebsten hätte sich Safwan in einen Heuhaufen verkrochen und einen Tag lang geschlafen.

Plötzlich wurde sein linker Arm heftig zur Seite und gegen sein Gesicht geschlagen. Erschrocken schrie Safwan auf. Aus irgendeinem Grund hatte das Pferd gescheut. Safwans Arm war dadurch mit voller Wucht gegen seine linke Augenbraue geprallt. Vorsichtig befühlte er die Stelle. Seine Leinenkappe lag neben ihm im Stroh. Erneut scheute das Tier und zerrte an dem Strick, mit dem es angebunden war. Es schnaubte und riß den Kopf so heftig zurück, daß Safwan zu Boden geschleudert wurde, ehe er ins Halfter greifen konnte. Er stieß einen Fluch aus und wollte sich wieder aufrichten. Aber ein Zischen ließ ihn in der Bewegung erstarren.

Die Schlange mußte vor dem Unwetter Zuflucht im Stall gesucht haben. Ihr Körper, leicht aufgerichtet, schwankte träge. Instinktiv verharrte er bewegungslos. Das Tier war nahe genug, um ihn bei einer unvorsichtigen Bewegung mit seinen Giftzähnen zu erreichen. Dicke Schuppen bildeten einen Schild über den Augen der Viper. Aus dem Maul schoß die Zunge, nahm Witterung auf. Ihr Körper, dessen hinterer Teil im Stroh verborgen war, schimmerte auf der Bauchseite grau. Über den Rücken liefen zwei Reihen dunkler rechteckiger Flecken.

»Beweg dich nicht!« befahl jemand hinter ihm. Auf diesen Gedanken wäre Safwan ohnehin nicht gekommen. Reglos starrte er in die geschlitzten Pupillen der Schlange. Der Mann, der wie aus dem Nichts von der Stallgasse her gekommen war, stand dicht hinter ihm. Etwas Helles blitzte neben Safwan auf. Mit eleganter Präzision glitt es wie ein Blitz an seinem Gesicht vorbei, so schnell, daß es unwirklich erschien. Der Kopf der Viper fiel zu Boden. Das Pferd schnaubte und zerrte an seiner Leine.

Ein dunkles Lachen ließ Safwan aus seiner Starre erwachen. »Du kannst dich wieder bewegen, sie ist so tot wie die Ungläubigen am Tage der Schlacht von Badr.« Safwan drehte sich um. »Ich danke dir. Das war sehr freundlich.«

Der Fremde wischte die Klinge seines zweischneidigen Schwertes mit Stroh ab und steckte sie wieder in die Scheide. »Nicht der Rede wert. Ich bin fürwahr kein Feind der Schlangen, doch dies war eine Aspisviper. Wenn sie dich gebissen hätte, wärest du in weniger als einer Stunde tot gewesen.« Beinahe wirkte er amüsiert. Sein Alter war schwer zu schätzen und mußte irgendwo zwischen fünfunddreißig und fünfundvierzig Jahren liegen. Seine Augen leuchteten grün, bemerkte Safwan, und es war nicht leicht, darin zu lesen. Sie bildeten einen sonderbaren Kontrast zur dunklen Farbe seiner Haut. Der Fremde konnte nicht aus dem *Maghrib* stammen. Safwan glaubte, diesen Mann schon einmal gesehen zu haben – eine flüchtige Erinnerung, die einen Augenblick verweilte und dann verschwand, ehe er sie zu greifen vermochte.

»Ich habe nicht damit gerechnet, hier jemanden anzutreffen«, bemerkte der Fremde. »Vielmehr wähnte ich, ich sei der einzige, der durch dieses Unwetter reitet, umhüllt von dunklen Wolken wie von einem Mantel – wie der Dichter Ka'b ibn Zuhair sagt –, und der einzige, der durch diese Sintflut schreitet, zur Strafe für seine Sünden!«

Sein Äußeres stand in auffälligem Widerspruch zu diesen Worten, denn es wirkte auf Safwan durchaus so, als sei er rechtzeitig vor dem Wolkenbruch ins Trockene gelangt. Als Safwan die Hand des anderen ergriff und sich von ihm aufhelfen ließ, bemerkte er an seiner eigenen Kleidung den langsam trocknenden Schlamm. Der Fremde hatte zudem weniger überrascht geschienen, noch einen Reisenden anzutreffen, als er nun vorgab. Safwan beschlich auf einmal das unangenehme Gefühl, er habe ihn vielmehr erwartet. Das perfekte Erscheinungsbild des Mannes trug kaum zu seiner Beruhigung bei. Zeigte sich der Teufel nicht stets in schönem Gewand?

»Man nennt mich Iqbal von Bagdad«, stellte sich der Fremde höflich vor, »ich bin ein Geograph aus dem Osten.«

Daß Iqbal aus Bagdad kam, dachte Safwan, erklärte seine Art zu sprechen. Denn in Bagdad, so erzählte man sich in Andalus, wurde als Barbar betrachtet, wer auch nur fünf Sätze lang ohne Metaphern und Reime auskam.

»Was für ein Wetter!« wiederholte Iqbal, und wie um diesen Gedanken zu bekräftigen setzte er nach: »Hast du den Hof betrachtet? Er sieht schier aus wie der Vorhof zur Hölle und zwingt uns Menschen wie Vieh in die Ställe.«

Safwan nannte nun ebenfalls seinen Namen.

»Safwan al-Kalbi?« wiederholte Iqbal. »Dann habe ich gefunden, was ich suchte!«

Safwan sah alarmiert auf, was dem Bagdader ein lautes Lachen entlockte. »Oh nein, mein Sohn, fürchte nichts! Sehe ich aus wie einer der ungebildeten Schläger des *Hajib* von Córdoba? Ich bin ein Geschäftsfreund deines Vaters. Ich hatte in Andalus zu tun und erreichte das Landgut kurz nach deiner Abreise. Wie erschüttert war ich von dem Los, das dir zuteil wurde! Sagt nicht der Dichter Zuhair, das Schicksal trample einher wie ein nachtblindes Kamel, ohne zu sehen, wen es trifft? Dein Vater bat mich, ein Auge auf dich zu haben. Ich kehre ebenfalls über Fustat nach Hause zurück, und so erklärte ich mich dazu bereit.«

Der Blick seiner hellen Augen strafte die harmlosen Worte Lügen. Sie stachen aus seinem Gesicht hervor wie Nadeln, schienen alles blitzschnell wahrzunehmen. Er sprach wie ein Literat, doch sein Körper war der eines Soldaten. Und die elegante Präzision, mit der er die Viper getötet hatte, entsprach nicht eben dem Bild, das Safwan von den Geschäftspartnern seines Vaters hatte. Safwan strich sich die nassen Haare aus dem Gesicht, um Zeit zu gewinnen.

»Dort drüben steht ein Eimer mit Wasser«, bemerkte Iqbal hilfsbereit und wies zum Ende der Stallgasse. »Wenn du in deinen Satteltaschen trockene Kleider hast, dann zieh sie lieber gleich an. Man erkältet sich leicht bei diesem Wetter.«

Safwan zögerte einen Moment. Doch dann gehorchte er ohne ein weiteres Wort. Als er fertig war, stand der Bagdader an einem der Fenster zum Hof. Er nippte an einem Becher und sah hinaus in die Dunkelheit, wo der Regen in mittlerweile zolltiefe Pfützen klatschte. Noch immer grollte der Donner. In kurzen Abständen zuckte das gleißende Licht naher Blitze über den Hof.

»*Mascha'allah!* Welch eine Verwandlung!« rief Iqbal lächelnd, als er sich schließlich zu Safwan umdrehte.

Dieser warf einen Blick aus dem Fenster. »Seit wann kennst du meinen Vater? Er hat deinen Namen nie erwähnt.«

Das Gesicht Iqbals blieb unbewegt. »Wir lernten uns vor einigen Jahren in Fustat kennen. Darf ich dich einladen, mit mir einen Schluck von jenem ausgezeichneten Wein zu trinken, den ich in der Kellerei von Schaqunda, nahe Córdoba, gekauft habe?« fragte er unvermittelt, seinen Becher hebend. »Er wärmt dich von innen heraus, das schwöre ich. Ich habe selten eine so herrliche tiefgoldene Farbe gesehen. Sicher werde ich ihm ein eigenes Kapitel in meiner Geographie der islamischen Länder widmen!«

Safwan nahm den Weinbecher, den der Bagdader ihm reichte, und warf seinem Gegenüber einen forschenden Blick zu. Wer immer Iqbal auch war, vielleicht würde der Wein seine Zunge lösen. Wenn er nicht war, was er vorgab zu sein, würde er sich früher oder später verraten.

»Du bist Geograph? Da mußt du viel herumgekommen sein.« Safwan verstand nicht viel von dieser Wissenschaft. Doch es würde reichen, um herauszufinden, ob der Bagdader log. Hinter ihnen schnaubte ein Pferd und stampfte im Stroh.

Iqbal kreuzte die Beine, die in schwarzen Hosen aus edlem Tuch steckten. Die modisch geschnittene *Jubba*, die er darüber trug, betonte dezent seinen schlanken, kräftigen Körper. »In der Tat. In unserer modernen Zeit ist das Reisen so bequem geworden. Pilgerstraßen und Handelswege durchziehen alle Länder des Islam. Beinahe nirgends muß man auf ordentliche Gasthäuser verzichten. Da wäre es fürwahr eine Schande, nicht selbst zu sehen, worüber man schreibt.«

Safwan heuchelte Interesse und schenkte aus dem Schlauch, der zwischen ihnen auf dem Boden lag, nach. Die hellen Augen des Bagdaders waren unverändert klar, und sein dunkles Gesicht wirkte entspannt, aber keineswegs schlaff, wie es oft die Folge von zuviel Wein ist.

»Erzähl mir mehr über die Arbeit eines Geographen«, bat Safwan. Er nahm noch einen großen Schluck aus seinem Becher, um seine Unruhe niederzukämpfen. Der Bagdader verschränkte die Arme hinter dem Kopf und lehnte sich zurück.

»Ein guter Geograph«, dozierte Iqbal, »muß alles, was er beschreibt, mit eigenen Augen gesehen haben. Die Vernunft allein muß der Maßstab seines Schaffens sein. Nur Ignoranten verlassen sich auf Autoritäten, um einen Ort zu beschreiben, den sie selbst nicht kennen.«

»Ich finde nicht viel Vergnügen daran, in fremden Ställen zu schlafen und mich wie eine Katze ins Stroh zu wühlen«, entgegnete Safwan. »Ganz gleich, was die Vernunft mir rät, ich habe lieber ein weiches Bett und fließendes Wasser. Insofern kann ich nichts Schlechtes daran finden, den Autoritäten zu glauben. Aber leider war der Wirt nicht bereit, mein Pferd zu versorgen. So mußte ich mir diesen Stall notgedrungen selbst ansehen und jetzt, was noch unbequemer ist, wahrscheinlich hier übernachten. Doch wenn ich die Wahl gehabt hätte, hätte ich lieber der Autorität des Wirtes vertraut. Er hätte mir den Stall beschreiben können, während ich bequem im Trockenen säße.«

Iqbal lachte. »Ich tröste mich damit, daß ich nicht weiß, wie die hiesigen Betten sind. Vielleicht sind sie schäbig und klebrig und voller Flöhe? Vielleicht sind sie aber auch sehr gut. Um das herauszufinden, müßte ich allerdings über den schlammigen Hof laufen. Dann aber wäre ich so durchnäßt vom Regen, daß ich kein Auge mehr zutun könnte: Selbst wenn es wie im Palast des Kalifen wäre, würde ich mich nicht daran erfreuen. Also rät mir die Vernunft, hier zu bleiben, wo es wenigstens trocken ist. Wenn ich also zum selben Ergebnis komme wie du, tue ich es aus eigenem, bewußten Entschluß und nicht aus Faulheit. Es gemahnt mich auf beinahe poetische Weise an das Leben selbst«, fügte er lächelnd hinzu, »hat man einmal seinen Platz gefunden, ist es mühsam und schwer, ihn gegen einen anderen einzutauschen – zumal man nicht weiß, ob der andere Ort besser ist.«

Nabil hätte dasselbe gesagt, dachte Safwan: Die Vernunft müsse der Maßstab des Handelns sein. Und nun war er tot. Bevor Safwan sich zurückhalten konnte, fühlte er ein heißes Aufwallen in seinem Körper, sei es aus Gründen einer plötzlichen hitzigen Lust am Widerspruch, sei es aufgrund des Weins. »Es ist aber wesentlich sicherer, den Autoritäten zu gehorchen, wenn man lange leben will.«

Iqbals Gesichtsausdruck veränderte sich. Sein bis zur Gleichgültigkeit entspannter Blick gewann eine plötzliche Schärfe. Dann meinte er: »Es scheint, du hast deine Erfahrungen damit gemacht.«

Safwan vergaß seinen Vorsatz, nicht zuviel zu trinken und nahm noch einen kräftigen Schluck aus dem Becher. Enttäuschung und Trauer drohten ihn zu überwältigen. Die Aussicht, daß ihm jemand zuhören würde, war zu verlockend. »Ein Freund von mir«, erklärte er, »wurde hingerichtet, weil er das falsche Buch las. Ein Buch, das bei den Autoritäten als ketzerisch galt.«

»Ich habe davon gehört«, sagte Iqbal ruhig. »Dein Vater sagte es mir. Aber weißt du denn, ob dein Freund wirklich unschuldig war?«

»Er war kein Ketzer!« Tränen der Wut und der Trauer begannen über Safwans Gesicht zu laufen. »Es war schließlich nicht seine Schuld, daß man in Andalus glaubt, nur Ismailiten könnten sich für die griechischen Philosophen interessieren.«

»Nur Ismailiten? Unsinn!« bemerkte Iqbal knapp.

»Es ist mir auch gleich, ob Ismailiten, Christen, Juden oder meinetwegen Teufelsanbeter!« stieß Safwan hervor. »Hätte Nabil doch nur auf die Autoritäten gehört und dieses verfluchte Buch niemals angefaßt!«

Auf Iqbals Gesicht zeigte sich Verständnis und beinahe so etwas wie Wohlwollen. »Wir wissen nicht, warum es Gott gefällt, den einen von uns früher abzuberufen und den anderen später. Aber ist die Vernunft nicht die größte Gnade Gottes, um den, der wahr spricht, vom Scharlatan unterscheiden zu können?«

»Wozu muß ich wissen, wer ein Scharlatan ist?« fragte Safwan trotzig zurück. »Du magst in deinem Buch schreiben, daß du in Córdoba warst, aber ist deine Beschreibung deshalb richtiger als die der alten Autoritäten, die unsere Stadt nie gesehen haben? Du kannst doch genauso lügen wie sie.«

»Das ist ein interessanter Standpunkt«, spottete der Bagdader. »Wenn ich also schreibe, euer Kalifenpalast liege am Fluß, während eine Autorität das Gegenteil sagt, glaubst du dieser Autorität – obwohl du jeden Tag am Palast vorbeigehst und siehst, daß ich recht habe?«

Safwan sah ihn irritiert an.

»Was, meinst du«, setzte Iqbal nach, »sollte man ändern: die Gesetze der Vernunft – oder deine Ansicht über die Autoritäten?«

In Safwans Kopf begann der Alkohol bereits seine Gedanken zu vernebeln und deren logische Abfolge durcheinanderzubringen. Außerdem verstand er nicht viel von philosophischen Diskussionen. Wozu auch, dachte er wütend, er war schließlich Grammatiker. Und wie ihr griechisches Gegenstück, die Logik, war auch die arabische Grammatik eine Wissenschaft, in der sich eines aus dem anderen ergab, ohne daß man es erst gegen fremde Ansichten verteidigen mußte.

»Die Gesetze der Vernunft sind nicht von Gott! Der Teufel allein kann sie den Menschen gezeigt haben, um sie schon zu Lebzeiten in der Hölle braten zu lassen!« Safwan war laut geworden, aber es war ihm gleichgültig. Was glaubte dieser Kerl aus Bagdad, wer er war?

Ein maliziöses Lächeln lag auf Iqbals Lippen. »Ich habe die dunkle Ahnung, daß du nicht hier bist, weil du auf die Autoritäten gehört hast.«

»Hätte ich es getan«, sagte Safwan grimmig und spürte, daß es ihm zunehmend schwerer fiel, die richtigen Worte zu finden, »läge ich jetzt zu Hause in meinem Bett und würde ein angenehmes Gespräch mit einer Sklavin pflegen, anstatt mich hier mit einem eitlen Wortverdreher über sinnlose Dinge zu streiten!«

Erbost ging er an Iqbal vorbei zu dem leeren Stand am hinteren Ende der Gasse, wo er zuvor seine Habe abgelegt hatte. Er griff nach seinen Satteltaschen und der Decke.

»Ich würde mich nicht zu unbesorgt ins Heu legen«, meinte Iqbal beiläufig. »Ich weiß nicht, wie oft du schon in Ställen genächtigt hast, doch die Gefahr, dich auf einer Schlange zur Ruhe zu betten, solltest du nicht unterschätzen. Aber wenn deine Autoritäten sagen, du sollst zu ihnen ins Stroh kriechen, dann tu es nur. Es liegt mir fern, dich mit meiner irrelevanten Vernunft belästigen zu wollen.«

Unverhohlen Mordlust im Blick, kam Safwan näher und breitete seine Decke auf dem gestampften Lehmboden aus. Dann ließ er sich darauf nieder und drehte Iqbal den Rücken zu. Dieser griff mit einem leisen Seufzen nach seiner eigenen Decke.

Auf einmal, nachdem sie schon eine Weile schweigend gelegen hatten, fragte der Bagdader mit seltsamem Ernst: »Einmal unabhängig von der Frage, ob Vernunft oder Tradition der bessere Weg ist: Würdest du denn dein Leben leben können, ohne deine Vernunft zu gebrauchen, die ihr Recht ständig anmahnt wie ein Gläubiger, der ein Darlehen zurückfordert?«

Safwan starrte wortlos ins Leere. Der Wein beschwerte seine Lider. Doch er verbot sich, seiner Müdigkeit nachzugeben. Er wartete, bis ihm regelmäßige Atemzüge verrieten, daß Iqbal eingeschlafen war. Mit einem langen Blick überzeugte er sich davon, daß der Bagdader reglos auf seiner Decke lag. Dann erhob er sich leise und griff nach seinen Satteltaschen.

Atika betrachtete die scharf gezeichneten Schatten, die das Morgenlicht Fustats auf die Gasse zeichnete. Aus einem der Häuser trat ein alter Mann. Er strich sich über den grauen, zerzausten Bart und ließ sich dann mit einem leisen Seufzen bei der Abwasserleitung nieder. Das Rohr endete auf der Straße, und darunter bemerkte Atika eine stinkende Pfütze. Ein Rinnsal schlängelte sich von dort über das Pflaster, um irgendwo zwischen den Steinen zu versikkern. Sie raffte angewidert ihren langen *Izar*.

»Was ist mit dir?« fragte Fatima. »Seit Wochen sind wir in Fustat, und du bist so still wie schon lange nicht mehr. Dabei ist für dich ein Märchen wahrgeworden, von dem andere Sklavinnen nur träumen können. Amr kann dir alles bieten, was eine Frau sich wünscht. Hätte der Kalif ihn nicht gleich nach unserer Ankunft in den Süden geschickt, und wäre er nicht erst vor wenigen Tagen von dieser Reise zurückgekehrt, könnte er sich längst mit Yusuf einig sein. Und er gefällt dir«, meinte sie mit einem Lächeln.»Ich habe bemerkt, wie du ihn ansiehst.«

Atika blieb stehen und sah Fatima hilflos an. »Ja«, gab sie zu. Unwillkürlich preßte sie eine Hand auf den Bauch. Seit wenigen Tagen spürte sie wieder die Stiche im Magen, die sie zu Anfang in der Sklaverei oft gequält hatten. »Aber einst hat er mich wie eine freie Frau behandelt. Jetzt auf einmal will er mich kaufen. Und dann ist da noch ...«, sie unterbrach sich. Safwan ging Fatima nichts an. »Da ist etwas an Amr, was mir Angst macht. Seit seiner Rückkehr ist es, als wolle er niemanden in sein Inneres sehen lassen. Es ist beinahe, als wolle er überhaupt nicht, daß ich ihn wirklich kennenlerne.«

Sie wandten sich hinunter zum Fluß, der unterhalb der Uferstraße langsam und breit dahinströmte. Der Gestank der Stadt lag selbst hier noch in der schwülen Luft. An einem Stand bot ein Händler *Hummus* an – Kichererbsen, wie Atika erfahren hatte –, während hinter ihm Kot und Speiseabfälle den Nil hinabflossen. Ein toter Hund trieb vorüber, träge und schwerfällig. Atika wurde übel.

»Kein normaler Mensch«, wechselte sie das Thema, als sie die Uferstraße entlanggingen, »kann bei diesem verseuchten Wasser lange leben, ohne daß die Pest ihn holt, oder die Ruhr.«

Ihr Blick folgte einem Wasserträger, der soeben der Peitsche eines wohlhabenden Passanten auswich, und fiel auf den Mann, der nicht weit von dieser Szene stand. Ihre Hände wurden feucht, sie schloß den *Izar* vor der Brust. Es war Amr.

Mit wenigen sicheren Schritten hatte er die Straße überquert. Er kümmerte sich nicht um die Ausdrücke, die ihm ein zum Ausweichen gezwungener Sänftenträger nachrief. Der Ismailit begrüßte Fatima und nickte Atika zu. »Ich habe dich schon gesucht«, wandte er sich an die Aufseherin. »Sag Yusuf, daß ich in den nächsten Tagen bei ihm vorsprechen werde. Wir haben viel zu bereden.«

Atika hob wachsam den Kopf. Ihre Hände ließen den weiten Überwurf fallen, fuhren nervös über ihren Kittel und zerknitterten die Mulhamseide. War es soweit, wollte Amr sich mit Yusuf über sie einig werden?

»Wir haben heute nicht mehr viel zu erledigen«, erwiderte Fatima, »sobald wir zu Hause sind, werde ich es ihm ausrichten. Yusufs Koch möchte für heute Abend *Turmus* zum Nachtisch machen. Ich muß daher Lupinenbohnen kaufen, und das Honigbier, das es dazu gibt. Außerdem habe ich Atika versprochen, ihr endlich den Hafen bei Qasr asch-Schama' zu zeigen.«

Ein Reiter auf einem Mietesel drängte sich an ihnen vorbei. Der Ismailit zögerte. »Ich werde euch ein Stück begleiten«, sagte er dann.

Unter ihren safranfarbenen Schleiern lächelte Fatima, während Atika sich fragte, ob Amr die Aufseherin oder sie hatte treffen wollen. Sie folgten der Uferstraße flußaufwärts zu den Landungsbrücken bei Qasr asch-Schama'. Hinter ihnen erhob sich das Kastell mit seinen Kornspeichern und dem Rosinenhaus. Das berühmte *Bab al-Hadid*, das Eisentor, das zur Brücke führte, war geöffnet. Sie blieben im kühlen Schatten der beiden Rundtürme des Tors stehen, von denen wenige Stufen hinabführten. Das Ufer lag nicht direkt am Ende dieser Stufen, sondern etwas dahinter.

»Der Lauf des Wassers hat sich über die Jahrhunderte verändert«, erklärte Amr. »Das Kastell ist schon tausend Jahre alt.«

Atika beobachtete ihn verstohlen von der Seite. Sein Blick schweifte über die glänzende Oberfläche des Wassers. Er schien in den Anblick der *Falukas* mit ihren dreieckigen Segeln versunken, die sich wie weiße Wasserläufer auf dem Fluß bewegten. Das morgendlich klare Licht verlieh dem Nil ein tiefes Blau. Selbst der Gestank der Stadt schien sich ein wenig zu verflüchtigen, als sich Fatimas Schleier in einer leichten Brise bauschten. Die alte Frau hielt sich in einiger Entfernung, so daß sie ihren Schützling beobachten konnte, auch ohne jedes Wort der Unterhaltung zu verstehen. Amrs aufrechte Haltung wirkte jetzt weniger steif. Selbst der angespannte Zug um seinen Mund hatte sich gelöst.

Ein höchstens dreizehnjähriger Junge trieb seinen Esel mit mörderischer Entschlossenheit an ihnen vorbei, bereit jeden niederzutreten, der sich ihm oder seiner Aufgabe in den Weg stellte. Amr wich einen Schritt an den Turm zurück, um dem Wasser auszuweichen, das bei jedem Schritt des Tieres aus den offenen Messingbehältern schwappte. Dabei blitzte das grüne Smaragdauge, das kurz unter seiner Jacke hervorrutschte, in der Sonne auf. Ein zurückhaltendes Lächeln umspielte seine Lippen. Atika erwiderte es spontan. Sie legte die Hand auf die Stelle, wo sich ihr eigener Anhänger befand.

»Das ist ein Gewürzschiff«, bemerkte Amr. Er deutete auf die Landungsbrücken, auf denen Diener damit beschäftigt waren, die Schiffsladungen zu löschen. »Und das Boot dahinter hat Stoffe aus Byzanz geladen.« Atikas Blick folgte seiner ausgestreckten Hand. Sie beugte sich noch ein Stück weiter vor, als sie einen Mann bemerkte, der seine winzige Nußschale neben einem der größeren Boote festband. Er hatte Fische in seinem Netz und warf die Abfälle den fremdartigen Tieren zu, die auf dem Steg saßen und darauf gewartet zu haben schienen.

»Was ist das?«

Amr folgte ihrem Blick.

»Diese Tiere, dort am Boot.« Sie wies auf den Steg. Ein Windstoß lockerte ihren ungeschickt befestigten Schleier und löste einzelne rotblonde Strähnen aus ihrer Frisur. »Ich habe so etwas noch nie gesehen. Es sind keine Hunde, aber sie sind größer als ein – wie heißt es auf arabisch? Ein Frettchen?«

Er lachte leise. »Ach, das. Das sind Katzen.«

Atika machte einen Schritt nach vorn, um besser sehen zu können. Ein Lastträger drängte sich an ihr vorbei, und Amr griff nach ihrem Arm, um sie festzuhalten. Trotz ihres *Izar* und dem Kittel darunter brannte seine Berührung wie Feuer.

Atika sah zur Südspitze der langgezogenen Insel hinüber, ließ den Blick über das Gebäude am Ufer schweifen. Sie bemühte sich, halb verärgert, halb beunruhigt, den schnellen Rhythmus ihres Pulses zu verlangsamen. »Ist das die Insel Rauda?«

Er warf nur einen kurzen Blick hinüber und nickte. Ein merkwürdiges Schweigen hing auf einmal schwer zwischen ihnen in der windstillen Luft. Sie hatte das Gefühl, die unbedeutende Frage habe ihn an etwas erinnert, das ihm unangenehm war.

Verwirrt sah sie hinüber zum anderen Ende der Schiffsbrücke. Ein von außen eher plump wirkender Bau, dachte sie, eine Art Turm, doch zu breit, um wirklich ein Turm zu sein.

»Was ist das für ein Gebäude?« Sie erhielt keine Antwort.

Atika wandte den Kopf zu Amr und erschrak. Seine Lippen, die eben noch gelächelt hatten, hatten sich zu einem schmalen Strich verdünnt. Er stand reglos, die Lippen aufeinandergepreßt, eine starre Insel im lärmenden Treiben der Straße. Sie bemerkte, wie er die Augen einen Herzschlag lang schloß, um sie sofort wachsam wieder zu öffnen. Es war, als kämpfe er gegen etwas an, was aus seinem Inneren an die Oberfläche drängte. Verunsichert wollte sie sich für ihre Neugierde entschuldigen.

Er unterbrach sie mit einer Kopfbewegung zum Wasser hin. »Der Nil ist die Lebensader Ägyptens.« Einen Augenblick fixierte er das turmartige Gebäude auf der Insel. Dann wanderte sein Blick weiter nach Süden, wo der Fluß breit und ruhig in der Sonne lag. Das Ufer war gesäumt von üppigem Grün.

»Die Lebensader und zugleich der größte Feind.« Die Worte kamen wie gegen seinen Willen über seine widerstrebenden Lippen. »Der Nil hat dieses Land reich gemacht. Wenn die Überschwemmungen pünktlich kommen, wenn das Wasser nicht zu hoch und nicht zu tief steht, gibt es eine gute Ernte.« Er starrte auf die tiefblaue Fläche. Von fern wehte Gesang herüber, die rhythmischen Rufe der Fellachen auf ihren Booten.

»Doch jeder Segen trägt den Fluch bereits in sich. Wenn das Wasser zu früh oder zu spät kommt, zu niedrig oder zu hoch steht, leidet das Volk Hunger. Die Saat verdorrt, oder sie wird weggeschwemmt von den Fluten. Seuchen brechen aus, wenn das Wasser in den stockenden Tümpeln fault, wenn die Kadaver der verhungerten, der ertrunkenen Menschen und Tiere darin verwesen. Die vertrockneten Reste von Kröten liegen auf den Straßen. Würmer, Frösche und Stechmücken schwärmen aus den Sümpfen, und Schakale stimmen ihren Totengesang an, wenn sie am Fleisch der Ertrunkenen zerren.«

Atika nahm seine Worte auf. Es schien ihr, als habe ihre Frage mit einem Mal eine sonderbare, beunruhigende Vertrautheit zwischen ihnen geschaffen, viel stärker als die, die durch das Smaragdamulett bestand.

»Deshalb wird jedes Jahr, wenn im Sommer die Nilschwelle ansteht, der Pegel gemessen.« Seine Stimme klang rauh. »Der *Miqyas*, das Gebäude, nach dem du fragst, wurde eigens dazu errichtet. Die Markierung für den günstigsten Wasserstand ist mit Gold und Lapislazuli unterlegt. Ein Beamter des Kalifen ist allein für die Wartung des Baus und für die Messungen zuständig.«

Seine seltsam reglosen Augen ruhten weiter auf den Masten an den Landungsstegen. »Aber wenn das Wasser zu früh kommt«, sagte er mit veränderter Stimme, »müssen die Bauern um ihre Saat bangen. Dann steigt der Preis für das Brot. Jeder kauft, als stünde das Jüngste Gericht bevor. Der Kalif und seine Wesire fürchten diese Wucherpreise wie die Dämonen der Hölle. Deshalb geschieht es bisweilen, daß sie es verheimlichen, wenn das Wasser zu hoch steigt. Die Bauern harren dann in ihren Hütten nahe dem Fluß aus, und die Preise werden nicht von unehrlichen Händlern hochgetrieben. So war es auch in jenem Spätsommer vor sieben Jahren.«

Eine ungewöhnliche Anspannung verzerrte sein Gesicht. Die Worte flossen nun schneller über seine Lippen, nachdem der Damm einmal gebrochen war.

»Die Schwelle hatte schon vor *Nauruz* zwanzig Ellen erreicht – das ist das Neujahrsfest am ersten Tag des ägyptischen Monats Thoth, dem elften Tag des September nach dem Kalender des Heiligen Römischen Reichs. Von Tag zu Tag stieg der Pegel weiter. Doch niemand warnte die Bauern. Die Flut riß alles mit sich. Das braune Wasser warf schaumige Blasen. Zwischen den weggeschwemmten Resten der Dämme, zwischen Halfagras, Dung und lehmigen Wurzeln drehten sich träge die Leichen der Ertrunkenen in der Strömung und wurden nach und nach an die Ufer geschwemmt wie die verlorene Fracht eines düsteren Fährmannes. Selbst die Krokodile verschmähten diese Nahrung. Als das Wasser kurz nach dem *Nauruz*-Fest wieder sank, waren die Körper der Toten völlig aufgeschwemmt, gelblich verfärbt, fleckig und an manchen Stellen klafften blasse, ausgewaschene Wunden. In ihren offenen Mundhöhlen krochen Larven umher, und in ihren leeren Augen wimmelte es von Maden und Fliegen, die die Gesichter grausig lebendig erscheinen ließen.«

Atika schluckte, um ein Würgen zu unterdrücken. Sie sah stumm auf das ruhig dahinfließende tiefblaue Wasser. Als Amr fortfuhr, wurde seine Stimme kälter, als wolle er nicht bis in sein Inneres vordringen lassen, was er selbst erzählte.

»Es dauerte nur wenige Tage, bis das Fieber ausbrach. Es verschonte niemanden, machte vor den Palästen ebensowenig halt wie vor der ärmsten Hütte. Meine Tochter war gerade erst sieben Jahre alt. Die Krankheit zehrte ihren Körper auf. Sie wurde von Tag zu Tag schwächer, atmete jeden Tag ein wenig flacher. Eine geisterhafte, wächserne Blässe lag auf ihrem Gesicht, die sich allmählich über ihren ganzen Leib ausbreitete. Quälend langsam, und doch unausweichlich. Der des Lebens schon beraubte Körper hielt den Geist noch immer gefangen, ließ ihn nicht gehen. Nur ihre Augen blieben bis zum Ende dieselben. Es war als wüßte sie längst, was mit ihr geschah, ehe ich selbst es ahnte. Sie hatte keinerlei Schuld auf sich geladen. Sie starb, weil der Kalif sich um den Brotpreis sorgte!«

Atika sah stumm in sein verzerrtes Gesicht. Sie wollte die Hand auf seinen Arm legen. Im selben Moment erwiderte er ihren Blick, und sie schrak vor dem Ausdruck darin zurück.

»Die Religion predigt Geduld.« Seine Stimme schwankte. »Geduld, Geduld, und nochmals Geduld«, fuhr er mit derselben leisen, kaltglühenden Stimme fort. »Nicht einmal die Engel bringen soviel Geduld auf, wie uns Sterblichen abverlangt wird.«

Atika zog ihren *Izar* fester vor der Brust zusammen. Er bemerkte es: »Du verstehst mich.« Amr lachte kurz, doch es klang gepreßt, trocken. »Es gibt keine Antwort auf die Zweifel, die uns mitunter befallen. Zweifel an uns selbst, an der Welt, an Gott. Es gibt nur eine Möglichkeit, sie zu beseitigen: die Rache.«

Ein Funke glomm in seinen Augen auf, ehe er vom Ausdruck eines dunklen Hasses verschlungen wurde. Sie erinnerte sich an seine Worte: *Die Seele des Menschen ist ein Lichtfunke, gefangen im Körper wie in einem Grab. Wenn dieser Lichtfunke sich befreit, siegt Geist über Materie, Gut über Böse.*

Atika fröstelte trotz Hitze der höhersteigenden Sonne. »Die Rache? An wem?«

Amr schwieg.

»An dem Beamten, der das Steigen des Wassers verschwiegen hat?« fragte sie weiter. »An dem Kalifen, der ihm den Befehl dazu gab? Oder«, setzte sie plötzlich leise nach, »an Gott, der dieses Verbrechen zugelassen hat?« So wie er den Tod meiner Familie und Thorwalds zugelassen hat, schoß es ihr durch den Kopf. »Das ist es also, was du im *Buch des Smaragds* suchst«, sagte Atika schließlich. Ihre Stimme wurde übertönt vom Geschrei der Händler, Kaufleute und Matrosen. Doch sie war sich sicher, daß er jedes Wort verstanden hatte. »Eine Methode, diese Zweifel zu besiegen. Nicht wahr?«

Seine Lippen zitterten.

»Wie hat …«, sie unterbrach sich. Fatima hatte ihr gesagt, es sei unhöflich, einen Mann nach seiner Ehefrau zu fragen. Dennoch vollendete sie die Frage: »Wie hat die Mutter des Kindes diese Zweifel besiegt?«

Er wies sie mit keinem Wort zurecht. Seine Gedanken schienen zurück in die Vergangenheit zu schweifen, ehe er antwortete: »Nach dem Tod meiner Tochter ließ ich mich scheiden. Unsere Ehe war ein Bund, den unsere Eltern geschlossen hatten. Meine Frau hatte mich nicht gewählt, und ich sie nicht. Sie hat wieder geheiratet, hat mittlerweile wieder ein Kind.« Er löste den Blick nicht vom Wasser. »Sie sagte, es sei Gottes Wille gewesen.«

»Gottes Wille«, wiederholte Atika. »Sie ist glücklich zu nennen, wenn sie das glauben kann.«

»Glücklich?« wiederholte er bitter. »Ich wünschte, ich hätte glauben können, daß es nicht Gottes Wille, sondern blinder Zufall war. Schicksal, das niemand geplant hat oder hätte verhindern können. Ich konnte es nicht. Und ich begann mich zu fragen, was für ein Gott gewollt haben konnte, daß ein siebenjähriges Kind so leidet. Und was für ein Teufel man werden müßte, um einem solchen Gott angemessen zu dienen.«

Erneut lachte er kurz und trocken auf. »Ich bin nicht so weit gegangen, wie du vielleicht glaubst. Im Gegenteil. Ich befolgte die Gebote der Religion eifriger denn je. Doch je eifriger ich wurde, desto mehr zweifelte ich auch.« Unwillig setzte er nach: »Aber du hast recht: Das ist der Grund, warum ich das Buch besitzen muß.«

»Und wen haßt du nun, wenn nicht Gott?« Atika bemühte sich, das Schwanken ihrer Stimme in den Griff zu bekommen, doch es gelang ihr nicht.

Ein Zucken lief über sein Gesicht. Er wandte sich abrupt ab. »Du denkst zuviel. Für eine Sklavin ist das keine besonders sinnvolle Eigenschaft.«

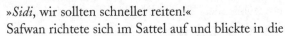

5

»*Sidi*, wir sollten schneller reiten!«

Safwan richtete sich im Sattel auf und blickte in die Weite der ausgetrockneten Landschaft zum gleißenden Horizont. Er nickte mit zusammengebissenen Zähnen. Ahmad, sein Führer, hatte recht. Seit der überstürzten Abreise aus Kairouan vor wenigen Tagen waren sie nur langsam vorangekommen. Das Problem war weniger das Wetter oder andere Unbill gewesen, als vielmehr eine Tiergattung, die Gott dem Menschen zum Hohn erschaffen haben mußte. Das Kamel würde niemals seine bevorzugte Methode der Fortbewegung werden, dachte Safwan grimmig. Er war fest und unerschütterlich davon überzeugt, daß diese Tiere heimtückisch, boshaft und störrisch waren. Nur der Teufel konnte in den Herzen seiner nomadischen Ahnen eine Zuneigung zu ihnen geweckt haben.

»Benutze das Stöckchen, *Sidi*! Du mußt das Tier damit schlagen.« Ahmad schnalzte mit der Zunge, um sein eigenes Reittier zu einer schnelleren Gangart anzutreiben. Safwan tat notgedrungen dasselbe. Mit seiner ledrigen, sonnenverbrannten Haut und dem Bart, der in den letzten Tagen ungehemmt gewachsen war, war der Berber aus einiger Entfernung kaum noch von den sandfarbenen Felsen und dem ausgetrockneten Sand- oder Kiesboden zu unterscheiden. Die Luft flimmerte vor Hitze. Ein leichter Wind wehte Sand von den kahlen Hügeln herab über die Wegzeichen. Es würde eine unruhige Nacht werden.

»Das Stöckchen, *Sidi*!«

Safwan keuchte und ließ die Zügelhand sinken. Der Paßgang der Kamele war noch unangenehmer als das langsame Schaukeln bisher. Das Tempo beanspruchte seine gesamte Aufmerksamkeit. Mühsam versuchte er, sich auf das Kamelstöckchen in seiner Hand und den hohen Sattelknauf, der ihm Halt gab, zu konzentrieren.

»Schneller, *Sidi*! Schneller!«

Safwan wollte wütend auffahren. Doch als er dem ausgestreckten Arm Ahmads mit den Augen folgte, begriff er plötzlich den Ernst der Lage. Einen Augenblick lang spähte er ungläubig nach Süden. Dann hob er die Hand und trieb sein Tier so heftig an, wie er es nur vermochte.

Sie waren nicht mehr allein in der Einöde. Am Horizont waren vier oder fünf dunkle Punkte erschienen, die sich rasch näherten. Safwan erkannte, daß es Reiter in dunkelblauen Gewändern waren, die helle Kamele mit einer geradezu unheimlichen Schnelligkeit ritten. Wie von einem *Ghul* der Wüste gezeugt, waren sie aus dem Nichts aufgetaucht.

»*Tawarik*!« rief Ahmad. Es dauerte einen Moment, ehe Safwan verstand: *Tawarik* – Tuareg. Er hatte von diesem räuberischen Berbervolk gehört. Während andere Stämme Land bebauten, Vieh hielten oder sich als Söldner verdingten, überfielen diese Nomaden Reisende und Karawanen. Niemand war vor ihnen sicher. Und sie machten nur selten Gefangene.

Instinktiv wollte Safwan seinem Tier die Fersen in die Seite schlagen, wie er es vom Reiten auf Pferden gewöhnt war. Von seinem hohen Sattel aus traf er jedoch nur den Hals und die Schulter des Kamels. Es brüllte auf und blieb stehen.

Er klatschte heftig mit dem Stöckchen, wieder und wieder, rief »*Hayyaha!*« und ließ das dünne Holz pfeifend durch die Luft schnellen. Die Reiter kamen näher, er begann zu schwitzen, rüttelte am Sattel, ließ das Zügelseil auf den Hals des Tieres niedersausen, während er immer wieder über die Schulter blickte. Endlich setzte sich das Kamel in Bewegung, unendlich langsam, dann allmählich schneller. Safwans Hände krallten sich um den Sattelknauf. Nur mit Mühe widerstand er der Versuchung, dem Tier noch einmal die Fersen in die Seite zu drükken. Seine Beine zuckten, sein Kopf drehte sich nach Süden, von wo die Nomaden mit angsteinflößender Geschwindigkeit näher kamen. Er konnte bereits ihr Geschrei hören. Mit erhobenen Waffen stürmten sie auf ihn zu wie alle Teufel der Hölle zugleich. Safwan versuchte, in ihre Gesichter zu sehen. Doch sie waren verschleiert.

Die Krieger trugen blaue Tücher auf dem Kopf und vor den Gesichtern, nur ein schmaler Schlitz für die Augen blieb frei.

»Hierher!« schrie Ahmad. Safwan versuchte verzweifelt, sein Kamel zu ihm zu treiben – und beging reflexartig noch einmal denselben Fehler. Das Tier brüllte erneut, blieb stehen und bewegte sich keinen Zoll mehr von der Stelle. Safwans Hand klammerte sich um den Griff seines Schwerts. Seine Finger wurden feucht, rutschten von dem Griff ab. Von dem Kamel abzusteigen, wagte er nicht. Die Angreifer schienen derart mit ihren Tieren verwachsen, daß es ihnen sicher ein leichtes wäre, ihm im Vorbeisprengen mit einem einzigen Hieb ihres Krumm-schwertes den Kopf abzuschlagen. Panisch versuchte er, sein wild tänzelndes Tier zu zügeln. Gleichzeitig zog er die Waffe aus der Scheide und biß die Zähne aufeinander. Leichtes Spiel würden sie mit ihm nicht haben.

Wie ein wilder Haufen brüllender Dämonen griffen die Nomaden an. Kurz bevor sie ihre Beute erreichten, teilten sie sich. Safwan sah zwei der Krieger auf sich zusprengen, die Sonne blitzte auf ihren polierten Schwertern, als sie diese wie auf Kommando gleichzeitig in die Luft erhoben, bereit, ihn von zwei Seiten im Vorbeijagen anzugreifen. Auch er hob sein Schwert, ließ das Zügelseil fallen. Im selben Augenblick, als die beiden Reiter ihn erreicht hatten, machte das Tier einen Satz zur Seite, der Safwan um ein Haar aus dem Sattel gerissen hätte. Im letzten Moment gelang es ihm, das Gleichgewicht zu halten. Doch sein Schwert durchschnitt ungebremst waagrecht die Luft. Einer der Reiter konnte nicht mehr rechtzeitig aus-weichen. Er ritt mit voller Wucht in die Waffe. Blut spritzte auf Safwans Gesicht, instinktiv hob er den linken Arm, nahm einen süßlichen Geschmack auf seinen Lippen wahr. Seine Glieder erstarrten, und er war sich einen Augenblick lang nicht sicher, ob es nicht sein eigenes Blut war. Ihm wurde übel.

Der andere Reiter stieß einen Wutschrei aus, wendete sein Tier, sprengte erneut auf ihn zu. Safwan griff nach dem Sattel-knauf, richtete sich auf und blickte in das Gesicht des anderen. Doch auch dieser hatte den Stoff so weit über Nase und Stirn gezogen, daß Safwan außer den dunklen Augen nichts erken-

204

nen konnte. Aus dem Augenwinkel bemerkte er, daß Ahmad wenige Schritte weiter in grimmiger Umarmung mit einem der Männer stand. Etwas am Handgelenk des Verschleierten blitzte im abendlichen Sonnenlicht auf wie blanker Stahl. Safwan hörte sich aufschreien, doch es war zu spät. Der Maskierte hatte um den Unterarm an einem Lederband ein Messer gebunden. Er stieß es Safwans Führer in den Rücken, mit einer geübten beiläufigen Bewegung, die Safwan einen eiskalten Schauer über den Rücken jagte.

In diesem Augenblick machte Safwans Reittier eine erneute plötzliche Bewegung. Der Sattel verschwand nach oben aus seinem Blickfeld, und er spürte eine seltsame Leichtigkeit, als sein Körper fiel, eine der Troddeln vom Sattel des Kamels schlug ihm ins Gesicht. Dann schlug er mit der linken Seite schwer auf dem Boden auf. Gleichzeitig sauste das Schwert des Angreifers auf die Stelle herab, an der er noch eben gesessen hatte. Safwans Gehirn nahm den Ablauf der Bewegungen in erschreckender Langsamkeit wahr. Mit leichter Verwunderung bemerkte er, daß der Mann nicht mit der Schneide zugeschlagen hatte, sondern mit der flachen Seite der Klinge. Das letzte, was er spürte, war der Geschmack von Blut und körnigem Sand in seinem Mund. Dann schwanden ihm die Sinne.

Safwans Bewußtlosigkeit konnte nicht lange gedauert haben. Als er die Augen schwerfällig zwinkernd öffnete, war der Himmel noch hell. Ein Streifen am Horizont ließ vermuten, wo die Sonne soeben untergegangen sein mußte. Allmählich erinnerte er sich, wo er war. Er erkannte im Norden die Flanken des Gebirges, die sich wie ins Gigantische übersteigerte Dünensicheln bis weit in die Ebene hineinschoben. Tief hatten sich Täler wie grüne Zungen in die in Braun und Gelb schattierte Fläche eingeschnitten. Über den Bergen, die sich hinter diesen vorgeschobenen Außenposten dürftiger Fruchtbarkeit auftürmten, hingen dunkle Wolken.

Ein dumpfer Schmerz in seinem Kopf machte Safwan

bewußt, daß er am Leben war. Noch immer lag der Geruch von Blut, Eisen und Waffenöl in der Luft. Mühsam richtete er sich auf, kam schwankend auf die Füße, stolperte unsicher hinüber zu der Stelle, wo der Berber lag. Ahmad war tot. Sein Gesicht war verzerrt, und aus seinem Mund rann ein dünner blutiger Faden. Unter dem Leichnam hatte sich der Sand dunkel verfärbt. Der süßliche Geruch nahm Safwan den Atem, wieder wurde ihm übel, in seinem Kopf pochte das Blut wie das Geräusch herannahender Hufe. Das Geräusch wurde stärker.

Safwan richtete sich so schnell auf, daß ihm sofort wieder schwindlig wurde. Die Wüste drehte sich vor seinen Augen. Er wandte sich in die Richtung des Geräuschs, noch immer unsicher auf den Beinen. Mehrere Reiter kamen auf ihn zu. Safwan wollte zurückweichen, doch dann bemerkte er, daß es kein Kriegertrupp war, der sich näherte. In einigem Abstand folgte den Männern ein Lastkamel mit einem einzelnen Treiber. Es mußte eine kleine Karawane Reisender sein, die vielleicht von weitem Zeuge des Überfalls geworden war und ihm zur Hilfe eilen wollte.

Safwan kämpfte gegen das Schwindelgefühl an und ging den Reitern entgegen. Die Männer hielten ihre Kamele an. Zum Schutz vor Staub hatten sie ihre Kopftücher vor Mund und Nase gezogen. Doch Safwan erkannte die grünen Augen Iqbals, noch ehe sich dieser aus dem Sattel geschwungen hatte.

»Welcher Teufel ist denn in dich gefahren!« fuhr der Bagdader ihn an, kaum daß er auf dem Boden stand. Voller Zorn zerrte er sich das Tuch vom Gesicht. Safwan schüttelte den Kopf. Er war zu erschöpft, um irgend etwas zu sagen. Sollte Iqbal ihn ruhig anschreien, er war nur froh, ihn zu sehen.

»Ich habe deinem Vater versprochen, auf dich acht zu geben. Aber wie soll ich das tun, wenn du mir nicht vertraust?« Der Bagdader wies mit einer kurzen, heftigen Kopfbewegung auf die Leiche des Berbers. »Dieser Mann hier könnte noch leben, wenn du dich nicht einfach davongemacht hättest. Was hast du dir nur dabei gedacht!«

Safwan begann zu zittern. Seine Beine gaben nach. Iqbal

206

griff ihm mit einer Hand stützend unter den Arm. Sein Griff war so fest, daß Safwan beinahe aufgeschrien hätte.

Etwas später, nachdem seine Diener die Leiche begraben und das Grab mit Steinen beschwert hatten, um dann nur wenige Schritte weiter das Nachtlager aufzuschlagen, hatte Iqbals Zorn sich gelegt. Er fiel in seine gewohnte poetische Sprechweise zurück: »Nun laß mich wissen, wie du an diesen Ort kamst, wo sich nur Ausgestoßene und Verdammte herumtreiben wie böse Geister auf der Schwelle zur Welt. Du sahst, gelinde gesagt, furchtbar aus, als wir dich fanden, beinahe selbst wie eines jener Geisterwesen, die zu keiner aller möglichen Welten gehören und verdammt sind, an öden Plätzen wie diesem ihr Unwesen zu treiben. Und nachdem der Rest unseres gesalzenen Fleisches und fast alle Datteln in deinem Magen verschwunden sind, ehe wir Gelegenheit hatten, dich zur Mäßigung anzuhalten, bist du mir in der Tat eine Erklärung schuldig.«

Safwan hatte sich notdürftig gereinigt und nicht ohne leise Scham seine schmutzigen und zerrissenen Kleider gegen ein blütenweißes Leinenhemd und eine schwarze Hose des Bagdaders eingetauscht. Es war das mindeste, was er tun konnte, Iqbal zu erklären, wie er in seine mißliche Lage geraten war. Jetzt schämte er sich für das Mißtrauen, das er ihm in Kairouan entgegengebracht hatte. Über dem kleinen Feuer, das ein Diener in einer Kuhle im Sand entfacht hatte, stand eine Kanne mit heißem Tee. Längst hatte sich die Dunkelheit über die Wüste gesenkt und alles, was nicht im Umkreis des zitternden Feuers lag, verschlungen.

Als Safwan ausführlich beschrieb, was ihm widerfahren war, horchte Iqbal auf. »Krieger mit blauen Schleiern«, wiederholte er kopfschüttelnd. »*Tawarik*. Das ist ungewöhnlich, so weit im Nordosten. Aber du bist ein guter Erzähler, deine Beschreibung ist eindeutig.«

»*Tawarik* rief auch Ahmad, mein Berber.«

Iqbal lehnte sich zur Seite, um dem Diener Platz zu machen,

der den Tee servierte. »Dennoch, bist du dir sicher, daß es wirklich Tuareg waren?«

Safwan stellte sein Glas auf dem Teppich ab, den die Diener auf dem Boden ausgebreitet hatten. »Man nennt sie nicht umsonst *Tawarik*. Nur diese *Ausgestoßenen* verschleiern ihre Gesichter wie gemeine Verbrecher. Die Adligen ihres Stammes leben schließlich davon, daß sie Karawanen überfallen. Wer sonst sollte es gewesen sein?«

»So weit im Norden trifft man sie aber sonst nicht an.« Iqbal leerte sein Teeglas in einem Zug und schien auf einmal nachdenklich.

Safwan hob den Kopf. »Wie meinst du das?«

Iqbal lehnte sich ein wenig zurück. Safwan blickte sehnsüchtig auf den Weinschlauch, der neben ihm am Boden lag. Doch der Bagdader winkte dem Diener, noch Tee nachzuschenken. Das zweite Glas schmeckte süßer als das erste. Safwans Augen folgten den Händen der Männer, die das Getränk von einer Teekanne in die andere und wieder zurück gossen, um den Zukker aufzulösen.

»Die Tuareg leben von dem, was sie erbeuten«, fuhr Iqbal fort. »Ein Kamel ist viel wert. Ich frage mich, warum sie das deines Berbers zurückließen. Und ein Targi hätte dich getötet. Dieser Mann aber wollte dein Leben schonen. Er hätte dich erschlagen können und tat es nicht. Er ließ dir das eine Kamel, so daß du eine, wenn auch geringe, Möglichkeit gehabt hättest, die nächste Stadt zu erreichen.«

Safwan setzte sein Glas abrupt ab. »Was willst du damit sagen?«

Iqbals unergründliche Augen waren im Schatten hinter dem hellen Feuer verborgen. »Ich meine, es sieht ganz so aus, als habe jemand ganz anderes diesen Überfall geplant. Und als habe er etwas gesucht. Bei dir gesucht.«

Safwans Hand fuhr unwillkürlich an die Stelle auf seiner Brust, wo die Geldbriefe seines Vaters in die Kleidung eingenäht waren. Doch rasch ließ er die Hand wieder sinken. Seine eigenen Kleider lagen bei seinem Gepäck, er trug Iqbals Hemd.

208

»Bei mir?« Er versuchte, sich seine Unruhe nicht anmerken zu lassen. »Was könnten sie bei mir gesucht haben?«

»Diese Frage wollte ich gerade dir stellen.«

»Ich weiß es nicht. Wirklich nicht.« Safwan wich Iqbals Blick aus und beobachtete wieder die Diener, die den Tee noch immer von einer Kanne in die andere fließen ließen. Er schüttelte den Kopf, um den Gedanken zu vertreiben, das *Buch des Smaragds* habe möglicherweise etwas damit zu tun. Er besaß es ja nicht einmal. Und es war keineswegs sicher, daß es ihm gelingen würde, es mit Atikas Hilfe zu finden. Bei dem Gedanken an sie entspannten sich seine Züge.

»Welche Farbe hatten ihre Augen?« fragte Iqbal plötzlich. Safwan sah irritiert auf. »Wie bitte?«

»Ihre Augen. Die Tuareg, vor allem ihre Adligen, die auf Raubzug gehen, haben oft sehr helle Augen. Häufig sieht man auch, daß ihre Haut vom Schleier dunkelblau verfärbt ist. Du standest ihnen direkt gegenüber, es müßte dir aufgefallen sein.«

»Ich weiß nicht«, antwortete Safwan unsicher. »Es ging alles so schnell. Aber ich glaube, ihre Augen waren dunkel.«

Iqbals Diener kam mit der Kanne und schenkte Tee nach. Safwan griff dankbar nach seinem Glas. Das Getränk schmeckte stärker als zuvor. Die anderen Diener hatten sich in einigem Abstand niedergelassen, wo die Flammen bewegliche Schatten auf ihre Gesichter warfen. Immer enger zog sich die Dunkelheit um das Feuer. In der Ferne heulte ein Schakal. Es klang wie der Geist eines Verdammten, der rastlos umherschweift.

»Was eigentlich führt dich nach Fustat?« fragte Safwan plötzlich.

»Noch immer mißtrauisch?« Iqbals Mund lächelte, doch seine Augen blieben unbewegt. »Wenn man von Bagdad nach Córdoba reist, kommt man nun einmal durch Fustat. So habe ich Andalus erreicht, und so reise ich jetzt auch wieder zurück. Was soll ich dir erzählen … Es ist eine sehr große Stadt. Vor wenigen Jahren hat man den Palastbezirk Kairo gebaut. Der Kalif muß das Gold mit vollen Händen ausgegeben haben, denn die Bauwerke sind von wahren Meistern errichtet worden. Du wirst beeindruckt sein.«

Safwan schloß einen Moment die Augen. Atika mußte Fustat längst erreicht haben. Einen Herzschlag lang sah er ihr Gesicht vor sich, das Aufblitzen in ihren Augen.

»Es ist spät geworden«, wechselte Iqbal plötzlich das Thema, »und du mußt müde sein, nach all dem, was du durchgemacht hast. Wir sollten uns schlafen legen.«

»Ich – danke dir«, sagte Safwan leise.

»Wofür?« Iqbal lachte. »Wenn du willst, kannst du mich bis Fustat begleiten.« Er stand auf.

»Das würde ich sehr gern tun.«

Der Bagdader nickte, und Safwan griff nach seiner Decke. Sein Plan, das Buch zu finden, konnte noch immer gelingen. Der letzte Gedanke, bevor er einschlief war, daß er von Fustat aus seinem Vater schreiben mußte. Wenn Iqbal war, was er zu sein vorgab, würde sein Vater das umgehend bestätigen.

6

Yusufs Haus lag in der Nähe der Amr-Moschee im Zentrum Fustats, ein düsteres, langgestrecktes Gebäude aus Palmstämmen und schwärzlichen Lehmziegeln. Als sich die Mädchen nach dem Abendgebet zum Essen versammelten, war es längst dunkel. Atika fühlte mit der Hand nach dem Smaragd um ihren Hals, ihre Finger waren kalt. Seit dem Besuch im Hafen vor einigen Tagen hatte sie Amr nicht mehr gesehen. Doch seine Erzählung wollte ihr nicht mehr aus dem Kopf gehen: Die gelb verfärbten Leichen der Ertrunkenen, die Maden und Würmer in den leeren Augenhöhlen.

»Hast du keinen Hunger?« fragte Fatima, während sich die Sklavinnen um das auf dem Boden ausgebreitete Tischtuch gruppierten. Platten mit mariniertem Huhn, *Kuskus* und Pürees aus Bohnen, Auberginen und anderem Gemüse türmten sich darauf. »Yusuf hat einen ausgezeichneten Koch.«

»Das Huhn ist viel besser als das, welches der Koch in Córdoba zubereitet hat«, warf Sumayya ein, die bereits die Hand nach einer der Platten ausstreckte, »von dem Fraß auf dem Schiff ganz zu schweigen. Fustat ist eine großartige Stadt, findest du nicht? Man bekommt alles zu kaufen, was man sich nur wünschen kann. Die Männer sind reich und freundlich. Und derjenige, der Khansa gestern gekauft hat, war überdies noch jung und schön.«

Atika reagierte nicht. Wieder sah sie Amrs kleine Tochter vor sich, einen kleinen, durchscheinend blassen Leib. Sie konnte sich seine Verzweiflung vorstellen, hilflos ihrem langsamen Sterben zusehen zu müssen. *Was für ein Teufel muß man werden, um einem solchen Gott angemessen zu dienen?* Sie erinnerte sich an den ungläubigen Ausdruck in Thorwalds Gesicht, an die dünne Blutspur, die aus seinem Mund lief, an den zerschmetterten Hinterkopf ihres Vaters.

»Kind, was ist mit dir?« fragte Fatima. »Du bist blaß wie eine Leiche. Iß wenigstens von dem Auberginenpüree, irgend etwas mußt du doch im Magen haben.«

Atika stand nicht der Sinn danach. »Ich will nicht, heute nicht. Darf ich aufstehen? Ich habe Kopfschmerzen.«

»Wenn du meinst.« Fatima warf einen Blick auf das reich gedeckte Tischtuch. »Nicht einmal etwas Süßes? Wenigstens etwas *Turmus?*«

Die anderen Mädchen hatten deutlich mehr Appetit. Sumayyas Aufmerksamkeit konzentrierte sich auf einen Hühnerschenkel, und auch Amina ließ sich von Atika nicht den Appetit verderben. Atika stand auf. »Yusuf sagte, ich könne mir ein eigenes Buch kaufen, wenn ich all die aus seiner Reisebibliothek gelesen hätte.«

Fatima lachte: »Und das hast du in der Tat! Du bist die erste Sklavin, der das gelungen ist.«

»Vielleicht tue ich es gleich morgen. Kann ich zu ihm gehen und ihn um Erlaubnis fragen?«

Fatima nickte, und Atika verließ dankbar den Raum, ohne sich um die Blicke der anderen Mädchen zu kümmern. Neuerdings sahen sie sie ebenso an wie damals Layla, kurz bevor diese verkauft worden war. Aus irgendeinem Grund war Atika das unangenehm.

Sie bewegte sich über die Galerie, die im ersten Stock einen geräumigen Innenhof umlief, zu Yusufs Raum, blieb jedoch stehen, als sie laute Stimmen vernahm. Noch ehe sie Amrs Stimme ausmachen konnte, ahnte sie, wer der Besucher war. Langsam bewegte sie sich durch einen kleinen Vorraum auf die halb geöffnete Tür zu. Ihre Pantoffeln mit den weichen Sohlen glitten geräuschlos über den nackten Steinboden. In einer Nische neben dem Türrahmen stand eine rotgolden bemalte, hauchzarte Keramikvase. Atikas Herzschlag setzte kurz aus, als der Stoff ihrer langen Hosen sie streifte.

Die Stimmen wurden nun ruhiger. »Du hast dich verändert, in den letzten sechs Jahren«, stellte der Sklavenhändler fest.

»Es ist besser, die Vergangenheit ruhen zu lassen«, erwiderte Amr kalt.

Yusuf schwieg einen Augenblick. Eine unangenehme Stille breitete sich aus.

»Dir ist es gleichgültig, ob die Welt untergeht, ob Ungerechtigkeit, Willkür und Oberflächlichkeit herrschen«, preßte Amr auf einmal hervor. »Du harrst in deinem Haus aus und wartest darauf, dich so bald wie möglich zur Ruhe setzen und ein Geschäft aufgeben zu können, das dir nie zugesagt hat.« Er stieß einen Laut hervor, der irgendwo zwischen Verzweiflung und Verachtung lag.

»Einst warst du selbst nicht viel anders«, wandte Yusuf ein. »Auch du wolltest ein Geschäft aufgeben, an dem du zweifeltest. Aber in den letzten beiden Jahren hast du es in diesem Geschäft weit gebracht, wie man hört.«

Amr schwieg. Atika wagte kaum zu atmen. Ihr Gespräch

mit ihm fiel ihr wieder ein, seine beängstigenden Worte, die ihr selbst nicht fremd waren.

»Deine Religion ist nicht die meine«, bemerkte Yusuf. »Wir sagen, man dürfe nicht verzweifeln, wenn man Leid nicht verhindern kann.«

»Willst du mir vorwerfen, ich wolle die göttliche Schöpfung verbessern?« Der Hall von Amrs Stimme schwang im Raum wie leichter, biegsamer Stahl.

Der Sklavenhändler antwortete nicht.

Dann hörte Atika wieder die Stimme des Ismailiten, leise, kaum mehr als ein Hauch: »Und wenn es so wäre?« Wie von selbst berührte ihre Hand den Smaragd an seiner Kette, zuckte sogleich wieder zurück.

Amr wiederholte leise: »Und wenn es so wäre?«

Atika zerrte an ihrem Kragen, als würge sie eine unsichtbare Hand.

»Und wenn man Leid nur mit Leid ausrotten könnte?« fuhr er fort. »Wäre es am Ende den Preis nicht wert, wenn man dafür die Macht erkaufte, zu entscheiden, wen es trifft?« Seine Stimme war nur noch ein Flüstern. »Selbst wenn man die eigene Seligkeit dafür verspielte?«

Er lachte kurz und heiser auf. »Der Mensch ist ein Söldner in der Schlacht zwischen Gut und Böse. Aber sieh dich um: In Córdoba und Bagdad herrschen die Palastgarden im Dienste ihres Kalifen. Wer sich Söldner hält, muß damit rechnen, daß sie irgendwann auch ihren Herrn beherrschen, ob Kalif, ob König ...«

»... ob Gott?« hörte sie Yusufs zitternde Stimme.

Für einen unendlich langen Augenblick nahm sie nur das unterdrückte Geräusch ihres eigenen, flachen Atems wahr. Bis Amr tonlos und völlig gefühlsleer weitersprach:

»Wenn sich der Mensch dereinst in ein Lichtwesen verwandeln und vom Fluch der Materie befreit sein wird, was sollte er mit dieser Materie tun, wenn nicht – sie abzustreifen, sie zu zerstören im Namen Gottes. Mag Gott dies wollen oder nicht!«

Seine Worte, obwohl sie leise gesprochen worden waren,

213

hallten in Atikas Ohren wie das Gelächter von tausend Teufeln. *Die Materie abstreifen und zerstören im Namen Gottes. Mag Gott dies wollen oder nicht.* Der faulige Gestank der Stadt, der über die Galerie hereindrang, setzte sich in ihren Lungen fest.

Dann hörte sie nur noch ein dunkles Murmeln. Sie hörte Amr laut auflachen und wie Yusuf gedämpft auf ihn einsprach. Ihre Finger verkrallten sich ineinander.

»Wie dem auch sei«, sagte Amr unvermittelt wieder lauter, »unsere Zusammenarbeit endet hier, wie geplant. Wir sind sicher in Fustat eingetroffen, ganz gleich wie gründlich wir in Andalus versagt haben.« Atika konnte Yusufs Panik spüren, auch ohne ihn zu sehen. Was geschah in diesem Raum?

Auf einmal war das Klimpern von Münzen zu vernehmen.

»Du mußt mich nicht bezahlen«, wehrte Yusuf ab. »Ich konnte dir nicht so dienen, wie du es wolltest. Unser Vertrag ist nichtig.«

»Ich begleiche meine Schulden immer, so oder so«, entgegnete Amr. »Wir hatten eine Abmachung. Auch wenn«, fügte er hämisch hinzu, »ich eher Fatima bezahlen sollte als dich. Denn während du dich mit deinen Jünglingen vergnügt hast, hat sie auf das Mädchen aufgepaßt. Und wie es scheint, hat Atika tatsächlich geschwiegen.«

Atika zuckte unter dem Ton, in dem er ihren Namen aussprach, zusammen. Kalt und fremd lag der Smaragd auf ihrer Haut.

Wieder hörte sie Münzen klingeln. »Nimm das Geld und halt den Mund! Hast du verstanden?«

Atika machte einen beherzten Schritt zur Tür und spähte durch die schmale Öffnung. Yusuf stand in der Nähe des einzigen Fensters zum Hof. Seine Finger krallten sich in den Brokatstoff seiner dunkelgrünen Jacke. Amr, der ihm gegenüberstand, trat soeben einen Schritt auf ihn zu. Die dunklen Augen des Ismailiten hoben sich von seiner weißen Kleidung scharf ab. Er fixierte den Hals des Sklavenhändlers, während dieser offensichtlich erleichtert nickte.

»Du solltest mir nicht danken«, sagte Amr fast unhörbar. Dennoch wich der Sklavenhändler wie vor einer lauten Drohung zurück. »Wenn der Kalif von deiner Rolle in meinen Plänen erfährt«, fügte der Ismailit hinzu, »hast du verspielt.«

Yusuf stand unbewegt. Doch gleichzeitig entspannten sich seine Züge, als sei eine schwere Last von ihm genommen. Es schien, als sei seine Erleichterung über das Ende seiner Verbindung mit Amr größer als die Furcht vor der Vergeltung des Kalifen.

Amr warf die Börse vor ihm zu Boden. Sie sprang auf, und die Münzen rollten über den Teppich.

Atika zuckte zurück und stieß gegen die Vase, die klirrend zu Boden fiel. Sie wollte davonlaufen, stolperte, als sie in eine Scherbe trat. Als sie den Gang entlangrannte, hörte sie, wie die beiden Männer hinter ihr aus dem Zimmer stürzten, Amr rief ihren Namen, befahl ihr, stehenzubleiben. Doch sie sah sich nicht um.

7

Iqbal trieb Safwan erbarmungslos vor sich her. Gefährlich scharf blitzte die Klinge des Bagdaders in der Sonne auf. Immer wieder gelang es Safwan erst im letzten Moment, mit seiner eigenen Waffe zu parieren. Er fühlte sich der Herausforderung keineswegs gewachsen. Seine Arme und Hüften reagierten wie von selbst, beinahe ohne sein Zutun riß sein Körper die Waffe stets gerade noch rechtzeitig in die richtige Position. Im fünfundvierzig-Grad-Winkel vors Gesicht, die Spitze nach unten weisend, Ausfallschritt um neunzig Grad, die Klinge aufrecht in Hüfthöhe. Doch lange würde er nicht mehr durchhalten.

»Genug!« rief Iqbal auf einmal und ließ die Waffe sinken. Er trat einen Schritt zur Seite, um Safwans Klinge auszuweichen, der seinen Schlag nicht mehr bremsen konnte und von seinem eigenen Schwung mitgerissen wurde. »Wir unterbrechen einen Augenblick.«

215

Safwan ließ erst das Schwert und dann sich selbst in den glühendheißen Sand fallen. Die Sonne brannte erbarmungslos auf die Wüste herab. Er hatte das Gefühl, der letzte Tropfen Wasser in seinen Poren müsse längst verdampft sein. Immerhin, mit etwas Glück würden sie noch heute nacht die Oase Siwa erreichen. Sein rechter Arm und die Muskeln zwischen seinen Schulterblättern schmerzten, und unterhalb des Daumens hatte sich eine Blase gebildet. Sein Handgelenk fühlte sich an, als sei es zwischen die mahlenden Kiefer des Lastkamels geraten.

Und wozu das alles? fragte er sich. Um ein Buch zu suchen, das es vielleicht gar nicht mehr gab, und ein Mädchen, das möglicherweise längst verkauft war! Er legte den Arm über das Gesicht, um seine Augen vor der Sonne zu schützen und spürte, wie er vor Anstrengung zitterte.

Den unzuverlässigen Wegzeichen nicht trauend, wollte Iqbal lieber auf die Nacht warten, wenn das Doppelgestirn *Farqad* sie sicher leiten würde. Grenzenlos und glatt wie die Oberfläche eines stillen Ozeans, reglos unter drückender Flaute, lag die Wüste und atmete schwer. Nicht einmal die Heuschrecken, die sonst gleich seltsamen Steinchen vom Tritt der Kamele aufgeschreckt zur Seite sprangen, waren noch zu entdecken. Über dem Boden lag ein Flimmern wie die trügerische Spiegelung einer anderen Welt.

Iqbal, der seine Waffe in die Scheide an seinem Gürtel gesteckt hatte, lachte leise. Er griff nach dem Wasserschlauch am Sattel seines Kamels. Geschmeidig ließ er sich damit neben Safwan nieder. Die Diener, die ein wenig abseits lagen, blickten nur selten unter ihren improvisierten Sonnensegeln hervor und in die Richtung der beiden. Vermutlich hielten sie ihren Herrn und seinen Freund für schwachsinnig, weil sie sich zur Zeit der Nachmittagsruhe und bei glühender Hitze ihren Waffenübungen widmeten. Womit sie, zumindest Safwans Ansicht nach, nicht gänzlich unrecht hatten.

»Hier, trink!« sagte der Bagdader und reichte ihm den ledernen Beutel. »Du hast es dir verdient.« Er strich sich die schweißnassen schwarzen Haare aus dem Gesicht.

Safwan verzog das Gesicht dankbar zu einem matten Lächeln, war jedoch noch zu sehr außer Atem, um antworten zu können. Er nahm einen großen Schluck, ließ dann ein wenig Wasser über seine Hände und das verschwitzte Gesicht rinnen.

»Allmählich geht es besser, nicht wahr?« Der Bagdader stand schon wieder auf. »Zu Anfang unserer gemeinsamen Reise, vor einigen Wochen, trugst du deine Waffe eher zur Zierde. Aber mittlerweile kann man beinahe sagen, daß du dein Schwert nicht nur zu tragen, sondern auch zu führen verstehst.«

»Ich nehme an, das war ein Lob.«

Iqbal verzog keine Miene. »Mitnichten! Allerdings war es auch kein Tadel.« Er begann auf und ab zu gehen, und Safwan fragte sich, warum er nach den anstrengenden Übungen nicht einfach die Beine ausstreckte. Seine eigenen Muskeln zitterten noch immer, während die weißgekleidete Gestalt seines Begleiters unbeirrbar auf und ab schritt. Auf der Reise hatte sich Iqbal einen elegant gestutzten Bart wachsen lassen, wie man ihn im Osten nach griechischer Mode trug.

»Ich bin Grammatiker, kein Krieger«, hielt Safwan dagegen. »Um mich zu beschützen, gibt es Diener.«

»So wie bei dem Überfall der Tuareg, oder wer auch immer diese Männer gewesen sein mögen? Nein, mein Freund, ein Mann von Adel muß beides beherrschen: Wissenschaft zu betreiben und sich selbst zu schützen.«

»Ist es denn so wichtig, mein eigenes Schwert zu beherrschen, da ich doch in deiner Gegenwart reise?« fragte Safwan ein wenig boshaft.

»Wer sagt dir, daß du nicht genau aus diesem Grund dein Schwert benötigen wirst?«

Sichtlich amüsiert von Safwans Gesichtsausdruck lachte Iqbal laut auf. »Du bist leicht zu erschrecken, mein Freund! Nein, meine Klinge hast du nicht zu fürchten. Und glaub mir, wenn du in den Metropolen des Ostens überleben willst, ist ohnehin die Zunge noch wichtiger als das Schwert, auch wenn es auf den ersten Blick nicht so scheint.«

»Ich glaube, das habe ich schon begriffen«, erwiderte Safwan trocken. Er beobachtete Iqbal, der dem Lasttier klatschend die Hand auf die Flanke schlug, als er daran vorbeiging. Es blieb ruhig liegen. Sie hatten die Kamele vor einigen Tagen getränkt, jetzt waren sie friedlich. Der Aufbruch von der Wasserstelle hingegen war eine Tortur gewesen. Die widerspenstigen Bestien hatten so gebrüllt, daß Safwan geglaubt hatte, seine Ohren müßten zerplatzen. Störrisch und träge waren sie immer wieder stehengeblieben und hatten sich geweigert, die Tränke zu verlassen. »Sie kennen den Weg schon«, hatte der Treiber erklärt. »Sie wissen, daß sie nun mehrere Tage nichts mehr bekommen.«

Iqbal entfernte sich einige Schritte und blieb dann bei einem Felsbrocken stehen, der wie ein von einem Riesen vergessener Würfelstein in der Ebene lag. Er winkte Safwan zu sich heran. »Das solltest du dir ansehen!«

Safwan stöhnte leise und stand auf. Als er das pergamentartige, fast durchsichtige Gewebe erblickte, wich er einen Schritt zurück. Es war ein Natternhemd, das zwischen einigen größeren, scharfkantigen Kieseln lag. Die Schlange mußte sich dazwischen hindurchgezwängt haben, bis die alte Haut über den Augen eingerissen war, sich abgelöst hatte und schließlich zwischen den Steinen zurückblieb. Es mußte ein großes Tier gewesen sein, mindestens eine Elle lang und ziemlich breit. Eine alte Viper, dachte Safwan. Ein Schauder lief ihm über den Rücken, als er daran dachte, wie groß die Viper gewesen sein mußte, der diese Haut zu klein geworden war.

»Wenn man mit dir reist, trifft man offenbar ständig auf Schlangen und ihre Spuren«, meinte Iqbal mit einem scherzhaften Seitenblick.

»Es heißt, Zweifel seien Schlangen, die einen vergiften«, bemerkte Safwan beiläufig.

»Ah! Daher deine Abneigung, habe ich recht?« Iqbals Augen

strahlten in jenem fremdartigen, hellen Grün, das Safwan noch immer irritierte. Die Reise durch die Wüste hatte die Haut des Bagdaders eine Spur dunkler werden lassen, so daß sich der Kontrast noch verstärkt hatte. Er schlug Safwan freundschaftlich auf die Schulter. »Weißt du überhaupt, was Zweifel bedeuten?«

Safwan preßte die Lippen aufeinander und stieß mit dem Fuß einen Stein zur Seite, ohne zu antworten.

Iqbal stocherte mit seinem Schwert nach der leeren Schlangenhaut und hob sie mit der Klinge auf. »Dein Vater erzählte mir, warum Nabil verhaftet wurde«, erklärte er, plötzlich ernst. »Und auch du hast es mir in Kairouan selbst gesagt: Er wurde als Ketzer verurteilt.«

Safwan nickte zögernd. Er vermied es, den Bagdader anzusehen.

»Du mußt mir nicht erklären, warum«, bemerkte Iqbal mit einem Lächeln. Er ließ die Schlangenhaut wieder zu Boden gleiten. »Aber erzähltest du nicht, es sei wegen eines Buchs gewesen? Eines Ketzerwerks?«

»Es ist kein Ketzerwerk!« erwiderte Safwan heftig. »Es kann keines sein. Nabil war kein Ketzer.«

»Und was willst du nun tun?« fragte Iqbal. »Nabil ist tot, und auch dein eigener Ruf ist zerstört. Wie willst du deine Unschuld beweisen?«

»Ich werde das Buch finden«, entgegnete Safwan trotzig. »In Fustat werde ich mehr erfahren.«

Seit seiner Begegnung mit Amr in Córdoba war Safwan sich dessen sicher. Es war offensichtlich gewesen: Der Ägypter hatte mit dem Buch zu tun. Aber das ging Iqbal nichts an.

»Ich werde meine Unschuld und die Nabils beweisen und den Ruf meiner Familie wiederherstellen. Das Buch ist kein Ketzerwerk!«

Iqbal lachte laut auf. »Auf die Frage, was Häresie ist, gibt es beinahe jeden Tag, den Gott werden läßt, eine neue Antwort. Jeder Rechtsgelehrte hat seine eigene Ansicht dazu. Was also willst du tun, wenn du unrecht hast? Wenn dieses Buch doch von einem Ketzer verfaßt wurde?«

Er hatte genau die Frage ausgesprochen, die Safwan sich selbst bisher nicht zu stellen gewagt hatte. Jetzt hing sie zwischen ihnen in der schweren flimmernden Luft. »Würdest du es überhaupt wissen wollen, selbst wenn du im Besitz des Buches wärst?«

Safwan antwortete nicht.

»Genau davon spreche ich«, sagte der Bagdader nach einer Weile. »Zweifel.«

Er legte den Arm um Safwans Schulter. »Komm, mein Freund, laß uns noch einmal die Klingen kreuzen! Unsere Zungen haben wir für heute genug gekreuzt, und es sind nur noch wenige Tage bis Fustat. Das beste Heilmittel gegen die Zweifel ist ein wenig Schweiß.«

Doch Safwan war nicht bei der Sache, als er sein Schwert wieder aufnahm. Bald sind wir in Fustat, dachte er, während er die Klinge hob, um Iqbals ersten diagonalen Schlag zu parieren. Dann werde ich Atika nach dem Buch fragen, und alle Zweifel werden ausgeräumt sein. Beim Gedanken an sie durchlief ihn eine plötzliche Hitze. Er sah ihre schmale, hoch aufgerichtete Gestalt vor sich, wie sie von dem Wort gesprochen hatte, das sie gegeben hatte, ihre unterdrückte Leidenschaft, ihre Augen, als sie im Zorn den Kopf nach hinten geworfen hatte, ihr Gesicht, wie es zurückgewichen war, als er sie nach ihrem Namen gefragt hatte. Ihre Lippen hatten leicht gezittert, als er sich ihr genähert hatte …

»Beim neunmal gesteinigten Teufel!«

Safwan schrie auf und ließ sein Schwert fallen. Sein rechter Unterarm fühlte sich taub an. Er preßte die linke Hand auf den Ellbogen, wo ihn die flache Seite von Iqbals Klinge getroffen hatte. Mit einem anklagenden Blick ließ er sich zu Boden sinken, das schmerzende Gelenk fest umklammert. Iqbal bedachte ihn mit einem nachdenklichen Blick und einem schwer zu deutenden Lächeln auf den Lippen.

8

Als Safwan aufwachte, erblickte er über sich breite Stoffbahnen und die in Rot, Weiß und Grün verschlungenen Muster der bemalten Holzdecke. Er lag in einem Bett in Musas Haus. Durch ein einziges Fenster zum Innenhof fielen Sonnenstrahlen schräg herein. Es mußte Abend sein.

Die Tage, ehe sie Fustat und das Haus seines Onkels erreicht hatten, waren ihm länger vorgekommen als die Wochen und Monate zuvor. Nur die Aussicht, bald nicht mehr in eine Decke gewickelt neben einem stinkenden Kamel in einer Kuhle im Boden zu nächtigen und mit verspanntem Kreuz und einem Kratzen im Hals aufzuwachen, hatte ihm die letzten Tage erträglich gemacht. Er stieg aus dem Bett. Während er aus einer Kanne Wasser über sein Gesicht laufen ließ, überlegte er, wie er sich nach Amr erkundigen und Atika finden konnte, ohne daß Iqbal sich an seine Fersen heftete. Die Regeln der Gastfreundschaft hatten geboten, dem Bagdader Quartier im Haus seines Onkels anzubieten. Doch er hatte nicht damit gerechnet, daß Iqbal kaum noch von seiner Seite weichen würde. Dezent, aber allgegenwärtig behielt er ihn nun seit ihrer Ankunft am Abend zuvor im Auge wie eine Aufseherin die Tugend eines Mädchens.

Als er nach unten kam, saß Musa schon beim Wein. Er klatschte in die Hände, und sofort eilte ein Diener herbei, um auch für Safwan einen Becher zu bringen. Neben Musa saß Iqbal auf der *Suffa*. Von den Marmorfliesen aus kroch Kühle in Safwans Füße und die Beine hinauf.

»Nun, mein Freund, hast du dich erholt?« fragte der Bagdader väterlich. »Während du geschlafen hast, war ich schon in der Stadt.«

Safwan hustete. Die letzten Nächte auf dem Boden in der Wüste waren unangenehm kühl gewesen, und der ständige Wechsel zwischen diesen Nächten und der Tageshitze war nicht ohne Folgen geblieben. »Ich muß auch noch in die Stadt.« Er bemühte sich um einen möglichst beiläufigen Tonfall.

Wenn Iqbal bereits in der Stadt gewesen war, konnte er sich in aller Ruhe allein auf die Suche nach Atika machen.

»Laß uns gemeinsam gehen«, schlug Iqbal jedoch vor. »Die Reise war so eintönig, daß ich wahrhaft berste vor Tatendrang!«

Safwans Mißtrauen keimte wieder auf. Welchen Grund konnte der Bagdader haben, ihm nachzuspionieren? Er bemerkte das neue Obergewand mit weit geschnittenen Ärmeln, das Iqbal trug. Es reichte bis über die Knie und war mit einer Schärpe gegürtet. Seine Farbe changierte, je nachdem, wie das Licht darauf fiel.

»Mir scheint, du hast schon genug Geld ausgegeben«, bemerkte er, auf das Kleidungsstück weisend. »Bist du so erpicht darauf, noch mehr zu verschleudern?«

»Der Kaiser von Byzanz, so sagte mir dein Onkel, soll dem Kalifen von Ägypten die Gewalt über hundert Städte geboten haben, wenn er dafür nur erführe, wie man diese Stoffe herstellt«, erklärte Iqbal, ohne auf die Frage einzugehen, »doch der Kalif lehnte ab. Er wußte, daß dieses Geheimnis wertvoller ist als alles Gold von Byzanz. Der Stoff heißt *Buqalamun*. Und er wird aus dem Bart einer Muschel gewonnen, deshalb schillert er in allen Farben wie Perlmutt. Bemerkenswert, diese Ägypter.«

Safwan umschloß seinen Becher mit den Händen. Langsam ließ er sich neben den beiden Männern auf der gepolsterten *Suffa* nieder, die sich über die ganze Länge der Wand erstreckte. Er mußte Iqbal davon abbringen, ihn zu begleiten. Seine Suche nach dem *Buch des Smaragds* ging diesen bei Gott nichts an. Und Safwan legte auch für den Fall, daß er mit Atika sprechen sollte, keinen übermäßigen Wert auf seine Gesellschaft.

»Dein Freund hat mir von den Webern Bagdads erzählt«, sagte Musa. Er ähnelte Safwans Vater nur, was die gedrungene Gestalt und das stahlgraue Haar anging. Sein Gesicht war hagerer als das seines Bruders, und er trug einen nach byzantinischer Mode gestutzten Vollbart. »Sie müssen dort wahre Wunderwerke schaffen, Brokat aus chinesischer Seide, der seinesgleichen sucht und selbst von den Persern bewundert wird.«

222

»Und da empfahl mir dein Onkel, die Kunst der ägyptischen Handwerker zu beurteilen«, ergänzte Iqbal, »und in der Tat, ich war beeindruckt. Ich gehe daher gerne noch einmal mit dir.«

Safwan nahm einen Schluck Wein. Er war mit Kräutern gewürzt und mit Honig gesüßt. Sofort ließ das Kratzen in seinem Hals nach. »Du hast also noch nicht genug von den Wundern dieser Stadt? Ich dachte, du warst schon einmal in Fustat.«

Sein eigener erster Eindruck war alles andere als erfreulich gewesen. Als sie die Stadt erreicht hatten, hatten sie sich durch eine Menge koptischer Christen drängen müssen, die sich auf das nahende Neujahrsfest vorbereiteten und die Ankömmlinge mit schiefen Blicken musterten. Fragen nach Musa ibn Abd al-Qadir hatten sie entweder gar nicht oder mit mürrischem Gesichtsausdruck beantwortet. Die sechsstöckigen Hochhäuser aus dunklen Ziegeln standen so dicht beieinander, daß kaum ein Lichtstrahl dazwischen bis zum Boden vordrang. Bereits von außen konnte man Flöhe und Schimmel förmlich riechen. Selbst am Tage blakten Laternen an den Hauswänden mit dem allmählich abblätternden Putz. Die Größe der Bauten wirkte beklemmend auf ihn, und er kam sich zwischen diesen Mauern auf eine unangenehme Art und Weise verloren vor. Staub legte sich auf Lungen, Haar und Kleider. Erst als sie Musas Haus in einem der besseren Viertel im Süden der Stadt erreichten, hatte er sich wieder etwas wohler gefühlt.

»Ich dachte, du hättest sogar schon einmal hier gewohnt«, fuhr Safwan fort. »Ein Freund meines Vaters ist schließlich in jedem Haus willkommen, das einem unserer Verwandten gehört. Der Stamm der Banu Kalb ist berühmt für seine Gastfreundschaft.«

Iqbal lehnte sich ein wenig zurück, nahm einen Schluck von seinem Wein und meinte mit unbewegtem Gesicht: »Als ich zuletzt nach Córdoba kam, bin ich direkt vom Libanon aus nach Spanien gesegelt. Ich war auf früheren Reisen zwar schon in Fustat, aber damals kannte ich deinen Vater noch nicht. Was ist los, mein Freund? Du tust beinahe, als wollte ich dich bei einem Treffen mit deinem Mädchen belästigen! Dabei kannst du in der kurzen Zeit wohl kaum schon eines gefunden haben.«

»Keineswegs!« Safwan hob so abrupt den Kopf, daß etwas von seinem Wein auf Musas Teppich schwappte. Er wischte sich einige Tropfen von der Hand und hob entschuldigend die Augenbrauen.

»Ich bin dir sehr dankbar«, wandte sich Musa an Iqbal, »daß du ein Auge auf Safwan hattest. Es war seine erste große Reise. Ich bin froh, daß er mit dir einen vertrauenswürdigen Mann an seiner Seite hatte.«

Iqbal nickte höflich, während Safwan in seinen Becher starrte. Der Bagdader hatte ihn aufgelesen wie einen streunenden Welpen. Doch offensichtlich hatte er Musa nichts von seiner eher kläglichen Rolle bei dem Überfall erzählt.

Musa winkte seinem Diener, ihm Wein nachzuschenken. »Wie wäre es mit ein wenig Unterhaltung?« Er hob seinen Becher, damit der Mann ihn erneut füllen konnte. »Liebst du das Polo, Iqbal al-Bagdadi? Es gibt hier einen schön gelegenen Platz, und du wirst mit unseren Pferden zufrieden sein, auch wenn sie sich mit den euren wohl nicht messen können. Was haltet ihr davon?«

Iqbal warf Safwan einen schnellen Blick zu. Dieser nahm einen Schluck Wein, um Zeit zu gewinnen, deutete ein Nicken an, meinte dann aber rasch: »Ich werde morgen einen kleinen Ritt machen.«

Und ehe der Bagdader etwas sagen konnte, fügte er hinzu: »Doch Iqbal wird dich sicher sehr gerne begleiten.« An den Bagdader gewandt bemerkte er: »Sagst du nicht immer, ein Mann von Adel müsse sich körperlich ebenso ertüchtigen wie geistig?«

Musa erhob sich und schlug dem Bagdader freundschaftlich auf die Schulter. »Prächtig! Ich werde sofort alles Nötige veranlassen.«

Der Ausdruck in Iqbals Gesicht entschädigte Safwan für einiges, was er sich auf der Reise hatte anhören müssen. Es gab Augenblicke, da begann er den Zweikampf der Geister zu lieben.

9 »Das ist der Laden unseres Kopisten. Wie Yusuf es dir versprochen hat.« Fatima wies auf eine niedrige Tür, vor der einige Pergamentbögen und Papyrusblätter lagen. Das schmale Haus wurde schier erdrückt von den Nachbarhütten, die sich von beiden Seiten schwer dagegenlehnten. »Laß uns sehen, was er hat! Weißt du schon, was du kaufen willst?«

Atika schüttelte den Kopf, doch das war nicht die Wahrheit. Sie wußte sehr gut, wonach sie suchen würde. Seit sie Yusuf und Amr vorgestern belauscht hatte, konnte sie nicht mehr anders. Wenn irgend etwas die Veränderung des Ismailiten, von der nun auch Yusuf gesprochen hatte, bewirkt haben konnte, war es das *Buch des Smaragds*.

»Nimm die Kopien ohne Einband, das kommt billiger«, riet Fatima. Sie öffnete die Tür, und Atika blieb mit einem Ausruf der Bewunderung stehen.

An den Wänden und auf dem Boden stapelten sich einfache Papyri sowie kostbare, mit Gold verzierte und in feinstes Leder gebundene Handschriften wie Juwelen in einer Schatzhöhle. In den wenigen Lichtstrahlen, die nach innen drangen, tanzten feine Staubpartikel. Der Geruch von frischem Leder hing in der Luft, und im hinteren Teil des Raums standen Tinte und goldene Farbe. Daneben lag ein Stapel wertvolles, feingeschabtes Pergament, und dort saß auch der Besitzer des Ladens wie der Wächter eines Schatzes. Er kopierte soeben ein Buch, das vor ihm auf einem niedrigen Ständer lag und vom Licht mehrerer Öllampen beschienen wurde, denn das Tageslicht drang kaum bis zu ihm vor.

Er schien Fatima zu kennen, denn er stand auf, sobald er sie bemerkte, und begrüßte sie mit ihrem Namen. Die alte Frau stellte ihn als Hamid vor. Bei seinem Anblick mußte Atika unwillkürlich an die Sagen ihrer Heimat denken, in denen es von mehr oder weniger boshaften Zwergen und Sumpfgeistern wimmelte. Wenn sie guter Laune waren oder man ihnen eine schöne Königstochter zur Gemahlin versprach, waren sie bisweilen bereit, den Menschen märchenhafte Schätze zu überlassen. Allerdings gab es bei einem solchen Handel gewöhnlich einen Haken, und in den meisten Legenden mußten die Geister schließlich erst überlistet werden, bevor sie ihre Reichtümer preisgaben. Hamid hatte trotz seiner beeindruckenden Größe etwas von einem solchen *Alb*. Atika fragte sich, was man ihm wohl versprechen mußte, um ihn zur Herausgabe seiner Schätze zu überreden. Er war korpulent und hatte seine besten Jahre bereits hinter sich. Ihr fielen seine breiten Wangen, die kleinen Augen und der schmale Mund auf, in dessen Winkeln sich weißer Speichel sammelte. Er sprach geziert und zog seine Sätze bedeutungsschwer in die Länge.

Atika erklärte, sie würde sich gerne ein wenig umsehen. Während sie in verschiedenen der billigeren Kopien zu blättern begann, begab er sich wieder in den hinteren Teil seines Ladens, der lang und schmal wie ein Schlauch war. An seinem vorherigen Platz nahm der Kopist wieder die Rohrfeder zur Hand und fuhr fort, seinen Bogen mit schwungvollen Zeichen zu bedekken. Fatima folgte ihm und wechselte einige Worte in ihrem harten ägyptischen Dialekt mit ihm.

Atika befand sich offenbar im Bereich der philosophischen Werke. Ihr Blick glitt über die aufgestapelten Bände. Wenn sie das gesuchte Buch finden wollte, mußte sie die Titel schnell überfliegen, ehe Fatima mißtrauisch wurde. Allerdings würde sie das *Buch des Smaragds*, selbst wenn der Kopist es besaß, kaum finden, ohne danach zu fragen. Wieder einmal verfluchte sie ihre Kurzsichtigkeit, die sie zwang, die Bogen dicht vors Gesicht zu halten.

Sie entdeckte das *Kitab at-Tuffaha*, das *Buch des Apfels*, das vom Tod des Aristoteles handelte, ein sehr berühmtes Werk, von dem sie bereits gehört hatte. Doch war es in schönes Leder gebunden und somit ohnehin viel zu teuer für die bescheidenen Verhältnisse einer Sklavin, selbst wenn sie vorgehabt hätte, es zu kaufen. Atika griff nach verschiedenen Büchern, schlug sie scheinbar unschlüssig auf und wieder zu.

Staub stieg in ihre Nase, als sie sich weit über einige besonders klein geschriebene Titelseiten beugte, und sie nieste.

Hastig sah sie sich nach der Dienerin um. Doch diese stand ruhig und in ein Buch vertieft im hinteren Teil des Ladens, sicherlich acht oder neun Schritte von ihr entfernt. Der Schleier verdeckte das Gesicht der alten Frau. Der Kopist war weiterhin mit seiner Arbeit beschäftigt.

Atika schlug ein Bändchen auf, in dem mehrere kürzere Texte hintereinandergeheftet waren. Rasch überflog sie den Inhalt. Der erste Teil war die Geschichte des Propheten Joseph in Ägypten. Atika kannte sie aus ihrer Heimat. Seit sie sie zum ersten Mal in ihrem islamischen Gewand gehört hatte, hatte sie sich stets aufs neue über diese Ähnlichkeit der heiligen Bücher von Christen und Muslimen gewundert. Hierbei handelte es sich jedoch nur um eine Nacherzählung in einem Gemisch aus Versen und Prosa. Der zweite Teil war eine chemische Abhandlung von einem Autor, den sie nicht kannte, einem gewissen Sajius. Er behauptete, die Schrift in einem finsteren *Serdab* gefunden – sie würde Fatima fragen müssen, was ein *Serdab* war, vielleicht eine Höhle, oder eine dunkle Kammer? – und aus dem Syrischen übersetzt zu haben. Ihre Augen flogen zur Überschrift des dritten Textes.

Das Buch des Smaragds.

Beinahe hätte sie das Buch fallen gelassen. Die Buchstaben tanzten vor ihren kurzsichtigen Augen. Sie warf erneut einen Blick hinüber zu Fatima. Die alte Frau war ganz in ihre Lektüre vertieft. Atika konzentrierte sich angespannt auf das Titelblatt. Sie bezwang einen erneuten Niesreiz und seufzte leise. Wie es schien, begann sie Gespenster zu sehen. Die Überschrift des dritten Textes lautete nicht *Das Buch des Smaragds*, sondern *Die Smaragdtafel.*

Langsam ließ sie den Bogen sinken. Eine leise Enttäuschung machte sich in ihr breit. Das Heftchen war schlecht gebunden, einzelne Seiten hingen halb lose herab. Das Papier war billig und an den Rändern bereits ein wenig fransig. Atika besah sich den Text genauer.

Die Smaragdtafel war, soviel sagte der ausführliche Titel, vor der Sintflut von Idris verfaßt worden, den man Hermes Trismegistos nannte. Der große Weise Balinas hatte sie gefunden, und schließlich war sie ins Arabische von demselben Sajius übersetzt worden, der auch die chemische Abhandlung übertragen hatte.

Atika runzelte die Stirn. Langsam blätterte sie zurück zu der chemischen Abhandlung. Sie trug den Titel *Über die Ursachen der Dinge*, und dort hieß es:

Als ich auf das Buch des weisen Lehrers Balinas stieß und mir offenbar wurde, was darin verschlossen lag: Geheimnisse und Talismane unter dem Schleier der alten syrischen Sprache, Wissen über Dinge, die Hermes, der größte der griechischen Weisen in einem Serdab *verborgen hatte …*

Sie schüttelte den Kopf, blätterte wieder zur *Smaragdtafel*. Es war eine seltsame Textstelle, die sie diesmal aufschlug. In schlechtem Arabisch, durchsetzt mit fremden, vielleicht persischen Worten, stand dort:

Als ich das Gewölbe betreten hatte, über dem der Talisman befestigt war, erblickte ich einen alten Mann, der auf einem goldenen Stuhl saß und eine Smaragdtafel in der Hand hielt. Und siehe, darauf stand auf syrisch, der ersten Sprache der Menschheit: …

Sie hob das Bändchen höher, so daß mehr von dem Licht, welches von außen hereindrang, darauf fiel. Unauffällig spähte sie ein weiteres Mal zu Fatima und dem Kopisten hinüber. Beide hatten sich nicht von der Stelle gerührt. Langsam ließ sie sich auf dem Boden nieder, wobei sie die alte Dienerin und den Inhaber des Ladens nicht aus den Augen ließ.

In ihm ist die Kraft des Höchsten und des Tiefsten, denn: Mit ihm ist das Licht der Lichter, deshalb flieht vor ihm die Finsternis.

Sie erinnerte sich genau an die Worte Amrs, so genau, daß sie beinahe den Widerhall seiner Stimme in ihrem Kopf zu hören glaubte. Und wortwörtlich stand dieser Satz des Hermes, jener einzige Satz, den Amr aus dem *Buch des Smaragds* zu kennen glaubte, hier in einem Buch mit dem Titel *Die Smaragdtafel*. Doch derjenige, der den Text von der legendären Tafel übertragen und interpretiert haben wollte, hieß Sajius. Nicht Ibn ar-Rewandi.

In Atikas Kopf breitete sich das Summen eines Heuschrekkenschwarms aus. Hastig wandte sie den Kopf zur Tür, meinte, den Blick des Ägypters in ihrem Rücken gespürt zu haben. Doch von Amr war nichts zu sehen. Sie preßte ihre kalten Finger an die Schläfen, versuchte, ihre Gedanken zu ordnen. Sie mußte den Ismailiten sprechen. Er mußte wissen, was sie gesehen hatte.

Amr suchte das Vermächtnis des Hermes. Er hatte es ihr selbst gesagt: *Das Buch, das die Worte des Hermes Trismegistos enthält.* Amr glaubte, dieses Buch sei das *Buch des Smaragds*. In ihm war, so glaubte er, das ganze Wissen des Weisen enthalten, und auch seine Deutung. Doch er hatte sich geirrt. Nicht aus dem *Buch des Smaragds*, sondern aus der *Smaragdtafel* des Sajius stammte der Satz des Hermes. Atika starrte wieder auf die aufgeschlagene Seite. Eine Frage setzte sich in ihrem Kopf fest: Enthielt das Werk des Ibn ar-Rewandi möglicherweise nicht das, was Amr sich davon erhoffte?

Ihr stockte der Atem. Aber wenn das *Buch des Smaragds* nicht das Vermächtnis des Hermes enthielt – was, bei allen Engeln und Dämonen, enthielt es dann?

10 Das Haus, das Safwan als das Amr ibn Qasims beschrieben worden war, lag vor den Toren Fustats. Wie der Ismailit es vorausgesagt hatte, war es leicht gewesen, die Villengegend bei der *Birkat al-Habasch* zu finden. Von Amr würde er hoffentlich in Kürze erfahren, wo Atika war.

Der Gestank und der Lärm der Stadt schienen unendlich weit entfernt. Gärten und Palmenhaine trennten die Villen voneinander, und nur das laute Zirpen der Zikaden durchbrach die Stille. Die Luft war angenehm frisch, selbst die Hitze schien hier weniger drückend. In einiger Entfernung erblickte Safwan die glänzende Oberfläche des Abessinierteichs, und zu seiner Rechten zog sich das dunkelgrün gesäumte Band des Nils nach Norden zur Stadt hin.

Amrs Haus war wie so viele, langgestreckt und streng, aus dunklen Lehmziegeln erbaut. Eine beinahe fensterlose Mauer schirmte das Innere gegen die Außenwelt ab. Doch schien es Safwan, als seien seine Wände eine Spur höher, seine Ziegel einen Hauch dunkler als die anderer Häuser. Doch das mochte auch an der soldatischen Disziplin liegen, mit der die Diener ihn empfingen, ihm sein Pferd abnahmen und ihn ohne Verzögerung ins Innere des Wohnhauses geleiteten. Nach den letzten Wochen in der Wildnis, dachte Safwan, hätte er diese Etikette als Zeichen menschlicher Zivilisation auffassen und erfreut willkommen heißen müssen. Doch der Höflichkeit der Diener fehlte die Wärme, die Safwan von einem Gastgeber erwartete. Am anderen Ende der kühlen Eingangshalle erkannte er die sehnige Gestalt Amrs, der einem Sklaven einen leise gesprochenen Befehl erteilte und sich dann zu ihm umwandte. Safwan straffte den Rücken. Bei Gott, er benahm sich wie ein Schuljunge, der seinen Meister mit zitternden Knien um einen Gefallen bitten muß!

Der Ismailit stand einen Augenblick in dem rechteckigen hellen Streifen, der aus der Türöffnung zum Hof in den Raum fiel. Dann winkte er seinem Diener, sich zu entfernen, und kam auf Safwan zu. Seinem Gesicht war keine Regung anzusehen. Doch seine Augen wanderten unruhig durch den Raum, ehe sie sich auf seinen Gast konzentrierten. Safwan kam der befremdende Gedanke, der Ismailit habe in Córdoba sicherer gewirkt als hier in seinem eigenen Haus. Von der beeindruckenden Selbstsicherheit, für die er ihn damals bewundert hatte, war jedenfalls kaum noch etwas zu spüren.

Er trat Amr entgegen und legte grüßend die Hand an die Brust. »*As-Salamu alaikum* – Friede sei mit dir, Amr ibn Qasim. Ich freue mich, dich zu sehen. So Gott will, ist deine Reise gut und sicher verlaufen.«

Der Arm des Ismailiten zuckte, ehe er ihn ebenfalls zum Gruß hob. »*Wa-alaikum as-salam* – Auch mit dir sei Friede, Safwan al-Kalbi.«

Safwan wollte sogleich nach Atika fragen, doch Amr winkte seinem Gast stumm, ihm in den Hof zu folgen. In der Mitte stand ein Springbrunnen, der von einem weiten Becken umgeben war. Safwan blieb im Eingang stehen. Plötzlich hatte er das Gefühl, jemand zupfe wie zur Warnung an seinem Ärmel. Er sah sich um und schüttelte den Kopf über seine eigene Unsicherheit. Nur ein Dornenzweig hatte sich im Stoff seiner Jacke verhakt. Die Wände waren über und über von Rosen und Clematis berankt, die verschwenderisch Blüten trugen. Süß und schwer hing ihr Duft im windstillen Hof. Sorgsam zurechtgestutzte Orangenbäumchen und Lorbeerstauden umstanden das Wasserbecken wie eine vom Zeremoniell zur Reglosigkeit erstarrte Dienerschaft. Mit leichter Beschämung über sein eigenes Mißtrauen befreite sich Safwan von dem Zweig.

Amr hatte seine Sicherheit rasch wiedergewonnen. Er musterte Safwan mit einem Seitenblick. »Die Andalusier, heißt es, verstehen etwas von Gärten. Was ist deine Meinung?«

Die Stille wurde nur vom Plätschern des fallenden Wassers unterbrochen. Von der obersten Schale drängte es in die untere, größere, um schließlich von dort ins Bassin zu fallen. Das Auf und Ab des fallenden und wieder aufsprudelnden Wassers erinnerte an die Bewegungen einer Tänzerin, wenngleich dieser Gedanke im Haus des Ismailiten etwas Befremdendes hatte.

»Du hast einen ausgezeichneten Gärtner. In Andalus haben wir keine besseren.« Amrs schmale Lippen unter dem kurzen Bart verzogen sich zur Andeutung eines Lächelns. »Ich nehme an, das war ein Kompliment.«

Trotz seiner Freundlichkeit fühlte Safwan sich unwohl. Etwas irritierte ihn. Es war nicht greifbar, wie ein falscher Ton in einem Musikstück, der so schnell verklungen ist, daß man ihn kaum wahrnimmt, dessen Erinnerung aber dennoch die Harmonie der Musik zerstört.

Der Diener, den Amr zuvor weggeschickt hatte, brachte Brot, Oliven und Tee. Er stellte das Tablett auf dem gemauerten Rand des Bassins ab und zog sich mit derselben unbewegten Höflichkeit wieder zurück, die die gesamte Dienerschaft auszeichnete. Amr winkte Safwan, ihm in die Mitte des Hofs zu folgen, reichte seinem Gast ein Glas und nippte im Stehen an seinem eigenen Tee.

»Wo finde ich Atika?« fragte Safwan, ebenfalls ohne sich zu setzen. »Du sagtest mir, ich könne bei dir erfahren, wo sie ist. Ich muß sie sprechen.«

Amr setzte sein Teeglas ab. Seine Augen veränderten ihren Ausdruck nicht. »Ich erinnere mich. Du sprachst von dem Mädchen. Es ging um das *Buch des Smaragds.*«

Safwan sah sich instinktiv nach einem Lauscher um. Doch der Hof war leer. In einem Käfig sang ein Vogel. Außer dem Geräusch des Wassers war sonst kein Laut zu vernehmen. Niemand konnte sie hören. Er bejahte zögernd, um sofort nachzusetzen: »Ist Atika schon in Fustat?«

Die Anspannung des Ismailiten war deutlich spürbar. Der Vogel in seinem Käfig unterbrach seinen Gesang. »Yusuf ist mit seinen Sklaven noch nicht in Fustat angekommen«, erwiderte Amr kurz.

Safwan war überrascht. »Aber es sind nur noch wenige Tage bis zu eurem *Nauruz*-Fest. Sie müßten längst hier sein!«

Die Kieferknochen des Ismailiten traten stark hervor. »Ich weiß nicht, warum er noch nicht hier ist. Das Wetter auf See war ungewöhnlich schlecht, nach allem, was ich hörte. Möglicherweise wurde er aufgehalten.«

»Aufgehalten? Das ist nicht dein Ernst! Wenn das Wetter gut ist, kann ein Schiff von al-Andalus aus Ägypten in acht Tagen erreichen! Du kannst mir nicht erzählen, daß Yusuf vier Monate dazu braucht! Seid ihr denn nicht zusammmen gereist?«

Amrs Gesicht blieb unbewegt. »Wie du siehst, nein. Gott allein weiß, was ihn aufgehalten hat.« Er neigte den Kopf mit spürbarer Arroganz leicht zur Seite. »Ist es denn so dringend?«

Safwan starrte ihn an. »Dringend? Zum Teufel, ja, es ist dringend! Wäre ich sonst hier?« Er war laut geworden. Mit einer heftigen Bewegung stellte er sein Teeglas auf dem Rand des Bassins zu seiner Rechten ab. Das rote Kristallglas klirrte leise.

Amr schien dieser Ausbruch nicht zu erstaunen. Er blieb ruhig stehen und beobachtete Safwan mit dem interessierten Blick eines Mannes, der ein widerspenstiges Tier abschätzt.

»Yusuf kann unmöglich so lange gebraucht haben! Da stimmt etwas nicht!«

»Willst du behaupten, daß ich nicht die Wahrheit sage?« fragte Amr scharf.

Safwan besann sich. »Nein«, sagte er leiser. »Nein, natürlich nicht. Es tut mir leid, ich wollte nicht unhöflich sein.« Er ließ sich auf den Brunnenrand sinken und stützte den Kopf in die Hände.

Der Ismailit trat näher. Er stellte sein Teeglas ab und ließ sich neben Safwan auf dem Beckenrand nieder. »Ich verstehe deine Enttäuschung«, sagte er langsam. Er trug eine *Jubba* ähnlich der, unter der Safwan in Córdoba das Smaragdamulett bemerkt hatte.

Safwan kam ein Gedanke. Er warf einen verstohlenen Seitenblick auf den Ismailiten. Womöglich konnte er von Amr selbst erfahren, was es mit dem *Buch des Smaragds* auf sich hatte, und welche Beziehung es zwischen der Religion der Ismailiten und den Philosophen, die sich mit den Griechen beschäftigten, gab. Wenn Amr der Mann war, den Atika schützen wollte, mußte er darum wissen. Safwan fragte sich, warum ihm dieser Gedanke nicht früher gekommen war. Er sollte sich um das Buch kümmern, nicht um Atika, dachte er verärgert. Er wollte Amr gerade darauf ansprechen, als dieser unvermittelt sagte: »Ich kann nur beten, daß ihnen nichts zugestoßen ist.«

Safwan erstarrte. An diese Möglichkeit hatte er überhaupt nicht gedacht. Er sah Atikas weit geöffnete helle Augen vor sich, als er ihr von den *Jinn* erzählt, ihr Zurückweichen, als er sie nach ihrem früheren Namen gefragt hatte.

»Nein!« Er spürte einen plötzlichen Druck auf der Brust, konnte das heftige Schwanken seiner Stimme nicht beherrschen. »Das darf nicht sein!«

Ein rascher Blick von der Seite traf ihn, doch Amr schwieg. Hinter ihnen rauschte gleichmäßig das Wasser. Die ersten Schatten des Nachmittags fielen bereits in den Hof.

Safwan schüttelte langsam den Kopf. »Nein«, wiederholte er. »Das kann ich nicht glauben. Es muß einen anderen Grund geben, warum sie noch nicht hier ist.« Er sah Amr an, als stünde die Antwort in dessen Gesicht.

Amrs Lippen wurden schmaler, ein Zucken lief durch seinen Körper. Doch sofort hatte er sich wieder in der Gewalt. »Welchen anderen Grund könnte es geben?« fragte er. »Hast du nie an der göttlichen Gerechtigkeit gezweifelt? Ist dir nie etwas zugestoßen, das zu schrecklich schien, um der Wille eines barmherzigen Gottes zu sein?«

Safwan schloß für einen Moment die Augen. Amr schien in seiner Seele zu lesen und dort das Bild Nabils zu sehen, dem er nicht hatte helfen können. »Ja«, sagte er rauh. »Ich weiß, wovon du sprichst.«

Die Stimme des Ismailiten begann wieder auf jene seltsame Art zu schwingen, die Safwan bereits in Córdoba dazu verführt hatte, ihm zu vertrauen. »Sind diese Fragen nicht Zeichen dafür, daß das Ende der Welt naht? Und heißt es nicht, das Ende werde angekündigt durch Schwärme von Heuschrecken, wie sie seit Jahren über das Land herfallen, durch den blutigroten Schlamm, wie ihn der Nil bisweilen führt, durch Dürren und Überschwemmungen? Die Autoritäten, denen wir jahrhundertelang vertraut haben, mißbrauchen ihre Macht und unterdrücken die Menschen. Und auf der anderen Seite eifern Philosophen danach, unsere Gesetze zu zerstören und unseren Glauben zu zersetzen. Doch sie schaffen nichts, was dessen Stelle einnehmen könnte.«

Safwan ertappte sich dabei, den Worten des Ismailiten zu lauschen wie der Flöte eines Schlangenbeschwörers. Amr sprach jene verborgenen Gedanken aus, die auch ihn selbst bisweilen überkamen, die er aber nie zu Ende zu denken wagte. »Wenn selbst die Autoritäten ihre Macht mißbrauchen, was bleibt dann noch?«

Safwan antwortete nicht. Was hätte er entgegnen sollen? Er hielt den Blick auf Amr gerichtet, als habe der Ismailit die Macht, das Bild Nabils aus seiner Erinnerung zu tilgen.

Einen Moment schwiegen sie beide. Dann setzte Amr in verhaltenem Tonfall hinzu:

»Im *Buch des Smaragds* liegt der Schlüssel.«

Safwan wagte nicht, sich zu bewegen.

»Es enthält die Prophezeiung des Hermes Trismegistos und ihre Erfüllung. Es führt zur Religion Abrahams, die Muslime, Christen und Juden vereint. Zur Zukunft, wenn der Licht-mensch, den Hermes weissagte, die Zweifel blendet. Es ist der Schlüssel. Die Zeit ist reif, daß dieser Schlüssel wiedergefunden wird. Hundert Jahre währt die Schlacht zwischen Gut und Böse. Sie hat begonnen, als Ibn ar-Rewandi die Prophezeiung fand und erläuterte. Die zweite Offenbarung des Geheimnisses ist nahe, und mit ihr der Sieg des Guten, der Sieg des Geistes über die Materie, der Gewißheit über die Zweifel. Aber nur, wer den Schlüssel zu benutzen versteht, kann die Zweifel besie-gen.«

»Und du kennst diesen Schlüssel?« fragte Safwan. In den Augen des Ismailiten lag ein Ausdruck, der ihn auf einmal erschreckte.

Abrupt stand Safwan auf und entfernte sich einige Schritte. »Ich bin sicher, Yusuf wird kommen.« Er sprach lauter, um sei-ner Stimme Festigkeit zu verleihen. »Ich wäre dir sehr dankbar, wenn ich wieder nach ihm fragen dürfte.«

Amr erhob sich ebenfalls. Seine Lippen zitterten leicht. Eine sonderbare Erregung schien ihn ergriffen zu haben. »Natürlich. Sag mir, wo du wohnst. Ich kann einen Sklaven zu dir schicken, sobald ich von ihm höre.«

Die Stille des menschenleeren Hofes lastete auf ihnen, während Safwan überlegte. Endlich sagte er langsam: »Das ist sehr freundlich. Aber ich komme gerne noch einmal vorbei.«

»Du lügst! Welcher verfluchte Dämon ist in dich gefahren, dieses Buch zu kaufen!«

Atika zuckte zusammen, als Amr sie ohne Vorwarnung anschrie. In plötzlich aufflammender Wut warf er die *Smaragdtafel* zu Boden. Einzelne Blätter lösten sich daraus und verstreuten sich über das Bodenmosaik im verlassenen Aufenthaltsraum der Sklavinnen. Er machte einen Schritt auf sie zu, ohne sich darum zu kümmern, daß er auf die Blätter trat und sie zerknitterte. »Du hast versprochen, den Mund zu halten! Es war keine Rede davon, daß du deine Nase in diese Angelegenheit hineinstecken und alberne Gedankenspiele anstellen sollst!«

Als sie nach ihm geschickt hatte, hatte er nicht gezögert zu kommen. Er war getrieben von etwas, das ihn zu überwältigen drohte. Nie zuvor hatte er einer solchen Regung nachgegeben. Doch was er nun von ihr hörte, war nicht das, was er erwartet, vielleicht erhofft hatte.

»Es ist kein Gedankenspiel, das weißt du sehr gut.« Ihre Unterlippe zitterte, doch sie schürzte sie trotzig. Amr schlug mit der geballten Faust heftig gegen die Wandfliesen.

»Ich weiß nicht, was das *Buch des Smaragds* enthält, aber wahrscheinlich nicht das, was du glaubtest«, fuhr sie unbeirrt fort. »Der Mann, von dem du einst hörtest, der Mann, der die *Smaragdtafel* fand und interpretierte, war nicht Ibn ar-Rewandi, sondern Sajius.«

»Das *Buch des Smaragds* enthält, was ich sagte«, beharrte Amr stur. Er ballte erneut die Faust.

»Aber verstehst du denn nicht?« rief Atika leidenschaftlich. »Es enthält sehr wahrscheinlich nicht das, was du sagtest! Das kannst du doch nicht einfach übergehen!« Ihre helle Haut hatte sich leicht gerötet, ihre Lippen öffneten sich, ihre Augen blickten erwartungsvoll. Amr entgegnete hart: »Selbst wenn du recht hättest, würde es nichts ändern.«

Atika starrte ihn verständnislos an.

»Das Buch, von dem ich spreche, beschreibt den Menschen des Lichts den Weg, ihrer Religion zum Sieg zu verhelfen. Das Kalifat steht vor seinem Ende, es ist ganz in Zweifeln gefangen. Es wird abgelöst werden. Das da« – er fuhr mit der Fußspitze über die verstreuten Seiten auf dem Boden – »ist nichts. Nicht mehr als schwarze Punkte und Striche auf einem Fetzen Papier, der irgendwann verrotten wird.« Ihm war, als schnüre ihm die dünne Goldkette mit dem Smaragd daran die Luft ab.

Ein unerträglich langes Schweigen herrschte, ehe sich Atika zu einer Frage durchrang: »*Den Weg, ihrer Religion zum Sieg zu verhelfen?*« Die leichte Röte wich aus ihrem Gesicht.

»Ich dachte, es ginge dir darum, Zweifel zu tilgen!«

Er antwortete nicht.

»Sag, daß das nicht wahr ist!«

Ihre Stimme hatte alle Lebhaftigkeit verloren.

»Sag mir, daß ich mich irre, Amr!« Sie trat einen Schritt auf ihn zu, wollte seinen Arm berühren, doch er wich abrupt zurück.

»Fatima hatte also recht«, flüsterte sie kaum hörbar. »Sie sagte, du seiest einem Rausch verfallen. Ich wollte ihr nicht glauben.«

Sie schien vergeblich zu versuchen, in ihrem Kopf zu ordnen, was Fatima ihr damals gesagt hatte. »Eine Sekte, die die Macht an sich reißen will, die das Erbe der Kalifate anzutreten hofft«, sprach sie weiter. »Ist es das, was du planst? Mit Hilfe einer neuen Religion zu rächen, was du erlitten hast? Ich erinnere mich an das, was du sagtest.«

Sie krallte plötzlich ihre Finger in den Stoff seiner *Jubba*, zwang ihn, ihr ins Gesicht zu sehen. Er zuckte zusammen.

»Sag, daß ich mich irre!« Er wich ihrem Blick aus und antwortete nicht.

»Du hast deinen Schüler in Córdoba seinem Schicksal überlassen.« Kein Vorwurf lag in ihren Worten, nur eine unausgesprochene Frage. »Ein Unschuldiger ist verhaftet worden, ein Bibliothekar, dessen einziges Verbrechen darin bestand, das *Buch des Smaragds* zu lesen. Das Buch, das ein *Werber* aus Ägypten suchte. So dringend suchte, daß er dafür die Erfüllung seines Auftrags aufs Spiel setzte.«

Amr fuhr zurück, als habe sie ihn geschlagen. Sie sprach aus, was er selbst Nacht für Nacht in seinen Träumen hörte: *Du hast einen Menschen getötet. Was wirst du tun, damit diese Tat nicht umsonst war?*

»Gib diesen Plan auf!« Es klang befehlend und unsicher zugleich.

»Noch kannst du zurück«, drängte sie. »Es ist noch nicht zu spät.« Er reagierte nicht. Atika zog ihre Hand zurück. Noch immer stand sie dicht vor ihm. Er hörte ihren leisen Atem dicht an seinem Ohr, roch ihr leichtes Sandelholzparfüm, ihr Haar berührte seine Wange.

Zögernd fragte sie: »Oder doch?«

Amr schloß die Augen, um seine Erregung niederzukämpfen.

»Atika«, hörte er sich selbst sagen. »Nicht alles ist so, wie es scheint. Ich habe dir nichts vorgemacht. Du weißt mehr über mich als irgend jemand sonst auf der Welt. Ich habe dir gesagt, warum ich tun muß, was ich plane.«

Er hatte sich wieder in der Gewalt. In seiner Stimme lag erneut der lange eingeübte, leidenschaftliche Ton, mit dem er gelernt hatte, seine Adepten auf ihre Aufgabe einzuschwören. »Das Kalifat hat seine Glaubwürdigkeit verloren. Das fühlst auch du, ist es nicht so? Du weißt, was ich dir damals in Córdoba sagte: Die überlieferten Religionen haben nur Leid und Krieg und Zerstörung mit sich gebracht. Tausende von Opfern schreien nach Rache, das sinnlos vergossene Blut von Millionen ruft nach Vergeltung. Das ...«, er war nicht fähig weiterzusprechen. Niemals zuvor hatte ihm sein Körper den Dienst verweigert, wenn er seine Lehre verkündete. Er spürte, wie ihm der Schweiß ausbrach. »Die alten Gesetze und Religionen, auch die islamische *Scharia*, haben ihren Zweck erfüllt. Die Zeit ist nahe, da der Lichtmensch sich offenbaren wird. Er wird die Welt vollkommen machen und die alte Religion Adams wieder erstehen lassen. Die ...«, er hielt erneut inne, um die Gewalt über seine Stimme wiederzuerlangen. »Die Religionen haben die alte Tradition entstellt und durch Gesetze den Mächtigen unterworfen. Dadurch haben sie verraten, was die ursprüngliche Botschaft war, und die reine Lehre an die Macht verkauft. Wir sind nicht gekommen, um eine neue Herrschaft zu errichten, sondern um die Gesetze der Religionen aufzuheben.«

Atika sah ihm unverwandt ins Gesicht. Ihre Augen waren groß und hell. *Du hast einen Menschen sterben lassen*, hallte die Stimme in seinem Kopf. *Was wirst du noch tun, damit diese Tat nicht umsonst war?*

»Gesetze versklaven den Menschen«, fuhr Amr fort. »Sie sind die Waffen der Betrüger. Sie verderben uns, führen nur zu Unheil und Krieg. Von alters her heißt es, das Ende der Welt dämmere herauf, wenn die Ernten schlecht seien und Plagen über das Volk Ägyptens hereinbrächen. In den letzten zehn Jahren hat es so viele Mißernten gegeben wie noch nie. Der Nil steigt nicht hoch genug, und die Felder verdorren. Oder aber er begräbt alles Land unter seinen Fluten und reißt mit sich davon, was noch geblieben war.«

Hastig wollte er die Bilder beiseite schieben, die vor seinem inneren Auge vorbeizogen. Er durfte es nicht zulassen, daß sie an seine Seele rührten, sie mußten durch ihn hindurchfließen wie Sand durch eine Sanduhr, ohne Spuren zu hinterlassen. So wie sie es früher getan hatten. »Hungernde Kinder sieht man in jedem Dorf, das Volk darbt und fleht seinen Kalifen um Brot an. Heuschrecken fallen über das Land her wie zur Zeit des Propheten Mose. Die Kornspeicher sind leer. Hagelschauer vernichten, was das Ungeziefer noch auf den Feldern übriggelassen hat. Alles ist verdreht, wie es einst prophezeit wurde: Behaupten nicht drei Kalifen zugleich, die wahren Erben des Propheten Muhammad zu sein? Die Sonne geht im Westen auf, heißt es in der Prophezeiung. Und ist nicht genau dies geschehen, als die Kalifen der Ismailiten aus dem Westen kamen und diesem Land den Glanz zurückgaben, den es als Provinz Bagdads verloren hatte? Ich sage dir, die Zeit ist nahe. Die Menschen sollten sich auf diese Vision vorbereiten, in der sie alle Geheimnisse der Welt schauen können.«

Er fixierte Atika. »Du fühlst es ebenso«, sagte Amr. »Du weißt, daß es wahr ist.«

Sie schwieg. Doch er spürte ihre Unentschlossenheit. Es war diese Ungewißheit, die dem Jäger den Sieg versprach, noch ehe er seine Beute erjagt hatte. Er fühlte die Hitze ihres Körpers, so dicht standen sie noch immer beieinander. Amr legte sanft die Hand unter ihr Kinn. Etwas regte sich in ihm, das er lange geleugnet hatte.

»Es gibt keinen Grund, mich zu fürchten, Atika«, sagte er. »Was immer du willst, ich kann es dir geben.«

Atika sah ihm direkt in die Augen. Leise, jedes Wort einzeln betonend, als schmerze das bloße Aussprechen, fragte sie: »Und was für eine Teufelin müßte ich werden, um einem solchen Gott angemessen zu dienen?«

In seinem Inneren breitete sich völlige Kälte aus. Er wich zurück. Ihre Augen folgten ihm, mit einer Unerbittlichkeit, die er noch nie in ihnen gesehen hatte.

»Ich glaubte, du seiest mir durch das Amulett, das du trägst, verbunden«, sagte er langsam, »aber dieses Wagnis ist mir zu groß.«

Seine Worte standen wie eine Mauer zwischen ihnen. Er hatte es von Anfang an gewußt, sie konnte ihm gefährlich werden. Wenn sie weitertrug, was er ihr im Hafen über jenen Spätsommer vor sieben Jahren gesagt hatte, konnte das allein schon genügen, um ihn dem Henker zu übergeben. Daß er insgeheim daran gearbeitet hatte, eines Tages das Kalifat von Kairo zu stürzen, würde das Urteil endgültig besiegeln.

»Ich werde einen Preis für dich aushandeln«, schloß er. Und mit einem ironischen Unterton fügte er hinzu: »Einen Preis, der einer Sklavin mit deinen Fähigkeiten und deinem Wissen angemessen ist.«

Er sah die plötzlich aufflammende Panik in ihrem Gesicht. Ohne ein weiteres Wort verließ er den Raum.

12

Er fand Yusuf nicht in seinem Kontor vor. Auf sein Drängen hin lief ein Sklave, um Fatima zu holen. Die Aufseherin reagierte auf sein Anliegen zurückhaltender, als er es erwartet hatte. Mit einem mißtrauischen Blick musterte sie ihn. Auf seine Frage gab sie keine Antwort.

»Wieviel?« wiederholte Amr. »Was willst du für das Mädchen?«

Fatimas grellbunte Schleier umgaben ihren Körper wie eine Rüstung. Das Leinen schien sie gegen jedes zu harte Wort abzuschirmen und machte sie unempfindlich gegenüber Drohungen. Einem safranfarbenen Wachposten gleich stand sie vor Yusufs Eigentum.

»Rede, zum Teufel!« fuhr Amr sie an. Doch sofort hatte er sich wieder unter Kontrolle.

Ihrem schwarzen Gesicht war keine Regung anzumerken. »Warum so plötzlich? Ich hatte das Gefühl, du wolltest sie für dich gewinnen, ehe du uns ein Angebot machst. Yusuf wird das Mädchen nicht auf dem Markt verkaufen, solange dein Interesse besteht.«

Seine Augen verengten sich. »Das kann dir gleichgültig sein. Wieviel?«

Die Schleier raschelten ungerührt. »Du hast mehr von einer Sklavin, wenn du sie nicht zwingen mußt. Es lohnt sich, ihr etwas Zeit zu lassen, das habe ich dir schon einmal gesagt. Oder hast du bereits mit ihr gesprochen?«

In Amrs Schläfen rauschte das Blut, und er spürte einen stechenden Schmerz, als er das verkrampfte Genick bewegte. Er lief einige Schritte in Yusufs Kontor auf und ab. Seine Finger strichen fahrig über die Wandlaternen. Schließlich blieb er neben der Truhe stehen, in der der Sklavenhändler seine Dokumente verwahrte.

»Überlaß es mir, wann ich eine Sklavin kaufe und wozu«, sagte er scharf. »Der junge Mann aus Andalus, der nach ihr fragte, ist hier angekommen. Ich kann es nicht darauf ankommen lassen, daß er so lange auf sie einredet, bis sie ihm ihr Wissen preisgibt. Also werde ich sie auf mein Landhaus mitnehmen. Dort hat sie keine Gelegenheit, herumzulaufen und zu klatschen.«

»Du weißt, daß Atika zu ihrem Wort steht«, sagte Fatima.

Amr richtete die Augen starr auf eine der Laternen an der Wand. »Ja«, entgegnete er. »Das weiß ich.«

»Dieser junge Mann«, bemerkte Fatima, »ist ein sehr umgänglicher Jüngling, wie es scheint.«

Amr schwieg. In seinen Schläfen pochte das Blut. Der Smaragd brannte wie Feuer auf seiner Haut.

»Es gibt eines, worüber eine Sklavin ebenso allein entscheidet wie eine freie Frau.« Die mütterliche Freundlichkeit der Aufseherin steigerte seinen Zorn ins Unerträgliche. »Du kannst die Macht über ihren Körper kaufen«, fuhr sie ruhig fort, »selbst über ihr Leben. Aber Liebe kannst du auch von deinem Eigentum nicht erzwingen.«

»Liebe ist eine niedere Regung des Körpers«, sagte er scharf. »Sie muß abgetötet werden, damit der Geist frei wird.«

»Warum willst du sie dann kaufen?«

»Schweig, sage ich!« Er schlug mit der Hand heftig gegen die Wandfliesen, als könne er so die Zweifel vertreiben, die sich seiner immer stärker bemächtigten. Doch dieses Mal gelang es ihm nicht. Er sah Atika vor sich und wie sie ihn angesehen hatte. Ihm war, als schließe sich eine eiserne Hand um seinen Hals. Seine Glieder waren taub.

»Es darf nicht umsonst gewesen sein«, sprach er, mehr zu sich selbst. »Ali ist in Córdoba gestorben, und ein anderer Unschuldiger wurde verhaftet, weil ich nach dem *Buch des Smaragds* gesucht habe.«

Fatima zögerte einen Augenblick. »Ich weiß nicht genau, was du dort getan hast«, sagte sie dann, »doch ich kenne dich. Du hast viel gewagt, und dieses Mal hast du verloren. Aber du weißt, daß es Alis Entscheidung war, zu tun, was er getan hat. Du hast ihn nicht gezwungen.«

Amr schüttelte den Kopf. »Er und ein Unschuldiger, der nichts für sich entschieden hatte. Weil ich, um das Buch zu finden, etwas getan habe, was ich nicht wollte. Was ich verachtete.« Er strich sich müde über die Stirn. »Ich habe meine Seele verkauft, Fatima.« Es war eine Feststellung, keine Furcht lag in seiner Stimme. Seine Lippen verzogen sich zu einem Lächeln, als wollten sie die Worte verspotten, die sie selbst bildeten. »Ich kann nicht mehr zurück.«

Er atmete tief, bemüht, seine Fassung zurückzugewinnen. »Sie darf mich so nicht ansehen«, flüsterte er.

Fatima beobachtete ihn mit einem besorgten Gesichtsausdruck. »Was immer zwischen euch vorgefallen ist«, sagte sie, »du machst es nicht besser, wenn du sie zu unterwerfen suchst. Dieses Mädchen kannst du nicht unterwerfen. Und du wirst ihre Zweifel an dir so nicht ausräumen.«

Amrs Finger krallten sich um den Dolch in seinem Gürtel. Er trat einen Schritt auf sie zu. »Glaubst du, ich weiß nicht, was ich tue?«

Fatima blieb unbeeindruckt.

»Dieser junge Mann kommt aus Andalus«, setzte er hinzu. »Wenn er erfährt, wer ich bin, bin ich auch hier in Gefahr. Das weißt du.«

Die safranfarbene Rüstung raschelte, als Fatima ihre Arme darunter verschränkte. Von ihrem Gesicht war noch immer nichts abzulesen. »Nun, Yusuf ist vorhin aus dem Haus gegangen, während du bei Atika warst. Er konnte ja nicht wissen, daß du den Kauf bereits abschließen willst. Ohne seine Zustimmung kann auch ich kein Geschäft machen. Du müßtest morgen noch einmal vorbeikommen.«

Amr wollte auffahren, doch er beherrschte sich. Seine Finger hielten noch immer den Griff der Waffe umklammert.

»Also gut«, sagte er. »Auf morgen.«

13 Die Menge trieb sie durch die engen, labyrinthischen Gassen wie ein wildes Heer böser Geister, wie die Seelen Verstorbener, die nach ihr griffen, sie mit sich reißen, in ihr Reich entführen wollten, in ein Reich zwischen Tag und Nacht, zwischen Vergangenheit und Zukunft. Der Straßenlärm brach sich an den schwärzlichen Ziegelmauern der Hochhäuser, sein Echo sprang auf sie zu. Flackernde Wandleuchten ließen unruhige Schatten die Straße entlangzüngeln, die Menschenmenge schien alles Licht zu verschlingen. Grellbunte Nebelschwaden stiegen zu ihrer Linken auf, Schleier von Sklavinnen wehten an ihr vorüber, Männer hasteten an ihr vorbei. Ein Schrei in ihrem Rücken ließ sie herumfahren – nur ein Verkäufer, der *Hummus* an seinem Imbißstand feilbot.

Die Straße gabelte sich, die Häuser schienen hier dichter zusammenzurücken. Eine Abzweigung nach rechts, sie bog ein, ziellos, ohne Orientierung. Alles in ihr war leer, ein einziger Gedanke trieb sie an: nur weg aus Yusufs Haus. Nur weg von Amr.

Nach ihrem letzten Gespräch mit ihm war ihr klar gewesen, daß der Ismailit nicht nur leere Drohungen ausgesprochen hatte. Sie hatte gesehen, wie er mit Yusuf umgegangen war. Wie würde er erst eine Sklavin behandeln, die sein eigen war? Bilder zogen vor ihrem inneren Auge vorbei: wie sie auf einem Bett in Haithabu lag, den beiden Frauen ausgeliefert, die ihr das Kleid über die Hüften schoben, der trockene Schmerz im

Unterleib. Und plötzlich hatten die beiden Frauen das Gesicht Amrs, von Wut verzerrt, sie spürte die Hitze, die von seinem harten Körper ausging, seine Hand, die sie festhielt, bis sie die Zähne vor Schmerz aufeinanderbiß, sah seine schmalen Lippen dicht vor ihrem Gesicht, hörte seine Stimme: *ein Preis, der für eine Sklavin mit deinem Wissen angemessen ist.* Dasselbe Gesicht, das ihr einst zugelächelt hatte, derselbe Mann, der ihrem Wort vertraut hatte.

Atika wurde langsamer. Die Straße war zu eng für all die Menschen, die sich darin drängten. In den letzten Jahren, hatte Amr ihr einmal erzählt, war Fustat angeschwollen wie der Leib eines verwesenden Tieres. Sie preßte die Hände auf die Schläfen.

Ein Tor erhob sich vor ihr. Das Gebrüll von Vieh und der Geruch nach Schafen und Kamelen drang bis auf die Straße. Sie mußte den Eingang zum *Suq* der Amr-Moschee erreicht haben.

Atika blieb stehen. Erst jetzt wurde ihr langsam bewußt, was geschehen war. Sie war aus Yusufs Haus geflohen. Sie lehnte sich an das Tor und schloß die Augen. Auf einmal begann sie, ein seltsames absurdes Hochgefühl zu verspüren. Es breitete sich in ihr aus und ließ sie aufrechter gehen, tiefer atmen. Sie war so gut wie frei. Atika hob den Schleier ein Stück und sog die Gerüche der Stadt ein. Das war nicht derselbe Geruch nach Kot, nach Algen, nach Fisch, nach Fäule und Schweiß. Dies war ein anderer Geruch. Eine andere Stadt. Sie lachte leise, ein seltsames, unbegründetes Lachen, doch sie konnte sich nicht dagegen wehren.

Sie konnte nach Raschid gehen. Auf ein Schiff steigen, hinaus aufs offene Meer, ins Heilige Römische Reich! Sie schüttelte den Kopf, lachte wieder, diesmal über sich selbst. Sie war in Panik und völlig kopflos aus Yusufs Haus geflohen, hatte nicht einmal Geld dabei.

Atika folgte einigen jungen Männern, die zielstrebig die überdachte Straße des *Suq* entlangliefen. Auf beiden Seiten drängte sich ein Laden an den nächsten, die Händler riefen ihr zu, wollten sie ins Innere locken. Sie lief weiter, konzentrierte sich darauf, dem Tierkot auf der Straße auszuweichen. Sie erreichte ein großes Gebäude, das die niedrigen Buden um ein Vielfaches überragte. Durch einige Arkaden im Erdgeschoß gelangte sie in einen großen belebten Hof. Die jungen Männer gesellten sich zu einer aufgeregt schwatzenden Schar. Atika wurde unsanft aus ihrem Traum gerissen, als sie bemerkte, wo sie war.

Ein blondes Mädchen stand etwas erhöht auf einem Podium. Sie war nur leicht bekleidet, trug ein kurzes, kaum ihre Schenkel bedeckendes Kleid. Der Stoff schmiegte sich eng an ihren Körper. Daneben stand der Händler. Vor dem Stand drängten sich die Männer, um einen Blick zu erhaschen, und kommentierten, was sie sahen.

Atika fing einige Bemerkungen in dem ungewohnten, harten ägyptischen Dialekt auf. »Sie ist zu dick«, bemängelte ein korpulenter älterer Mann. Ein anderer stieß ihn jovial in die Seite und meinte: »Du bist ein Kostverächter! Das Gesäß einer Frau muß schwer nach unten hängen, so wie reife Datteln an einem Palmbaum hängen.«

»Ich bevorzuge eher die Schwarzen«, mischte sich ein Dritter ein. »Die Afrikanerinnen haben ein natürliches Talent für ihre Bestimmung. Wie sagt man doch in al-Andalus? *Schwarze Sklavinnen sind für den Herrn, weiße für die Küche*! Diese blonden Mädchen haben doch alle Granitstein im Hintern.« Der Sprecher nahm seinen Turban ab, um sich durch das dunkelblonde Haar zu streichen.

Atika zog den Schleier vors Gesicht wie zum Schutz vor einer Bedrohung, als wolle sie vermeiden, die Luft dieses Ortes einzuatmen. Langsam bewegte sie sich zurück auf die Straße, die sie gekommen war. Trotz der Hitze fror sie auf einmal, hastete ziellos die Gasse entlang, ohne den Blick zu heben. Wäre der Sklavenmarkt besser als das, was sie in Amrs Haus erwartete? Wieder dachte sie an Safwan al-Kalbi, der tausende von Meilen entfernt in Córdoba war. Aber auch er hätte sie nur

246

als sein Eigentum betrachtet, ganz gleich wie gut er sie behandelt hätte. Atika atmete auf, als sie das Tor erreichte, durch das sie zuvor gekommen war. Dann ließ sie den *Suq* hinter sich.

Einen Augenblick sah sie sich orientierungslos um. Schließlich folgte sie einer Straße, die sie vom Markt wegführte, bog nach rechts ab und nahm ihr zielloses Wandern wieder auf. Es war nicht mehr wichtig, auf alle Fragen sofort eine Antwort zu finden. Zunächst brauchte sie einen Ort, an den sie gehen konnte. Denn es würde nicht ewig Tag bleiben.

Das Geräusch von Trommeln ließ sie aufschrecken. Instinktiv drängte sie sich an eine Hauswand. Sie war so oft abgebogen, daß sie nicht mehr die geringste Ahnung hatte, wo sie sich befand. Die Straße war breiter und geradliniger als alle anderen bisher. Auf einmal drängten die Menschen von der Straßenmitte zur Seite und bildeten eine Gasse. Atika hörte einige Frauen aufgeregt murmeln, doch sie sprachen so schnell und undeutlich, daß sie nichts verstand.

Männer in Rüstung trieben die Menge noch weiter auseinander. Atika schob sich dennoch nach vorne, um besser sehen zu können. Sie war größer als die meisten Menschen, nur ihre Kurzsichtigkeit behinderte sie. Sie reckte den Kopf. Am Ende der Straße wurde allmählich etwas sichtbar, ein Baldachin oder Sonnenschirm, und darunter ein Reiter. Die Trommeln rückten näher. Das Raunen der Frauen wurde lauter, und nun hörte Atika ein Wort heraus, das sich immer wiederholte: »*Al-Khalifa*« – *Der Kalif.*

Eine Gruppe von Reitern auf prachtvoll gezäumten Pferden kam heran, begleitet von den Trommlern. Unter dem reichverzierten weißen Sonnenschirm, den ein kostbar gekleideter Beamter hielt, ritt ein junger Mann. Er konnte nicht älter als fünfundzwanzig oder dreißig Jahre sein. Der Mann war glattrasiert und trug einen weißen, juwelengeschmückten Turban. Das anschwellende Raunen der Frauen ließ keinen Zweifel daran: Dieser Mann war al-Aziz, *Imam* und *Amir al-Mu'minin, Beherrscher der Gläubigen*, Kalif von Ägypten.

247

Unwillkürlich machte Atika einen Schritt nach vorne, als sie das fremdartige Tier neben dem Pferd des Kalifen bemerkte. Das gelbliche Fell war schwarz gefleckt. Vom Auge bis zum Maul zog sich rechts und links je ein schmaler schwarzer Streifen. Alles an diesem Tier war schlank, beinahe elegant, und doch verriet es eine fremde, ungebändigte Kraft. Wie ein Geschöpf der Geisterwelt, das sich aus einer Laune heraus entschlossen hat, den Menschen ein Stück weit zu begleiten. Die hochstehenden, schwarzumrandeten Augen hatten die Farbe von flüssigem Gold. Sie nahm seinen Geruch wahr, fremd, schwer und wild.

Ihr Körper begann zu prickeln, sie wollte noch weiter nach vorn. Um das Tier zu berühren, hätte sie nur die Hand ausstrecken müssen. Plötzlich strauchelte sie. Sie versuchte, das Gleichgewicht zu halten, stolperte über den Saum eines Mantels, jemand drängte von hinten nach, sie prallte gegen eine Frau und stürzte. Mit einem erschrockenen Aufschrei fing sie den Sturz mit beiden Händen ab. Das Tier zog die Lefzen nach oben, und sein Nackenfell sträubte sich. Atika hob die Arme, um ihr Gesicht zu schützen. Dann fühlte sie sich mit festem Griff an der Schulter gepackt und hochgezogen.

»Nicht so ungestüm, mein Kind! Diese Tiere sind zwar eigentlich friedlich und durchaus der Gesellschaft eines hübschen Mädchens zugeneigt. Doch sind sie wie eine tugendhafte Frau: Wenn man ihnen zu nahe tritt, läuft man Gefahr, daß sie angreifen!«

Der Mann, der ihr aufgeholfen hatte, war vielleicht vierzig Jahre alt. Sein dunkles Gesicht hatte auffallend helle grüne Augen, in denen ein leichter Spott lag. Er trug ein weites Obergewand aus einem changierenden Stoff, der das Licht reflektierte.

Atika richtete sich auf. »Ich danke dir.« Sie stand wieder fest auf den Beinen. Rasch zog sie den verrutschten *Izar* wieder über ihr Haar. »Das war sehr freundlich.« Noch immer prickelte alles in ihr. Sie lächelte. »Ich habe so ein Tier noch nie gesehen.«

Seine Augen folgten ihrem Blick, der zurück zur Straße irrte, wo der Zug längst weitergeritten war. Er erwiderte ihr Lächeln. »Das war ein Jagdleopard«, bemerkte er. »Man sagt, der Kalif sei ein passionierter Jäger.«

Sie kämpfen noch, wenn sie längst zu Tode verwundet sind. Irgendwo in ihrer Erinnerung hatten diese Worte geschlummert.

»Du bist sicher nicht alleine unterwegs. Kann ich dir dennoch helfen?« Er war ernster geworden, sah ihr prüfend ins Gesicht. Atika schluckte ihre plötzliche Nervosität herunter. »Nein, danke«, log sie. »Meine Aufseherin steht dort drüben, ich habe mich nur ein paar Schritte entfernt. Ich komme alleine zurecht.«

Er fixierte ihr linkes Hosenbein. Die Spuren einer stinkenden Pfütze, in die sie getreten sein mußte, waren daran deutlich zu sehen. Er schien zu zögern. Atikas Puls beschleunigte sich.

»Wie du willst.« Er zuckte die Achseln. Dann neigte er höflich den Kopf und war im nächsten Augenblick in der Menge verschwunden. Sie sah ihm nach und fragte sich, ob sie einen Fehler gemacht hatte.

Atika verließ die Hauptstraße und bog in eine enge Gasse. Es wurde allmählich kühler. Wohin sollte sie gehen, wenn es Abend wurde? Die Angst stieg wieder in ihr auf. Ob sie nicht doch den Mann um Hilfe hätte bitten sollen? Die Hochhäuser waren niedrigen Baracken gewichen, hinter denen sich Abwasser sammelte. Sie sah sich um. Ein öliger Film lag auf den Pfützen. In der Luft hing der Geruch von faulem Fisch. Auf der Straße lag ein Kadaver an einer Ecke, mehrere räudige Hunde balgten sich knurrend darum. Atika bemerkte, daß das tote Tier eine Katze war, eines jener Tiere, die sie mit Amr im Hafen zum ersten Mal gesehen hatte. Bleichrot schlängelte sich der Darm auf dem schlammigen Boden. An einem Stück Fleisch zerrten zwei Hunde. Atika raffte ihren *Izar*, um hastig weiterzugehen.

Mehrere Männer waren stehengeblieben. Ihr wurde bewußt, daß sie weit und breit die einzige Frau war. Ihre Augen schweiften unruhig umher, sie zog den *Izar* noch tiefer ins Gesicht. Im

Hintergrund standen mehrere Bretterbuden, aus denen ein ekelhafter Gestank drang. Die Männer machten nicht eben einen hilfsbereiten Eindruck. Vielleicht wollten sie ihr Angst einjagen, möglicherweise waren sie einfach nur neugierig. »Sei barmherzig, Mädchen«, rief ein Bettler am Straßenrand, »und gib einem armen Mann etwas!«

Atika sah ihn an. Er war noch jung. Der Mann wies auf die Geschwüre an seinem Körper, eitrige, offene entzündete Stellen. Einige der Passanten lachten.

»Ich habe nichts«, sagte sie. Sie wollte einen Schritt zurücktreten, dem Gestank ausweichen.

Ohne Vorwarnung griff der Mann nach ihrem *Izar*. »*Ya Scharmuta mal'una*, verfluchte Schlampe, in der Hölle sollst du schmoren für deinen Geiz, die Teufel sollen dich holen!«

Panisch schrie Atika auf. Ohne nachzudenken holte sie aus, schlug mit der flachen Hand heftig gegen das Ohr des Bettlers. Er brüllte, wollte aufspringen. Sie hörte die anderen Männer lachen, etwas in ihrem Dialekt rufen. Atika riß sich los, begann zu laufen. Sie rannte den Weg zurück, den sie gekommen war, lief blind und taub die Straße entlang, bog in Seitenstraßen ein, rannte instinktiv auf die höheren Häuser zu, erreichte eine breite, von Hochhäusern gesäumte Straße. Plötzlich stolperte sie. Sie schlug der Länge nach hin, irgend etwas wirbelte durch die Luft und kam auf ihrem Rücken auf.

Sie schlug um sich, zu verängstigt, um zu schreien oder den Schmerz in ihren aufgeschürften Ellbogen und Knien wahrzunehmen. Keuchend stieß sie das Gewicht von ihrem Körper herunter, ein leichtes Gewicht, zu leicht für einen Menschen. Atika richtete sich auf.

Die Erleichterung trieb ihr Tränen in die Augen. Das harte Ding, das auf den Boden gerutscht war, war ein Ziegenfell. Mehrere davon lagen neben ihr auf der Straße, die vermutlich zuvor zu einem Stapel aufgeschichtet gewesen waren. Hastig warf sie einen Blick zurück. Niemand war ihr gefolgt. Sie hatte den Stapel völlig übersehen, mußte in ihrer Panik einfach hineingerannt sein und das kostbare Material mit sich in den Schmutz gerissen haben. Jetzt erst bemerkte sie, daß am Straßenrand auch Bücher lagen, und daß sich dahinter die Tür zu einem Laden öffnete. Ein Kopist, hämmerte es in ihrem Kopf. Gott ist barmherzig, ein Kopist!

Sie sprang auf. Mit wild schlagendem Herzen riß sie die Ladentür auf.

14 Safwan schlug die Tür hinter sich ins Schloß und lehnte sich dagegen. Er atmete langsam aus, um sich zu beruhigen und seiner Enttäuschung Herr zu werden. Aus seinem Turbantuch rieselte feiner heller Staub auf den Boden, wie um ihn zu verhöhnen. Während er es ablegte und sich durchs Haar fuhr, bemerkte er, daß Musas Straßenschuhe fehlten. Die von Iqbal standen staubbedeckt neben seinen eigenen. Diese Stadt am Rande der Wüste war eine Zumutung, eine Katastrophe für jedes teure Leder. Langsam folgte er dem eng verwinkelten, buntgefliesten Gang, der vom vorderen Hof und dem Eingangsbereich ins Innere von Musas Haus führte.

Auch sein zweiter Besuch bei Amr war vergeblich gewesen. Der Ismailit hatte ihn vertröstet, da er ihm auch heute nicht sagen konnte – oder wollte, wie Safwan grimmig dachte –, wann Yusuf in Fustat eintreffen würde. Doch Safwan glaubte Amr nicht, daß der Sklavenhändler noch nicht in der Stadt war. Wütend starrte er eine Weile auf die *Zulaij*-Kacheln an den Wänden des Wohnraums, bevor er hinaus in den zweiten, kleineren Hof ging, wo er Iqbal antraf.

Der Bagdader saß im Schatten bei einem Glas Tee. Trotz der Hitze hatte er seine leichte Seiden*jubba* nicht ausgezogen. Erfreut blickte er zu Safwan auf und legte das Pergament beiseite, in dem er gerade gelesen hatte. Der ernste Ausdruck verschwand aus seinem Gesicht.

251

»Bei Gott, endlich ein Mensch, mit dem man sprechen kann! Musa ist ausgegangen. Ich sitze schon den ganzen Tag hier und langweile mich schier zu Tode. Das Nachmittagsgebet ist längst vorbei. *Allahu rahim – Gott ist barmherzig*, in Kürze hätte ich wahrhaftig begonnen, meinem eigenen Schatten Gedichte zu rezitieren, wie weiland der unselige Majnun, als er den Verstand verlor. Wie wäre es mit einer Partie Schach?«

Safwan winkte dem Sklaven, der sofort herbeigeeilt kam. »Nein, danke. Ich bin stundenlang durch die Stadt gelaufen und ziemlich müde. Du würdest gewinnen.«

Der Sklave brachte ihm ebenfalls Tee, und er setzte sich zu Iqbal. Neben ihnen rankte sich Jasmin zum ersten Stock empor, eine undurchdringliche grüne Mauer.

Der Bagdader lächelte. »Das wäre ein Argument dafür und nicht dagegen. Ich hasse es, zu verlieren.«

Safwan lächelte schief zurück.

»Was ist?« fragte Iqbal. »Hast du deinen Tag nicht angenehm verbracht?« Seit Safwan ihn vor wenigen Tagen mit Musa zum Polospielen geschickt hatte, hatte der Bagdader es aufgegeben, ihm wie ein Schatten zu folgen. Der Jüngere fragte sich bereits beschämt, ob er ihm nicht unrecht getan hatte.

Safwan nahm einen Schluck Tee und schüttelte resigniert den Kopf. »Fustat ist viel größer als Córdoba. Es ist schier unmöglich, hier jemanden zu finden, der einem weiterhelfen kann. Ich habe so viele Menschen nach diesem Sklavenhändler gefragt, daß ich mich kaum noch an einen davon erinnern kann. Eine halbe Stunde wartete ich an der Ausfallstraße, weil der Kalif mit seinem Gefolge zur Jagd ritt und kein Durchkommen war. Einer, den ich fragte, schickte mich zum Sklavenmarkt, der nächste ins Judenviertel, wieder einer schwor, dieser Yusuf wohne nicht weit vom Hafen. Ich glaube allerdings, keiner von ihnen kannte ihn, sie wollten es nur nicht zugeben.«

Der Bagdader lachte laut auf. »In der Tat, diese Stadt kann einen in den Wahnsinn treiben. Im Getümmel der Menschen kann man sich ebenso verloren fühlen wie in der Einsamkeit der Wüste. Auch ich wähnte mich bisweilen schon auf labyrinthisch verschlungenen Pfaden, auf denen kein Wegzeichen mir Entkommen verhieß. Aber was suchtest du bei einem Sklavenhändler?«

Safwan schwieg einen Augenblick, weniger aus Mißtrauen denn aus Gewohnheit. Doch dann brach sich seine Enttäuschung Bahn, und er erzählte von Atika und dem *Buch des Smaragds*. Vielleicht hatte der Bagdader ja sogar einen brauchbaren Vorschlag, wie er das Mädchen finden konnte.

Iqbal hörte ihm aufmerksam zu und fragte, nachdem Safwan geendet hatte: »Und was ist das für ein Buch, dieses *Buch des Smaragds*?«

Safwan strich sich müde über die Stirn. Die schwüle Feuchtigkeit des Niltals war er nicht gewöhnt. »Ich weiß es nicht. Nabil, der Freund, der dafür hingerichtet wurde, hat es kaum gelesen. Er sagte, es handle vom Verhältnis zwischen Glaube und Vernunft.«

»Ah«, bemerkte Iqbal, »daher deine Ansichten über den Nutzen von Autorität!«

Safwan sah ihn trotzig an. Der Abend in dem Gasthaus in Kairouan stand ihm noch deutlich vor Augen. Dabei war es weiß Gott unvernünftig, immer die Situationen am lebhaftesten in Erinnerung zu behalten, in denen man die schlechteste Figur gemacht hatte.

»Vor allem soll es ein Buch sein, das Zweifel zu blenden vermag«, setzte Safwan schnell nach. »Es heißt, der Smaragd habe die Eigenschaft, Vipern blenden zu können. Das *Buch des Smaragds* soll geschrieben worden sein, um die Zweifel zu blenden.«

»Die Zweifel blenden …«, Iqbal lehnte sich an die Mauer und schien in seinem Gedächtnis zu suchen. »Irgendwo habe ich das schon einmal gehört.«

Safwan nippte an seinem Tee, während seine linke Hand mit einem vertrockneten Zweig spielte. Es knackte, als habe er einen Knochen zerbrochen.

Iqbal löste sich ruckartig von der Mauer. »Ganz recht! Es

war in Basra.« Er zögerte, seine Finger strichen beiläufig über das Pergament neben ihm auf der Bank.

»Basra?« wiederholte Safwan. »Wie sollten die Ideen von Ibn ar-Rewandi nach Basra gekommen sein?«

Der Bagdader stellte seinen Becher ab. »*Allahu a'lam* – Das weiß Gott allein.«

»Ibn ar-Rewandi ist aus Bagdad geflohen«, überlegte Safwan.

»Und wohin ging er?« fragte der Bagdader. »Nun, der Ort, an dem ich davon hörte«, fuhr Iqbal mit einer Gleichgültigkeit fort, die etwas verbergen zu wollen schien, »ließ in der Tat annehmen, daß der Urheber jener Gedanken ein Mann auf der Flucht vor den Glaubenshütern war.«

»Von wem hast du davon gehört?« fragte Safwan scharf.

In Iqbals Gesicht regte sich nichts. »Das kann ich dir nicht sagen, mein Freund. Ich würde denjenigen dadurch in Gefahr bringen. Diese Leute schützen sich, indem sie ihre Namen geheimhalten.«

»Welche Leute?« Safwan warf den Zweig zu Boden, mit dem er gespielt hatte. »Welches Geheimnis enthältst du mir vor?«

Iqbal lachte. »Sieh doch nicht immer alles so dramatisch, mein Freund! Du weißt, wie es mit geheimen Dingen ist: Wenn man will, daß etwas in aller Munde gelangt, gibt es nichts Besseres als zu verkünden, es sei streng geheim.«

»Rede dich nicht heraus!«

Der Himmel bedeckte sich, und es wurde dunkler im Hof. »Ich kann es dir nicht versprechen, aber es wäre möglich, daß du in Basra mehr über dieses Buch herausfindest.« Iqbal machte eine Pause, bevor er fragte: »Hast du schon einmal von den *Ikhwan as-Safa* gehört?«

»Von den *Brüdern der Lauterkeit*?«

Iqbal reichte Safwan das Pergament, in dem er zuvor gelesen hatte. Safwan warf ihm einen fragenden Blick zu und beugte sich darüber.

»*Wisse, Bruder, daß der Prophet Idris bereits auf die Religion Abrahams verweist ...*« Safwan hob den Kopf. »Idris, das ist Hermes Trismegistos!« Amr hatte von Hermes gesprochen, und auch von der Religion Abrahams. Und er hatte das *Buch des Smaragds* in diesem Zusammenhang erwähnt. Safwan schlug mit der flachen Hand auf das Pergament. »Woher hast du das?«

»Beruhige dich doch! Ich habe es aus Basra zugesandt bekommen. Die Brüder schicken Sendschreiben dieser Art nicht nur an mich, sondern an viele einflußreiche Männer. Ihre Briefe zirkulieren überall zwischen Fustat und Bagdad.«

Safwan beugte sich wieder über das Pergament: »*In den Schriften der griechischen Weisen ist bereits überliefert ...*« Er ließ das Blatt sinken, noch ehe er den Satz zu Ende gelesen hatte. »Die griechischen Philosophen ...«, murmelte er. Nachdenklich preßte er die Finger der rechten Hand auf die Nasenwurzel.

Nabil hatte angedeutet, daß sich nicht nur die Ismailiten mit den griechischen Philosophen beschäftigten. Iqbal hatte dasselbe gesagt. Hatte das *Buch des Smaragds* möglicherweise wirklich nichts mit den Ismailiten zu tun? Waren seine Erben am Ende die *Brüder der Lauterkeit*, die im südlichen Irak lehrten, dort, wo sich Ibn ar-Rewandis Spur einst verloren hatte? Hatte er ihnen sein Wissen hinterlassen?

»Wer sind diese *Brüder*?« wandte Safwan sich lebhaft an Iqbal.

»Sie nennen niemals ihre Namen«, entgegnete dieser achselzuckend, »und treten nur gemeinsam auf. Sie nennen sich die *Brüder der Lauterkeit*. Mehr weiß ich auch nicht, abgesehen davon, daß sie sich in Basra zu geheimen Sitzungen treffen. Aber es wäre durchaus möglich, daß sich das Buch, das du suchst, bei einem der Brüder befindet.«

Safwan starrte in den wolkenverhangenen Himmel. »Möglich? Es ist mehr als wahrscheinlich!«

»Solltest du dich entschließen, nach Basra zu reisen, laß es mich wissen.« Safwan glaubte wieder, einen lauernden Klang in der Stimme des Bagdaders zu vernehmen, als dieser nachsetzte: »Ich kenne dort jemanden.«

»Also doch!« Safwan sah sich selbst inmitten eines Zirkels von Häretikern, die heidnische Opfer vollzogen und Götzenbilder mit dem Blut von Ziegen und Schafen bestrichen.

Iqbal, der seine Gedanken offenbar erraten hatte, winkte ab. »Deine Einbildungskraft ist bemerkenswert, doch du übertreibst wie immer, mein Freund. Ich bekomme bisweilen Briefe von diesen Brüdern, und ich kenne jemanden, der uns vielleicht weiterhelfen kann, das ist alles. Ich kann dir nicht versprechen, daß er damals die Wahrheit gesagt hat, aber Zaid ist eigentlich kein Aufschneider.« Er seufzte leise, als Safwan schwieg. »Erwecke ich den Eindruck, ich verschickte heimliche Sendschreiben an die Mächtigen der Welt?« fragte er dann mit einem besorgten Blick zum Himmel. Ein einzelner Tropfen fiel auf seine Jacke. »Gott bewahre!«

»Vielleicht hast du recht. Es wäre immerhin eine Möglichkeit«, sagte Safwan schließlich. »Ich könnte nach Basra gehen. Aber zuerst muß ich Atika finden. Der *Werber*, der mich seit Tagen hinhält, lügt. Ich mache mir Sorgen um sie.«

»Was für ein *Werber*?« Iqbals Tonfall wurde von einem Moment auf den anderen scharf.

Safwan berichtete davon, wie er Amr kennengelernt hatte. »Er behauptet, Atikas Herr sei noch nicht hier, aber das kann nicht sein. Daher habe ich ihn direkt nach Yusufs Haus gefragt. Er antwortete, es sei sinnlos, dorthin zu gehen. Ich weiß nicht, welche Gründe er hat, aber es scheint doch, als wolle er nicht, daß ich Atika treffe.«

»Und dieser Amr, sagst du, weiß ebenfalls etwas über das Buch? Warum hast du ihn nicht selbst danach gefragt?« Der Unterton, der in seiner Stimme lag, gefiel Safwan nicht.

»Er sagt mir nicht, was er weiß.« Safwan versank einen Moment in Nachdenken. »Ich mache mir Sorgen um Atika. Sie ist klug, und ich glaube, sie weiß, was sie tut. Aber sie ist nur eine Sklavin. Ich fürchte, sie ist in etwas hineingeraten, woraus sie sich nicht selbst befreien kann. Ich wünschte, ich fände Yusuf endlich!« Er starrte bedrückt in sein Teeglas.

»Nun, das ist ja eine interessante Wendung«, meinte Iqbal lächelnd. »Wenn das so ist, sollten wir in der Tat unsere Kräfte darauf konzentrieren, dieses Mädchen zu finden. Ich habe hier in Fustat nichts zu tun als auf gutes Wetter für meine Heimreise zu warten. Und die beiden Engel, die deine guten Taten fürs Jüngste Gericht notieren, können ihrer Liste eine weitere hinzufügen: daß du mich nämlich davor bewahrst, an meiner Langeweile zu sterben. Sofern du einverstanden bist, werde ich mich an der Suche beteiligen. Wir können sofort damit beginnen.«

Safwan lächelte über den Rand seines Glases zurück. Sein Blick schweifte ab und streifte Iqbals Füße, die in schwarzen Strümpfen aus Rohseide steckten. »Du wirst dir deine teuren Schuhe ruinieren.«

Doch im selben Moment erstarb sein Lächeln. An Iqbals Schuhen im Hauseingang haftete der Staub der Straße. Er mußte also in der Stadt gewesen sein. Dennoch behauptete er, er habe den ganzen Tag im Haus verbracht und sich zu Tode gelangweilt. Der Bagdader ignorierte seinen forschenden Blick, lächelte und erhob sich. Safwan trank seinen Tee aus und sah ihm nach, ehe er ihm folgte.

Es war an der Zeit, endlich seinem Vater zu schreiben. Wenn der Bagdader wirklich einer von dessen Geschäftsfreunden war, wären seine Zweifel ausgeräumt. Wenn nicht, würde Safwan zumindest wissen, woran er war. Und noch etwas würde er tun: Er würde seinen Vater bitten, die Antwort nach Basra zu schicken.

15

Atika saß zwischen Stapeln von Pergament und Papier im Laden des Kopisten. Der Geruch der Ledereinbände beruhigte ihre Sinne. Der Laden war, so klein und eng er auch sein mochte, bis unter die niedrige Decke vollgestapelt. Sie kam sich vor wie in einer Höhle, die tief ins Innere der Erde führte.

Der Kopist warf bereits einen ersten fragenden Blick in ihre Richtung. Schnell wandte sie sich wieder dem Buch auf ihren Knien zu, um den Eindruck zu erwecken, sie lese noch darin. Er konzentrierte sich wieder auf seine Arbeit. Hundertmal hatte sie sich vorgenommen, endlich aufzustehen und zu gehen. Und ebensooft hatte sie den Vorsatz wieder verworfen. Allerdings konnte der Mann jeden Augenblick seinen Laden schließen. Dann müßte sie zurück auf die Straße. Und das nächtliche Fustat würde kaum sicherer sein, als es bei Tag war.

Leise ächzend änderte sie ihre Haltung. Das Sitzen mit untergeschlagenen Beinen war ihr noch immer fremd und ließ ihre Glieder taub werden. Sie wußte nicht, wie lange sie schon hier saß. Doch es war klar, daß sie nicht mehr lange Zeit hatte, ehe es dunkel würde. Hätte sie die Möglichkeit dazu gehabt, hätte sie vielleicht versucht, sich einschließen zu lassen. Aber sie war die einzige Kundin, und der Kopist konnte sie von seinem Platz aus gut sehen.

Atikas Herz setzte einen Schlag aus, als der Mann seufzte, die Feder zur Seite legte und sich reckte. Dann blies er seine Lampe aus und kam zu ihr herüber.

»Es ist spät, Mädchen. Du solltest nach Hause gehen, ehe es dunkel wird. Ich schließe jetzt.« Er war größer, als es von weitem geschienen hatte, ein älterer Mann mit einem kurzgeschnittenen, bereits ergrautem Bart. Seine Augen blinzelten noch von der Anstrengung, die das Lesen bei spärlichem Licht bedeutete. Auch Atikas Augen brannten und fühlten sich heiß und trocken an.

Sie kam auf die Beine. »Ich – kann nicht gehen«, preßte sie

heraus. »Ich meine, ich habe mich verirrt, und ich weiß nicht, wie ich zurückfinde.«

»Wo mußt du denn hin?« fragte er.

Atika zögerte. Wenn der Mann Yusuf kannte, war alles verloren. »Ich bin erst gestern verkauft worden«, log sie. »Aber ich weiß nicht, in welchem Viertel der Mann lebt. Er heißt – Safwan, ich weiß nicht, wessen Sohn er ist.« Sie bemühte sich, ihrer Stimme einen harten Akzent zu geben. »Die arabischen Namen sind so schwer zu behalten, wenn man sie nicht gewöhnt ist.«

Sie registrierte den fragenden Blick des Kopisten und war sich nicht sicher, ob er ihr glaubte. »Ich weiß nicht, wo ich hingehen soll. Alleine finde ich niemals zurück, und ich habe Angst.«

Zumindest der letzte Satz war nicht gelogen. Der Kopist nahm ihr das Buch aus der Hand und legte es auf einen Stapel. »Nun einmal ruhig, Mädchen. Wir werden schon eine Lösung finden. Es war leichtsinnig von deinem Herrn, dich alleine gehen zu lassen. Ich habe selbst eine Tochter in deinem Alter, ich weiß, wovon ich spreche. Und meine Tochter ist wenigstens hier geboren.«

Er nestelte an dem Schlüsselbund an seinem Gürtel und sah zum Ausgang. »Was mache ich nun mit dir?«

Atika zuckte die Schultern, doch sie war wieder hellwach. Er schien ihr helfen zu wollen. Wenn sie ihm nicht sagte, woher sie tatsächlich kam, konnte niemand sie zu Yusuf zurückbringen. Ihre Lage war nicht aussichtslos, auch wenn sie sich über die Art der Aussichten keineswegs im klaren war.

Der Kopist bedeutete ihr, ihm zu folgen, als er auf die Straße trat. Atika beobachtete ihn, während er die Bücher und Felle in den Laden trug und schließlich die grobgezimmerte Tür sorgfältig absperrte. Die ersten grauen Schatten legten sich über die Stadt. Die Hochhäuser überragten wie gigantische Grabsteine das Gewirr der niedrigeren Bauten. Die Straßen schienen Atika enger als zuvor.

Der Kopist drehte den Schlüssel im Schloß und sagte auf einmal: »Ich glaube, ich weiß, wohin ich dich bringe.«

Atika folgte ihm ohne ein Wort. Sie ließen die Seitenstraße hinter sich, aus der sie auf ihrer Flucht gekommen war und liefen bis zum Ende der Gasse, wo sich vor ihnen schattenhaft das große gemauerte Tor erhob, das zum Markt führte. Atika war überrascht, daß sie sich kaum davon entfernt hatte. Sie mußte auf ihrer Flucht immer an der Mauer entlanggelaufen sein und hatte den *Suq* so vermutlich beinahe umrundet.

»Der Vogt wird bald kommen«, sagte der Kopist. »Der Markt wird nachts meistens abgeschlossen. Es treibt sich zuviel Gesindel herum. Der *Muhtasib* hat schon genug zu tun mit denen, die tagsüber die Gassen unsicher machen. Nachts würde er deshalb am liebsten keine Maus auf den Markt lassen. Aber wir haben noch etwas Zeit.«

Sie durchquerten das Tor und betraten den bereits abendlich ruhigen Markt. Laternen erleuchteten die schmalen Gassen zwischen den niedrigen Läden und Buden. Vor einigen einfacheren Ständen hatten sich Kleinhändler, Barbiere, Märchenerzähler und Zauberkünstler niedergelassen. Der Kopist schritt zielstrebig an ihnen vorbei. Atika folgte ihm, ohne auf den Weg zu achten. Sie mußten sich im Bereich der Gemüsehändler befinden. Kisten und Karren mit Gurken, Bohnen und anderem Gemüse standen vor den engen Türen. Einzelne Passanten hasteten an ihnen vorbei. Obwohl sie wußte, wie unwahrscheinlich es war, jemanden zu treffen, der sie kannte, zog sie den *Izar* tiefer ins Gesicht. Die Gemüsehändler waren schon dabei, die Reste ihrer Ware zusammenzupacken. Das erinnerte sie daran, daß sie seit Stunden nichts gegessen hatte. Doch wieder kam dieses seltsame, absurde Hochgefühl in ihr auf. Begierig sog sie die Umgebung in sich auf, die schwüle Luft, die hoch aufragenden, qualmgeschwärzten Hochhäuser im Hintergrund, die schmutzigen Pfützen, die Gerüche von Gemüse, Gewürzen, Fleisch, Feuer und Fäulnis, von Abwasser, Brot, feuchter Baumwolle und billiger Rohseide.

Der Kopist blieb vor einem Stand stehen, der kaum als solcher zu erkennen war. Atika wäre beinahe daran vorbeigelaufen. »Meine Frau ist tot und meine Tochter hat letztes Jahr geheiratet, sonst hätte ich dich mit zu mir nach Hause nehmen können. Aber Salma wird uns vielleicht helfen können.«

Auf einem einfachen Tuch, das sie am Boden ausgebreitet hatte, saß eine alte Frau. Ihre Ware – Gurken, Bohnen und Salat – lag größtenteils noch aus, doch auch sie machte sich bereits daran, zusammenzuräumen. Mühsam und steifbeinig nach dem langen Sitzen erhob sie sich.

»Salma, Friede sei mit dir«, grüßte der Kopist. Die Alte stand leicht gebückt und preßte die Linke gegen ihr Kreuz, während sie Atika musterte. Die lebhaften schwarzen Augen in ihrem faltigen Gesicht unter dem leinenen *Izar* standen in auffälligem Widerspruch zur Haltung ihres Körpers. Atika bemerkte eine einzelne weiße Strähne in ihrem ergrauten Haar, das von dem Stoff nur locker bedeckt wurde.

»Und mit dir, Salim«, erwiderte sie. »Was führt dich zu mir? Brauchst du etwas?« Sie musterte Atika, ohne Argwohn. Diese stand mit einem Mal kurz davor, in Tränen auszubrechen, Tränen der Erleichterung.

»Ich möchte dich um einen Gefallen bitten«, antwortete der Kopist.

16 Yusufs Haus erhob sich dunkel, streng und beinahe fensterlos hinter dem unregelmäßigen Viereck des Hofs. Rechter Hand gab es einige Stallungen. Es dunkelte bereits, und überall an den Wänden brannten Laternen. Safwan bemerkte Pferdedung auf dem Pflaster. Eigentlich war es zu spät für einen Besuch, bald würde der Muezzin zum Abendgebet rufen. Doch jetzt umzukehren, wäre ihm feige erschienen.

Nachdem er sich erneut, diesmal mit Iqbal, auf die Suche nach Atika gemacht hatte, waren sie auf einen Ladenbesitzer gestoßen, der ihnen den Weg zu Yusuf beschrieben hatte. Nun blieb Safwan im Hof stehen, um sich umzusehen.

Der Dung und der Pferdegeruch verrieten, daß Yusuf seine eigenen Tiere hielt. Sklaven waren noch damit beschäftigt, Wäsche aufzuhängen, einer klopfte einen Teppich aus. Zwei halbstarke Jungen balgten sich. Der eine hielt den Kopf des anderen fest unter den eigenen Arm geklemmt und versuchte, das Gleichgewicht zu halten, als dieser nach seinen Füßen trat. Beide stürzten zu Boden und standen lachend wieder auf. Safwans Blick schweifte hinüber zu dem Brunnen, wo eine schwarze Dienerin das letzte Tageslicht nutzte, um einen Kittel zu waschen. Direkt über ihr befand sich eine Laterne, deren Schein in einem leuchtenden Kegel auf ihr breites Gesicht fiel. Er erkannte die Frau sofort wieder.

Iqbal bemerkte Safwans Anspannung. »Mir scheint, wir haben den rechten Ort gefunden.« Mit einer affektierten Bewegung hob er sein Taschentuch zur Stirn, um einen unsichtbaren Schweißtropfen abzutupfen.

Ohne darauf einzugehen, durchmaß Safwan den Hof mit schnellen Schritten. »Bist du nicht die Aufseherin, die Atika begleitet hat?« sprach er die Frau an. »Vielleicht erinnerst du dich an mich: Mein Name ist Safwan al-Kalbi. Wir haben uns in Córdoba getroffen, als ich Atika auf dem Markt zu dir zurückbrachte.«

Die Dienerin sah auf. Sie schien einen Augenblick zu überlegen, dann warf sie den nassen Kittel klatschend auf den Brunnenrand. »Safwan al-Kalbi, ich erinnere mich an dich. Ich wußte deinen Namen nicht mehr, aber dein Gesicht habe ich nicht vergessen«, begrüßte sie ihn. »Aber was führt dich hierher zu uns? Das ist wirklich eine Überraschung!«

Safwan bemerkte, daß Iqbal ihm einen schnellen Seitenblick zuwarf. Er sah von ihm zu der alten Frau. »Warum eine Überraschung? Ich hatte euch doch benachrichtigen lassen. Seid ihr erst jetzt in Fustat angekommen?«

Die Aufseherin schüttelte den Kopf. »Wir sind bereits seit Monaten hier. Und niemand hat uns benachrichtigt, daß du uns besuchen wolltest.« Sie preßte ihre breiten Lippen aufeinander. »Dem vergeßlichen Burschen werde ich die Ohren lang ziehen!«

Safwan wechselte einen erneuten Blick mit Iqbal. Der Bagdader zog vielsagend die Augenbrauen nach oben.

»Ich habe Amr ibn Qasim gebeten, euch zu sagen, daß ich kommen werde«, meinte Safwan langsam. »Und er war es auch, der mir sagte, er habe noch nichts von eurer Ankunft gehört.«

Fatima starrte einen Augenblick lang in das Licht der Laterne über ihr, als habe sie nicht verstanden, was er gesagt hatte. Dann kniff sie die Augen zusammen. »Amr ibn Qasim«, wiederholte sie nachdenklich.

Iqbal wollte etwas sagen, doch Safwan kam ihm zuvor. »Wo ist Atika?« fragte er drängend. »Ich muß sie sprechen.«

Fatima fuhr sich mit der Hand über die Stirn. Die Geste wirkte müde. »Du kommst zu spät.«

Es dauerte einen Augenblick, ehe Safwan fähig war, darauf zu reagieren. »Ist sie – ist sie …?«

»Nein, sie ist nicht verkauft. Sie ist geflohen. Heute mittag. Ich habe keine Ahnung, wo sie ist, und Yusuf weiß es auch nicht.«

Safwan öffnete den Mund, doch seine Stimme versagte. Er stand wie gelähmt. Dann packte er Fatimas kräftigen Arm.

»Willst du mir damit sagen, daß Atika alleine durch Fustat irrt? Jetzt, um diese Zeit? Hast du auch nur eine ungefähre Vorstellung davon, was ihr alles zustoßen kann? Was ihr vielleicht schon zugestoßen ist? Ist dir eigentlich klar, welche Gefahren in einer Stadt wie dieser auf ein Mädchen lauern? Habt ihr denn nicht nach ihr gesucht?«

Fatima befreite sich sanft aus seinem festen Griff. »Mein Junge, ich weiß sehr wohl, wie gefährlich es ist, und Atika wußte es auch. Und natürlich haben wir nach ihr gesucht, was denkst du denn? Aber sie ist verschwunden, wie vom Erdboden verschluckt. Ich weiß nicht, wo sie ist, ich bete nur, daß ihr nichts zugestoßen ist.«

Safwan nahm seine Kopfbedeckung ab und fuhr sich durch die Haare. »Wenn Atika in Gefahr ist, wird ihr das nicht helfen!« fuhr er die alte Frau an. »Ihr hättet besser mehr Kraft auf die Suche nach ihr verwendet! Sie ist noch keinen ganzen Tag verschwunden, und schon geht ihr euren alltäglichen Verpflichtungen nach, als sei nichts geschehen! Als könne ihr nicht in jedem Augenblick, den ihr hier verweilt, etwas zustoßen!«

Ein glühender Schauder durchlief ihn, als er sich ausmalte, was alles geschehen konnte. Er sah Atika vor sich, geschändet, tot auf der Straße liegend, im Haus eines Entführers, von gewalttätigen Bettlern umringt, auf deren Gesichtern ein lüsternes Lächeln lag …

Iqbal mischte sich ein. »Wann genau hast du bemerkt, daß sie verschwunden ist?«

Fatima zuckte die Schultern. »Um die Zeit des Mittagsgebets. Amr war hier, sie hat noch mit ihm gesprochen. Er kam zu mir und wollte sie kaufen, doch ich vertröstete ihn und …«

»Er wollte sie kaufen?« fuhr Safwan dazwischen. Er trat so heftig gegen den gemauerten Brunnenrand, daß sein Fuß schmerzte. »Dieser Hurensohn!«

Iqbal legte ihm die Hand auf den Arm. »Nun beruhige dich. Wir werden das Mädchen finden.«

Safwan starrte ihn an. Dann warf er den Kopf in den Nakken. »Natürlich werden wir sie finden. Und wenn ich jeden Stein in diesem verdreckten Malariapfuhl umdrehen, jedes gottverfluchte Schlammloch durchwühlen muß!«

Iqbal wandte sich an die Aufseherin. Seine Stimme war ruhig und sachlich. »Gibt es irgendeinen Ort, an den sie hätte gehen können? Einen Ort, wo sie sich vielleicht sicher fühlt? Atika weiß doch vermutlich selbst, in welche Gefahr sie sich begeben hat. Sie wird also versuchen, irgendwo eine Zuflucht zu finden.«

»Sie kennt niemanden hier, und ich glaube, selbst wenn es anders wäre, würde sie nicht dorthin finden«, antwortete Fatima. »Das Mädchen stammt von der friesischen Küste, wo es nur alle paar Meilen überhaupt ein Haus gibt. In großen Städten wie dieser ist sie verloren.«

Safwan schluckte seine Wut herunter und zwang sich, ruhig nachzudenken. Wo konnte sie sich sicher fühlen?

»Bücher«, sagte er auf einmal. Er hob den Kopf. »Atika liebt Bücher. Sie ist versessen darauf.«

»Das stimmt.« Fatimas Gesicht belebte sich. »Sie versteckt sich hinter Büchern wie ein verlassenes Kind hinter den schützenden Mauern einer Festung.«

Iqbals Züge blieben ausdruckslos. Allein seine hellen grünen Augen verengten sich ein wenig. »Dann sollten wir irgendwo anfangen, wo es Bücher gibt. Gibt es eine Bibliothek in der Nähe, von der Atika gewußt haben könnte?«

Fatima schüttelte den Kopf. »Wir waren einmal bei einem Kopisten, den Yusuf kennt. Aber dort haben wir schon nach ihr gefragt. Sie war nicht dort.« Sie ergriff auf einmal Safwans Hand. »Findet sie, ich bitte euch! Ich bete für euren Erfolg.«

Safwan sah in ihr Gesicht, das auf einmal voller Falten war. Er drückte ihre Hand.

»Ja«, sagte er leise. »Tu das.«

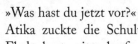

17

»Was hast du jetzt vor?«

Atika zuckte die Schultern. Sie schob ein Stück Fladenbrot mit scharf gewürztem Bohnenmus in den Mund, das die alte Salma ihr vorgesetzt hatte. Die ersten Bissen hatte sie so hastig heruntergeschlungen, als könne jeden Augenblick jemand zur Tür hereinkommen und ihr die Schüssel mit dem *Ful* wieder wegnehmen. Sie fühlte sich in ihre Kindheit zurückversetzt, als einmal Hagelschauer, Regen und plündernde Skandinavier die Ernte eines ganzen Sommers vernichtet hatten. Ihre Mutter war damals froh gewesen, die eigene Familie überhaupt durch den Winter bringen zu können, während bei den Bauern viele kleine Kinder verhungerten. Als es endlich Frühling wurde und zum ersten Mal seit Monaten wieder ein Huhn auf den Tisch kam, stürzten sie sich darauf, als wäre es das erste und zugleich das letzte Mal in ihrem Leben, daß sie Fleisch zu essen bekämen.

Schuldbewußt hielt Atika inne und sah die alte Frau an, die ihr gegenüber am Boden saß. Sie schob die Schüssel zu der Alten herüber. Die Wände in dem einzigen Raum waren aus Lehm, und das ganze Mobiliar bestand aus einem Ofen in der einen und einem Sack Stroh in der anderen Ecke. Über dem Ofen hing Kochgeschirr an der Wand, einige irdene Töpfe standen am Boden. Durch das einzige Fenster, das sonst den Blick auf den kleinen Garten freigab, drang kein Licht, denn Salma hatte mit einer schwerfälligen Bewegung die Läden geschlossen. An den Wänden steckten Kienspäne, doch im Augenblick war die einzige Lichtquelle die Öllampe, die zwischen den beiden Frauen auf dem Tuch am Boden stand. Darauf hatte die Alte auch die Schüssel mit dem Bohnenmus, den Tee und das Fladenbrot gestellt. Die beiden Frauen saßen auf Matten aus einem harten, langblättrigen Gras, das Atika noch nie gesehen hatte. Der Boden war kühl, doch sie war so erleichtert, in Sicherheit zu sein, daß es ihr kaum auffiel.

»Ich hole dir gleich noch etwas Stroh von draußen, dann kannst du dir ein Lager herrichten«, sagte Salma. »Aber jetzt iß erst einmal. Du bist ja halb verhungert. Dünn wie ein Seidenfaden.«

Atika lächelte. Es fiel ihr nicht leicht, den harten Dialekt der Frau zu verstehen, doch allmählich klangen die ägyptischen Laute schon vertrauter in ihren Ohren. Sie tunkte ihr Brot wieder in die Schüssel.

»Ich nehme einfach nicht zu. Ich kann nichts dafür.«

»Das kann ich nicht glauben«, erwiderte Salma. »Dein Herr hat dich nicht ordentlich ernährt.«

Atika legte ihr Brot vor sich auf das Tuch. Sie hatte der alten Frau, unmittelbar nachdem der Kopist sie allein gelassen hatte, von ihrer Flucht erzählt. Nicht in allen Details und ohne Namen zu nennen, aber doch ausführlich genug, um deutlich zu machen, daß sie auf keinen Fall zurückkehren konnte. Salma hatte sie wortlos angehört. Schließlich hatte sie ihr beruhigend den Kopf getätschelt und gemeint, sie könne vorerst bei ihr bleiben. Doch sobald Atika die Hütte betrat, die ihr nach den Monaten in der Sklaverei erschreckend ärmlich vorkam, wurde ihr klar, daß sie die Gastfreundschaft der alten Frau nicht über Gebühr in Anspruch nehmen konnte.

»Wenn ich Geld hätte, würde ich versuchen, irgendwie nach Friesland zurückzukehren«, sagte sie.

»So eine weite Reise! Ist das nicht sehr gefährlich? Ich bin nie aus Fustat herausgekommen, aber für meinen Geschmack ist es hier schon unsicher genug. Und dann die Fahrt übers Meer! Schiffe können untergehen, und selbst wenn nicht, wer weiß, in welche Hände du geraten würdest?«

Atika seufzte. »Sicher. Und es lohnt sich auch nicht, darüber nachzudenken. Meine Mittel reichen bestenfalls, um dir ein paar Tage lang mein Essen zu bezahlen. Ich habe noch ein Korallenarmband, das ich verkaufen kann. Doch auch wenn ich mich von meinen Kleidern trennte, würde das Geld nicht lange genug reichen.«

Die alte Frau beugte sich nach vorne, um das Mädchen näher zu betrachten. »Was trägst du da um den Hals? Ein Schmuckstück?«

Atikas Augen weiteten sich. Wie hatte sie den Smaragdanhänger vergessen können! Bei einem ehrlichen Juwelier konnte sie bestimmt genug Geld dafür bekommen, um die Überfahrt zu bezahlen. Sie stellte ihr Teeglas ab, griff unter ihren Seidenkittel und nahm das Schmuckstück ab. »Daran habe ich überhaupt nicht mehr gedacht. Es ist ein Geschenk.«

Das steinerne grüne Auge lag leuchtend in ihrer Handfläche. Die goldenen Leiber der Schlangen wirkten noch immer wie in der Bewegung erstarrt. Sie fühlte vergeblich nach der Wärme, die manchmal von dem Schmuckstück ausging.

Salma lächelte. »Von einem Mann?«

Atika stieß halb lachend, halb seufzend den Atem aus. »Von dem Mann, vor dem ich auf der Flucht bin.«

»Um so besser!« Um die Lippen der alten Frau spielte ein maliziöses Lächeln, das Atika ihr gar nicht zugetraut hatte. »Dann kann er für deine Heimreise bezahlen. Das ist nur gerecht, nachdem er dich so erschreckt hat, daß du vor ihm quer durch die gefährlichste Stadt Nordafrikas geflohen bist.«

Atika brach unwillkürlich in Lachen aus, ein lautes Lachen, das eine befreiende Wirkung hatte. Auf einmal fühlte sie sich unsagbar leicht, als sei eine Last von ihr abgefallen. Sie hatte fast vergessen gehabt, daß sie einst zu einem solchen Lachen fähig gewesen war.

»Hilfst du mir, einen Juwelier zu finden?« Wieder mußte sie lachen. »Ich weiß zwar nicht, wieviel der Stein wert ist, aber ich werde davon zumindest all das bezahlen können, was ich dir schulde.«

Die alte Frau hatte sie nachdenklich beobachtet. »Mach dir keine Gedanken, mein Kind. Wir werden einen Juwelier finden.«

»Es wäre so leicht, glücklich zu sein, wenn man nicht immer und überall fragen und zweifeln würde«, meinte Atika auf einmal wieder ernst. »Vielleicht habe ich richtig gehandelt, vielleicht auch nicht. Vielleicht hätte ich Amr nicht abweisen sollen. Es gibt Männer, die zu allen Menschen grausam sind und doch eine Frau lieben und verehren können. Das behauptet jedenfalls Amina. Ich hatte solche Angst, daß ich einfach nur noch gerannt bin und überhaupt nicht mehr nachgedacht habe. Oder vielleicht hätte ich ja schon in Córdoba versuchen sollen, einen jungen Mann zu finden, wie es mir Fatima geraten hat.«

»Wenn es keinen gab, der dir gefiel …«

Atika starrte nachdenklich zu Boden. »Ach, das schon, aber …« Unvermittelt unterbrach sie sich. »Das ist dummes Geschwätz! Sklavinnen reden über nichts anderes. Ich bin froh, das hinter mir zu haben!«

Sie griff nach ihrem Brot. »Vielleicht hätte ich es sogar getan«, fügte sie zögerlich hinzu, »wenn das *Buch des Smaragds* nicht gewesen wäre.«

»Das *Buch des Smaragds*«, wiederholte Salma. »Das habe ich schon einmal gehört.«

Atika ließ die Hand mit dem Brot langsam sinken. »Du kennst dieses Buch?« Sie beugte sich nach vorne. Ihre Augen, die eben noch vor Müdigkeit gebrannt hatten, blitzten wie die Augen eines Tiers auf der Jagd, hellwach, bereit, jede noch so kleine Bewegung wahrzunehmen.

»Ich habe seit Jahren niemanden mehr davon sprechen gehört«, sagte die alte Frau.

Atika lehnte sich noch weiter nach vorn.

»Mein Mann war Kopist«, erzählte Salma. »Ihm gehörte einst der Laden, in dem jetzt Salim arbeitet. Salim hat das Handwerk bei ihm gelernt. Vor etwa zehn Jahren, in jenem Sommer, als die Ismailiten aus der Wüste im Westen kamen, als sie Fustat eroberten und zu ihrer Hauptstadt machten, bekam mein Mann den Auftrag, dieses Buch zu kopieren. Es gehörte einem reichen Kaufmann. Ich hielt es oft in der Hand.« Sie dachte nach. »Nein, sein Name fällt mir nicht mehr ein. Es ist auch gleichgültig, denn der Mann ist tot. Sein Buch brachte weder ihm Glück, noch uns. Er fiel in der Schlacht, als die Ismailiten Fustat belagerten. Es heißt, General Jauhar selbst habe ihm den Kopf von den Schultern geschlagen. Mein Mann stand nicht weit von ihm und starb im Hagel der Pfeile.«

»Das tut mir leid«, sagte Atika betroffen.

»Was soll man tun, es ist Gottes Wille. Mir blieb nichts. Der Krieg hatte unser kleines Vermögen aufgezehrt. Ich mußte alle Bücher verkaufen. Gott ist gnädig, Salim übernahm den Laden. So konnte ich wenigstens sicher sein, daß man mich nicht betrog. Nun lebe ich von dem, was mir die Früchte meines Gartens auf dem Gemüsemarkt einbringen.«

Atika legte der alten Frau die Hand auf den Arm.

»Laß nur, mein Kind. Niemand kann sich sein Schicksal aussuchen.« Salma schwieg, und währenddessen ging eine Veränderung mit ihr vor. Ihre schwarzen lebhaften Augen schienen sich nach innen zu richten, und ihre kleine, gebeugte Gestalt strahlte eine plötzliche Härte aus.

»Dieses Buch scheint das Leben derer zu verändern, die mit ihm zu tun haben.«

Atika hielt den Atem an – Fatima hatte dasselbe gesagt.

»Manchmal war es mir unheimlich«, fuhr Salma fort. »Und doch konnte ich mich des Wunsches nicht erwehren, mehr darüber zu erfahren. Und meinem Mann erging es noch schlimmer. Es war wie das Opium, das er manchmal rauchte. Du weißt, daß es dich irgendwann zerstören wird, aber du kannst trotzdem nicht davon lassen.«

Atikas Finger verkrampften sich ineinander. Ihre Frage war kaum mehr als ein Hauch: »Und hast du es gelesen?«

Die alte Frau schüttelte den Kopf. »Nur wenige Seiten. Mein Mann sah es nicht gerne, daß ich mich ausgerechnet für dieses Buch interessierte. Es war die Rede von Zweifeln. Manche Stellen waren recht kompliziert, an einer ging es um Speisen und Gifte, davon verstand ich nicht viel. Dann wieder war die Rede von Religionen, von denen ich nicht viel weiß, von Manichäern und Juden und Christen. Nein, um ehrlich zu sein, kann ich nicht mehr viel davon erzählen. Ich mußte es verkaufen, und nachdem mein Mann gestorben war, war ich beinahe froh darum.«

Atika sank in sich zusammen. Salma zögerte, ehe sie hinzufügte: »Wenn du lesen kannst, kannst du dir morgen ansehen, was mein Mann über das Leben des Autors geschrieben hat, Ibn ar-Rewandi. Es ist nicht viel, und das Pergament ist ziemlich beschädigt.«

Atikas Herz begann so plötzlich zu rasen, daß ihr beinahe übel wurde. »Du hast so etwas hier?« Etwas kratzte in ihrem Hals, ihre Stimme hatte heiser geklungen.

Die alte Frau erhob sich schwerfällig mit einem leisen Ächzen. Sie ging hinüber zu einer Truhe, die Atika bisher nicht aufgefallen war, und hob den Deckel. Während Salma zwischen Stoffen und einigen nicht erkennbaren Gegenständen kramte, nahm Atika einen Schluck Tee.

»Hier.« Die Alte förderte ein paar stark verfärbte und an vielen Stellen eingerissene Blätter Pergament zutage. »Als die Ismailiten die Stadt belagerten, fiel ein brennender Pfeil auf das Dach des Hauses, in dem wir damals wohnten. Ich konnte die Blätter retten, aber sie waren zu stark beschädigt, als daß ich sie noch hätte verkaufen können. Außerdem ist die Biographie nicht vollständig. Mein Mann wurde getötet, ehe er sie zu Ende schreiben konnte.«

Atika erhob sich so hastig, daß sie ihr Teeglas umstieß. Sie sah Salma schuldbewußt an. Gleichzeitig griff sie nach dem Pergament.

»Warte bis morgen«, mahnte Salma. »Das Licht ist zu schwach, du wirst deinen Augen schaden.«

Atika zog die Lampe näher zu sich heran. »Ich habe keinen Kaufpreis mehr, der dadurch gemindert würde.« Sie hob den Kopf. »Entschuldige, ich helfe dir abräumen.«

Sie stellte die Schale mit dem *Ful* und das restliche Brot neben die Feuerstelle, während Salma das Tischtuch zusammenfaltete. Die Teegläser blieben stehen. Salma nahm ihres, um sich noch einige Augenblicke draußen vor die Tür zu setzen. Atika streckte die Hand nach der Lampe aus und zog sie zu sich heran. Scheu griff sie nach dem ersten Blatt.

18 *Ahmad Ibn ar-Rewandi war ein Kind von Khorasan, jener Landschaft, die am Rand der Welt zu liegen scheint, einer Landschaft wie in stetem Zweifel befangen zwischen steil aufragenden, lebensfeindlichen Felsen und fruchtbaren Ebenen an den Ufern süßer Ströme. Noch immer stiegen bisweilen vom kargen Staub der kalten Hochebenen die heiligen Flammen der alten Religion des Feuers auf. Zugleich predigten muslimische Asketen ein Leben in genügsamer Abgeschiedenheit – ein Leben, das nicht nur daraus bestünde, vergänglichem Gewinn nachzujagen.*

Ahmad Ibn ar-Rewandi saß als Jüngling oft bei den heiligen Männern. Einer von ihnen, ein gewisser Ferhad, war ihm besonders lieb und teuer. Von ihm erfuhr er Dinge, die sich in seine Seele brannten und sein Inneres in Aufruhr versetzten: Er hörte von dem Buch des Geheimnisses, *in dem es heißt, die göttliche Weisheit sei nicht durch die Vernunft zu erfassen, und er hörte vom Ende der Gesetze. Atemlos hing der Jüngling an den Lippen des weisen Alten, die sich unter seinem dünnen, zweigeteilten weißen Barte bewegten. Und jedes Mal, wenn er schließlich aufstand und nach Hause ging, quälten ihn Fragen und Zweifel.*

Nun waren jene Ansichten des alten Ferhad nicht immer die der anderen, und so gab es Leute, die ihn einen Ketzer nannten. In ihren Herzen wuchs ein mörderischer Haß heran. Eines Tages geschah es, daß Ferhad auf dem Weg zu seiner Hütte überfallen wurde. Mehrere junge Männer schlugen erbarmungslos auf den hilflosen Alten ein, wieder und wieder. Das Blut floß aus unzähligen Wunden, doch die Männer ließen nicht von ihm ab. Ibn ar-Rewandi war damals fast noch ein Knabe. Auf dem Weg zu Ferhad vernahm er bereits aus der Ferne die Schreie und das dumpfe

Geräusch der Schläge. Voll schrecklicher Ahnungen stürzte er zur Hütte des alten Mannes. Als die Mörder ihn kommen sahen, flohen sie. Ibn ar-Rewandi erreichte Ferhad und fand seine schlimmsten Befürchtungen bestätigt. Er kniete bei ihm nieder, nahm den Kopf des Alten in den Schoß und versuchte, das Blut zu stillen. Doch es war zu spät. Auf dem Schoß seines Schülers, an dessen blutdurchtränktem Mantel hauchte der alte Mann seinen Geist aus.

Da hob Ibn ar-Rewandi das Gesicht zum Himmel und fragte: »Wie kann so etwas geschehen in einer Welt, die ein Gott geschaffen hat? Treibt denn selbst die Religion die Menschen nur zur Gewalt an, gar zum Verbrechen? Gibt es nichts, das allen Menschen, gleich welcher Religion oder Herkunft, gemeinsam sei, so daß sie einander nicht wie Vieh erschlagen?«

An dem Tag, als der alte Ferhad in sein Grab gebettet wurde, wußte Ahmad Ibn ar-Rewandi: Er mußte die Berge seiner Heimat verlassen, um die Antwort auf diese Fragen zu suchen und seine Zweifel zu besiegen. Er bat seinen greisen Vater, ihn ziehen zu lassen.

»Nach Bagdad also«, sprach der Alte und musterte seinen Sohn. Das gegürtete, pelzgefütterte Gewand über den schmal geschnittenen Hosen betonte dessen schlanke Gestalt. Der Greis hatte immer gewußt, daß er Ahmad nicht im Osten würde halten können. Zu unstet war sein Geist, zu rastlos, zu wißbegierig.

»Schon als Kind hast du Fragen über Fragen gestellt«, sagte der Vater. »Ich habe nie den Blick vergessen, mit dem du damals nach Westen gesehen hast, voller Sehnsucht danach, die Grenzen zu überwinden, hinter den hoch aufgetürmten Bergmassiven nach einem Wissen zu suchen, das ich niemals begehrt habe. Ich habe immer gewußt, du würdest einmal gehen.«

Dennoch hatte er all die Jahre gehofft, die Augen seines Sohnes würden diesen Ausdruck eines Tages verlieren. Der Alte bangte um ihn. Zu gefährlich war die weite Reise durch die Salzwüsten und ihre Sümpfe, die alles verschlingenden Kawire, in denen schon so manche Karawane verschollen war. Zu gefährlich das fremde, heiße Klima des Zweistromlandes. Und zu gefährlich die Leidenschaft, die *aus diesen Augen sprach. Doch er wußte, er würde seinen Sohn nicht aufhalten können.*

»Habe ich deinen Segen, Vater?« Ahmads Wißbegierde war die Neugierde eines Kindes, das nicht versteht, wie gefährlich das sein kann, was es selbst für ein Spiel hält.

Der Alte seufzte und legte die Hand auf das glatte schwarze Haar seines Sohnes. »Wohin auch immer dein Weg dich führt, mein Kind«, sagte er und versuchte, das Zittern seiner Stimme zu verbergen. »Möge Gott dich beschützen. Möge er mir die Gnade erweisen, dich noch einmal zu sehen, bevor ich sterbe. Doch vor allem anderen bete ich, daß du finden mögest, was du suchst.«

So empfing der Sohn den Segen des Vaters. Er bot ihm die Wange zum Kuß.

Dann, mit einer heftigen Bewegung, wandte er sich zum Gehen. Er blickte nicht zurück, als er über die Schwelle des Lehmhauses in den gleißenden Schein der kalten Sonne über der Hochebene hinaus trat. Graue, vertrocknete Grasbüschel trieb der Wind vor sich her. Der Himmel war gelblich wie gebleichtes Pergament. Mit den ersten staubigen Böen zog ein Sturm aus der fernen Salzwüste herauf, als Ibn ar-Rewandi die Straße nach Westen erreichte.

Atika ließ die Biographie des Philosophen sinken. Wie viele dieser Fragen, dachte sie beunruhigt, trage auch ich mit mir herum? Hat Ahmad Ibn ar-Rewandi vielleicht doch das Buch geschrieben, nach dem Amr sucht?

Als sie den jungen Philosophen, gebeugt über die Leiche des alten Ferhad, vor sich sah, drängten sich ihr noch andere Bilder auf: Sie sah sich selbst, über dem leblosen Körper Thorwalds stehen. Amr, über dem durchscheinend blassen Leib seiner Tochter, während seine Frau mit bleichen Lippen lautlose Gebete murmelte. Und sie sah Safwan, wie er die Verhaftung des Bibliothekars miterleben mußte. Atika schüttelte den Kopf, um die Bilder zu verscheuchen, und beugte sich wieder über die Blätter.

Als er nach Bagdad kam, um bei seinem Onkel zu leben und in der Stadt am Tigris zu studieren, zeigte Ibn ar-Rewandi bereits jenes verderbliche Talent, das ihm später zum Verhängnis werden sollte: einen brillanten Verstand gepaart mit einer erbarmungslos scharfen Zunge. Denn, geneigter Leser, wisse: Nicht immer sind Verstand und eine treffliche Ausdrucksweise von Vorteil, wo ein Mann besser geschwiegen hätte.

So manche Geschichte rankt sich um Ibn ar-Rewandis Ankunft im Zweistromland und darüber, wie er seinem Lehrer begegnete, den man den Warraq, *also den* Kopisten, *nannte. Darüber erzählt einer unserer Gewährsmänner:*

Ein warmer Frühlingstag neigte sich in Bagdad dem Ende zu. Der Warraq *kraulte sich den ergrauten dünnen Bart. Seine Tochter Hind war mit ihrem Bruder in den Hof der Moschee von al-Karkh gekommen, um den Vater von seinem täglichen Treffen mit den Gelehrten der Stadt abzuholen. Unversehens hatte das Mädchen sich in die Diskussion der Männer eingemischt. Das breite Lächeln, das darob auf die Gesichter der Gelehrten trat, brachte den* Warraq *in Verlegenheit. Denn die Aufmerksamkeit der Zuhörer konzentrierte sich sichtlich mehr auf Hinds dunkle Augen und die zierliche Silhouette in dem einfachen naturfarbenen Kleid als auf die Argumente des Mädchens. Er kratzte sich nachdenklich an der kahlen Stelle auf seinem Kopf.*

»Aber die Griechen – wie überlegen ihre Philosophie auch sein mag –«, sagte das Mädchen soeben, »sind doch trotz allem nicht unfehlbar. Wenn Aristoteles vor über tausend Jahren etwas gesagt hat, dann kann es doch heute falsch sein, wie sehr man ihm auch in allem anderen zustimmen und ihn bewundern mag.«

»Die Alten«, widersprach Khayat, »sind uns nur in einem Punkt unterlegen, nämlich insofern, als sie nicht an der Offenbarung des Koran teilhatten. In allen Fragen der Logik jedoch muß man sie als Autoritäten betrachten.«

Der Warraq *beobachtete den bärtigen jungen Mann, dessen runde Augen nicht von dem verschleierten Gesicht des Mädchens*

wichen. Er hatte den Theologen Khayat als einen Mann kennengelernt, der die Ansicht vertrat, Frauen sollten sich nicht in die
Gespräche der Männer einmischen. Statt dessen sollten sie tun,
wozu sie bestimmt waren: ihre Gatten erfreuen und ihnen Söhne
gebären. Der Alte fragte sich, ob der junge Mann wohl ein Auge
auf Hind geworfen hatte.

»Nun«, entgegnete diese, und ihre dunklen Augen blitzten über
dem Schleier, »wenn man die Ansichten der Alten ohne Kritik übernehmen muß, dann ist doch unser Verstand, bei Gott, eine höchst
überflüssige Beigabe. Warum also sollte ein Mann wie du, Khayat,
der so etwas deiner Ansicht nach nicht benötigt, dann überhaupt
einen haben?«

Der Warraq murmelte einen Fluch in seinen Bart. Er wollte
gerade seine Tochter aus dem Kreis der Männer entfernen, als hinter
ihm ein leises Lachen ertönte, ein Lachen wie das eines unsichtbaren
Geistes in der Wüste, der einen einsamen Wanderer zum Narren
hält. Es war ein Lachen voller Spott und zugleich kindlicher Freude,
die einen unwiderstehlich anzog. Auch Hind erging es nicht anders.
Sie drehte langsam den Kopf.

Er war ein Fremder. Seinem Äußeren nach zu urteilen mußte er
aus dem Osten kommen, ein junger Mann mit heller Haut, die die
Farbe von Pergament hatte. Schmal und dunkel waren seine Augen,
das Haar glatt und schwarz, die schlanke Gestalt drahtig, doch
ebenmäßig gewachsen. Nachlässig lehnte er an einer der Säulen, die
den überdachten Gang rund um den Hof der Moschee trugen,
klatschte ein- oder zweimal dezent in die Hände.

»Die Frauen im allgemeinen«, ignorierte Khayat den Fremden,
»verstehen von diesen Dingen nichts.« Dabei kniff er die runden
Augen zusammen, was ihm das Aussehen eines zornigen Hamsters gab.

»Ich fürchte, der junge Mann war zu eingehend damit beschäftigt, die vor ihm stehende Frau im besonderen zu mustern, als daß er
genauer auf ihre Worte gehört hätte«, mischte sich der Unbekannte
ein. Er hob die scharf wie mit einem Pinsel gezeichneten Augenbrauen. »Und mir scheint, daß er sich mit diesem ungenügenden
Argument nun aus seiner mißlichen Lage herauszuwinden sucht.«

Er weidete sich sichtlich an der Wut, die sich in den Zügen seines Gegenübers spiegelte. Dann lachte er erneut auf. Und wahrhaftig, es klang trotz allem nicht bösartig, eher hatte es den Anschein, als genieße er ein amüsantes Spiel. Seine elegante Gestalt löste sich von der Säule und näherte sich der kleinen Schar. Unversehens rückten die Gelehrten ein wenig zusammen wie eine Herde, die sich einem einsamen Wolf entgegenstellt. Die Sonne neigte sich bereits, und die Schatten im Hof wurden länger. Es war nicht mehr lange bis zum Abendgebet.

»Beim Allmächtigen, ich habe dich verletzt! Das war nicht meine Absicht. Khayat war dein Name? Man nennt mich Ahmad Ibn ar-Rewandi.«

»Nun, Ibn ar-Rewandi«, Khayats Mund wurde zu einem schmalen Strich, während er mit einer eckigen Bewegung den Kopf hob, »ich habe zwar noch nichts von deinem Ruhm vernommen. Aber wenn du meinst, man müsse die Schriften der Alten anzweifeln, dann erkläre mir doch, was du von ihnen weißt? Was hast du gelesen?«

Der Fremde blieb ungerührt. Er warf einen Blick zu Hind, die gehorsam neben ihren Vater getreten war. Ein Lächeln umspielte seine schmalen Augen, und ein Funke blitzte darin auf.

»Ich habe nicht gesagt, man müsse alles daran anzweifeln. Allerdings halte ich es in der Tat für besser, mir meine eigenen Gedanken zu machen, als die anderer zu wiederholen.«

Khayat schnaubte verächtlich. »Das bedeutet doch, daß du keine Bildung besitzt und keinen einzigen Philosophen jemals gelesen hast!«

»Mein Freund, du hast deine Argumente so kunstvoll verschlüsselt und verknotet, daß mir schon beim Anblick dieses unentwirrbaren verbalen Knäuels ganz angst und bange wird.« Ibn ar-Rewandi schien sich darüber allerdings kaum ernstlich zu betrüben. »Aber vielleicht zolle ich den Alten sogar rege Bewunderung? Wenn man a sagt, lehren die Grammatiker, heißt das keineswegs, daß man b oder c deshalb in Abrede stellt. Und was ist schon Weisheit? Die Griechen nannten sie Sophia und stellten sie sich in Gestalt einer

wunderschönen Frau vor. Und ehrlich, mein Freund, für einen Mann, der diesen Namen verdient, dürfte das wohl die angemessenste Vorstellung sein. Denn ist ein Philosoph nicht einer, der die Weisheit liebt?«

Er warf Hind einen kurzen Blick zu, und wieder blitzte ein Funke in seinen schmalen dunkeln Augen auf. An Khayat gewandt, fuhr er fort: »Möglicherweise will ich ja nur sagen, daß ich nicht zu denen gehöre, die bereits Pythagoras als Vielwisser beschimpfte, die nur Gehörtes wiederkäuen, ohne ihren Verstand zu gebrauchen. Denn Wissen und Verstand sind fürwahr zwei sehr verschiedene Dinge. Ich könnte damit meinen, was einige Philosophen sagen, die sich auf Aristoteles berufen: Der Verstand des Menschen wird vom aktiven Intellekt, dem 'aql fa''al, aktiviert wie Sehkraft vom Licht. Freilich könnte man mit den Mystikern dagegen halten, daß einen der Verstand alleine auch nicht weiterbringt, und daß dieses Licht allein im Herzen wohnt und nur durch die Liebe zu Gott erreichbar ist. Oder man könnte mit den Asketen sagen: Um zu erkennen, muß der Geist rein sein und frei von Gedanken sowie Besitzstreben. Oder man könnte sich wiederum Hermes Trismegistos anschließen und mit ihm nach der spirituellen Erkenntnis, der* Gnosis, *streben, die die Seele erlöst. Und die keineswegs gleichbedeutend ist mit einfach auswendig gelerntem Wissen …«*

Atika wurde schwindlig. Die Buchstaben begannen, vor ihren Augen zu tanzen. Ibn ar-Rewandi verwirrte nicht nur seine Zuhörer in Bagdad.

Eitler Gockel, dachte sie. Aber mich wirst du nicht abschrecken. Wenn du also deine Belesenheit beweisen mußt, bitte, ich werde dir folgen! Sie kniff die Augen zusammen, wild entschlossen, sich selbst durch seitenlange philosophische Ergüsse hindurchzukämpfen.

Er unterbrach sich und lachte laut auf. Khayat war es nicht entgangen, mit welchen Blicken Hind die Darbietung des Fremden bedachte. Und ebensowenig, wie dieser seinerseits dem Mädchen immer wieder bewundernde Seitenblicke zuwarf. Er schnaubte etwas in seinen noch löchrigen Bart und wandte sich ab. Einer der Studenten jedoch, die bei den Gelehrten standen, trat Ibn ar-Rewandi entgegen. Ein junger Mann war er, doch stark wie ein Bär in den persischen Wäldern, mit einem Gesicht wie die zerklüfteten Felsen im Elburzgebirge.

»Mit solchen Reden willst du nur die Wahrheit zerstören!« sprach der Student. Ibn ar-Rewandi lächelte verbindlich und deutete eine Verbeugung an. Sie entsprach allerdings eher dem huldvollen Herabneigen eines Herrschers, der einem besonders armseligen Untertan sein Ohr leiht.

Der Student überging die Geste. »Treibe dein schamloses Spiel wo immer du willst, Fremder, aber nicht hier bei uns! Niemand hat dich gerufen. Geh mit deinen Zweifeln dorthin zurück, wo du hergekommen bist!«

Ibn ar-Rewandi runzelte die Stirn und fragte, an Khayat gewandt: »Hält man sich in Bagdad neuerdings Hunde, um seine Argumente zu schützen?«

Der Student fuhr auf. Ohne ein weiteres Wort ging er auf den Philosophen los. Ibn ar-Rewandi hatte keine Zeit zu reagieren. Ehe er begriff, was vor sich ging, hatte der junge Mann ihm einen heftigen Fausthieb versetzt. Die pergamentfarbene Haut unter der linken Braue sprang auf. Der Student setzte seinen Angriff fort, so daß der Philosoph auf das Pflaster stürzte, und machte Anstalten, sich auf ihn zu werfen.

Hind stieß einen Schrei aus. Alles war so schnell gegangen, daß die Umstehenden wie gelähmt dastanden. Khayat war der erste, der sich aus der Erstarrung löste. Mit einigen schnellen Schritten, die man seiner kleinen, rundlichen Gestalt kaum zugetraut hätte, war er bei dem Studenten und griff beherzt in dessen Kragen. Er bekam ihn zu fassen, wurde jedoch selbst zu Boden geschleudert, als sich der Student umdrehte.

»Beim Allmächtigen, komm zu dir!« schrie Khayat. Er war einen Kopf kleiner als der Student, doch er sprach zu ihm wie ein Herrscher, der einen Untertanen zurechtweist. »Welcher Teufel ist

denn in dich gefahren! Du kannst doch nicht auf einen Mann einschlagen, nur weil er etwas sagt, was dir nicht gefällt!«

Die anderen Männer waren ihm beigesprungen und hielten den Studenten fest. Khayat erhob sich und sah zu Ibn ar-Rewandi, der sich inzwischen aufgesetzt hatte und die Verletzung über seinem Auge befühlte. Der junge Theologe reichte dem Fremden die Hand, um ihm aufzuhelfen.

»Es tut mir leid«, sagte er. »Es ist sonst nicht die Art der Bagdader Gelehrten, Argumente mit Schlägen zu erwidern.«

Ibn ar-Rewandi kam auf die Füße. Sein Gesicht war blaß. Er betastete die Verletzung am Auge und hielt sich an der Schulter Khayats fest. Hind beobachtete jede seiner Bewegungen.

»Ich danke dir«, erwiderte er leise. »Es tut mir leid, wenn ich eure Ruhe gestört habe. Ich wollte niemanden beleidigen.«

Khayat zwang sich ein Lächeln ab. »Das glaube ich zwar nicht. Dennoch ist es bei uns nicht üblich, sich zu schlagen. Zumindest nicht mit anderen Waffen als mit Feder und Zunge.«

Etwas Farbe kehrte bereits in Ibn ar-Rewandis Gesicht zurück. Er erwiderte das Lächeln. »Was die Beleidigungen angeht, dürften wir quitt sein, mein Freund.«

Nun hielt es der Warraq für angebracht, sich einzumischen. »Unser Gast hier scheint mit der Kunst der philosophischen Argumentation bestens vertraut. Er ist ein wahrer Teufelsadvokat und verdreht seine Argumente, wie es ihm beliebt, so daß Wahres falsch und Falsches wahr erscheint. Er beweist uns, daß er nicht nur in der Philosophie bewandert ist, sondern auch in Grammatik und Logik, denn es scheint ihm Vergnügen zu bereiten, selbst seine eigenen Argumente zu widerlegen. Was er tatsächlich über die behandelte Frage denkt, hat er uns allerdings noch immer nicht verraten.«

Die umstehenden Männer lachten, und die Spannung löste sich.

»Mein Name ist Abu Isa, man nennt mich den Warraq«, wandte dieser sich nun direkt an Ibn ar-Rewandi. »Solltest du länger in Bagdad weilen, würde es mich freuen, wenn wir uns einmal mit etwas mehr Muße unterhalten könnten.«

»Solange es nicht um die Nützlichkeit der Schriften der Alten geht«, entgegnete Ibn ar-Rewandi, »mit dem größten Vergnügen.«

Es wird erzählt, daß Ibn ar-Rewandi und der Warraq von diesem Tag an wie Vater und Sohn in Bagdad lebten. Der Ältere gab dem jungen Philosophen seine Tochter Hind zur Frau, und sie gebar alsbald einen Sohn. So lebte Ibn ar-Rewandi allseits geachtet. Khayat wurde niemals sein Freund, doch beide erwiesen einander stets die Achtung, die einem würdigen Gegner gebührt. Doch dann ergriff eines Tages ein böser Dämon Besitz von dem Philosophen aus Khorasan.

Im Bagdader Schiitenviertel al-Karkh herrschte reges Treiben. Doch der Warraq, der soeben durch das Basra-Tor trat, über die Neue Brücke hastete und auf den Laden eines Kopisten in den Arkaden zusteuerte, kümmerte sich nicht darum. Er schien weder die eilig hin und her laufenden Diener zu bemerken, die ihm ausweichen mußten, noch schenkte er einem Wasserverkäufer Beachtung, der ihm ein Schimpfwort nachrief. Er brach wie ein Unwetter in den Laden herein, dessen einziger enger Raum mit Manuskripten, Pergamentrollen und Lederstreifen bis unter die niedrige Decke vollgestopft war.

Ibn ar-Rewandi, der über einen Stapel Pergament gebeugt stand, um dessen Qualität zu begutachten, wandte sich um. Mit einem Lächeln begrüßte er seinen Schwiegervater. »Abu Isa! Was führt dich her?«

Der Warraq war nicht dazu aufgelegt, sich lange mit Höflichkeiten aufzuhalten. »Komm mit hinaus!« herrschte er den Jüngeren an.

Ibn ar-Rewandi warf seinem Kopisten einen verwunderten Blick zu und zuckte die Achseln, folgte dann aber ohne Widerrede der Aufforderung seines Schwiegervaters.

»Was ist denn in dich gefahren?« fuhr ihn der Ältere an, kaum daß sie auf der Straße standen. Ibn ar-Rewandi kniff in dem plötzlich hellen Licht die Augen zusammen. Um sie herum wogte der lebhafte Verkehr des Büchermarkts. Die Kopisten saßen vor ihren Läden, gingen ihrer Arbeit nach oder riefen ihre Ware aus.

»Ist es wahr, was Hind mir erzählt?« setzte der Warraq nach. »Daß du ein Buch schreiben willst, in dem du über die Zweifel sprichst? Zweifel!« Er spuckte das Wort aus wie ein Insekt, das sich in seinen Mund verirrt hatte. »Weißt du überhaupt, worauf du dich einläßt?«

Ibn ar-Rewandi strich mit der linken Hand behutsam über die kaum noch erkennbare Narbe, die seine Augenbraue teilte. »Ich denke schon.«

Der Warraq erstarrte. »Du meinst es also ernst.« Da Ibn ar-Rewandi keine Anstalten machte, etwas zu erwidern, packte er voll heftiger Erregung den Jüngeren bei den schmalen Schultern. »Du bist von Sinnen! Narr, begreifst du, was zu tun du im Begriff bist?«

Ahmad löste sich aus seinem Griff und verzog das Gesicht zu einem spöttischen Lächeln. »Das will ich doch hoffen.«

»Du Narr!« rief der Warraq. »Du verdammter Narr!«

Ibn ar-Rewandi stieg die Zornesröte ins Gesicht. »Ein Narr bin ich mitnichten«, sagte er mit leiser, bebender Stimme. »Ich war vielmehr blind, daß ich so lange brauchte, um es einzusehen. Ich hätte viel früher tun sollen, was ich jetzt tue. Unsicher quälte ich mich wie ein Feigling, unfähig, die wirren Gedanken zu ordnen. Ich habe mich nicht verändert, habe nur endlich die Form gefunden, in die ich meine Ideen gießen kann.«

»Du wirst sie alle gegen dich aufhetzen.« Der Warraq schüttelte unwillig den Kopf. »Das entbehrt jeder Vernunft! Es geht nicht nur um Khayat, sondern auch um diejenigen, die nicht so besonnen und so ehrenhaft sind wie er. Du hast eine junge Frau und ein Kind, Ahmad! Halte dir das vor Augen, ehe du dich und andere in Gefahr begibst. Ist es das wert?«

Ibn ar-Rewandi fuhr wütend auf. »Du rätst mir das? Ausgerechnet du? Ich erinnere mich noch gut an das Buch, welches du vor gar nicht allzulanger Zeit geschrieben hast. Der Fremde aus dem Osten lautete der Titel, erinnerst du dich? Nachdem es erschienen

282

war, hat dich manch einer deiner Studenten auf offener Straße als Ketzer beschimpft und bespuckt! Ich weiß dies sehr gut, denn ich war bisweilen an deiner Seite. Einmal wurde meine beste Jacke in Mitleidenschaft gezogen, denn der Gefährte dessen, der bespuckt wird, kommt selbst nicht unversehrt davon. Und ausgerechnet du sagst mir, ich solle vorsichtig sein?«

»Das kannst du nicht vergleichen«, widersprach der Ältere. Er zupfte an seinem dünnen grauen Bart. »Meine Tochter erzählte mir, du sprächest nicht nur über die Zweifel, was allein schon schlimm genug wäre. Nach dem, was sie mir sagte, hat dein neues Buch die besten Aussichten darauf, das gefährlichste in der Geschichte des Islam zu werden! Ein Buch, das an den Grundfesten unseres Glaubens rüttelt!«

Ibn ar-Rewandi fuhr sich mit der Hand durch das glatte schwarze Haar. Er wirkte abwesend und schien den lebhaften Verkehr auf der Neuen Brücke zu beobachten, die schreienden Männer in ihren Booten, die auf dem breiten Sarat-Kanal vom Euphrat zum Tigris steuerten. Dann wandte er sich mit einer ruckartigen Bewegung wieder dem Warraq zu.

»Ich habe lange über die Zweifel nachgedacht, Abu Isa, sehr lange. Du weißt, warum: Der größte Zweifel ist der, der entsteht, wenn man fragt, warum Unrecht geschieht. Wie kann man diesen Zweifel blenden? Und jetzt, da ich etwas gefunden habe, das meiner Frage eine völlig neue Wendung gibt, sagst du, ich solle es mir aus dem Kopf schlagen? Weißt du, was du da verlangst?«

Der Warraq legte ihm auf einmal mit einer väterlichen Geste die Hand auf die Schulter. »Ich weiß, was dich bewegt, Ahmad«, sagte er ruhiger. »Aber mußt du es in einem Buch veröffentlichen und Aufsehen erregen? Sag mir, was genau du darin schreiben willst! Wenn du es möchtest, streiche ich heraus, was die Theologen verärgern könnte. Ich bange um dich, mein Sohn. Dein Verstand ist scharf, und ebenso scharf ist auch deine Feder. Und mit anderen warst du stets ebensowenig nachsichtig wie mit dir selbst.«

»Ich war unnachsichtig nur angesichts all der Faulheit!« sagte Ibn ar-Rewandi. Seine Stimme hatte einen verächtlichen Klang.

»Nicht jeder hat deinen Verstand, mein Sohn«, suchte der Ältere ihn zu beschwichtigen. »Zuviel Wissen und zuviel Geist können gefährlich sein. Wem Gott einen so brillanten Verstand wie dir gegeben hat, der tut gut daran, ihn zu verbergen.«

»Ihn verbergen! Ist Verstand denn etwas, wofür man sich schämen müßte?«

Ibn ar-Rewandi fuhr sich erregt durch das glatte schwarze Haar. »Die Vernunft ist ein Fluch«, sagte er unvermittelt leise. »Und nicht allein wegen der Gefahr, in die man gerät, wenn man ihr öffentlich freien Lauf läßt. Denn wenn man alles anzweifeln kann, was bleibt dann noch? Dieses Buch mag das gefährlichste der islamischen Geschichte werden. Aber es wird noch mehr sein als das.« In seinen dunklen Augen brannte ein leidenschaftliches Feuer. »Es ist auch das gefährlichste Buch für mich selbst.«

Der Warraq betrachtete ihn mit stummem Mitgefühl. »Es ist deine Sucht, dich immer wieder selbst zu widerlegen, die dir zu schaffen macht. Nicht wahr?«

Ibn ar-Rewandis Gesichtsausdruck wandelte sich, und er begann zu lächeln.

»Du hast selbst mich mehr als einmal damit um den Verstand gebracht«, fuhr der Ältere fort. »Und sei ehrlich, Ahmad, es ist kein Wunder. Denn was tust du? Du schreibst ein Buch. Khayat, dein alter Widersacher, sitzt in seinem Laden und spitzt schon die Feder, um eine Replik zu verfassen. Anstatt dich aber damit zufriedenzugeben, beginnst du einen Tanz, als habe dich eine Tarantel gestochen, als müßtest du ein Gift ausschwitzen, das doch du ganz allein verspritzt hast. Du greifst erneut zu Tinte und Feder, und bevor noch Khayat eine einzige Zeile zu Papier gebracht hat, widerlegst du dein eigenes Buch, ordentlich Punkt für Punkt! Khayat spuckt einen Fluch in seinen Bart, weil du ihm seine Arbeit abgenommen hast. Und ich frage mich, auf welcher Seite du stehst, auf der der Theologen, auf meiner, oder auf einer völlig anderen?«

Ibn ar-Rewandi lächelte weiter sein zweideutiges Lächeln. »Ist dir das wirklich nicht klar?« fragte er.

»Nein!« erwiderte der Warraq. »Und ich weiß auch nicht, ob ich müßig bin, es herauszufinden. Wozu auch, du wechselst doch ohnehin ständig die Seiten.«

»Nicht die Seiten«, sagte Ibn ar-Rewandi. »Nicht die Seiten. Nur den Blickwinkel.«

»Es gehen die wildesten Gerüchte über dich um, weißt du das?« fragte der Ältere. »Erst jüngst vernahm ich, du habest im Auftrag eines Juden ein Buch verfaßt, in dem du die Vorzüge der jüdischen Religion betonst. Gegen Geld, versteht sich.«

Ibn ar-Rewandis Lippen wurden schmal. »Wirklich? Heißt es das?«

»Das und noch mehr, mein Sohn. Es heißt nämlich weiter, du habest noch ein zweites Mal Geld von dem Juden genommen, nämlich dafür, daß du dein eigenes Buch nicht widerlegst. Sollte es je dein Ziel gewesen sein, daß man in Bagdad Märchen über dich erzählt – du hast es erreicht.«

Ibn ar-Rewandi schürzte die Lippen. »Man glaubt also, ich schriebe für Geld?« Er starrte einen Augenblick lang stumm zu Boden. Dann brach es aus ihm heraus. »Diese Menschen wissen nicht, was es bedeutet! Sie wissen nicht, was es heißt, ein Buch zu schreiben und den eigenen Geist zu martern, damit die Argumente einleuchtend sind. Und dann festzustellen, jedesmal aufs neue, daß derselbe Mensch, der ein Buch geschrieben hat, dieses auch widerlegen kann. Daß man, wenn man es nur darauf anlegt, in der Lage ist, aus den Angeln zu heben, was einem wie ein unverrückbares Gesetz erschienen ist. Daß es allein eines scharfen Verstandes bedarf, um alles anzuzweifeln. Alles zu widerlegen. Selbst die eigenen Argumente. Weißt du, was das bedeutet?«

Ein dunkles Feuer brannte in seinen schmalen Augen und ließ sie größer erscheinen als sonst. Der Warraq legte, einer plötzlichen Regung folgend, den Arm um ihn. »Ich weiß, Ahmad. Ich verstehe dich. Aber es gibt viele, die dich nicht verstehen werden. Nur wenige Menschen haben den Geist und auch den Mut, sich mit diesen Gedanken zu quälen, wie du es tust. Darum bitte ich dich: sei vorsichtig.«

*Ibn ar-Rewandi sah den Älteren plötzlich so eindringlich an,
daß dieser unwillkürlich einen Schritt zurückwich.*

*»Und wenn ich nun einen Weg gefunden hätte?« sagte Ibn ar-
Rewandi so leise, daß es kaum mehr als ein Flüstern war. »Wenn
ich den Ausweg gefunden hätte, den Weg, diese Zweifel zu überwinden? Die Vipern zu blenden, die mich bedrängen?«*

*Doch das Buch des Smaragds, von dem er sich so viel erhofft hatte,
sollte Ibn ar-Rewandi kein Glück bringen:*
Es war ein kühler Winterabend in Bagdad ...

Hier brach das Manuskript ab. Atika sah auf. Sie bemerkte erst
jetzt, daß es draußen bereits dunkel war. Die alte Salma hatte
sich längst schlafen gelegt. Müde rieb Atika sich die brennenden Augen. Dann blies sie die Lampe aus und legte sich ebenfalls auf ihren Strohsack. Aber sie kam nicht zur Ruhe. Tief in
Gedanken wälzte sie sich auf ihrem einfachen Lager. Was hatte
der Philosoph gefunden? Und warum hatte ihm das Buch kein
Glück gebracht?

Es war wohl lange nach Mitternacht, als sie endlich einschlief.

19 Als Salma am nächsten Morgen die Hütte verließ,
war es bereits wieder drückend schwül. Atika hatte
in der Nacht kaum ein Auge zugetan und sich statt
dessen unruhig auf ihrem Lager hin und hergewälzt. Außerdem mußte die Sklaverei sie verweichlicht
haben: Ständig hatte das Stroh sie durch das Bettuch hindurch
gestochen, und bisweilen hatte sie einen Niesreiz unterdrücken
müssen. Sie fühlte sich erschöpft und zugleich ein wenig
benommen, so als hätte sie zuviel Wein getrunken.

Sie hatte Tee gekocht und Salma angeboten, sie zum Markt
zu begleiten. Doch die alte Frau meinte, es sei besser, wenn sie

sich dort nicht zeige. Ein blondes Mädchen, das mit ihr zusammen Gemüse verkaufte, würde auffallen. Das Argument leuchtete Atika ein. So blieb sie zu Hause, räumte das Geschirr auf und wusch sich notdürftig am Brunnen. Nach ihrer gestrigen Flucht durch die schmutzigen Gassen Fustats vermißte sie das *Hammam* in Yusufs Haus schmerzlich. Erneut schalt sie sich verweichlicht. Vor zwei Jahren hatte sie nicht einmal gewußt, daß es überhaupt Häuser mit fließendem Wasser gab, und jetzt benahm sie sich, als habe sie sich noch nie im Freien waschen müssen.

Ihre Knochen schmerzten von dem harten Lager, und trotz der Waschung fühlte sie sich schmutzig und liederlich. Ungekämmt fiel ihr das Haar offen über den Rücken und ins Gesicht. Dennoch sang sie vor sich hin und strich mit der Hand beinahe liebevoll über die ordentlich aufgestellten Töpfe. Schließlich griff sie noch einmal nach den Pergamentbogen. Gleichzeitig tastete sie mit den Fingern nach dem Smaragd um ihren Hals. Salma hatte versprochen, sich auf dem Markt nach einem Juwelier umzusehen und einen Bekannten zu fragen, ob er Atika nach Raschid bringen könne. Von dort würde sie, sobald das Wetter es zuließ, reisen können, wohin sie wollte. Nach Hause, nach Friesland. Oder sogar nach Córdoba. Atika schüttelte den Kopf und lachte sich selbst aus. Safwan hatte sie vermutlich längst vergessen.

Sie hob wachsam den Kopf, als sie plötzlich Männerstimmen vor der Hütte hörte. Schnell legte sie das Pergament zur Seite und erhob sich. Jetzt war auch die Stimme Salmas zu hören. Atika konnte nicht verstehen, was sie sagte, doch sie klang aufgeregt. Die alte Frau war noch keine zwei Stunden fort gewesen. Warum kam sie schon zurück?

Atika schlich sich an der Lehmwand entlang langsam an das einzige Fenster heran und spähte vorsichtig hinaus.

Sie war unfähig, zu glauben, was sie sah. Wie in einem unwirklichen Traum ging sie zur Tür, öffnete sie langsam und verharrte wortlos auf der Schwelle. Die beiden Männer, die mit Salma gekommen waren, blieben ebenfalls stehen. Dann löste Safwan sich aus der kleinen Gruppe und trat einen Schritt auf sie zu. Atika wurde vom Chaos ihrer Gefühle überwältigt. Unvermittelt begann sie haltlos zu lachen.

Auch als sie Safwan im Inneren der Hütte von ihren Erlebnissen der letzten Tage berichtete, mußte sie immer wieder lachen, ohne selbst zu wissen, warum.

»Ach, es tut mir leid«, sagte sie schließlich, »ich müßte mich eigentlich tränenüberströmt an deinen Hals klammern und über die schrecklichen Dinge jammern, die mir widerfahren sind.« Bei dieser Vorstellung wurde sie von einem erneuten Lachanfall geschüttelt. Safwan lächelte ebenfalls. Sein Begleiter stand derweil mit der alten Salma vor der Tür und ließ sich von ihr erzählen, was geschehen war.

»Ich kann nichts dagegen tun, es ist so unerwartet«, sagte Atika, an Safwan gewandt. »Ich dachte, du seist in Córdoba, und nun bist du hier, und ich bin einfach nur froh, dich zu sehen.« Sie unterbrach sich, lachte eine plötzliche Verlegenheit weg. »Wie hast du mich gefunden?«

»Wir haben zunächst in den Bibliotheken nach dir gesucht«, erklärte er. »Als wir dich dort nicht fanden, fragten wir bei den Kopisten rund um die Amr-Moschee. Es schien mir einleuchtend, daß du irgendwo sein mußtest, wo es Bücher gibt.« Er warf einen kurzen Blick zum Fenster hinaus und fuhr beiläufig fort: »Wie es scheint, war das der richtige Gedanke, denn schon beim dritten Kopisten hatten wir Erfolg. Ich nannte ihm meinen Namen und fragte nach dir, und da brachte er uns zu Salma.«

Er sah sie mit einem halb fragenden, halb schalkhaften Ausdruck an. Atika fiel ein, daß sie dem Kopisten gesagt hatte, der Name ihres Herrn sei Safwan. Sie räusperte sich. »Du hast dich verändert«, sagte sie schnell. Sein Gesicht hatte in den letzten Monaten etwas von seiner jugendlichen Weichheit verloren. Ein neuer Zug lag um seinen Mund. Auch seine Haut war dunkler geworden und hob sich von dem weißen Leinenhemd ab, das er unter seiner *Jubba* trug. Selbst seine Bewegungen wirkten geschmeidiger als damals.

Safwan schüttelte den Kopf. »Nein, das wohl kaum. Aber du, Atika – ich weiß nicht, was ich sagen soll. Es ist, als stünde man einem anderen Menschen gegenüber.«

Atika fiel erst jetzt ein, daß sie nicht einmal mehr ihren Schleier trug. Sie schob den Gedanken beiseite. Zum Teufel mit dem Schleier! Sie fuhr sich durch das ungekämmte Haar und zwirbelte eine rotblonde Strähne zwischen den Fingern. Er schien etwas in ihrem Gesicht zu suchen. »Ich weiß nicht, was es ist. Aber damals wirktest du anders, vielleicht unsicherer.«

Atika sagte mit plötzlichem Ernst: »Du meinst, damals hatte ich mehr von einer Sklavin?«

Safwans Lächeln erstarb. »Vielleicht.«

»Du hast mich gesucht«, wechselte Atika das Thema. »Warum?« Sie lachte und verbesserte sich: »Ich meine, ich weiß noch nicht einmal, warum du überhaupt hier bist.«

Er nahm seine Kopfbedeckung ab, um sich durch die Haare zu fahren. Diese Geste war ihr so vertraut, als habe sie sie erst gestern zum letzten Mal beobachtet. »Ich mußte fliehen. Ich war in den Verdacht geraten, ein Verschwörer zu sein. Ich konnte meinem Freund nicht mehr helfen.«

Atika wurde ernst. »Das tut mir leid.«

Sie bemerkte, daß er den Kopf abwandte. Erst jetzt begriff sie ganz.

»Das tut mir entsetzlich leid«, flüsterte sie. »Aber ich hätte dir nichts sagen können. Ich habe das *Buch des Smaragds* selbst nicht gelesen, das mußt du mir glauben.«

Safwan lächelte, doch seine Augen blieben ernst. »Ich weiß. Und selbst wenn, ich glaube kaum, daß ich Nabil noch hätte helfen können. Es bleibt mir nur, seinen Ruf wiederherzustellen. Seinen und meinen eigenen.«

Atika warf einen schnellen Blick hinüber zu den Pergamenten der alten Frau. *Das gefährlichste Buch der islamischen*

Geschichte, hatte der *Warraq* das *Buch des Smaragds* genannt. Ibn ar-Rewandi hatte hinzugefügt: *Und das gefährlichste Buch auch für mich selbst.* Sie ahnte, was Safwan beabsichtigte: »Indem du beweist, daß es nicht das Werk eines Ketzers ist?«

Sie sah ihm an, daß er über diese Frage schon mehr als einmal nachgedacht hatte. »Was ist Ketzerei?« fragte er leise.

»Wie auch immer«, wechselte er rasch das Thema, »ich mußte also fliehen und kam deshalb nicht mehr zu dem Treffen, das wir vereinbart hatten. Hast du auf mich gewartet?«

»Du bist auch nicht gekommen?« fragte Atika überrascht. »Ich mußte plötzlich abreisen und befürchtete, daß du vergeblich auf mich warten würdest.« Leiser setzte sie nach: »Aber ich habe oft an unser Gespräch im Hof der Moschee gedacht.«

Er senkte den Blick, sah sie wieder an, lächelte. Dann schüttelte er den Kopf.

»Was?« fragte Atika.

»Nein, das ist zu albern. Du wirst mich für einen melancholischen arabischen Poeten halten. Es klingt wie aus einem Roman über Layla und Majnun.«

»Über wen?«

»Eines der berühmtesten Liebespaare aus der Zeit der Beduinen«, erklärte er. »Es heißt, sie liebten sich seit ihrer Kindheit. Dann aber wurde Layla einem anderen Mann zur Frau gegeben. Und darüber wurde Majnun wahnsinnig. Er zog sich in die Wüste zurück und verfaßte traurige Gedichte. Und er hatte nur die Geister der Einöde als Gesellen.«

»Die *Jinn*«, sagte Atika.

Er nickte wortlos.

»Du hast mir damals eine Geschichte über diese Geister erzählt«, sagte sie zögernd. »Du wolltest sie mir zu Ende erzählen, doch dann trafen wir uns nicht mehr. Du sagtest, sie lebten in der Wüste. Und manchmal verliebten sie sich in einen Menschen. Und nähmen die Gestalt eines Mädchens an.«

Er sah zum Fenster, und Atika folgte seinem Blick. Auf dem Sims hinter ihr hatte ein Sturm vor wenigen Tagen eine feine

Schicht roten Sand abgeladen. Safwan griff plötzlich nach ihrer Hand. Atika zuckte leicht zusammen, als er sie berührte. Er hatte etwas von dem Sand aufgenommen, den er nun in ihre Handfläche rinnen ließ. Seine Finger strichen darüber, bevor er sie zurückzog. Atika schloß ihre Hand und spürte die harten, trockenen Körner.

»Die Wüste dringt bis ins fruchtbare Land vor, denn sie hat keine Grenzen. Du siehst bis zum Horizont, der unendlich weit entfernt zu sein scheint, und wenn du ihn erreicht hast, bemerkst du, daß du dich getäuscht hast. Denn dort wartet ein neuer Horizont, der noch weiter entfernt ist, noch stärker lockt, noch mehr verspricht.«

»Ein Meer, in das kein Schiff seine Ruder taucht«, sagte Atika leise. Wo hatte sie diesen Satz schon einmal gehört?

»Der Boden ist fahlgelb, durchsetzt mit schwarzen Steinen, darüber flimmert die Luft. Sie markiert einen Bereich, der weder zu Himmel noch Erde oder Feuer gehört. Einen Bereich, der über den schwarzen Steinen und den roten Dünen liegt wie der Eingang zu einer anderen Welt. Alle Konturen scheinen hier durchsichtig und verzerrt, der Atem der Erde geht über in den der Luft. Dieses Reich spiegelt trügerische Klarheit vor und verführt zu bleiben. Das ist die Schwelle, der Rand der Welt, wo die *Jinn* leben. Sie können sich nicht entscheiden, in welches Reich sie gehören, in das der Geister oder das der Menschen.«

Zwischen ihren Fingern spürte Atika noch immer den trockenen Sand. »Das also meintest du damals? Deshalb erinnern sie dich an mich? Weil ich mich nicht entscheiden kann zwischen zwei Welten?«

Er fuhr fort, ohne auf ihre Frage einzugehen, und in seiner Stimme lag wieder derselbe Zauber wie damals in Córdoba: »Sie spielen mit dem Wind. Zum Scherz ringen sie mit dem fliegenden Sand, und ihre roten Schleier steigen zum Horizont auf, beschienen von der westlichen Sonne. Die Glut setzt die Erde in Brand. Wo die spielenden *Jinn* den Boden berühren, schmilzt der Sand zu phantastischen Gebilden, zu kristallenen Rosen, in denen das rötliche Feuer der Wüste glüht und die, Wegzeichen gleich, in Richtung einer anderen Welt weisen.«

Atika ließ den Sand durch ihre Finger rinnen. »Du hast mir noch nicht erzählt, was geschieht, wenn sie sich in einen Menschen verlieben.«

Safwan sprach gedämpfter und in dem eindringlichen, singenden Tonfall eines Märchenerzählers: »Dann müssen sie den Ort verlassen, an dem sie geboren sind, und in der Welt der Menschen heimisch werden. Und sie binden das Herz des Mannes, den sie lieben, für immer an sich. Denn diese Geister der Luft verzaubern jeden, der ihnen zu nahe kommt.«

Er verstummte. »Du hast diesem Kopisten gesagt, dein Herr hieße Safwan«, sagte er unvermittelt. »Warum?«

Atika antwortete nicht. Sie konnte seinen Atem spüren, der leise und schnell ging, seine Lippen zitterten leicht, als wollten sie sich den ihren nähern. Nichts als ein Schleier feinen, rötlichen Staubs lag zwischen ihnen. Atika schloß die Augen und überwand ihn.

Seine Hände zögerten unschlüssig. Dann aber verschmolz das Feuer der Wüstengeister ihre Berührung zu einem glühenden Kristall aus Erde und Licht. Es nahm ihr den Atem, schien sich in tausend roten Spiegeln zu brechen, Wegzeichen auf der Schwelle zur Welt.

20 »Und dies ist also das Mädchen, um derentwillen ich durch diese Stadt laufe, rastlos wie ein Geist, der nicht zur Ruhe kommt …«

Atika fuhr so heftig zurück, daß sie gegen die Mauer prallte und sich schmerzhaft den Ellbogen stieß. Safwan bedachte den Mann, der mit der alten Salma hereingekommen war, mit einem Blick, in dem blanke Mordlust geschrieben stand.

Ein peinliches Schweigen folgte. Atika begann an ihren Kleidern zu zupfen. Ihr leichter Baumwollschleier lag, abgeworfen und vergessen, außer Reichweite auf dem improvisierten Strohlager, und nun stand schon der zweite Mann im Zimmer und musterte sie unverhohlen.

Dieser räusperte sich und nahm daraufhin den Tonfall eines Poeten an, der eines der zahllosen Juwelen arabischer Dichtkunst zum besten gibt: »Und fürwahr, es ist eine Rose, die da blüht inmitten dieser Stadt der Wunder! Erscheinen doch alle Zauber Ägyptens bei diesem Anblick wie nutzloser Plunder!«

Atika sah ihn irritiert an. »Wie bitte?«

»Iqbal al-Bagdadi ist mein Name. Wann immer du meiner Hilfe je bedürfen solltest, verfüge über mich wie über den erbärmlichsten Leibeigenen, der deinen zarten Fingerspitzen auf Gedeih und Verderb ausgeliefert ist.« Safwans Begleiter schien den Begriff Verlegenheit nicht zu kennen.

»Er ist mit mir gekommen, als ich mich auf die Suche nach dir machte«, mischte Safwan sich ein. Er warf Iqbal einen Blick zu, der selbst den redseligsten Dichter zum Schweigen gebracht hätte. »Wir sind zusammen gereist.«

Der Bagdader deutete eine höfliche Verbeugung an. »Ich bitte um Vergebung, wenn ich zu überschwenglich war. Doch in Bagdad ist man es nicht gewöhnt, die Schönheit stumm zu bewundern. Niemand würde es wagen, einer Sklavin gegenüberzutreten, ohne eine duftende Blume in der Hand oder wenigstens einen duftenden Vers auf den Lippen.«

Safwan preßte die Lippen aufeinander. »Atika hat mir von ihrer Flucht erzählt.«

»Das habe ich bemerkt«, konnte Iqbal sich nicht enthalten zu kommentieren. »Sagtest du ihm auch, warum du geflohen bist?« wandte er sich an Atika.

Sie hielt seinem Blick erhobenen Hauptes stand. »Ein Mann wollte mich kaufen.« Und an Safwan gerichtet fügte sie hinzu: »Amr ibn Qasim. Der Mann, der mir das hier gab.« Sie nestelte an ihrem Kittel und holte den Smaragd hervor. Unsicher sah sie von einem zum anderen. »Aber vielleicht sollte ich der Reihe nach erzählen.«

Sie berichtete von der *Smaragdtafel*, und wie heftig Amr darauf reagiert hatte. Zwischendurch, beim Erzählen, streifte sie kurz der Gedanke, daß sie den Bagdader schon einmal irgendwo gesehen hatte. Doch sie konnte sich irren. So berichtete sie weiter und hielt ihre Augen auf Safwan gerichtet. Seine Anwesenheit beruhigte sie.

»Amr hörte mir überhaupt nicht zu!« beklagte sie sich heftig. »Es schien ihn nicht einmal zu interessieren, ob das *Buch des Smaragds* tatsächlich die Prophezeiung des Hermes enthält. Und dann entschied er einfach, mich zu kaufen«, schloß sie, »als seien meine eigenen Wünsche völlig unerheblich. Er tat, als sei es eine besondere Gnade, daß er überhaupt vorher mit mir sprach.« Sie hatte sich in Rage geredet. Zornig warf sie die langen offenen Haare über die Schulter zurück.

Die Männer schwiegen. Als sie Safwans Blicke spürte, errötete sie. »Ich hatte Angst. Er war zornig auf mich und wollte mich in seine Gewalt bringen. Da bin ich geflohen.«

»Dieser Hund!« zischte Safwan. »Er hatte mir versprochen, mich zu benachrichtigen, sobald Yusuf mit euch hier einträfe. Und er wollte dir sagen, daß ich nach Fustat kommen würde. Ja, ich hatte sogar das Gefühl, er wolle mich für sich gewinnen.«

Er schüttelte den Kopf. »Und ich vertraute ihm! Ich habe ihm sogar vom *Buch des Smaragds* erzählt!«

Nun meldete sich auch Iqbal, der bis dahin stumm zugehört hatte, zu Wort: »In jedem Fall müssen wir Atika zuerst zurück zu Yusuf bringen. Es gibt keine andere schickliche Unterkunft für sie. Wenn wir uns beeilen, wird Amr davon nichts bemerken.«

Atika erstarrte. »Ich gehe nicht zurück.« Ihr Blick klammerte sich hilfesuchend an die gebeugte Gestalt Salmas, die wie ein Schatten hinter Iqbal stand. »Auf keinen Fall. Ich kann nicht!«

Iqbal runzelte die Stirn. Atika spürte, wie sie zu zittern

begann. »Kann ich nicht hierbleiben?« fragte sie, eher an Salma als an die beiden Männer gewandt.

»Eine entlaufene Sklavin ist nirgendwo sicher«, sagte Iqbal hart. »Ich würde die Verantwortung dafür nicht übernehmen.«

»Ich gehe nicht zurück«, wiederholte Atika.

Iqbals Gesichtsausdruck verriet, daß er diese Art Widerstand nicht gewohnt war. Er setzte zu einem scharfen Befehl an.

»Atika«, kam Safwan ihm zuvor. »Sei doch vernünftig!«

Sie wich zurück. »Vernünftig?« Ihre Stimme klang schrill.

»Hör mir zu«, sagte Safwan behutsam, als wolle er ein scheues Tier beruhigen, »Ich verspreche dir, Amr wird dir nichts tun. Und Yusuf muß dich nicht einmal bemerken. Es ist doch nur für eine oder zwei Stunden. Was ist mit deiner Fatima, kann man ihr nicht vertrauen? Ich werde nur mit ihr sprechen. Niemand sonst wird überhaupt erfahren, daß du im Haus bist.«

Atika bewegte sich nicht von der Stelle. Doch der Klang seiner Stimme löste ihre Anspannung.

Er trat zu ihr und nahm ihre Hände. »Vertrau mir.«

Atika sah ihm lange in die Augen. Dann nickte sie langsam.

»Ausgezeichnet!« meinte Iqbal. »Nun komm, mein Kind, mach ein freundlicheres Gesicht. Wetteifern doch selbst die sanftesten Zephire, wer von ihnen würdig sei, die Düfte dieser Blume an die Ufer Babylons zu tragen, auf daß sie dort die längst verdorrten Gärten der Semiramis zum Blühen brächten! Ich schwöre, daß die Lilien im Osten vor Neid erblaßt sind, da sie deine Düfte kosten!«

Atika mußte wider Willen lächeln. »Das würde ihre weiße Farbe immerhin erklären.«

Sie wollte nach ihrem Schleier greifen, doch Iqbal kam ihr zuvor. Als er ihr den Stoff reichte, bemerkte sie, wie er ihr mit seinen hellen Augen zuzwinkerte. Leise, so daß niemand außer ihr ihn hören konnte, sagte er: »Für ein Mädchen, das noch nie einen Jagdleoparden gesehen hat, scheinst du mit unseren Blumen recht vertraut zu sein.«

21 Safwan hatte der alten Salma etwas Geld gegeben, und Atika hatte ihr das Korallenarmband in die Hand gedrückt. Wie selbstverständlich hatte sie nach seinem Arm gegriffen, als sie die Lehmhütte verlassen hatten.

Sie hatten Yusufs Haus ohne Zwischenfall erreicht. Irgendwann hatte Atika Safwans Arm losgelassen und war mit gesenktem Kopf neben ihm hergelaufen. Iqbal war vorausgegangen, um nach Fatima zu fragen und sicherzugehen, daß nicht Yusuf sie an ihrer Statt empfangen würde. Außerdem wollte er sich davon überzeugen, daß Amr nicht im Haus war. Er hatte sich höflich verabschiedet, während Fatima mit Safwan in Yusufs Kontor verschwunden war. Seither lief Atika im menschenleeren Aufenthaltsraum der Sklavinnen auf und ab. Keines der Mädchen ließ sich blicken. Immer wieder sah sie aus dem Fenster und fürchtete ständig, Yusuf oder gar die strenge Gestalt Amrs über den Hof kommen zu sehen. Doch außer den Sklaven, die die Stallungen versorgten, und dem Pförtner war niemand zu sehen. Es war beinahe Mittag.

Atika wandte sich vom Fenster ab und nahm ein Stück Marzipan von einem Teller. Fatima hatte sie wie eine verlorene Tochter begrüßt. Auch sie hatte sich beinahe gefreut, die Aufseherin wiederzusehen. Die alte Frau hatte ihre schmutzigen Finger, ihr Gesicht und die zerrissenen Kleider berührt, wie um sich zu vergewissern, daß ihr nichts zugestoßen war.

Atika hatte die Zeit, seit Safwan mit der Aufseherin sprach, genutzt, um sich umzuziehen und zu waschen. Auch ein wenig Parfüm hatte sie aufgetragen und sich leicht geschminkt. Zuletzt hatte sie den Schleier vors Gesicht gebunden, obwohl es eigentlich unsinnig war. Safwan hatte sie mittlerweile schließlich öfter ohne Schleier gesehen als mit.

Sie hörte Schritte. Fatimas safranfarbene Gewänder wehten durch den Gang heran. Wenige Augenblicke später trat die Aufseherin durch die offene Tür. Hinter ihr schob sich Safwan in den Raum.

»Ich habe eine gute Nachricht für dich«, begann die Aufseherin ohne Einleitung. »Safwan al-Kalbi hat mir einen guten Preis für dich geboten. Alles ist schon in die Wege geleitet. In einer Stunde ist der Kaufvertrag fertig, dann kannst du gehen.«

Atika erstarrte. Sie sah Safwan wortlos an, als sei er ein Gespenst. Langsam schüttelte sie den Kopf.

Das Lächeln wich aus seinem Gesicht. »Es war die einfachste Lösung«, sagte er.

»Die einfachste Lösung?« wiederholte Atika fassungslos. Sie ignorierte Fatima, die irritiert von einem zur anderen sah, warf den Kopf in den Nacken und sagte laut: »Sicher, wenn du es nicht einmal nötig hast, mich zu fragen, ist es in der Tat einfach!«

Safwan wirkte hilflos, er versuchte sie zu beschwichtigen: »Atika, ich weiß ja, daß du gerade deshalb geflohen bist, und daß du es eigentlich nicht willst ...«

»... Allerdings weißt du das!« fuhr Atika ihn an. Sie schlug mit der flachen Hand gegen das Holzgitter des Fensters. Der Rahmen zitterte unter dem dumpfen Schlag. Dann zerrte sie an ihrem Schleier, löste ihn, warf ihn so heftig von sich, daß Safwan sie fassungslos ansah. »Allerdings weißt du das! Und dann kommst du hierher und tust eben das, wovon du genau weißt, daß ich es nicht will?«

»Wenn ich es nicht tue, wird Yusuf dich in wenigen Tagen auf dem Sklavenmarkt anbieten. Oder er wird dich direkt an Amr verkaufen.«

»Yusuf sagte, ich dürfe mitbestimmen, wer mein Herr wird.«

Safwan schüttelte ungeduldig den Kopf. »Ich glaube kaum, daß dieses Versprechen noch gelten wird, wenn Amr auf dich bietet. Wenn er dich unbedingt in seinen Besitz bringen will, steht Yusufs eigenes Wohl auf dem Spiel, falls er sich weigert. Muß ich dir sagen, wie er sich entscheiden wird?«

Atika biß sich auf die Lippen. »Ich war schon in Freiheit«, sagte sie leise. »Warum nur bin ich zurückgekommen?«

»Amr wird keine Rücksicht auf dich nehmen!« Trotz aller Heftigkeit klang Safwan unsicher. »Glaub mir, ich weiß, wozu manche Männer fähig sind und wie sie mit ihren Sklavinnen umspringen können, wenn diese nicht gehorchen!«

»Du bist doch selbst nicht besser als er!«, rief Atika. »Es interessiert dich doch genausowenig wie ihn, ob ich deine Sklavin sein will!«

»Mit Amr wirst du einen Herrn bekommen, den du nicht willst!«

»Habe ich mir dich denn als meinen Herrn gewünscht?«

Safwan trat dicht an sie heran. »Atika, ich will dir helfen! Kannst du mir nicht einfach vertrauen?«

Atika antwortete nicht. Seine Worte schienen nicht zu ihr vorzudringen, als sei sie durch einen unsichtbaren Wall von ihm getrennt. »Kannst du mir einen Grund nennen, warum ich dir vertrauen sollte? Nachdem du mich hierher zurückgebracht hast, um mich dann zu kaufen wie ein Stück Vieh? Nenne mir einen Grund, warum ich dir noch einmal vertrauen sollte!«

»Weil ich dich liebe«, sagte Safwan ruhig.

Atika hob den Kopf. Ihre Lippen zitterten. Sie mußte sich zwingen, ihren Gefühlen nicht nachzugeben. Mit aller Kraft hielt sie die unsichtbare Mauer aufrecht.

»Liebe!« wiederholte sie hart. »Wenn das deine Liebe ist, hinter meinem Rücken über meinen Preis zu feilschen, dann verzichte ich darauf.« Ihre Augen fühlten sich trocken an, wie von einer großen Anstrengung ermüdet.

Safwan wollte sie zu sich heranziehen, doch sie wehrte sich.

»Was sollte ich denn tun?« fragte er. »Eine entlaufene Sklavin mit mir nehmen? Hast du dir auch nur einmal Gedanken darüber gemacht, was das für deinen und meinen Ruf bedeuten würde?«

»Darum geht es dir also!« Atika stieß einen halb hilflosen, halb verächtlichen Laut aus. »Der Ruf! Kannst du nur daran denken, was andere Leute über dich sagen, oder über mich? Und traust du mir nicht einmal zu, daß ich auf meinen Ruf selbst achte?«

»Aber die Ehre …«

»Zum Teufel damit!« Sie versuchte krampfhaft, ihre Stimme wieder unter Kontrolle zu bringen. Zu hell, zu verzweifelt hatte sie geklungen. »Hängt deine Ehre von dem ab, was andere Leute über dich sagen?« Hefgtig schlug sie noch einmal mit den Händen gegen das Holzgitter vor dem Fenster, wieder zuckte er zusammen. Dann preßte sie ihr Gesicht gegen das kühle Holz.

Safwan hob das Kinn. »Also gut«, meinte er ironisch. »Also gut. Ich will dich nicht zwingen, mit mir zu kommen.«

Atika ließ die Hände sinken und sah ihn von der Seite an. »Was erwartest du eigentlich?« fragte sie leise. »Daß ich dir freiwillig gebe, was du kaufen willst?«

»Daß du mir vertraust«, entgegnete er. »Laß dir doch helfen!« beschwor er sie. »Ich will dich doch nur beschützen.«

»Mich beschützen!« Sie spuckte die Worte aus, als empfände sie Ekel dabei. »Du siehst mich auch nur als Ware, nicht wahr?« Sie biß die Zähne zusammen, verbot sich zu weinen. »Als einen Wertgegenstand, den man gegen etwas anderes eintauschen kann, wenn man seiner überdrüssig wird. Du sagst *beschützen* und meinst *besitzen*. Du bist genau wie Amr. Erzählst mir in blumigen Worten von Liebe und willst nur das Recht auf meinen Körper kaufen. Rezitierst Liebesgedichte und genießt dabei nur das erhabene Gefühl, ein Liebender zu sein, weil es gerade in Mode ist. Aber ich bin nicht aus demselben Holz geschnitzt wie eure Weiber. In meinem Land respektiert man die Frauen.«

»So wie die Nordmänner, die dich wie ein Stück Vieh auf ihre Schiffe geladen und an den erstbesten Händler aus dem Süden verkauft haben?« fragte Safwan aufgebracht. »Ist das der Respekt der Christen vor ihren Frauen? Es waren doch Christen, die dich verschleppten? Und die Ehe, die dein Vater für dich arrangiert hat, war sie deine freie Wahl? Ich biete dir ein Leben in Sicherheit und Reichtum! Was willst du eigentlich?«

»Was ich will?« fragte sie ebenso aufgebracht zurück. »Du fragst mich, was ich will? Was glaubst du wohl, könnte ich wollen, eine freie Frau, die von Verbrechern verkauft wurde? Ich will endlich selbst über mich bestimmen und das Leben führen, das mir gestohlen wurde!«

Atika zitterte, doch sie hielt die Augen fest auf ihn gerichtet.

»Und du willst alles aufgeben, was du diesem Leben hier verdankst?« fragte er.

Atikas Herz setzte einen Schlag aus. Er schien ihre verborgensten Gedanken zu kennen.

Einen Augenblick schwiegen sie beide. Dann fragte Atika mit gepreßter Stimme: »Warum fragst du mich so etwas?«

Der zornige Ausdruck in seinem Gesicht wich plötzlich dem des Mitgefühls. Sie fühlte, daß er sie besser kannte, als ihr lieb war. Sie wußte nicht, was sie tun sollte, wohin sie gehörte, nicht einmal, wer sie war. Nicht einmal ihr Name gehörte ihr wirklich.

Atika spürte, daß er verstand. Und sie spürte die Macht, die er dadurch über sie hatte.

Sie erkannte sich selbst kaum wieder, als sie ihn zynisch fragte: »Ich bin nur eine Frau, nicht wahr? Du denkst genau wie alle anderen. Was ich will, ist letztlich ohne Bedeutung.«

Safwan fuhr wütend auf. »Glaubst du eigentlich, du kannst mit anderen Menschen umspringen, wie es dir beliebt?« rief er wütend. »Glaubst du, man schenkt dir immer wieder Vertrauen, ohne daß du selbst etwas davon zurückgibst? Wenn das deine Vorstellung ist, dann erwarte nicht von mir, daß ich in deinem Leben eine Rolle spiele. Ich habe keine Lust, mich von irgend jemandem, Mann oder Frau, Sklavin oder nicht, zum Narren halten zu lassen!«

Mit einem Ruck drehte er sich um und verließ das Zimmer.

22

Safwan verließ Yusufs Haus mit schnellen Schritten, als könnte er so der Wut entkommen, die in ihm kochte. *Wer zu Sklavinnen geht, bereut es*, hallte erneut Umars Stimme in seinem Kopf wider. Mit hastigen Schritten durchmaß er die Altstadt und steuerte zielsicher den südlichen Stadtrand an. Als er ihn erreicht hatte, begann er sich zu fragen, was er hier wollte.

Er blieb stehen. Atikas Verzweiflung war nicht gespielt gewesen. Wenn er ehrlich war, verstand er sie sogar. Wäre Amr nicht gewesen, dachte Safwan, wäre Atika gar nicht erst geflohen, und alles stünde anders. Außerdem hatte der Ismailit ihn belogen! Wie konnte er es wagen, einen Mann vom Stamm der Kalb zu belügen!

Safwan setzte sich wieder in Bewegung und schlug den Weg in Richtung des Abessinierteichs ein. Der Ismailit war ihm eine Erklärung schuldig, und, bei Gott, er würde sie ihm abverlangen! Zu seiner Linken erhob sich eine kleine Anhöhe. Der fruchtbare Streifen um den Nil endete abrupt und präzise wie mit einem Messer abgeschnitten, und machte gelblicher Wüste Platz. Es waren nur wenige Meilen bis zu Amrs Landhaus, und Safwan kannte den Weg mittlerweile gut. Er war ihn schließlich, wie er grimmig konstatierte, oft genug vergeblich gegangen.

Die Diener empfingen ihn mit der gewohnten strengen Höflichkeit und geleiteten ihn umgehend in den gepflegten Innenhof. Im Käfig sang der Vogel wie bei seinem letzten Besuch. Das Gezwitscher steigerte Safwans Wut noch mehr, während er auf dem Marmorpflaster auf und ab lief.

»Safwan al-Kalbi, *ahlan wa-sahlan* – sei willkommen! Was führt dich her?« Der Ismailit hatte sich ihm unbemerkt von hinten genähert.

Safwan hielt sich nicht damit auf, den Gruß zu erwidern. Er wandte sich bestimmt um und fixierte die aufrechte Gestalt des anderen. »Was mich herführt?« fragte er ironisch. »Das kann ich dir sagen.«

Der Ismailit stand stumm an die hölzerne Verzierung des Türbogens gelehnt.

»Ich habe Atika gefunden«, sagte Safwan kalt.

Amr reagierte nicht. Einen Augenblick lang standen sie sich schweigend gegenüber. Dann hob Amr wie fragend die Augenbrauen.

»Du hast mich belogen!« stieß Safwan hervor.

Noch immer folgte keine Reaktion des Ismailiten.

»Beim Satan, ich habe dir vertraut!« schrie Safwan ihn an. »Du wolltest mich benachrichtigen, sobald Yusuf in Fustat ankommt. Und jetzt erfahre ich, daß er schon seit Monaten hier ist! Und ich höre auch«, er trat dicht an den Ismailiten heran, »daß du selbst Anstalten machst, Atika in deinen Besitz zu bringen! Und daß sie vor dir geflohen ist!«

Amrs Augen verengten sich. Doch er hatte sich in der Gewalt. »Wir wollen doch nicht überschwenglich werden, einer Sklavin wegen.«

Sein kalter Tonfall reizte Safwan. »Du selbst bist überschwenglich geworden, wie es scheint!« erwiderte er spöttisch. »So sehr, daß das Mädchen davongelaufen ist, weil sie lieber alleine durch eine fremde Stadt irrt, als deine Sklavin zu sein. In der Tat, dein Auftritt scheint geradezu unwiderstehlich gewesen zu sein!«

Amrs Gesicht zuckte, seine Hand glitt zum Gürtel. Doch auch jetzt beherrschte er sich. Safwan bemerkte den Dolch, den der Ismailit trug.

»Warum?«

Amr bewegte sich nicht.

»Warum?« wiederholte Safwan. »Ich habe dir nichts vorgemacht. Ich habe dir gesagt, daß ich mit Atika sprechen muß. Ich habe dir sogar gesagt, worum es geht.« Er unterbrach sich und sah ihm ins Gesicht. »Du hast mir nicht geglaubt?«

In Amrs Gesicht zuckte etwas. »Hätte ich das tun sollen?«

Safwan verlor die Fassung. »Beim neunmal gesteinigten Teufel, rede ich mit einem Gesteinsbrocken, der nur mein Echo zurückwirft? Ich will eine Antwort von dir, Amr ibn Qasim! Ist es wahr, was Atika sagt? Daß du planst, den Kalifen zu entmachten und einer Sekte zur Herrschaft zu verhelfen?«

Amrs Körper spannte sich. »Sagt sie das?« Sein Tonfall war kalt, und sein Gesichtsausdruck verhärtete sich, während seine Augen dunkler wurden. »Das sagte sie also?« fragte er noch einmal. Seine Hand fuhr erneut zum Gürtel, doch seine Finger schlossen sich nicht um den Griff des Dolchs.

Ein glühender Schauer durchlief Safwan, als ihm klar wurde, wozu er sich hatte hinreißen lassen. Jetzt, da Amr erfahren hatte, daß Atika ihr Wissen weitergegeben hatte – ein Wissen, das für den Ismailiten zur tödlichen Gefahr werden konnte –, hatte er kaum eine andere Wahl, als sie zum Schweigen zu bringen. Safwan mußte von Sinnen gewesen sein, Amr zur Rede zu stellen.

Der Ismailit zuckte die Schultern. »Sklavinnen reden viel. Wahrscheinlich hat sie dich auch nach dem *Buch des Smaragds* gefragt?«

Safwan beherrschte sich mühsam. Er durfte Atika nicht noch einmal verraten. »Wegen dieses Buches bin ich hier. Das hättest du ihr längst ausrichten sollen. Du hattest mir dein Wort gegeben!«

»Ich hatte nicht damit gerechnet, daß du wirklich in Fustat ankommen würdest. Die Reise durch die Wüste ist – gefährlich.«

Safwan starrte ihn an. Der Verdacht, der ihm kam, war zu ungeheuerlich, als daß er ihn hätte aussprechen können. Seine Lippen bewegten sich, ohne einen Laut hervorzubringen.

»Nun, wie dem auch sei«, wollte Amr die Unterredung beenden. »Es scheint mir, daß ich nicht mehr dein Vertrauen genieße. Findest du alleine hinaus?« Er deutete mit dem Kopf eine kaum sichtbare Bewegung an. Als Safwan seinem Blick folgte, sah er einen der Diener schnell verschwinden.

»Du warst es«, stieß Safwan hervor. »Natürlich … Iqbal sagte, es seien keine Tuareg gewesen, die mich in der Wüste

303

überfallen haben. Es waren deine Männer!« Er war sich plötzlich sicher. »Was haben sie bei mir gesucht? Sie wollten mich nicht töten, denn wäre es anders gewesen, stünde ich jetzt nicht hier. Du wolltest etwas Bestimmtes!«

Amr wandte sich ab. »Du träumst, mein Junge.« Doch unter dem kurzgeschnittenen Bart preßten sich seine Lippen aufeinander.

»Wonach haben sie gesucht?« fragte Safwan nochmals.

Der Ismailit drehte sich nicht zu ihm um. Er sprach leise, jedoch scharf: »Hat Atika dich also nach dem Buch gefragt?«

Safwan stand für einen Moment verständnislos da. Dann schüttelte er langsam den Kopf. »Das kann nicht sein.« Er begann zu lachen. »Du hast das *Buch des Smaragds* bei mir gesucht?« Er lachte immer heftiger, bis Amr ihn mit einer wütenden Handbewegung zum Schweigen brachte.

»Wir müssen nicht zwangsläufig auf verschiedenen Seiten stehen.« Amr hatte sich ebensoschnell wieder in der Gewalt, wie er die Beherrschung verloren hatte. »Sag mir, was du weißt, und ich teile meine Pläne mit dir. Ich kann dir Macht und Einfluß verschaffen, wenn du nur willst. Mein Plan ist kühn, das ist wahr. Vielleicht zu kühn für kleinere Geister. Aber du hast den Mut dazu. Du könntest mit mir kämpfen anstatt gegen mich. Und teilhaben an dem Preis.«

Safwan verharrte reglos und war wider Willen gebannt von der eindringlichen Stimme des Ismailiten. Sie drang in sein Innerstes vor und versuchte, von seinem Geist Besitz zu ergreifen.

»Was willst du?« fuhr Amr fort. »Ich kann dir verschaffen, was immer du dir wünschst.«

Hatte er Atika dasselbe versprochen? Safwan sah sie vor sich, stolz aufgerichtet, das Gesicht leicht gerötet, die Augen zornig auf ihn gerichtet, voller Verachtung beim bloßen Gedanken an eine erneute Sklaverei. Er richtete sich auf. »Wirklich? Kannst du das? So wie du es vermocht hast, Atika zu ihrem Glück zu zwingen? Wenn deine übrigen Pläne denselben Erfolg versprechen, dann beteilige ich mich besser nicht daran!«

Amrs Lippen verdünnten sich zu einem schmalen Strich. Safwans Enttäuschung über den Mann, dem er einst vertraut hatte, brach sich nun vollends Bahn. »Beim Allmächtigen, Amr, du hattest ja nicht einmal Macht über eine Sklavin, wie willst du da die über ein Kalifat erringen?«

Die Hand des Ismailiten zuckte, während sich Safwan in seine Wut hineinsteigerte. Er spürte, wie er allmählich die Kontrolle verlor. »Was für eine vielversprechende Idee, in der Tat, was für ein großartiger Plan! Die göttliche Hilfe läßt den Adepten des wahren Glaubens schon bei dem schlichten Versuch, eine Sklavin zu gewinnen, im Stich! Der Kalif«, setzte er nach, »wird sicher amüsiert sein, wenn er es erfährt!«

Amr wandte sich nicht um, um seine Sklaven zu rufen. Er griff in seinen Gürtel und zog den Dolch.

Safwan warf einen raschen Blick durch den Hof. Sie waren allein. Amr stand vor der hölzernen Verzierung des Eingangs. Auf der anderen Seite des Hofs, wo die Mauer an die Straße grenzte, gab es eine kleine Tür. Instinktiv schätzte Safwan die Entfernung ab. Wenn er Glück hatte, führte die Tür direkt hinaus auf die Straße.

Amr stieß mit der plötzlichen Aggression einer Viper zu. Safwan wich zurück, es gelang ihm, der Klinge auszuweichen. Er sprang einen Schritt zur Seite, seine Finger tasteten nach seinem eigenen Dolch. Amr wechselte den Griff um die Waffe, seine Handfläche zeigte nun nach unten. Safwans Gedanken überschlugen sich. Den nächsten Stoß würde der Ismailit von unten gegen den Bauch führen. Gerade noch rechtzeitig bemerkte er eine Bewegung der Schulter des anderen, machte einen Ausfallschritt, der Stich ging ins Leere. Gleichzeitig fuhr seine eigene Klinge auf Amrs Hals zu, verfehlte ihn. Seine Hand mußte gezittert haben. Der Stahl schnitt tief in den Oberarm seines Gegners. Amr faßte sich mit einem überraschten Aufschrei auf die Wunde. Blut quoll zwischen seinen Fingern hervor. Safwan nutzte den Überraschungsmoment. Mit aller Kraft holte er aus und schlug seinem Gegner die Faust ins

Gesicht. Der Ismailit taumelte zurück, prallte mit dem Kopf gegen den Eisenbeschlag der hölzernen Tür. Mit einer Mischung aus Triumph und verwunderter Gleichgültigkeit beobachtete Safwan, wie er langsam zu Boden sank. Seine Hand zitterte noch immer, er war unfähig den blutigen Dolch zu halten. Klirrend schlug die stählerne Klinge auf dem Marmorpflaster auf.

Safwan warf einen schnellen Blick um sich. Von keinem der Diener war etwas zu sehen. Amr mußte ihnen den Befehl gegeben haben, im Haus zu bleiben. Doch die Geräusche des Kampfes waren kaum zu überhören gewesen. Er kümmerte sich nicht weiter um die Verletzung seines Gegners, sondern bückte sich schnell nach seiner Waffe, steckte sie zurück in den Gürtel und richtete sich auf. Auf dem weißen Marmor glänzten Blutspritzer. Plötzlich vernahm er ein Geräusch aus dem Inneren des Hauses. Mit wenigen schnellen Schritten durchmaß er den Hof und erreichte die kleine Tür auf der gegenüberliegenden Seite. Sie war unverschlossen. Einen Augenblick später stand er auf der Straße.

23 Im Haus seines Onkels kam ihm Iqbal bereits durch den engen, weiß und blau gekachelten Flur entgegen.

»Wo zum Teufel warst du so lange?« begrüßte er Safwan. »Und was ist mit dem Mädchen? Ich dachte, du bringst sie mit.«

Safwan hob die Hand, um ihn beiseite zu schieben, ließ sie dann aber niedergeschlagen auf seiner Schulter liegen. Er schüttelte müde den Kopf.

»Was ist geschehen? Gott ist barmherzig, du siehst aus als sei dir der Teufel selbst begegnet!«

Safwan schob sich an Iqbal vorbei und folgte dem gewundenen Gang, der sich zum Innenhof öffnete. »Das trifft die Sache besser als du glaubst.« Er trat hinaus ins Freie und lehnte sich gegen die Mauer.

»Was willst du damit sagen?« fragte Iqbal leise. Der Bagdader war ihm gefolgt und stützte den linken Arm neben Safwans Kopf an die Mauer, so daß er ihm dicht gegenüberstand. Eine Spur zu dicht.

Safwan wich seinem Blick aus. »Ich hatte einen Zusammenstoß mit Amr«, antwortete er. »Ich war bei ihm, ich wollte ihn zur Rede stellen. Er griff mich an.«

Iqbal schwieg und löste sich von der Mauer. Doch auf seiner Stirn bildete sich eine steile Falte, während Safwan stockend erzählte, was in Amrs Haus geschehen war.

»Ich hätte nicht versuchen sollen, Atika zu kaufen«, sagte Safwan schließlich. »Sie hatte mir gerade erst gesagt, wie sehr sie Amrs Verhalten verabscheute. Und mir fiel nichts Besseres ein, als es ihm nachzutun.«

»Du hast sie gekauft?«

Safwan schüttelte den Kopf. »Ich wollte es tun. Aber sie hat sich geweigert.«

»Du bist ein Narr!« sagte Iqbal hart. »Das Mädchen war ja kaum dazu zu bewegen, uns zu folgen. Sie wäre lieber frei in der Hütte der alten Frau geblieben, denn als Sklavin zurück in ein Leben des Luxus zu gehen. Das mußt du doch bemerkt haben!«

Safwan stützte den Kopf in die Hände. »Ja, sicher. Aber was hätte ich tun sollen? Ich wollte ihr helfen, so schnell wie möglich von Yusuf fortzukommen. Und das Einfachste, was mir einfiel, war, sie zu kaufen.«

»Du hättest vielleicht deinen Kopf in dieser Sache ein wenig mehr anstrengen sollen.« Langsam ließ sich Iqbal auf den Rand von Musas Brunnen sinken. Safwan fiel erst jetzt auf, daß sein Onkel nicht im Haus war. Er hatte vorgehabt, einen Freund zu besuchen. Eigentlich war er selbst auch eingeladen gewesen. Über dem Wiedersehen mit Atika hatte er dies jedoch vergessen.

Er fuhr sich durch die Haare. »Ich weiß! Ich weiß! Kannst du nicht damit aufhören?«

Iqbals Lippen unter dem kurzen Vollbart umspielte ein Lächeln. Dennoch war die Anspannung nicht zu übersehen, die sich seiner bemächtigt hatte. »Du mußt Fustat verlassen.« Seine Augen schweiften zur Tür als erwarte er jeden Moment einen Verfolger in dem hölzernen Bogen. Safwan wollte etwas einwenden, doch er kam nicht dazu.

»Dieser Amr, ist er nicht ein *Werber*? Er ist ein mächtiger Gegner, solange du dich hier auf seinem Territorium bewegst.« Iqbal stand auf. »Bist du dir darüber im klaren, was es bedeutet, sich einen solchen Mann zum Feind zu machen? Du bringst auch deinen Onkel in Gefahr, wenn du bleibst. Noch weiß er nicht, wo du wohnst, aber er wird es herausfinden. An deiner Stelle würde ich so schnell wie möglich aufbrechen.«

»Ich gehe nicht ohne Atika!« entgegnete Safwan heftig. Iqbal packte ihn an den Schultern und sah ihm ins Gesicht. »Es ist jetzt nicht die richtige Zeit, um an dein Liebesleben zu denken, mein Freund!«

Safwan machte sich mit einer heftigen Bewegung los. »Was verstehst du schon davon! Du bist über alles erhaben, nicht wahr? Aber mir ist es nicht gleichgültig, was Atika von mir denkt!«

»Hör zu!« sagte Iqbal. Der sonst so überlegene Mann wirkte unruhig. »Geh nach Basra. Frage dort nach Zaid ibn Rifaa. Er ist ein Freund von mir. Du kannst offen mit ihm reden. Bei ihm kannst du wohnen, bis ich selbst nach Bagdad zurückkehre.«

»Was soll ich in Basra!« Safwan starrte unwillig auf den Brunnen. Plötzlich wurde ihm bewußt, daß der Ismailit jederzeit in Yusufs Haus bei Atika auftauchen konnte. Und sie war nicht einmal gewarnt!

»Wolltest du nicht ohnehin nach Basra, um mehr über dieses *Buch des Smaragds* zu erfahren?« fragte Iqbal. »Ich hatte dir von den *Brüdern der Lauterkeit* erzählt, das wirst du kaum vergessen haben. Ich sagte dir, daß diese Männer sehr belesen sind. In ihren Privatbibliotheken findet sich vieles, was anderswo längst als verloren gilt. Safwan!« redete er noch einmal auf ihn ein, »es ist zu gefährlich zu bleiben!«

Safwan zögerte, doch der Bagdader hatte recht. Er hatte schließlich selbst schon daran gedacht, nach Basra zu gehen. Die Verlockung, in den *Brüdern der Lauterkeit* vielleicht die Erben Ibn ar-Rewandis zu finden und das *Buch des Smaragds* kopieren zu können, war groß. Doch zugleich stellte er sich wieder die Frage, warum Iqbal ihn so plötzlich aus Fustat entfernt sehen wollte. Er sah erneut in das dunkle Gesicht des anderen, dessen helle Augen Sorge verrieten. Der Bagdader meinte ernst, was er sagte.

»Also gut«, gab Safwan nach. »Ich werde gehen.«

Iqbal nickte, und die Unruhe verschwand aus seinem Gesicht. Er hatte sich wieder in der Gewalt.

»Aber ich gehe nicht ohne Atika«, sagte Safwan entschlossen. »Sie darf nicht von mir denken, daß ich sie nur benutzen wollte. Ich werde noch einmal zu Yusuf gehen.«

»Gott behüte deinen Verstand!« zischte Iqbal. Seine Hand köpfte eine Rosenknospe.

Safwan sah ihn trotzig an und schwieg.

Der Bagdader seufzte leise. »Ich verstehe dich. Aber du solltest an deine eigene Sicherheit denken.«

»Und was ist mit Atikas Sicherheit? Ich habe sie in Gefahr gebracht. Amr weiß, daß sie wieder bei Yusuf ist und daß sie uns gesagt hat, was er plant!«

»Er weiß es?« Iqbal starrte ihn an. »Bist du von Sinnen?«

Doch sogleich fügte er hinzu: »Also gut, ich werde mich um das Mädchen kümmern. Ich schwöre dir, daß ich wie ein Vater über sie wachen werde. Aber geh du nach Basra!«

Safwan schüttelte den Kopf.

Iqbals Lippen wurden bleich. »Dann geh zu dem Sklavenhändler und tu, was du für richtig hältst. Aber tu es schnell, bei allen Teufeln und Dämonen! Wenn du nicht binnen einer Stunde mit Atika hier sein kannst, versprich mir, daß du dann alleine aufbrichst!«

309

Safwan zögerte.

»Wenn Atika mit dir kommen will«, sagte Iqbal, »wird sie mit dir in einer Stunde hier sein. Wenn nicht, solltest du dich mit dem Gedanken abfinden, daß du alleine gehen mußt.«

Safwan wollte zuerst widersprechen. »Gut«, sagte er dann jedoch leise. »Eine Stunde.«

24

Atika starrte durch das vergitterte Fenster hinaus in den Hof und bedachte sich selbst mit einer Auswahl von Schimpfworten in mehreren Sprachen. *Ya ghabiyya! Ya majnuna! Stulta! Narra! Tumbe!* Sie fuhr sich mit der Hand durch die offenen langen Haare. Dann griff sie nach dem Schleier und band ihn ungeschickt um. Die Sklaverei hatte bereits sichtbare Spuren an ihr hinterlassen, und vielleicht würde sie die Narben nie wieder loswerden. Aber sie war ungerecht gewesen, dachte sie beschämt, ungerecht, weil enttäuscht. Was hatte sie sich von dem Gespräch versprochen? Nachdem Safwan gegangen war, war ihr nichts Besseres eingefallen, als sich wie eine völlige Närrin wieder und wieder zu kämmen. Dann hatte sie lange düster darüber gebrütet, was sie nun unternehmen sollte. Amr konnte jederzeit erfahren, daß sie zurück war. Sie hatte ihre Lage keineswegs verbessert.

Atika seufzte und wandte sich vom Fenster ab, als sie Schritte hörte, die in der Tür zum Stehen kamen. Ein überraschter Laut entfuhr ihr, als sie in Safwans Gesicht sah.

Er stand ein wenig hilflos im Raum. Seine Arme hingen seitlich herab. Atika sah ihn wortlos an, ehe sie einen Schritt auf ihn zutat und unsicher lächelte.

»Und jetzt?« Ein schiefes Lächeln lag auch auf seinen Lippen. »Soll ich meinen gekränkten Männerstolz rächen, oder vor dir auf die Knie fallen?«

»Es tut mir leid«, sagte Atika. »Ich war ungerecht. Aber ich war gerade erst geflohen, weil ich nicht verkauft werden wollte, und dann kamst du ... es tut mir leid.« Sie zögerte, bevor sie hinzufügte: »Ich hatte gerade erst wieder zu spüren begonnen, was es heißt, frei zu sein.«

Safwans Hilflosigkeit wich aus seinem Gesicht, als er den Kopf schüttelte. »Ich habe mich benommen wie ein Tölpel«, sagte er schließlich. »Ich hätte es wissen müssen. Es war gedankenlos von mir.«

Sie lachte unsicher auf, und auch er zwang sich ein Lächeln ab. »Da ist noch etwas«, sagte Safwan. Seine Augen schweiften unruhig durch das Zimmer als fürchteten sie eine unsichtbare Bedrohung. »Ich war bei Amr. Wir sind aneinandergeraten.«

»Was ist geschehen?« fragte Atika alarmiert.

»Es war meine Schuld. Ich habe ihn zur Rede gestellt. Es ist nur eine Frage der Zeit, wann er wieder zu sich kommt und ...«

»Wann er wieder zu sich kommt?« Atika stieß heftig den Atem aus. »Wie meinst du das? Barmherziger Gott, du hast einen *Da'i* des Kalifen bewußtlos geschlagen? Sagtest du nicht, du wolltest mich beschützen?«

Er trat dicht an sie heran. Atika spürte die Wärme seines Körpers und einen leichten Hauch Moschus. »Hör mir zu«, sagte er so eindringlich wie selten zuvor. »Ich kann hier nicht bleiben. Amr wird versuchen, mich zu finden. Ich gehe nach Basra. Und auch du kannst nicht bleiben, Atika.«

Sie sah ihn verwirrt und ungläubig an.

»Ich habe einen Fehler begangen.« Er zögerte. »Ich habe mich dazu verleiten lassen, Amr zu sagen, daß du wieder zurück bist. Und viel schlimmer, er weiß, was du mir über seine Pläne berichtet hast. Er wird versuchen, dich zum Schweigen zu bringen, so oder so. Ich weiß selbst nicht, was in mich gefahren ist, als ich ihm davon erzählte. Ich schwöre dir, daß ich es wieder gutmache.«

Atika brachte keinen Ton über die Lippen.

»Ich will nicht, daß du von mir denkst, deine Wünsche wären mir gleichgültig. Aber wenn du es möchtest – ich wäre glücklich, wenn du mich nach Basra begleiten würdest.«

311

Sie setzte zu einer Erwiderung an, doch er unterbrach sie und fügte hinzu: »Nicht als Sklavin. Als freie Frau.«

Ein Zittern durchlief ihren Körper. Sie starrte ihn an, als wisse sie nicht, ob sie richtig gehört hatte.

Er sah verunsichert zu Boden. »Ich habe Yusuf bezahlt, was er für deine Freiheit gefordert hat. Amr wird dich nicht bekommen. Du bist frei, Atika. Sobald der *Qadi* die Urkunde beglaubigt hat, kannst du gehen, wohin du willst. Du kannst in deine Heimat zurückkehren, so wie du es wolltest, oder ...«, er stockte, »... oder du kannst mit mir kommen.«

Atika verstand sich selbst nicht. Sie hörte seine Worte, ohne ihre Bedeutung zu erfassen. Safwan schenkte ihr die Freiheit und die Möglichkeit, nach Friesland zurückzukehren. Und sie mußte sich beinahe zwingen, für sein Geschenk dankbar zu sein und überhaupt zu begreifen, wie großzügig es war.

Safwans Hilflosigkeit machte zögernd einem anderen Ausdruck Platz. Er hob die Hand, um ihr Gesicht zu berühren und löste dabei den ungeschickt gerafften Schleier. Der Stoff fiel über ihre Schulter und glitt langsam an ihr herab zu Boden.

»Sag mir deinen Namen«, bat Safwan leise. Sie wußte genau, welchen Namen er meinte. Seit er sie in Córdoba zum ersten Mal nach ihrem früheren friesischen Namen gefragt hatte, schien nicht mehr Zeit vergangen zu sein, als der Flügelschlag eines Vogels braucht.

Leise Schritte ließen Safwan herumfahren. Atika folgte seinem Blick. In der Tür stand Fatima, nunmehr gehüllt in rote Schleier.

»Das Dokument ist unterwegs«, sagte sie.

Atikas Gesicht glühte.

»Ich kann Atika zu deinem Haus bringen«, wandte sich die Dienerin an Safwan. »Sobald die Urkunde fertig ist. Du hast mir den Weg ja gut beschrieben.« Die Falten in ihrem Gesicht verzogen sich zu einem Lächeln.

Safwan warf der alten Frau einen unwilligen Blick zu. Ohne auf sie einzugehen, wandte er sich an Atika:

312

»Es ist deine Entscheidung. In einer Stunde werde ich aufbrechen. Ich warte auf dich. Wenn du mit mir kommen willst, kann Fatima dich zu mir bringen. Wenn du nicht kommst, werde ich alleine gehen.« Feine Schweißperlen standen auf seiner Stirn. Das dunkle Haar fiel ihm feucht ins Gesicht.

»Ich würde gerne mit dir kommen«, sagte Atika. Sie trat, ohne sich um die Aufseherin zu kümmern, dicht an ihn heran und berührte seinen Mund mit den Lippen. Sie spürte seinen Körper leicht beben. Nur einen Herzschlag lang dauerte die Berührung, dann wich sie zurück.

Safwan warf einen kurzen Blick auf Fatima, ehe er sich ein letztes Mal an Atika wandte: »Du hast eine Stunde. Überleg es dir gut. Ich will nicht, daß du nur aus Dankbarkeit mit mir kommst. Wenn du dir nicht sicher bist, daß du es wirklich willst, ist es besser, ich gehe alleine.«

Ohne ein weiteres Wort verließ er den Raum.

25 Als sie eine Stunde später hinter Fatima die Straße entlanglief, hatte Atika das Gefühl, die hohen Mietshäuser rechts und links bedrängten sie von beiden Seiten. Der gangbare Weg schien schmaler und schmaler zu werden, die steinernen Blöcke von beiden Seiten her enger und enger zusammenzurücken.

»Komm, mein Kind!«, rief die alte Dienerin. »Wir müssen uns beeilen. Amr ist nicht zu Yusuf gekommen, aber noch sind wir nicht bei Safwan. Wir sind ohnehin spät. Ich hoffe nur, daß er wartet.«

»Der *Qadi* brauchte eine halbe Ewigkeit«, erwiderte Atika atemlos. »Es ist nicht meine Schuld, ich habe mich sofort von den anderen verabschiedet. Ich habe mir nicht einmal die Zeit genommen zu lernen, wie man den neuen Schleier bindet. Amina hat ihn mir angelegt. Es ist ungewohnt, durch diese schmalen Schlitze kann ich kaum etwas sehen.«

313

Fatima wandte sich um und musterte sie mit einem kurzen, prüfenden Blick. »Es ist ungewohnt, dich mit einem richtigen Schleier zu sehen, wie eine freie Frau, und in diesen dezenten Farben. Aber trotzdem wirst du noch einiges lernen müssen, was sich für vornehme Frauen ziemt.«

Atika preßte das Dokument, das ihre Freiheit besiegelte, fest an die Brust, als wolle sie sich vergewissern, daß es wirklich existierte, als müsse sie gelegentlich das Knistern des Papyrus hören, um sicher zu sein, daß sie nicht träumte. Während sie die wenigen Schritte zu Fatima aufholte, barg sie das Blatt wieder im weiten Ärmel ihres Mantels.

Sie versuchte, die Aufregung zu dämpfen, die sie überkam, sobald sie sich fragte, was Safwan plante. Als freie Frau gab es kaum eine schickliche Möglichkeit für sie, mit einem Mann zu reisen – außer, er heiratete sie. Sie zwang sich zur Ruhe. Schon einmal hatte sie aus der falschen Furcht davor, sich Safwan anzuvertrauen, einen Fehler gemacht. Das würde ihr nicht noch einmal passieren.

Die Mietskasernen wichen allmählich den Mauern größerer, gepflegterer Häuser. Sie näherten sich dem Villenviertel im Süden der Stadt, in dem das Haus von Safwans Onkel stand.

»Ist es noch weit?« fragte Atika.

Fatima schüttelte den Kopf. »Dort am Ende der Straße müssen wir rechts abbiegen. Die nächste Gasse noch einmal links, dann sind wir da.« Sie sah das Mädchen von der Seite an. »Bist du aufgeregt?«

Atika lächelte. »Sieht man das?«

Sie schrie auf, als ein kräftiger Männerarm sich von hinten um ihre Taille legte. Ihr Körper zuckte zusammen, gleichzeitig heiß und kalt, wie von einem Schlag getroffen. Sie wollte ein zweites Mal schreien, doch bevor sie es vermochte, hatte sich eine Hand auf ihren Mund gelegt, drückte ihn so fest zu, daß sie kaum atmen konnte. Aus dem Augenwinkel konnte sie sehen, wie Fatima ebenfalls von einem großen, kräftigen Mann überwältigt wurde. Atika versuchte, sich aus der Umklammerung zu winden oder sich fallen zu lassen, doch der Griff, der sie hielt, war eisern. Ihre Arme wurden fest an ihren Körper gedrückt, so daß sie keine Möglichkeit hatte, sie auch nur einen Zoll zu bewegen. Der Mann hielt sie wie eine Puppe an sich gepreßt, sie spürte seinen Atem in ihrem Nacken. Durch den Stoff des Schleiers roch sie Knoblauch, spürte den Schweiß seiner Arme, fühlte kurze, harte Haare auf ihrer Haut kratzen. Sie stemmte die Füße in den Boden, doch er zerrte sie einfach mit sich, als spüre er den Widerstand nicht einmal.

Alles war so schnell gegangen, daß, selbst wenn einige Passanten in der Nähe gewesen waren, diese wahrscheinlich nichts davon bemerkt hatten. Plötzlich wurde es um sie herum dunkel. Sie wurden ins Innere eines Hauses geschafft, vielleicht ein Laden, dann schien wieder etwas Licht, jedoch matter und grauer als zuvor auf der Straße. Sie waren wieder im Freien, auf der anderen Seite eines Hauses.

Mit einer Bewegung, der die Verzweiflung Kraft verlieh, versuchte sie, sich aufzurichten, doch der Mann verstand sein Handwerk. Er erlaubte ihr keine Regung. Ihre Augen hinter dem verrutschten Schleier suchten panisch den kleinen Ausschnitt der Wirklichkeit ab, den sie überblicken konnten. Kein Fenster durchbrach die hohen, gekalkten Mauern, die sie von allen Seiten umgaben. Ihre Farbe war, vielleicht vom Rauch und Qualm der Bäder, eher grau als weiß. Schwarze Schlieren zogen sich über die Wände. Sie mußten sich in einem der Hinterhöfe befinden. Die Tür, durch die sie gekommen waren, fiel ins Schloß.

»Du hast Angst, nicht wahr?« fragte eine vertraute Männerstimme. Ein Schauder überlief sie. »Das solltest du auch.«

Atika machte eine verzweifelte Anstrengung, sich zu dem Sprecher umzudrehen, obwohl sie bereits wußte, in wessen Gewalt sie waren. Mit einem erstickten Laut wandte sie den Kopf, der Schleier rutschte wieder an die richtige Stelle, und durch die schmalen Schlitze sah sie in Amrs schwarze Augen.

Unvermittelt wurden sie von den Männern losgelassen, so

plötzlich, daß Atika beinahe gestürzt wäre. Sie tat einige Schritte in Fatimas Richtung, als könne die alte Frau sie beschützen. Ihre Augen schweiften schnell und orientierungslos durch den Hof. Es gab keinen Fluchtweg. Der einzige Ausgang war die Tür, durch die sie gekommen waren, doch davor stand der Ismailit. Der Mann, der Fatima festgehalten hatte, wartete im Hintergrund.

»Du hast dich nicht an unsere Abmachung gehalten, Sklavin.« Atika zwang sich, Amr in die Augen zu sehen und erschrak. Es war, als sei alles Leben aus ihnen gewichen. Als sie ihm das letzte Mal in Yusufs Haus so direkt ins Gesicht gesehen hatte, hatte es sie noch Kraft gekostet, der verführerischen Energie seiner Stimme zu widerstehen. Dabei hatte sie das Gefühl gehabt, Zeugin eines stummen Kampfes zu sein. Dieser Kampf war nun vorbei. Seine Augen schienen alles zu verschlingen, was ihnen zu nahe kam – selbst das Licht.

»Du hast geplaudert, nicht wahr?« fragte Amr weiterhin völlig ausdruckslos. Der tonlose Klang seiner Stimme war beinahe unerträglich. Er erschien Atika weit bedrohlicher, als wenn er sie angeschrien hätte.

»Und mehr als das«, fuhr er fort. »Du hast Nachforschungen angestellt und mit dieser Alten darüber gesprochen. Der junge Narr aus Andalus hat mir detaillierter, als ich es wünschte, von alldem berichtet.«

Er lachte leise, aber es war ein seltsames Lachen, das weder belustigt noch spöttisch klang. Es wirkte, als käme es überhaupt nicht aus seiner eigenen Brust in dem schmal geschnittenen knielangen Obergewand. Seine rechte Hand war um die Fingerknochen blau verfärbt, er mußte sie gegen eine steinharte Oberfläche geschlagen haben. Der linke Ärmel war unterhalb der Schulter aufgeschlitzt und darunter schimmerte ein weißer Leinenstreifen wie ein Verband. Das Gewand war über der Brust halb offen. Atika sah die schmale goldene Schnur um seinen Hals, an der etwas Schweres hing. Es schien ihr wie blanker Hohn, daß Amr den Smaragd noch immer trug.

Atika versuchte, ihre Angst zu beherrschen. Allmählich

begann sie ihre Situation zu begreifen. Amr würde sie töten. Er konnte sie nicht am Leben lassen. Jetzt nicht mehr, da er wußte, daß sie geredet hatte. Sie würde sterben. Seltsam, daß diese Erkenntnis ihr nicht den Atem nahm.

»Wovon sprichst du?« Sie sah ihn fest an. Ihre Stimme zitterte, doch sie bemühte sich, ihr einen steten, sicheren Klang zu geben. Er konnte sie töten, aber die Befriedigung, sie schwach und verängstigt zu sehen, würde sie ihm nicht verschaffen.

Amr lachte wieder, leise und bedrohlich. Doch er schien mit einer kaum sichtbaren Bewegung ihrem Blick ausweichen zu wollen. Es gab ihr keineswegs ein Gefühl von Überlegenheit. Er wußte, daß sie seine Schwäche kannte, doch dieses Wissen würde ihn noch unberechenbarer machen.

»Du weißt, wovon ich spreche. Von dem *Buch des Smaragds*. Dieser junge Tölpel aus Córdoba weiß, wo es ist, nicht wahr? Wir sind euch gefolgt. Ihr wart auf dem Weg zu ihm. Wo wohnt er?«

Der düstere Glanz in seinen Augen erschreckte sie, aber sie zwang sich, nicht davor zurückzuweichen.

»Wo ist das *Buch des Smaragds*? Hat er es?«

»Ich weiß nicht, wovon du sprichst«, sagte sie trotzig. »Er besitzt kein solches Buch. Doch ich weiß, warum du es so hartnäckig suchst, ich weiß alles über dich: Du glaubst, daß du der Lichtmensch bist, von dem Hermes spricht. Der die neue Welt beherrschen soll, wenn die alte untergegangen ist. Du glaubst, die Prophezeiung sei im *Buch des Smaragds* niedergeschrieben. Aber du irrst dich. Dort wirst du sie nicht finden. Du jagst einen Schatten. Du bist nichts als ein blinder *Übertreiber*, und selbst wenn es dir gelingen sollte, die alte Welt zu zerstören, wirst du doch niemals fähig sein, eine neue aufzubauen.«

Amr fuhr zurück, als habe sie ihn geschlagen.

»*Die Materie abstreifen und zerstören im Namen Gottes, mag Gott dies wollen oder nicht*«, setzte sie hinzu. »Ich erinnere mich an deine Worte. Aber die Materie seines Körpers zu zerstören, das bedeutet den Tod.«

Er hatte seine Fassung zurückgewonnen. »Hast du Angst davor?« Sein Blick war zu schwarzem Glas erstarrt. »Wo ist das Buch?« fragte er.

Atika wurde kalt. Sie brachte keinen Laut über die Lippen. Unvermittelt schrie er sie an: »Wo ist es?«

Atika wußte, daß sie lügen konnte. Sie konnte behaupten, Safwan sei im Besitz des Buchs. Dann würde Amrs Zorn sich auf ihn richten, und er würde sie vielleicht verschonen. Sie sah ihn unverwandt an und wiederholte leise, jede Silbe betonend: »Ich weiß es nicht!« Sie wandte alle Kraft auf, die sie in sich hatte, um seinem Blick so lange standzuhalten, bis er sich abwandte.

Amr ging auf Fatima zu. Er zog seinen Dolch. Mit der Linken zerrte er ihren Schleier herab. Zum ersten Mal sah Atika das schwarze gekräuselte Haar der alten Frau. Der Ismailit zerrte Fatima zu sich heran und legte ihr den Dolch an den Hals. Atika öffnete den Mund, doch der lautlose Schrei erstarb auf ihren Lippen.

Amr zog die Klinge mit einer fast beiläufigen Bewegung durch.

Ein ersticktes Röcheln drang aus Atikas Kehle, als sei es ihr Körper, der in Amrs Armen erschlaffte, dessen Blut plötzlich in hohem Bogen hervorschoß. Sie wollte die Hände vors Gesicht schlagen, doch ihre Arme waren gelähmt. Es gelang ihr nicht, den Blick von dem zurückgesunkenen Kopf der alten Frau abzuwenden. Stoßweise strömte das Blut aus der Wunde und durchnäßte Fatimas rote Schleier. Die Sehnen ihres Handgelenks traten hervor, als ihre Finger sich krampfhaft um Amrs Arm schlossen und ihn das Gesicht verzerren ließen.

»Töte sie!« stieß Amr hervor. Er sah zu einem seiner Männer herüber und deutete mit dem Kopf auf Atika.

Atika wich langsam zurück, als der Mann, der sie überwältigt hatte, auf sie zukam. Sie hatte keine Waffe. Der Parfümflakon fiel ihr ein, den sie bei sich hatte. Fatima hatte ihr das Sandelholzparfüm geschenkt, das sie gewöhnlich trug, und sie hatte es in ihren Ärmel gesteckt. Ihre Finger ertasteten es und schlossen sich um das zarte Gebilde aus Glas. Sie wußte, daß der kräftige Druck einer Hand ausreichte, um es zu zerbrechen.

Der Sektierer näherte sich ihr, ohne eine Gemütsregung in seinem Gesicht. Er zog seinen Dolch. Atika verdrängte das Bild des langsam zu Boden sinkenden Körpers in den roten Schleiern. Alle ihre Sinne konzentrierten sich auf die Klinge vor ihr. Der Mann machte eine schnelle Bewegung, wollte nach ihr greifen, sie festhalten, um ihr mit der anderen Hand den Dolch ins Herz zu stoßen. Instinktiv wich sie rechtzeitig aus, tauchte unter seinem Arm hinweg, und zog noch in derselben Bewegung den Flakon heraus. Wie in einem absurden Tanz richtete sie sich auf und schlug ihm das kleine rotgoldene Gefäß mit aller Kraft ins Gesicht. Das dünne Glas zerbrach sofort, sie zog die Scherben mit aller Brutalität, deren sie fähig war, ruckartig über seine Haut nach unten. Daß sie sich selbst dabei verletzte, spürte sie nicht einmal. Der durchdringende Geruch des Sandelholzparfüms breitete sich aus, schien sie zu verhöhnen. Das zersplitterte Glas hatte tief in Wange und Stirn des Mannes eingeschnitten, sie mußte auch eines seiner Augen verletzt haben. Parfümöl, Blut und eine andere, undefinierbare Flüssigkeit liefen über sein Gesicht. Er schlug die Hände vor die Augen und brüllte vor Schmerz.

Amr stieß einen Wutschrei aus. Von blankem Entsetzen gepackt, sah Atika in seine Richtung. In ihrem Todeskampf hielt Fatima Amrs Ärmel fest umklammert. Er versuchte, sich loszureißen. Es konnte nur Augenblicke dauern, bis es ihm gelingen würde. Der andere Sektierer preßte noch immer die Hände vor sein linkes Auge. Der dritte Mann wollte auf Atika zustürzen, doch er mußte zehn bis zwölf Schritte zu ihr überwinden.

Ohne einen Herzschlag zu überlegen, hastete Atika auf die rettende Tür in der Mauer zu. Sie war nicht verschlossen. Atika rannte in einen dunklen Raum hinein, schlug die Tür instinktiv hinter sich zu. Der kleine Laden war leer. Sie durchquerte den

Raum, stürzte hinaus auf die Straße und um die nächste, nur wenige Schritte entfernte Ecke. Ihre Kehle brannte, sie war wie blind, unfähig, durch die schmalen Schlitze ihres Schleiers klar zu sehen. Ein scharfer Schmerz durchfuhr ihre Hüfte, als sie gegen eine Mauer prallte, doch sie lief weiter.

Am Ende der Straße rechts, hatte Fatima gesagt, *dann noch einmal links*. Ohne sich umzusehen oder auf die verwunderten Blicke der wenigen Passanten zu achten, schlug sie die Richtung ein, in der das Haus von Safwans Onkel liegen mußte. Sie rannte am Tor vorbei, ehe sie bemerkte, daß sie das vorletzte Haus der Straße bereits hinter sich gelassen hatte, lief zurück, hämmerte mit beiden Fäusten gegen das Tor, nannte ihren Namen, wurde eingelassen und fiel fast in den Hof. Die schwere Tür schlug hinter ihr zu, der Pförtner schob den Riegel wieder vor. Keuchend, mit wild schlagendem Herzen, lehnte sie sich gegen die Tür und sah an sich herunter.

Ihre rechte Hand blutete aus mehreren Wunden, wo die Scherben tief in ihre Haut eingedrungen waren. Schmutz bedeckte ihre Hände und ihr Kleid. Ihr Schleier hing in Fetzen, ihr weiter *Izar* war so mit Blut durchtränkt, daß er an ihren Beinen klebte. Dort, wo das Blut bereits getrocknet war, war das Leinen bräunlich und starr. Der Saum auf der linken Seite war eingerissen und hing lose herab. Wie auf eine entsetzliche Vision starrte sie darauf.

Sie trug die Schuld am Tod eines Menschen. Sie war es gewesen, die Fatima in den Strudel der Ereignisse mit hineingezogen hatte. Und nun war Fatima tot, und sie hatte überlebt. Während sie nur an ihre eigene Flucht gedacht hatte, hatte Amr die alte Frau getötet. Es war das Blut Fatimas, das ihre Kleider besudelt hatte. Diese Erkenntnis war zu schrecklich, um sie weinen oder schreien zu lassen. Mit erbarmungsloser Klarheit und Präzision arbeitete Atikas Gehirn, formte immer nur den einen Gedanken. Wie eine der Gebetsformeln, die die Mönche ihrer Heimat repetierten, wieder und wieder, damit sie sich tief ins Gedächtnis einbrannten.

Das *Buch des Smaragds* hatte auch sie verändert.

Mit einem leisen, erstickten Wimmern schlug sie die blutverschmierten Hände vors Gesicht. Nur verschwommen nahm sie die Gestalt wahr, die aus dem Haus in den Hof geeilt kam. Es war nicht Safwan. Noch ehe Iqbal al-Bagdadi sie erreicht hatte, sank sie besinnungslos zu Boden.

Teil 3 — al-Afaq – Die Horizonte

Die Stadt des Philosophen

*Auf den Flügeln der Vernunft
die Horizonte der Erkenntnis schauen,
mit dem Wissen um Verborgnes
einen Leuchtturm sich aus Ruhm erbauen.*

Motto Ibn ar-Rewandis

1

Der Straßenlärm von Bagdad drang gedämpft durch die dezent getönten Stoffbahnen hindurch ins Innere von Atikas Sänfte. Doch allmählich schwoll er an wie das Rauschen eines Stroms, in den sie immer tiefer eintauchte, und aus dem es kein Entkommen gab.

Atika rutschte unruhig auf den Kissen hin und her und änderte immer wieder ihre Sitzhaltung. Kein Windhauch bewegte die stickige Luft in der Sänfte. Wenn sie mit offenem Mund Atem holen wollte, hatte sie das Gefühl, nur Feuchtigkeit dringe in ihre Lungen. Mühsam zwang sie sich, ruhig sitzen zu bleiben. Ihr Herz schlug hastig.

Vor einigen Wochen hätte sie die Gelegenheit gehabt, nach Friesland zurückzukehren. Sie hatte sie ausgeschlagen. Doch je näher nun der Augenblick rückte, in dem sie Iqbals Familie gegenüberstehen sollte, desto öfter fragte sie sich, ob sie die richtige Wahl getroffen hatte. Er hatte ihr angekündigt, wer sie empfangen würde: seine Mutter, eine adelsstolze Dame aus einer traditionsreichen Familie, eine Ehefrau namens Fauz mit zwei Kindern, einige Diener und Sklavinnen. Iqbal hatte nur von einer Ehefrau gesprochen, was Atika überrascht hatte. Doch sie hatte nicht gewagt, ihn danach zu fragen. Wahrscheinlich tuschelten schon in diesem Augenblick alle Sklavinnen über den Neuzugang, von ihren Herrinnen ganz zu schweigen. Atika versuchte sich auszumalen, was sie an Stelle der Frauen empfinden würde, wenn Iqbals Bote ihre Ankunft ankündigte. Glücklich wäre sie nicht, und ebensowenig würde Fauz es sein.

Atika rieb ihre Stirn unter dem breiten Leinenband und schob den Vorhang der Sänfte beiseite. Iqbal sah von seinem Pferd zu ihr herab.

»Nun, was denkst du von der ersten Metropole, in die dein Weg als Freie dich führt?«

»Sie ist groß«, entgegnete Atika. Geblendet kniff sie die Augen über dem neuen baumwollenen Schleier zusammen, als sie zu ihm aufsah. Das eingeschränkte Gesichtsfeld zwischen dem Stirnband und dem Tuch über Mund und Nase ließ sie noch immer unsicher zwinkern. Aber der Schleier, den sie bei ihrer Freilassung bekommen hatte, war bei ihrer Flucht zerrissen, und ihre alten Kleider hatte Iqbal als zu aufreizend verworfen.

»Groß, verwirrend und laut. Dabei erschien mir Bagdad wie eine schöne Luftspiegelung, als ich von fern die ersten Minarette sah.« Glühend, wie aus purem Gold und Silber hatten die Dächer in der Herbstsonne gestrahlt, als habe ein wundertätiger Geist den Menschen ein kostbares Geschenk gemacht.

»Dort drüben liegt das *Dar al-Hikma*, das *Haus der Weisheit*, das der Kalif al-Ma'mun vor beinahe hundertfünfzig Jahren gegründet hat«, erklärte Iqbal. »Es ist die größte Universität der Welt. Wenn wir den Tigris überqueren, wirst du die Gärten beim Krankenhaus sehen.« Sein Pferd scheute, als ein Bettler sich zu nahe heranwagte. Er brachte es mit einer leichten Bewegung der Zügelhand wieder unter Kontrolle.

»Wohin müssen wir?« fragte Atika.

Er wies nach Osten. »Mein Haus liegt im Viertel Rusafa, nahe dem berühmten Tor, dem *Bab at-Taq,* am Tigris. Viele Männer meines Standes haben dort ihre Paläste. Es wird dir gefallen. Wir wohnen nicht weit von der Khorasan-Straße.« Er warf ihr einen forschenden Blick zu. »Bist du nervös?«

Atika lächelte schief. »Ein wenig. Das ist alles neu für mich.«

Iqbal ließ sein Pferd zurückfallen, und Atika fächelte sich mit ihrem weiten Ärmel Luft zu. Es war nicht einmal besonders heiß, aber die Schwüle ließ sie dennoch schwer atmen. Sie wagte es nicht, den Schleier zu heben, obwohl sie das Gefühl hatte, zu ersticken, denn bei jedem Atemzug verschloß der Stoff ihre Nasenlöcher. Allein der Geruch von Latrinen und fauligem Wasser drang ungehindert durch die dünne Baumwolle. Die Hütten der Armen waren erbärmlicher als alles, was sie je gesehen hatte. Oft bestanden sie aus kaum mehr als zwei Zeltplanen, die von zerbrechlichen Holzstäben gehalten wurden. Kochgeschirr, das daran festgebunden war, klirrte, sobald eine Brise aufkam oder jemand im Vorbeigehen daran stieß. Atika zog unwillkürlich den Kopf ein, als sie beobachtete, wie zwei junge Männer auf einen dritten losgingen. Iqbals Diener rührten keinen Finger, um einzuschreiten. Sie zog die schützenden Stoffbahnen wieder zu, aber sie hörte die Schreie und das Geräusch der Schläge noch, als sie längst vorbei waren.

Atika lehnte sich in ihren Kissen zurück. Wieder stellte sie sich die Frage, die sie quälte, seit sie vor Wochen aus Fustat aufgebrochen waren: Wenn sie nicht zu spät zu Musas Haus gekommen wäre – wäre sie dann jetzt mit Safwan hier? Sie starrte angestrengt auf die Schnitzereien der Sänfte, um die Tränen zurückzuhalten.

Sie hatte alles falsch gemacht, was sie hatte falsch machen können, dachte sie. Wäre sie damals früher aufgebrochen, wäre Fatima nicht gestorben. Hart preßte sie die Fingerknöchel gegen die Schläfen, um das Bild der blutüberströmten Gestalt in Amrs Arm weit von sich zu schieben. Safwan mußte sie zumindest für undankbar halten. Daran zu denken, was man über die Treulosigkeit der Sklavinnen zu sagen pflegte, hatte sie sich verboten.

Manchmal war die Erinnerung an das Gefühl seiner Nähe so stark, daß sie es kaum zu ertragen vermochte. So dankbar sie Iqbal auch für das war, was er für sie tat, sie konnte sich nichts vormachen. Ihre Zukunft schien beständig zu schwanken zwischen goldglänzenden Dächern und elenden Hütten, zwischen Märchen und Alptraum.

Atika fuhr sich mit dem weiten, goldbestickten Ärmel ihres Kleides aus zartgefärbter Ladh-Seide übers Gesicht. Was immer das Schicksal für sie bereithielt, sie würde ihm von nun an zumindest als Freie entgegentreten. Die Zeit der Sklaverei war vorbei. Beinahe trotzig zog sie die Vorhänge beiseite.

Sie reckte den Kopf, blinzelte verwirrt mit ihren kurzsichtigen Augen, hatte das Gefühl, in einer anderen Stadt zu sein als noch wenige Augenblicke zuvor. Farbige Kopftücher von Beduinen hoben sich schroff von der schlichten schwarzen Kleidung eines Richters ab, prachtvolle Brokatgewänder waren neben erbärmlichen Lumpen zu sehen. Sie hatten einen breiten Kanal überquert, auf dem Händler ihre Boote durch das Gewühl steuerten. Hinter ihnen lag ein Tor, das sie durchquert haben mußten. Rechts und links der Straße erhoben sich hohe Häuser mit Arkaden im Erdgeschoß, unter denen sich Läden befanden. Iqbal hatte sein Pferd etwas zurückfallen lassen. Der Diener, der hinter der Sänfte lief und eine Hand ständig am Schwert hielt, machte einige rasche Schritte, um zu ihr aufzuholen.

»Schließ den Vorhang lieber, Herrin.« Seine Augen schossen von einer Seite zur anderen. »Es ist gefährlich in den Straßen von Bagdad.«

Atika warf ihm über den Schleier hinweg einen herausfordernden Blick zu. »Wegen der *Ayyarun*?«

»Iqbal hat dir von ihnen erzählt?«

»Er hat einmal davon gesprochen. Es sind herrenlose junge Männer, nicht wahr? Sie ziehen durch die Straßen und belästigen Frauen oder reiche Beamte.«

Der Diener, ein älterer Mann, mit einem dünnen braunen Bart, verzog die schmalen Lippen zu einem Lächeln. Doch seine Augen hielten weiter in alle Richtungen Ausschau. Nichts entging ihm: die schwarz verschleierte alte Frau auf der anderen Straßenseite ebensowenig wie der Jüngling, der einen alten Mann stützte und aus schmutzstarrendem Gesicht einen sehnsüchtigen Blick zur Sänfte hinüberwarf.

»Es sind nicht nur die *Ayyarun*«, erklärte er. »Es wimmelt hier von *Werbern* der Ismailiten, von Gesetzlosen, Spionen aus Byzanz, Bahrain und Rey, von türkischen Militärsklaven, von Dieben mit abgeschnittenen Händen, gewalttätigen Bettlern, von Tagedieben und Straßenräubern.«

Atika ignorierte die Warnung und beobachtete einige Bewaffnete, die nach persischer Art gekleidet waren. »Sind das Daylamiten?« wandte sie sich an Iqbal, der sein Pferd nunmehr einige Schritte hinter ihnen durch die belebte Straße lenkte.

»Du hast mir von ihnen erzählt. Sie sind Söldner aus den Bergen von Daylam am Kaspischen Meer, nicht wahr? Und sie stellen die Palastgarde.« Ihre Fürsten, die Wesire des Kalifen, hatte Iqbal zudem gesagt, waren die eigentlichen Herrscher der Stadt.

Iqbal wollte gerade antworten, als sich ein junger Mann hinter seinem Pferd vorbei dicht an Atikas Sänfte herandrängte. *Sie ist die strahlende Sonne, ihr Wohnort ist der Himmel!«*

Atika fuhr erschrocken zurück, als er an die Holzverstrebung der Sänfte faßte.

»Du steigst zu ihr nicht empor, sie zu dir nicht herab!«

Irritiert sah sie zu Iqbal auf. Sein Gesicht unter dem schwarzen Turban wurde bleich, sie hatte ihn noch nie so gesehen. Seine Augen verengten sich zu schmalen grünen Schlitzen, die dunklen Brauen darüber zogen sich zusammen. Sie fuhr zurück, als er sein Pferd mit einem plötzlichen Tritt in die Flanken antrieb. Zischend fuhr seine Reitpeitsche durch die Luft. Der junge Mann in den abgerissenen Kleidern sprang zur Seite und lachte.

Ein graubärtiger Alter, der mit einem Glas Tee an dem Süßigkeitenstand auf der anderen Straßenseite lehnte, warf einen Blick zu ihnen herüber. »Ein kokettes junges Ding hast du dir da zugelegt!« Der Geruch von Minze und gerösteten Gewürzmandeln wehte zu Atika herüber.

»Mach den Vorhang zu!« befahl Iqbal. Seine hellen Augen irrten unruhig hin und her.

»Ich habe überhaupt nichts getan!« verteidigte sie sich. »Er kam einfach heran, ich hatte ihn nicht einmal bemerkt.«

Iqbal nickte, doch seine Augen verrieten weiterhin seine Nervosität. »Es war nicht deine Schuld. Aber die Leute reden schnell. Denke an das, was ich dir gesagt habe: Du bist jetzt Teil meiner Familie. Unsere Ehre liegt nun auch in deiner Hand.«

»Ich dachte, in Bagdad sei es durchaus üblich, den Frauen Gedichte zu rezitieren«, bemerkte Atika. »Du hast in Fustat selbst davon gesprochen: *Nie ohne eine duftende Blume oder einen duftenden Vers*. Und du hast es im übrigen auch selbst getan«, fügte sie mit einem herausfordernden Blick hinzu.

»Damals warst du eine Sklavin, du hattest keine Ehre zu verlieren. Und es geschah auch nicht mitten auf der Straße«, erwiderte er knapp. »Das war etwas anderes.« Iqbal schien nicht gewillt, weiter darüber zu diskutieren. »Wir sind gleich am Tigris, dort ist es ruhiger. Schau meinetwegen durch einen Spalt hinaus. Aber mach um Gottes willen diesen Vorhang zu!«

Atika seufzte, doch sie gehorchte. »Ich weiß nicht, ob es mir so bald gelingen wird, mich an das Leben einer vornehmen Frau in Bagdad zu gewöhnen«, bemerkte sie leise. An ein Leben, ergänzte sie in Gedanken, das ganz dem einer Sklavin ähnelte, so frei und elegant es auch erscheinen mochte.

Der Donnerstagabend war genauso warm wie schon die vorherigen Abende in Basra. Vom Meer her wehte allerdings schon ein kühler Wind, der den nahenden Winter ankündigte. Zahlreiche Kanäle durchzogen die Stadt wie ein glitzerndes Aderngeflecht. Das Wasser darin strömte leise, aber schnell. Safwans Gastgeber, Zaid ibn Rifaa, schien zu frösteln. Er hatte seinen persischen Wollmantel nicht ausgezogen. Die kurze Zeit der Dämmerung war beinahe vorbei, auf das Wasser senkte sich die Dunkelheit. Nur schwach spiegelte es noch den Schimmer der Straßenlaternen und die Schatten der niedrigen Lehmziegelhäuser.

»In Gedanken, *ya Sahib*?«

Safwan schüttelte den Kopf. Aber während sie wieder über eine der unzähligen Brücken gingen und er längst die Orientierung verloren hatte, schweiften seine Gedanken vom *Buch des Smaragds* ab. Zaid hatte ihm versprochen, er werde heute etwas über das Buch erfahren. Doch wieder wurde die gespannte Erwartung, die ihn ergriffen hatte, von der Frage verdrängt, warum Atika nicht gekommen war.

Tausendmal hatte er sie sich gestellt, seit er vor mehr als zwei Monaten in den Irak aufgebrochen war. Atika würde längst auf dem Weg zurück nach Friesland sein. Wenn ihre Reise ohne Zwischenfall verlaufen war, mußte sie noch vor den Herbststürmen die italienische Küste erreicht haben. Und zum hundertsten Mal sagte er sich, daß er nicht länger hätte warten können. Sie hatte letztlich nicht mit ihm kommen wollen. Das Schlimmste daran war, daß Safwan ihre Entscheidung verstand. Er wäre selbst sofort nach al-Andalus zurückgekehrt, hätte er die Möglichkeit dazu gehabt.

»Mit den Sklavinnen ist es so eine Sache«, meinte Zaid, als habe er Safwans Gedanken gelesen. »Wahrscheinlich ist es besser für dich, daß es so gekommen ist. Ein Mann sollte sich nie zu tief in Gefühle für eine Frau verstricken.«

Safwan hielt den Blick starr auf den Kanal zu seiner Linken gerichtet. »Mein Bruder hätte dasselbe gesagt.« Beinahe bereute er schon, seinem Gastgeber von Atika erzählt zu haben. Doch es gelang ihm nicht, sie aus seinen Gedanken zu vertreiben. Immer wieder sah er sie vor sich, im Haus der Gemüsehändlerin, schmutzig, doch aufrecht und mit strahlenden Augen. Er erinnerte sich an die Blässe in ihrem Gesicht, als sie ihm vorgeworfen hatte, seine Liebe sei nur eine modische Grille. Vielleicht war es zu Beginn ja tatsächlich so gewesen, er wußte es nicht mehr. Doch als er ihr in Fustat von den *Jinn* erzählt hatte, hatte er die Wahrheit gesagt: Diese Geister banden das Herz des Geliebten für immer an sich. Er starrte auf die kahle Fläche auf der anderen Seite des Kanals und zuckte die Schultern. »Vielleicht hast du recht.«

Es war besser, nicht mehr an Atika zu denken. »Es gibt wichtigere Dinge«, sagte Safwan mit plötzlicher, falscher Kälte. »Ich bin hierhergekommen, weil ich ein Buch suche. Ich muß meinen guten Ruf wiederherstellen. Sonst werde ich niemals nach Andalus zurückkehren können. Auf dieses Ziel werde ich meine Gedanken richten.«

»Ich bin zuversichtlich, daß du hier finden wirst, wonach du suchst«, erwiderte Zaid. »Ich sagte dir ja, daß ich schon einmal von diesem Titel gehört habe. Ich erinnere mich zwar nicht mehr, wer mir davon erzählte, aber irgend jemand sagte mir vor Jahren, er habe eine Kopie davon gemacht. Der Titel gefiel mir, darum habe ich ihn mir wohl gemerkt. Aber der Kopist …«, er griff sich an die Stirn und schien in seinem Gedächtnis zu forschen. »Ich werde alt«, meinte er entschuldigend. »Es will mir nicht einfallen. Aber wir werden es herausfinden, das schwöre ich dir.«

»Das *Buch des Smaragds* ist also hier, und man kann frei darüber sprechen«, spann Safwan den Faden des Gesprächs weiter. »Weißt du etwas darüber? Warum könnte man es wohl für ein Ketzerwerk halten?«

Zaid strich sich über den ungepflegten Bart. »Das weiß ich nicht. Du sagtest mir, man habe es in Córdoba verbrannt, weil es möglicherweise Gedanken verbreitet, die den Lehren der Ismailiten ähneln. Weil der Autor ein Philosoph war und sich für die griechischen Weisen interessierte. Aber nicht jeder Philosoph teilt die Ansichten der Ismailiten.«

»Das sagte auch Iqbal«, erinnerte sich Safwan.

»Es gibt auch Philosophen, die für eine Versöhnung von Glaube und Vernunft eintreten«, sagte Zaid, »und die sich dabei auf die Griechen berufen. Und es gibt solche, die sagen, der Glaube müsse sich der Vernunft unterordnen. Der eine oder andere dieser Philosophen ist tatsächlich in den Ruf der Ketzerei gekommen, obgleich er mit der Lehre der Ismailiten überhaupt nichts zu tun hatte.«

Safwan blieb stehen. Wenn Ibn ar-Rewandi womöglich doch ein Ketzer gewesen war? Wenn es also überhaupt nicht möglich wäre, Nabil und sich selbst zu rehabilitieren? Er schüttelte den Kopf. Unsinn! Heute abend würde er eine Spur dieses verfluchten Buchs finden, und wenn nicht hier, dann eben in Bagdad. Und wenn ich bis nach Khorasan reisen muß, dachte er trotzig, ich finde dieses Buch!

Er beschleunigte seine Schritte, als sie einen breiteren Kanal überquerten. Das mußte der Aschar-Kanal sein, der die gesamte

Stadt durchquerte. Über ihnen hing eine längliche schwarze Wolke, die den Weg in eine andere Welt zu weisen schien.

»Wohin bringst du mich?« fragte Safwan. »Du sagtest mir vorhin nur, du kennst jemanden, der mir vielleicht helfen kann.«

Zaid lächelte. »Geduld ist eine Tugend, die schon unsere beduinischen Ahnen als eine der höchsten überhaupt schätzten.«

»Die *Brüder der Lauterkeit* verschicken Sendschreiben«, forschte Safwan weiter. »Iqbal hat eine solche *Risala* bekommen, er zeigte sie mir. Weißt du, warum sie nicht mit ihren Namen unterzeichnen?«

Zaid schien diese Frage ebensowenig beantworten zu wollen wie schon die erste. Seine merkwürdige Zurückhaltung war Safwan bereits aufgefallen, als er mit Iqbals Empfehlungsschreiben bei ihm eingetroffen war. Aufmerksam betrachtete er seinen Gastgeber von der Seite. Zaid ibn Rifaa war nicht so, wie Safwan sich einen Freund Iqbals vorgestellt hatte. Ein einfacher Mann, ebenso zurückhaltend wie der Bagdader redselig war. Ein Mann, der so gar nichts von der ein wenig überheblichen Manieriertheit Iqbals hatte.

»In diesen unruhigen Zeiten kann man schnell in den Verdacht der Häresie geraten«, entgegnete Zaid schließlich widerwillig, als Safwan fortfuhr, ihn fragend von der Seite anzusehen.

Um wieviel mehr erst ein Philosoph? dachte Safwan, und sogleich meldete sich die Stimme in seinem Kopf zu Wort: Und wenn das *Buch des Smaragds* doch ein Ketzerwerk ist? Safwan schaute auf das dunkle Wasser des nächsten kleinen Kanals, den sie soeben überquerten. Matt spiegelten sich die Laternen in der Strömung, die das wenige Licht zu verschlucken schien. In der Ferne grollte Donner.

»Es heißt, die *Brüder der Lauterkeit* seien mit Dämonen im Bund«, fuhr er fort. Auf dem Weg nach dem Irak hatte er von Mitreisenden Dinge gehört, die ihn verunsichert hatten. »Jemand behauptete, sie hätten Audienz beim König der *Jinn*. Glaubst du wirklich, ich werde bei ihnen eine Antwort auf meine Fragen finden?« Er konnte nur hoffen, daß sich diese

333

Geschichten als Märchen herausstellten. Wenn die Brüder Ibn ar-Rewandis Lehren folgten und dieser am Ende nur ein Magier und Geisterbeschwörer gewesen war, würde es schwer fallen, Nabils und seine eigene Unschuld zu beweisen.

»Die Leute reden viel«, meinte Zaid lakonisch. »Aber ja, ich glaube schon, daß man dir bei den Brüdern zumindest einen Hinweis geben kann.«

Safwan ließ nicht locker. »Stimmt es, daß sie glauben, die Welt sei ein gewaltiges Tier, und daß sie dessen Seele beschwören wie andere Menschen die der Toten?« Wenn das stimmt, fügte er in Gedanken hinzu, vergesse ich das *Buch des Smaragds* besser gleich. Denn wenn das die Erben Ibn ar-Rewandis sind, dann sind sie nicht nur Ketzer, sondern auch Verrückte.

»Du wirst es erfahren«, erwiderte Zaid. »Früher oder später, so wie alle. Wenn du das Schiff der Rettung erreicht hast.«

»Das Schiff der Rettung?« Safwan warf ihm einen fragenden Blick zu. Zaid antwortete nicht, und er zuckte die Schultern.

Der Schein der Laternen wurde schwächer, als sie in eine enge Seitengasse einbogen.

Noch nie war Safwan dem *Buch des Smaragds* so nahe gewesen. Es wäre Irrsinn, jetzt von seinem Ziel abzulassen, nur, weil er plötzlich Angst vor dem hatte, was er vielleicht finden könnte. Dennoch suchten seine Augen unruhig die Umgebung ab, wie um einen unsichtbaren Verfolger auszumachen.

Eilig wie zwei Diebe hasteten die Männer durch die enge Gasse. Zaid blieb vor der schmalen Holztür eines unscheinbaren Privathauses auf der linken Straßenseite stehen. Er betätigte den Türklopfer.

»Hier?« fragte Safwan überrascht.

Zaid sah sich kurz um, ehe er nickte.

»*As-salamu alaikum* – Friede sei mit dir, Khalil!« grüßte er den Pförtner, als die Tür sich öffnete. »Zaid ibn Rifaa ist hier, mit einem Freund und Gast. Sein Name ist Safwan al-Kalbi.«

Ein forschender Blick traf Safwan. Dann wurde der Spalt der Tür breiter. »Seid willkommen.«

Safwans Puls beschleunigte sich. »Wo sind wir hier?« flüsterte er.

Ein Lächeln trat auf Zaids Gesicht. »Du wolltest doch zu den *Brüdern der Lauterkeit*.«

Safwan sah von dem bärtigen Gesicht Zaids zum Pförtner und wieder zurück. Er warf einen kurzen Blick hinter sich auf die Straße, die jetzt in völliger Dunkelheit lag und schwer und hohl zu atmen schien wie ein Tier auf der Lauer. Einen Herzschlag lang zögerte er. *Und wenn es doch ein Ketzerwerk wäre?* zischte die Stimme in seinem Kopf.

Safwan holte tief Atem. Dann setzte er seinen Fuß über die Schwelle.

3 Das Schilfrohr reichte bis an die Ufer des Tigris heran und umgab ihn wie ein Schutzwall. Träge strebte der Fluß seinem Ziel entgegen. Doch der Schein trog. Unter der unbewegten Oberfläche wälzten sich die Wassermassen mit unaufhaltsamer Kraft gen Süden – ihrer Vereinigung mit dem Euphrat entgegen, und endlich zum Meer.

Amr starrte auf die Fluten. Der Weg des Tigris war unumkehrbar, so wie es auch sein eigener Weg war. Kein Dämon des Zweifels hemmte den Lauf des Flusses.

Er löste sich von dem Anblick und kehrte zum Lager zurück. Seine Männer hockten um das kleine Feuer herum. Sie hatten Tee gekocht. Der Beduine, den sie dafür bezahlten, daß er sie sicher nach Bagdad brachte, hatte sich längst etwas abseits in seine Decke gerollt und schlief.

Amr zählte die wenigen Männer, die ihm geblieben waren. Husain, Abdal Aziz, Jubair, Hassan, Jalal und Yaqub. Sie waren nur noch zu siebt, seit ihr Plan in Fustat gescheitert war, vereitelt durch eine Sklavin. Verflucht sollte das Weib sein! Aber noch war er nicht besiegt. Er würde sie finden und seinen

Plan zu Ende bringen. Sieben war eine gute Zahl, eine heilige Zahl.

»Willst du Tee, Herr?« Husain hielt ihm das Glas hin. »Bald werden wir Bagdad erreicht haben«, meinte er. »Wir werden dort neue Verbündete finden.«

Yaqub legte seine Decke auf den Boden und streckte sich darauf aus. »Niemand hat uns auf dem Weg hierher geglaubt«, sagte er enttäuscht. »Warum sollte es in Bagdad anders sein?«

»In Bagdad wird alles anders sein.« Amr rückte näher ans Feuer heran und streckte die Beine aus. »Die Menschen sind geblendet vom Licht. Nur wenige ertragen es, den Glanz der Wahrheit zu sehen, ohne dabei Schmerz zu empfinden. Die meisten Menschen sind wie in einer Höhle gefangen, in der sie mit dem Rücken zum Licht sitzen. Sie erkennen nur die Schatten, welche die Wahrheit an die Höhlenwand wirft. Diejenigen, die das Urbild gesehen haben und wieder in die Höhle hinabsteigen, werden von den Unerleuchteten stets gehaßt.«

»Aber wenn niemand daran glaubt, daß wir im Recht sind, ist unsere Sache dann nicht aussichtslos?«

Amr warf ihm einen kühlen Blick zu. Seit Tagen schon lamentierte Yaqub über die fehlgeschlagene Mission. Es war verständlich, daß er enttäuscht war. Aber wenn er fortfuhr zu zweifeln, würden auch die anderen allmählich anfangen, wankelmütig zu werden. Er mußte seine Schüler vor den Vipern schützen. Und nicht nur diese. Amr schloß die Augen, kämpfte die Dämonen nieder, die ihn heimsuchten.

»Wir haben erfahren, daß Atika in den Irak geflohen ist«, sagte er schließlich versöhnlich. »Damit liegt unser nächstes Ziel klar vor uns. Was uns in Ägypten verwehrt blieb, wird uns im Irak gelingen. In Bagdad werden wir neue Verbündete finden und den Verrat der Sklavin rächen.«

»Immer wieder diese Sklavin!« Yaqubs Stimme überschlug sich fast. »In den letzten Monaten hast du allein davon gesprochen, daß wir diese Frau finden müssen. Von den alten Zielen, von der Ankunft des Lichtmenschen hast du überhaupt nicht mehr geredet. Und jetzt denkst du nur noch an die Rache, die du an ihr nehmen willst!«

Amr faßte ihn scharf ins Auge. »Sie wird für das büßen, was sie uns angetan hat.«

»Was sie uns angetan hat?« Yaqubs Tonfall gefiel Amr nicht. »Du allein bist schuld, daß uns Iqbal al-Bagdadi auf die Spur gekommen ist!« fuhr Yaqub fort. »Weil du unbedingt dieser Frau folgen mußtest, weil du es nicht ertragen hast, daß sie entkommen ist. Als du dann endlich herausfandest, wo Safwan al-Kalbi wohnt, war er längst abgereist. Und das Mädchen hatte ausgerechnet bei Iqbal Zuflucht gesucht! Nicht einmal Musa Ibn Abd al-Qadir, dem das Haus gehört, hatte etwas davon geahnt. Er war bleich wie ein Laken, als er uns gestand, wer dieser Mann wirklich ist.«

Amr wollte dazwischenfahren, doch Yaqub war nicht mehr zum Schweigen zu bringen. »Hättest du diese Frau nicht verfolgt, wäre sie niemals zu ihm geflohen!«

»Sie weiß zuviel«, erwiderte Amr tonlos. »Ich konnte sie nicht einfach gehen lassen. Und was den Hund aus Bagdad betrifft, so glaube ich kaum, daß sie weiß, mit wem sie sich eingelassen hat. Wenn wir Glück haben, werden wir ihrer habhaft, ehe sie ihm alles erzählt. Außerdem wird sie uns zum *Buch des Smaragds* führen.«

Yaqub zuckte verächtlich die Schultern. »Und wenn sie die Wahrheit gesagt hat? Als wir sie in Fustat in den Fingern hatten und wieder laufen ließen, sagte sie, wir jagten einem Schatten nach!«

»Sie hat gelogen!« Yaqub wich erschrocken vor Amr zurück, als habe dieser sich in einen bedrohlichen Dämon verwandelt. Wenn sie nicht gelogen hatte, wäre alles umsonst, dachte Amr. Wieder meldete sich die Viper in seinem Kopf, doch er brachte sie zum Schweigen. »Wie jede Sklavin lügt sie, wenn sie nur einen Atemzug tut. Gott hat den Frauen die menschliche Sprache nur verliehen, um die Männer zu prüfen.«

»Sie sah nicht aus, als wollte sie lügen.«

»Genug!« Amrs Befehl klang scharf. »Ich werde das Buch finden, und die Frau wird für das büßen, was sie uns angetan hat. Dann hat aller Zweifel ein Ende.«

»Und wozu?« fragte Yaqub ebenso scharf. Amr sah ihn überrascht an. Er war es nicht gewohnt, seine Handlungen zu begründen.

»Um eine Gesellschaft gleichgesinnter Männer des Lichts zu schaffen, wenn die Welt endet, unter der Herrschaft Gottes«, beantwortete Yaqub die Frage selbst. »Unter der Herrschaft Gottes und seines Stellvertreters Amr, um die Prophezeiung des Ibn ar-Rewandi zu erfüllen. Um dem uralten Gesetz des Hermes Trismegistos Geltung zu verschaffen, zum Wohl der Menschen. – Wir haben so lange auf ein Zeichen Gottes gewartet«, sagte Yaqub niedergeschlagen, »und wir sind nur in immer größere Schwierigkeiten geraten. Wenn Gott wollte, daß diese Gemeinschaft entsteht, hätte er uns längst den Sieg geschenkt!«

»Gott ist nicht so wankelmütig wie du«, warf Husain ein. »Er stellt uns auf die Probe.«

»Ja, auf die Probe!« entgegnete Yaqub. »Auf die Probe, und immer wieder auf die Probe! Aber ich habe genug davon. Ich bin jung. Mein Bruder zu Hause hat längst Frau und Kind. Was wird von mir bleiben, wenn ich sterbe und keine Frau um mich trauert und kein Kind meine Saat weiterträgt?«

Amr richtete sich auf. »Schweig! Du weißt, daß der Geschlechtstrieb und die Fortpflanzung nur niederen Menschen geziemen. Wir werden uns von der Tyrannei der Materie befreien, sie abstreifen wie ein Schmetterling seinen Kokon und Menschen reinen Lichts sein. Leg dich hin, Yaqub und halt den Mund!«

Yaqub stand plötzlich auf und trat einen Schritt auf Amr zu. »Ich habe genug«, sagte er laut und deutlich vernehmbar. »Amr, ich kann dir nicht länger folgen. Ich werde nach Fustat zurückkehren und eine Familie gründen. Ich will nicht länger Hirngespinsten nachjagen …«

Husain war hinter ihm ebenfalls aufgestanden. Er legte die

Hand lautlos an den Dolch in seinem Gürtel und sah Amr fragend an.

Amr nickte.

Husain griff die Arme des anderen und riß sie mit einem Ruck nach hinten. Überrascht schrie Yaqub auf. Doch er konnte der plötzlichen Gewalt nichts entgegensetzen. Jalal sprang auf, um Husain zu helfen, während Abdal Aziz unschlüssig zu Boden sah.

»Abdal Aziz!« brüllte Yaqub. »Tu etwas!« Doch der Angesprochene verharrte regungslos in seiner Stellung und starrte ins Feuer.

Husain und Jalal schleiften den wild um sich Schlagenden ein Stück vom Lager weg.

»Laßt mich los!« brüllte Yaqub verzweifelt.

Die Dunkelheit legte ihren Schleier über die drei Männer, so daß nur noch ihre Schatten auszumachen waren, schemenhaft wie in einer Höhle. Sie lösten sich voneinander, verschmolzen wieder, dumpfe Geräusche irrten durch die Dämmerung. Tanzende dunkle Irrlichter, täuschende Bilder, eine trügerische Laune der Natur, die Wirklichkeit vorspiegelte, wo nur Dunkelheit war, nicht greifbar, nicht wahr, nicht wichtig.

Amr sah starr in ihre Richtung. Zweifel mußten ausgemerzt werden, und wo die Zweifel zu hartnäckig waren, der Zweifler. Er beobachtete stumm, wie zwei der Schatten den dritten zu Boden zwangen. Einer richtete sich auf und hielt einen länglichen Gegenstand empor. Die Konturen verschwammen erneut, ein dumpfes Geräusch hallte durch die Nacht, jemand brüllte auf. Noch einmal erhob sich der obere Schatten, um herabzustoßen. Ein weiterer Schlag, ein neuer Schrei, der in einem unartikulierten Gurgeln erstarb. Schatten nur, dachte Amr, die ein trügerischer Geist vor einer Wand agieren läßt, um die Wahrheit vor den Augen der Menschen zu verbergen. Zwei Gestalten richteten sich auf, während die dritte liegenblieb. Eine Unebenheit des Bodens, die sich kaum vom Nachthimmel abhob, nicht mehr. Der Beduine grunzte und richtete sich schlaftrunken auf. Ungerührt setzten sich die beiden Männer zu den anderen.

Niemand sprach ein Wort. So schnell würde keiner mehr Amrs Autorität in Frage stellen. Keiner seiner Männer würde die tierischen Leidenschaften mehr über das hohe geistige Ziel stellen.

Amr spürte einen Stich und ein Brennen auf der Brust, er schlug mit der Hand auf die Stelle. Auf seiner Haut klebte eine unscheinbare Stechmücke in einer blutigen Spur. Die Flammen warfen bizarre Reflexe auf die Gesichter seiner Männer. Furcht stand darin.

Jalals Stimme ging fast im Dunkel der Nacht unter, als er sagte: »Ein solches Tier kann den Tod bringen. Mehr als einmal habe ich gesehen, wie Männer, die von einer solchen Mücke gestochen wurden, sich wenige Tage später in Krämpfen wanden und mit schrecklichen Fieberträumen aus der Welt schieden.«

»Schweig!« Amr erhob sich und lief einige Schritte in die Dunkelheit hinaus. Der Gedanke, was Atikas Wissen in den Händen eines Mannes wie Iqbal anrichten konnte, war ihm unerträglich. Er mußte sie finden. Sie finden und sie unschädlich machen wie ein giftiges Insekt.

Als Amr in Fustat erfahren hatte, mit wem Atika geflohen war, hatte er sich sofort an den Kalifen gewandt. Der *Imam und Beherrscher der Gläubigen* empfing ihn ohne ein Zeichen der Mißbilligung. Seiner Bitte, ihn in den Irak zu senden, gab er ohne weiteres statt. Amr war überrascht gewesen, wie schnell sich der Kalif überzeugen ließ. Einer der *Da'is*, meinte al-Aziz, die im Augenblick in Bagdad missionierten, werde ohnehin in den nächsten Monaten zurückerwartet. Sobald er in Fustat wäre, könnte Amr abreisen. Während dieser auf den Vorhang starrte, der sich zwischen ihm und seinem Herrscher wieder senkte, begann er sich zu fragen, ob er diese Gnade als eine geschickt verschleierte Landesverweisung deuten sollte. Hatte der *Beherrscher der Gläubigen* bereits einen Wink erhalten? Als er aus dem kühlen Palast ins helle Licht des Tages hinaustrat, tönte die Frage dumpf in seinem Kopf nach. Langsam ging Amr die Prunkstraße zwischen den Palästen entlang. Ein Trupp schwarzer Söldner aus der Garde kam ihm entgegen, und unwillkürlich fuhr seine Hand zum Dolch. Doch gleich darauf nannte er sich selbst einen Tor. Wenn Atikas Wissen an das Ohr des Kalifen gedrungen wäre, hätte er den Palast nicht lebend verlassen.

Als er in die Stadt zurückkehrte, glühte die Sonne. Amr fuhr sich mit der Hand über die Stirn, als er die Schiffsbrücke zur Insel Rauda bemerkte, deren Anblick erst jetzt in sein Bewußtsein drang. Er war am *Eisentor* angekommen. Wie damals, als er hier mit Atika gestanden hatte, war es geöffnet. Die Händler drängten sich an ihm vorbei die Stufen hinab zu ihren Booten. Neben ihm erhoben sich die beiden Rundtürme von Qasr asch-Schama'. Amr starrte auf das Treiben im Hafen. Seine Schritte hatten ihn hierhergeführt, ohne daß er sich über ihr Ziel im klaren gewesen wäre. Atika hatte damals neben ihm gestanden, als sei sie bereits sein Eigentum. Fast glaubte er, noch den leichten Duft ihres Parfüms zu riechen. Einzelne goldene Strähnen, die in der Sonne schimmerten, hatten sich aus ihrer Frisur gelöst, der Wind hatte sie unter ihrem Schleier hervor in seine Richtung geweht. Heute war es kühler als damals, doch wie zuletzt lag unter ihm das tiefblaue Wasser des Nils. Noch immer flogen die weißen Segel der *Falukas* darüber hinweg. Er drehte sich um und wandte sich zur Straße.

Sein Atem stockte, als er in Yusufs Gesicht sah.

»Ich bin dir gefolgt«, sagte der Sklavenhändler. Hinter seinem Rücken wogte laut und lebhaft das Treiben auf der Uferstraße.

Amr brauchte einen Augenblick, um das plötzliche Rauschen in seinem Kopf zum Schweigen zu bringen.

»Fatima ist tot«, begann der Sklavenhändler.

Der Ismailit musterte ihn. Yusufs Haar hing verschwitzt und ungekämmt unter der Kopfbedeckung hervor. Sein Bart wies mehr graue Strähnen auf als bei ihrer letzten Begegnung, obwohl höchstens einige Tage seither vergangen sein konnten. Der sonst so ordentlich, beinahe geckenhaft gekleidete Mann ging gebeugt. Seine Kleider waren schmutzig und an manchen Stellen eingerissen, als habe er sich in schlechter Gesellschaft herumgetrieben. Die dunklen Augen stachen brennend aus dem Gesicht hervor. Er wirkte verloren wie ein verlassenes Kind.

»Was hat das mit mir zu tun?« fragte Amr, während er einen Schritt zurückwich.

Yusuf trat näher. Hinter ihm zog eine Frau eilig ihren Sohn vorbei, als habe ihr die Gestalt des *Werbers* Angst eingeflößt.

»Man hat ihr die Kehle durchgeschnitten, in einem Hinterhof, nachdem sie Atika fortgebracht hatte. Ein Händler fand sie und rief die Wachsoldaten der *Schurta*.«

Amrs Gesicht zuckte. Doch er verharrte schweigend.

»Atika ist spurlos verschwunden«, fuhr Yusuf fort. »Und nun frage ich mich …«, er unterbrach sich und sah Amr ins Gesicht.

»Was fragst du dich?« Amrs Stimme zerschnitt die Luft wie ein poliertes Schwert.

Yusuf wagte nicht, seine Frage zu stellen. Amr ließ seine Augen von der Brust des Sklavenhändlers zu dessen Kehle wandern, wo der Adamsapfel stark hervortrat.

»Hast du etwas damit zu tun?« brachte Yusuf endlich hervor.

Amr antwortete nicht.

»Ist Atika bei dir?« Yusufs Hände zitterten, doch er wich nicht vor dem Ismailiten zurück. »Ich kann nicht glauben, daß du etwas damit zu tun hast. Ich will es auch nicht glauben. Sag mir, daß du es nicht warst, und ich gehe und stelle dir keine weiteren Fragen. Aber diese eine«, er holte tief Atem, »diese eine Frage mußt du mir beantworten!«

»Wenn du vermutetest, daß die Antwort »ja« lauten könnte«, entgegnete Amr kalt, »ist es nicht sehr vorsichtig, das zu fragen.«

»Ich kann nicht glauben, daß du dazu fähig gewesen sein

solltest. Beantworte meine Frage!« In Yusufs Ton lag eine Dringlichkeit, die den Ismailiten erstaunte. Beide Männer schwiegen. Amr versuchte, dem Blick des Sklavenhändlers standzuhalten. Doch er vermochte es nicht.

»Also doch«, sagte Yusuf. Er wandte sich mit einer langsamen, schwerfälligen Bewegung ab. Träge überquerte er die belebte Uferstraße. Ein Eselkarren versperrte die Sicht auf seine Gestalt, dann wurde sie von dem Getümmel der Straße verschluckt.

Mit einem Ruck löste Amr sich von der Mauer des Turms. Wie ein Mann, der einen einmal gefaßten Entschluß so schnell wie möglich in die Tat umsetzen will, bevor er zu wanken beginnt, stieg er mit hastigen Schritten die Stufen zum Hafen hinab und trat direkt ans Wasser.

Er griff an seine Brust und fühlte nach dem Smaragdauge. Es hing schwer an seiner Kette, zog an ihm, wie das Gewicht des Leichnams der alten Frau in seinen Armen. Seine Finger schlossen sich um das grüne Auge.

Er riß sich die Kette vom Hals. Das Metall schnitt in seinen Nacken, bevor es brach. Auf dem Gold klebte Blut. Amr hielt das Schmuckstück einen Augenblick lang in der Hand, ehe er unsicher die Planken des Stegs betrat, der zur Insel Rauda hinüberführte. Der faulige Geruch des Wassers stieg zu ihm empor. Er fixierte das turmartige Gebäude an der Südspitze der Insel und ging darauf zu, bis er es beinahe erreicht hatte.

Auf seine Lippen trat ein verzerrtes Lächeln. Es gab kein Zurück mehr. Nicht seit Fatimas Tod. Seine eigenen Worte hallten in seinen Ohren, eine verschwommene Erinnerung an das Zimmer in Córdoba, wo er Atika den Schmuck gegeben hatte, stieg in ihm auf. *Eine Verbindung zwischen deinem und meinem Leben.* Er schloß für einen Moment die Augen.

Dann schleuderte er das Smaragdamulett so weit er es vermochte auf das Wasser hinaus. Es war, als fürchte er, es könne aus den Fluten wieder emporsteigen und wie der Geist eines Ertränkten seinen Mörder anklagen.

5

Atika hatte einen unangenehmen Geschmack im Mund. Sie schluckte. Die Träger waren vor einem Haus stehengeblieben, an dessen Außenmauern sie nun hinaufsah. Iqbal hatte von einem »bescheidenen Domizil im Schatten des Wesirs« gesprochen. Doch *bescheiden* war nicht gerade das Wort, das ihr zu diesem Haus eingefallen wäre.

Die schmucklose Wand ragte mehrere Stockwerke empor. Durch die wenigen schmalen Fenster, die von den oberen Stockwerken auf die Straße hinausgingen, drang kein Laut nach außen. Der Eingang war nur über eine kleine Seitenstraße erreichbar, so daß Besucher wie Bewohner ungesehen bleiben konnten. Allein die schiere Größe des Hauses war beeindruckend. Es gab mindestens zwei Höfe, einen für Gäste und einen kleineren privaten für die Familie. Der erste Eindruck, den Atika davon hatte, war der einer Festung, in der die Familie gehütet und bewacht wurde wie in den Märchen ihrer Heimat die sagenhaften Schätze von Zwergen und Elfen.

Durch ein Tor aus schwerem Holz gelangten sie in einen Hof. Die schweren Türflügel schlossen sich sogleich wieder hinter ihnen. Iqbal sprang vom Pferd, übergab die Zügel einem der herbeieilenden Diener und ging zur Sänfte, um Atika herauszuhelfen. Sie sah die beiden Frauen, die aus dem Haus gekommen waren und im Innenhof warteten.

Die ältere mußte Iqbals Mutter sein. Ihre klare, befehlende Stimme war zu hören gewesen, sobald sie den Hof betreten hatten. Sie war eine aufrechte dunkle Frau, die etwa sechzig Jahre alt sein mußte. Über der Seidenbluse trug sie eine Brokatjacke und weite Hosen in einem rauchigen Grauton, der silbern glänzte. Ihre Augenpartie, die über dem Schleier erkennbar war, erinnerte an Iqbals regelmäßige Züge.

Die jüngere Frau war dunkelblond. In der Eile hatte sie den Schleier nur lose befestigt. Neben ihr war ein kleiner, vielleicht vierjähriger Junge auf den Hof gerannt gekommen und bestaunte die Ankömmlinge im sicheren Schutz seiner Mutter.

Mit einer Hand hielt er sich an dem *Izar* fest, den sie über ihr dünnes sandfarbenes Kleid geworfen hatte. Ein Mädchen, das nur wenig älter war, stand neben ihm. Im Hintergrund versammelten sich neugierig mehrere Diener und Sklavinnen.

Atika holte Atem. Dann stieg sie allein aus der Sänfte, ohne auf die hilfreichen Hände Iqbals oder der Diener zu warten.

Nawar, Iqbals Mutter, hatte sie mit einem kurzen Nicken begrüßt. Daß sie die Entscheidung ihres Sohnes mißbilligte, stand ihr ins Gesicht geschrieben. Oder war sie einfach nur eine unnahbare alte Frau, deren Würde es ihr verbot, eine Jüngere wie eine Gleichgestellte zu behandeln? Atika war sich nicht sicher. Die alte Dame überließ es ihrer Schwiegertochter Fauz, sich um Atika zu kümmern. Wortlos gehorchte die jüngere Frau, als sei nicht Iqbal der Herr des Hauses, sondern seine Mutter. Zwar bemerkte Atika die abschätzenden Blicke, mit denen Fauz sie musterte, dennoch war sie dankbar, daß es nicht Nawar war, die sich ihrer annahm. Iqbals Mutter gab ihr durch ihre bloße Gegenwart das Gefühl, ein unerwünschter Eindringling zu sein.

Nachdem sie das Gebäude betreten und die erste schmale Windung des Ganges passiert hatten, blieb Atika der Mund offenstehen. Der Palast des Kalifen konnte kaum weniger prachtvoll sein. Sie gingen durch einen schmalen, aber hohen Flur, der in Blau und Gold gekachelt war und dem Besucher den Eindruck vermittelte, sich im Inneren eines gewaltigen Edelsteins zu befinden. Am Ende des Ganges stiegen sie eine enge, verwinkelte Treppe hinauf. Die Mauern des oberen Stockwerkes waren in einer Weise bemalt, die Atika noch nie gesehen hatte. Zwischen all dem Marmor, den *Zulaij*-Kacheln und den Wandmalereien fühlte sie sich klein und unbedeutend.

»Persische Malerei«, erklärte Fauz, die ihrem Blick gefolgt war. Atika spürte jedoch deutlich das Mißtrauen hinter der höflichen Fassade. »Wir sind da«, fügte Fauz knapp hinzu.

Sie hatten den Frauenbereich erreicht, der durch eine

schwere Tür aus filigran geschnitztem Zedernholz von den anderen Wohnräumen abgetrennt war. Die Tür mußte sehr alt sein, doch das Holz mit der eigentümlichen Farbe duftete noch immer leicht. Davor stand ein Diener, der ihnen ehrerbietig Platz machte.

»Von dort kommt man zu den Gästezimmern für die Freunde meines Mannes.« Fauz wies auf den engen Gang, der vor der Zedernholztür abzweigte. Atika, die soeben versucht hatte, die Kalligraphie über der Tür zu entziffern, folgte verwirrt ihrem Blick.

»Aber wie du dir sicher denken kannst, wird der Gang nicht oft benutzt. So, nun komm!« Die dunkelblonde Frau öffnete die Tür weit. Atika bemerkte, daß sie nicht verschlossen gewesen war. Als sie Fauz darauf ansprach, lachte diese trocken. »Sicher, es gibt mißtrauische alte Männer, die ihre jungen Ehefrauen einsperren. Aber du wirst schon sehen, daß Nawar ein besserer und vor allem unbestechlicherer Schutz ist als jeder Diener und jedes Schloß.« Das konnte sich Atika lebhaft vorstellen. »Nicht einmal der Türsteher ist immer an seinem Platz«, sagte Fauz, »und es ist auch nie nötig gewesen.« Sie warf der Fremden einen Seitenblick zu. »Zumindest bis jetzt nicht.«

Atika biß sich auf die Lippen. Als sie die Schwelle überschritt, kamen ihr Fatimas Worte wieder in den Sinn, auch freie Frauen seien Sklavinnen. Wie um dieses Bild von einem goldenen Käfig zu bekräftigen, öffnete sich hinter der Tür eine Galerie, die noch reicher geschmückt war als der Gang außerhalb des Privatbereichs. Erleichtert konnte sich Atika endlich den Schleier vom Gesicht zerren. Ihre Stirn juckte dort, wo zuvor das Leinenband gelegen hatte, und die untere Hälfte ihres Gesichts war schweißfeucht. Sie fächelte sich Luft zu und ließ die Augen über die Galerie schweifen. Überall waren die Wände mit Kalligraphien verziert, und sie hatte Mühe, in den schwungvoll verschlungenen Zeichen einzelne Sprüche auszumachen und zu entziffern. *Jedes Recht hat seine Wahrheit, und jede Zeit ihre Geschöpfe*, stand da, und *Ein zielgerichteter Weg ist kürzer als verwirrende Umwege.* Der Gang führte geradeaus und nach links um einen weiteren kleineren Hof herum, der durch ein Holzgitter von oben gut einsehbar, gegen Blicke von unten jedoch abgeschirmt war.

»Wir haben ein *Hammam* im Erdgeschoß«, erklärte Fauz.

Ihre Worte rissen Atika aus ihren Gedanken und ließen sie erröten. Wäre Iqbal nicht gewesen, wäre sie vermutlich längst tot, und sie hatte nichts Besseres zu tun als sich im stillen über seine Großzügigkeit zu beklagen.

»Wenn du nachher baden möchtest, sag mir Bescheid. Meine Gemächer sind am Ende des Ganges, die letzte Tür. So, und das hier sind deine Räume. Zögere nicht, mir zu sagen, wenn irgend etwas fehlt.«

Fauz schloß eine Tür zu ihrer Rechten auf, und Atika blieb auf der Schwelle stehen. *Bescheidenheit ist angemessener als Effekthascherei* stand über dem Eingang. Doch das Zimmer, das sich dahinter öffnete, sprach dem Motto Hohn.

Eine Obstschale und ein Teller mit Rosenblüten standen in der Mitte des Raums. Der kostbare Teppich bedeckte nur einen Teil des Bodens, so daß die Kühle des Marmors der Zimmerflucht im Sommer eine angenehme Temperatur gab. Für kältere Tage gab es ein Kohlenbecken. Eine Sklavin schob sich an ihnen vorbei und brachte Atikas Gepäck, das die Diener vor dem Eingang des Frauenbereichs abgestellt hatten.

Fauz blickte sie fragend an. »Gefällt es dir?«

Atika seufzte. »Ich weiß nicht, was ich sagen soll.« Ihre Augen schweiften nach links, wo sich in einer Nische ein hölzernes Bett mit Elfenbeinintarsien erhob. Ein blauseidenes Moskitonetz fiel darüber. An den Wänden bildeten bemalte Stuckreliefs Weinblattranken und Blüten nach. In der Luft hing der Geruch von edlem Räucherwerk.

Auch Fauz hatte den Schleier abgenommen, doch sie erwiderte Atikas Lächeln nicht. »Nawar wird dich nachher sicher noch zu sich rufen. Widersprich ihr besser nicht.« Atika wäre auch nicht auf diesen Gedanken gekommen. »Sie wird dir von

Iqbals Familie erzählen, die schon zur Zeit des Propheten angesehen war, und dich daran erinnern, daß die Ehre einer Familie in den Händen ihrer Frauen liegt. Wenn du tust, was sie sagt, wirst du keine Schwierigkeiten mit ihr haben.«

Atikas Beklommenheit wuchs. Der distanzierte Ton der anderen erinnerte sie daran, daß Fauz nicht sonderlich glücklich über ihre Anwesenheit sein konnte.

»Wie hast du Iqbal eigentlich kennengelernt?« fragte Fauz auf einmal. »Der Bote sagte nur, daß du kommen würdest, aber nicht, wer du bist, woher du kommst und wie Iqbal deine Bekanntschaft machte.« Sie nahm Atika genau in Augenschein. »Wobei die Frage, woher du kommst, leicht zu beantworten sein dürfte. Du warst eine Sklavin aus dem Norden.«

Atika fröstelte ein wenig. Langsam legte sie Schleier und Stirnband auf einem hölzernen Hocker zu ihrer Rechten ab. »Ich habe ihn in Fustat kennengelernt. Er war sehr freundlich zu mir.«

Fauz zog die Augenbrauen nach oben. »Ja, das ist er. Freundlich.« Sie musterte sie weiter, mit einem forschenden Blick, der Atika das Gefühl gab, im Erdboden versinken zu müssen. Wieder fragte sie sich, ob es klug gewesen war, hierherzukommen.

»Ich kam auch als Sklavin hierher«, bemerkte Fauz unvermittelt. »Ich bin Griechin von Geburt. Allerdings hat mich Iqbal selbst freigelassen. Ein Freund hatte mich ihm geschenkt, und als ich schwanger wurde, heiratete er mich.«

Atika betrachtete sie mit plötzlichem Interesse. »Du warst eine Sklavin?«

»Es ist eine lange Reise von Fustat nach Bagdad«, wechselte Fauz das Thema. »Du solltest unbedingt ins Bad gehen. Den Staub der Reise wirst du sonst nicht los.«

Fauz warf einen Blick auf Atikas Gewand, und diese sah verunsichert an sich herunter. Iqbal hatte sie komplett neu eingekleidet, doch jetzt fragte sie sich, ob irgend etwas damit nicht stimmte. Fauz musterte sie ausgiebig. Dann meinte sie:

»So kannst du Nawar nicht unter die Augen treten. Du siehst aus wie eine Herumtreiberin. Laß das Mädchen deine Sachen auspacken und mach dich fertig.«

6

Als Safwan hinter Zaid ibn Rifaa die letzte Biegung des Ganges nahm, bemächtigte sich seiner wieder das unangenehme Gefühl, das ihn schon beim Betreten des Hauses befallen hatte. Er verstand sich selbst nicht mehr. Wenn es ihm heute gelang, das *Buch des Smaragds* ausfindig zu machen, konnte er endlich nach Córdoba zurückkehren. Hatte diese Hoffnung nicht über all die letzten Monate seine Gedanken beherrscht?

Sie erreichten die Quelle des hellen Schimmers: eine Öffnung, die auf einen Hof hinausführte. Safwan blieb in der Tür stehen.

»Willkommen im Garten der Weisheit«, sagte Zaid.

Safwan antwortete nicht. Er ließ seinen Blick durch den erleuchteten Hof schweifen. Von irgendwoher erklang Musik. Pflanzen rankten sich an den Mauern und Bögen empor. Sanftes Laternenlicht schimmerte durch grünes Gezweig hindurch und wurde von den Fliesen des Hofs reflektiert. Kaufleute, Buchhändler, Kopisten sowie einige Frauen standen zusammen und unterhielten sich sichtlich angeregt. Diener drängten sich zwischen ihnen hindurch und kredenzten Wein und Limonade. Auf hölzernen Hockern standen Schalen mit Nüssen, kandierten Früchten und anderem Konfekt. In einem Wasserbassin spiegelten sich der Glanz der Laternen und die Umrisse der Anwesenden. Gedämpftes Lachen und das Raunen vieler Stimmen erfüllte den Hof.

»Komm mit, ich will dich jemandem vorstellen«, sagte Zaid lächelnd. »Al-Maqdisi kann zwar keine Geister beschwören, aber er wird dir weiterhelfen können. Sein Gedächtnis ist besser als meines.«

Safwan griff nach einem Weinbecher, den ihm ein Diener im Vorbeigehen reichte, und folgte seinem Gastgeber.

Zaid führte ihn zu einem rüstigen alten Mann, der im Gespräch mit einem kleinen, schlecht gekleideten Bärtigen stand. »Das ist Abu Sulayman al-Maqdisi«, stellte er den älteren der beiden vor. Auf den unansehnlichen Zwerg weisend fügte er hinzu: »Und das Jariri, ein einfacher Diener, doch ein gewandter Logiker. Auch er ist keiner der Brüder, doch ein immer gerne gesehener Gast. Dies ist Safwan al-Kalbi, ein Freund aus al-Andalus. Er ist hier eines Buches wegen.«

Die Männer nickten Safwan zu. Maqdisi musterte ihn interessiert. »Um welches Buch geht es denn?«

Safwans Puls beschleunigte sich. Einen Moment lang fragte er sich, ob er auf dem richtigen Weg war. Was, wenn es seinen guten Grund hatte, daß dieses Buch als gefährlich galt? Wenn es verboten worden war, um die Menschen zu schützen? Er klammerte die Finger um seinen Becher und antwortete: »Es handelt sich um ein Buch von Ibn ar-Rewandi. Das *Buch des Smaragds.*«

»Ibn ar-Rewandi?« fragte Maqdisi. »Er schrieb ein ausgezeichnetes Werk, das *Buch über den Menschen,* in dem er sagt, der Mensch gebe sich die Gesetze selbst, aus seinem eigenen Herzen. Ein sehr interessantes Werk.«

Safwan drehte seinen Becher in den Händen. War er zu direkt gewesen? Maqdisi schien der Frage auszuweichen und war offensichtlich nicht gewillt, direkt zu antworten. Er mußte es vorsichtiger angehen. Falls Ibn ar-Rewandi tatsächlich ein Ketzer war, würde Maqdisi es sicher nicht jedem Fremden gegenüber zugeben, zumal dann nicht, wenn er selbst dessen Thesen folgte. Und er würde sich um so weniger eine Blöße geben, als auch sein Begleiter Jariri keiner von den *Brüdern der Lauterkeit* war.

»Der Mensch gibt sich selbst Gesetze!« spottete dieser sofort, und Safwan verstand Maqdisis Zurückhaltung. Der Diener unter den Denkern rasselte mit seinen Ketten. »Laß mich

raten, als nächstes wirst du sagen, jeder habe die Freiheit zu entscheiden, ob er zum Gott oder zur Bestie werde! Der Gedanke
ist doch abstrus. Es klingt, als wolltest du den Menschen als
eine Mißgeburt darstellen, als einen Zentaur, der halb Pferd
und halb Mensch ist.«

Safwan nahm einen hastigen Schluck Wein und wollte das
Gespräch wieder auf seine Frage zurückbringen, doch Maqdisi
fuhr wie ein gereizter Stier auf:

»Nur ein Ignorant kann so etwas sagen. Stell dir den Menschen in der Mitte einer Straße vor, die in die eine Richtung gen
Himmel, in die andere aber zur Hölle führt. Er hat theoretisch
die Möglichkeit, in beide Richtungen zu gehen, doch er muß
sich für eine davon entscheiden. Wenn er sich entschließt, den
Weg des Wissens zu gehen, so führt ihn dieser zur Vollkommenheit. Wenn er aber in Dumpfheit und Unwissen wie ein
Tier nur an sein Vergnügen denkt, so wird er unweigerlich zu
dem Schwein, gleich dem er sich verhält.«

Safwan bemühte sich, seine Ungeduld zu bezwingen und
spülte sie mit einem kräftigen Schluck aus seinem Becher herunter. Er mußte das Gespräch unauffällig in eine Richtung lenken,
die seinem Ansinnen entsprach. Einer plötzlichen Eingebung
folgend, sagte er: »Aber wenn der Mensch selbst entscheidet,
wohin er geht, wozu dann verfaßt ihr eure Sendschreiben?«

Jariri lachte laut auf. »Der Junge ist pfiffig, Maqdisi!«

Der Wein erhitzte allmählich Safwans Blut. Was ver-
schwende ich meine Zeit mit sinnlosen Disputen! dachte er
wütend. Ich will das *Buch des Smaragds* nur aus einem einzigen
Grund: um meinen und Nabils Ruf wiederherzustellen.

»Die Seele hat zwar die Fähigkeit, das Wissen zu erkennen«, konterte Maqdisi, dessen Geist ebenso beweglich schien
wie sein beleibter Körper, »doch bedarf sie der Unterweisung.
Ohne Einweisung in diese Kunst der Künste, jene Wissenschaft der Wissenschaften, wird sie den Weg auf das rettende
Schiff der Erlösung nicht finden. Der Verstand ist der Kalif
der Seele.«

»Aber was«, warf Safwan ein, »wenn der Verstand nur Zweifel gebiert?« Triumphierend genehmigte er sich einen weiteren Schluck Wein. Iqbal hatte recht gehabt: Ibn ar-Rewandi mußte sich mit den Themen beschäftigt haben, über die diese Männer sprachen. Vor Safwans innerem Auge erschien ein von Kindheit an vertrautes Bild: der Anblick Córdobas, wie er sich ihm darbot, wenn er sich vom Landgut seiner Eltern kommend der Stadt näherte: die Römerbrücke, die sich über das *Wadi l-Kabir* spannte, dahinter die Große Moschee mit dem Turmminarett, die gewundene Straße, die zu seinem Haus führte.

»Der *Kalif der Seele*!« höhnte Jariri und lenkte erneut vom Thema ab. Safwan warf ihm einen wütenden Blick zu, doch der Diener fuhr ungerührt fort: »Wo habt ihr das nur wieder her? Von den Ismailiten?«

Safwan horchte auf.

»Die Ismailiten stellen die Vernunft in den Dienst von Glaube und Autorität«, widersprach Maqdisi. »Andere hingegen meinen, die Vernunft müsse den Vorrang vor dem Glauben haben. Wir aber sagen, Vernunft und Glaube sind wie die beiden Seiten einer Medaille. Das solltest du wissen.«

Irrte Safwan sich, oder war er tatsächlich mehr als nur ein wenig gereizt? Widersprach er nicht eine Spur zu schnell?

»Und wie, du Schlaukopf«, sprach Jariri, »erklärst du dann, daß Religion und Philosophie so oft unterschiedliche Ansichten vertreten?«

Safwan stürzte hastig den Rest seines Weins herunter und griff nach einem neuen Becher, als ein Diener mit einem Tablett an ihm vorbeiging. Nun kam der Philosoph erst recht in Fahrt: »Die religiösen Gesetze«, erwiderte al-Maqdisi zornrot, »sind die Medizin der Kranken, die Philosophie jedoch ist ein vorbeugendes Mittel für die Gesunden. Ein Prophet wird immer zu den Menschen geschickt, die krank sind, während der Philosoph dafür sorgt, daß sie gar nicht erst krank werden. Der Gläubige kann Wahrheit durch Autoritätsglauben erreichen, der Philosoph jedoch nur durch Gewißheit. Der Gläubige gründet seine Anschauungen auf Annahmen, der Philosoph auf Beweise.«

Safwan horchte auf. »Das heißt, daß Autoritäten für die einen gut sind, und für die anderen nicht? Daß ein Buch für die einen das richtige und für andere das falsche sein kann? Aber dann gäbe es ja überhaupt keine verbindliche Möglichkeit zu sagen, ob etwas ketzerisch ist oder nicht.« Und meine Suche wäre gänzlich umsonst! dachte er entsetzt.

»Das eine ist die äußere«, sprach Maqdisi, »das andere die innere Seite der Wahrheit. Sie sind untrennbar vereint. Die Philosophie weist auf die Religion hin und führt uns letztlich immer wieder zu ihr zurück.«

Safwan starrte ihn an. War das die Lösung? Hatte Ibn ar-Rewandi Religion und Philosophie vereinigen wollen? An dieser Idee konnte er nichts Ketzerisches finden. Safwans Kopf wurde zunehmend schwerer, er zwang sich nachzudenken.

»Was aber deine Frage nach Ibn ar-Rewandi betrifft«, sagte da al-Maqdisi, an ihn gewandt, »wir lesen nicht viel von ihm. Das meiste widerspricht unseren Ansichten.«

Die Laternen an den Wänden schwankten. Safwans Finger umklammerten den Becher, als wolle er sich daran festhalten. Er brauchte einen Augenblick, ehe er begriff.

»Ich glaubte, ihr beruft euch bei euren Aussagen auf ihn!« rief er. Seine Stimme überschlug sich. »Deshalb bin ich nach Basra gekommen.«

Er trat dicht an al-Maqdisi heran. »Ich habe eines eurer Sendschreiben gelesen«, sagte er drängend. »Darin war die Rede von Hermes Trismegistos und von den griechischen Weisen! Beschäftigt ihr euch etwa nicht mit den griechischen Philosophen?«

Verzweiflung machte sich plötzlich in ihm breit, wie bei

einem Mann, der die begehrte Frau vor sich sieht, zum Greifen nahe, und doch weiß, daß sie unerreichbar ist.

»Schon wieder ein neues Gerücht über euch!« warf Jariri ein. Safwan zuckte zusammen. »Ihr seid selbst schuld daran, mit eurer Geheimniskrämerei provoziert ihr so etwas geradezu. Allenthalben erzählt man sich schon, ihr wärt mit den Dämonen im Bunde!«

»Dummes Geschwätz!« fuhr Maqdisi auf. »Vor einiger Zeit verschickten wir ein Sendschreiben, in dem wir die Vorzüge von Mensch und Tier gegeneinander abwogen«, erklärte er dann ruhiger, an Safwan gewandt. »Es war in Form einer Fabel verfaßt, harmlos, und leicht verständlich: Mensch und Tier rufen den König der *Jinn* zum Richter an. Aber binnen einer Woche hieß es, wir seien mit den Dämonen im Bunde.«

Safwan hörte kaum noch zu. Er preßte eine Hand auf seine Stirn und stützte sich mit der anderen an der Wand ab. Die Mauer kühlte seine Haut und ließ sein Gehirn mit schmerzhafter Klarheit arbeiten. Hatte Nabil nicht gesagt, nicht nur die Ismailiten interessierten sich für die griechischen Philosophen? Hatte er damit sagen wollen, auch Ketzer und Ungläubige seien Erben des Wissens der Griechen? Und gehörte Ibn ar-Rewandi zu ihnen? Safwan warf Maqdisi einen verzweifelten Blick zu.

Dieser wandte sich unvermittelt ab und begrüßte einen älteren Mann, der sich durch die Gäste zu ihnen hindurchdrängte. Der Ankömmling erinnerte Safwan ein wenig an Nabil: klein und schmächtig, in zu großen Kleidern mit einem scharf geschnittenen, faltigen Gesicht.

»Das ist Abu Hayyan at-Tauhidi aus Bagdad«, stellte ihn Maqdisi vor. »Safwan al-Kalbi kommt aus al-Andalus. Wir sprachen gerade über das Verhältnis von Vernunft und Glaube.«

Safwan deutete ein Nicken in Tauhidis Richtung an. Um ihn herum verschwammen allmählich Bilder und Geräusche.

Scharf und keifend hob sich Jariris Stimme davon ab: »Eure Idee, Religion und Philosophie zu verbinden, ist Irrsinn, Maq-

354

disi, nicht viel besser als die Häresie des Ibn ar-Rewandi! Denn wenn der Verstand die Seele leitet, wozu braucht ihr dann noch Religion?«

Alles war umsonst! hämmerte es in Safwans Kopf. Die Suche nach dem *Buch des Smaragds*. Die Flucht aus Fustat, bei der er Atika zurückgelassen hatte. All die Strapazen und Mühen der Reise. Umsonst.

»Die Menschen sind in ihren Ansichten so unterschiedlich wie in ihrem Äußeren«, drang Maqdisis Stimme undeutlich an sein Ohr. »Wenn du nicht blind und taub wärest, hättest du das auch bemerkt. Und weil die Menschen verschieden sind, führen Religion und Philosophie gleichermaßen zur Erkenntnis, die einen so, die anderen so.«

»Du hast doch erst kürzlich mit deinem Lehrer über diese Ansichten gesprochen«, sagte Jariri. »Was sagt er zu diesem absurden Gewäsch?« Safwan drehte schwerfällig den Kopf zu dem stillen älteren Mann. Er durfte sich nicht weiter betrinken.

»Er hielt es für nicht sinnvoll«, antwortete der Alte. »Denn die Philosophie, so meint er, ist eine Wahrheit, doch die Religion eine völlig andere. Der Erkenntnisweg der Philosophie geht über den Pfad des Verstandes, der der Religion über Autorität und Gehorsam. Und auch im Hinblick auf ihre Themen unterscheiden sie sich: Philosophen reden über die Natur und den Menschen, während die Religion von Gott spricht. Wer sich mit Philosophie beschäftigt, soll nicht über Religion reden – und umgekehrt. Wenn man beides mischt, kann weder aus dem einen, noch aus dem anderen etwas werden.«

»Und welchen Weg«, bemühte Safwan sich, seine schwere Zunge zu beherrschen, »soll man der Ansicht deines Lehrers nach beschreiten?«

»Mein Lehrer ist der Ansicht, es sei eine besondere Gnade Gottes, daß er den Menschen zwei Wege eröffnet hat: den Weg der Vernunft und den des Glaubens. So kann jeder für sich entscheiden, ob er einen davon, oder auch alle beide beschreiten will.«

Maqdisi und Jariri tauschten einen Blick.

»Es tut mir leid, daß ich dir nicht helfen konnte«, sagte Maqdisi fast mitleidig zu Safwan. Einen Augenblick hatte dieser das düstere Gefühl, der andere wolle noch eine wohlmeinende Bemerkung über die Auswirkungen des Alkohols auf den Geist eines Philosophen machen. Doch gemeinsam mit Jariri wandte Maqdisi sich um und verschwand in der Menge.

»In Andalus«, bemerkte Safwan mit einem bitteren Lächeln, »wäre längst die Garde des *Hajib* eingeschritten. Die beiden hier jedoch scheinen sich nicht zu sorgen, ob sie mit ihren Worten jemanden gegen sich aufbringen. Sie gehen aufeinander los wie zwei gespornte Hähne.«

»Ach, dem darfst du nicht zuviel Bedeutung beimessen. Nachher werden sie zusammen einen Becher Wein trinken, und alles ist vergessen. Es ist für einen Fremden nicht leicht, Zugang zu diesen Sitzungen zu erhalten«, wechselte Tauhidi plötzlich das Thema. »Mit wem bist du hier?«

»Ich bin mit meinem Gastgeber gekommen, Zaid ibn Rifaa«, antwortete Safwan. Seine Zunge formte die Worte nicht mehr so schwerfällig wie noch vor wenigen Augenblicken. »Ein Freund aus Bagdad hat mich empfohlen, ein Geograph namens Iqbal.«

»Iqbal ibn al-Harith al-Bagdadi?« wiederholte Tauhidi. »Ich kenne ihn gut. Ein sehr großzügiger Mäzen. Ich stamme selbst aus Bagdad und komme nur ab und zu nach Basra, wenn ich Anregungen für ein neues Buch brauche.« Ein melancholisches Lächeln trat auf sein Gesicht und ließ es wie eine zerklüftete Gebirgslandschaft aussehen. »Wonach suchst du? Maqdisi sagte, er habe dir nicht helfen können.«

»Ach, nichts weiter.« Safwan nahm erneut einen Schluck Wein, um seine Gedanken zu ordnen. »Es war dumm von mir, überhaupt hierherzukommen.«

Auf einmal brach die Enttäuschung aus Safwan hervor: »Es war alles umsonst!« Niedergeschlagen lehnte sich an die Wand. »Worte, nichts als Worte! Die ganze Philosophie besteht doch aus nichts als Worten, und der Glaube ist nicht besser! Menschen sterben, trennen sich, verzweifeln wegen nichts als Worten! Es war Wahnsinn, ihnen bis hierher nachzujagen!«

Kraftlos fuhr er sich über die Stirn. »Aber ich konnte nicht in Córdoba bleiben. Und ich wußte einfach nicht, wohin ich sonst hätte gehen sollen.«

Tauhidi lachte auf, doch es klang nicht fröhlich. »In diesen Zeiten haben wir es nicht leicht. Die meisten Menschen wissen nicht einmal, ob sie dieser oder jener Religion folgen sollen.«

»Iqbal war klüger als ich«, sagte Safwan, so in sein aufwallendes Selbstmitleid versunken, daß er sein Gegenüber kaum noch wahrnahm. »In Afrika nahm ich einmal in einem Gasthaus Quartier«, fuhr er fort, ohne sich dafür zu interessieren, ob Tauhidi überhaupt noch zuhörte. »Der Regen, der mich in den Stall getrieben hatte, prasselte auf den Hof und verwandelte ihn in einen Sumpf. Ich überlegte, ob ich im Stall schlafen oder durch das Unwetter zu meinem Haus laufen sollte.«

Aus dem Augenwinkel bemerkte er, daß der Philosoph sich nachdenklich unter seinem ausgefransten schwarzen Turbantuch kratzte und fuhr fort: »Iqbal sagte damals: *Ich weiß nicht, ob das Haus besser wäre als der Stall. Aber um das herauszubekommen, müßte ich über den schlammigen Hof laufen. Dann hätte ich nichts mehr davon, selbst wenn es wie im Palast des Kalifen wäre.*« Safwan hatte beinahe jedes Wort behalten. »Er sagte, man wisse nicht, ob der eigene Ort besser sei als ein anderer. Aber den Versuch zu wagen sei nur sinnvoll, wenn man sich sicher sei, daß das Ergebnis sich auch lohne.« Er fuhr auf einmal auf. »Es lohnt sich nicht! Ich hätte zu Hause bleiben sollen, an dem Ort, an dem ich aufgewachsen bin, in dem Glauben, in dem ich erzogen wurde, und ich hätte den Autoritäten gehorchen und vor allem überhaupt niemals dieses Gasthaus betreten sollen!«

Tauhidis flinke schwarze Augen musterten ihn blinzelnd. »Das ist eine schöne Metapher. Dürfte ich sie wohl in meinem Buch verwenden?«

»Metapher?« Safwan lachte bitter. »Sie ist nicht einmal von

mir. Aber meinetwegen, tu es nur.« Er schüttelte den Kopf und seufzte leise. »Du mußt mir verzeihen«, sagte er dann verbindlicher. Es half nichts, sich selbst zu bemitleiden. Er stellte seinen halbvollen Becher auf das Tablett eines vorbeieilenden Dieners und richtete sich ein wenig auf. »Ich bin nicht geschult im philosophischen Denken. Vielleicht wird meine Geschichte ja unter deiner Feder einen Sinn bekommen. Man weiß schließlich nie, was ihr Philosophen noch aus den einfachsten Bemerkungen macht.«

»Besuch mich, wenn du einmal nach Bagdad kommst«, sagte Tauhidi plötzlich lebhaft. »Ich würde mich freuen. Ich habe dort eine große private Bibliothek, die dir offensteht, wann immer du willst.«

»Ich danke dir.« Safwan bemühte sich um Haltung. Keiner seiner Vorfahren hätte in seiner Situation aufgegeben wie ein Schwächling. Und war seine Lage wirklich so aussichtslos? Er war angetrunken und enttäuscht. Möglicherweise sah er auch alles zu düster, möglicherweise war Ibn ar-Rewandi überhaupt kein Ketzer, und nichts war verloren? Safwan lächelte Tauhidi zu.

»Vielleicht komme ich tatsächlich bald nach Bagdad. Ich möchte den Winter über hierbleiben, aber sobald es Frühling wird, werde ich Iqbal schreiben. Hier in Basra habe ich nicht gefunden, wonach ich suchte.«

»Safwan al-Kalbi?«

Safwan fuhr herum. Ein Mann in staubiger Straßenkleidung hatte sich hinter ihm durch die Menge gedrängt. Ein starker Pferdegeruch, der ihn umgab, verriet, daß er einige Zeit geritten sein mußte.

»Das bin ich«, sagte Safwan.

»Zaid ibn Rifaas Diener war nicht bereit, mir zu verraten, wohin ihr gegangen seid. Erst als ich sagte, ich dürfe dir den Brief nur persönlich übergeben, gab er mir Auskunft.«

Safwan hob die Augenbrauen, griff nach seiner Börse und holte eine Münze für den Boten hervor. »Es tut mir leid, daß du Umstände hattest«, sagte er höflich. Der Mann schien

zufrieden und griff in die schwere Tasche, die er bei sich trug.
»Ich habe einen Brief für dich«, meinte er. »Aus al-Andalus.«

Safwans Herz schlug schneller. Hastig nahm er das Papier
entgegen. »Ich danke dir.« Er brach das Siegel. Tauhidi zog
sich rücksichtsvoll zurück, als Safwan das Papier auseinanderfal-
tete.

Mein Sohn,

*Gott sei gepriesen, daß du in Sicherheit und unversehrt bist, und
er behüte dich auf deinem weiteren Weg. Ich wünschte, ich könnte
dir schreiben, daß du nach al-Andalus zurückkehren kannst. Denn
das Haus deines Vaters ist ohne dich verwaist. Doch ich kann es
nicht. Laß mich wissen, wo ich dich erreiche, falls die Zeiten besser
werden. Dein Bruder grüßt dich von Herzen und ebenso deine
Mutter.*

*Auf die Frage, die du mir von Fustat aus gestellt hast, habe ich
eine klare Antwort: Wer immer Iqbal al-Bagdadi sein mag, mein
Sohn, ich habe keinen Freund oder Geschäftspartner dieses Namens.
Sei auf der Hut! Gott sei mit dir und bringe dich bald wieder in das
Haus deines Vaters zurück. Bis dahin segne und beschütze er dich.*

Dein Vater

Safwan ließ das Schreiben langsam sinken. Er hatte die ganze
Zeit geahnt, daß Iqbal ihn belog. Doch es schwarz auf weiß
bestätigt zu sehen, war etwas anderes. Allerdings, der Bagdader
hatte ihn wie einen Freund behandelt. Und es hatte keinen
Grund gegeben, an dieser Freundschaft zu zweifeln, was
immer Iqbal ihm auch verschwiegen haben mochte. Bedächtig
faltete Safwan das Papier wieder zusammen. In Bagdad würde
sich alles aufklären.

8 Bleischwer lastete der Himmel auf Bagdad. Die feuchte Luft hing wie ein graugelber Schwamm über der Stadt. Er schien sich von Tag zu Tag voller zu saugen. Dennoch herrschte im Schiitenviertel al-Karkh reger Betrieb. Boten drückten frische Pergamentbündel fest an die Brust, um sie vom Händler zu einem wichtigen Kunden zu bringen, Barbiere warteten vor ihren Läden auf Kundschaft, und Süßigkeitenverkäufer priesen laut ihre Ware an. Amrs Augen schweiften unruhig von einem zum anderen.

»Dieser Ort kann der Ausgangspunkt einer neuen Zeit werden«, führte er das Gespräch fort, in das er den jungen Maimun an seiner Seite verwickelt hatte.

Doch der Jüngling zuckte ohne Interesse die Schultern.

»Das hört man hier in Karkh beinahe jeden Tag. Mit dem Ergebnis, daß es niemals ernst damit wird.«

Es war schwieriger, als Amr erwartet hatte, hier neue Anhänger zu finden. Doch noch war nichts verloren. Er brauchte Geduld. Die Gegend am *Bab Muhawwal* im Schiitenviertel war ein Hort der Unzufriedenen. Wachsam suchten seine Augen die Umgebung ab. Wenn Bagdad eine Stadt war, in der mehrere Herzen schlugen, dann pochte eines davon an diesem Platz. Die Läden und die niedrigen Häuser schienen das *Muhawwal*-Tor zu belagern wie hungrige Tauben ein Kind, das Brot ausstreut. Hinter ihnen priesen Kleinhändler ihre Ware an, deren Schilfboote den *Sarat*-Kanal hinab zum Tigris trieben. Ein leichter Algengeruch lag in der Luft.

Es war unwahrscheinlich, daß ihn hier jemand erkannte. Kairo und Bagdad befanden sich mehr oder weniger im Kriegszustand. Unter den Schiiten des Irak konnte er sich gänzlich unerkannt bewegen. Die Viertel Rusafa und Mukharrim mit ihren Palästen, obgleich man sie zu Fuß in einer Stunde erreichen konnte, lagen in scheinbar unerreichbarer Ferne. In Rusafa lag auch das Haus, in das Iqbal Atika gebracht hatte. Es war leicht gewesen, es zu finden. Iqbal war ein bekannter Mann. Ein Mann allerdings, der auch vorsichtig war. Amr hatte Atika das Haus noch kein einziges Mal verlassen sehen. Sie war wie lebendig begraben hinter seinen Mauern. Doch er konnte warten.

»Zu allen Zeiten ist al-Karkh ein Ort des Widerstands gewesen«, sagte Amr, diesmal mehr zu sich selbst. »Ein unruhiger Platz, an dem die Aufständischen gedeihen wie Stechmücken nach einem warmen Regen. So könnte es wieder werden.« Maimun lehnte sich an eine Hauswand und zog seinen dunklen Wollmantel fester um die Schultern. Sein schwarzes Haar war von braunen Strähnen durchzogen, in denen sich das Licht fing. Er lachte leise. »Warte, bis du erst eine Weile hier gelebt hast. Viele Männer kommen hierher mit großen Ideen von einer neuen Ordnung, vom Wiederaufleben der alten Ordnung, oder vom Untergang jedweder Ordnung. Sie wollen die Menschen befreien, aber sie können nicht sagen, wovon. Es ist immer dasselbe.«

Amr fühlte, wie ein Fieberschauer seinen Körper erbeben ließ. Keiner der jungen Männer, die er je für seine Sache zu gewinnen versucht hatte, hatte es gewagt, so mit ihm zu sprechen. Er war erst wenige Tage in Bagdad. Doch diese Stadt war anders. Wohin er früher auch gekommen war, stets hatte er Menschen gefunden, die auf der Suche waren, die bereitwillig nach dem griffen, was er ihnen anbot.

»Die Stadt macht aus dir, was sie will«, fuhr Maimun fort. »Niemand kann sich ihr verweigern. Du wirst es erleben.«

»Die Menschen hier leben in den Tag hinein«, erwiderte Amr ungehalten. »Sie laufen geschäftig wie Ameisen hin und her und verwenden keinen Gedanken auf die Welt nach unserer Welt. Mathematiker, Prediger und Philosophen aber verwirren sie mit ihren ketzerischen Lehren.«

»Ketzerisch!« Maimun lachte trocken auf. »Man merkt, daß du nicht aus Bagdad kommst. Ketzerisch nach welcher Lehre? Nach der der Sunniten, der Schiiten, der Christen oder Juden, oder gar der Manichäer?«

Bevor Amr etwas entgegnen konnte, deutete Maimun auf

zwei Männer in einiger Entfernung. »Siehst du die beiden Kopisten dort?«

Amr erkannte einen Philosophen, der neben schreienden Händlern mit einem anderen Mann disputierte. Der Philosoph unterbrach sich, um von einem Passanten die Bezahlung für ein Stück Pergament entgegenzunehmen. Das Geld noch in der Hand wandte er sich wieder an seinen Gesprächspartner.

»Der eine ist Manichäer, der andere Schiit so wie ich«, sagte Maimun leichthin. »Ich kenne beide, seit ich ein Kind bin, und ich schätze sie beide. Jeden Tag, den Gott werden läßt, stehen sie hier und streiten. Wenn du mich fragst, wer von ihnen im Recht ist, welche Antwort soll ich dir geben?« Er lachte erneut, in einer Weise, die Amr befremdete. »Selbst der Wesir hat es aufgegeben, erfahren zu wollen, wo die Ketzerei beginnt. Es ist die Aufgabe Gottes, über den rechten Glauben zu richten. Bis es soweit ist, halte ich mich an das, was ich gelernt habe.«

Amr stellte erschrocken fest, daß er an Maimuns Lippen zu hängen begann. Beim Satan, er war hierhergekommen, um den jungen Mann zu werben! Nun benahm er sich wie ein Anfänger, der den Argumenten seines Gegenübers nichts entgegenzusetzen hat. Die Viper zischte in seinem Kopf. Eine plötzliche Kälte schüttelte ihn, und er sagte: »Es kann nur eine einzige Wahrheit geben!«

Zu viele Menschen waren bereits gestorben. Das Opfer durfte nicht umsonst gewesen sein. Er spürte, wie die Hitze durch seinen Körper jagte. Seit Tagen hatte er Anfälle dieser Art, doch keiner war je so heftig gewesen. Ihm wurde schwindlig, er taumelte erneut, stürzte. Die Hitze überwältigte ihn, graugelb verzerrte Schemen wogten um ihn auf und ab, wirre Stimmen drangen in rhythmischen Dissonanzen an sein Ohr.

Dann, so schnell wie er ihn gepackt hatte, ließ der Dämon ihn wieder los. Amr kam zu sich. Er lag auf der Straße. Zwei oder drei Männer waren stehengeblieben. Maimuns Arme griffen unter seine Achseln und halfen ihm auf.

»Geht es wieder? Es tut mir leid, wenn ich zu vorlaut war.«
Das Gesicht des jungen Mannes wirkte besorgt. »Soll ich einen
Arzt rufen?«

»Es ist nichts.« Amr befreite sich aus dem festen Griff des
jungen Mannes.

Er blickte nach Nordosten. Der Nachmittag ließ die Schatten bereits länger werden. Hinter den Dächern von al-Karkh
leuchteten die Paläste, die den Tigris und die Gegend um *Bab
at-Taq* säumten. Dort lag auch Iqbals Haus. Amr kannte Atika.
Sie mochte eine Weile gehorsam sein, doch sie war nicht die
Frau, die den *Harim* nur verlassen würde, um zu heiraten und
um zu Grabe getragen zu werden. Er konnte warten. Mit
einem kurzen Nicken verabschiedete er sich von Maimun und
ging in Richtung Nordosten.

Der Winter in Bagdad war kalt, aber kurz gewesen,
dachte Atika, als sie einige Wochen später die Galerie im Frauenbereich entlangging. Noch immer
hatte sie sich nicht ganz daran gewöhnt, daß sich
die islamischen Monate jedes Jahr verschoben. Nach dem christ-
lichen Kalender waren sie gegen Ende Oktober im Irak angekommen, somit mußte sich jetzt der Februar seinem Ende
zuneigen. Dennoch hatte sie ihr Haar bereits in viele kleine
Zöpfe flechten lassen, damit der Wind ihren Nacken ein wenig
kühlen konnte. Vor den Ohren kräuselte sich eine kurze, sorgsam in Form gelegte Locke. Ihren Kopf bedeckte eine mit Gold
gesäumte beigefarbene Kappe. Sie trug ein leichtes Kleid aus
braun changierender Seide mit weißer Stickerei am Saum und
eine dazu passende lange Bluse. Der trockene Atem der nahen
Wüste reichte über die zahllosen Kanäle bis hierher an den
Tigris und streifte ihre unbedeckten Hände.

Iqbal hatte ihr eine Frage noch immer nicht beantwortet.
Und auch von Safwan hatte sie seit seiner überstürzten Abreise

363

aus Ägypten keine Nachricht erhalten. Beunruhigt fragte sie sich, ob sie es erfahren würde, wenn er sich bei Iqbal meldete. Und ob er sich überhaupt melden würde, wenn er erfuhr, wohin sie nach ihrer Trennung gegangen war.

Atika strich sich über die Stirn und brachte dabei die ondulierten Locken durcheinander, die unter der Haube hervordrangen und ihr ins Gesicht fielen. Sie erreichte das zur Galerie hin offene Zimmer, das der Familie als Wohnraum diente, und nickte der Sklavin im Eingang zu. Iqbal war damit beschäftigt, seinem Sohn zu zeigen, wie man die Glieder eines Holzpferdchens mittels der daran befestigten Schnüre bewegte. Er ließ das Pferd galoppieren, und der kleine Mazin griff begeistert danach. Mit einem heftigen Ruck zerrte er so fest an den Schnüren, daß das Pferd mit ineinander verhakten Beinen zu Boden stürzte. Iqbal lachte laut auf, während er sich zu Atika umwandte.

»Er hat schon jetzt soviel Kraft wie ein Schwertkämpfer.«

Atika lächelte angestrengt. »*Mabruk*!« gratulierte sie. »Hast du etwas Zeit für mich?«

»Was gibt es denn?«

Atika fuhr sich nervös mit der Zunge über die Lippen.

Er sah sie prüfend an. »Stimmt etwas nicht?« Hinter seinem Rücken splitterte Holz. Atika zuckte zusammen, während Mazin zu brüllen begann. Tränen strömten über sein Gesicht. Iqbal nahm seinem Stammhalter das zerbrochene Spielzeug aus der Hand und gab der Sklavin einen Wink. Sie hob das Kind hoch, was sein Protestgeschrei noch verstärkte. Atika folgte ihr mit den Augen, als sie den Jungen, ungeachtet seiner Tritte, hinaustrug. Iqbal nahm das abgebrochene Bein des Pferdes in die Hand, betrachtete es schulterzuckend und warf es zurück auf den Teppich.

»Ich wollte dich um etwas bitten«, sagte Atika schnell, ehe er der Sklavin und seinem Sprößling folgen konnte.

»Und das wäre?«

»Seit Monaten habe ich das Haus nicht verlassen«, setzte sie an. Sie bemerkte, wie sich seine Augen verengten. Das schwarz

364

und silberfarben gestreifte Gewand, das er trug, ließ sie heller und kälter erscheinen als sonst.

»Ich weiß«, fuhr sie schnell fort, »eine vornehme Frau kann nicht durch die Straßen laufen wie eine Sklavin. Und ich bemühe mich wirklich, alles richtig zu machen. Ist es nicht so? In den letzten Monaten habe ich immer getan, was man mir sagte. Ich kann in meinem ganzen Leben nie wieder zurückzahlen, was ich dir schulde, das weiß ich.«

Um Iqbals Mund spielte die Andeutung eines Lächelns. »Aber du langweilst dich?«

Atikas Schultern sanken herab. »Ich kann nicht mehr atmen!« Sie hob die Hände und machte eine weit ausholende Geste. »All der Marmor, die Malereien, die Seide und der Brokat, das erdrückt mich! Manchmal glaube ich, das Haus wird von Tag zu Tag kleiner, es ist, als rückten die Wände meines Zimmers immer mehr auf mich zu, um mich irgendwann zu zermalmen.« Sie ließ die Hände sinken. »Ich möchte wieder einmal über einen Markt laufen und Einkäufe machen. Ich vermisse die Gerüche, das Geschrei der Händler, die Farben der unterschiedlichen Gewürze. Ich vermisse sogar die stechenden Sonnenstrahlen, wenn man den *Suq* verläßt, obwohl sie einem die Haut verbrennen und man sich danach eine Woche lang das Gesicht mit Öl einreiben muß.« Sie fuhr sich mit dem seidenen Ärmel über die Nase, ließ den Arm sinken und sah Iqbal unsicher an. »Bitte entschuldige.«

Er lehnte sich an die Wand. Die Stuckverzierung umrankte seine Gestalt mit Wein und Akanthusblättern, ein verschwenderischer, lebloser Garten. »Ist Fauz nicht freundlich zu dir?« fragte er.

Atika senkte den Kopf. »Doch, das ist sie. Sie ist freundlich, aber trotzdem spüre ich, daß sie nicht glücklich über meine Anwesenheit ist. Ich verstehe sie, es würde mir wahrscheinlich nicht anders gehen. Ich will mich auch nicht beklagen. Es tut mir leid«, sagte sie und lächelte schief. »Ich verdanke dir alles, und nun habe ich nichts Besseres zu tun, als zu jammern. Ich konnte nicht ahnen, daß es mir so schwerfallen würde, mich an das Leben einer edlen Frau zu gewöhnen.«

»Nun, das Leben einer edlen Frau zu führen bedeutet nicht, daß du dich langweilen mußt.« Er löste sich aus dem reglosen, immergrünen Spalier. »Nimm dir ein Beispiel an den Damen, die das Leben einer *Zarifa* führen.«

Atika sah ihn verständnislos an. »*Zarifa?*«

Er lächelte nachsichtig und glättete eine unsichtbare Falte in seiner Kleidung. »Wie dumm von mir. Woher sollst du das wissen. Eine *Zarifa* ist eine elegante Dame. Sie achtet nicht nur auf ein angenehmes Äußeres und auf gutes Benehmen, sondern ist auch gebildet. Manche dieser Frauen treffen sich mit anderen Damen in privaten Salons oder nehmen an den Soireen ihrer Männer teil. Es gibt sogar Frauen, die Bücher schreiben. Viele haben kleine Privatbibliotheken. Wäre das nichts für dich? Du liest in der letzten Zeit auch gar nicht mehr. Das hast du doch früher so gerne getan.«

Sie verzog das Gesicht. »Nawar sagt, ich solle lernen, mit Nadel und Faden besser umzugehen.«

Iqbal lachte laut auf. »Sagt sie das?«

Atika sah ihn ernst an. »Also gut. Seit wir Fustat verlassen haben, stelle ich mir diese Frage: Warum hast du das alles für mich getan?«

Iqbal hob die Augenbrauen. »Das habe ich dir längst gesagt. Wie oft willst du es noch hören?«

Atika schwieg und zupfte am Saum ihres Ärmels. Endlich meinte sie zögernd: »Sagtest du nicht, du wolltest Safwan bitten, nach Bagdad zu kommen? Nun sind wir schon seit Monaten hier, und du hast mir noch immer nicht gesagt, ob du Nachricht von ihm hast.«

»Ich dachte mir, daß du wieder danach fragen würdest.« Iqbals Gesicht war keine Regung anzumerken. »Nun, meine Boten sind schnell, aber auch sie können nicht fliegen.« Seine hellen Augen waren gänzlich ausdruckslos. »Hör zu, Atika, mein Freund, der Philosoph Tauhidi hat eine wirklich umfangreiche Privatbibliothek, viel größer als meine. Du kannst sie benutzen, wenn du willst. Es wäre eine Abwechslung für dich, und du könntest das Haus wieder einmal verlassen. Allerdings möchte ich, daß du die Sänfte benutzt und eine Eskorte mitnimmst. Tauhidi wohnt in al-Karkh, und das Schiitenviertel ist kein besonders sicherer Ort für eine junge Frau aus Rusafa. Was sagst du dazu?«

Atika wollte etwas einwenden. Dann lächelte sie. Unvermittelt trat sie dicht an ihn heran und legte ihm die Arme um den Hals.

Iqbal machte sich mit einem Räuspern los. »Nun gut. Und was den Boten nach Basra betrifft – er kann jeden Augenblick vor der Tür stehen. Er ist bereits letzte Woche losgeritten, und er hat gute Pferde. Länger als vier Tage sollte er für die Reise in den Süden nicht benötigt haben.«

Er wandte sich zum Gehen. Sie folgte ihm mit den Augen und bemerkte erst jetzt, daß Fauz in der offenen Tür stand. Auf ihrem dunkelblonden Haar glänzte die schräg einfallende Sonne. Iqbal nickte Atika zu. Dann verließ er den Raum und lief die Galerie entlang. Fauz war an seiner Seite und redete leise auf ihn ein.

Atika sah ihnen nach. Sein Vorschlag, den Philosophen zu besuchen, war immerhin etwas. Doch eine Antwort auf ihre Frage hatte sie nicht bekommen.

10 Safwan sah aus dem schmalen Fenster seines Zimmers auf den kleinen Kanal hinunter, der am Haus vorbeifloß. Was im Frühjahr noch angenehme Kühlung brachte, mußte nach einigen Monaten Hitze unerträglichen Gestank verursachen.

Die wenigen Wintermonate hatte er nun in Basra verbracht, und jeden Donnerstag hatte er die Sitzungen der *Brüder der Lauterkeit* besucht. Doch über das *Buch des Smaragds* hatte er nichts erfahren. Entweder konnten die Leute ihm nichts sagen, oder sie wollten nicht. Wer immer Zaid damals von dem Buch erzählt hatte, war entweder nicht da oder hüllte sich in Schweigen. Aber nun hatte Iqbal endlich geschrieben, und er konnte nach Bagdad reisen und dort nach dem Buch suchen. Und, dachte er grimmig, herausfinden, warum Iqbal ihn belogen hatte. Was die angebliche Freundschaft mit seinem Vater betraf, war er ihm immerhin noch eine Antwort schuldig.

»Wie ich sehe, hat Iqbal meinen Brief erhalten«, sagte Safwan dem Boten des Bagdaders. Der Mann verzog keine Miene und wartete reglos. Safwan zuckte die Schultern. Iqbals Leute schienen ebensowenig gesprächig wie diejenigen, die in Amrs Diensten standen.

Safwan rechnete fest damit, daß Iqbal mit diesem Brief seine in Fustat ausgesprochene Einladung nach Bagdad erneuern wollte. Es war in der Tat an der Zeit, dieser Einladung zu folgen. Er öffnete den Brief.

Mein Freund, Safwan al-Kalbi,

ich halte stets an unserer Freundschaft fest. Doch wie der Dichter Labid sagt: Gott allein bestimmt mein Zögern und mein Eilen. *Immer wieder macht er die Pläne der Sterblichen zunichte, und uns bleibt nur, uns darein zu fügen. Meine Stadt Bagdad, in der ich dich als meinen Gast begrüßen möchte, wird derzeit von Unruhen erschüttert. So sehr ich es auch bedaure, mir das Vergnügen deiner Gesellschaft versagen zu müssen, muß ich dich dennoch bitten, noch in Basra zu verweilen. Zu unsicher sind die Straßen und Gassen, die Stege und Wege, zuviel Raub und Mord und Verrat und Gewalt bedrängen die ohnehin gequälte Stadt. Schwer atmen wir unter der bedrückenden Last des Unheils. Ich schade mir selbst, wenn ich dich bitte, bei Zaid zu bleiben, bis ich dir Nachricht sende. Nur die dringende Sorge um deine Sicherheit und die Bekümmernis um dein Wohl läßt mich so sprechen. Möge uns Gott der Barmherzige bald bessere Tage schenken!*

Bis dahin verweile in Basra und erwarte die Antwort deines Freundes

Iqbal ibn al-Harith al-Bagdadi

Safwan ließ den Brief sinken. Es sah Iqbal überhaupt nicht ähnlich, ihn wegen Unruhen in der Stadt hinzuhalten. Er wandte sich an den Mann, der noch immer wartend im Raum stand. »Wann bist du aus Bagdad aufgebrochen?«

»Vor vier Tagen, *ya Sayyidi*.«

Er mußte schnell geritten sein, denn er wirkte ermüdet, und seine Kleidung, sein Bart und seine Kopfbedeckung waren grau vom Staub, wie vom unbarmherzigen Atem der ewigen Zeit gestreift. Obwohl er die Schuhe vor der Tür ausgezogen hatte, hatte er am Saum seiner Hosen den Schmutz der Straße ins Haus getragen und eine graue Spur auf dem tadellos gepflegten Steinboden und dem Teppich hinterlassen.

»Du bist weit gereist«, sagte Safwan, »um mir diese Nachricht zu überbringen. Ich werde mit Zaid sprechen, so daß du dich ein wenig ausruhen und erfrischen kannst, ehe du zurückkehrst.« Er zögerte einen Augenblick, dann fragte er beiläufig: »Geht es Iqbal gut?«

»Ich verließ ihn bei bester Gesundheit«, erwiderte der Bote.

Safwan trat einen Schritt näher und klopfte ihm auf die Schulter. »Du mußt mir ein wenig von ihm erzählen, mein Freund«, meinte er leutselig. »Ich habe ihn nicht gesehen, seit wir uns vor Monaten in Fustat trennten.«

»Er hat Bagdad sicher erreicht und alles in bester Ordnung vorgefunden«, berichtete der Bote. Er wischte sich Staub aus dem Gesicht und streifte die Hand an seinen Hosen ab, wo sie eine Spur wie von Asche hinterließ. »Er und das blonde Mädchen, das er aus Fustat mitbrachte.«

Es traf Safwan wie ein Schlag. Für einen Augenblick versagten seine Lungen den Dienst, und sein Atem stockte. Nur mühsam brachte er die Worte über die Lippen: »Das blonde Mädchen? Was für ein Mädchen?«

Der Mann zuckte die Schultern. »Vielleicht hat er sie in Fustat gekauft, ich weiß es nicht. Der *Harim* eines Mannes ist seine Angelegenheit.«

Safwan verstand den Wink durchaus, doch er scherte sich nicht um die Konventionen. »Ein blondes Mädchen aus Fustat? Und in Iqbals Haus, sagst du?« Er begann heftig auf und ab zu laufen.

Es konnte nur sie sein. Aber für Iqbal würde es ebensowenig wie für ihn selbst eine schickliche Möglichkeit gegeben haben, in Begleitung einer Frau zu reisen, sie gar mit nach Hause zu nehmen – wenn sie nicht seine Sklavin oder seine Ehefrau war.

»Es muß eine andere Frau sein«, sagte er leise, eher zu sich selbst. Doch sogleich trat er so schnell auf den Mann zu, daß dieser hastig einen Schritt zurückwich. »Wie alt ist sie? Hast du sie gesehen?«

»Der *Harim* eines Mannes …«, begann der Bote wieder, doch Safwan unterbrach ihn: »Hast du sie gesehen oder nicht?« schrie er ihn an. »Antworte, beim neunmal gesteinigten Teufel!«

Der Mann fuhr noch weiter zurück und starrte Safwan an wie einen Verrückten. »Ja, ich habe sie gesehen. Ein junges Mädchen noch, vielleicht achtzehn Jahre alt. Sie war verschleiert, wie es sich für eine züchtige Frau gehört«, fügte er mit einem anklagenden Unterton hinzu. »Was konnte ich von ihr schon erkennen, selbst wenn ich sie gesehen habe?«

Safwan trat noch näher an den Mann heran, so daß er seinen Atem spüren konnte. »Lüg mich nicht an! Du hast doch immerhin gesehen, welche Farbe ihr Haar hatte! Und ihre Augen hat sie sicher nicht hinter dem Schleier versteckt! In dem Haus, in dem sie wohnt! Lächerlich!«

Der Bote wand sich. »Iqbal …«

»Zum Teufel mit Iqbal! Wie sah sie aus?«

»Sie war blond, beinahe rothaarig«, brachte der Bote heraus. »Sie trug einen Schleier, aber der Wind wehte eine Strähne darunter hervor und in ihr Gesicht.«

Safwans Stimme versagte. »Weiter!« befahl er kraftlos.

»Sie trug ein helles Seidenkleid.«

»Und ihre Augen?«

Der Bote begann zu schwitzen. »Ihre Augen waren hell,

wahrscheinlich blau. Ich stand nicht nahe genug, als sie ankamen. Sie stieg aus der Sänfte und ging ins Haus. Seitdem habe ich sie nicht mehr wiedergesehen. Eine edle Frau in Bagdad verläßt ihre Gemächer nicht oft, um nicht die Blicke der Männer auf sich zu ziehen.«

Während seiner letzten Worte hatte er den Kopf auf die Brust gesenkt und an sich herabgesehen. Safwan bemerkte, daß er den Boten an seinem Hemd gepackt hatte. Abrupt ließ er den Mann los und entfernte sich einige Schritte. Er preßte die Stirn gegen die kühlen Kacheln der Wand.

Iqbal würde so etwas nicht getan haben, dachte er. Nicht Iqbal. Er wußte schließlich, wieviel Safwan an Atika lag. Nur mit Mühe hatte ihn der Bagdader in Fustat zum Aufbruch drängen können, als die Zeit verstrichen und Atika nicht gekommen war. Safwan hatte ihm vertraut und geglaubt, daß er sie sicher auf das nächste Schiff nach Italien oder Lothringen bringen würde. Aber der Bagdader hatte ihn bereits belogen, als er sich für einen Freund seines Vaters ausgegeben hatte. Und jetzt hinterging er ihn offenbar zum zweiten Mal.

»Allmächtiger, wer ist dieser Mann?« flüsterte Safwan entsetzt. »Barmherziger Gott, in wessen Händen ist Atika?«

Mit mühsam erzwungener Beherrschung drehte er sich zu dem Boten um. »Ruh dich aus«, sagte er. Seine Stimme zitterte. »Du solltest hier übernachten. Ich breche sofort nach Bagdad auf.«

11 Atika ließ den Gürtel und die Nadel sinken, mit der sie den Schriftzug auf das Kleidungsstück stickte. *Das Schwinden der Hoffnung ist schlimmer als der Tod* stand in goldenen, etwas krummen kalligraphischen Zeichen auf der dunkelgrünen Seide. Ein passender Spruch, dachte Atika und rieb sich die müden Augen. Mehr als zwei Tage waren vergangen, seit sie Iqbal nach Safwan gefragt hatte, und noch immer hatte sie keine Nachricht von ihm.

Nawars Anweisung, besser mit Nadel und Faden umgehen zu lernen hatte sie wieder zu den Büchern geführt. Denn, so hatte sie von Iqbals Mutter erfahren, einige der wohllautenden Sinnsprüche, die eine Dame von Welt, eine *Zarifa,* auf ihren Gürtel oder ihren Ärmelsaum zu sticken pflegte, hatte der edle, längst verblichene al-Waschscha in einem umfangreichen Buch zusammengetragen. So hatte Atika wieder zu den wohlvertrauten Strichen und Punkten Zuflucht nehmen können, um sich einen passenden Spruch auszusuchen.

Der Schriftzug auf dem Gürtel war ein wenig schief geraten. Ihre Augen schweiften zu dem Buch mit der Vorlage, das neben ihr auf ihrem Bett lag. Sie blieben an den Zeilen hängen wie an dem Fenster zu einer verborgenen Welt – dem Fenster zu einem Reich, ohne das alle Schönheit und Raffinesse von Iqbals Palast nicht mehr als die Bequemlichkeit eines Gefängnisses bedeuteten. Längst konnte Atika die Sprüche und Gedichte auswendig. Manchmal sagte sie sich die Zeilen leise auf, um sich in ihrem Rhythmus zu wiegen.

Sie seufzte, hob die Nadel und ließ sie wieder sinken. Was mochte Iqbal planen? Schon als er sie in Fustat dazu überredet hatte, mit ihm zu kommen, hatte sie das Gefühl gehabt, es sei womöglich nicht bloße Großherzigkeit, die ihn so handeln ließ.

Es hatte eine Weile gedauert, bis Atika nach Fatimas Tod und ihrer Flucht in Musas Haus wieder ein Wort gesprochen hatte. Dann aber brach alles ungebremst aus ihr hervor, als könne sie durch das Erzählen die Last der Vorwürfe abschütteln, die sie sich selbst machte. Sie hatte, rastlos in dem spärlich möblierten Wohnraum hin und her laufend, Iqbal berichtet, was in jenem Hinterhof geschehen war, als Amr sie und Fatima überfallen hatte. Der grausame Bericht wurde nur unterbrochen von ihrem Schluchzen und den entsetzten Fragen des Bagdaders.

Immer wieder gab sie sich selbst die Schuld daran, daß alles so weit gekommen war.

Der Bagdader lief wie ein Panther im Zimmer auf und ab und murmelte schreckliche Verwünschungen: »Narr! Milchbart! Sohn der Torheit! Warum mußte er Amr herausfordern!«

»Es ist meine Schuld!« widersprach Atika heftig. »Hätte ich zugelassen, daß Safwan mich Yusuf abkauft, wäre es nie soweit gekommen. Und es ist allein meine Schuld, daß ich mich in Gefahr gebracht habe. Der *Werber*, Amr, wollte mich besitzen, vielleicht hätte ich niemals fliehen dürfen.«

»Was ist zwischen dir und diesem Mann genau vorgefallen?«

Iqbals Ton war scharf, und seine Worte klangen weniger nach einer Frage als nach einem Befehl zu antworten.

Atika schwieg verängstigt. Sie starrte blicklos geradeaus.

Seine hellen Augen schienen ihren Schleier zu durchdringen. »Du mußt es mir nicht sagen«, meinte er nach einigem Zögern. Atika hatte allerdings den Eindruck, daß er sich auf die Dauer keineswegs damit zufriedengeben würde. Er überlegte, und seine linke Hand, von einem Siegelring mit einem schwarzen Achat geschmückt, strich über den Mulhamstoff seines Gewandes. »Eine Frage solltest du mir allerdings beantworten«, sagte er schließlich. Ihr fiel der lauernde Tonfall seiner Stimme auf. »Würde er dir folgen, wenn du Fustat verläßt?«

»Ich weiß es nicht«, sagte sie unschlüssig. »Ich weiß es wirklich nicht. Möglich wäre es.«

Er verschränkte die Arme. »Was wirst du nun tun? Du hast keinen Beschützer, ohne Schutz wirst du nicht einmal bis zum Hafen von Raschid gelangen. Und wenn du in deine Heimat zurückkehren willst, ist es unumgänglich, ein Schiff zu finden, mit dem du zumindest bis an die französische oder italienische Mittelmeerküste übersetzen kannst. Besser wäre es allerdings, es würde dich direkt nach Lothringen bringen.«

Atika senkte wortlos den Kopf.

»Das hatte ich befürchtet.« Auf Iqbals Stirn erschien eine steile Falte. »Safwan muß blind gewesen sein, als er dich freikaufte. Er hat deine Lage damit nur verschlimmert. Diese ganze Abmachung war reiner Wahnsinn. Er mußte schließlich damit rechnen, daß etwas seine Pläne durchkreuzen könnte und du dann völlig schutzlos wärest.«

»Es ist alles meine Schuld«, wiederholte Atika leise. »Er wollte mich Yusuf abkaufen, doch ich wollte nicht seine Sklavin sein.«

»Das ist mir nicht ganz unverständlich.« Iqbals Lächeln hatte einen seltsamen Ausdruck, den Atika nicht deuten konnte. War es Wärme oder kalte Berechnung? »Was willst du jetzt tun?« fragte er.

Atika sah hilflos auf das Blumenmuster des Bodens. »Ich weiß es nicht. In all den Monaten habe ich mir immer gewünscht, nach Hause zurückkehren zu können. Und jetzt bin ich mir nicht einmal sicher, ob ich es überhaupt noch will.« Sie nestelte an ihrem Schleier. »Meine Eltern sind tot. Das Land, das sie besaßen, ist wahrscheinlich längst einem anderen zum Lehen gegeben worden. Meine Brüder sind im Kampf gegen die Skandinavier gefallen, und unsere Leute wurden verschleppt. Ich hatte noch einen Bruder, der in einem Kloster lebte, aber er starb schon vor vier Jahren bei einem Brand. Ich wüßte gar nicht, an wen ich mich wenden sollte.«

»Wer ist euer Lehnsherr?« fragte Iqbal. Er strich unkonzentriert über die filigrane Schnitzerei des Fenstergitters.

»Dem Buchstaben nach der Herzog von Niederlothringen. Aber soweit ich weiß, hatte mein Vater nie persönlich mit ihm zu tun. Wir besaßen ja nur wenig Grund an der Küste. Es gab kaum Kontakt zwischen den Anführern der Sippen und den Beamten des Herzogs.« Sie versuchte, sich zu erinnern. »Ich war noch ein halbes Kind«, sagte sie und wunderte sich im selben Moment darüber, daß diese Zeit noch keine zwei Jahre zurücklag. »Unser Bischof sitzt in Castellum Traiectum – in Utrecht, wie wir sagen. Da war ein Ritter des Herzogs, dem der kleine Landadel in unserer Gegend unterstand. Mein Vater war ab und zu bei ihm auf der Burg oder mit seinem Gefolge auf der Jagd, aber ich war nie dabei. Er sagte, wenn ich mir einen von den jungen Männern dort in den Kopf setzen würde, könne er sich die Mitgift nicht leisten. Ich weiß nicht einmal mehr den Namen dieses Ritters«, sagte sie. »Frauen hatten mit all diesen Dingen nichts zu tun.«

»Bei Gott, ihr Christen seid seltsame Menschen!« seufzte Iqbal. »Vermutlich hast du nicht einmal Anspruch auf ein Erbe, habe ich recht? Niemand dort hat wohl die Möglichkeit in Erwägung gezogen, du könntest einmal selbst für deinen Lebensunterhalt sorgen müssen.«

Atika sah ihn verwirrt an. »Ich weiß nicht. Doch selbst wenn ich ein Erbe hätte, wüßte ich nicht, was inzwischen damit geschehen ist. Viele Landgüter bleiben unbestellt, wenn die Nordmänner sie zerstört haben, manche werden daraufhin einem anderen Mann zum Lehen gegeben.«

»Aber du möchtest zurück«, stellte Iqbal fest.

»Ich weiß es nicht!« Sie fuhr sich unwillig mit der Hand über die Augen, verärgert über ihre eigene Unentschlossenheit. Zugleich fühlte sie sich so elend wie nie zuvor in ihrem Leben. »Ich habe doch mit alldem nicht gerechnet! Ich weiß es wirklich nicht!«

»Nun, setz dich hin und laß uns nachdenken!« Er überging ihre Tränen, und sie war ihm dankbar dafür. »Eines läßt sich ziemlich sicher sagen: Alleine kommst du nicht weit. Unsere Möglichkeiten sind begrenzt. Ich könnte dich selbstverständlich zum nächsten Hafen bringen. Ich wollte ohnehin von Raschid in den Libanon segeln und auf diesem Wege nach Bagdad zurückkehren. Aber ein Mann und eine Frau können nicht einfach miteinander reisen, ohne sich zu kompromittieren.«

In Atikas Augen stiegen erneut Tränen auf.

Iqbal reichte ihr eines seiner seidenen Taschentücher. »Wir werden eine Lösung finden«, sagte er. Es klang zuversichtlich, fast ein wenig amüsiert. Sie wandte sich von ihm ab und löste ihren Schleier, um sich mit dem Tuch über die Nase zu fahren. Sie war sich nicht sicher, ob sie jetzt, da sie keine Sklavin mehr war, einem Mann ihr Gesicht zeigen durfte – selbst wenn er es schon einmal gesehen hatte.

375

»Das Einfachste wäre naturgemäß eine Heirat. Sie wäre schnell geschlossen und schnell wieder aufzulösen.«

Atika erschrak derart, daß sie vergaß, den Schleier wieder zu befestigen.

Iqbal bemerkte es und lachte leise. Zum ersten Mal fielen ihr die Fältchen auf, die sich dabei in seinen Augenwinkeln bildeten. »Das dachte ich mir«, sagte er. »Ich bedaure es zwar beinahe ein wenig, aber nun, wir Menschen neigen wohl dazu, niemals die einfachste aller möglichen Lösungen zu wählen. Und Safwan würde es mir sicherlich nicht eben herzlich danken, sollte er je erfahren, auf welche Weise ich mit deinem Dilemma verfuhr.«

Ein scherzhafter Unterton lag in seiner Stimme, und noch etwas anderes, das sie nicht zu deuten wußte. Atika stellte fest, daß Safwan in Iqbals Gedanken einen festen Platz zu haben schien.

»Gibt es denn keine andere Möglichkeit?« fragte sie.

»Laß mich nachdenken.« Er trommelte mit den Fingern auf dem Holzgitter des Fensters herum, bis Atika das Gefühl hatte, im nächsten Augenblick wahnsinnig zu werden. »Beim Allmächtigen, ich glaube, ich habe es! Mein Verstand muß vom Gestank dieser Stadt ganz betäubt sein, daß ich nicht sofort darauf gekommen bin.« Iqbal löste sich von dem Gitter. »Eine andere Möglichkeit wäre eine Adoption.«

»Eine Adoption?« wiederholte Atika verblüfft. »Nur, um bis nach Raschid zu reisen?« Iqbal verzog keine Miene. »Bis nach Raschid, oder auch bis nach Bagdad. Du hättest Zeit, dich zu entscheiden. Und gesetzt, du wolltest nicht nach Lothringen zurückkehren, hättest du eine Familie und einen Beschützer. Das heißt«, lächelte er, sichtlich zufrieden mit seinem eigenen juristischen Kniff, »wenn du dich mit dem Gedanken anfreunden könntest, mich als meine Tochter nach Bagdad zu begleiten.«

»Warum willst du das tun?« fragte sie leise. Sie spürte seine Bereitschaft, ihr zu helfen, und sie war ihm dafür sehr dankbar. Doch etwas an seinem Edelmut gab Atika zugleich das Gefühl, er verfolge auch eigene Zwecke – Zwecke, die sie nicht einmal erahnen konnte.

Iqbal lachte laut auf. »Mein Kind, ich tue es aus reinem Eigennutz. Ein edler Mann hat schließlich keine andere Wahl, wenn eine junge Frau in Not ist. Es wäre doch eine Schande, dich einem ungewissen Schicksal zu überlassen. Deine Mitgift wird mich sicherlich nicht ruinieren, und in ganz Bagdad wird man mich für meine Großzügigkeit bewundern. Ich werde einen Dichter beauftragen, eine Ode darüber zu schreiben. Viele reiche Jünglinge werden mich anflehen, ihnen meine Tochter zur Frau zu geben. Ich profitiere davon, glaube mir. Sofern du nicht mit jungen Männern tändelst wie eine verzogene Singsklavin, werde ich nur Vorteile davon haben.«

Atika fühlte, daß das nicht die ganze Wahrheit war. Zwar hatte Iqbal wahrscheinlich recht, und er würde ihre Mitgift verschmerzen können. Doch welchen Grund hatte er, ein Mädchen an Kindes Statt anzunehmen, das er kaum kannte? War es tatsächlich Ritterlichkeit? Diese Ritterlichkeit konnte ihn viel kosten. Er verbarg sich dahinter wie ein Gaukler hinter den Figuren seines Schattenspiels, doch sie war sicher nicht der eigentliche Grund.

Der Bagdader betrachtete sie ebenso aufmerksam wie sie ihn. Atika bemerkte den losen Schleier und befestigte ihn so hastig, daß Iqbal erneut lachen mußte. »Wenn du mit meinem Vorschlag einverstanden bist, kannst du den Schleier lassen, wo er ist. Also?«

Atika senkte den Kopf.

»Ich profitiere davon«, wiederholte Iqbal leiser. »Glaub mir, ich meine es ernst. Das einzige, was ich von dir verlange, ist, daß du dich wie meine leibliche Tochter verhältst.«

Das Angebot war zu großzügig, als daß sie es hätte ausschlagen können. »Ich bin einverstanden.« Und sie fügte hinzu: »Ich danke dir.«

Iqbal berührte leicht ihre Hand. »Dann mach dir von nun an keine Gedanken mehr. Ich werde mich nach einem guten Richter erkundigen, der die Formalitäten für uns erledigt.«

»Ein Richter?«

Iqbal war schon auf dem Weg zur Tür. Er blieb stehen. »Sicher. Das ist unumgänglich. Ein *Qadi* muß die Adoption rechtskräftig machen.«

Atikas Finger verkrampften sich ineinander. »Der *Werber*, von dem ich sprach, Amr – ich habe Angst. Sicherlich kennt er den einen oder anderen Richter.«

Iqbals Gesicht blieb unbewegt. »Laß das meine Sorge sein. Ich werde dich abholen lassen, sobald es soweit ist.«

Er lächelte ihr zu, und sie rang sich ebenfalls ein unsicheres Lächeln ab. Doch ihre Hände tasteten nervös nach dem herabhängenden Schleier, als wolle sie sich dahinter verstecken.

12 Iqbal sah überrascht auf, als Atika die Tür zu seiner Privatbibliothek öffnete. Immer wieder hatte sie darüber nachgedacht, wie sie ihn noch einmal auf Safwan ansprechen konnte, ohne den Eindruck zu erwecken, sie traue ihm nicht. Doch seit ihrem letzten Gespräch hatte sie das Gefühl, er weiche ihr bewußt aus. Und ohne es ihr direkt zu verbieten, hatte er sie in den letzten Wochen freundlich, aber doch bestimmt daran gehindert, das Haus zu verlassen.

»Es ist sicher nicht der passendste Moment«, sagte sie hastig, ehe er selbst etwas Derartiges einwenden konnte, »aber das ist es wohl nie.« Ihre Stimme klang eine Spur zu laut. Sie räusperte sich, bemühte sich um einen ruhigeren Tonfall. »Ich frage mich, warum Safwan noch nicht hier ist. Und von Tauhidi habe ich auch nichts gehört. Seit Wochen habe ich das Haus nicht verlassen. Hast du mich adoptiert, um mich einzusperren wie eine …?«

Sie unterbrach sich, als sie bemerkte, daß sich Iqbals alarmierter Gesichtsausdruck in den der überraschten Unschuld verwandelt hatte. Nervös wollte sie sich gegen die Tür lehnen und vergaß, daß diese noch halb offenstand. Das teure Zedernholz fiel krachend ins Schloß. Iqbals Brauen zogen sich schmerzhaft zusammen.

Atika trat von einem Bein auf das andere. »Entschuldige«, murmelte sie.

Sie konnte förmlich Nawars Stimme in ihrem Kopf hören: Eine *Zarifa* öffnet und schließt die Türen behutsam.

»Wenn ich mir je Sorgen gemacht hätte, du könntest deine kurze Zeit der Sklaverei auf ewig mit dir herumschleppen, so wäre ich hiermit eines Besseren belehrt.« Iqbal lachte amüsiert, und Atika hatte das düstere Gefühl, daß ein unüberhörbarer Spott darin mitschwang.

»Das war keine Antwort auf meine Frage«, entgegnete sie kühn. Sie sah, daß er eine solche Heftigkeit von seiner Adoptivtochter nicht erwartet hatte. Er strich sich über seinen kurzen Vollbart.

»Ich habe keineswegs vor, dich einzusperren. Tauhidi sprach jüngst bei mir vor. Ich sagte dir schon einmal, du könnest seine Bibliothek benutzen.«

Atika erwiderte nichts.

»Er ist einer der bekanntesten Philosophen der Stadt und seit Jahren mein Klient.« Iqbal ließ das Papier, in dem er gelesen hatte, sinken. »Seine Bibliothek ist bemerkenswert, vor allem seit er vor kurzem aus Rey zurückkam. Der Wesir dort erlaubte ihm zu kopieren, was er nur wollte, und einem wie Tauhidi muß man so etwas nicht zweimal sagen. Er hat sich die Finger wundgeschrieben und seine Augen ruiniert. Mehrere Kamelladungen Bücher schaffte er zu guter Letzt nach Hause, dafür hatte er keinen Dirham mehr in der Tasche. Er wird dir zur Verfügung stellen, was du nur möchtest. Du kannst ihn jederzeit besuchen.« Er wollte sich wieder auf sein Papier konzentrieren. »Sag mir, wann du aufbrechen möchtest, dann kümmere ich mich um die Eskorte.«

Atika trat näher. »Hör endlich auf, mich wie ein Kind zu behandeln!« sagte sie scharf. »Du bist mir eine Erklärung schuldig!«

Iqbal hob den Kopf. »Bin ich das?«

Atika hielt seinem Blick einen Moment lang stand. Dann senkte sie den Kopf. »Nein«, sagte sie resigniert. »Nein, du bist mir nichts schuldig. Aber ich bitte dich um eine Erklärung. Warum hältst du mich im Haus fest? Du kannst mir jedenfalls nicht erzählen, das sei das normale Leben einer Frau hier im Osten.«

Iqbal schien einen Moment nachzudenken. Dann wies er sie mit einer Kopfbewegung an, sich zu setzen. Atika ließ sich ihm gegenüber im Schneidersitz nieder.

»Atika, frei zu sein bringt auch Verpflichtungen mit sich. Ich habe dir in dieser Hinsicht nie etwas vorgemacht. Die Ehre einer Familie liegt nun einmal in den Händen der Frauen. Das weißt du.«

Atika schüttelte den Kopf. »Das weiß ich, ja. Und ich bemühe mich wirklich, alles richtig zu machen. Ich trage keine auffälligen Hosenbänder und keine grellen Farben mehr. Und ich habe sogar angefangen, meine Gürtel zu besticken, wie Nawar es wünscht.«

Iqbal schmunzelte, doch Atika blieb ernst.

»Es fällt mir nicht leicht«, sagte sie. »Aber wie auch immer, ich werde dir nie zurückgeben können, was du für mich getan hast. Ohne dich wäre ich längst tot oder in Amrs Gewalt.« Etwas schnürte ihr den Hals ab. »Und trotzdem fühle ich mich an die Sklaverei erinnert.« Sie spürte, daß sie die Gewalt über ihre Stimme verlor. »Nawar beaufsichtigt mich aufmerksamer, als Fatima es je getan hat. Jedesmal, wenn ich ins Bad gehe, kommt sie mit und mustert mich aufs genaueste. Es ist, als wolle sie sich am liebsten selbst davon überzeugen, ob ich wirklich eine Jungfrau bin oder nur ein Stück wertloser Ballast, den man nicht mehr zum Höchstpreis verkaufen kann!« Ihre Stimme versagte.

Iqbal stand auf und kniete neben ihr nieder. Sein Gesicht verriet eine Betroffenheit, die sie noch nie bei ihm gesehen hatte. Und nie zuvor hatte er mit der Hand ihre Wange berührt.

Atika bemerkte erst jetzt, daß sie weinte. Sie wollte sich beherrschen, doch sie konnte nichts dagegen tun. Die Tränen brachen aus ihr hervor und mit ihnen kam alles zum Vorschein, was sie seit über einem Jahr in sich verschlossen hatte.

Iqbal ließ sie weinen, wartete. Er zog sie nicht an sich, um sie zu trösten. Doch sie spürte seine Hand zögernd über ihr Haar streichen.

»Du denkst, daß sich nichts geändert hat?« fragte er ruhig, »und daß alles noch ist wie damals? Ganz gleich, was du gelernt hast, und was sonst in der Zwischenzeit auch geschehen sein mag?« Der Mund unter seinem kurzgeschnittenen Bart zuckte leicht. »Mein Kind, ich bin nicht so naiv zu glauben, man könnte ein Mädchen zu einer halben Gelehrten erziehen und dann erwarten, daß sie darauf nicht stolz ist.«

Atika fuhr sich mit dem Ärmel ihres Leinenkleides über die Augen.

»Ich habe dir bereits gesagt, welche vortrefflichen Möglichkeiten du hast«, fuhr Iqbal fort. »Eine *Zarifa* hat die Freiheit, sich zu bilden und sich mit gelehrten Männern und Frauen zu unterhalten. Du bist alles andere als eine Gefangene.« Er stand auf. »Aber dennoch gibt es Gesetze der Ehre, an die wir alle uns halten müssen: du, ich, Fauz und Nawar, ob wir wollen oder nicht. Was wir jedoch im stillen tun oder denken«, fügte er mit leichtem Schalk hinzu, »ist eine andere Sache.«

Atikas Tränen versiegten. »Das heißt, solange niemand etwas davon erfährt, gelten auch keine Gesetze der Ehre?«

Iqbal räusperte sich. »Ich würde es etwas vorsichtiger ausdrücken. Der gute Ruf ist unser kostbarstes Gut, ob Mann oder Frau. Solange du auf deinen Ruf achtest, hast du alle Freiheiten, die du auch in Friesland hättest. Vielleicht sogar mehr«, sagte er. »Denn ich weiß nicht, ob dein leiblicher Vater es dir erlaubt hätte, daß du dich drei Meilen durch eine Stadt tragen läßt, um im Haus eines alten Mannes Bücher zu lesen.«

Atika nickte. Seine Stimme beruhigte sie und gab ihr eine Sicherheit, die so erleichternd war, daß sie beinahe wieder in

Tränen ausgebrochen wäre. Doch noch immer hatte sie einen bitteren Geschmack im Mund. »Trotzdem verstehe ich nicht alles. Ich habe sehr wohl vornehme Frauen auf der Straße gesehen, als wir hier ankamen, doch ich selbst bin seitdem kein einziges Mal aus dem Haus gegangen. Und ich weiß von Fauz, daß du ihr nicht verbietest, an deinen Festen teilzunehmen. Aber seit ich hier bin hat es weder ein Fest, noch eine – wie sagt man? – eine Soiree, ein *Majlis* gegeben.«

Iqbal nickte. »Mit meiner Frau scheinst du dich besser zu verstehen als zu Anfang?«

Atika zuckte mit den Achseln. »Wir gewöhnen uns allmählich aneinander«, meinte sie mit einem schwachen Lächeln.

Dann kam ihr ein Gedanke, und sie sah mit einem forschenden Blick zu ihm auf. »Ich wäre an ihrer Stelle auch nicht glücklich, wenn mein Mann plötzlich eine Adoptivtochter mitbrächte«, bemerkte sie ein wenig lauernd. »Sie kostet nur Geld. Irgendwann muß man ihr eine Mitgift geben, und vom Erbe des eigenen Sohnes bekommt sie auch einen Anteil.«

Iqbal war anzusehen, daß er verstand, worauf sie hinauswollte. Doch er entgegnete nichts.

»Eine Adoptivtochter ist ein denkbar schlechtes Geschäft«, fuhr Atika fort. »Deshalb werde ich den Gedanken nicht los, daß du dir auch noch etwas anderes davon versprichst. Und ich würde gerne wissen, was das ist.«

Iqbal begann im Raum auf und ab zu gehen. Seine helle Kleidung hob sich von dem dunklen Holz der Bücherschränke ab. Atikas Augen bohrten sich in seinen Rücken. Endlich blieb er stehen. Verwundert bemerkte sie die Wärme in seinen Augen, als er sie ansah.

»Also gut.« Seine Stimme hatte wieder denselben metallischen Klang wie damals, als er sie nach Amr gefragt hatte. »Du bist in Gefahr, Atika. Ich wollte dich nicht ängstigen, aber wahrscheinlich ist es besser, wenn du es weißt. Schließlich bist du kein Kind mehr. – Ich wollte dich schützen.«

Eine plötzliche Kälte breitete sich in ihr aus. »Wovor?«

»Aus demselben Grund habe ich auch Safwan gebeten, noch nicht zu kommen«, fuhr Iqbal fort, ohne auf ihr Erschrecken einzugehen. »Amr ist in Bagdad.«

Er machte eine Pause. »Meine Leute beobachten ihn. Er wohnt in Karkh, aber beinahe jeden Tag kommt er hierher. Es ist, als warte er, daß jemand das Haus verläßt.«

Atika saß regungslos auf ihrem Kissen, doch alle ihre Muskeln waren auf einmal angespannt. »Und das überrascht dich nicht?«

Iqbal schwieg einen Augenblick. »Nein«, gab er zu. »Nein, es überrascht mich nicht.«

Atika stand auf und trat dicht an ihn heran. »Wer bist du wirklich?« fragte sie leise.

13 Seit ihrem Gespräch mit Iqbal war Atika so erregt, daß sie die Enge des Hauses nun erst recht nicht mehr ertrug. Schon am nächsten Tag ließ sie sich von einer Eskorte zu Tauhidi bringen. Die Vorhänge der Sänfte ließ sie geschlossen.

»Man hat mich bereits von deinem Kommen unterrichtet«, erklärte der Philosoph. »Meine Bibliothek steht zu deiner freien Verfügung.« Die Sklavin, die sie begleitete, könne sie selbstverständlich mitnehmen. »Ich nehme an«, lächelte er, »man wird darauf Wert legen.«

Atika lächelte über den rauchfarbenen Schleier hinweg zurück. Dann erinnerte sie sich an die Mahnungen von Iqbals Mutter und senkte sittsam den Kopf.

Dabei fiel ihr Blick auf das Blatt, das Tauhidi in der Hand hielt. Er hatte sich wohl gerade noch Notizen gemacht. *Religionen ähneln sich*, entzifferte Atika verstohlen, *Beweis für die eine ist auch Beweis für alle anderen.* Tauhidi folgte ihrem Blick. Hastig steckte er das Papier in den Ärmel seines einfachen Leinengewandes.

Atikas Sinne schärften sich auf einmal. Ein ähnliches Gefühl hatte sie einst gehabt, kurz bevor sie in Córdoba im Halbdunkel von Yusufs Gemach Amr begegnet war. Es war das Gefühl einer fremden und zugleich vertrauten Gegenwart.

Unwillkürlich zog sie die Schulterblätter zusammen, als sie dem älteren Mann in den großen Raum der Bibliothek folgte, der mit zahllosen Öllampen erleuchtet war. Tauhidis Haus, in einer einsamen Seitenstraße in al-Karkh gelegen, war verhältnismäßig klein. Es besaß nur einen winzigen bepflanzten Hof, umgeben von den kahlen Außenwänden der wenigen Zimmer, und kein Obergeschoß. Der größte Raum war für die Bücher reserviert. Seine Mauern waren dicker als alle übrigen im Haus. Hier herein drang kein Laut von draußen. Und, dachte Atika plötzlich beunruhigt, es drang auch keiner hinaus.

Ihre Sklavin, die ihnen gefolgt war, stand ruhig im Hintergrund.

»Ich lasse dich allein«, sagte Tauhidi. »Wenn du etwas brauchst, schick das Mädchen. Iqbal sagte mir, du interessierst dich für Philosophie. Ich habe dir ein paar Werke von bekannten Männern herausgelegt, dort, auf dem Buchständer.«

Atika bedankte sich mit einem Neigen ihres Kopfes. Dann war sie allein. Durch zwei schmale Fenster drang nur gedämpftes gelbliches Licht in den Raum. Der Geruch frischen Pergaments und feuchten Leders hing in der Luft.

Als sie begann sich umzusehen, kam ihr wieder der Gedanke an das *Buch des Smaragds*. Das gefährlichste Buch der islamischen Geschichte, dachte sie. Aber würde sie es überhaupt noch lesen wollen, nach allem, was geschehen war?

Atika löste den Schleier vor ihrem Gesicht und versuchte, sich zu konzentrieren. Noch nie hatte sie so viele Bücher auf einmal gesehen – außer vielleicht damals in Córdoba, im Hof der Moschee. Sie wußte kaum, wohin sie die Augen zuerst wenden sollte. Überall an den Wänden stapelten sich Kostbarkeiten in grobgezimmerten Bücherschränken und einfachen Kisten, gebundene Bände auf Pergament oder Papier, ägyptische Papyri und sogar einige altmodische Schriftrollen. Ansonsten bestand das Mobiliar des Zimmers nur aus einem Kissen, einigen einfachen Matten am Boden und einem Buchständer. Orientierungslos drehte sie sich um die eigene Achse.

Mehr oder weniger wahllos griff sie schließlich nach dem erstbesten Buch, das in einem Fach des Schranks direkt vor ihr lag. Al-Maturidi, las sie, *Kitab at-Tauhid – Das Buch über die Einheit Gottes.* Sie kannte diesen Maturidi nicht und überlegte verwirrt, ob sie seinen Namen schon einmal gehört hatte. Dann ging sie zu einem Schrank, an dem ein Zettel mit der Aufschrift *Schöne und gelehrte Literatur* befestigt war und griff nach einigen Bänden. Das *Kitab al-Buchala*, das *Buch der Geizigen* von al-Jahiz fiel ihr ins Auge. Das kannte sie sehr wohl – es hatte in Yusufs kleiner Bibliothek gestanden. Ihre Augen schweiften über die aufeinanderliegenden Bände in den Fächern. Willkürlich hob sie einzelne Bücher hoch, um ihre Titel zu lesen. Viele waren in derselben schönen geraden Handschrift geschrieben, vermutlich Tauhidis eigener. Sie erinnerte sich, daß Iqbal erzählt hatte, Tauhidi habe in Rey die Bestände des Wesirs Sahib Ibn Abbad kopiert. Auch das *Buch des bestickten Kleides* von al-Waschscha kannte sie bereits. Mit einem Lächeln zog sie es aus dem Stapel hervor. »*Wisse*«, las sie, »*daß die Liebe, trotz dem, was sie an Bitterkeit und Undankbarkeiten mit sich bringt, an dauernden Kümmernissen und Trübheit, von den Liebenden dennoch als süß empfunden wird. Sie wird von denen, die davon ergriffen sind, als schön wahrgenommen, als etwas Herrliches, dem nichts Herrliches gleichkommt, und zugleich als etwas Bitteres, dem nichts Bitteres gleichkommt.*

Al-Kumait ibn Zaid sagte dazu:

›*In der Liebe ist Süße und Bitterkeit, da befrage nur den, der sie gekostet hat, oder koste sie selbst!*

Nie hat je des Lebens Leid, noch sein Glück gekostet, wer nicht geliebt hat.‹«

Atika schlug das Buch zu. Würde sie denn weiterhin alles, was sie in die Hand nahm, an Safwan erinnern? Nachdenklich legte sie es zurück und warf einen Blick auf die Bände, die Tauhidi für sie herausgesucht hatte. Nun, dachte Atika, wir wollen sehen, von welchen Büchern dieser Mann denkt, daß sie mich interessieren könnten. Gott allein weiß, was Iqbal ihm erzählt hat.

Atika nahm sich die Bände vor, die auf dem Boden neben dem Buchständer lagen. Für kurze Zeit hatte sie erneut das irritierende Gefühl, sie sei nicht allein im Raum. Sie wandte sich um, doch niemand war hereingekommen. Langsam ließ sie sich nieder.

Auf dem obersten Blatt des ersten Bandes stand *Die triumphale Verteidigung*, während der andere den Titel *Der Helfer* trug. Atika griff nach dem *Helfer* und blätterte darin. Warum glaubte Tauhidi, dieses Buch sei interessant für sie? Sie überflog die ersten Zeilen. Es war von einem *Qadi* mit Namen Abd al-Jabbar verfaßt, einem Theologen. Sie blätterte ziellos weiter, bis sie auf eine Stelle stieß, die sie auf Anhieb fesselte: »*Ibn ar-Rewandi sagt am Anfang seines Buchs über den Menschen, der Mensch habe einen freien Willen und erhalte seine Gesetze vom eigenen Herzen. Diesem wiederum, so sagte er weiter, gehorchen die Glieder: denn sie tun oder enthalten sich einer Sache erst, wenn das Herz sie beschlossen oder verweigert hat.*«

Atika runzelte die Stirn. Ein freier Wille, dachte sie, der Gesetze nur vom eigenen Herzen empfängt. Vom Leben der Frauen hast du nicht viel verstanden, Ibn ar-Rewandi. Ob Lothringen, Córdoba oder Bagdad, nicht einmal Sklaven werden von so vielen Gesetzen bewacht wie wir, *Zarifa* oder nicht.

Sie blätterte weiter. Das Buch, aus dem der *Qadi* zitierte, war ihr fremd. Aber Ibn ar-Rewandi hatte wahrscheinlich, wie so viele Gelehrte, mindestens fünfzig Bücher geschrieben. Hinter die Schrift des *Qadi* war noch eine weitere geheftet. Sie blätterte auch darin herum. Das Buch beschäftigte sich mit dem Leben verschiedener Theologen und Philosophen. Vermutlich war dies der Grund, warum Tauhidi es herausgesucht hatte. Sie blätterte weiter.

Einer unserer Gewährsmänner, las sie, *erzählt von der Flucht des Philosophen Ibn ar-Rewandi aus Bagdad die folgende Geschichte:*

Es war ein ruhiger Winterabend im Jahre 243 nach der Auswanderung des Propheten. In den Straßen von Bagdad begann der Abend zu dämmern und seinen dunklen Schleier über das Antlitz der Stadt zu breiten. In dem kleinen Haus des Ibn ar-Rewandi im Schiitenviertel brannte noch eine Lampe. Ihr Schein wurde von der gierigen Dunkelheit verschlungen, kaum hatte er einen oder zwei Schritte im Umkreis erhellt. Das Öl roch ranzig. Immer wieder flackerte die Flamme auf.

In diesem spärlichen Licht saß ein junger Mann von vielleicht vierunddreißig Jahren auf dem Boden. Seine helle Hautfarbe stand in einem seltsamen Kontrast zu dem tiefschwarzen Haar und glich der des Pergaments, über das er sich beugte. Die schmalen dunklen Augen stachen aus diesem blassen Gesicht merkwürdig hervor. Er war ganz in seine Arbeit versunken.

Doch war es nicht die geruhsame Beschäftigung eines Mannes, der seine Mußestunden genießt. Der Kiel kratzte hungrig über das Pergament, als hinge das Leben des Schreibenden davon ab. Es schien, als könne er den Anblick des leeren weißen Bogens nicht ertragen. Wenn er seine Feder anspitzen mußte, tat er es mit einem gehetzten Blick in den brennenden dunklen Augen, als sei ihm ein unsichtbarer Verfolger auf den Fersen.

Auf einmal wurde die Tür heftig aufgestoßen. Ein Windstoß fuhr von dem kleinen Hof herein und ließ den Türflügel laut gegen die Wand krachen. Der Philosoph sprang auf. Die Feder fiel aus seiner Hand und verschmierte die Buchstaben, die er hastig auf das Pergament geworfen hatte. Doch als er den stürmischen Ankömmling erkannte, seufzte er und griff nach dem heruntergefallenen Kiel.

»Hind! Du kommst spät.« Er sprach nicht sein fehlerfreies Arabisch, sondern seine persische Muttersprache. Sein Kopf war bereits wieder über die Arbeit gebeugt. »Sagte ich dir nicht, du sollst nicht bis zur Dämmerung in der Stadt bleiben?« bemerkte er ohne aufzusehen. »Du weißt wohl, wie gefährlich es ist. Es treiben sich bewaff-

nete Banditen herum, und es mangelt mir an Geld für Sklaven, die dich beschützen könnten.«

Seine Frau warf, unbekümmert um seine Worte, Schleier und Mantel ab.

»Was gibt es, daß du so in Eile bist?«

Sie antwortete nicht. Ihre Augen schweiften durch den Raum wie die eines verängstigten Tieres, das einen Fluchtweg sucht.

Ibn ar-Rewandi streckte seinen verkrampften Rücken und lächelte. »Was ist? Hast du wieder auf dem Markt den alten Weibern zugehört, die munkeln, ich sei mit dem Teufel im Bunde? Du darfst auf diese Leute nichts geben.« Seine Frau kam auf ihn zu, beugte sich zu ihm herab und legte den Arm um seinen Hals.

Er ließ die Feder sinken und zog sie an sich. »Nun, was bedrückt dich? Hat Khayat sich aus seinem Schlangenloch hervorgewagt, um mich beim Kalifen anzuschwärzen? Oder ist er zu guter Letzt an seinem Neid erstickt?« Seine unbekümmerte Miene war wie eine Maske, hinter der seine Gefühle unmöglich zu erraten waren.

»Ahmad, du mußt fliehen!« sagte Hind mit zitternder Stimme. »Verlasse Bagdad! Sie sind unterwegs, dich zu verhaften, dich und meinen Vater!«

Ibn ar-Rewandi runzelte die Stirn. Dann löste er den Arm seines Weibes von seiner Schulter und wollte sich wieder dem Pergament zuwenden.

»Du bist einen Schritt zu weit gegangen. Das neue Buch haben sie dir nicht verziehen. Sie sind auf dem Wege hierher, ich habe sie gesehen!« rief Hind verzweifelt.

»Die Soldaten des Kalifen? Er schickt mir seine persönliche Türkengarde? Zuviel der Ehre!« lachte Ibn ar-Rewandi. Doch sein ohnehin blasses Gesicht hatte beinahe unmerklich noch mehr an Farbe verloren. »Warst du schon beim Warraq?«

»Ich kam sofort nach Hause. Noch ist etwas Zeit! Geh nach Rey, oder, noch besser, zurück nach Khorasan. Ich folge dir. Du bist in deiner Heimat ein geachteter Mann«, beschwor sie ihn.

»Das war ich einst auch hier.« Ibn ar-Rewandi stieß verächtlich die Luft zwischen den Zähnen aus. Er sprang auf und begann in

388

dem kleinen Raum auf und ab zu gehen. »Meine Lehrer pflegten mir eine große Zukunft vorherzusagen. Ibn ar-Rewandi, das Wunderkind aus Khorasan! Man pries mich einst als den besten Kopf von Bagdad. Aber heute, da ich ihn zum Denken benutze?«

»Mußtest du sie denn solcherart reizen? Das erste Buch war schlimm genug, und nun auch noch das Buch des Smaragds …«

»Das Buch des Smaragds«, entgegnete er heftig, »ist schließlich zu einem guten Teil auch das deine! So viele Gedanken darin stammen von dir, daß dein Vater beim Wein sogar schon eine indirekte Urheberschaft beanspruchte. Khayat war Zeuge, selbst er lachte ihn aus. Und das, obwohl der Warraq mir zuvor noch davon abgeraten hatte, es zu schreiben. Freilich«, meinte er bitter, »wollte er nur solange der Urheber sein, wie das Buch mir Lob eintrug. Nun, da es mich zum Ketzer zu machen droht, streitet er jede Beteiligung ab und erinnert sich unversehens wieder daran, daß er es mir unbedingt ausreden wollte.«

»Du weißt selbst, daß du in diesem Buch Dinge gesagt hast, die manch einem sauer aufgestoßen sind.«

Er unterbrach seine Wanderung durch den dunklen Raum. »Ich habe eine universale philosophische Methode gesucht, eine Methode, die allen Menschen verständlich ist, ungeachtet ihrer Religion, ihres Alters oder ihres Geschlechts. Eine Methode, zu verhindern, daß Menschen anderen Menschen Leid zufügen. Eine Moral, die nicht nur den Anhängern einer Religion etwas gilt, sondern allen Menschen. Ist das ein Verbrechen?«

»Du verlangst viel von den Menschen!« entgegnete sie. »Nicht jeder gibt gern auf, was ihm ein Leben lang teuer war.«

»Wenn etwas für alle gleichermaßen gelten soll, kann man darauf keine Rücksicht nehmen!« sagte er hart. Er sah ihr über die Flamme der Lampe hinweg ins Gesicht. Schatten tanzten auf seiner pergamentfarbenen Haut. »Und ich habe niemanden gezwungen, meine Ansichten zu teilen.«

Hind lachte, doch es klang nicht belustigt. »Ahmad, du rüttelst an den Fundamenten unserer Ordnung! Schon jetzt nennt man dich allenthalben einen Freigeist. Dein Buch wird jetzt schon als das gefährlichste seit der Offenbarung des Propheten angesehen! Und du hast Feinde hier.«

Ibn ar-Rewandi verzog die schmalen Lippen zu einem Lächeln. Es wirkte bitter. »Aber auch Freunde, wie mir schien.«

»Du warst immer ein Fremder hier. Kein Mann kann sich auf Dauer behaupten, ohne eine Familie, die ihm Rückhalt gibt. Und um so weniger, wenn er einen besonderen Reiz darin findet, sich Feinde zu machen, so wie du es getan hast.« Sie sah ihn eindringlich an. »Bitte, pack deine Sachen!«

»Das ist alles, was ich brauche.« Ibn ar-Rewandi wies mit dem Kopf auf das halb beschriebene Pergament und die Feder, aus der die Tinte langsam auf die gelbliche Unterlage tropfte.

Seine Frau starrte ihn fassungslos an. »Schon wieder ein neues Buch? Bist du von Sinnen?«

»Ich muß zum Warraq«, unterbrach sie der Philosoph. »Ich bin es ihm schuldig. Wir haben uns wegen des Buchs des Smaragds entzweit, aber er ist dennoch mein Lehrer. Und dein Vater. Ich verdanke ihm alles. Ich muß ihn warnen.«

»Dafür bleibt keine Zeit mehr!« Hind packte ihn am Ärmel und rollte das Pergament zusammen. »Auch ich will meinen Vater nicht in den Händen der Türken sehen. Aber er hat das Buch des Smaragds nicht geschrieben. Es ist ernst, begreif doch endlich!«

»Ich kann ihn doch nicht seinem Schicksal überlassen!« fuhr Ibn ar-Rewandi auf. »Es ist meine Schuld, daß er in Gefahr ist! Wäre ich nicht sein Schüler und sein Schwiegersohn, würde man ihn nicht mit dem Buch des Smaragds in Verbindung bringen!« Er fuhr sich mit der Hand durchs Haar und verschmierte die Tintenflecken auf seinen Fingern. »Ich gehe nicht, ehe ich ihn nicht gewarnt habe!«

Hind griff nach dem Pergament und wollte ihren Gatten zur Tür ziehen. Der jedoch verharrte wie ein sturer Maulesel neben dem Buchständer. Im Türrahmen blieb sie stehen. »Ich werde einen der Nachbarn bitten, zu ihm zu gehen. Aber ich flehe dich an, nimm dieses Pergament und verlaß die Stadt!«

Der Philosoph zuckte die Schultern. »Khayat ...«

»Khayat!« fiel ihm die junge Frau heftig ins Wort. »Kannst du

*immer nur an deinen Lieblingsfeind Khayat denken? Selbst wenn er
dazu imstande gewesen wäre, es war überhaupt nicht nötig, dich beim
Kalifen zu verleumden! Dein neues Werk übertrifft alles! Du
bekommst nichts davon mit, weil du nie aus dem Haus gehst, aber
ich war am* Bab at-Taq. *Jedermann in der ganzen Stadt spricht über
das* Buch des Smaragds*! Du bist zu weit gegangen, Ahmad ...«*

*»Was heißt zu weit gegangen!« Ibn ar-Rewandi war aufgefah-
ren, doch seine Frau brachte ihn mit einer erschrockenen Handbewegung zum Schweigen. Draußen auf der Straße waren Stimmen zu
hören. Schritte hallten durch die enge Gasse. Die beiden standen reglos da und hielten den Atem an. Dann entfernten sich die Schritte
allmählich.*

*»Sie können jeden Augenblick hier sein!« flüsterte Hind. »Gott
verhüte, daß sie dich in ihre Gewalt bekommen. Geh, Ahmad! Ich
kümmere mich um meinen Vater und um Husain! Geh! Ich komme
mit dem Jungen nach!«*

*Ibn ar-Rewandis Gesicht war zu einer bleichen Maske erstarrt.
Seine schmalen schwarzen Augen weiteten sich. »Ich reite nach
Kufa«, raunte er seiner Frau zu. »Du findest mich dort bei dem
Juden Ben Levi. Vielleicht ist der Bann des Kalifen nicht von
Dauer. Kümmere dich um den* Warraq, *hörst du? Und achte auf
den Jungen.«*

*Er küßte sie flüchtig, trat durch die Tür und durchquerte den
winzigen Hof mit wenigen Schritten. Dann blieb er stehen. Nur
seine helle Haut schimmerte in der Dunkelheit und verriet ihn.
Einen Herzschlag später war er auf der Straße.*

*Tatsächlich bestätigt die letzte Nachricht, die uns über den Philoso-
phen Ibn ar-Rewandi vorliegt, daß er in Kufa bei einem Juden
namens Ben Levi Zuflucht gesucht hat. Dort, heißt es, fesselte ihn
ein heftiges Fieber ans Krankenbett. Unser Gewährsmann erzählt
davon die folgende Geschichte:*

*Unruhig wälzte sich der Philosoph auf dem Lager. Seine Laken
waren schweißdurchtränkt, obwohl sein Gastgeber sie erst vor einer*

Stunde ausgewechselt hatte. Die pergamentene Blässe seines Gesichts war durch die Krankheit noch durchscheinender geworden. In dem Zimmer des unscheinbaren Hauses in Kufa roch es nach Fieber und Essig.

Jahr für Jahr forderten die moskitoverseuchten Sümpfe neue Opfer. Kleine Tümpel wurden im Sommer zu tückischen Schlammlöchern, in die den Fuß zu setzen man sich hüten sollte. Gleichzeitig spien sie Millionen und Abermillionen Stechmücken aus, die in die nahen Städte ausschwärmten und Tod und Verderben brachten. Manche Geschicke der Weltgeschichte, dachte Ben Levi, wären anders verlaufen, wären nicht große Feldherren, Könige und Priester ebenso diesen Seuchen zum Opfer gefallen wie der unbedeutendste Bauer oder Sklave. Und vielleicht erwartete dieses Schicksal auch den Philosophen aus dem fernen Khorasan.

Ben Levi setzte sich ans Bett seines Gastes und stellte eine Schale mit einem Extrakt aus fiebersenkenden Kräutern daneben auf den Boden. Er erinnerte sich gut an die Zeit, als Ibn ar-Rewandi noch ein junger, unbekannter Mann aus dem Osten gewesen war: wissensdurstig, hungrig nach Erkenntnis und voller Leidenschaft. Ein Jüngling mit brillantem Verstand, doch auch mit einem hitzigen Temperament und einem scharfen, beißenden Humor, der nicht jedermanns Sache war.

»Du hättest nicht nach Bagdad gehen sollen«, murmelte Ben Levi vor sich hin.

»Ich hätte nicht anders gekonnt.«

Der Jude sah auf den Kranken herab. Ibn ar-Rewandi war aufgewacht und hatte die Augen weit geöffnet. Sie glänzten fiebrig, doch er war bei Bewußtsein. Auf seiner bleichen Stirn perlte Schweiß. Gott ist doch noch barmherzig mit uns, dachte Ben Levi. Ich hatte schon befürchtet, er schreitet direkt aus seinen Fieberträumen in die Ewigkeit hinüber.

Er nahm die Schale und stützte den Kranken, um ihm die Arznei einzuflößen. Ibn ar-Rewandi trank gierig. Dann fiel er in die Kissen zurück.

»Du hast laut gesprochen«, sagte er mit geschlossenen Augen, als

Ben Levi schon glaubte, er sei wieder eingeschlafen. »Ich weiß, du hast mich immer gewarnt. Mein Geist sei zu rebellisch, um sich Schranken auferlegen zu lassen. Auf den Flügeln der Vernunft die Horizonte der Erkenntnis schauen! Mit dem Wissen um Verborgnes einen Leuchtturm sich aus Ruhm erbauen! *Das hast du nie verstanden. Du sagtest, man könne auch abstürzen, wenn man zu hoch fliegt. Ich erinnere mich genau.*« Er schwieg einen Augenblick erschöpft. »Aber niemand kann auf die Dauer wider die eigene Natur leben. Und es wäre wider meine Natur gewesen, mich den Rest meines Lebens über sinnlose Fragen zu streiten – so wie die Gelehrten in Bagdad, denen es immer nur darum geht, ob die göttlichen Attribute und Eigenschaften ewig sind oder der Zeit unterworfen.«

»Ich weiß.« Ben Levi stellte die Schale wieder zurück auf den Boden.

»Mir ist so heiß!« flüsterte Ibn ar-Rewandi. »Kannst du das Tuch nicht wegnehmen?«

Ben Levi tauchte einen Lappen in eine Schale mit Rosenwasser und wischte ihm damit über Gesicht und Hals. Das Laken, das den Kranken bedeckte, ließ er liegen.

»Warum das alles?« fragte Ibn ar-Rewandi tonlos. »Warum? Wenn es einen Gott gibt – gab er mir meinen Verstand, um mich zu verhöhnen? Wenn die Vernunft nur Unheil bringt, warum hat er mich dann damit ausgestattet? Ich hatte doch keine Wahl. Ich konnte nicht anders, als das Buch des Smaragds zu schreiben.«

»Hör auf, mit deinem Gott zu hadern. Hast du nicht immer gesagt, der Verstand sei die größte Gnade, die Gott den Menschen geschenkt habe? Willst du nun undankbar sein, nur, weil du damit seinen Ratschluß nicht ergründen kannst?«

»Du bist ein Sophist«, flüsterte der Kranke. Ein Lächeln lag auf seinen bleichen Zügen. »Ein Mutakallim bist du, auch wenn du Jude bist.«

»Gut, daß du ans Bett gefesselt bist«, sagte Ben Levi trocken, »und das nicht draußen auf der Straße verkünden kannst. Meine Leute würden mich ebenso zum Ketzer erklären wie dich die deinen.«

393

Ibn ar-Rewandi schloß die Augen, doch das Lächeln lag noch immer auf seinem Gesicht. Ben Levi betrachtete besorgt den müden Ausdruck und die eingefallenen Züge seines Freundes. Ibn ar-Rewandi war jung, noch keine sechsunddreißig Jahre alt. Doch das Sumpffieber hatte schon jüngere und gesündere Männer dahingerafft als den feingliedrigen Philosophen, dem das schwüle Klima des Irak nie bekommen war.

Ben Levi seufzte leise und stand auf, um das Wasser in der Schale zu wechseln.

»Ich bin den Weg gegangen, den ich gehen mußte. So ist es doch, Ben Levi, nicht wahr?«

Der Jude wandte sich um. Ibn ar-Rewandi hatte sich aufgesetzt. Seine Augen glänzten fiebrig, und seine Lippen waren trocken und rissig. Doch er ließ sich nicht zurück auf die Kissen betten.

»Laß gut sein, Ahmad!« sagte Ben Levi begütigend. »Nun ruh dich doch aus.«

Aber der Kranke ließ sich nicht beruhigen. Ben Levi griff nach dem feuchten Tuch und preßte es auf die heiße Stirn des Freundes, doch Ibn ar-Rewandi schob es mit einer Handbewegung beiseite. Der Jude mußte alle seine Kraft aufwenden, um den Kranken wieder auf sein Lager zu zwingen.

Ibn ar-Rewandi griff auf einmal nach seinem Arm und umschloß ihn so fest, daß Ben Levi aufschrie. »Gott tut nichts Nutzloses.« Die Augen des Philosophen waren unnatürlich weit aufgerissen. »Warum sollte Gott einen Sünder mit dem Tod bestrafen, da doch weder er noch der Schuldige etwas davon hätten? Nein, die Menschen sind es, die es nicht ertragen, wenn jemand ihre Vorstellungen anzweifelt. Man sagt in Bagdad, ich hätte den Glauben angegriffen. Doch in Wahrheit fühlen sich die Gelehrten bereits durch die bloße Existenz des Zweifels bedroht. Weil sie nichts mehr fürchten, als selbst zu Zweiflern zu werden.«

Ben Levi griff mit der freien Hand nach dem feuchten Tuch und legte es ihm wieder auf die Stirn. Vorsichtig strich er darüber, um es zu glätten.

»Was ist das für eine Vorstellung von Religion, die Verbrechen

gutheißt? Was für eine Religion ist das, die es verbietet, ein Buch zu lesen, es aber erlaubt, Menschen zu töten! Wenn einem kein anderes Mittel einfällt, eine Krankheit zu heilen, als den Kranken zu töten – was ist das für ein Arzt? Und welchen Arzt könnten wir wohl eher entbehren: den, der den Kranken tötet, oder den, der sich um ihn bemüht?«

Ben Levi tauchte den Lappen noch einmal in das Rosenwasser. Die Stirn des Kranken glühte, und auf seinen Wangen bildeten sich rote Flecken. Er fing offenbar an, in wirrem Durcheinander aus seinen Schriften zu zitieren, während das Fieber weiter und weiter stieg. Möge Gott uns behüten, dachte Ben Levi.

»Ich weiß«, sagte er. »Das hast du geschrieben.«

»Ich habe eine Lösung gefunden«, raunte Ibn ar-Rewandi mit einer unheimlichen Eindringlichkeit, die Ben Levi frösteln ließ. »Eine universale Moral, die möglicherweise verhindern kann, daß Menschen einander Leid zufügen. Die nicht nur den Anhängern einer bestimmten Religion zugänglich ist, sondern allen. Weil kein Glaube dem anderen überlegen ist. Und jetzt, wo ich endlich einen Weg gefunden habe, die Zweifel zu beherrschen, vertreibt man mich.«

»Eine Moral, die nicht auf einer bestimmten Religion gründet«, wiederholte Ben Levi, »sondern allen Menschen zugänglich sein soll? Das wäre eine Neuerung, die nicht ihresgleichen hat.« Besorgt sah er in die fieberglänzenden Augen seines Freundes. »Du hast mir nie von dieser Methode erzählt. Willst du mir nicht verraten, was es damit auf sich hat? Was ist der Smaragd, von dem du im Buch des Smaragds sprichst?«

Ibn ar-Rewandi war in einem mehr als Besorgnis erregenden Zustand, dachte Ben Levi. Wenn er seinen Patienten weiter in ein Gespräch verwickelte, würde dieser vielleicht bei Bewußtsein bleiben.

»Vipern!« zischte Ibn ar-Rewandi ohne Übergang. »Überall sind Vipern!«

Ben Levi lief ein Schauer über den Rücken. »Aber du hast doch selbst ein Mittel gegen die Vipern gefunden«, sprach er in begütigendem Tonfall, doch mit bangem Herzen. Nur Gott konnte seinem Freund jetzt noch helfen, seine eigene ärztliche Kunst war am

Ende. »*Du selbst hast doch das* Buch des Smaragds *geschrieben, das die Giftschlangen blendet.*«

»*Das* Buch des Smaragds*!« Ibn ar-Rewandi richtete sich erneut kurz auf, als habe ihn etwas erschreckt. Dann seufzte er leise und sank wie tot zurück auf die Kissen. Einen Augenblick glaubte Ben Levi, dies sei tatsächlich das Ende. Doch unmerklich hob und senkte sich die Brust des Kranken unter dem Laken. Ibn ar-Rewandi war eingeschlafen.*

Erleichtert seufzte der Jude und benetzte noch einmal Gesicht und Lippen des Philosophen mit Rosenwasser. Dann erhob er sich und überließ den Kranken seinem heilenden Schlaf.

Atika ließ das Buch sinken. Sie rieb sich über die angestrengten Augen und massierte sich die Schläfen. Welche universale Methode hatte Ibn ar-Rewandi gefunden, womit hatte er die Zweifel besiegt? Wer auch immer der Philosoph gewesen war, er war jedenfalls nicht der, den Amr in ihm sah. Irgend etwas von dem, was Ibn ar-Rewandi auf dem Krankenbett gesagt hatte, paßte nicht in das Bild, das sie die ganze Zeit vom *Buch des Smaragds* gehabt hatte. Sie versuchte, die vage Idee, die ihr beim Lesen gekommen war, festzuhalten, doch die stickige Luft in der Bibliothek lähmte ihre Gedanken.

Die Geschichte beunruhigte sie. Wie gefährlich war das *Buch des Smaragds* tatsächlich für die, die es in seinen Bann geschlagen hatte? Wieder hatte sie das Gefühl, nicht allein im Raum zu sein. Doch dieses Mal wandte sie sich nicht um.

Eine Moral für alle Menschen, die nicht auf einem Glauben gründet, dachte sie. Weil kein Glaube einem anderen überlegen ist. Den letzten Gedanken hatte sie schon einmal irgendwo gelesen. Atika suchte in ihrem Gedächtnis nach der Erinnerung.

Plötzlich fiel es ihr ein. Auf Tauhidis Notizblatt hatte etwas dieser Art gestanden. Als er bemerkt hatte, daß sie es zu entziffern versuchte, hatte er es schnell weggesteckt. Beschäftigte sich Tauhidi mit Gedanken aus dem *Buch des Smaragds*?

Ein Geräusch ließ sie auffahren, erschreckt wandte sie sich um. Tauhidi stand im Eingang.

14 »Ich wollte dich nicht erschrecken. Kommst du zurecht?«

Atika nickte hastig. Es gelang ihr nur mühsam, ihren Puls zu beruhigen. »Ja. Ja, natürlich. Danke.« Er zog sich zurück, lautlos wie ein Schatten. Atika sah ihm nach. Auf einmal war ihr die kleine, magere Gestalt des Philosophen unheimlich.

Zerstreut blätterte sie weiter in dem Buch, das vor ihr lag. Doch außer diesen beiden Anekdoten schien der Verfasser nichts weiter über Ibn ar-Rewandi zu berichten zu haben. Sie legte die Handschrift zur Seite. Jetzt erst fiel ihr auf, daß der Autor des zweiten Buchs, *Die triumphale Verteidigung*, niemand anders war als der Theologe Khayat, der Widersacher Ibn ar-Rewandis. War dies sein Versuch, das *Buch des Smaragds* zu widerlegen?

Atikas Finger bewegten sich unsicher über das Pergament, als sie darin zu blättern begann. Ob Khayat wohl auch aus den Büchern des Ketzers aus dem Osten zitierte?

Gleich zu Beginn stieß sie auf ein Kapitel, das mit den Worten *Ibn ar-Rewandi und einige seiner Bücher* überschrieben war:

»*Ich habe*, stand dort, *das Buch eines Witzboldes und Dummkopfs gelesen. Er redet darin über die mu'tazilitischen Theologen, beschimpft sie und verwirrt sie mit Dingen, die sie niemals gesagt haben.*« Sie überflog den Text und las etwas unterhalb weiter: »*Eines seiner Bücher heißt das* Buch der Krone, *und er erklärt darin die Entstehung körperlicher Dinge für unsinnig. Die Welt sei mit allem, was da in ihr ist, ewig und ohne Anfang und Ende. Es gebe keinen Schöpfer. Unter seinen Büchern ist eines als* Buch des Smaragds *bekannt: Darin spricht er über die Wunder der Propheten, zweifelt sie an und erklärt sie für Schwindel …*«

Atika ließ das Buch sinken. Sie wußte, daß es zur Zeit Ibn ar-Rewandis bei den Theologen und Philosophen üblich gewesen war, sich gegenseitig der Ketzerei zu beschuldigen. Es war eine Art Spiel gewesen, das nur in seltenen Fällen ernsthafte Folgen hatte. Vielleicht war der Vorwurf berechtigt, doch möglicherweise war es auch nur ein boshafter Seitenhieb auf einen ungeliebten Gegner.

Atika blätterte hastig weiter. Das Buch war auf Pergament geschrieben, nicht auf Papier, und es knisterte, als hätten Flammen es erfaßt. Widerspenstig blieb es an ihren Händen haften. Sie versuchte, die Seiten zu trennen, indem sie ihren Finger dazwischen schob, glaubte, den Namen Ibn ar-Rewandi gelesen zu haben. Das Buch klappte zu und glitt ihr aus der Hand. Sie griff danach, bekam es zu fassen, und hielt auf einmal inne wie vom Blitz getroffen. Auch dieser Band bestand aus mehreren, hintereinandergehefteten Werken. Vor ihr lag die Titelseite des zweiten Buches.

Jenes Buches, gegen das Khayat seine *Verteidigung* geschrieben hatte.

Das Buch des Smaragds. *Von Abu l-Husain Ahmad Ibn ar-Rewandi aus Khorasan.*

Sie starrte ungläubig darauf. Ganz langsam legte sie es wieder auf den Ständer. Sie wich davor zurück wie ihre heidnischen Ahnen einst vor dem zwiespältigen Gott zurückgewichen waren, der die Menschen das Feuer zu gebrauchen gelehrt hatte und sie schließlich in einem apokalyptischen Weltenbrand zu vernichten drohte. Ihre Finger zögerten, es noch einmal zu berühren, als könnte sie sich daran verbrennen.

Safwan war auf dem Weg nach Bagdad, schoß es durch ihren Kopf. Er wollte beweisen, daß dieses Buch kein Ketzerwerk war. Und wenn er sich irrte? Wenn es auf ihn denselben verderblichen Zauber ausüben würde wie einst auf Amr? Selbst wenn dieses Buch sein Versprechen hielt und von Zweifeln befreite – Atika fürchtete sich allmählich noch mehr vor dem, was es an die Stelle dieser Zweifel setzen würde.

Sie erhob sich langsam, die Augen noch immer auf die Titelseite gerichtet. Dann schlug sie den Schleier vors Gesicht, als sei selbst die Luft vergiftet, die das Buch umgab. Sie wandte sich ruckartig ab und ging nach draußen. Als sie den Raum verlassen hatte, lehnte sie sich tief aufatmend an die Wand, als wäre sie gerade einem Raubtier entkommen. Sie warf einen scheuen Blick zurück.

Im Halbdunkel der Bibliothek lag das Buch. Das Pergament schien im Zwielicht die Farbe bleicher Haut anzunehmen. Und seine Seiten zitterten leicht wie Lippen, die sich zu einem Lächeln verziehen.

15

Der neue Tag brach klar und blau im Osten an. Er vertrieb die Dämonen, die des Nachts die Gemüter der Sterblichen bedrängen und sie quälen mit Fragen und Zweifeln und Furcht. Er erreichte den müde dahinströmenden Tigris, weckte die Gärten an seinen Ufern, das Villenviertel in Rusafa nahe *Bab at-Taq*, wo die große Brücke von der Khorasanstraße über den Fluß führte. Die ersten Bauernkarren rollten bereits darüber und zu den Märkten. Das Morgenlicht folgte einer geschlossenen Sänfte, die über die Brücke nach Süden getragen wurde, während die Schritte der Träger laut in den stillen Straßen jenseits des Tigris widerhallten. Kühle Luft wehte über die silbernen Kanäle von al-Karkh und durch die Straße vor Tauhidis Haus im Schiitenviertel.

Zu früh für einen Besuch, selbst für einen guten Freund, dachte dieser, als ihn das Klopfen an der Tür aus seiner Versenkung riß. Er hatte über einem Bogen Papier gebrütet, der bereits zur Hälfte beschrieben war. Daneben lag sein Notizblatt, auf das er sich gestern die wichtigsten Gedanken notiert hatte. Resigniert und zugleich stolz sah er auf die Worte. Er war Safwan al-Kalbi etwas schuldig. Ihm, dachte er, und Atika. Wenn er nicht für sie das *Buch des Smaragds* herausgesucht hätte, wenn Iqbal ihm nicht von ihrem Interesse für Ibn ar-Rewandi erzählt hätte, wäre er mit seinen Überlegungen nie vorangekommen.

... Deshalb ist es unrecht, nur einer Religion recht zu geben, ohne auch den anderen dasselbe zuzugestehen. Denn die Religionen ähneln sich ... Mit mir ist es wie mit einem Mann, der in ein Gasthaus kommt, um dort eine Weile zu rasten. Der Wirt führt ihn in eine seiner Unterkünfte, und der Reisende erkundigt sich nicht genau, ob das Quartier auch gut ist. Währenddessen bewölkt sich der Himmel, und unversehens fällt ein heftiger Regen. Das Haus wird naß, und es tropft herein. Der Mann schaut nach draußen zu den anderen Häusern des Gasthofs und sieht, daß auch sie naß sind und der Hof schlammig wird. Da beschließt er zu bleiben, wo er ist. So hat er seine Ruhe und beschmutzt sich nicht die Füße mit dem Unrat auf dem Hof.

So ist es auch mit mir: Durch meine Eltern wurde ich als unwissendes Kind in meine Religion hineingeboren. Ich habe sie nicht selbst gewählt. Als ich später nachforschte, sah ich, daß sie nicht besser als die anderen Religionen ist. Nur aus Konvention hänge ich ihr an.

Tausend neue Ideen schwärmten durch Tauhidis Geist, begierig darauf, von ihm geformt und auf Papier gebannt zu werden.

Ein erneutes Klopfen riß ihn aus seinen Gedanken. »Ich komme ja schon!« rief er. Tauhidi legte Blatt und Feder behutsam auf die Halfagrasmatte. Ächzend erhob er sich und massierte sein linkes Bein, das vom langen Sitzen eingeschlafen war. Humpelnd verließ er die Bibliothek, ging durch den Hof zur Eingangstür und öffnete sie. Im Licht des hellen Morgens mußte er blinzeln, ehe er überhaupt Konturen erkennen konnte.

Die Frau in der Sänfte schlug den Vorhang zurück.

»Atika? Atika bint Iqbal?« Der Philosoph rieb sich die kurzsichtigen, übernächtigten Augen.

Das rothaarige Mädchen sprang aus der Sänfte. Keine Sklavin begleitete sie heute, nur ihre Träger standen ruhig und abwartend auf der noch stillen Straße. Tauhidi winkte sie in den Hof.

»Abu Hayyan, ich habe eine Bitte«, sagte Atika ruhig. Ihre Stimme ließ keinen Zweifel daran, daß sie nicht damit rechnete, er würde ihr dies abschlagen. »Ich möchte noch einmal das Buch lesen, das du mir herausgesucht hattest. Würde es dich stören, wenn ich eine Weile in deiner Bibliothek verbringe? Vielleicht auch ein paar Tage lang regelmäßig komme?«

Tauhidi bemerkte, daß sie bleicher war als sonst, aber auch Entschlossenheit ausstrahlte. Etwas an ihr hatte sich verändert. Ihre Augen waren gerötet. Dies war nicht mehr das Mädchen, das gestern verstört sein Haus verlassen hatte. »Komm herein und betrachte meine Bibliothek ganz als die deine. Du störst mich nicht. Du kannst bleiben, solange du willst.«

Der Raum mit den Büchern war vom hellen Morgenlicht weitgehend abgeschirmt. Nur einzelne Lichtstrahlen drangen herein und zeichneten gleißende Streifen auf Pergament und Leder. Atika blieb auf der Schwelle stehen. »Darf ich dich etwas fragen?«

Tauhidi nickte. »Selbstverständlich, mein Kind.«

»Was wurde aus Ibn ar-Rewandi? Man sagt, er suchte Zuflucht in Kufa, und ein heftiges Fieber warf ihn nieder. Starb er an seiner Krankheit?«

Der Philosoph übernahm ihren kindlichen Ernst. »Das liegt im Dunkel der Geschichte. Die Überlieferung endet hier. Die einen sagen, er sei schließlich der Krankheit erlegen und habe sein Buch nicht vollenden können, die anderen meinen, er sei versöhnt mit seinen Gegnern alt geworden.«

»Und du«, fragte Atika, »was glaubst du?«

Tauhidi mußte lächeln. »Ich glaube, er hat die Krankheit besiegt und ist in seine Heimat zurückgekehrt, um dort in Frieden sein Leben zu beschließen.«

401

16 Atika betrat den Raum langsam, doch mit festen Schritten. Sie wußte, was sie zu tun hatte. Tauhidi schloß die Tür hinter ihr. Sie war allein.

Nein, dachte sie. Nicht ganz allein.

Im Halbdunkel schimmerte das Gelb der Pergamentblätter grünlich. Das Buch lag genauso da, wie sie es verlassen hatte, an derselben Stelle aufgeschlagen. Es war, als hätte es auf sie gewartet und keinen Augenblick lang daran gezweifelt, daß sie wiederkommen würde.

Sie holte tief Atem und ließ sich langsam am Boden neben dem Buch nieder.

Zögernd, als sei sie im Begriff, auf einer fremden Insel an Land zu gehen, blätterte sie auf die erste Seite des Textes um. Tauhidis schöne, gerade Schrift war gut lesbar. Sie überflog die ersten Zeilen hastig, beinahe hungrig, bis ein Satz ihre Aufmerksamkeit fesselte:

»Der Verstand ist die größte Gnade Gottes des Erhabenen seinen Geschöpfen gegenüber; er ist es, durch den man den Herrn und seine Güte erkennt ...«

Sie hatte gefunden, was sie gesucht hatte.

Atika las. Stunde um Stunde. Ohne sich zu bewegen, außer, um die Seiten umzublättern, die an den Rändern schon ein wenig ausgefranst waren. Sie spürte nicht, wie die Zeit verging, las weiter, während sich langsam ein Lächeln auf ihre Lippen stahl.

Es war ein Lächeln der Anerkennung für einen allmählich vertrauten Gegner. Einen Gegner, dessen gewitzte Schachzüge keiner von ihnen durchschaut hatte. Sie alle, Safwan, Amr und auch Atika, hatten die ganze Zeit nach seinen Regeln gespielt, ohne es zu merken. Ibn ar-Rewandi hatte sie alle zum Narren gehalten. Seine wahre Absicht war ihnen in all diesen Monaten verborgen geblieben, obwohl er sie immer wieder mit einem Augenzwinkern angedeutet hatte. Doch seine größte Überraschung hatte er sich bis zuletzt aufgehoben.

Atika strich mit der Hand über die Seite, als könne sie diese so zum Schwingen bringen. Sie knisterte leicht. Es klang wie das leise Lachen eines Narren, der die Freiheit hat auszusprechen, was andere nicht einmal zu denken wagen.

Safwan mußte davon erfahren. Wenn er nach Bagdad kam, mußte sie ihm das Buch zeigen.

Dieses Buch verändert Menschen, hörte sie plötzlich Amrs Stimme in ihrem Inneren widerhallen, dann meinte sie die Worte Safwans zu vernehmen: *Ich muß beweisen, daß es kein Ketzerwerk ist.*

Langsam schlug Atika das *Buch des Smaragds* zu und legte es vorsichtig auf den Ständer zurück. Ihre Augen tränten von der Anstrengung des Lesens, denn die Lampe war heruntergebrannt, ohne daß sie es bemerkt hatte. Wo das spärliche Sonnenlicht einfiel, tanzten feine Staubpartikel in der Luft.

Der Bibliothekar Nabil hatte gesagt, dieses Buch müsse der Nachwelt erhalten bleiben, um sie vor der Dunkelheit des Fanatismus zu bewahren. So hatte Safwan es ihr erzählt. Atika griff nach einer Rohrfeder, die neben dem Buchständer lag, und spielte damit. Hatte Tauhidi geahnt, warum sie hier war, noch ehe sie selbst es wußte?

Sie verharrte einen Augenblick nachdenklich. Dann stand sie auf und nahm mehrere Bogen Pergament von einem Stapel – gutes, haltbares Material, das viele Generationen überstehen würde. *Wirst du es ihm geben?* fragte die Stimme in ihrem Inneren. Noch war Safwan nicht in Bagdad. Sobald er in der Stadt wäre, würde sie sich entscheiden müssen. Aber noch hatte sie Zeit. Doch eines konnte sie schon jetzt tun.

Langsam schlug sie das Werk des Philosophen wieder auf. Dann begann Atika das *Buch des Smaragds* abzuschreiben.

17 Safwan betrachtete das bunte Treiben im Hof von Iqbals Haus. Die Musik der Singsklavinnen und die Tänzerinnen machten ihn nervös. Orangenbäume warfen bereits die ersten Schatten, die den späten Nachmittag ankündigten. Blühende Ranken kletterten die Säulen und Wände empor, und ein intensiver, abendlicher Duft von Jasmin erfüllte die Luft. Doch noch glitzerte die Sonne auf dem Wasser des Springbrunnens und im Bassin. Safwan starrte in das von Myrtenhecken gesäumte Becken, wo einige aufsehenerregend bunte Fische schwammen. Um ihn herum bewegten sich die Gäste, die Iqbal zum Empfang seines Freundes geladen hatte. Dieser jedoch hatte sich ganz in sich selbst zurückgezogen. Noch immer hatte Atika sich nicht gezeigt.

Safwan bemühte sich, seine Erregung zu unterdrücken. Immer wieder warf er abwechselnd einen Blick zu der vergitterten Galerie im ersten Stock empor und hinüber zu dem Tor, das auf die Straße hinausführte. Atika müßte jeden Augenblick hier sein. Es war beinahe Abend, und sie war alleine unterwegs. Wenn sie von seiner Ankunft erfuhr, würde sie sicherlich sofort den Frauenbereich verlassen und hierherkommen.

Die Reise den Tigris hinauf war angenehm gewesen. Er hatte nur knappe acht Tage gebraucht. Doch selbst diese überschaubare Zeitspanne war ihm lang erschienen angesichts seiner Befürchtung, Atika könne Iqbal geheiratet haben. Wenigstens diese Angst hatte sich inzwischen als unbegründet erwiesen, auch wenn Safwan weiterhin das Gefühl hatte, noch längst nicht alles zu wissen. Iqbal hatte ihn zwar mit einiger Überraschung, aber doch herzlich begrüßt.

Safwan nippte an seinem Becher, als Iqbal zu ihm trat. »So zurückgezogen, mein Freund? Schmeckt dir der Wein nicht, oder langweilen dich unsere Gespräche?«

Safwan mußte zugeben, daß er sich selbst nicht recht verstand. Einmal an einem *Majlis* in Bagdad teilzunehmen, war der Traum jedes gebildeten jungen Mannes in al-Andalus.

Diese Salons waren weltberühmt, die größten Philosophen und Literaten holten sich hier Anregungen für ihre Werke. In Iqbals Haus verkehrte alles, was Rang und Namen hatte. Selbst der allmächtige Minister des Kalifen, Adud ad-Daula, war zugegen und in ein Gespräch mit einem bekannten Literaten vertieft.

»Gefällt dir etwas nicht an dem Bassin?« fragte der Ältere. »Du starrst hinein, als wolltest du meine harmlosen Fische mit deinen Blicken aufspießen. Ich weiß, der Kalif hat seines mit Quecksilber gefüllt, und ich muß zugeben, daß es prachtvoll aussieht, möglicherweise prachtvoller als meines. Aber dennoch, Mode hin oder her, Quecksilber verursacht ungesunde Dämpfe und kann an heißen Tagen keine Kühlung bieten. Außerdem liebe ich das Geräusch des herabfallenden Wassers.«

»Wo ist Atika?« fragte Safwan, ohne auf die Worte des anderen einzugehen.

Iqbal zuckte die Schultern und nahm einen Schluck Wein. Aus seinen hellen grünen Augen warf er Safwan einen kurzen Blick zu, der schwer zu deuten war.

Safwan verlor die Geduld. »Seit ich heute mittag angekommen bin, habe ich sie nicht einmal von weitem gesehen! Es ist beinahe so, als existierte sie gar nicht! Was ist denn mit ihr, ist sie krank oder will sie mich nicht sehen? Oder sperrst du sie am Ende ein?«

Iqbal lachte auf. »Meiner Treu, du hast ein gesegnetes Vertrauen in mich! Sollte ich je versuchen, Atika einzusperren, wäre sie eine Stunde später auf und davon, das kann ich dir schwören! Nein, mein Freund, du wirst dich damit abfinden müssen, daß sie nicht im Haus ist, das sagte ich dir schon. Allerdings erzählt mir meine Mutter, ihr Verhalten sei von vorbildlicher Keuschheit, und nichts in ihrem Betragen deute darauf hin, daß sie einmal die Freiheiten einer Sklavin kennengelernt hat.«

»Also sperrt ihr sie doch ein!« rief Safwan heftig aus. »Du nutzt ihre Dankbarkeit aus und läßt sie nicht einmal unbeaufsichtigt atmen! In Andalus haben wir mehr Vertrauen in die

Tugend unserer Frauen. Und damals in Fustat warst du offenbar auch nicht so streng, als du mit ihr herumgetändelt hast!«

»Herumgetändelt?« Iqbal hob die Augenbrauen. »Ich dachte, wir hätten diese Frage bereits geklärt.«

Der Wesir Adud ad-Daula, der sich zuvor in einiger Entfernung mit einem älteren Mann unterhalten hatte, ging nun an ihnen vorbei ins Haus und warf Iqbal einen kurzen Blick zu. Dieser nickte, ehe er sich wieder Safwan zuwandte. »Ich habe Atika nicht gezwungen, mit mir nach Bagdad zu kommen«, fuhr er dann fort. »Sie ist freiwillig hier. Was immer sie plant, ich werde ihr keine Steine in den Weg legen. Zu einer Ehe, die sie nicht will, werde ich sie nicht zwingen. Sie kann heiraten, wen sie will – zumindest, wenn sie ihr Herz nicht gerade an einen Wasserträger hängt. Meinetwegen soll sie Briefchen und Liebesgedichte austauschen. Aber ganz gleich, mit wem sie das tut: ich werde dafür sorgen, daß sie so in die Ehe geht, wie es sich für die Tochter eines angesehenen Mannes geziemt.« Er blickte Safwan aus seinen unergründlichen grünen Augen scharf an.

»Allerdings«, sagte er dann begütigend, »erwarte ich sie jeden Augenblick zurück. Seit Tagen benutzt sie die Bibliothek meines Klienten Tauhidi. Was dort tut, weiß Gott allein. Soviel«, bemerkte er mit einem Augenzwinkern, »zum Vertrauen irakischer Väter in die Tugend ihrer Töchter.«

Safwan runzelte die Stirn, während Iqbal ihm ein rätselhaftes Lächeln schenkte und im Inneren des Hauses verschwand.

Safwan schlenderte orientierungslos über den Hof. Ein Philosoph, den Iqbal ihm als Abu Sulayman as-Sijistani vorgestellt hatte, stand an dem offenen Durchgang, der zu dem überdachten Säulengang und ins Haus hineinführte. Er redete auf einen zähen Greis mit markanten Gesichtszügen ein. Safwan nickte ihnen zu. Er wollte soeben das Haus betreten, als er aus dem Inneren unvermittelt seinen Namen hörte. Zwei Männer waren hinter der Tür in ein angeregtes Gespräch vertieft. Safwan stand für sie unsichtbar auf der anderen Seite des Eingangs im dunkler werdenden Hof.

»Safwan al-Kalbi«, wiederholte Iqbal, »ist kein Spion des *Hajib* von Córdoba. Ich kenne den jungen Mann seit fast einem Jahr, und ich kann dir versichern, daß er nichts mit dem Usurpator zu tun hat. Er hat Andalus vielmehr verlassen, weil er mit ihm in Konflikt geriet.«

Safwan spähte vorsichtig zu ihnen hinein. »Bist du sicher?« fragte Adud ad-Daula. Die Lampe neben ihm erleuchtete sein schmales Gesicht. Der krempenlose, mit einem schwarzen Turbantuch umwickelte Hut, die *Qalansuwa,* betonte seine scharfen Züge und warf einen konischen Schatten an die Wand. Der Wesir aus den Bergen von Daylam sah eher aus wie ein erfahrener alter Krieger als wie der mächtigste Mann des Zweistromlandes.

»Vollkommen sicher. Ich kenne den Jungen. In Andalus steht der Adel, aus dem er stammt, dem Usurpator nicht eben wohlwollend gegenüber. Und er ist der enge Freund eines Bibliothekars gewesen, den der *Hajib* hinrichten ließ.«

Safwan rückte ein wenig näher. Er hatte Iqbal nur sehr selten über Politik reden hören. Für gewöhnlich vermied der Bagdader im Gespräch alles, was damit zu tun hatte.

»Das sagt nicht viel.« Adud ad-Daula drehte seinen Becher in der Hand. Nichts an seinem Verhalten verriet, daß er über ernsthaftere Dinge sprach als das neueste Gedicht eines Poeten, der zur Zeit in Mode war.

Auch Iqbal blieb ungerührt. »Jenem Freund, der hingerichtet wurde, einem Bibliothekar namens Nabil, sagte man Verbindungen zu den Ismailiten nach. Deshalb behielt ich Safwan im Auge. Vermutlich ist Nabil unschuldig gestorben. Aber selbst wenn er ein Mann Kairos gewesen sein sollte, hat Safwan al-Kalbi nichts davon gewußt. Ich hatte lange Gelegenheit, mit ihm zu sprechen – lange genug, um ihn genau zu prüfen.«

»Und dieser *Werber*? Was wurde aus ihm?«

Safwan erschrak so, daß er sich fast verraten hätte. Er lehnte sich an den Türpfosten, um besser sehen zu können. Von wem sprach der Wesir? »Amr ibn Qasim«, antwortete Iqbal, »ein

407

Werber aus Kairo. Mit dieser Angelegenheit verhält es sich komplizierter.«

»Du hast die Entwicklungen in Córdoba und Fustat beobachtet. Córdoba, sagst du, unterwirft sich mehr und mehr dem Joch der Religionsgelehrten, verhält sich aber ruhig unter dem *Hajib*. Das ist wichtig. Dennoch, Ägypten bleibt unberechenbar. Ich habe nicht vergessen, daß die Ismailiten von Anfang an nach Bagdad strebten, und ich glaube ihnen nicht, daß sie ihr Ziel aufgegeben haben. Doch ihr Kalif al-Aziz ist vernünftig genug, uns nicht herauszufordern. Wenn du mir nun allerdings berichtest, daß einer seiner *Werber* einen Umsturz am Nil plant, bedeutet das ein unabsehbares Risiko. Ein verrückter, kriegslüsterner *Werber*, der die Macht in Kairo ergreift – das wäre ein Alptraum.«

»Ich weiß«, erwiderte Iqbal ruhig. »Unsere Kräfte sind zersplittert. Im Norden bedroht uns Byzanz, im Süden die Ismailiten. Wir brauchen den Frieden mit Kairo. Ich habe Amr in Córdoba beobachtet, und ich sah Safwan in seinem Haus verschwinden. Sie sprachen miteinander. Die Sache schien mir interessant genug, um sie weiterzuverfolgen. Also heftete ich mich an die Fersen des Jungen, um so an Amr heranzukommen.« Er stellte seinen Becher auf dem Silbertablett eines vorbeieilenden Dieners ab. Der matte Schein der Lampe ließ seine Augen hell aufblitzen, als er sich wieder seinem Gesprächspartner zuwandte. »Wir hatten schon früher Schwierigkeiten mit ismailitischen *Da'is*, die plötzlich ihren eigenen Weg gehen. Dieser *Werber*«, sagte er dann, »gibt mir Rätsel auf. Er arbeitet offenbar alleine, zumindest zum Teil. Ich ahne ungefähr, worum es dabei geht, mit Sicherheit kann ich es allerdings nicht sagen. Noch nicht«, fügte er vielsagend hinzu. Safwan preßte sich eng an den Türrahmen.

»Es dürfte sich in jedem Fall lohnen, dieser Frage nachzugehen«, fuhr Iqbal fort. »Amr hat Safwan getäuscht. Er ist ihm aus Córdoba gefolgt, hat ihn in Fustat aber aus den Augen verloren. Doch es gibt noch eine andere Person, die er in seine

Gewalt bringen will. Mit ihrer Hilfe habe ich ihn nach Bagdad gelockt. Hier wird es sehr viel weniger Aufsehen erregen, wenn wir ihn stellen, als in Ägypten. Deshalb ließ ich zu, daß er erfuhr, wohin ich mit ihr gegangen bin. Aber dadurch habe ich sie in Gefahr gebracht.«

Der Wesir verzog das Gesicht zu einem schmalen Lächeln. »Deine Tochter ist in Bagdad in Sicherheit.«

»Sie verläßt mein Haus nicht ohne bewaffnete Begleitung, und ich werde mit allen Mitteln verhindern, daß sie noch einmal in seine Gewalt gerät.« Iqbal machte eine Pause. »Ich mag das Mädchen gern. Aber sie ist zugleich der beste Köder für Amr. Wir sind also quitt: ich habe ihr geholfen, und sie mir.«

Safwan erstarrte. Das also war der wahre Grund dafür, daß Iqbal sich des Mädchens angenommen hatte. Andererseits hatte er den Bagdader noch nie so von einem Menschen sprechen gehört wie eben von Atika. Die Wärme in seiner Stimme war echt gewesen, und daß er ganz gegen die Gepflogenheiten zu dem Wesir so offen von seiner Tochter sprach, verriet seine ehrliche Besorgnis.

»Ich vertraue dir, das weißt du«, sagte der Wesir. »Ich habe keinen besseren Mann als dich. Du hast mir Informationen zugetragen, die für mich wertvoller sind als Gold.«

Safwan starrte in die Luft. Iqbal ein Spion? Der Bagdader hatte die Rolle des Geographen so überzeugend gespielt, daß ihm seine einstigen Zweifel in den letzten Wochen völlig lächerlich erschienen waren. Er wollte sich gerade vorsichtig zurückziehen, als er den Wesir fragen hörte: »Glaubst du nicht, daß der junge Mann das, was er hier sieht, weitergeben wird, sobald er nach Córdoba zurückkehrt?«

Iqbal zögerte kurz, ehe er entgegnete: »Ich glaube nicht, daß er überhaupt je in seine Heimat zurückkehren wird.«

Safwan wurde schwindlig. Rasch stahl er sich davon und stürzte den Rest seines Weins herunter. Einen Augenblick später stand er draußen auf der Straße.

18 Es war bereits Abend, als Atika zurückkehrte. Sie hatte ihre Träger entlassen und betrat den Hof durch eine Seitentür. Mit einem leisen Klicken rastete das Schloß ein, und sie blieb an die Mauer gelehnt stehen. Sie fühlte sich unendlich müde.

Im Arm hielt sie ein Bündel eng beschriebenen Pergaments. Der feine Geruch des Materials mischte sich mit dem von Parfüm, Jasmin und Früchten um sie herum. Verwirrt beobachtete sie das Treiben. Erst jetzt nahm sie die Musik wahr. Atika kontrollierte den Sitz ihres Schleiers und drängte sich dann durch die Menschen hindurch, um Iqbal zu suchen.

Sie fand ihn im Gespräch mit einem älteren Mann. Er drehte sich zu ihr um, als er sie bemerkte. »Atika, begrüße den Wesir des Kalifen Adud ad-Daula.«

Sie neigte den Kopf, wie sie es gelernt hatte, und grüßte mit der angemessenen Demut, ohne den Wesir anzusehen. Daß der mächtigste Mann Bagdads bei Iqbal verkehrte, war diesem anscheinend keine weitere Erläuterung wert.

»Du bist spät«, bemerkte er leise.

Atika nickte. »Es tut mir leid. Ich habe nicht bemerkt, wie die Zeit verging. Aber ich habe jetzt, was ich wollte.«

Iqbal musterte das Pergamentbündel in ihren Armen. »Offensichtlich hast du dir gleich eine ganze neue Dimension arabischen Wissens erschlossen. Meine Tochter hat sich als Kopistin versucht.«

»Was ist denn geschehen?« Atika wies mit einer Kopfbewegung auf die Menschen um sie herum.

»Es gibt eine gute Nachricht. Wir haben Besuch aus Basra bekommen.«

Atika vergaß völlig den Minister, der noch immer bei ihnen stand. »Safwan ist hier?« rief sie.

Iqbal verzog das Gesicht zu einem Lächeln. »Seinetwegen habe ich zu dem *Majlis* eingeladen. Er muß hier irgendwo unter den Gästen sein. Leg dein Bündel in die Bibliothek oder in dein Zimmer und komm dann wieder herunter.«

410

Atika deutete einen scheuen Gruß in Richtung des Ministers an und beeilte sich, das Pergament ins Haus und die enge gewundene Treppe hinauf in den Frauenbereich zu tragen. Sie sah sich nicht einmal um, als sie gegen eine am Boden stehende Schale stieß und daraufhin einige Zieräpfel mit kunstvoll eingeritzten Sinnsprüchen über den Boden rollten.

Sie erreichte ihr Zimmer und warf das Pergamentbündel hastig aufs Bett. Ein leichter Windhauch, der durch das einzige, vergitterte Fenster hereindrang, bewegte die Seiten. Atikas Herz schlug schneller.

Dann riß sie mit einem Ruck den Schleier vom Gesicht, streifte das staubige Obergewand über den Kopf und öffnete ihre Truhe so heftig, daß der Deckel krachend gegen die stukkierte Wand stieß. Sie warf die Hälfte ihrer Kleider auf den Boden, ehe sie fand und herauszerrte, wonach sie gesucht hatte, ein Kleid aus braun-, grün- und beigegestreifter Seide. Hastig fuhr sie mit einem feuchten Tuch über ihren Körper, zog die Linien um ihre Augen nach, trug etwas Parfüm auf, schlüpfte in das Kleid und griff nach Gesichtsschleier und *Izar*. Dann holte sie tief Atem, verließ das Zimmer und eilte am Türsteher des *Harim* vorbei nach unten.

Als sie wieder in den Hof kam, schien die Zahl der Menschen auf sonderbare Weise gewachsen zu sein. Angestrengt versuchte sie, zwischen Iqbals Gästen Safwans hochgewachsene Gestalt auszumachen. Doch sie konnte ihn nirgends erkennen. Verwirrt lief sie umher, jeden Augenblick darauf gefaßt, seine Stimme zu hören. Die Menschen drängten sich um das Bassin, und das Geräusch des Wassers vermischte sich mit dem Stimmengewirr. Die vielen Gewänder verschmolzen zu einer buntgefleckten, verwirrenden Wand, der Duft des Jasmin hing schwer in der schwülen Abendluft, und Atika verfluchte ihre Kurzsichtigkeit.

»Hast du ihn noch immer nicht gefunden?« fragte Iqbal, als sie zum dritten Mal an ihm vorbeikam. Er stand nicht mehr bei dem Wesir, sondern war jetzt in eine Unterhaltung mit einem alten Mann vertieft, den Atika nicht kannte. Der Alte trug einfache Gewänder. Seine Augen waren schmal und dunkel, als käme er aus dem Osten. Ein dünner, zweigeteilter weißer Bart zierte sein Kinn.

Sie schüttelte enttäuscht den Kopf.

»Schon wieder ein neues Sendschreiben der *Brüder der Lauterkeit*«, meinte ein Mann, der Iqbal im Vorübergehen auf die Schulter tippte. Er wedelte ein wenig affektiert mit einigen eng beschriebenen Blättern Papier. »Zwar läßt der Stil dieses Mal ein wenig zu wünschen übrig, doch ansonsten – originell wie stets, und immer wieder erfrischend neu. Wie machst du das nur? Du bist immer der erste, auf dessen Soireen man sie liest!« Er strich sich über seinen perfekt gestutzten Bart. Auf seinem seidenen Obergewand spiegelte sich der Schein der Fackeln.

»Nun, ich habe eben Gäste, die sie zu schätzen wissen.« Iqbal schenkte ihm ein unbewegtes Lächeln, ehe er sich erneut Atika zuwandte. »Du hast nicht richtig nachgesehen. Safwan muß hier irgendwo sein.«

»Jener junge Mann, dein Gast, für den du das *Majlis* gibst?« fragte der Greis.

Atika wechselte einen Blick mit Iqbal, der daraufhin entgegnete: »Ja. Safwan al-Kalbi. Hast du ihn gesehen?«

Der alte Mann nickte. »Er ging vorhin zum Haupttor hinaus, noch bevor deine Tochter zurückkehrte. Er schien ein wenig verwirrt.«

Iqbal hob alarmiert den Kopf. »Sagte er, wohin er wollte?«

»Nein. Ich sah ihn nur davongehen, das ist alles.«

Atika griff nach Iqbals Ärmel, ohne sich um die Sitten der Stadt zu scheren. »Amr ist hier. Wenn Safwan alleine unterwegs ist …«

»Es gibt nicht viele Möglichkeiten, wohin er gegangen sein kann.« Sanft aber bestimmt streifte Iqbal ihre Hand von seinem Arm. »Du bleibst hier!« Sein Tonfall ließ keinen Widerspruch zu. »Ich will nicht noch jemanden suchen müssen.«

»Es tut mir leid, Abu Sulayman«, wandte er sich an den Greis. »Wir werden unsere Diskussion später fortsetzen müssen.«

Ohne ein weiteres Wort winkte er einem seiner Männer. »Hol mir vier Bewaffnete. Schnell!«

19

Safwans Schritte hallten eilig durch die einbrechende Dunkelheit. Er sah sich nicht um, während er die von hohen Häusern gesäumte Gasse entlanglief, die von Iqbals Haus zur belebteren Khorasan-Straße führte. Von fern war das Rattern von Wagenrädern auf dem Pflaster zu hören, doch er achtete nicht darauf. In seinem Kopf überschlugen sich die Gedanken. Iqbal ein Spion! Deshalb also hatte der Bagdader gelogen, als er behauptete, seinen Vater zu kennen. Safwan glaubte sich nun sogar zu erinnern, Iqbal bereits in Córdoba gesehen zu haben, als er auf dem Weg zu Yusufs Haus gewesen war.

Als er um eine Ecke bog, erblickte er vor sich, wenige Schritte entfernt, drei Gestalten. Er verlangsamte seine Schritte und blieb schließlich stehen. Einen der Männer erkannte er sofort wieder. Unwillkürlich sah er sich um. Doch die schwach erleuchtete enge Gasse war menschenleer.

Der Ismailit lehnte ruhig an einer fensterlosen Hauswand und betrachtete den jungen Mann mit einem Lächeln, das die düstere Schönheit seiner Züge noch unterstrich. Mattes Licht fiel von einer Laterne auf ihn. Die Gesichter der beiden Männer, die rechts und links von ihm standen, waren hingegen unbewegt.

»Ich habe dich erwartet«, sagte Amr in einem sanften Tonfall, der in groteskem Widerspruch zu seinem Auftreten stand. Die Laterne flackerte kraftlos auf.

»Was willst du von mir?« Safwan versuchte, seiner Stimme einen festen Klang zu verleihen.

»Du hast etwas, das mir zusteht.« Die Ruhe des Ismailiten ließ Safwans Herz noch schneller schlagen. Ihm fiel ein, daß Atika noch nicht nach Hause gekommen war. Er konnte nur hoffen, daß sie nicht gerade in diesem Moment zurückkehrte.

»Ich weiß nicht, wovon du sprichst«, antwortete Safwan.

Amr trat näher an ihn heran, und seine Männer taten es ihm nach. »Das *Buch des Smaragds*. Wo ist es?«

Safwan schüttelte den Kopf. Amr gab den beiden Männern stumm ein Zeichen. Einer von ihnen schlug Safwan mit der Faust so heftig ins Gesicht, daß dieser zurücktaumelte.

»Wo ist es?« fragte Amr noch einmal in demselben ruhigen Tonfall.

»Was interessiert dich noch an dem Buch?« Safwan wischte sich das Blut vom Gesicht, das aus einer Platzwunde über dem Auge lief. »Es ist verschollen, wahrscheinlich gibt es kein einziges Exemplar mehr in der gesamten islamischen Welt. Und selbst wenn, weiß ich nicht, wo es ist. Was willst du damit?«

»Die Herrschaft des Lichtmenschen …«, Amr wirkte abwesend. »Was sagt es über die Herrschaft des Lichtmenschen, über die Prophezeiung des Hermes Trismegistos, die das Leid der Welt vernichtet?«

Safwan fragte sich, ob er in die Hände eines Wahnsinnigen gefallen war. Die Augen des Ägypters glänzten fiebrig.

»*Hadha sirr al-alam wa-ma'rifa san'ati t-Tabi'a*«, sprach Amr. »*Dies ist das Geheimnis der Welt und das Wissen von der Kunstfertigkeit der Natur.* Nur im *Buch des Smaragds* des Ibn ar-Rewandi, der Zugang zu dem verschütteten geheimen Wissen hatte, ist die vollständige Prophezeiung enthalten.«

Nein, Amr war nicht wahnsinnig. Safwan erinnerte sich an das, was ihm Atika in Fustat über die Pläne des Ägypters erzählt hatte. Amr war bei klarem Verstand, und diese Erkenntnis beunruhigte Safwan beinahe noch mehr als die Angst, es mit einem Wahnsinnigen zu tun zu haben.

»Sie nennen uns *Übertreiber*«, sagte Amr kalt, »doch wir werden eine neue Welt erschaffen, eine Welt des Lichts, in der es

414

kein Leid mehr gibt. Sollte eine solche Welt nicht das eine oder andere Opfer wert sein?«

Safwan verstand, was der Ismailit meinte. »Du wirst Atika nicht in deine Gewalt bekommen«, fuhr er auf. »Nicht, solange ich lebe.«

»Ich muß wissen, was im *Buch des Smaragds* steht«, sagte der Ägypter, ohne darauf einzugehen. »Sag es mir, und ich vergesse, daß wir uns begegnet sind.«

Es war unverkennbar Fieber, das in Amrs Augen glänzte. Auf seinem Gesicht hatten sich rote Flecken gebildet, und ein dünner Schweißfilm überzog seine Haut.

»Ich habe das Buch nicht gelesen«, antwortete Safwan langsam. Er mußte Zeit gewinnen. Wenn er Glück hatte, würde jemand vorbeikommen, ein Adliger mit einer Eskorte, ein verspäteter Gast auf dem Weg zu Iqbal, vielleicht sogar ein Trupp der Palastwache des Wesirs.

»So, hast du nicht?« Amr wechselte einen kurzen Blick mit den beiden Männern an seiner Seite.

»Tötet ihn!« befahl er.

Safwans Puls begann zu rasen, er griff nach dem Dolch, den er bei sich trug – seiner einzigen Waffe. Einer der beiden Männer hatte ebenfalls einen Dolch gezogen, der andere legte die Hand an den Griff seines Schwerts. Safwan wich an die Hauswand zurück und warf sich nach rechts, als der Dolch von oben herab auf seinen Hals zielte. Mehr aus einem Reflex denn aus kontrollierter Überlegung heraus schoß seine linke Hand vor. In dem vergeblichen Versuch, es zu fassen, schlug sie das Handgelenk des Angreifers zur Seite, während seine Rechte den Dolch schräg gegen die Brust des anderen führte. Dieser wich im letzten Augenblick aus. Er hatte sichtlich nicht mit dieser Gegenwehr gerechnet. Safwans Hand wurde feucht, drohte vom Griff der Waffe abzurutschen. In diesem Moment griff der Sektierer wieder an, und Safwan gelang es nicht schnell genug, sich zur Seite zu wenden. Er spürte einen stechenden Schmerz, als die messerscharfe Klinge in seinen Arm schnitt.

415

Sofort führte der Sektierer einen neuen Angriff. Ohne zu überlegen, griff Safwan nach dem Handgelenk seines Gegners, diesmal gelang es ihm, den anderen festzuhalten. Blut quoll zwischen seinen Fingern hervor, er kümmerte sich nicht darum, stieß zu, ohne nachzudenken. Die Klinge traf den Hals seines Gegners, der mit einem erstickten Gurgeln zu Boden stürzte. Von fern meinte Safwan das Geräusch sich nähernder Schritte und Rufe zu hören, den zitternden Schein mehrerer Fackeln wahrzunehmen. Amr gab dem anderen Mann einen Befehl, dieser hob das Schwert. Safwan versuchte auszuweichen, doch der Knauf der Waffe traf ihn hart gegen die Schläfe. Während er zu Boden sank, hörte er laute Rufe. Amr stieß plötzlich einen Fluch aus. Safwan vernahm das Geräusch von schnellen Schritten. Dann wurde es dunkel um ihn.

Zahllose Öllampen erhellten Atikas Zimmer. Ihre zitternden Flammen zauberten bizarre Reflexe auf die Stuckverzierungen. Kein Windhauch bewegte die Luft, und ein süßlicher Pfirsichduft machte das Atmen schwer.

Atika lief in ihrem Zimmer auf und ab, hastete immer wieder durch die offene Tür auf den Gang hinaus, von wo aus sie den kleinen privaten Hof überblicken konnte. Er war von der Straße aus direkt erreichbar und eigentlich der Familie vorbehalten. Doch ein Gast, der im Haus wohnte, konnte diesen Eingang wählen, wenn er es eilig hatte und nicht gesehen werden wollte.

Endlich stieß unten jemand das Tor auf. Das schwere Zedernholz prallte ungewöhnlich heftig gegen die Steinmauer. Eilige Schritte, Stimmen von drei oder vier aufgeregt durcheinanderredenden Männern hallten von den Wänden des Hofs wider und drangen zu ihr empor. Die Flammen der Öllampen auf der Galerie flackerten unruhig. Fackeln erleuchteten nun das Geviert im Erdgeschoß. Atika preßte das Gesicht eng an das Gitter, das die Galerie vor Blicken von unten schützte, um besser sehen zu können. Ihre Finger klammerten sich krampfartig um das Holz, als sie Safwan erkannte.

Eine tiefe Wunde klaffte in seinem rechten Arm. Der Stoff seiner *Jubba* war dunkel verfärbt, und seine Hand glänzte feucht im Schein der Fackeln. Dunkle Flecken überzogen auch seine Wange und die Stirn über dem linken Auge. Er zog ein Bein nach, das notdürftig mit einem Fetzen Stoff verbunden war. Zwei Männer stützten ihn, redeten auf ihn ein.

Die Männer durchquerten den Hof und steuerten auf das *Hammam* im Untergeschoß zu. Als sie im Haus verschwanden, waren ihre Stimmen nur noch gedämpft zu vernehmen. Atika blieb wie gelähmt auf der Galerie stehen.

»Er ist nicht ernsthaft verletzt.«

Sie fuhr zusammen, als sie Iqbals Stimme in ihrem Rücken hörte. Rasch löste sie sich von dem Gitter und wandte sich zu ihm um: »Was ist geschehen?«

»Es ist Amrs Werk. Leider ist er meinen Männern entkommen und hat sich in einer Moschee im Schiitenviertel verschanzt. Ich werde ihn mit Gewalt holen müssen. Ich tue es nur ungern, aber es wird sich nicht vermeiden lassen. Der Wesir wird noch heute abend einen Boten nach Kairo schicken.« Er lächelte. »Du bist jedenfalls in Sicherheit. Niemand wird dir hier etwas antun. Du brauchst seine Rache nicht mehr zu fürchten.«

Atika nickte langsam als erwache sie aus einem Alptraum. »Ich weiß.« Sie fuhr sich mit beiden Händen übers Gesicht.

»Wo hat er sich verschanzt?«

»Du kennst die Moschee nicht. Ein kleines Gotteshaus in al-Karkh, nahe dem Kufa-Tor.«

Atika ließ die Hände sinken. »Ich möchte dich um etwas bitten.«

Iqbal runzelte die Stirn, doch sie hielt seinem Blick stand.

»Was soll ich für dich tun?« fragte er.

»Ich will nicht, daß du etwas für mich tust«, sagte sie langsam. »Ich bitte dich darum, mich etwas für dich tun zu lassen.«

Iqbal hob die Augenbrauen. »Das verspricht interessant zu werden«, bemerkte er. »Was willst du für mich tun?«

Atika holte tief Luft, ehe sie zu sprechen begann. »Laß mich mit Amr reden.«

Iqbals Augen verengten sich.

»Ich weiß, was du sagen willst«, fuhr sie schnell fort. »Die Regeln deines Standes verbieten es. Keine anständige edle Frau würde so etwas tun. Aber bitte, hör mir zu!«

Keine Reaktion war seinen Zügen abzulesen. Beinahe unmerklich nickte er ihr zu und hieß sie fortfahren.

»Wenn du Amr in der Moschee mit Gewalt holst, wird er sterben, nicht wahr? Wenn er nicht schon vor Ort umkommt, wird ihn der Wesir hinrichten lassen.«

Iqbals Gesichtsausdruck ließ keinen Zweifel daran.

Atika sah ihm fest in die Augen. »Das will ich nicht.«

Er blickte sie forschend an.

»Ich kenne Amr«, erklärte sie lebhaft. »Niemand kann ihn grausamer behandeln als er sich selbst. Ich weiß, daß er nicht immer so war. Iqbal ...«, sie trat näher und berührte seinen Arm. »Er war ganz anders, damals, als ich ihn in Andalus kennenlernte. Vielleicht ist es noch nicht zu spät. Laß mich mit ihm reden! Wenn er nicht auf mich eingeht, kannst du ihn immer noch mit Gewalt holen.«

Diesmal duldete er ihre Hand auf seinem Arm, doch sein Gesicht blieb hart. »Das kann ich nicht, Atika, und das weißt du«, entgegnete er tonlos.

»Seine Gedanken sind mir selbst nicht ganz fremd«, beharrte sie. »Hätte ich weniger Glück gehabt, hätte ich womöglich sein Schicksal geteilt. Das *Buch des Smaragds* hat ihn verändert, er konnte sich aus seinem Sog nicht mehr befreien.« Sie senkte unwillkürlich die Stimme, als sie hinzufügte: »Er sagte, es sei gefährlich.«

Iqbal legte seine Hand auf die ihre und schüttelte den Kopf. »Atika ...«

Sie ließ ihn den Satz nicht vollenden. »Ich meine es ernst. Es hätte mit mir geschehen können, mit Safwan, mit jedem von uns. Und vielleicht wäre aus Amr nicht das geworden, was er jetzt ist, wenn ich nicht gewesen wäre.«

Ruckartig löste sich Iqbal von ihr. »Ist dir eigentlich klar, was du da von mir verlangst? Es geht nicht nur um die Ehre, die es dir verbietet. Das ist noch beinahe das wenigste. Solange niemand davon erfahren würde … Aber ich glaube, du ahnst nicht einmal im entferntesten, wie gefährlich dieser Mann ist!«

Atika schwieg, ehe sie bemerkte: »Ich hatte in Fustat durchaus Gelegenheit, das herauszufinden.«

»Umso schlimmer«, entgegnete er. »Zum Teufel, Atika, was willst du damit erreichen? Willst du dein Leben in Gefahr bringen, nur weil du unsinnigerweise meinst, ihm etwas schuldig zu sein?«

»Er wird mir kein Leid zufügen«, erwiderte sie, ohne zu wissen, woher sie diese Sicherheit nahm. »Ich möchte ihn nur bitten, sich selbst zu stellen. Der Wesir muß ihn nicht töten, wenn er sich ergibt.«

Iqbal musterte sie eingehend und schien zu überlegen. »Es ist schade, daß du kein Mann bist«, sagte er schließlich. Ein Lächeln huschte über seine Lippen. »Jeder Vater wäre stolz auf solch einen Sohn. Ich verstehe dich, Atika. Ich wünschte, ich könnte es dir erlauben. Aber es ist unmöglich. Ich kann meine Tochter nicht derart in Gefahr bringen.«

Sie schüttelte verärgert den Kopf. »Das ist ungerecht, findest du nicht? Wäre ich ein Mann, würde ich dir Ehre bereiten durch das, was ich vorhabe. Aber weil ich eine Frau bin, würde es das Gegenteil bewirken. Das ist nicht gerecht.«

Iqbal sah sie nachdenklich an. »Nein«, sagte er dann. »Nein, das ist es nicht.«

»Ich bin kein Geschöpf des *Harim*«, sagte Atika. »Iqbal, ich bin tagelang alleine durch Fustat geirrt, ich habe einem Sektierer gegenübergestanden und das Schwert in die Hand genommen, um mich gegen die Nordmänner zu verteidigen. Ich habe die Demütigungen der Sklaverei überlebt …«, ihre Stimme schwankte bei der Erinnerung an die Hütte in Haithabu. »Und ich bin Amrs Leuten schon einmal entkommen. Ich kenne die Gefahr, und ich habe keine Angst!«

»Das weiß ich, Atika. Aber ich kann es nicht zulassen.«

Er wandte sich zum Gehen. »Wenn er bis morgen nach dem Mittagsgebet nicht aufgibt, lasse ich ihn holen.«

Iqbal ging in Richtung der schweren Zedernholztür. Atika zögerte einen Moment. Dann rief sie ihn noch einmal bei seinem Namen. Er blieb stehen, ohne sich umzudrehen.

»Ist es nicht so«, fragte sie, »daß die Ehre einer Familie nur von Dingen verletzt werden kann, die nach außen dringen? Daß alles, was im verborgenen geschieht, auch keine Schande macht?«

Er wandte sich mit einer heftigen Bewegung um. Seine grünen Augen fixierten sie.

»Atika! Du wirst nicht gehen! Hast du mich verstanden? Ich will nicht, daß dieser Mann noch eine unschuldige Frau tötet!«

Ohne ein weiteres Wort ließ er sie stehen und ging mit schnellen Schritten die Galerie entlang.

21 Atika fröstelte trotz der schwülen Hitze, die schon jetzt am frühen Morgen herrschte. Der Himmel war bedeckt, und die Sonne hatte sich hinter die Dächer von al-Karkh verkrochen. Eine bleierne, graugelbe Stille lag über den geduckten Lehmhäusern. Das niedrige Minarett der kleinen Moschee hob sich mit seiner sandbraunen Farbe kaum vom Himmel ab. Es würde Sturm geben.

Hinter ihr warteten die Sänftenträger. Sie hatten widerspruchslos gehorcht, als sie ihnen befohlen hatte, sie nach al-Karkh zu bringen. Iqbal schien nicht damit gerechnet zu haben, daß sie ohne Erlaubnis handeln würde. Und die Männer hatten offensichtlich geglaubt, sie würde sich wie jeden Tag zu Tauhidi tragen lassen, der nicht weit von hier wohnte.

420

Atika strich ihr schwarzes Kleid glatt und zog den langen *Izar* eng um ihren Körper. Sie versuchte, sich zu sammeln und blickte zum Eingang des niedrigen Gebäudes hinüber. Noch vor einem Jahr, dachte sie, hätte selbst Amr es nicht gewagt, die heilige Stätte als Zuflucht zu mißbrauchen. Er rechnete damit, daß die Soldaten ihn in einer Moschee nicht verhaften würden. Doch er kannte den Wesir nicht. Adud ad-Daula würde kaum mit einer Wimper zucken.

Langsam ging sie auf das Portal zu. Ihr Atem beschleunigte sich, je näher sie dem kleinen Sandsteinbau kam. Amr war unberechenbar. Schon einmal hatte er versucht, sie zu töten. Aber sie wußte auch, daß sie nicht anders konnte. Der lautlose Kampf um das *Buch des Smaragds*, der zwischen ihnen ausgetragen wurde, war noch nicht zu Ende. Niemand konnte sie davor beschützen. Doch dieses Mal war sie darauf vorbereitet und hatte sich gewappnet. Noch einmal sah sie zurück, wo ihre Träger auf der morgendlich ruhigen Straße im Schatten eines Hauses warteten. Dann überschritt sie die Schwelle und stand im Inneren des Heiligtums.

Ihre Augen brauchten eine Weile, um sich an die plötzliche Dunkelheit zu gewöhnen. Die Schatten der wenigen Säulen und der kleinen hölzernen Kanzel, des *Minbars*, schienen sich auf sie zu zu bewegen. Nur blasse Streifen fielen durch das einzige Oberlicht und die wenigen schmalen Seitenfenster. Sie hörte Amr, bevor sie ihn sah.

Ein leises Lachen drang hinter einer der Säulen hervor, ein flacher, seltsam unkörperlicher Klang.

»Ich hätte es mir denken können, daß du kommen würdest.«

Dieser Stimme wegen hatte sie einst beinahe alles aufs Spiel gesetzt. Atika verharrte reglos, als die sehnige Gestalt des Ägypters hervortrat. Er war dunkel gekleidet. Doch schwarz, die Farbe der Kalifen von Bagdad, vermied der Ismailit selbst in al-Karkh. Seine bleiche Haut stach seltsam hell von der Kleidung ab. Die Kette, an der er zuletzt den Smaragd getragen hatte, war verschwunden. Unwillkürlich dachte sie an ihre frühere Begegnung in einem ähnlichen Halbdunkel in Córdoba. Damals hatte ihr Anhänger pulsiert und eine seltsame Vertrautheit zwischen ihnen geschaffen. Jetzt lag das Schmuckstück kühl und reglos auf ihrer Haut.

Amr hatte sich äußerlich kaum verändert. Doch seine Bewegungen hatten an Geschmeidigkeit verloren, waren hart und aggressiv wie die eines in die Enge getriebenen Raubtieres.

»Es ist vorbei, Amr«, sagte sie leise. »Wenn du dich nicht stellst, wirst du diesen Ort nicht lebend verlassen.«

»Und eine Frau macht den Versuch, mich nach draußen zu locken.« Amr lachte höhnisch auf, doch Atika schien es, als lache er weniger über sie als über sich selbst. »Ein Wesen der Materie, das verdammt ist, den Fluch der Körperlichkeit an neue Generationen weiterzugeben.«

Atika zwang sich zur Ruhe. »Ich weiß, daß du nicht immer das warst, was du jetzt bist. Erinnerst du dich noch an das, was du mir in Córdoba gesagt hast?«

Amrs schattenhafte Gestalt verschmolz mit dem Umriß des *Minbars* hinter ihm.

»*Es muß einen anderen Weg geben*«, sagte sie tonlos. »*Einen Weg, der gerecht ist.*«

Ein Laut wie ein unterdrücktes Stöhnen drang aus seiner Richtung zu ihr. »Du hast es nicht vergessen.«

»Wie hätte ich es vergessen können? Und auch du erinnerst dich. Noch ist es nicht zu spät.« Ihre Stimme wurde lebhafter. »Stell dich dem Wesir!« Sie trat einen Schritt auf ihn zu. »Es muß nicht so enden, wie es enden wird, wenn du nicht einlenkst. Irgendwo in dir ist noch der Mann, den ich in Córdoba kennengelernt habe. Der Mann, der es nicht ertrug, ein lebendes Wesen leiden zu sehen. Der nicht um jeden Preis Rache wollte, der für Dinge kämpfte, die gut waren und gerecht.«

Amr stieß zischend die Luft zwischen den Zähnen hervor. »Und Fatima? War es dieser Mann, der die wehrlose alte Frau tötete?«

Atika fuhr zurück wie von einem Schlag getroffen.

Beide schwiegen, doch Atika hatte das Gefühl, als habe er sich selbst mit diesen Worten einen noch heftigeren Stoß versetzt als ihr.

»Und du willst diesen Mann wiederfinden, nach allem, was geschehen ist? Seine Reste ans Licht der Sonne zerren? Ausgerechnet du«, sagte er mit plötzlichem Spott, »ein Wesen aus Fleisch und Galle, ekelerregenden Körpersäften, geschaffen aus der Sünde der Teufel.« Es klang haßerfüllt.

Atikas Furcht wich einer plötzlichen Wut. »... Aber dennoch mit ausreichend Geist begabt, deine Pläne zu durchkreuzen«, fiel sie ihm ins Wort. Auf einmal packte sie Zorn. »Nicht jeder Verstand verkriecht sich in dumpfem Eifer aus Angst vor ein wenig Fleisch und Galle, Amr!«

Ein dunkler Blick traf sie. Für die Dauer eines Augenblicks blitzte darin das Feuer auf, das sie gesehen hatte, als er sie in Córdoba zum ersten Mal berührt hatte.

Sie standen einander gegenüber wie zwei Kämpfer, die zum ersten wirklichen Schlag mit dem Schwert erst noch ausholen müssen, aber bereits den Gegner taxieren. Der Haß war aus Amrs Augen verschwunden. In ihnen war keine Feindschaft mehr zu lesen, kein Rachedurst, auch kein anderes Gefühl. Er suchte lediglich nach einer Lücke in ihrer Deckung und wartete unbeirrt auf die Gelegenheit zuzuschlagen.

»Deine Pläne sind gescheitert.«

Einzelne Schweißperlen lagen auf seiner Stirn. Atikas Puls beruhigte sich allmählich, sie empfand ein seltsames Gefühl körperlicher Konzentration, nicht unähnlich dem, das sie gespürt hatte, als sie mit dem Schwert in der Hand den Skandinaviern gegenübergestanden hatte. Die Welt schien sich zusammenzuziehen um sie und ihren Gegner. Doch dieses Mal würde sie ihre Waffe zu führen wissen.

»Es gibt kein Entkommen für dich. Wenn es mir nicht gelingt, dich zur Aufgabe zu bewegen, werden sie die Moschee belagern oder sofort stürmen. Es ist vorbei.«

Amrs Lippen unter dem kurzgeschnittenen Vollbart verzogen

sich zu einem bösartigen Lächeln. »Und wenn ich mich deiner bemächtige? Glaubst du nicht, daß diejenigen, die dich geschickt haben, alles dafür geben werden, dein Leben zu retten?«

»Niemand hat mich geschickt. Niemand weiß, daß ich hier bin.« Sie sah ihm direkt in die Augen. Und wieder verlor er das stumme Duell. Sie wußte selbst nicht, woher sie den Mut dazu nahm. Wie vor jener scheinbar unendlich lange zurückliegenden Zeit führte sie ihre Waffe ohne nachzudenken, ahnte die Absicht ihres Gegners, bevor er sie umsetzte. Um sie als Geisel zu nehmen oder zu töten, mußte Amr sie berühren. Und diesmal war keiner seiner Männer bei ihm, der ihm das abnehmen würde. Atikas Angst verschwand.

»Deine Pläne in Ägypten sind gescheitert.« Ihre Stimme klang seltsam tonlos in der Stille des leeren Raums. »Der Wesir hat einen Boten nach Kairo geschickt. Man wird erfahren, wo du bist.«

»Meine Pläne!« Auf Amrs Gesicht trat ein blutleeres Lächeln, das im spärlichen Licht noch bleicher erschien. »Was weißt du schon von meinen Plänen? Und was wissen die falschen Kalifen von der wahren Lehre?«

»Der wahren Lehre?«

»*Hadha sirr al-alam wa-ma'rifa san'ati t-Tabi'a.*« Seine Stimme schwankte unmerklich. »*Dies ist das Geheimnis der Welt und das Wissen von der Kunstfertigkeit der Natur.*«

Atikas Stimme zitterte, als sie vollendete: »*Ma'ahu nur al-anwar, fa-lidhalika yahrib minhu az-zulma. Mit ihm ist das Licht der Lichter, und so flieht die Dunkelheit vor ihm.*«

Er lachte leise. »Wir verstehen uns. Du weißt, wovon ich spreche.«

»Ja, ich weiß es. Aber du hast dich geirrt. Die Prophezeiung, von der du sprichst, hat mit dem *Buch des Smaragds* nichts zu tun. Du bist einem Schatten nachgejagt.« Sie straffte den Rükken. »Das Buch, das du gesucht hast – die *Smaragdtafel* – habe ich in Fustat gekauft. Ich habe es dir damals schon gesagt: Es war nicht Ibn ar-Rewandi, der die Tafel in einer Zisterne fand, sondern ein gewisser Sajius. Er hat sie aus dem Syrischen übersetzt. Ich habe den Text gelesen, Amr. Aber Ibn ar-Rewandi hat es nicht.«

Amr sah sie an. Eine stumme Frage lag in seinem Blick, doch er brachte keinen Ton hervor.

»Du wußtest das seit wir uns in Fustat gesprochen haben«, sagte Atika leise. »Und doch hast du unbeirrt deinen Plan verfolgt.« Sie empfand keine Überlegenheit. Beide waren sie gleich weit von ihrem Ziel entfernt. »Warum?« fragte sie.

Er lachte leise. Es klang, als triumphiere ein Mann über einen anderen, den er wie einen Todfeind jahrelang unerbittlich gehaßt hatte.

»Es war vergeblich, willst du mir sagen? Alles war vergeblich?« stieß er hervor. Dann brach das Lachen unvermittelt ab, und Amrs Miene verdunkelte sich. »Es war bereits jemand dafür gestorben. In Córdoba habe ich einen jungen Mann nach dem *Buch des Smaragds* ausgeschickt. Ich wußte, daß es eigentlich schon zu spät war, doch ich konnte nicht anders. Er wurde gefaßt und starb.«

Aus den Tiefen von Atikas Erinnerung tauchte das Bild eines jungen Mannes auf, den die Berber im Moscheehof verhafteten.

»Und um diesem Tod einen Sinn zu geben, hast du all das getan? Deshalb mußte Fatima sterben? Weil du dich am Tod des jungen Mannes schuldig fühltest und das Gefühl nicht ertragen hast, daß er umsonst war?«

»Verzweiflung«, sagte Amr leise, »ist die stärkste Form des Zweifels. Deshalb mußte ich das Buch finden, je mehr ich mich in seine Fäden verstrickte. So wie einst ein anderer.« Er lehnte sich an das hölzerne Geländer zurück, das zum *Minbar* hinaufführte. »Es ist eine längere Geschichte. Aber wir haben Zeit, nicht wahr?« Atika nickte langsam. »Ja«, flüsterte sie, »wir haben Zeit.«

»Als Gott den Menschen schuf«, fuhr er in dem eindringlichen Tonfall eines Märchenerzählers fort, »forderte er seine

Engel auf, sich vor Adam niederzuwerfen. Alle Engel leisteten dem Befehl Folge. Nur einer nicht. Dieser eine Engel war Iblis. Er sprach zu Gott: ›Wie kann ich mich vor diesem Wesen niederwerfen, das du aus Schlamm und niederer Erde geformt hast, ich, ein geistiges Wesen, das vom Schmutz der Materie nie berührt wurde? Und wie kann ich mich vor einem anderen Wesen niederwerfen als vor dir allein?‹«

Seine Stimme hob sich. »Da verbannte Gott Iblis in die Hölle, um ihn zu strafen. Doch weil er nur deshalb gesündigt hatte, um kein Wesen außer Gott verehren zu müssen, hatte Gott Nachsicht und ernannte ihn zum Fürsten der Hölle.«

Amr machte eine Pause. Die geisterhafte Blässe seines Gesichts hob sich kaum von den Konturen des *Minbars* ab.

»Du hast es mir in Fustat selbst gesagt«, erwiderte Atika: »*Was für ein Teufel muß man werden, um einem solchen Gott angemessen zu dienen?* Meinst du das?«

»Ist Iblis nicht der wahre Gläubige?« fragte Amr. »Ist der wahre Gläubige nicht derjenige, der niemanden außer Gott verehrt?«

»Auch dann, wenn Gott selbst von ihm fordert, den Menschen zu verehren?« entgegnete Atika. »Auch wenn der Gott, den er anbetet, sein Werk verehrt sehen will? Ist der Teufel nicht der, der den starren Glauben an Sätze und Formeln höher achtet als den Menschen? Wenn Gott von Iblis forderte, sich vor Adam niederzuwerfen, wenn er ihn für seinen Frevel bestrafte – hat er damit nicht jeden verdammt, der den Menschen verachtet? Selbst wenn es um des Glaubens willen geschähe?«

Amr zerrte am Kragen seines Hemdes. Die Bewegung war heftig, als wolle er mit dem Stoff zugleich auch die Haut darunter abstreifen.

»Du hast verloren«, sagte Atika ruhig. »Nicht weil deine Lehre falsch ist. Sondern weil du selbst den Glauben daran verloren hast.«

Die Worte verfehlten ihre Wirkung nicht. Sie sah es an dem

jähen Aufblitzen in seinen Augen, das die unbewegte Maske seines Gesichts durchbrach. Er strauchelte.

»Du hast dich entschlossen, Iblis zu folgen«, fuhr sie fort. »Und mit der Achtung vor dem Menschen hast du auch deinen Glauben verloren. Du wurdest ein *Werber*, weil du hofftest, mit den Zweifeln deiner Schüler auch deine eigenen zu besiegen. Du hast es mir selbst gesagt. Und deshalb wolltest du auch das *Buch des Smaragds*. Aber du bist gescheitert, Amr.«

Sie wußte, daß das nicht ganz richtig war. Ihre augenblickliche Überlegenheit würde kaum von Dauer sein. Je heftiger sie seine schwachen Stellen attackierte, desto mehr öffnete sie auch ihre eigene Deckung. Es gab etwas, das noch nicht vorbei war. Und das wußte er so gut wie sie.

»Du selbst kennst dieses Gefühl«, sagte er ruhig. »Verzweiflung. Zweifel. Alles tun zu müssen, nur damit dieses Gefühl aufhört. Ich erinnere mich. Du erzähltest mir in Ägypten davon, als du von der Sklaverei sprachst.«

Sie erwiderte nichts.

»Und du, Atika? Welchem Phantom jagst du nach?« In der Art, wie er ihren Namen betonte, lag etwas Lauerndes. »Was ist es, das du suchst? Freiheit?« Er lachte erneut. »Es gibt keinen flüchtigeren Schatten als die Freiheit. Freiheit ist gefährlich, Atika, sie ist weniger Privileg als Verpflichtung. Ist es nicht leichter, glücklich zu sein, wenn man sich in sein Schicksal fügt, wie ungerecht es auch erscheinen mag?«

Mühelos schien er in ihr Inneres sehen zu können. Ihr Atem stockte, ihre Beklemmung steigerte sich zur Furcht. Doch sie war nicht bereit, ihm auch nur einen Fuß Boden zu überlassen.

»Du bist nicht geschaffen für die Freiheit. Eine Frau, die nach Freiheit strebt, stellt eine ganze Weltordnung auf den Kopf.«

»Eine verkehrte Weltordnung!« entgegnete Atika heftig. Sie fand ihr Gleichgewicht wieder und ging noch einen Schritt weiter. »Sieh dich an, Amr! Ist dies das Glück, von dem du sprichst? Du wagst einer Frau noch nicht einmal dann ins Gesicht zu sehen, wenn es verschleiert ist!«

Er ging nicht darauf ein. »Freiheit um jeden Preis, nicht wahr?« Er hatte ihre verletzbare Stelle gefunden.

»Ich habe niemanden dafür getötet«, wandte sie schwach ein.

Instinktiv spürte er ihre Unsicherheit, und er nutzte sie aus. Er würde versuchen, sie zu ermüden, allmählich in die Enge zu treiben, bis sie einen Fehler beging. Und dann würde er zuschlagen.

»O doch, das hast du. Auch du hast Fatima getötet. Du wolltest frei sein um jeden Preis. Wärest du nicht geflohen, könnte sie noch leben.«

Atika begann am ganzen Körper zu zittern. »Nein!«

Unbarmherzig sprach er noch einmal aus, was in ihrem Kopf widerhallte. »Sie könnte noch leben.«

»Du hast sie getötet!« rief Atika. »Du allein!«

Amrs Gesicht wurde noch bleicher. Doch seine Stimme war trügerisch sanft, als er sagte: »Also gut. Du hast gewonnen. Brich deine Ketten, Atika. Der Käfig steht offen, du kannst gehen. Worauf wartest du?« Er wußte um den Kampf, der in ihr tobte. Und er nutzte seinen Vorteil. »Du wirst nicht gehen, nicht wahr?« Er hatte sie in die Enge getrieben und begann nun, mit seiner Beute zu spielen. »Auch du hast Angst vor der Freiheit. Und zu Recht. Es ist soviel leichter gegen jemanden aufzubegehren, den man haßt, als gegen jemanden, den man liebt. Denn das hieße alles zerstören, was einem etwas bedeutet.«

Absolute Stille lastete drückend auf ihnen und hing zwischen den niedrigen Säulen.

»Du irrst dich«, sagte Atika endlich. »Es ist kein Ausweg, sich zu fügen. Ich kann dankbar sein, indem ich gehorche. Aber nicht mehr. Und ich kann niemanden lieben, wenn ich mir dafür verbieten muß zu atmen.« In den letzten Wochen hatte sie diesen Gedanken nicht zugelassen. Es war ihr wie Verrat an Iqbal erschienen. Doch Amr zwang sie dazu.

»Und nun?« fragte er höhnisch. »Als Gattin eines reichen Bagdaders bist du unfreier denn je. Du bist eine Gefangene deiner eigenen Ehre. Und diese Ehre verdankst du der Freiheit.«

»Iqbal ist mein Vater«, berichtigte ihn Atika, »er hat mich adoptiert.« Gleichwohl hatte Amr nur ausgesprochen, was sie selbst fühlte, seit sie in Bagdad lebte.

»Ist das ein Unterschied?« entgegnete er. Doch seine Stimme schwankte einen Moment. »Dein Leben ist vorgezeichnet. Du wirst bis zu deinem Tod anderen unterworfen sein. Ein Sklavenhändler verkauft dich an einen Fremden, ein Vater an einen seiner Freunde.«

Amr hatte recht. Und gleichzeitig hatte er unrecht. Atika schwieg einen Augenblick, gefangen in ihren eigenen Zweifeln, bevor sie antwortete: »Vielleicht habe ich wirklich nur den Herrn gewechselt. Aber auch du wirst bis zu deinem Tod ein Sklave sein – ein Sklave deiner eigenen Ideen. Was du gesagt hast, gilt für dich selbst noch mehr als für mich: Du kannst deine Ketten nicht sprengen, ohne dich selbst zu zerstören.«

Er sah ihr wachsam ins Gesicht, wie von einem Unterton in ihrer Stimme alarmiert.

»Glaubst du, mein Vater hätte zugelassen, daß ich mich in Gefahr begebe?« fuhr sie fort. »Es ist meine freie Entscheidung. Niemand weiß, daß ich hier bin.«

Ein hartes Lächeln umspielte seine Lippen. »Das war leichtsinnig von dir.« Nach einer Pause setzte er hinzu: »Du schuldest ihm viel. Mehr als ein Mensch einem anderen in einem Leben zurückgeben kann.«

Atika zögerte, ehe sie bemerkte: »Es gibt noch einen Menschen, dem ich viel schulde. Safwan hat mich freigekauft. Aber sein Geschenk kann ich erwidern.«

Amr starrte sie mit plötzlich wutverzerrtem Gesicht an.

»Du hast geglaubt, er habe das *Buch des Smaragds*«, fuhr sie unbeirrt fort. »Aber er sucht danach genau wie du selbst. Auch er hat Zweifel, und auch er will dieses Buch lesen.«

»Und es steht in deiner Macht, ihm das zu ermöglichen?« fragte Amr lauernd. Atika spürte die Bedrohung, die in dieser Frage lag.

»Ich habe die letzte Kopie des *Buchs des Smaragds* abgeschrieben«, sagte sie müde. Auf einmal fühlte sie sich erschöpft, als habe sie eine schwere Prüfung hinter sich gebracht, von der sie noch nicht wußte, ob sie sie bestanden hatte. Laut rief sie sich noch einmal seine Worte ins Gedächtnis. *»Ein Wesen der Materie, das verdammt ist, den Fluch der Körperlichkeit an neue Generationen weiterzugeben.* Und dennoch ist mir gelungen, was dir verwehrt blieb.« Doch es lag kein Spott in ihrer Stimme.

»Und du wirst es tun?« fragte er. »Du wirst Safwan das *Buch des Smaragds* zeigen?«

»Und wenn ich es täte?« Sie triumphierte nicht. Sie zitterte.

»Du weißt, wozu dieses Buch imstande ist«, sagte Amr mit kalter, falscher Freundlichkeit. »Du liebst diesen Mann, nicht wahr? Und doch willst du ihm dieses Buch geben? Und wenn es ihn verändert? Wie es mich verändert hat?«

Ihr Mund war trocken, sie schluckte. Die warnende Stimme des Ismailiten hatte ausgesprochen, was sie selbst dachte und fürchtete wie nichts anderes.

»Safwan ist, wie ich selbst einmal war«, fuhr Amr fort. »Bevor ich von dem *Buch des Smaragds* hörte. Es ist ein bemerkenswertes Buch mit einer wirklich besonderen Eigenschaft. Du wirst es erleben.«

Atika hatte das quälende Bedürfnis, ihn zum Schweigen zu bringen. Sie wollte schreien, weglaufen, um sich schlagen, nur nicht mehr diese Stimme hören müssen, die ihre schlimmsten Ängste aussprach und sie dadurch Wirklichkeit werden ließ. Aber sie durfte nicht nachgeben, wenn sie diesen Kampf gewinnen wollte, sie durfte nicht zulassen, daß Amr ihre eigenen Ängste gegen sie ausspielte.

»Ich werde ihm das Buch geben«, entgegnete sie, »ganz gleich, was danach mit ihm geschieht.«

»Es scheint deine Zweifel nicht getilgt zu haben«, gab Amr hart zurück. »Glaubst du denn, daß es die seinen tilgen wird?«

»Es kann keine Zweifel tilgen«, sagte sie schwach. »Nicht einmal die einfachsten.« Sie brach ab. Ihre Kehle war wie zugeschnürt.

Amr neigte sich plötzlich nach vorne und brachte sein Gesicht nah an das ihre. Als seien sie vertraute Weggefährten auf einer gemeinsamen Suche fragte er: »Und die Methode? Die universale Methode, Leid zu bekämpfen?«

Sie antwortete nicht.

»Es tilgt keine Zweifel?« wiederholte er drängend. »Was steht in diesem Buch, Atika?«

Sie schüttelte den Kopf.

»Ist es das Wagnis nicht wert?«

Atikas Augen brannten. Eine feuchte Spur zog sich ihre Wange hinab.

Eine Stimme, die nicht aus seinem Körper zu kommen schien, sondern irgendwoher aus dem Nichts, sagte: »Du hattest recht. Nicht du hast Fatima getötet. Warum also solltest du nun fürchten, was deine Antwort bewirken könnte?«

Ihre Erwiderung war kaum mehr als ein Flüstern. »Vielleicht fürchte ich das, was du tun könntest.«

»Was ist der Smaragd«, fragte Amr, »mit dem Ibn ar-Rewandi die Vipern blendete?«

Atika sah ihn eindringlich an.

Dann trat sie dicht an ihn heran und flüsterte ihm einen Satz ins Ohr.

Amrs Züge entspannten sich zu einem Lächeln. »Du solltest ihm das Buch zu lesen geben«, sagte er.

Ein Befehl erklang von der offenen Tür her. Die Soldaten waren so schnell in der Moschee, daß Atika kaum begriff, was geschah.

Doch die Zeit blieb stehen, als sie Amr ins Gesicht sah. Der Ismailit erwiderte ihren Blick. Noch immer lächelte er, und in seinem Lächeln waren Anerkennung und etwas wie ein stummer Dank zu lesen.

Dann griff er in seinen Gürtel und zog den Dolch. Mit einer einzigen fließenden Bewegung stieß er sich die Waffe bis ans Heft ins Herz. Das Lächeln wich keinen Augenblick von seinem Gesicht.

22

Atika hörte Iqbal ihren Namen rufen. Doch sie konnte ihre Augen nicht von dem Anblick des Ismailiten wenden. Auf seiner Brust breitete sich ein dunkler Fleck aus. Amr sank nach vorn, seine Hände berührten sie, sein Gewicht lag auf ihrer Schulter. Etwas streifte ihr Gesicht, warm, feucht. Ein süßlicher Geruch breitete sich aus. Seine Hände, blutverschmiert, krallten sich in ihren Arm, sanken an ihrem Körper herab, hinterließen rote Spuren auf ihrem Gesicht und ihrer Kleidung. Ein Speichelfaden lief glänzend aus seinem Mund und versickerte in dem kurzgeschnittenen Bart. Ein leises Röcheln, dann war es vorbei.

Atika war weder fähig, sich zu bewegen, noch, den Blick von ihm zu lösen.

»Nimm den Schleier ab«, sagte Safwan. Seine Arme legten sich so selbstverständlich um sie, als stünden nicht noch andere Männer im Raum. Atika klammerte sich an ihn. Sie begann am ganzen Körper zu zittern, seine Hände strichen beruhigend über ihren Rücken. Langsam fiel die Anspannung von ihr ab.

Es war vorbei.

»Nimm den Schleier ab«, wiederholte Safwan. Seine Stimme klang rauh. »Er ist voller Blut.«

Atika hob den Kopf und ließ es zu, daß seine Hand ihren Gesichtsschleier löste. Auf der Stirn hatte er eine frisch verschorfte Wunde, und sein linkes Auge war leicht geschwollen. Die Erinnerung daran, wie er das letzte Mal so vor ihr gestanden hatte, war überwältigend nahe. Genausowenig schien Safwan den Augenblick vergessen zu haben. Er hielt inne, die Hand mit dem blutigen Stoff halb erhoben.

Rasche Schritte näherten sich ihnen – Iqbal.

»Bist du unversehrt?«

Atika zitterte noch immer, doch sie löste sich aus Safwans Armen. »Mir geht es gut«, sagte sie. Sie griff nach dem *Izar*, der ihr Haar bedeckte, und zog ihn schräg vors Gesicht. »Es tut mir leid«, sagte sie mit einem Blick auf die Blutspuren an

Safwans Kleidung. Sie senkte die Augen, um ihn nicht ansehen zu müssen. Ihr Herz schlug noch immer heftig.

Sie wandte sich an Iqbal. »Ich wollte nicht …«

»Ich hätte es mir denken müssen.« Kein Muskel in seinem Gesicht regte sich, es drückte weder Anerkennung noch Tadel aus.

»Ich konnte nicht anders«, gestand Atika leise.

In Iqbals Gesicht war kein Vorwurf zu lesen. »So wenig wie ich.«

Er musterte sie, während einer seiner Diener herbeieilte und ihm etwas zuflüsterte. Iqbal nickte, ohne sich zu dem Mann umzudrehen.

»Komm jetzt.« Er griff nach Atikas Arm und warf Safwan einen kurzen Blick zu. Sie sah noch einmal auf den Toten herunter. Von einer Schwertklinge reflektiert, tanzte ein Lichtfunke über seinen Körper eine Säule hinauf. Auf Amrs Gesicht lag noch immer jenes verzerrte Lächeln, als habe der letzte, endgültige Schmerz die Dämonen besiegt, die ihn gequält hatten.

23 Der der erste, ungewöhnlich frühe Sandsturm dieses Jahres, der sich bereits angekündigt hatte, als Atika vor der kleinen Moschee in al-Karkh gestanden hatten, schickte zwei Tage später unruhige Böen über die Stadt. Atika hatte sogar vor dem windgeschützten Fenstergitter zur Galerie die Läden geschlossen, um ihr Zimmer vor dem eindringenden Staub zu schützen. Schon jetzt hörte sie den Sturm an den Mauern entlang streichen wie ein hungriges Raubtier.

Sie hatte sich gewaschen und umgezogen und seither den *Harim* nicht verlassen. Immer wieder hatte sie zu der Kopie gegriffen, die sie bei Tauhidi angefertigt hatte. Sie versuchte, darin zu lesen, doch es gelang ihr nicht, sich darauf zu konzentrieren. Schließlich legte sie das Pergamentbündel auf ihre

Truhe zurück. Unruhig stand sie auf und setzte sich wieder. Sie mußte Safwan das Buch geben. Sie schloß die Augen und wiederholte im stillen immer wieder den einen Satz wie eine Beschwörung: *Ich werde es ihm geben.* Ihre Lippen zitterten.

Die Hitze, die in ihr Zimmer drang, ließ sie auch zwei Tage nach Amrs Tod noch immer nicht zur Ruhe kommen. Es war nicht allein das Bild jenes seltsamen Lächelns auf Amrs Gesicht, der Gedanke an seine Hände, die an ihrem Körper entlang langsam zu Boden glitten, das Gefühl des warmen Bluts auf ihrer Kleidung und ihrem Schleier, was sie immer wieder aufspringen und im Zimmer auf und ab gehen ließ. Es war auch die Erinnerung daran, mit welcher Selbstverständlichkeit Safwan seine Arme um sie gelegt hatte. Atika schüttelte den Kopf. Sie konnte ihm das Buch nicht geben.

Ein leises Klopfen an der Tür ließ sie aufschrecken.

Es war Mittagszeit. Fauz und Iqbal hatten sich zurückgezogen, und Iqbals Mutter lag vermutlich mit einem Buch oder einer Stickarbeit auf den Kissen in ihren eigenen Gemächern. Selbst der Türsteher verließ um diese Tageszeit bisweilen seinen Posten.

Sie schob den Riegel zurück und öffnete. Die Galerie zum Innenhof war mit Leinensegeln verhängt, um Hitze und Sand fernzuhalten. Atika kniff die Augen zusammen, um die Gestalt im Halbdunkel erkennen zu können.

»Ich mußte dich sehen«, sagte Safwan.

Sie griff nach seinem Arm. »Komm herein, schnell, bevor dich jemand sieht!« Sie zog ihn ins Innere, schloß die Tür hinter ihm, schob den Riegel vor und lehnte sich dagegen. »Hast du den Verstand verloren?« Hastig stieß sie die Worte hervor.

»Der Türsteher war nicht an seinem Platz.« Er sah sich nervös um. Atika bemerkte, daß er nicht einmal eine Jacke, sondern nur Hemd und Hosen trug. »Ich weiß, daß ich nicht hier sein sollte.«

»Daß du nicht hier sein solltest?« Atika lachte trocken auf. »Iqbal läßt dich von seinen Knechten in den Tigris werfen, wenn er dich im Allerheiligsten seines Hauses findet, in dem Bereich, den nicht einmal der Kalif zu betreten wagen würde! Und wenn er darauf verzichtet, dir vorher eigenhändig die Haut abzuziehen, kannst du von Glück reden. Was hast du dir nur gedacht?«

Safwans Lippen zuckten. Atika hatte den dunklen Verdacht, er betrachte die Situation keineswegs mit dem angemessenen Ernst. »Bei dem Glück, das ich für gewöhnlich habe, wenn ich dich alleine sprechen will, kommt wahrscheinlich jeden Augenblick die halbe Stadt hier herein! Dabei sagte Iqbal selbst, man dürfe keiner Frau ohne einen duftenden Vers gegenübertreten.« Er warf ihr einen herausfordernden Blick zu.

Sie überzeugte sich noch einmal davon, daß der Türriegel fest geschlossen war und ging dann an ihm vorbei, um vorsichtig den Fensterladen zu öffnen und einen Blick hinauszuwerfen. »Das gilt für Sklavinnen, nicht für Töchter«, bemerkte sie. Unten regte sich nichts.

»*Die Liebe zu Sklavinnen ist für Sklaven*«, entgegnete Safwan gewandt. »Das sagte der Dichter Abbas ibn al-Ahnaf.« Atika schloß den Fensterladen und setzte sich schließlich auf die hölzernen Stufen ihres Bettes. Safwan sah ein wenig hilflos zu ihr herüber.

»Nun komm schon, setz dich«, forderte sie ihn auf. »Da du einmal hier bist, ist es ohnehin gleichgültig. Was immer ich auch tue, Iqbal wird es in keinem Fall gutheißen.«

Safwan sah sich um, als betrete er ein fremdes Heiligtum. Seine Scheu machte ihr die Situation erst richtig bewußt, in der sie sich befanden. Ihr Gesicht wurde heiß.

»Ich mußte dich sehen.« Safwans Stimme hatte wieder den warmen dunklen Klang, der ihren Puls schneller gehen ließ. Im nächsten Moment stand er vor ihr, nahm ihre Hand und berührte ihre Fingerspitzen. Atika öffnete die Lippen, aber sie fand keine Worte. Die Hitze, die von außen hereindrang, war nichts gegen die Wellen, die durch ihren Körper jagten.

»Als ich dich wiedersah, kam es mir vor, als hätten wir uns

nie getrennt. Doch dann hast du wieder den Schleier vors Gesicht gezogen, als wäre ich ein Fremder. Und seit zwei Tagen hast du dich hier eingesperrt.«

»Es ist wegen Iqbal«, antwortete Atika. »Er soll sich meiner nicht schämen müssen. Ich wollte mich so verhalten, wie er es von seiner Tochter erwarten darf.«

Auf Safwans Gesicht trat ein unsicheres Lächeln. »Ja, das leuchtet mir ein – nachdem du aus seinem Haus davongelaufen bist, um einen gefährlichen Sektierer in seinem Versteck aufzusuchen.«

Sie erlaubte sich ein kurzes Lächeln, ehe sie wieder ernst wurde.

»Amr sagte, die Ehre halte mich ebenso in Gefangenschaft wie die Sklaverei. Er hat recht, und auch wieder nicht. In Yusufs Haus drehte sich alles nur darum, ob der Käufer eine Jungfrau bekommt – und wenn ich Iqbals Mutter zuhöre, fühle ich mich oft daran erinnert.«

»Meinst du nicht, daß es andere Möglichkeiten gibt, jemandem Dankbarkeit zu erweisen, als ihm zu gehorchen?«

Atika spürte, wie ihr Gesicht wieder anfing zu glühen. Sie wußte nicht, wie sich eine *Zarifa* verhielt, wenn ein Mann in ihrem Zimmer saß. Aber eine *Zarifa* würde vermutlich überhaupt keinen Mann in ihr Zimmer lassen.

Sein Tonfall wurde leichter, als wolle er eine plötzliche Verlegenheit überspielen: »Du warst während deiner Zeit bei Yusuf freier als die meisten Frauen, die die Sklaverei nie am eigenen Leibe erfahren. Du bist ein hoffnungsloser Fall«, setzte er hinzu. »Du hast doch nie getan, was man dir sagte. Denkst du, Iqbal ist so naiv zu glauben, du würdest jetzt damit anfangen?«

Sie mußte lachen. »Ibn ar-Rewandi sagt am Anfang seines *Buchs über den Menschen*, der Mensch habe einen freien Willen und erhalte seine Gesetze vom eigenen Herzen. Das habe ich vor wenigen Tagen gelesen. Aber ich weiß nicht, ob es auch für Frauen gilt, die von ihrer eigenen Ehre erstickt werden.«

»Das ist das Schöne an der Ehre«, erwiderte Safwan, »daß sie nur dann verletzt wird, wenn jemand davon erfährt.« Er wurde plötzlich ernst. »Du bist frei, Atika. Was immer du auch erlebt hast, es ist vorbei.«

Er griff in sein Hemd und zog einen rötlichen Gegenstand heraus. »Erinnerst du dich, was ich dir in Fustat von den *Jinn* erzählt habe? Von den Kristallen im Sand, wenn sie die Erde berühren? Ich wollte ihn dir schon an jenem Abend geben, als ich in Bagdad ankam, aber dann kam mir Amr in die Quere.«

Vorsichtig griff Atika nach dem roten Kristall. Er fühlte sich rauh an, wog schwer in ihrer Hand und hatte zahllose, leicht abgerundete Kanten. Sie drehte ihn zwischen den Fingern. »Der Wegstein zur Unendlichkeit.«

Ohne zu überlegen beugte sie sich vor und berührte seinen Mund mit ihren Lippen. Ihre Hand schloß sich um den Stoff seines Hemds, sanft zog sie ihn zu sich heran. Sie spürte die Anspannung in seinem Körper, als er den Kuß erwiderte, zuerst zögernd, dann mit leidenschaftlicher Hingabe. Für einen Augenblick verlor sie jedes Gefühl für die Zeit. Sie rann durch sie hindurch wie durch eine Sanduhr, die den fließenden Strom umarmt, ohne ihn festzuhalten.

Dann aber schrak sie jäh zusammen. Eine Erinnerung ließ ihren Atem stocken, ruckartig schob sie seine Hand von ihrem Oberschenkel. Für einen Augenblick stand ihr das Bild der Gestalten vor Augen, die sie vor einer halben Ewigkeit auf einem Bett festgehalten hatten. Sie glaubte sogar, den Geruch der scharfen Flüssigkeit wahrzunehmen.

»Ich werde dir nicht weh tun.« Safwans vertrautes Gesicht war im Halbdunkel dicht vor dem ihren. Sie war in der Gegenwart.

Atika lachte leise auf. »Für einen Poeten denkst du ein wenig konventionell. Glaubst du, ich hätte dich hereingelassen, wenn ich das befürchtete?« Sie strich mit der Hand über sein Gesicht, als wolle sie sich seiner Gegenwart vergewissern. »Es war eine Erinnerung«, sagte sie. »Nichts weiter.«

Ein Schatten legte sich auf sein Gesicht.

»Es ist vorbei«, sagte Atika. Die dunklen Gedanken wurden vertrieben von dem Gefühl der Sicherheit, das seine Gegenwart ihr gab, wie von einem stürmischen Frühlingsregen.

Sie legte die Hand um seinen Nacken und zog ihn langsam mit sich herab. Und mit der Erinnerung verblaßte auch die Vergangenheit wie die Spuren eines verlassenen Nomadenlagers, die Wind und Wetter allmählich auslöschen, als seien sie nie gewesen.

24 Eine kurze Unendlichkeit war vergangen, die Sonne war weitergewandert. Ihre Strahlen fielen durch einen Spalt zwischen den Fensterläden in den Raum und tauchten ihn in ein unwirkliches Licht. Doch Atika hatte sich noch nie so ganz in der Wirklichkeit gefühlt wie eben jetzt.

Sie spürte Safwans Hand in ihrem Haar und betrachtete sein Gesicht im Halbdunkel. Zum ersten Mal hatte sie es so gesehen, als er ihr von den *Jinn* erzählt und sie nach ihrem Namen gefragt hatte. Sie hatte geschwiegen, als würde es ihm Macht über ihre Vergangenheit verleihen, wenn er ihn erfuhr. Wie lange lag das zurück? Die Zeit, die seither vergangen war, kam ihr vor wie die Spanne eines ganzen Lebens.

»Ragnhild«, sagte sie.

Er lachte leise. »Wie bitte?«

»Mein Name«, erklärte Atika. »Damals wolltest du wissen, welchen Namen ich in Friesland trug. Man nannte mich Ragnhild.«

Safwan strich ihr eine helle Haarsträhne aus dem Gesicht. »Was für ein Name ist das?«

»Es ist ein skandinavischer Name. Der Name einer Kriegerin und einer Königin.«

»Der Name einer Königin«, wiederholte Safwan leise. »In

eine Welt, in der ein Sklavenhändler dich auf dem Markt feilbieten konnte, paßte dieser Name wirklich nicht.«

»Er war alles, was ich aus meinem alten Leben noch besaß«, sagte Atika. »Ich hatte Angst, ihn zu verlieren, wenn ich ihn nur ausspräche.«

Sie drehte sich auf die Seite und sah ihm ins Gesicht.

Zwischen Safwans Augenbrauen bildete sich eine Furche, als suche er etwas in seiner Erinnerung. »Man sagt, der Emir Abd ar-Rahman, der erste große Herrscher Córdobas, habe aus Damaskus eine Palme mitgebracht. Er pflanzte sie in al-Andalus, damit sie ihn immer an seine Heimat erinnerte. Sie war das einzige, was er aus Syrien hatte retten können.«

»Ich kenne diese Geschichte«, warf Atika lebhaft ein. Sie richtete sich halb auf. »Irgendwo habe ich sie schon einmal gehört.« Jetzt fiel es ihr wieder ein. Fatima hatte sie ihr erzählt, als sie zum ersten Mal die Große Moschee von Córdoba besucht hatte.

»Nun, ein Name ist vielleicht nicht ganz so greifbar wie eine Palme«, meinte Safwan, »aber doch besser als nichts. Du hast dir einmal an meinem Namen die Zunge verrenkt. Also ist es nur gerecht, wenn ich nun meinerseits in deinem nur Konsonanten erkennen kann. Aber wenn du es möchtest, werde ich lernen, ihn auszusprechen. Und wer weiß, Gott ist allmächtig, vielleicht wird es mir sogar eines Tages gelingen.«

Atika lachte laut auf.

Dann berührte sie vorsichtig sein Gesicht. »Ich habe einen Namen«, sagte sie, während sie sich über ihn beugte. Sie genoß das Gefühl seines schnellen Atems auf ihrer Haut. »Mein Name ist Atika.«

25 Irgendwann warf Safwan einen Blick auf die Sonnenstrahlen, die schräg durch die Schlitze des Fensterladens hereinfielen. »Ich muß gehen«, sagte er. »Die Mittagsruhe ist fast vorbei.« Er beugte sich zu ihr hinüber und küßte sie. Dann schob er das Moskitonetz zur Seite und stand auf, um sich anzuziehen.

Atika versuchte, ihre Gedanken zu ordnen. Da war noch etwas, was sie nicht vergessen durfte.

»Warte einen Augenblick!« Sie griff nach ihrem leichten Unterkleid, warf es über und ging zu ihrer Truhe. Er folgte ihr mit seinen Blicken, bis sie wieder vor ihm stand, ein Bündel eng beschriebenen Pergaments in den Händen. Mit einer schnellen Bewegung, wie um sich nicht noch im letzten Augenblick anders zu besinnen, reichte sie es ihm.

»Ich bin noch nicht sehr gut«, sagte sie entschuldigend. »Aber die nächste Kopie wird besser.«

Safwan strich sein Hemd glatt und warf einen kurzen Blick auf das oberste Blatt. Seine Augen weiteten sich. Er zog die Luft durch die Zähne ein und hob den Kopf. »Woher hast du das?«

»Ein Klient von Iqbal, Tauhidi, hatte es in seiner Bibliothek. Er erlaubte mir, es zu kopieren.«

»Tauhidi?« Safwan ließ sich zurück aufs Bett sinken. Er fuhr sich über die Stirn und lachte leise.

»Was ist?« fragte Atika verunsichert.

Safwan schüttelte den Kopf. »Ich habe ihn in Basra kennengelernt. Er ist vermutlich der einzige, den ich dort nicht nach dem *Buch des Smaragds* gefragt habe.«

Er hob das Bündel näher ans Gesicht. »*Das* Buch des Smaragds *von Abu l-Husain Ahmad Ibn ar-Rewandi aus Khorasan*«, las er langsam und beinahe andächtig. »*Kopiert von Atika bint Iqbal aus Bagdad.*«

»Du hast mir die Freiheit geschenkt«, sagte Atika leise. »Ich war dir etwas schuldig.«

»Ich hörte, wie du in der Moschee mit Amr sprachst.« Er saß noch immer über das Pergament gebeugt, als müsse er verhindern, daß es sich sogleich in Luft auflöste. »Aber ich stand zu weit entfernt, um alles zu verstehen.« Er sah auf. »Du hast mit ihm darüber gesprochen?«

Atika bejahte zögernd.

Vorsichtig blätterte er die ersten Seiten um. Dieses Buch war vielleicht tatsächlich das gefährlichste der islamischen Geschichte. Weil es Menschen gab, die sich durch die bloße Existenz der Ideen bedroht fühlten, die Ibn ar-Rewandi darin niedergelegt hatte. Menschen wie Amr. Atika ließ sich neben Safwan nieder und verschränkte nervös die Finger ineinander, während sie ihn beobachtete. Seine Lippen bewegten sich stumm, als er gierig die Seiten überflog. Schließlich las er laut: »*Der Verstand ist die größte Gnade Gottes des Erhabenen seinen Geschöpfen gegenüber; er ist es, durch den man den Herrn und seine Güte erkennt ...*«

Er hielt inne. »Das sagte auch Nabil!«

Atika nickte. *Es ist ein ganz besonderes Buch, mit einer wirklich bemerkenswerten Eigenschaft,* hörte sie Amrs Stimme in ihrem Kopf. *Es verändert Menschen. Du wirst es erleben.* Mit aller Kraft schob sie die Erinnerung beiseite.

»*Wenn ein Manichäer die religiöse Überlieferung an sich leugnet*«, las Safwan weiter, »*leugnet er damit zugleich seine eigene Lehre, nämlich die des Manichäismus. Wenn er religiöse Überlieferung aber für zuverlässig hält, so muß er zweifellos auch die Überlieferungen des Islam akzeptieren.*«

Er fuhr sich mit der Zunge über die Lippen und strich sich unruhig mit der Hand durchs Haar. »Das heißt letztlich aber doch, daß keine Religion einer anderen überlegen ist. Wenn eine wahr ist, sind alle wahr, und wenn eine falsch ist, sind alle falsch.«

Atikas Finger spielten mit seinem Hemd. »Vielleicht gibt es sogar irgendwo eine Wahrheit, die dir nicht verbietet, hier zu sein.«

»Das ist mutig«, sagte Safwan ruhig, ohne darauf einzugehen, »aber nicht ketzerisch. Und was schließt er daraus?«

Ungeduldig blätterte er in den losen Seiten. Atika zögerte

und starrte auf die Schale mit frischen Veilchenblüten neben ihrem Bett. Wieder hörte sie das Echo von Amrs Worten. *Er ist, wie ich selbst einmal war.*

Sie schüttelte den Kopf und nahm Safwan die Kopie aus der Hand. Beinahe trotzig suchte sie die Stelle, fand sie und las laut:

»*Vom Standpunkt der Vernunft aus ist es tadelnswert, jemanden, der einem nichts Böses getan hat zu verletzen und einem anderen nicht das zu wünschen, was man für sich selber will.*«

Safwan strich mit einer Hand nachdenklich über das Laken. »Das ist eine Moral, die sich nicht auf eine bestimmte Religion beruft. Mir wird allmählich klar, warum dieses Buch als gefährlich gilt. Ich hätte es mir denken können: Wer behauptet, das eigene Herz gebe die Gesetze, der ist auf kein Religionsgesetz angewiesen.«

»Und hat vielleicht Verständnis für Männer, die sich in den Frauenbereich fremder Häuser schleichen«, sagte Atika und beugte sich zu ihm, um ihn zu küssen. Ihr Verhältnis zu den Sittengesetzen Bagdads, konstatierte sie, hatte sich bereits bedenklich gelockert.

Safwan erhob sich und ging einige Schritte auf und ab, um seine Aufregung zu besänftigen. »Verstehe ich das richtig? Das ist eine Moral nicht für Gläubige, sondern für Menschen. Eine Moral, die es für verwerflicher hält, einem anderen etwas Schlimmes anzutun, als ein Buch zu schreiben, wie ketzerisch es auch sein mag.« Er sah sie durch den hellblauen Schleier des Moskitonetzes hindurch an. »Oder eine Frau zu lieben.«

Er ließ sich wieder neben ihr nieder, beugte sich über das Buch, überflog Zeile um Zeile und blätterte hastig weiter. Jetzt näherte er sich jenen Stellen, die Atika Kopfzerbrechen bereiteten. *Du solltest es ihm zeigen*, flüsterte Amrs Stimme in ihrem Kopf.

»*… Wenn jemand dem widerspricht, was der Verstand über Gut und Böse sagt, so brauchen wir auch seine prophetische Sendung nicht zu akzeptieren …*« Safwan stockte. »Das«, meinte er trocken, »ist ein Ketzerwerk. Oder?« Er sah sie verunsichert an, als sei er sich seines eigenen Urteils nicht mehr sicher.

Atika zuckte hilflos die Schultern. »Ich weiß es nicht.« Sie drängte sich dicht an ihn und las ihrerseits die Stelle noch einmal. Es war ein sonderbares Gefühl, die fremden Worte in ihrer eigenen Schrift zu lesen. »In Andalus gilt es als Ketzerwerk. Hier offenbar nicht. Ich weiß nicht, wovon es abhängt, wann ein Buch ein Ketzerwerk ist. Es mag Menschen geben, die diese Zeilen für eine Sünde halten«, sagte sie nachdenklich. »Menschen wie Amr, die sich den Höllenfürsten Iblis zum Vorbild nehmen und einem Glauben nacheifern, der den Menschen nicht achtet. Aber, Ketzer oder nicht, Ibn ar-Rewandi hat den Menschen leidenschaftlich verehrt.«

»Ich glaube zu verstehen, was er meint«, sagte Safwan langsam. »Nabil hatte recht. Dieses Buch hat nichts mit der Lehre der Ismailiten zu tun. Es ist ein Buch, das ein anderes Erbe der Griechen angetreten hat: die philosophische Vernunft. Deshalb wurde es verbrannt. Nur, was sich nicht auf die Autorität einer bestimmten Religion beruft, meint Ibn ar-Rewandi, kann für alle Menschen gelten. Denn die Religionen sind verschieden, und was die eine predigt, halten die Anhänger der anderen für Unsinn. Nur die Vernunft ist allen Menschen eigen, gleich welcher Hautfarbe oder Religion. Nur sie ist universal. Ist es das?« fragte er lebhaft. »Die universale Methode, der Smaragd, nach dem Ibn ar-Rewandi gesucht hat – ist es die Vernunft? Ist er zu diesem Schluß gekommen? Daß die Wahrheit des einen dem anderen Lüge ist, der Prophet des einen dem anderen als Scharlatan gilt? Ging es ihm gar nicht um die eine, einzige Wahrheit?«

»Die eine Wahrheit!« Atika ließ sich rücklings aufs Bett fallen und sah unter halbgeschlossenen Lidern zu ihm auf. »In den letzten beiden Jahren habe ich unzählige Wahrheiten kennengelernt. Die meiner Eltern in Friesland. Die Amrs, Iqbals oder Tauhidis. Die des Usurpators von Córdoba. Vielleicht gibt es sogar eine Moral, für die die Ehre einer Frau nicht von ihrer Unberührtheit abhängt? Ich weiß nicht, ob eine davon wahrer ist als die anderen. Und Ibn ar-Rewandi hat schließlich viel mehr von der Welt gesehen als ich.« Sie richtete sich wieder

443

auf. »Wenn es mehrere Wahrheiten gibt, mag es sein, daß er nach der einen ein Ketzer, und nach der anderen ein Weiser ist. Amr hat diese Vielfalt der Wahrheiten zu fürchten begonnen. Ibn ar-Rewandi hat einen Weg gesucht, damit zu leben.«

»Auf der Basis der Vernunft ...«, dachte Safwan laut. »Dennoch, es bleibt eine Frage, die noch nicht beantwortet ist: Wie kann die Vernunft wirken, ohne zu zerstören? Wenn jeder sich selbst Gesetze gibt, wie soll das gutgehen? Muß man dann nicht alle Moral in Frage stellen? Was war die Methode, mit der Ibn ar-Rewandi die Zweifel tilgte, die ihn bedrängten, die ihn dazu antrieben, sich immer wieder selbst zu widerlegen?«

Atika schloß die Augen, um das Bild Amrs zu vertreiben, sein Lächeln, als er sich den Dolch ins Herz stieß. Ihre Finger tasteten unsicher nach der Kopie, als wollten sie sie an sich reißen.

»Das ist es«, sagte Safwan leise. »Das ist es, was du Amr zugeflüstert hast, kurz bevor wir ihn umringten. Ich habe dich gesehen, und ich sah auch sein Gesicht. Er tötete sich nicht, um seinen Feinden nicht in die Hände zu fallen. Sondern weil er nicht ertrug, was du ihm sagtest.«

Atika begann trotz der Hitze zu frösteln.

»Was hast du ihm gesagt?« fragte er drängend.

Sie war unfähig zu antworten.

Er faßte sie mit beiden Händen an den Schultern und sah ihr ins Gesicht. »Vertraust du mir nicht?«

Atika richtete den Blick auf ihn, hielt sich fest an seinen Augen, seinem Mund, den Fransen auf seiner Stirn. Langsam verschwamm Amrs Lächeln vor ihrem inneren Auge. Dieses Buch konnte keinen Menschen zu etwas machen, das nicht längst schon in ihm gelegen hätte. Jeder Mensch besaß seine eigene Geschichte.

Sie beugte sich über die Kopie und schlug die Seite auf:

»Inna li-z-zumurrudhi khassatun, hiya, annahu idha ra'ahu al-af'a wa-sa'ir al-hayat, amiat«, las er, und Atika beobachtete jede Bewegung seiner Lippen. *»Der Smaragd hat eine besondere Eigenschaft, daß nämlich Vipern und sonstige Schlangen, wenn sie*

*ihn ansehen, erblinden; so war es meine Absicht, daß der Zweifel,
den ich in diesem Buch niedergelegt habe, die Argumente seiner Gegner blind machen möge.«*

Safwan hob den Kopf, seine Augen hatten einen fremden
Glanz. »Das *Buch des Smaragds* wurde geschrieben, um Vipern
zu blenden. Aber mit den Vipern sind nicht die Zweifel
gemeint«, stellte er fest. »Es sind die Argumente derer gemeint,
die glauben, im Besitz der alleinigen Wahrheit zu sein! Jetzt
verstehe ich ihn. Nichts ist so sicher, daß man es nicht hinter-
fragen könnte.« Er machte eine Pause, ehe er fortfuhr: »Aber
niemand zwingt uns, das, was wir können, auch tatsächlich zu
tun. Die Vernunft ist die Richterin darüber. Über die vielen
Wahrheiten, über die Moral und über die Gesetze, die man
sich selbst gibt. Es liegt in unserer Hand. Das wollte er sagen.«
Diese Erkenntnis hatte Ibn ar-Rewandi gequält. Unfähig, die
Zweifel zu leugnen, die ihm sein reger Geist immer wieder vor
Augen führte, hatte er endlich gelernt, sich diese Zweifel zunutze zu machen. So war es ihm gelungen, die Antwort in der
Frage selbst zu finden.

Safwan sah aufgewühlt zu Atika. »Der *Smaragd* des Ibn ar-
Rewandi, der magische Edelstein, mit dem er seine Vipern
blendet, ist – der Zweifel selbst?«

Atika nickte wortlos. Etwas schnürte ihr die Kehle ab.

Safwan schien ihre Gedanken zu lesen.

»Und Amr glaubte, für die Wahrheit zum Mörder geworden
zu sein. Die eine und einzige Wahrheit, die er zu finden hoffte,
schien ihm jeden Preis wert, wie furchtbar er auch sein mochte.
Aber alles war umsonst«, sagte Safwan leise. »Jetzt verstehe ich
ihn.«

Einen Augenblick schwiegen sie beide.

Dann schlug Safwan spielerisch mit der flachen Hand auf
das oberste Blatt des Pergamentbündels. »Das ist tatsächlich
ein Ketzerwerk.« Doch in seiner Stimme lag kein Bedauern.

»Ich hätte es dir sofort geben sollen.« Eine Last war von
Atika abgefallen. »Ich habe es für dich kopiert, und doch hatte

445

ich Angst, es dir zu zeigen. Ich fürchtete, es könnte dich verändern, wie es Amr verändert hat.«

»Amr ...«, wiederholte Safwan. »Einen Moment lang dachte ich, du hättest mehr für ihn empfunden.«

Atika lachte verlegen. »Das ist lange her.« Sie sah zu Boden. »Er hatte recht, auf seine Weise. Das Buch war gefährlich. Für ihn war es gefährlich.«

»Weil er es nicht ertrug, daß ausgerechnet die Zweifel, die er bekämpft hatte, der Smaragd des Ibn ar-Rewandi sein sollten?«

Atika sah ihn nachdenklich an. »Ibn ar-Rewandi hätte vielleicht gesagt: Wenn man etwas nicht besiegen kann, muß man es sich zunutze machen. Zweifel wird es immer geben. Aber sie können sehr fruchtbar sein.«

»Ich wußte bereits, daß du eine Poetin bist«, sagte Safwan, während er mit ihrem Haar spielte. »Aber es ist mir neu, daß du auch eine Philosophin und eine Kopistin bist. Dies«, er hob das Pergament hoch, »ist eine ausgezeichnete Arbeit. Ich hätte es nicht besser machen können.«

Atika lächelte. Sie wußte, daß dies nicht das letzte Buch wäre, das sie kopieren sollte. Sie würde der Nachwelt noch weitaus mehr Gedanken erhalten, nicht, weil sie gut oder schlecht waren, sondern einfach deshalb, weil sie gedacht werden mußten. Und irgendwann würde sie vielleicht sogar unter ihrem eigenen Namen ein Buch schreiben.

Es hängt ganz von dir ab, hatte Fatima einst zu ihr gesagt. *In dieser Welt werden wir Frauen alle als Sklavinnen geboren, aber nicht alle von uns sterben auch als Sklavinnen.* Wie lange war es her, seit sie nach Córdoba gekommen war? Es erschien Atika wie die vage Erinnerung an einen fernen Traum.

»Es nimmt kein Ende«, sagte sie leise. »Je weiter ich nach Osten reise, je mehr Antworten ich bekam, desto mehr neue Fragen stellten sich mir. So muß es auch Ibn ar-Rewandi gegangen sein. Er wollte zu den fernen Horizonten der Erkenntnis fliegen. Ohne seine Zweifel, wie sehr sie ihn auch gequält haben mögen, wäre er in den engen Grenzen des Denkens erstickt. Es kommt mir vor wie eine Reise durch die Wüste oder übers Meer: Der Horizont weicht immer weiter zurück, man erreicht ihn nie. Wie eine tiefhängende Wolkendecke, die einen glauben macht, der Himmel sei ganz nah. Aber wenn sie aufreißt, erkennt man, daß darüber die Unendlichkeit gerade erst begonnen hat.«

Seine Lippen zuckten unmerklich. Dieses verhaltene Lächeln war ihr bereits bei ihrer ersten Begegnung aufgefallen. »Das hört sich nach viel Arbeit an«, meinte Safwan. »Wir sollten sie unter uns aufteilen.«

Atika lachte und fuhr die Linien seiner Wangenknochen nach. »Ja«, sagte sie dann. »Es liegen noch viele Horizonte vor uns, Safwan al-Kalbi.«

Wenig später öffnete sie die Zimmertür und spähte nach draußen. Nichts rührte sich. Vorsichtig ging sie die Galerie entlang und erreichte die schwere Zedernholztür. Behutsam öffnete Atika auch diese. Der Türsteher war nicht zu sehen. Mit einem Nicken bedeutete sie Safwan, daß der Weg frei war. Im Vorbeigehen küßte er sie flüchtig. Sie folgte ihm mit den Augen, als er mit der Kopie unter dem Arm in der Windung des Gangs verschwand.

Atika trat an das Gitter auf der Galerie. Der Sandsturm hatte sich gelegt. Bagdad würde in Kürze zu neuem Leben erwachen. Im Hof liefen bereits die ersten Diener auf und ab. Über den Dächern wurde ein Streifen blauen Himmels sichtbar und durchbrach die schwere Wolkendecke, die die Stadt zu erdrücken drohte. Der Horizont rückte näher. Die gläserne Klarheit dieses Streifens erinnerte an eine Quelle, die nicht ihre Trübung, sondern nur ihre Tiefe undurchdringlich machte. Sie gaukelte ein Ende vor, wo doch nichts war als ein immer neuer Anfang. Hinter eine einzelne Wolke schob sich eine zweite und zerstörte den trügerischen Eindruck der Nähe. Ibn ar-Rewandi hatte auf den Flügeln der Vernunft zu den Horizonten der Erkenntnis fliegen wollen. Er hatte gewußt, worauf er sich einließ. Und dennoch war er das Wagnis eingegangen, im Vertrauen darauf, daß seine Flügel ihn tragen würden. Hatte er am Ende erreicht, wonach er gesucht hatte?

Atika sah zum Horizont und nahm den Sandkristall, den Safwan ihr geschenkt hatte, in die Hand. Und auf einmal meinte sie darin die grenzenlose Wüste zu ahnen, wo die *Jinn* am Rande der Welt mit Staub und Licht spielen, wo Sandrosen wie Wegsteine zu einer anderen Wirklichkeit liegen, zu Kristall erstarrtes Spiel mit der Unendlichkeit.

Das Buch des Smaragds –
Legende und Wahrheit

Das *Buch des Smaragds* hat es wirklich gegeben.

Als ich zum ersten Mal mit Ibn ar-Rewandi in Berührung kam, war ich noch Studentin. Schon damals reizte mich dieser so ungewöhnliche Philosoph: seine abenteuerliche Lebensgeschichte, seine freche Intelligenz, seine irrlichternde Präsenz – nirgendwo zu verorten, und doch unverkennbar. Und schon damals hat das *Buch des Smaragds* mit mir geflirtet. Als es nicht damit aufhören wollte, habe ich dieses Buch geschrieben.

Die Berge im Osten Irans, dort, wo heute das Reich der Opiumschmuggler ist, waren einst eine der bedeutendsten Kulturlandschaften der Welt: Khorasan. Dieses Land zwischen Himmel und Erde war nicht nur eine Drehscheibe des Fernhandels – auf der Seidenstraße zogen Karawanen aus China und Indien gen Westen –, diese unwirtlichen Berge waren zugleich eines der wichtigsten geistigen Zentren des Mittelalters.

Denn nicht nur Seide wurde über die uralten Handelswege von Osten nach Westen gebracht. Auch Gedanken fanden so ihren Weg durch ganz Asien. Asketen in Lumpen und mit ungepflegten Bärten, Theologen, Buchhändler und die farbenprächtig gekleideten Märchenerzähler, deren laute singende Stimmen auf den Märkten von Bagdad bis Buchara und Samarqand erklangen: Sie waren die Kaufleute des Wissens, die dieses in alle Länder der islamischen Welt trugen.

Hier, in Khorasan, wurde Ibn ar-Rewandi geboren. Von frühester Jugend an lernte er die unterschiedlichen Wahrheiten dieses Ideencocktails kennen. Und er hatte eine Gabe, die für ihn zum Fluch werden sollte: einen brillanten Verstand, der auch nicht vor solchen Themen zurückschreckte, über die die meisten seiner Zeitgenossen nicht einmal nachzudenken wagten.

Schon als junger Mann ging er zu Verwandten nach Bagdad, um dort Grammatik, Theologie und Philosophie zu studieren. Von nun an saß das Wunderkind aus Khorasan im Kreise der Studenten in den Säulengängen der Moscheen. Hier lernte er auch seinen väterlichen Freund, den *Warraq*, kennen, einen Buchhändler und wahrscheinlich Anhänger des Manichäismus, einer inzwischen ausgestorbenen Religion. Ob er mit einer Tochter des *Warraq* verheiratet war, ist nicht überliefert: Hind ist meine Erfindung. Über Ibn ar-Rewandis Privatleben ist nur bekannt, daß er einen Sohn namens Husain hatte. Tauhidi schreibt über ihn, er sei »*ein großer Gelehrter von kritischem Verstand gewesen, der keinem Streit auswich, ein geduldiger Beobachter, weil er sich auf seine Fähigkeit verließ, die Grammatiker verbal auszuhebeln.*«

Auf seine Zeitgenossen muß er ein wenig frivol gewirkt haben. Was jedoch den Theologen so sauer aufstieß, machte ihn für das Volk zu einer Art Eulenspiegel. Bis ins 19. Jahrhundert lachte man über die Geschichten vom närrischen Philosophen, der mit Gott diskutiert. Mit der Freiheit des Narren sprach Ibn ar-Rewandi Dinge aus, die kein Theologe auch nur zu denken gewagt hätte. Was heute die Fanatiker auf den Plan rufen würde, erschien in der toleranteren Atmosphäre des Mittelalters zwar ein wenig schockierend, aber zugleich auch erheiternd.

Unter den Bagdader Gelehrten gewann der Philosoph aus dem Osten schnell einen herzlichen Feind: al-Khayat, einen jungen Theologen, der es sich zur Aufgabe machte, Ibn ar-Rewandi zu widerlegen. Daß dieser selbst ihm dabei zuvorkam, muß den jungen Kontrahenten zutiefst verdrossen haben. Ibn ar-Rewandis Sucht, die eigenen Schriften zu entkräften, trieb seine Zeitgenossen schier zur Verzweiflung. Niemand konnte ihn einer bestimmten Religionsgemeinschaft zuordnen. Was nur natürlich war für einen, der alle Religionen als gleichwertig empfand. Für die Bagdader Gelehrten war dieser Umstand jedoch ein Skandal. Man kann sich gut vorstellen, wie die gestreiften Seidenmäntel der feinen Gesellschaft und die schwarzen Roben der Richter entsetzt raschelten, wenn der junge Hitzkopf in den sonnendurchglühten Moscheehöfen oder den muffigen kleinen Buchläden wieder einmal seine Ansichten zum besten gab. Als er seine sogenannten »fluchwürdigen Bücher« verfaßte – das *Buch der Krone*, das *Buch des Smaragds* und das *Buch des Hirneinschlägers* –, wurde er in den Kreisen der Gelehrten endgültig zum *enfant terrible*. Zwar war Ibn ar-Rewandi keineswegs der einzige Philosoph, der die Vorzüge der Vernunft betonte. Doch niemand zuvor hatte je so deutliche Worte gefunden. Ironischerweise war es Khayat, der durch seine ernsthafte philosophische Auseinandersetzung mit Ibn ar-Rewandi die Ansichten seines Kontrahenten der Nachwelt überlieferte. Denn die Bücher des Philosophen selbst sind verschollen. Nur Bruchstücke daraus sind erhalten.

Bereits zu Atikas Zeit, am Ende des 10. Jahrhunderts, kursierten nur noch wenige Exemplare der *»fluchwürdigen Bücher«*. Niemand hängte es an die große Glocke, daß er Ketzerwerke las. Heute ist kein Exemplar mehr aufzufinden. Wer immer der letzte Kopist des Buches gewesen ist, seine – oder ihre – Arbeit ist im Dunkel der Geschichte verschwunden.

Doch wer weiß … Immer wieder kommt es vor, daß Orientalisten in den zahllosen Privatbibliotheken der islamischen Welt überraschende Funde machen. Schon oft sind so verloren geglaubte Bücher wieder aufgetaucht. Und auch die Archive der ehemaligen Sowjetunion bergen noch so manches Geheimnis – vielleicht auch das *Buch des Smaragds*?

Ibn ar-Rewandis späteres Leben und sein Tod sind ebenso mysteriös wie der Verbleib seiner Bücher. In Kufa, im südlichen Irak, verliert sich seine Spur. Manche Biographen behaupten, nach seiner Flucht aus Bagdad sei er dort im Haus eines befreundeten Juden einem Fieber erlegen. Andere sagen, er habe seine Heimat Khorasan sicher erreicht und sei dort friedlich als alter Mann gestorben.

Welcher Ibn ar-Rewandi ist also der wahre? Der Narr oder der Weise? Der Asket oder der Skeptiker? Vielleicht alles und

keins davon. Ein ganzes Leben lang dauerte sein weiter Weg
zwischen Askese und Skepsis, und er ist ihn von einem Ende
bis zum anderen gegangen: Von den kargen Hochebenen Nord-
ostirans bis zu den fruchtbaren Ebenen des Zweistromlands.
Und vielleicht sogar wieder zurück, zu den beiden Strömen
von Nischapur.

Zweifel als Methode – beinahe neunhundert Jahre vor René
Descartes hat Ibn ar-Rewandi erkannt, daß alles hinterfragbar
ist. Und tausend Jahre vor Immanuel Kant hat er die Ansicht
vertreten, daß ein friedliches Zusammenleben der Religionen
nur auf der Basis der Vernunft möglich ist. Sein Erbe wirkte in
der islamischen Welt zwei Jahrhunderte lang fort, bevor es in
Vergessenheit geriet – und mit ihm die Erinnerung an einen
islamischen Aufklärer.

Was für so viele historische Romane gilt, gilt auch für mein
Buch: Die am unglaubwürdigsten erscheinenden Personen, Ereignisse und Ansichten sind historisch. Den Wesir Adud ad-
Daula, den *Hajib* al-Mansur von Córdoba, den melancholischen Philosophen Tauhidi, die *Brüder der Lauterkeit* und selbst
die Bücherverbrennung in Córdoba hat es wirklich im 10. Jahrhundert gegeben. Die Ansichten der *Brüder* sind in Berichten
und Sendschreiben verbürgt. Die *Risala*, die Safwan liest, entspricht zwar sinngemäß ihren Lehren, ist allerdings von mir
erfunden. Das Streitgespräch in Basra wurde sinngemäß aus
einem Bericht Tauhidis übernommen, ebenso wie die Einwände
von dessen Lehrer. Selbst das Gleichnis vom Gasthaus im
Regen, das ich hier übersetzt habe, findet sich bei Tauhidi. Der
Philosoph behauptet, er habe es von einem Fremden gehört –
ein beliebter Schachzug, um den Verdacht der Ketzerei von
sich abzulenken. Es läßt sich nicht beweisen, daß das *Buch des
Smaragds* in seiner Bibliothek stand. Im Alter setzte er, verbit-
tert und vom Leben enttäuscht, seine Bücher in Brand. Doch
ist es sehr wahrscheinlich, daß er es besaß: Tauhidi hatte einige
Zeit in Rey, nahe dem heutigen Teheran, verbracht, wo er meh-

rere Bücher des Ibn ar-Rewandi, darunter auch das *Buch des Smaragds*, in der Bibliothek des Wesirs Ibn Abbad gelesen hat. Ibn Abbad erlaubte ihm zudem, Bücher für seine eigene Privatbibliothek in Bagdad zu kopieren. Eifrig wie ein Hamster muß der kleine Philosoph die Bestände des mächtigen Mannes abgeschrieben haben.

Atika, Amr, Safwan und Iqbal habe ich hingegen frei erfunden. Doch habe ich sie nach historischen Vorbildern gestaltet und mich in allen Details eng an das gehalten, was der Islamwissenschaft über das 10. Jahrhundert bekannt ist. Niemand sollte sich deshalb wundern, daß immer wieder dem Wein zugesprochen wird. Das Weinverbot, das auch damals in den meisten islamischen Ländern galt, wurde im Mittelalter notorisch ignoriert, mit wenigen Ausnahmen bis hinauf zu den Höfen der Kalifen.

Blonde und rothaarige Sklavinnen wie Atika wurden in großer Zahl von Sklavenhändlern über Verdun und Narbonne nach Spanien gebracht. Viele von ihnen wurden in Haithabu gekauft, wo die Wikinger ihre Beute aus den Raubzügen entlang der friesischen Küsten oder rheinaufwärts an den Mann brachten. Im Gegensatz zu freien Frauen, denen die Familienehre Zwänge auferlegte, besaßen Sklavinnen mehr Freiheiten: Sie konnten sich freier bewegen und kleiden, und sich ihre Liebhaber, oft genug auch ihre Käufer, selbst aussuchen.

Das Kalifat von Ägypten hatte um die Jahrtausendwende ständig mit Sektierern wie Amr zu kämpfen. Die Ismailiten nannten sie *Ghulat – Übertreiber*. Immer wieder griffen *Übertreiber* nach der politischen Macht.

Nabils schreckliches Ende ist – leider – keine Erfindung. Zwar hat es den kleinen Bibliothekar nicht gegeben, doch die Verstümmelung von Verurteilten und das anschließende Aufhängen der Leiche war als Strafe für Hochverrat in Córdoba durchaus üblich.

Der Text der *Smaragdtafel* stammt aus der arabischen Übersetzung des Sajius und aus einem Werk Apollonius' von Tyana –

Balinas, wie Sajius ihn nennt. Lange verschollen, wurde sie schließlich erst in der Neuzeit in einer Handschrift als dritter von vier hintereinandergehefteten Traktaten wiedergefunden.

Wie konnte Amr die beiden Bücher verwechseln? Das Werk des Ibn ar-Rewandi war bereits im 10. Jahrhundert eine Rarität. Bis auf wenige Kopien hatten es die Glaubenshüter vernichtet, und nur noch die Widerlegungen seiner Gegner gaben Aufschluß darüber. Die ismailitischen *Übertreiber* glaubten, die Zeit des Religionsgesetzes, der *Scharia*, mit seinen Vorschriften über Kult und Glaube neige sich seinem Ende zu. Auch Ibn ar-Rewandi vertrat die Meinung, daß Gesetze nicht von der Religion gemacht werden dürften, wenn sie allgemein verbindlich sein sollten. Doch nicht die Vernunft sollte für die ismailitischen *Übertreiber* an die Stelle des Religionsgesetzes treten, sondern die prophezeite Endzeit, die göttliche Herrschaft des *Mahdi*, des *rechtgeleiteten* Imams, in der organisierte Religion nicht mehr nötig wäre. Als Amr die beiden Bücher verwechselte, lag nur ein Augenzwinkern zwischen Aufklärung und Theokratie.

Etwas Freiheit habe ich mir allerdings bei dem Geheimnis um die beiden Bücher erlaubt. Ein professioneller Bibliothekar hätte wohl zumindest die *Smaragdtafel*, möglicherweise auch das *Buch des Smaragds*, gekannt. Doch weder Amr, noch Safwan und Atika sind Bibliothekare.

Alle Zitate, Sprichwörter und Gedichte sind von mir übersetzt und teilweise behutsam gekürzt oder auch nachgedichtet worden. Zum Teil sind es die ersten Übersetzungen aus dem arabischen Original ins Deutsche. Die Geschichten über Ibn ar-Rewandi, die Atika liest, sind von mir gestaltet, orientieren sich aber an den arabischen Quellen. Namen und Zitate wurden von mir in einer vereinfachten Umschrift wiedergegeben. Diejenige der *Deutschen Morgenländischen Gesellschaft* ist zwar genauer, für Laien aber umständlich zu lesen.

Lange Vokale wurden nicht eigens gekennzeichnet, ebensowenig Buchstaben, die für deutschsprachige Leser schwer auszusprechen sind (wie der Kehllaut *'ayn*, der nur in Sonderfällen mit ' wiedergegeben wird). Allgemein gilt: Safwan, Mansur und Nabil werden auf der zweiten Silbe betont. Atika, Yusuf, Fatima und *Hajib* auf der ersten. *J* wird *dsch* gesprochen (wie in *Dschungel* oder *James*). *Kh* entspricht einem harten *ch* (wie im Schweizerischen oder im russischen Vornamen Michail), *gh* wie in *Maghrib* einem Rachen-r. *Th* entspricht dem englischen *th*. *Al-Andalus*, betont auf der ersten Silbe, ist die arabische Bezeichnung für das islamische Spanien.

Glossar

Abbasiden: Durch einen grausamen Putsch kam 749 die glanz-
volle Kalifendynastie an die Macht: Mit dem Blutbad von
Damaskus vernichteten sie die Dynastie der Umayyaden.
Angeblich gelang nur einem einzigen Prinzen, Abd ar-Rahman, die Flucht vor den Horden aus Khorasan, die den
neuen Kalifen (angeblich einen entfernten Verwandten des
Propheten) inthronisierten. Die Abbasiden gründeten Bagdad und residierten danach – bis auf ein kurzes Zwischen-
spiel im nahe gelegenen Samarra – in der Stadt am Tigris.
Und ebenso grausam, wie ihre Ära begonnen hatte, sollte
sie 1250 auch enden. Die Mongolen eroberten Bagdad und
beseitigten den letzten Abbasidenkalifen auf spektakuläre
Art: Da ihnen ihr Glaube verbot, königliches Blut zu vergie-
ßen, wurde er in einen Teppich gewickelt und von den Reit-
tieren zu Tode getrampelt.

Atlal: Bedeutet *Lagerspuren*. Viele alte arabische Dichter besan-
gen die Spuren des verlassenen Nomadenlagers ihrer Geliebten. *Atlal* und *Rahil* sind Motive, die in den Oden dieser
alten Dichter häufig vorkommen – neben zahlreichen anderen Themen, zum Beispiel Beschreibungen von Gelagen,
Liebesabenteuern, Ruhmestaten oder Schlachten.

Badr: In der Schlacht von Badr, einer Oase zwischen Mekka
und Medina, überfielen muslimische Kämpfer 624 eine Karawane der damals noch polytheistischen Mekkaner und errangen einen ersten bedeutenden Sieg.

Brüder der Lauterkeit: Das Geheimnis um die Identität ihrer
Mitglieder machte einen Teil ihrer Anziehungskraft auf die
Bagdader High-Society aus. Zaid ibn Rifaa ist einer der
wenigen *Brüder*, dessen Name überliefert ist. Der philosophische Geheimbund wirkte im 10. Jahrhundert in Basra im

Südirak. Die *Brüder der Lauterkeit*, arabisch: *Ikhwan as-Safa*, strebten eine friedliche Verbindung von Religion und Philosophie an: Wie die beiden Seiten einer Münze sollten Glaube und Vernunft zusammenwirken.

Burnus: Ein weiter leichter Kapuzenmantel, wie er vor allem in Nordafrika getragen wurde.

Da'i: siehe *Werber*

Faluka: Hat sich im Deutschen als *Feluke* eingebürgert. Eine *Faluka* hat ein bis zwei Masten mit dreieckigen Segeln. Dieser Schiffstyp war im 10. Jahrhundert in Ägypten und im Mittelmeer verbreitet und existiert bis heute.

Farqad: Bezeichnet die Sterne β und γ im Kleinen Bären.

Fustat: Alt-Kairo, ist heute mit Kairo zusammengewachsen. Als die Ismailiten Fustat im Jahr 969 eroberten, gründeten sie wenige Meilen nilabwärts davon den Palastbezirk Kairo. Ein Kanal versorgte Kairo mit Nilwasser.

Hajib: Der offizielle Titel des Wesirs der Kalifen von Córdoba. Ende des 10. Jahrhunderts regierte ein *Hajib* mit dem Namen Muhammad ibn Abi Amir, genannt al-Mansur, für den Kalifen Hischam II. Schon damals munkelte man, dieser *Hajib* sei durch seine Affäre mit der schönen Subh, der Gattin des 976 verstorbenen Kalifen al-Hakam II. und Mutter Hischams, an die Macht gelangt.

Harim: Heißt *verbotener, geheiligter Ort* und ist zugleich eine Bezeichnung für den Frauenbereich eines arabischen Hauses, also den Privatbereich.

Hermes Trismegistos: Griechisch für: *der dreimalgrößte Hermes*, eine Figur der hellenistisch-ägyptischen Mythologie. Die Geschichten, die sich um ihn ranken, entstanden vermutlich in den ersten nachchristlichen Jahrhunderten. Nach manchen Texten handelt es sich um einen Gelehrten, nach anderen um die Verkörperung des altägyptischen Gottes Thoth, des Gottes der Weisheit, der den Menschen die Schrift beibrachte. Hermes werden verschiedene Texte zugeschrieben, die angeblich in dunkler Vorzeit entstanden sind. Neben der *Tabula Smaragdina*, der *Smaragdtafel*, ist das *Corpus Hermeticum* die bekannteste dieser sogenannten »hermetischen« Schriften. Moderne Esoteriker beziehen sich heute bisweilen wieder darauf.

Imam: Arabisches Wort, das allgemein *Vorbeter* bedeutet. Für die Schiiten ist ein Imam aber auch Oberhaupt der Gemeinde und ein direkter Nachkomme des Propheten. Es gibt Schiiten, die sieben Imame seit Muhammad anerkennen (wie die Ismailiten) und solche, die zwölf Imame annehmen (Zwölfer-Schiiten: z. B. im heutigen Iran). Der letzte Imam soll verschwunden sein und eines Tages als *Mahdi* wiederkehren.

Ismailiten: Die Ismailiten gehen davon aus, daß der siebte Imam verschwunden ist und eines Tages als *Mahdi* wiederkehrt. Unter der Herrschaft der ismailitischen Kalifen in Kairo entstanden großartige Bauwerke wie die al-Hakim-Moschee. Die Ismailiten missionierten in der islamischen Welt: Sie schickten *Werber (Da'is)* aus, die andere Muslime bekehren sollten.

Ismailitenkalifen: Zwischen 909/910 und 1171 regierte in Nordafrika und später Ägypten eine Dynastie, die einzigartig in der islamischen Geschichte blieb: die schiitischen Ismailiten. Ismail († 755) war nach Ansicht der Ismailiten der siebte und eigentlich letzte Imam der Schiiten. Die Kalifen der Ismailiten behaupteten jedoch, die Erben dieses Imams zu sein und wie er von der Prophetentochter Fatima abzustammen. In der Islamwissenschaft nennt man sie deshalb auch Fatimiden. Im 10. Jahrhundert machten sich die ursprünglichen Statthalter des Kalifen von Bagdad unabhängig, riefen 909/910 ein eigenes Kalifat aus und eroberten schließlich im Jahre 969 Ägypten. Dort errichteten sie innerhalb weniger Jahre Kairo (*al-Qahira: Die Siegreiche*) als Palaststadt nahe dem älteren Fustat.

Izar: Bezeichnete ursprünglich einen Lendenschurz, wie er heute noch in der islamischen Pilgertracht für Männer üblich ist. Man unterschied bisweilen zwischen dem *Izar* für Männer und dem weiten Überwurf für Frauen, der *Malhafa* (auch *Milhafa*). Meist war es jedoch üblich, mit *Izar* einen langen weiten Überwurf zu bezeichnen, wie er von beiden Geschlechtern auf der Straße getragen wird. Eine Frau kann den *Izar* über den Kopf ziehen und vor dem Gesicht raffen, um ihren ganzen Körper zu bedecken.

Jinn/Jinniya: Bezeichnung für einen *Geist* (die weibliche Form lautet *Jinniya*, männlich oder allgemein spricht man von *Jinn*). Schon die vorislamischen Araber glaubten an Geister, und dieser Glaube findet sich auch im Islam. Bisweilen erscheinen die *Jinn* auch unter der Bezeichnung *Ghul*.

Jubba: Bedeutet *Jacke* (daher das italienische Wort *giubba*) oder *Wams* (wie das spanische Wort *chupa*). Das lange Obergewand war vorne offen und konnte mit einer Schärpe oder einem Gürtel zusammengehalten werden. Es hatte weite Ärmel, die man auch als Taschen benutzte.

Kalif: Bedeutet *Stellvertreter*, wobei der Stellvertreter des Propheten Muhammad (manchmal auch: Gottes) gemeint ist. Der Kalif war im Mittelalter das Oberhaupt der muslimischen Gemeinde und führte den Ehrentitel *Beherrscher der Gläubigen*. Der Streit um das Kalifat führte im 7. Jahrhundert zur Spaltung von Sunniten und Schiiten. Im 10. Jahrhundert beanspruchten drei Kalifen diesen Titel: der Abbasidenkalif in Bagdad, der Ismailitenkalif in Kairo und der Umayyadenkalif in Córdoba. Später führten die osmanischen Sultane den Titel, bis er 1924 unter Atatürk offiziell abgeschafft (und unter anderem in den neunziger Jahren des 20. Jahrhunders in Köln wiederbelebt) wurde.

Al-Karkh: Das historische Schiitenviertel in Bagdad.

Kuhl: Entspricht dem modernen Kajalstift. Im Mittelalter verwendete man Antimon als Farbstoff.

Mahdi: Der verschwundene letzte Imam nach dem Glauben der Schiiten. Nach schiitischer Vorstellung wird er am Ende der Zeit wiederkehren.

Manichäer: Anhänger einer alten mesopotamischen Religion, die im 3. Jahrhundert um ihren Gründer Mani (*216) entstand. Mani lehrte einen radikalen Gegensatz von Gut und Böse. Das Gute sei von der Materie (dem Bösen) beschmutzt. Es käme darauf an, sich durch Askese (Vegetarismus, sexuelle Enthaltsamkeit etc.) von der Materie und damit vom Bösen zu befreien, sowie die eigene Seele aus dem Gefängnis des Körpers zu entlassen. Dem lag die Vorstellung zugrunde, daß das Geistige im Körper gefangen sei wie ein Lichtfunke. Manichäer haben einen großen Einfluß auf diverse islamische, jüdische und christliche Religionsgemeinschaften ausgeübt (etwa auf die Katharer oder manche ismailitischen Strömungen). Auch der christliche Kirchenvater Augustinus war vorübergehend Manichäer, bevor er zum Christentum (zurück)konvertierte. In Zentralasien überlebte die manichäische Religion bis ins 13. Jahrhundert.

Al-Mansur: Bedeutet *der Siegreiche*. Es war der Herrschaftsname eines Abbasidenkalifen, den sich im Jahr 981 auch der »Usurpator« von Córdoba, der *Hajib* Muhammad ibn Abi Amir, zulegte. Im Roman führt er den Titel noch nicht offiziell, doch das Volk nennt ihn insgeheim längst so.

Minbar: Die Kanzel in einer Moschee.

Mulhamseide: Halbseide.

Mutakallim: Bezeichnung für einen islamischen Theologen, der rational argumentiert, also die philosophische Technik der logischen Beweisführung in der Theologie anwendet. Der *Kalam*, die Schule der *Mutakallimun* (Plural von *Mutakallim*), war im 9. und 10. Jahrhundert eine geläufige theologische Methode. Sie ähnelt in vieler Hinsicht der Scholastik.

Mu'tazila/Mu'tazilit: Islamische theologische Strömung, deren bedeutendste Zeit zwischen dem 8. und dem frühen 10. Jahrhundert lag. Mitte des 10. Jahrhunderts wurde sie allmählich zurückgedrängt. Heute gibt es in der islamischen Welt wieder Theologen, die sich auf die Mu'tazila berufen, und insbesondere auf deren Lehre von der Willensfreiheit des Menschen.

Nauruz: Persisch für *Neujahr*. In Ägypten wurde im 10. Jahrhundert ebenfalls Nauruz gefeiert. Wenn der Pegel der Nilschwelle seinen Höchststand überwunden hatte, am 11. September (am 1. Thoth nach koptischem Kalender), begann das neue Jahr.

Palmenhof: Der berühmte Orangenhof der Großen Moschee von Córdoba war im 10. Jahrhundert mit Palmen bepflanzt.

Qalansuwa: Ein krempenloser hoher Hut, um den ein Turbantuch gewickelt werden kann. Die *Qalansuwa* wurde im mittelalterlichen Bagdad von Männern getragen.

Rahil: Bedeutet *Reise*. Viele alte arabische Oden beschreiben ausführlich eine Reise auf dem Kamelrücken durch die Wüste.

Raschid: Rosetta oder Rosette. Raschid war im Mittelalter einer der wichtigsten ägyptischen Häfen. Hier sollte Jahrhunderte später der berühmte Stein von Rosetta gefunden werden, der die Entzifferung der Hieroglyphen möglich machte.

Rey: Historische Stadt nahe dem heutigen Teheran.

Schia: Ursprünglich *Schiat Ali*, die Partei des (Prophetenschwiegersohns) Ali, der von 656 bis 661 Kalif war. Die Schiiten glauben, daß nur ein direkter Nachfahre des Propheten die Gemeinschaft der Gläubigen anführen kann. Ali soll von Muhammad selbst als Nachfolger designiert worden sein, wurde jedoch erst der vierte Kalif. Sein Sohn Husain fiel 680 in der Schlacht von Kerbela. Die irakische Stadt und das Datum der Schlacht (10. Muharram = Aschura) sind den Schiiten bis heute heilig. Der Aschura-Tag wird mit Prozessionen und Passionsspielen begangen. Die Schiiten lehnten das Kalifat nach Alis Tod ab, zugunsten einer Folge von Imamen. Nur einmal kam es dennoch zur Einrichtung eines schiitischen Kalifats: unter den Ismailiten im 10. und bis 12. Jahrhundert.

464

Sunniten: Bezeichnung für Muslime, die davon ausgehen, daß das Kalifat in der historischen Abfolge gerechtfertigt war (also, daß Ali der vierte Kalif war und 661 von dem Umayyaden Mu'awiya abgelöst wurde). *Sunna* ist arabisch und bedeutet *Gewohnheit* oder *Tradition.*

Schaqunda: Vorort im Süden von Córdoba, der an die berühmte Römerbrücke grenzte.

Schurta: Bedeutet *Polizei.*

Suffa: Entspricht dem deutschen Wort *Sofa.* In arabischen Häusern findet man häufig noch die traditionelle *Suffa*, einen gemauerten Vorsprung, der an der Wand entlangläuft und mit Kissen gepolstert wird.

Tuareg: Singular: Targi, weiblich: Targia. Nomadisierendes Berbervolk. Die Herkunft der Bezeichnung von dem arabischen Schimpfwort *Tawarik* (*Verlassene, Verstoßene*; gemeint ist *von Gott Verstoßene*) ist zwar von arabischen Historikern schon früh vertreten worden. Möglich ist jedoch auch eine Ableitung von Targa, der Selbstbezeichnung eines Tuaregstammes. Die Tuareg wurden im Lauf der Jahrhunderte immer weiter nach Süden in die Zentralsahara abgedrängt. Traditionell lebten ihre Adligen vom Karawanenraub. Mittlerweile sind die Zeiten friedlicher geworden, und viele Tuareg betätigen sich als Fremdenführer, Fernfahrer, Händler oder Souvenirverkäufer.

Übertreiber: Arabisch *Ghulat.* Eigentlich war dieser Begriff eine Bezeichnung der Ismailiten für die extremistischen religiösen Gruppen, die sich aus ihrer Lehre entwickelten. Doch auch sunnitische Geschichtsschreiber nahmen den Ausdruck auf. Im Koran heißt es: *Übertreibt es nicht in eurem Glauben!* (Sure 4/171, Sure 5/77) Auf dieses Zitat bezieht sich die Bezeichnung.

Die Umayyaden: Auch Omajjaden genannt. Ursprünglich die Nachfahren eines mekkanischen Adelsgeschlechts aus der Zeit des Propheten bildeten sie die erste Kalifendynastie.

Die Umayyaden regierten von 661 bis 749/750, bis sie von den Abbasiden abgesetzt wurden. Ein Umayyadenprinz soll sich damals nach Córdoba geflüchtet und dort ein Emirat begründet haben. Sein Nachfahre Abd ar-Rahman III. rief sich dort 929 zum Kalifen aus. Dieses Kalifat bestand bis 1031.

Werber Übersetzung des arabischen *Da'i* (Plural: eigentlich *Du'at*. Der Einfachheit halber erscheint der Plural im Roman als *Da'is*). Die Ismailiten schickten Missionare in die anderen muslimischen Reiche, um dort Anhänger zu gewinnen. Diese Missionare standen unter der Aufsicht eines *Obersten Werbers* (*Da'i ad-Du'at*), dem sie Gehorsam schuldeten.

Zandaqa: Bedeutet *Häresie* oder *Ketzerei*.

Zulaij: Bedeutet *Fayence*. Die Keramikglasur war im 10. Jahrhundert im arabischen Westen bereits verbreitet. Das portugiesische Wort *Azulejo* leitet sich von *Zulaij* ab.

Alf schukran wa-schukran! –
1001 **Dank**

»Die Herzen schreibender Weiber sind mit Tinte gefüllt«, lästert C. F. Meyers Guicciardin in *Die Versuchung des Pescara.* Wenn man jedoch soviel Unterstützung erfährt wie ich, dann sollte darin neben all der Tinte auch noch Platz für einen Dank sein:

Mein Mann Uwe hat mir immer wieder wertvolle Anregungen gegeben. Liebevoll und geduldig begleitete er das *Buch des Smaragds* – und mich – durch alle Höhen und Tiefen, von der ersten bis zur letzten Seite. Ihm ist es in Liebe gewidmet.

Thomas Tebbe hat das Buch ins Programm des Piper Verlags aufgenommen und lektoriert. Mit viel Engagement hat er sich dafür eingesetzt. Ebenso engagiert hat Katja Menzel dem Manuskript den letzten Schliff gegeben. Beiden möchte ich für diese produktive und schöne Zusammenarbeit herzlich danken. Auch Bettina Feldweg, die mir die erste Zusage des Verlags gab, hat an das Projekt von Beginn an geglaubt.

Besonderer Dank gebührt Roman Hocke, dem Magier unter den Literaturagenten, Smaragd und Goldschmied in einem. Er hat Zweifel erweckt, wo sie angebracht, und geblendet, wo sie überflüssig waren. Er vermittelte das Buch an den Piper Verlag, doch darüber hinaus hat er mich geschliffen. Ohne seinen Einsatz und seine Begeisterungsfähigkeit würde es nur ein *Buch des Smaragds* geben, nämlich das von Ibn ar-Rewandi.

Bibliotheken – das ist seit *Der Name der Rose* allgemein bekannt – dienen nicht immer dazu, Wissen zu verbreiten. Bisweilen besteht ihre Aufgabe vielmehr darin, es für die Zeitgenossen unzugänglich zu versiegeln. Unbeeindruckt von Ecos düsterem Bild ihrer Zunft haben mir die Universitätsbibliothek Bamberg und die Bayerische Staatsbibliothek München die mittelalterlichen arabischen Texte und die wissenschaftliche Literatur zur Verfügung gestellt. Die Arbeiten von Sara Stroumsa, Josef van Ess, Abdalamir A'sam, Friedrich Niewöhner, Janina Safran, Heinz Halm, Joel Kraemer und vielen anderen haben mir wertvolle Informationen gegeben. Auch ihnen allen sei deshalb an dieser Stelle gedankt. Von Heinz Halm und Josef van Ess habe ich schon während meines Studiums viel gelernt. Josef van Ess hat mir vor Jahren Ibn ar-Rewandis *Buch des Smaragds* als Thema für meine Magisterarbeit ausgeredet und damit ein wahrhaft gutes Werk vollbracht – denn wer weiß, ob ich sonst diesen Roman jemals geschrieben hätte?

Mein Vater hat mehr als einmal meine Dateien gerettet und stand immer für spontane Reparaturen und Computerkäufe zur Verfügung. Ich hätte mir sehr gewünscht, daß er dieses Buch noch hätte lesen können. Er wollte irgendwann noch nach Ägypten reisen. Vielleicht hätte ihm der zweite Teil besonders gefallen.

Nur wirklich gute Freunde ertragen Menschen, deren Herzen mit Tinte gefüllt sind. Sie haben mich unterstützt, während ich am *Buch des Smaragds* arbeitete. Rebecca hat als Probeleserin Risiken und Nebenwirkungen im Selbstversuch getestet und mich wortgewaltig ermutigt.

Helmut, mein unermüdlicher Schwertkampftrainer, war es letztlich, der Safwan beibrachte, sich selbst zu verteidigen.

Und schließlich möchte ich auch Ibn ar-Rewandi nicht vergessen, jenes Irrlicht der Philosophiegeschichte, ohne den es dieses Buch niemals gegeben hätte …

Agnes Imhof wurde 1973 in München geboren und lebt mit ihrem Mann in der Nähe ihrer Geburtsstadt. Wenn sie nicht schriftstellerisch tätig ist, lehrt Agnes Imhof an der Universität Bamberg Islamwissenschaft, ein Fach, das sie neben vergleichender Religionswissenschaft und Philosophie in Bamberg, Tübingen und London studiert hat. Darüber hinaus lernte sie mehr als fünfzehn Sprachen – unter anderem Arabisch, Persisch, Urdu, Sanskrit und Akkadisch. Kontinuierlich hat sie sich seither mit dem alten Arabien und den vergessenen arabischen Aufklärern befaßt.

Die in klassischem Gesang ausgebildete Sopranistin gewann 1997 den 2. Preis beim bundesweiten Musikwettbewerb »Jugend musiziert« und war während ihres Studiums Sängerin im *Chor der Bamberger Symphoniker* und im *Süddeutschen Vokalensemble*. Heute reicht ihre Zeit allenfalls noch für gelegentliche kleine Auftritte und das Singen neapolitanischer Volkslieder. Doch nebenbei nimmt sie auch Unterricht in mittelalterlichem Schwertkampf und in Pekiti Tirsia Kali, einer philippinischen Kampfkunst. Zum Schreiben ist Agnes Imhof durch Liebe zu Schiller gekommen, die bereits zu Schulzeiten ihre Lehrer zur Verzweiflung brachte.

Immer wieder hat Agnes Imhof die arabische Welt und Südspanien bereist. Von jenen Orten geht für sie eine besondere Faszination aus, denn die Schmelztiegel, wo seit jeher verschiedene Kulturen aufeinandertreffen, bedeuten für sie die Geburtsstätten großer geistiger Entdeckungen.

Martina Kempff

Die Rebellin
von Mykonos

Historischer Roman. 496 Seiten.
Serie Piper

Griechenland in den zwanziger
Jahren des 19. Jahrhunderts:
Die Bevölkerung rebelliert gegen die Herrschaft der Osma-
nen. In den Wirren des begin-
nenden Freiheitskampfes wird
die junge Mando zur mutigen
Kämpferin und stellt sich an die
Spitze der Rebellen auf ihrer
Heimatinsel Mykonos. Doch
was sie in tiefster Seele bewegt,
ist der leidenschaftliche Hass
auf den unbekannten Mörder
ihres Vaters und die unglückli-
che Liebe zu ihrem Cousin
Marcus ...
Die Geschichte einer ungewöhnlichen Frau, die für Freiheit und Liebe kämpfte.

»Eine tolle, taffe Heldin.«
Gala

Martina Kempff

Die Königsmacherin

Roman über die Mutter Karls
des Großen. 464 Seiten. Serie Piper

Sommer 741: Ein prunkvoller
Reisezug begleitet Bertrada auf
dem Weg nach Saint Denis, wo
Pippin, der Sohn Karl Martells,
sie zur Hochzeit erwartet –
doch er heiratet die falsche
Frau. Jahre später wird diese
Grafentochter dennoch zu
einer der mächtigsten Frauen
des Frühmittelalters. Dank
ihres Muts und ihres diplomati-
schen Geschicks wird sie zur
Königin und ihrem Sohn Karl
eine kluge Ratgeberin. Doch
verbirgt sich hinter »Berta mit
dem großen Fuß« auch eine leidenschaftliche Frau, die sich
für schwere Demütigungen
fürchterlich rächt – und dabei
mitunter auf die unkontrollier-
baren Mächte der Magie zu-
rückgreift.

»Ein pralles Stück Historie, das
ein ganzes Zeitalter zum Leben
erweckt.«
Aachener Zeitung

SERIE PIPER

C. C. Humphreys
Die Hand der Anne Boleyn
Roman. Aus dem Englischen von Ulrike Wasel und Klaus Timmermann. 592 Seiten. Serie Piper

Anne Boleyn – Balladen werden über ihre Schönheit gesungen, über ihre Augen, ihren Körper. Doch Jean Rombaud ist gekommen, um die englische Königin hinzurichten. Auf dem Schafott nimmt sie ihrem französischen Henker einen letzten Schwur ab – und schickt Rombaud auf die gefahrvollste Mission seines Lebens. In den Wirren des 16. Jahrhunderts begibt sich der tapfere Scharfrichter auf eine abenteuerliche Odyssee, die ihn quer durch Europa führt und Freundschaft, Liebe, aber auch Schmerz und Verrat für ihn bereithält.

»Mit einer außerordentlich bravourösen Sprachkraft gelingt es Humphreys, eine atemberaubende Lese-Atmosphäre zu entwickeln, die sich nicht zuletzt aus dem fundierten und breiten Geschichtswissen des Autors speist.«
Westfalenpost

C. C. Humphreys
Der Fluch der Anne Boleyn
Roman. Aus dem Englischen von Ulrike Wasel und Klaus Timmermann. 576 Seiten. Serie Piper

Neunzehn Jahre ist es her, daß Jean Rombaud sein Versprechen erfüllte und gemäß Anne Boleyns letztem Wunsch ihre sechsfingrige Hand würdig begrub. Doch nun wird das magische Relikt erneut entweiht. Rombaud, der Henker Anne Boleyns, begibt sich auf eine dramatische Jagd, um der Hand und damit Anne die endgültige, verdiente Ruhe zu geben. Die gefährliche Reise führt ihn und auch seine Tochter durch das vom Feind belagerte Siena zum Tower in London, nach Paris und bis in die Wildnis Kanadas.

»Ein unvergleichliches Abenteuer, das man nur dringend zur Lektüre empfehlen kann.«
The Bookseller

Thomas Einfeldt

Störtebekers Gold

Ein Roman aus der Hanse-Zeit.
461 Seiten. Serie Piper

Klaus Störtebeker ist der berüchtigte Anführer der Freibeuterschar, die um 1400 die Nordmeere unsicher macht. Zu ihr verschlägt es den reichen Kaufmannssohn Martin Damme, der aber bald wieder flieht, entsetzt über die Brutalität der Seeräuber. Wieder ehrbar geworden, weiß er freilich, wo Störtebeker und seine »Vitalienbrüder« ihre Beute versteckt haben. – Ein Roman über das Alltagsleben in der Hanse-Zeit, ein facettenreiches Bild des Mittelalters und eine eindrucksvolle Abenteuergeschichte, bei der auch die Liebe nicht zu kurz kommt.

»Thomas Einfeldt verknüpft in seinem Buch spannendes Abenteuer mit historischen Fakten – ein Vergnügen!«
Welt am Sonntag

Thomas Einfeldt

Die Tochter des französischen Gesandten

Ein Roman aus der Zeit
Napoleons. 512 Seiten. Serie Piper

Hamburg, während der napoleonischen Besatzung zwischen 1806 und 1814: Der Kaufmannssohn Clemens Maiboom wird wegen der Kontinentalsperre gegen England zum Schmuggeln gezwungen – sonst droht dem väterlichen Kaufmannshaus die Ruin. Mitten in den Wirren und der katastrophalen wirtschaftlichen Situation lernt er Clothilde, die Tochter eines französischen Gesandten, kennen und lieben. Er kann ihrer ungebändigten blonden Lockenpracht und ihrem eigensinnigen emanzipatorischen Geist einfach nicht widerstehen, doch bringt sie ihn in einen unlösbaren Konflikt mit seiner Vaterlandsliebe.

Ein farbenprächtiger historischer Roman über Liebe in gefährlichen Zeiten.

SERIE PIPER

Elmar Bereuter
Hexenhammer
Roman über die Anfänge der Hexenverfolgung. 400 Seiten. Serie Piper

Deutschland 15. Jahrhundert: Missernten und Hungersnöte. Der Inquisitor Heinrich Institoris weiß, dass das von den Hexen kommt, die sich mit dem Teufel verbündet haben und deshalb auf den Scheiterhaufen gehören. Institoris verfasst die berüchtigte Schrift »Der Hexenhammer«, eine verheerende Anleitung zur Hexenjagd. Immer mehr unschuldige Frauen müssen auf dem Scheiterhaufen sterben. Doch erst als der junge Mönch Cornelius seine Jugendliebe Afra wieder trifft und diese als Hexe angeklagt wird, beginnen die Menschen am fanatischen Inquisitor und seinem unmenschlichen Glauben zu zweifeln ...

»Geschichtliches wird nicht nur bunt, sondern auch spannend geschildert. Bereuter lässt seine Personen durch Dialoge lebendig werden, nimmt moderne Menschen an die Hand und führt sie durch die mittelalterliche Welt.«
Offenburger Tageblatt

Elmar Bereuter
Die Lichtfänger
Roman aus der Zeit der Hexenverfolgung. 416 Seiten. Serie Piper

Wie sähe die Welt aus, hätte es in der Geschichte nicht mutige Menschen gegeben, die sich gegen Unterdrückung und Engstirnigkeit wehrten? So wie die »Lichtfänger«, die im ausgehenden Mittelalter den Hexenwahn bekämpften. Elmar Bereuter – seit seinem verfilmten Bestseller »Schwabenkinder« Garant für profund recherchierte historische Romane – erzählt, wie sich ein Historiker quer durch Europas Archive wühlt, um das Schicksal des Lichtfängers und Theologen Cornelius Loos zu erhellen.

»Bereuter gelingt es, die alten Quellen zum Sprechen zu bringen. Ein engagiertes Buch über die Hexenprozesse, vor allem aber ein spannender historischer Roman!«
literaturtipp

Jörgen Bracker
Zeelander
Der Störtebeker-Roman.
464 Seiten. Serie Piper

Die Brüder Johannes und Clemens Zeelander wachsen im Waisenhaus in Wismar auf, ihr bester Freund heißt Claus Störtebeker. Ihre Schicksalswege bilden den Stoff für ein packendes Zeitgemälde. Johannes Zeelander, der zum obersten Schiffbauer Hamburgs aufsteigt, muss erleben, wie die Menschen in seinem Umfeld dem Freibeuter Claus Störtebeker in die Arme getrieben werden. Bracker kennt alle Fakten, alle Legenden und kommt mit diesem Roman der Wahrheit über den Mythos Störtebeker näher als alle Wissenschaft.

»Jörgen Brackers Störtebeker-Roman ist eine packende Lektüre, die ein präzises Geschichtsbild höchst unterhaltsam vermittelt, noch dazu mit einem überraschenden Ende.«
Norddeutscher Rundfunk

Andrea Paluch, Robert Habeck
Hauke Haiens Tod
Roman. 256 Seiten. Serie Piper

Der Deich bricht: In einer Jahrhundertsturmflut an der friesischen Nordseeküste kommt es 1962 zur Katastrophe. Fünfzehn Jahre später versucht ein ehemaliger Knecht, Iven Johns, der bis zur Sturmflut auf dem Hof der Haiens angestellt war und damals ein Kind rettete, Licht in das Dunkel jener Nacht zu bringen. Aber niemand will etwas davon wissen. Außer einer jungen Frau: Wienke, eine Waise auf der Suche nach ihren Wurzeln. Gemeinsam kehren sie in das Schicksalsdorf zurück und stellen sich der verdrängten Vergangenheit ...
Mit suggestiver Sprachkraft schreiben Andrea Paluch und Robert Habeck die Geschichte des Schimmelreiters fort.

»Ein Roman, der mit minimalen Mitteln große Effekte erzielt.«
Frankfurter Allgemeine Zeitung

SERIE PIPER

SERIE PIPER

Katja Doubek

Katharina Kepler

Die Hexenjagd auf die Mutter des großen Astronomen. 416 Seiten mit 22 Abbildungen. Serie Piper

Johannes Kepler gilt als einer der größten Naturwissenschaftler aller Zeiten. Mit seinen bis heute gültigen Forschungen beginnt die wissenschaftliche Neuzeit. Ausgerechnet seine Mutter, eine erfolgreiche Heilerin, entging nur knapp dem Feuertod auf dem Scheiterhaufen. Nur mit Hilfe ihres berühmten Sohnes und des Kaisers selbst gelingt es ihr, den Hexenprozeß zu überleben. Katja Doubek entfaltet das lebendige Porträt einer ungewöhnlichen Frau in der dramatischen, schicksalhaften Zeit des Umbruchs zur Neuzeit.

»Ein ausgezeichnet recherchierter Roman, in dem Realität und Fiktion schön miteinander verbunden werden.«
Lesen und Leute

Shan Sa

Kaiserin

Roman. Aus dem Französischen von Elsbeth Ranke. 416 Seiten. Serie Piper

Ihr Name wurde geschmäht, ihre Geschichte gefälscht, ihr Gedächtnis gelöscht: »Licht«, das Mädchen, das in der Tang-Dynastie im siebten Jahrhundert zur einzigen Kaiserin von China und mächtigen Herrscherin über ein Weltreich aufsteigt. Dunkel hingegen sind die Machenschaften und Hofprotokolle in der Verbotenen Stadt und grausam die Rache der Männer an der Frau, die es wagte, Kaiserin zu sein. Zum ersten Mal nach dreizehn Jahrhunderten öffnet Shan Sa die Tore der Verbotenen Stadt zur Zeit der »Roten Kaiserin«.

»Eine unglaublich spannende Sittengeschichte aus dem alten China – geschildert von einer hochbegabten jungen Erzählerin mit großem Wissen, voll Kraft und Poesie.«
Asta Scheib

Sabrina Capitani

Das Buch der Gifte

Historischer Roman. 400 Seiten.
Serie Piper

Die Schriftstellerin Christine de
Pizan setzt sich nach dem Tod
ihres geliebten Mannes gegen
alle Widerstände durch: gegen
die Frauenfeindlichkeit der Kir-
che, gegen betrügerische An-
wälte und gewalttätige Verehrer. Doch als sie den jungen
Franziskanermönch Thomas
kennen lernt, steht die Liebe zu
ihrem verstorbenen Ehemann,
dem sie Treue bis über den Tod
hinaus geschworen hat, auf
dem Prüfstand. Gemeinsam
mit Thomas gelingt es ihr, einen
rätselhaften Todesfall aufzu-
klären, der auf verschlungenen
Wegen die wahre Vergangenheit des Mönchs offenbart ...
Lebendig und mit Einfühlungs-
vermögen erzählt Sabrina Ca-
pitani aus dem Leben der Christine de Pizan (1364–1430),
einer der bekanntesten und
frühesten Schriftstellerinnen
Europas.

Stefan Jäger

Der Silberkessel

Historischer Roman aus der Zeit
der Völkerwanderung. 320 Seiten.
Serie Piper

120 vor Christus: Mehr als
100 000 Kimbern, Teutonen
und Ambronen verlassen ihre
unwirtliche Heimat Dänemark
in Richtung Süden. In den Al-
pen treffen sie auf die gewaltigen Heere des Römischen Im-
periums. Schändungen, blutige
Schlachten und Raubzüge sind
an der Tagesordnung. Eine gefährliche, rauhe Kulisse für die
Liebe zwischen dem Römer Ti-
maios und der Kimberin Svan-
hild ...
Mit seinem historischen Roman zur Zeit der Völkerwanderung, als die ersten germani-
schen Volksstämme auf die
wehrhaften Römer trafen, erhellt Stefan Jäger das Dunkel
zwischen Antike und Mittelalter in der Mitte Europas.

SERIE
PIPER